*Tradução*
Roberto Grey

*21ª reimpressão*

Copyright © 2013 by Stephen King
Todos os direitos reservados.

Publicado mediante acordo com o autor através da The Lotts Agency.

Permissões: *Epígrafe: The Big Book* of Alcoholics Anonymous © 1939, 1955, 1976, 2001 por Alcoholics Anonymous World Services, Inc. Todos os direitos reservados. *Página 78*: "Y.M.C.A.", escrita por Henri Belolo, Jacques Morali & Victor Willis © Can't Stop Music/Scorpio Music, S.A. *Páginas 129 e 381*: "A Game of Chess" de *The Waste Land* por T.S. Eliot © The Estate of T. S. Eliot. Reimpresso com autorização de Faber & Faber Ltd. Publishing Company. *Collected Poems* 1909–1962 por T.S. Eliot. Copyright ©1936 por Houghton Mifflin Harcourt Publishing Company. Copyright © renovado 1964 por Thomas Stearns Eliot. Reimpresso com permissão de Houghton Mifflin Harcourt Publishing Company. Todos os direitos reservados. *Páginas 225-226*: Keeley, Edmund: *George Sefaris.*© 1967 Princeton University Press, 1995 renovado PUP/edição revisada. Reimpresso com permissão de Princeton University Press. *Página 227*: "Shorts" © 1940 por W. H. Auden, renovado © 1974 por The Estate of W. H. Auden, de COLLECTED POEMS OF W. H. AUDEN por W. H. Auden. Utilizado com permissão de Random House Inc., e Curtis Brown Ltd. A utilização desse material por terceiros, fora esta publicação, é proibida. Os interessados devem se dirigir diretamente à Random House, Inc., para permissão. *Página 238*: THE WRECK OF THE EDMUND FITZGERALD. Letra e música por GORDON LIGHTFOOT © 1976 (renovado) MOOSE MUSIC LTD. Utilizado com permissão de ALFRED MUSIC PUBLISHING CO., INC. Todos os direitos reservados. *Página 463*: "Ancient Music" por Ezra Pound, de PERSONAE, copyright © 1926 por Ezra Pound. Reimpresso com permissão de New Directions Publishing Corp. e Faber & Faber Ltd.

*Grafia atualizada segundo o Acordo Ortográfico da Língua Portuguesa de 1990, que entrou em vigor no Brasil em 2009.*

*Título original*
Doctor Sleep

*Capa*
Rodrigo Rodrigues sobre layout original de Lavine/Lavitt

*Imagens de capa*
Getty Images

*Revisão*
Rita Godoy
Carolina Rodrigues
Stella Carneiro

CIP-Brasil. Catalogação na publicação
Sindicato Nacional dos Editores de Livros, RJ

K64d
    King, Stephen
      Doutor Sono / Stephen King ; tradução Roberto Grey. – 1ª ed. – Rio de Janeiro : Suma, 2014.
      il.

      Tradução de: Doctor Sleep.
      ISBN 978-85-8105-243-4

      1. Ficção americana. I. Grey, Roberto. II. Título.

|  | CDD: 813 |
|---|---|
| 14-14776 | CDU: 821.111(73)-3 |

Todos os direitos desta edição reservados à
EDITORA SCHWARCZ S.A.
Praça Floriano, 19, sala 3001 – Cinelândia
20031-050 – Rio de Janeiro – RJ
Telefone: (21) 3993-7510
www.companhiadasletras.com.br
www.blogdacompanhia.com.br
facebook.com/editorasuma
instagram.com/editorasuma
twitter.com/Suma_BR

Quando eu tocava guitarra base de um jeito bem básico em uma banda chamada Rock Bottom Remainders, Warren Zevon fazia shows com a gente. Warren gostava de camisetas cinzentas e filmes como *O Império das Aranhas*. Ele insistia para que eu fosse a voz principal na música que era sua marca registrada, *Werewolves of London*, durante o bis em nossas apresentações. Respondi que eu não era digno. Ele garantiu que eu era. "Clave de sol", falou, "e uive para valer. E, o mais importante, *toque como Keith*".

Jamais conseguirei tocar como Keith Richards, mas sempre me esforcei ao máximo e, com Warren ao lado, acompanhando cada nota que eu tocava e rindo como um louco, eu me divertia muito.

Warren, este uivo é para você, onde quer que esteja. Sinto a sua falta, cara.

Estávamos no ponto sem retorno. De nada adiantavam as meias-medidas.

— O Grande Livro dos Alcoólatras Anônimos


Para continuar a viver, tínhamos que nos livrar da raiva. [Esse é] o privilégio duvidoso dos homens e das mulheres normais.

— O Grande Livro dos Alcoólatras Anônimos

# QUESTÕES PRELIMINARES

MEDO quer dizer: foda-se tudo e corra.

— Velho ditado do AA

# COFRE

## 1

No segundo dia de dezembro de um ano em que um plantador de amendoim da Geórgia mandava na Casa Branca, um dos grandes resorts do Colorado foi destruído pelo fogo. O Overlook foi declarado como perda total. Depois do inquérito, o chefe dos bombeiros de Jicarilla County anunciou que a causa havia sido um defeito na caldeira. O hotel estava fechado para o inverno quando o acidente aconteceu, e havia somente quatro pessoas ali. Três sobreviveram. O zelador durante aquele período fora de temporada, Jack Torrance, morreu em uma tentativa fracassada — e heroica — de reduzir a pressão do vapor da caldeira, que havia subido desastrosamente por causa de um defeito na válvula de escape.

Dois dos sobreviventes foram a esposa e o filho ainda menino do zelador. O terceiro foi o chef do Overlook, Richard Halloran, que havia deixado seu trabalho sazonal na Flórida para conferir como andavam os Torrance, por conta do que chamou de um "forte pressentimento" de que aquela família estava com problemas. Os dois sobreviventes adultos ficaram bastante feridos na explosão. Apenas a criança escapou ilesa.

Fisicamente, ao menos.

## 2

Wendy Torrance e o filho receberam uma indenização da empresa proprietária do Overlook. Não foi enorme, mas garantiu a sobrevivência deles nos três anos em que ela foi obrigada a ficar sem trabalhar devido às lesões na coluna. Seu advogado disse que, se ela jogasse duro e resistisse, talvez recebesse bem mais, porque a empresa estava doida para evitar que o caso parasse nos tribunais. Mas, assim como a empresa, ela também só queria esquecer aquele inverno desgraçado no Colorado. Acabaria se recuperando, declarou, e foi o que aconteceu, apesar de ter passado o resto da vida atormentada por dores nas costas. As fraturas nas vértebras e nas costelas se curaram, mas jamais deixaram de doer.

Winifred e Daniel Torrance moraram durante algum tempo no centro--sul e depois se mudaram para Tampa. Às vezes, Dick Hallorann — aquele dos fortes pressentimentos — ia de Key West visitá-los. Especialmente para ver o jovem Danny. Eles tinham uma ligação.

No início de uma manhã em 1981, Wendy ligou para Dick perguntando se ele podia vir. Contou que Danny a acordara de noite pedindo que ela não entrasse no banheiro.

Depois disso, ele se recusara a falar qualquer outra coisa.


# 3

Ele acordou com vontade de mijar. Lá fora soprava um vento forte. Fazia calor — na Flórida quase sempre fazia —, mas ele não gostava do barulho e achava que jamais gostaria. Recordava-lhe o Overlook, onde a caldeira defeituosa havia sido apenas a menor das ameaças.

Ele e a mãe moravam em um estreito apartamento de segundo andar. Danny saiu do pequeno quarto ao lado do da mãe e atravessou a saleta. As rajadas do vento agitavam as folhas da palmeira decrépita ao lado do prédio. Soava como ossos chacoalhando. Eles costumavam deixar a porta do banheiro aberta quando não havia ninguém no chuveiro ou na privada, porque o trinco estava quebrado. Naquela noite a porta estava fechada. Mas não porque sua mãe estava no banheiro. Devido aos ferimentos faciais que sofrera no Overlook, ela agora roncava — um sopro delicado tipo *ssbis-ssbis*, que ele podia ouvir vindo do quarto dela.

*Bem, ela a fechou sem querer, só isso.*

Ele sabia que não, mesmo naquele momento (ele próprio era dotado de fortes pressentimentos e intuições), mas às vezes era preciso conferir. Às vezes era preciso *ver*. Isso foi algo que ele aprendera no Overlook, em um quarto do segundo andar.

Estendendo o braço que pareceu comprido demais, alongável demais, *desossado* demais, ele girou a maçaneta e abriu a porta.

A mulher do quarto 217 estava lá, como ele sabia que estaria. Sentada nua na privada, com as pernas esticadas e as coxas pálidas e arqueadas. Seus seios verdes pendiam como balões vazios. O tufo de cabelos no baixo ventre era grisalho. Os olhos também eram cinzentos, como espelhos de aço. Ela o viu e seus lábios se contraíram em um sorriso.

*Feche os olhos*, lhe dissera Dick Hallorann certa vez. *Se vir algo ruim, feche os olhos e diga a si mesmo que aquilo não está ali, e, ao abri-los de novo, terá desaparecido.*

Mas não havia funcionado no quarto 217, quando ele tinha 5 anos, e não funcionaria agora. Ele sabia. Sentia o *cheiro* dela. Cheiro de decomposição.

A mulher — ele sabia seu nome, sra. Massey — se levantou com dificuldade sobre os pés roxos, estendendo a mão para ele. A carne dos braços pendia frouxa, quase escorrendo. Ela sorria como se tivesse visto um velho amigo. Ou, talvez, quando se vê algo apetitoso.

Com uma expressão que podia parecer enganosamente tranquila, Danny fechou a porta com delicadeza e recuou. Ficou observando a maçaneta girar para a direita... esquerda... de novo para a direita... e então parou.

Agora tinha 8 anos, era capaz de pensar racionalmente, mesmo em meio ao terror. Em parte porque, em algum canto profundo de sua mente, esperava por aquilo. Apesar de sempre ter imaginado que seria Horace Derwent quem apareceria. Ou talvez o atendente do bar, aquele que seu pai chamava de Lloyd. Mas deveria ter pensado que seria a sra. Massey, mesmo antes de ter acontecido. Porque, dentre todos os mortos-vivos no Overlook, ela havia sido a pior.

A parte racional de sua mente lhe dizia que ela não passava de um fragmento de pesadelo que o seguira além do sono, através da saleta até o banheiro. Essa parte insistia que, se ele tornasse a abrir a porta, não haveria nada lá. Com certeza não haveria, agora que estava acordado. Mas outra parte sua, a parte *iluminada*, sabia mais do que isso. Ele ainda não estava livre do Overlook. Pelo menos um de seus espíritos vingativos o seguira por todo o caminho até a Flórida. Uma vez ele encontrara aquela mulher esparramada em uma banheira. Ela havia conseguido sair e tentara estrangulá-lo com seus dedos escorregadios — mas terrivelmente fortes. Se ele abrisse a porta do banheiro agora, ela iria terminar o serviço.

Ele arriscou encostar o ouvido na porta. De início não ouviu nada. Em seguida, um ruído fraco.

Unhas cadavéricas arranhavam a madeira.

Danny andou até a cozinha com as pernas dormentes, subiu em uma cadeira e mijou na pia. Em seguida acordou a mãe e lhe disse para não entrar no banheiro porque havia uma coisa ruim lá. Depois, voltou para a cama e se enfiou debaixo das cobertas. Queria permanecer ali para sempre e só se levantar para mijar na pia. Agora que já avisara à mãe, não tinha mais interesse em falar com ela.

Sua mãe sabia o que significava o silêncio dele. Tinha acontecido depois que Danny se aventurara no quarto 217 do Overlook.

— Você falaria com Dick?

Deitado na cama e olhando para ela, fez que sim com a cabeça. A mãe telefonou, apesar de ser quatro da madrugada.

Mais tarde, no dia seguinte, Dick chegou. Trouxe uma coisa consigo. Um presente.

## 4

Depois que Wendy ligou para Dick — ela fez questão de que Danny a ouvisse —, Danny voltou a dormir. Apesar de já ter 8 anos e estar no quarto ano do colégio, chupava o polegar. Vê-lo fazendo aquilo lhe doía. Ela foi até a porta do banheiro e ficou ali olhando. Estava com medo — Danny a fizera ficar com medo —, mas precisava ir ao banheiro e não tinha nenhuma intenção de usar a pia como Danny fizera. Pensar em como ficaria precariamente equilibrada na beira da bancada, com a bunda sobre a porcelana (mesmo que não tivesse ninguém lá para ver), a fez torcer o nariz.

Segurava em uma das mãos o martelo tirado de sua pequena caixa de ferramentas. Ao girar a maçaneta e abrir a porta do banheiro, levantou-o. O banheiro estava vazio, é claro, mas a tampa da privada estava abaixada. Ela nunca a deixava assim antes de ir dormir, porque sabia que, se Danny fosse ao banheiro no meio da noite, semiadormecido, ia se esquecer de levantá-la e acabar mijando em cima dela. Havia também um cheiro. Ruim. Como se houvesse um rato morto dentro da parede.

Deu um passo para dentro, depois outro. Percebeu um movimento e virou-se, com o martelo levantado, para acertar seja lá quem

(*o que*)

quer que estivesse se escondendo atrás da porta. Mas era apenas sua sombra. Com medo da própria sombra, zombavam às vezes as pessoas, mas quem teria direito a ter mais medo do que Wendy Torrance? Depois das coisas que vira e pelas quais passara, ela sabia que as sombras podiam ser perigosas. Podiam ter presas reais.

Não havia ninguém no banheiro, mas havia uma mancha pálida na tampa da privada, e outra na cortina do chuveiro. Excremento, foi o que pensou primeiro, mas merda não era roxo-amarelada. Olhou com mais cuidado e percebeu pedaços de tecido e pele em decomposição. Havia mais no tapete do banheiro, na forma de pegadas. Julgou que eram pequenas demais — *delicadas* demais — para ser de homem.

— Ah, meu Deus — sussurrou.

Acabou usando a pia, no fim das contas.

5

Wendy importunou o filho até que se levantasse, ao meio-dia. Conseguiu fazê-lo tomar um pouco de sopa e comer metade de um sanduíche de manteiga de amendoim, mas depois ele voltou para a cama. Ainda não queria falar. Hallorann chegou logo depois das 5 da tarde, ao volante de seu Cadillac vermelho, já velho (mas com manutenção perfeita e polido até ofuscar os olhos). Wendy estivera à janela, olhando e esperando, como um dia tinha olhado e esperado pelo marido, na esperança de que Jack voltasse para casa de bom humor. E sóbrio.

Correu escada abaixo e abriu a porta quando Dick estava prestes a tocar a campainha com a placa TORRANCE, 2A. Ele abriu os braços e ela se atirou neles, desejando se aninhar ali por pelo menos uma hora. Talvez duas.

Ele a soltou e a segurou pelos ombros com os braços esticados.

— Você parece bem, Wendy. Como está o rapazinho? Voltou a falar?

— Não, mas com você ele vai falar. Mesmo que no começo não fale em voz alta, você pode... — Em vez de terminar, ela fez um revólver com o dedo e apontou para a testa dele.

— Não necessariamente — disse Dick. Seu sorriso revelou uma dentadura nova e reluzente. O Overlook havia praticamente destruído a velha na noite da explosão da caldeira. Jack Torrance brandira o taco que quebrara a dentadura de Dick e tornara Wendy incapaz de caminhar sem sentir dor na coluna, mas ambos chegaram à conclusão de que, na verdade, havia sido o Overlook.

— O poder dele é muito grande, Wendy. Se ele quiser me bloquear, vai conseguir. Sei por experiência própria. Além disso, é melhor que a gente fale com a boca. Melhor para ele. Agora conte tudo o que aconteceu.

Ela contou e depois o levou ao banheiro. Tinha deixado as manchas para que ele visse, como um policial preservando a cena do crime para a perícia. E *tinha* havido um crime. Um crime contra seu filho.

Dick ficou olhando por um longo tempo, sem tocar, depois balançou a cabeça.

— Vamos ver se Danny já está acordado e alerta.

Não estava, mas o coração de Wendy ficou aliviado pela expressão de felicidade no rosto do filho quando viu quem estava sentado a seu lado na cama, sacudindo-o pelo ombro.

(*ei, Danny, eu trouxe um presente para você*)

(*não é meu aniversário*)

Wendy ficou observando os dois, sabendo que conversavam, mas sem saber sobre o quê.

— Levante, querido — disse Dick. — Vamos dar uma volta na praia.

(*Dick, ela voltou. A sra. Massey, do quarto 217, voltou*)

Dick sacudiu de novo seu ombro.

— Fale em voz alta, Dan. Você está assustando sua mãe.

— Qual é meu presente? — perguntou Danny.

Dick sorriu.

— Assim está melhor. Gosto de ouvir você, e Wendy também.

— Sim. — Foi só o que ela ousou dizer. Do contrário, perceberiam sua voz trêmula e se preocupariam. Não queria isso.

— Enquanto a gente estiver fora, você talvez queira limpar o banheiro — disse Dick para ela. — Tem luva de plástico?

Ela fez que sim com a cabeça.

— Ótimo. Use.


## 6


A praia ficava a quase 3 quilômetros dali. O estacionamento estava rodeado de atrações espalhafatosas da orla — quiosques de bolinhos fritos, carrocinhas de cachorro-quente, lojas de lembrancinhas —, mas era final de estação, e as vendas estavam fracas. Eles tinham a praia praticamente inteira só para eles. Durante o percurso desde o apartamento, Danny segurou seu presente — um embrulho retangular, bastante pesado, envolto em papel prateado — no colo.

— Pode abrir depois que conversarmos um pouco — disse Dick.

Eles caminharam perto da água, na faixa em que a areia era dura e luzidia. Danny andava devagar porque Dick já estava bem velho. Um dia morreria. Talvez até em breve.

— Ainda aguento alguns anos — disse Dick. — Não se preocupe com isso. Agora conte sobre ontem à noite. Conte tudo.

Não levou muito tempo. A parte difícil era encontrar palavras para explicar o terror que ele sentia agora, e como esse terror se mesclava à certeza sufocante: agora que ela o encontrara, nunca mais o deixaria. Mas como se tratava de Dick, não precisava de palavras, apesar de ter encontrado algumas.

— Ela vai voltar. Eu sei que vai. Vai voltar e voltar até conseguir me pegar.

— Lembra quando nos conhecemos?

Apesar de surpreso com a mudança de assunto, Danny fez que sim com a cabeça. Havia sido Hallorann quem levara ele e os pais na visita guiada do primeiro dia no Overlook. Parecia fazer muito tempo.

— E você se lembra da primeira vez em que falei dentro da sua cabeça?

— Com certeza.

— O que eu disse?

— Perguntou se eu queria ir para a Flórida com você.

— Certo. E como se sentiu quando percebeu que não estava mais sozinho? Que não era o único?

— Foi legal — disse Danny. — Muito legal.

— Sim — disse Hallorann. — Claro que foi.

Eles caminharam em silêncio durante algum tempo. Passarinhos — piu-pius, como a mãe de Danny os chamava — entravam e saíam depressa das ondas.

— Você nunca estranhou que eu sempre aparecia quando você precisava de mim? — Dick baixou os olhos para Danny e sorriu. — Não, não estranhou. Por que estranharia? Você não passava de uma criança, mas agora está mais velho. *Muito* mais velho, em certo sentido. Escute, Danny. O mundo tem uma maneira de manter o equilíbrio das coisas. Acredito nisso. Existe um ditado que diz que quando o aluno está pronto, o mestre aparece. Eu fui seu mestre.

— Foi muito mais do que isso — disse Danny, pegando a mão de Dick. — Foi meu amigo. Você salvou a gente.

Dick ignorou essa parte ou pareceu ignorar.

— Minha avó também era iluminada. Lembra que lhe contei?

— Sim. Você disse que vocês conversavam um tempão sem nem ter que abrir a boca.

— É verdade. Ela me ensinou. E foi a *bis*avó dela quem a ensinou, lá no tempo da escravidão. Um dia, Danny, será sua vez de ser o mestre. O discípulo virá.

— Se a sra. Massey não me pegar antes — disse Danny melancolicamente. Eles chegaram a um banco. Dick se sentou.

— Não quero andar mais, senão depois não consigo andar de volta. Sente aqui do meu lado. Quero lhe contar uma história.

— Não quero ouvir histórias — falou Danny. — Ela vai voltar, não entende? Vai *voltar* e *voltar* e *voltar.*

— Fique quieto e ouça. Aprenda algumas coisas. — Então Dick sorriu, mostrando a nova dentadura reluzente. — Acho que vai entender. Você está longe de ser burro, querido.

## 7

A mãe da mãe de Dick — a iluminada — morava em Clearwater. Era a Vovó Branca. Não por ser caucasiana, claro, mas porque era *boa.* O pai de seu pai morava em Dunbrie, no Mississippi, uma comunidade rural não muito distante de Oxford. Sua mulher tinha morrido muito antes de Dick nascer. Para um sujeito de cor, naquela época e naquele lugar, ele era rico. Possuía uma funerária. Dick e seus pais o visitavam quatro vezes por ano, e o jovem Dick Hallorann detestava aquelas visitas. Tinha pavor de Andy Hallorann e o chamava — apenas em sua cabeça, já que falar isto em voz alta lhe valeria uma surra — de Vovô Preto.

— Já ouviu falar em pedófilos? — perguntou Dick. — Sujeitos que gostam de fazer sexo com crianças?

— Mais ou menos — disse Danny com cautela. Ele sabia que não devia falar com estranhos e jamais entrar no carro de um deles. Porque podiam fazer coisas com ele.

— Bem, o velho Andy era mais do que pedófilo. Também era um sádico desgraçado.

— O que é isso?

— Alguém que gosta de causar dor.

Danny fez um gesto de cabeça, demonstrando que havia compreendido de imediato.

— Como Frankie Listrone, do colégio. Ele bate e machuca as outras crianças. Se não consegue fazer você chorar, ele para. Se consegue, não para *nunca.*

— Isso é ruim, mas meu avô era pior.

Dick caiu em algo que a um passante pareceria silêncio, mas a história se desdobrava em uma série de imagens e frases para interligá-las. Danny viu o Vovô Preto, um sujeito alto em um terno tão preto quanto ele, usando um chapéu

(*fedora*)

diferente na cabeça. Percebeu que havia sempre gotículas de cuspe nos cantos de sua boca e que seus olhos eram avermelhados, como se ele estivesse cansado ou tivesse acabado de chorar. Viu como ele pegava Dick — mais novo do que Danny agora, provavelmente da mesma idade que ele tinha naquele inverno no Overlook — no colo. Se não estivessem sozinhos, era provável que só fizesse cócegas. Mas, se estivessem, colocava a mão entre as pernas de Dick e apertava seu saco até ele achar que ia desmaiar de dor.

— Gostou? — dizia vovô Andy, bufando na sua orelha. Cheirava a cigarro e uísque escocês White Horse. — Claro que sim, todo garoto gosta. Mas mesmo que não goste, nem um pio. Se falar, eu machuco você. Queimo você.

— Caramba — disse Danny. — Isso é nojento.

— Havia outras coisas também — falou Dick —, mas só vou lhe contar uma. Vovô tinha uma empregada para ajudar em casa, depois que sua mulher morreu. Ela fazia a limpeza e cozinhava. Na hora do jantar, botava tudo na mesa de uma vez, desde a salada até a sobremesa, porque era assim que o velho Vovô Preto gostava. A sobremesa era sempre bolo ou pudim. Ficava em um prato ou um potinho ao lado do prato de comida, para a gente ficar olhando e desejando o doce enquanto comia aquela lavagem. A regra do vovô era que se podia *olhar* a sobremesa, mas *comer* só depois de ter acabado com cada pedacinho de carne frita, verduras cozidas e purê de batata. Tinha até que limpar totalmente o molho embolotado e meio sem gosto. Se eu não comesse tudo, Vovô Preto me entregava um pedaço de pão e dizia: "Limpe com isso aqui, Sabiá, deixe esse prato brilhando como se tivesse sido lambido por um cachorro." Era assim que ele me chamava: Sabiá.

"Às vezes eu não conseguia terminar de jeito nenhum, e aí não ganhava bolo nem pudim. Ele mesmo pegava e comia. E às vezes, até quando eu *conseguia* terminar o jantar, descobria que ele tinha apagado uma guimba de cigarro no meu pedaço de bolo ou pudim de baunilha. Ele fazia isso porque sempre se sentava do meu lado. Fazia como se fosse uma grande brincadeira. 'Opa, errei o cinzeiro', dizia ele. Minha mãe e meu pai nunca impediram, embora devessem saber que, mesmo sendo uma brincadeira, não era certo fazer aquilo com uma criança. Eles também fingiam que era uma piada."

— Isso é horrível — disse Danny. — Seus pais deviam ter defendido você. Minha mãe faz isso. Meu pai teria feito, também.

— Eles tinham medo dele. E tinham razão para isso. Andy Hallorann era mau, muito mau. Dizia "vamos, Sabiá, coma as beiradas, não vai lhe fazer mal". Se eu comesse uma garfada, ele mandava Nonnie, esse era o nome da empregada, me trazer outra sobremesa. Se eu não comesse, aquilo ficava ali. E ficava de um jeito que me deixava tão enjoado que eu nem conseguia terminar de jantar.

— Você devia ter empurrado o pudim ou o bolo para o outro lado — disse Danny.

— Tentei fazer isso, claro. Não era bobo. Mas ele empurrava de volta, dizendo que a sobremesa ficava à direita. — Dick fez uma pausa, com o olhar perdido no mar, onde um barco branco e comprido avançava preguiçosamente a linha divisória entre o céu e o Golfo do México. — Às vezes, quando me pegava sozinho, ele me mordia. E uma vez, quando eu disse a ele para me deixar em paz senão ia contar para meu pai, ele encostou um cigarro aceso na sola do meu pé e disse: "Conta isso para ele também, para ver o que acontece. Seu papai já conhece meu jeito e nunca vai fazer nada, porque é cagão e quer o dinheiro que tenho no banco quando eu morrer, coisa que não pretendo fazer tão cedo."

Danny ficou ouvindo de olhos arregalados, fascinado. Sempre achara a história de Barba Azul a mais pavorosa de todas, a mais pavorosa possível, mas aquela era pior. Porque era verdadeira.

— Às vezes, ele falava que conhecia um sujeito mau chamado Charlie Manx, e que se eu não fizesse o que ele queria, bastava uma ligação interurbana para que Charlie viesse me buscar no seu carro luxuoso e me levasse para um lugar onde ficavam as crianças más. Depois vovô botava a mão entre minhas pernas e começava a apertar. "Você não vai abrir o bico, Sabiá. Se abrir, o velho Charlie vai vir pegar e prender você com as crianças que ele roubou, até você morrer. E quando você morrer, vai para o inferno, e seu corpo vai queimar para sempre. Porque você bateu com a língua nos dentes. Não importa se as pessoas acreditam ou não. Delação é delação."

"Acreditei por muito tempo no velho filho da mãe. Não contei nem à minha Vovó Branca, a iluminada, porque pensei que ela acharia que a culpa era minha. Se eu fosse mais velho, teria entendido melhor as coisas, mas eu era só um garoto." Fez uma pausa. "Tinha outro motivo também. Sabe qual, Danny?"

Danny olhou muito tempo para o rosto de Dick, sondando as imagens e pensamentos por trás de sua fronte. Finalmente ele respondeu:

— Você queria que seu pai ficasse com o dinheiro. Mas ele nunca ficou.

— Não. Vovô Preto deixou tudo para um orfanato de crianças negras no Alabama, e aposto que sei por quê. Mas isso não vem ao caso.

— E sua avó boa nunca soube? Nunca adivinhou?

— Ela sabia que havia *alguma coisa*, mas eu bloqueava isso, e ela me deixava quieto. Só me dizia que, quando eu estivesse pronto para falar, ela estaria pronta para me ouvir. Danny, quando Andy Hallorann morreu de derrame, eu me senti o menino mais feliz do mundo. Minha mãe disse que eu não precisava ir ao enterro, que podia ficar com minha avó Rose, minha Vovó Branca, se quisesse, mas eu queria ir. Pode apostar que eu queria. Queria ter certeza de que o velho Vovô Preto tinha morrido mesmo.

"Choveu naquele dia. Todo mundo ficou junto em volta da cova, debaixo de guarda-chuvas pretos. Eu olhei o caixão — o maior e melhor de sua funerária, com certeza — ser enterrado, pensando em todas as vezes que ele apertou meu saco, em todas as guimbas que enfiou no meu bolo, no cigarro que encostou no meu pé e em como ele dominava a mesa do jantar igual àquele rei velho, naquela peça de Shakespeare. Mas, mais que tudo, pensei em Charlie Manx, um homem que vovô com certeza inventou, para quem ele nunca mais ia poder ligar e mandar me pegar no meio da noite em seu carro de luxo, e me levar para ficar com os meninos e as meninas que tinha roubado.

"Dei uma espiada da beirada da sepultura — 'Deixa o garoto olhar', disse meu pai quando minha mãe tentou me puxar para trás — e vi o caixão lá no fundo daquele buraco molhado, pensando, 'Aí embaixo, você está sete palmos mais próximo do inferno, Vovô Preto, e logo, logo você vai estar lá, e espero que o diabo lhe dê mil apertos com sua mão em fogo'."

Dick enfiou a mão no bolso da calça e tirou um maço de Marlboro com uma caixinha de fósforos enfiada sob o papel celofane. Pôs um cigarro na boca e precisou persegui-lo com o fósforo porque as mãos tremiam, e os lábios também. Danny ficou pasmo ao ver que Dick estava com os olhos cheios de lágrimas.

Agora, sabendo para onde se encaminhava a história, Danny perguntou:

— Quando foi que ele voltou?

Dick tragou profundamente o cigarro e soltou a fumaça em meio a um sorriso.

— Você não precisou espionar minha cabeça para descobrir isso aí, não foi?

— Não.

— Seis meses depois. Um dia eu cheguei do colégio e ele estava deitado nu na minha cama com o pau meio apodrecido e todo esfolado. "Vem sentar em cima dele, Sabiá. Se você me der uma volta, eu lhe darei *duas*", disse. Eu gritei, mas não tinha ninguém ali para ouvir. Meu pai e minha mãe estavam trabalhando, minha mãe em um restaurante e meu pai em uma gráfica. Saí correndo e bati a porta. E ouvi Vovô Preto se levantando... *tum*... atravessando o quarto... *tum-tum-tum*... e o que ouvi depois...

— Unhas — disse Danny, em uma voz falhada. — Unhas arranhando a porta.

— Isso mesmo. Só entrei naquela noite depois que minha mãe e meu pai chegaram. Ele tinha ido embora, mas havia deixado... restos.

— Com certeza. Igual no nosso banheiro. Porque ele estava apodrecendo.

— Certo. Eu mesmo troquei os lençóis da cama, coisa que eu sabia fazer porque minha mãe tinha me ensinado dois anos antes. Ela disse que eu já estava muito velho para precisar de uma babá, que babás eram para os menininhos e menininhas brancas de quem ela cuidava antes de conseguir o serviço de recepcionista na churrascaria Berkin's. Uma semana depois, mais ou menos, vi o velho Vovô Preto no parque, sentado em um balanço. Estava de terno, mas todo coberto de um negócio cinzento. O mofo que dava lá embaixo no caixão, acho.

— Sim — sussurrou Danny. Era só o que conseguia fazer.

— Mas estava de braguilha aberta, com o troço para fora. Sinto muito lhe contar isso tudo, Danny. Você é muito novo para ouvir essas coisas, mas precisa saber.

— Então você foi ver a Vovó Branca?

— Tive que ir. Porque eu sabia o que você também sabe agora: ele não ia parar de voltar... Não era como... Danny, você já viu gente morta? Gente morta *normal*, quer dizer. — Ele riu porque aquilo soava engraçado. Danny também riu. — Fantasmas.

— Algumas vezes. Uma vez havia três deles em um cruzamento na estrada de ferro. Dois garotos e uma garota. Adolescentes. Acho... que talvez tenham morrido ali.

Dick assentiu com a cabeça.

— Geralmente eles ficam onde passaram para o outro lado, até se acostumarem à morte e seguirem adiante. Algumas pessoas que você viu no Overlook eram desse tipo.

— Eu sei. — O alívio de poder falar dessas coisas para alguém que *entendia* era indescritível. — E teve outra vez em que vi uma mulher em um restaurante. Daqueles que têm mesas do lado de fora.

Dick assentiu de novo.

— Essa não era transparente, mas ninguém mais a viu, e quando uma garçonete empurrou para dentro a cadeira em que ela estava sentada, a fantasma sumiu. Você também vê, às vezes?

— Faz anos que não vejo um. Mas você é mais iluminado do que eu era. Essa coisa diminui um pouco com a idade...

— Que bom — disse Danny, animado.

— ... mas você ainda vai ter muitos quando for mais velho, eu acho, por ter começado com tanta força. Os fantasmas normais não são como a mulher que você viu no quarto 217 e no seu banheiro. Isso é certo, não é?

— Sim — disse Danny. — A sra. Massey é *de verdade*. Ela deixa pedaços do corpo. Você viu. Mamãe também... e ela não é iluminada.

— Vamos voltar — disse Dick. — Já é hora de você ver o que eu lhe trouxe.

## 8

A volta ao estacionamento foi ainda mais lenta, porque Dick estava cansado.

— Cigarro. Nunca comece a fumar, Danny.

— Mamãe fuma. Ela acha que não sei, mas eu sei. Dick, o que sua Vovó Branca fez? Ela deve ter feito alguma coisa, porque seu Vovô Preto nunca pegou você.

— Ela me deu um presente, igual ao que eu vou lhe dar. É isso que o mestre faz quando o aluno está pronto. Aprender é o presente, sabe? O melhor presente que alguém pode dar ou receber.

"Ela não chamava vovô Andy pelo nome, só o chamava", Dick abriu um sorriso, "de *prevertido*. Eu disse a ela o que você disse, que ele não era um fantasma, era real. Ela disse que sim, que era verdade, porque eu estava *tornando* ele real. Com o poder da iluminação. Ela disse que alguns espíritos — espíritos raivosos, a maioria — não deixam este mundo porque sabem que aquilo que os espera é pior. A maioria acaba sumindo de inanição, mas alguns encontram o que comer. 'A iluminação é isso para eles, Dick', me falou ela. 'Comida. Você está alimentando esse prevertido. Não de propósito, mas está fazendo. Ele é como um mosquito que fica rodeando e depois pousa para chupar mais sangue. Não há nada que se possa fazer. Só o que você *pode* fazer é virar aquilo que ele veio buscar contra ele'".

Estavam de volta no Cadillac. Dick abriu a porta e se enfiou atrás do volante com um suspiro de alívio.

— Já teve época em que eu conseguia andar 13 quilômetros e correr mais oito. Hoje em dia, se faço uma caminhadazinha na praia, parece que levei um coice de cavalo nas costas. Vamos, Danny. Abra seu presente.

Danny abriu o papel prateado e descobriu uma caixa de metal, pintada de verde. Na frente, sob o trinco, havia um pequeno teclado.

— Ei. Que legal!

— É? Gostou? Comprei no Western Auto. Puro aço americano. A que vovó Rose me deu tinha um cadeado, com uma chavinha que eu carregava no pescoço, mas isso foi há muito tempo. Agora estamos em 1980 e tantos da idade moderna. Está vendo o teclado? Você escolhe cinco números que você tem certeza de que não vai esquecer, depois aperta a tecla que diz SENHA. Aí, toda vez que você quiser abrir a caixa, digite sua senha.

Danny ficou encantado.

— Obrigado, Dick! Vou guardar minhas coisas legais aí. — Isso queria dizer as figurinhas de beisebol, seu distintivo de lobinho dos escoteiros, sua pedra verde da sorte, a foto dele e do pai tirada no gramado da frente do prédio onde moravam em Boulder, antes do Overlook. Antes de as coisas terem ficado ruins.

— Ótimo, Danny, faça isso, mas também outra coisa.

— O quê?

— Quero que passe a conhecer essa caixa de cabo a rabo. Não olhe apenas; toque. Toque todo canto dela. Depois enfie o nariz lá dentro e sinta que cheiro tem. Ela precisa se tornar sua melhor amiga, pelo menos por um tempo.

— Por quê?

— Porque você vai colocar outra igual a essa dentro de sua cabeça. Até mais especial. E, da próxima vez que aquela cadela da Massey aparecer, você vai estar preparado para ela. Vou lhe contar como, assim como Vovó Branca me contou.

Danny não falou muito na viagem de volta ao apartamento. Tinha muita coisa em que pensar. Ficou segurando no colo o presente — um cofre feito de metal reforçado.

9

A sra. Massey reapareceu uma semana depois. Ela estava no banheiro de novo, dessa vez na banheira. Danny não ficou surpreso. Afinal, ela morrera em uma banheira. Daquela vez, ele não correu. Daquela vez, ele entrou no banheiro e fechou a porta. Ela acenou para ele se aproximar, sorrindo. Danny chegou mais perto, também sorrindo. Eu ouvia a televisão no cômodo ao lado. Sua mãe estava assistindo a *Um é pouco, dois é bom e três é demais*.

— Olá, sra. Massey — disse Danny. — Eu tenho uma coisa para você.

No último segundo, ela compreendeu e começou a gritar.


## 10

Momentos depois, sua mãe estava batendo na porta do banheiro.

— Danny? Você está bem?

— Tudo bem, mãe. — A banheira estava vazia. Havia uma gosma na louça, mas Danny achou que podia limpá-la. Um pouco de água levaria aquilo direto para o ralo. — Você quer usar o banheiro? Eu já vou sair.

— Não. Eu só... Eu pensei ter ouvido você chamar.

Danny pegou sua escova de dentes e abriu a porta.

— Estou totalmente bem. Viu? — Ele abriu um grande sorriso para ela. Não foi difícil, agora que a sra. Massey tinha desaparecido.

A expressão preocupada no rosto dela se desfez.

— Bom. Vê se escova os dentes de trás. É lá que os restos de comida ficam.

— Vou escovar, mãe.

Em sua cabeça, bem no fundo, onde o gêmeo de seu cofre especial estava guardado em uma prateleira especial, Danny ouvia gritos abafados. Ele não se importou. Pensou que aquilo pararia logo, e tinha razão.


## 11

Passados dois anos, na véspera do feriado de Ação de Graças, no meio de uma escadaria deserta do colégio Alafia Elementary, Horace Derwent apareceu para Danny Torrance. Havia confete sobre os ombros de seu terno. Uma pequena máscara negra pendia de uma das mãos decompostas. Ele fedia a túmulo.

— Bela festa, não é? — perguntou.

Danny se virou e se afastou bem depressa.

*25*

Depois que as aulas acabaram, ligou para Dick no restaurante em Key West onde ele trabalhava.

— Mais um da turma do Overlook me encontrou. Quantas caixas cabem, Dick? Na minha cabeça, quer dizer.

Dick deu uma risadinha.

— Quantas forem necessárias, querido. Essa é a beleza da iluminação. Você acha que meu Vovô Preto foi o único que tive que trancafiar?

— Eles morrem lá dentro?

Dessa vez não houve risadinha. Dessa vez havia uma frieza na voz de Dick que o menino nunca ouvira antes.

— Isso importa?

Não importava para Danny.

Quando o antigo dono do Overlook apareceu de novo, logo após o Ano-Novo — dessa vez no armário do quarto de Danny —, o menino estava preparado. Ele entrou no armário e fechou a porta. Logo depois, um segundo cofre imaginário foi colocado na prateleira alta de sua mente, ao lado do que continha a sra. Massey. Houve mais barulho e alguns xingamentos criativos que Danny gravou para usar depois. Aquilo não demorou a parar. Fez silêncio no cofre de Derwent, como no da sra. Massey. Se estavam vivos ou não (de sua maneira fantasmagórica), não importava mais.

O que importava é que nunca mais sairiam. Ele estava seguro.

Pelo menos foi o que pensou naquela época. É claro, ele também pensou que jamais tocaria em bebida alguma, não depois de ver o que ela fizera com seu pai.

Às vezes a gente entende tudo errado.

# CASCAVEL

## 1

O nome dela era Andrea Steiner, e ela gostava de cinema, mas não gostava de homens. Não era de espantar, já que seu pai a estuprara pela primeira vez quando Andrea tinha 8 anos. E continuou a estuprá-la por igual período. Até que ela deu um basta, primeiro estourando suas bolas, uma após a outra, com uma das agulhas de tricô da mãe, depois enfiando a mesma agulha, vermelha e pingando, na órbita ocular esquerda de seu pai-estuprador. As bolas tinham sido fáceis, porque ele estava dormindo, mas a dor bastara para acordá-lo, apesar do talento especial que Andrea tinha. Mas ela era uma garota grande, e ele estava bêbado. Ela conseguiu segurá-lo pelo tempo suficiente para lhe dar o golpe de misericórdia.

Agora tinha quatro vezes 8 anos e era uma andarilha pela superfície da América, e um ex-ator substituíra o plantador de amendoim na Casa Branca. Esse novo sujeito tinha cabelos supostamente pretos e o sorriso simpático e duvidoso de um ator. Andi tinha assistido a um de seus filmes na TV. Nele, o homem que um dia seria presidente fazia o papel de um sujeito que perdera as pernas ao ser atropelado por um trem. Ela gostava da ideia de um homem sem pernas; um sujeito assim não poderia perseguir e estuprar ninguém.

Cinema, isso era o máximo. O cinema fazia as pessoas se esquecerem do mundo. Se podia contar com pipoca e os finais felizes. Arranjar um sujeito para ir junto, então era um encontro e ele pagava. Aquele filme era ótimo, com brigas, beijos e música alta. Chamava *Os caçadores da arca perdida*. Seu atual acompanhante estava com a mão debaixo da sua saia, bem no alto da coxa nua, mas não importava; a mão não era o pau. Ela o conhecera em um

*27*

bar. Conhecia em bares a maioria dos sujeitos com quem saía. Ele pagou uma bebida para ela, mas uma bebida não era um encontro; apenas uma cantada.

*O que isso significa?*, tinha perguntado ele, passando a ponta do dedo pela parte superior do braço dela. Ela estava usando uma blusa sem mangas, de modo que a tatuagem aparecia. Gostava de deixar a tatuagem visível quando saía em busca de um encontro. Gostava que os homens a vissem. Eles achavam sacana. Ela fizera a tatuagem em San Diego, um ano depois de matar o pai.

*É uma cobra*, disse ela. *Uma cascavel. Não vê as presas?*

É claro que ele via. Eram presas *grandes*, totalmente desproporcionais à cabeça. De uma delas pendia uma gota de veneno.

Ele era o típico homem de negócios vestido em terno caro, com uma cabeleira penteada para trás no estilo presidencial, e a tarde livre de sabe-se lá que merda de trabalho burocrático que ele fazia. Seus cabelos eram quase brancos, em vez de pretos, e ele aparentava ter uns 60 anos. Quase o dobro da idade dela. Mas isso não importava para os homens. Ele não teria ligado se ela tivesse 16 em vez de 32 anos. Ou 8. Ela se lembrou de algo que seu pai dissera uma vez: *Se já tem idade para mijar, já tem idade boa para mim.*

*Claro que vejo*, disse o sujeito sentado ao seu lado no bar, *mas o que significa?*

*Talvez você descubra*, respondeu Andi. Ela passou a língua pelo lábio superior. *Tenho mais uma tatuagem. Em outro lugar.*

*Posso ver?*

*Talvez. Você gosta de cinema?*

Ele franziu a testa. *Como assim?*

*Você quer ficar comigo, não quer?*

Ele sabia o que isso significava — ou o que supostamente significava. Havia outras garotas naquele lugar que, quando falavam em ficar, queriam dizer uma coisa. Não era o que Andi queria dizer.

*Claro. Você é bonita.*

*Então me convide para sair. Um encontro* de verdade. *Está passando* Os caçadores da arca perdida *no Rialto.*

*Eu estava pensando mais no pequeno hotel a dois quarteirões, descendo a rua. Um quarto com frigobar e varanda. Que tal?*

Ela aproximou os lábios da orelha dele e fizera com que os seios roçassem seu braço. *Talvez mais tarde. Primeiro me leve ao cinema. Pague minha entrada e compre pipocas. O escuro me faz ficar carinhosa.*

E lá estavam eles, com Harrison Ford na tela, grande como um arranha-
-céu, estalando o chicote na poeira do deserto. O sujeito velho com a cabeleira
presidencial estava com a mão embaixo da sua saia, mas ela posicionara o saco
de pipocas firmemente no colo, deixando que ele passasse da linha intermediá-
ria, mas assegurando que não chegasse ao gol. Ele tentava avançar mais, o que
era chato porque ela queria ver o final do filme e descobrir o que havia na Arca
Perdida. Então...

2

Às 2 da tarde de um dia de semana, o cinema estava quase deserto, mas havia
três pessoas sentadas duas fileiras atrás de Andi Steiner e seu acompanhante.
Dois homens, um bem velho e outro que parecia estar chegando à meia-idade
(embora as aparências enganassem), ladeavam uma mulher de beleza admirável.
Suas maçãs do rosto eram salientes, olhos cinza, pele acetinada. Seus abundan-
tes cabelos pretos estavam presos por uma fita larga de veludo. Em geral usava
um chapéu — uma velha e decrépita cartola — que havia deixado em seu trailer
naquele dia. Não se usava cartola no cinema. Seu nome era Rose O'Hara, mas
a família nômade com que viajava a chamava de Rose, a Cartola.

O homem que entrava na meia-idade era Barry Smith. Apesar de ser cem
por cento caucasiano, era conhecido naquela mesma família como Barry, o
China, por causa dos olhos ligeiramente puxados.

— Agora vejam isso — disse ele. — É interessante.

— O *filme* é que está interessante — disse o velho, o Vovô Flick, em um
resmungo. Mas era apenas uma demonstração de seu costumeiro mau humor.
Ele também observava o casal duas fileiras adiante.

— Melhor mesmo que esteja interessante — disse Rose —, porque a
mulher não tem tanto vapor assim. Um pouco, mas...

— Lá vai ela, lá vai ela — disse Barry enquanto Andi se inclinava e levava
os lábios à orelha de seu acompanhante. Barry sorria, segurando distraidamente a caixa de jujubas. — Ela já fez isso três vezes e ainda me diverto vendo.

3

A orelha do Homem de Negócios tinha um tufo de cabelos brancos e duros, além
de estar entupida de cera cor de merda, mas Andi não deixou que isso a inibisse;
queria dar o fora daquela cidade, e suas economias estavam perigosamente baixas.

— Você não está cansado? — murmurou na orelha nojenta. — Não quer dormir?

A cabeça do sujeito caiu imediatamente sobre o peito e ele começou a roncar. Andi enfiou a mão sob a saia e retirou dali a mão do homem, que relaxara o aperto, e a colocou no braço da cadeira. Depois mexeu no bolso do paletó de aspecto caro do Homem de Negócios. A carteira dele estava no bolso interno esquerdo. Isso era bom. Não precisaria obrigá-lo a tirar aquela bunda gorda do assento. Depois que estavam dormindo, mudá-los de posição podia ser complicado.

Ela abriu a carteira, jogou os cartões de crédito no chão e olhou as fotos por um instante — o Homem de Negócios com um bando de outros Homens de Negócios gordos em um campo de golfe; o Homem de Negócios com a mulher; o Homem de Negócios, muito mais jovem, diante de uma árvore de Natal, com o filho e as duas filhas. As meninas usavam gorros de Papai Noel e vestidos combinando. Ele provavelmente não as estuprava, mas a possibilidade não podia ser totalmente descartada. Os homens estupravam sempre que podiam sair impunes, isso ela aprendera. Pelo visto, ainda bem nova.

Havia mais de duzentos dólares na carteira. Ela esperara que houvesse até mais — no bar onde ela o conhecera ficavam prostitutas mais caras do que as do aeroporto —, mas não era nada mau para uma matinê de quinta-feira, e não faltavam homens querendo levar uma garota bonita ao cinema para alguns amassos, que seriam apenas preliminares. Ou assim esperavam.

4

— Tudo bem — murmurou Rose, começando a se levantar. — Estou convencida. Vamos lá.

Mas Barry pousou a mão em seu braço, detendo-a.

— Não, espere. Olhe só. Esta é a melhor parte.

5

Andi se inclinou, aproximando-se da orelha nojenta outra vez, e sussurrou:

— Durma mais profundamente. Tão profundamente quanto possível. A dor que você vai sentir será apenas um sonho. — Ela abriu a bolsa e tirou uma faca com cabo de madrepérola. Era pequena, mas com uma lâmina afiada como navalha. — O que será a dor?

— Apenas um sonho — murmurou o Homem de Negócios para o nó da própria gravata.

— É verdade, doçura. — Ela passou um braço ao redor dele e talhou rapidamente um duplo V em sua bochecha direita; uma bochecha tão gorda que não demoraria a virar uma papada. Parou um instante para admirar sua obra sob o feixe de luz onírico e colorido do projetor. Logo o sangue escorria profusamente. Ele acordaria com o rosto ardendo, a manga direita do terno caro ensopada, e precisando de um pronto-socorro.

*E como vai explicar para sua mulher? Pensará em alguma coisa, tenho certeza. Mas, a não ser que faça uma plástica, vai ver a minha marca toda vez que se olhar no espelho. E toda vez que for atrás de alguma desconhecida qualquer em um desses bares, vai se lembrar de como foi mordido por uma cascavel. Uma cascavel de saia azul e blusa branca de alça.*

Ela enfiou as duas notas de cinquenta e as cinco de vinte na bolsa, fechou-a com um clique e estava prestes a se levantar quando sentiu uma mão no ombro e uma voz feminina que sussurrava ao seu ouvido.

— Olá, querida. Você pode ver o resto do filme em outra ocasião. Agora você vem com a gente.

Andi tentou se virar, mas sentiu que mãos seguravam sua cabeça. O pior daquilo era que as mãos estavam *dentro* dela.

Depois disso — até que ela se encontrasse no trailer de Rose, em um camping decrépito nos arredores daquela cidade do centro-oeste — tudo ficou escuro.


# 6

Quando acordou, Rose lhe deu uma xícara de chá e conversou com ela durante um bom tempo. Andi ouvia tudo, mas a maior parte de sua atenção estava voltada para a mulher que a sequestrara. Tinha uma presença e tanto, para dizer o mínimo. Rose, a Cartola, tinha 1,80 metro, pernas compridas em calças brancas justinhas, seios empinados sob uma camiseta com a logomarca da UNICEF e o lema: *Não se medem esforços para salvar uma criança.* Tinha o semblante calmo, sereno e límpido de uma rainha. Seus cabelos, agora soltos, caíam até metade das costas. A cartola gasta posta de lado na cabeça era uma nota dissonante, mas, fora isso, era a mulher mais bonita que Andi já tinha visto.

— Você compreende o que estou dizendo? Estou lhe dando uma oportunidade, Andi, que você não devia desprezar. Já faz vinte anos ou mais que não oferecemos a ninguém o que estamos lhe oferecendo.

— E se eu disser não? O que acontece? Você vai me matar? E tomar esse... — como foi mesmo que ela chamou? — esse vapor?

Rose sorriu. Tinha os lábios cheios, rosa-coral. Andi, que se considerava assexuada, se pegou pensando em qual seria o gosto daquele batom.

— Você não tem vapor suficiente para ficar preocupada, querida, e o que *tem* está longe de ser apetitoso. Teria o gosto que carne velha e dura tem para um camponês.

— Para quem?

— Deixe para lá, apenas ouça. Não vamos matar você. O que faremos, se disser não, é apagar toda a lembrança desta conversinha. Você vai acordar no acostamento de uma estrada, perto de uma cidade qualquer... Topeka, talvez, ou Fargo... sem dinheiro, identidade, nem recordação de como foi parar lá. Sua última lembrança será de ter entrado naquele cinema com o sujeito que você roubou e mutilou.

— Ele merecia ser mutilado! — cuspiu Andi.

Rose ficou na ponta dos pés e se espreguiçou, os dedos tocando o teto do trailer.

— Isso é problema seu, querida, e eu não sou sua psiquiatra. — Ela não estava de sutiã, e Andi via os mamilos marcados na camiseta. — Mas tem uma coisa que você precisa levar em conta: vamos tomar seu talento e também o dinheiro, e a identidade que com certeza é falsa. Da próxima vez que você sugerir a algum cara que ele durma no escuro do cinema, ele vai se virar e perguntar que merda é essa.

Andi sentiu um arrepio de medo.

— Você não pode fazer isso. — Mas se lembrou das mãos terrivelmente fortes que tinham alcançado seu cérebro e teve certeza de que aquela mulher podia, sim, fazer aquilo. Talvez precisasse de uma pequena ajuda dos amigos, aqueles nos trailers reunidos em torno daquele ali, como leitões em torno das tetas da porca, mas sim, ela podia.

Rose ignorou o comentário.

— Quantos anos você tem, querida?

— Vinte e oito. — Ela andava mentindo a idade desde que chegara aos fatídicos 30.

Rose olhou para ela e sorriu, sem dizer nada. Andi encarou aqueles belos olhos cinzentos por cinco segundos e depois teve que desviar o olhar. Mas então seus olhos pousaram sobre os seios macios, firmes, mesmo sem o sutiã. E, quando levantou novamente o olhar, não passou dos lábios da mulher. Aqueles lábios rosa-coral.

— Você tem 32 — disse Rose. — Ah, só dá para ver um pouquinho... porque você teve uma vida dura. Sempre fugindo. Mas ainda é bonita. Fique com a gente, more com a gente, e em dez anos você realmente terá 28.

— Isso é impossível.

Rose sorriu.

— Em cem anos, você terá a aparência e se sentirá como se tivesse 35. Até tomar vapor, quer dizer. Então voltará aos 28, só que com a sensação de ter dez anos a menos. E você vai tomar vapor com frequência. Viver muito, permanecer jovem e comer bem: é isso que ofereço. Que tal?

— Parece bom demais para ser verdade — disse Andi. — Como esses anúncios que oferecem seguro de vida por dez dólares.

Ela não estava totalmente errada. Rose não contara nenhuma mentira (pelo menos até então), mas omitia algumas coisas. Como o fato de, às vezes, haver pouco vapor disponível. Como o fato de nem todo mundo sobreviver à Transformação. Rose achava que aquela ali poderia sobreviver, e Walnut, o médico fajuto do Nó, havia concordado, embora nada fosse certo.

— E você e seus amigos se chamam...?

— Não são meus amigos, são a minha família. Somos o Verdadeiro Nó. — Rose entrelaçou os dedos e os ergueu em frente ao rosto de Andi. — E o que foi atado jamais pode ser desatado. É preciso compreender isso.

Andi, já sabendo que uma garota que havia sido estuprada jamais podia ser desestuprada, compreendeu perfeitamente.

— Eu realmente tenho alguma alternativa?

Rose deu de ombros.

— Só alternativas ruins, querida. Mas é melhor que queira fazer isso. Isso torna a Transformação mais fácil.

— Dói? Essa Transformação?

Rose sorriu e contou a primeira mentira deslavada.

— De jeito nenhum.


7


Uma noite de verão nos arredores de uma cidade do centro-oeste.

Em algum lugar as pessoas assistiam a Harrison Ford estalando o chicote; em algum lugar, com certeza, o presidente ator dava seu sorriso duvidoso; ali, naquele camping, Andi Steiner estava recostada em uma espreguiçadeira barata, banhada pelos faróis do trailer de Rose e mais alguém. Rose lhe explicara que, apesar de o Verdadeiro Nó ter vários campings, aquele não era um deles. Mas o batedor do grupo era capaz de arrendar lugares assim, caindo aos pedaços, prestes a falir. A América sofria uma recessão, mas, para o Nó, dinheiro não era problema.

— Quem é esse batedor? — perguntou Andi.

— Ah, é um cara muito sedutor — disse Rose com um sorriso. — Capaz de seduzir e de fazer os passarinhos descerem das árvores. Você vai conhecê-lo em breve.

— Ele é especial para você?

Rose riu e acariciou o rosto de Andi. O toque de seus dedos produziu uma fisgada de excitação na barriga de Andi. Loucura, mas era verdade.

— Você está excitada, não está? Acho que ficará bem.

Talvez, mas, deitada ali, Andi não estava mais excitada; sentia apenas medo. Relatos de noticiário passavam por sua mente, de cadáveres encontrados em valas, cadáveres encontrados em clareiras na mata, cadáveres encontrados no fundo de poços vazios. Mulheres e meninas. Quase sempre de mulheres e meninas. Não era Rose quem lhe dava medo — não exatamente — e havia outras mulheres por ali, mas havia homens também.

Rose ajoelhou a seu lado. O feixe de luz dos faróis deveria ter transformado seu semblante em uma imagem sombreada e feia, mas aconteceu o oposto: só a deixou mais bonita. Ela acariciou mais uma vez o rosto de Andi.

— Não tenha medo. Não tenha medo.

Ela se virou para uma das outras mulheres, uma bela criatura pálida que Rose chamou de Sarey Shhh, e fez um aceno de cabeça. Sarey respondeu com outro aceno e entrou no grande trailer de Rose. Os outros começaram, nesse meio-tempo, a formar uma roda em volta da espreguiçadeira. Andi não gostou. Havia algo de *sacrifical* naquilo.

— Não tenha medo. Em breve você será uma de nós, Andi. Uma *com* a gente.

*A não ser*, pensou Rose, *que você não consiga retornar. Nesse caso, nós vamos simplesmente queimar suas roupas no incinerador nos fundos do camping e amanhã iremos embora. Quem não arrisca não petisca.*

Mas ela esperava que isso não acontecesse. Gostava daquela ali, e seu talento hipnótico seria útil.

Sarey voltou com um recipiente de aço que parecia uma garrafa térmica. Entregou-a a Rose, que tirou a tampa vermelha. Embaixo havia um bocal e uma válvula. Andi achou o recipiente parecido com um spray de inseticida, sem rótulo. Pensou em dar o fora da espreguiçadeira e sair correndo, mas então se lembrou do cinema. Das mãos que haviam entrado em sua cabeça, mantendo-a presa no lugar.

— Vovô Flick? — perguntou Rose. — Você quer conduzir?

— Com muito prazer.

Era o velho do cinema. Naquela noite trajava bermudas folgadas cor-de-rosa, meias brancas que subiam pelas canelas magricelas até os joelhos e sandálias franciscanas. Andi achava que ele parecia com o vovô Walton depois de dois anos em um campo de concentração. Ele ergueu as mãos e os demais fizeram o mesmo. Assim, lado a lado e de mãos dadas, as silhuetas destacadas pelos feixes dos faróis pareciam um cordão de bonecos de papel estranhos.

— Somos o Verdadeiro Nó — disse. A voz que saiu do peito magro deixara de ser trêmula: era a voz grave e vibrante de um homem muito mais novo e mais forte.

— *Somos o Verdadeiro Nó* — responderam. — *E o que foi atado jamais pode ser desatado.*

— Aqui está uma mulher — disse Vovô Flick. — Será que ela quer se juntar a nós? Será que deseja atar sua vida à nossa e ser una conosco?

— Diga sim — disse Rose.

— S-Sim — conseguiu dizer Andi. Seu coração não batia mais; vibrava como arame.

Rose apertou a válvula do recipiente. Houve um suspiro pequeno e baixo quando um jato de névoa prateada escapou dele. Em vez de se desmanchar à brisa leve do crepúsculo, ficou suspensa logo acima do recipiente até que Rose se inclinou para a frente, projetou seus fascinantes lábios cor de coral e soprou com delicadeza. A pequena nuvem — com o formato parecido ao de um balão de diálogo de história em quadrinho — foi empurrada até pairar acima dos olhos arregalados e do rosto virado para cima de Andi.

— Somos o Verdadeiro Nó e perduramos — proclamou Vovô Flick.

— *Sabbatha hanti* — responderam os outros.

A nuvem começou a descer muito devagar.

— Somos os escolhidos.

— *Lodsam hanti* — responderam.

— Respire fundo — disse Rose, beijando Andi delicadamente no rosto. — Vejo você do outro lado.

*Talvez.*

— Somos os bem-aventurados.

— *Cahanna risone hanti.*

Em seguida, todos juntos:

— Somos o Verdadeiro Nó e...

Mas Andi não conseguiu mais acompanhar. A coisa prateada parou em cima de seu rosto, e era fria, fria. Quando Andi a inalou, ela pareceu ganhar vida, de forma tenebrosa, e começou a gritar dentro dela. Uma criança feita de neblina — se era menino ou menina, ela não sabia — lutava para fugir, mas alguém impedia. *Rose* impedia, enquanto os outros permaneciam ao seu redor (em um nó), iluminando com uma dúzia de lanternas a cena de um assassinato em câmera lenta.

Andi tentou pular da espreguiçadeira, mas não tinha corpo. Seu corpo sumira. Onde ele estivera, havia agora só a dor na forma de um ser humano. A dor da criança que morria, e a dela.

*Aceite.* O pensamento era como um pano fresco na ferida ardente que era seu corpo. *Essa é a única maneira de fazer a passagem.*

*Não consigo, vivi fugindo dessa dor toda a minha vida.*

*Talvez, mas não há mais para onde fugir. Aceite. Engula. Tome o vapor ou morra.*

8

O Verdadeiro Nó ficou lá, com as mãos levantadas, cantando as palavras antigas: *sabbatha hanti, lodsam hanti, cahanna risone hanti.* Observaram enquanto a blusa de Andi Steiner esvaziava na região em que antes estavam os seios, enquanto a saia murchava como uma boca ao se fechar. Observaram enquanto o rosto se transformava em vidro leitoso. Os olhos dela permaneceram, contudo, flutuando como pequenos balões sobre as teias transparentes dos nervos.

*Mas eles vão sumir também,* pensou Walnut. *Ela não é forte o bastante. Achei que talvez fosse, mas me enganei. Talvez volte uma ou duas vezes, mas depois vai escapar do ciclo. Não vai sobrar nada além das roupas.* Tentou recordar a própria Transformação, mas só lembrava que era lua cheia e havia uma fogueira em vez dos faróis. Uma fogueira, o relincho de cavalos... e a dor. Era possível recordar uma dor? Não achava que fosse. Sabemos que ela existiu, que a gente sentiu aquilo, mas não era a mesma coisa.

O rosto de Andi voltou flutuante à existência, como o rosto de um fantasma sobre uma mesa mediúnica. A frente da blusa de repente se encheu de curvas; a saia se avolumou com o quadril e as coxas que voltavam ao mundo. Ela gritou de agonia.

— *Somos o Verdadeiro Nó e perduramos* — cantavam sob a luz dos faróis. — Sabbatha hanti. *Somos os escolhidos,* lodsam hanti. *Somos os bem-aventura-*

*dos,* cahanna risone hanti. — Assim continuariam até que acabasse. De um modo ou de outro, não levaria muito tempo.

Andi começou a sumir de novo. Sua carne tornou-se um vidro leitoso através da qual o Nó podia ver o esqueleto e a mandíbula aberta, em que brilhavam algumas obturações de prata. Os olhos desencarnados se reviravam loucamente em órbitas agora inexistentes. Ela ainda gritava, mas agora o som era agudo e ecoante, como se viesse de algum salão distante lá embaixo.

## 9

Rose pensou que Andi fosse desistir. Era o que faziam quando a dor era excessiva, mas aquela era uma garota forte. Voltou rodopiando à existência, gritando o tempo todo. Suas mãos recém-reencarnadas seguraram as de Rose com uma força maníaca, resistente. Rose se inclinou para a frente, mal notando a dor.

— Sei o que você quer, querida. Volte e terá o que deseja. — Baixou a boca até a de Andi, acariciando-lhe o lábio superior com a língua até que a boca virasse névoa. Mas os olhos não sumiram, fixos nos de Rose.

— *Sabbatha hanti* — cantavam. — *Lodsam hanti. Cahanna risone hanti.*

Andi voltou, com o rosto a brotar em torno dos olhos fixos, repletos de dor. O corpo em seguida. Por um instante, Rose viu os ossos de seus braços, os ossos dos dedos que agarravam os seus, e logo eles estavam novamente revestidos de carne.

Rose a beijou de novo. Mesmo em meio à dor, Andi correspondeu e Rose exalou sua própria essência pela garganta da mulher mais jovem.

*Quero essa aí. E eu consigo o que quero.*

Andi começou a se desintegrar de novo, mas Rose podia ver que ela estava combatendo, dominando aquilo. Alimentando-se da força vital vibrante exalada dentro de sua garganta, dentro de seus pulmões, em vez de afastá-la.

Tomando vapor pela primeira vez.

## 10

O membro mais recente do Verdadeiro Nó passou aquela noite na cama de Rose O'Hara e, pela primeira vez na vida, encontrou algo no sexo que não era doloroso e horrível. A garganta doía de tanto gritar na espreguiçadeira, mas gritou de novo enquanto a nova sensação — um prazer comparável à dor da Transformação — dominava seu corpo, parecendo torná-lo transparente mais uma vez.

— Grite à vontade — disse Rose, levantando os olhos de entre as coxas dela. — Eles já escutaram muitos gritos. Tanto os maus quanto os bons.

— Sexo é assim para todo mundo?

Se fosse, quanta coisa ela perdera! Quanta coisa o filho da puta do pai lhe roubara! E as pessoas ainda pensavam que *ela* era uma ladra!

— É assim para a gente, depois que tomamos vapor — disse Rose. — É só disso que você precisa saber.

Ela abaixou a cabeça e tudo recomeçou.


# 11

Faltando pouco para a meia-noite, Charlie Ficha e Baba, a Russa, estavam sentados no degrau mais baixo do trailer de Charlie, dividindo um baseado e olhando a lua. Do trailer de Rose vinham mais gritos.

Charlie e Baba se entreolharam, sorrindo.

— Alguém está gostando muito da coisa.

— E tem como não gostar? — disse Charlie.


# 12

Andi acordou à primeira luz do dia, com a cabeça recostada nos seios de Rose. Sentia-se inteiramente diferente; não se sentia nada diferente. Levantou a cabeça e viu que aqueles olhos cinzentos incríveis de Rose a fitavam.

— Você me salvou — disse Andi. — Você me trouxe de volta.

— Eu não poderia ter feito isso sozinha. Você queria voltar. — *Por mais de um motivo, querida.*

— O que fizemos depois... não podemos fazer de novo, podemos?

Rose sacudiu a cabeça, sorrindo.

— Não. Mas não faz mal. Há experiências que nunca podem ser superadas. Além do mais, meu homem volta hoje.

— Como ele se chama?

— O nome que ele usa é Henry Rothman, mas isso só para os camponeses. Seu nome verdadeiro é Pai Corvo.

— Você o ama? Ama, não é?

Rose sorriu, puxou Andi para mais perto e lhe deu um beijo. Mas não respondeu.

— Rose?

— Sim?

— Eu ainda... ainda sou humana?

A isso Rose respondeu do mesmo jeito que Dick Hallorann havia certa vez respondido ao jovem Danny Torrance, e no mesmo tom de voz frio:

— Isso importa?

Andi decidiu que não. Decidiu que estava em casa.

# MAMÃE

## 1

Havia uma confusão de pesadelos — alguém brandindo um martelo e perseguindo-o por infindáveis corredores, um elevador que andava sozinho, arbustos em formato de animais que ganhavam vida e o cercavam — e finalmente um pensamento claro: *Eu queria estar morto.*

Dan Torrance abriu os olhos. A luz do sol os atingiu até chegar à cabeça dolorida, ameaçando atear fogo ao cérebro. A ressaca para acabar com todas as ressacas. Seu rosto latejava. As narinas estavam congestionadas, salvo por uma pequena abertura na esquerda que deixava entrar um filete de ar. Esquerda? Não, direita. Podia respirar pela boca, mas estava com um gosto horrível de uísque e cigarro. Seu estômago era uma bola de chumbo, cheio de comida ruim. *Barriga da manhã seguinte,* como um velho camarada de copo chamava essa terrível sensação.

Ronco alto ao seu lado. Dan virou a cabeça, apesar de o pescoço reclamar e outro raio de dor explodir na têmpora. Abriu os olhos de novo, mas só um pouco; chega desse sol ofuscante, por favor. Ainda não. Ele estava deitado em um colchão sem lençóis, no chão. Uma mulher nua jazia estatelada de costas a seu lado. Dan olhou para baixo e viu que ele também estava pelado.

*O nome dela é... Dolores? Não. Debbie? Parecido com isso, mas ainda não...*

Deenie. O nome dela era Deenie. Tinha conhecido a mulher em um bar chamado Via Láctea, e tudo fora muito divertido até...

Não conseguia se lembrar, e uma olhada em suas mãos — ambas inchadas, com os nós dos dedos da direita ralados e feridos — o fez decidir que não queria lembrar. E o que importava? O cenário básico jamais mudava. Ele enchia a cara, alguém dizia algo errado, seguia-se o caos e uma briga de bar. Havia um cão perigoso dentro de sua cabeça. Quando sóbrio, podia controlá-lo com a coleira. Quando bebia, a coleira sumia. *Mais cedo ou mais tarde vou matar alguém.* Pelo que sabia, podia ter matado na noite passada.

*Ei, Deenie, aperte meu pau.*

Ele teria mesmo dito isso? O pior é que achava que sim. Ele agora se lembrava um pouco, mas até um pouco era demais. Estava jogando sinuca, tentando dar um efeito na bola, e a filha da puta manchada de giz tinha pulado da mesa e rolado até o jukebox que tocava — que mais podia ser? — música country. Achava que era Joe Diffie. Por que tinha jogado a bola fora da mesa daquele jeito? Porque estava bêbado e porque Deenie estava atrás dele, apertando seu pau debaixo da mesa, e ele queria se exibir para ela. Tudo muito divertido. Mas aí o cara de boné e camisa de caubói chique de seda havia rido, e esse foi o erro dele.

Caos e briga de bar.

Dan tocou a boca e sentiu que havia grossas salsichas no lugar dos lábios que tinha quando deixou aquela espelunca na tarde do dia anterior, com pouco mais de quinhentos paus no bolso da frente das calças.

*Pelo menos todos os meus dentes parecem estar...*

Sentiu uma ânsia jorrar do estômago. Soltou um arroto e a boca se encheu de uma nojeira azeda com gosto de uísque, que ele engoliu de volta. Queimou ao descer. Rolou o corpo e se ajoelhou no colchão, levantou com dificuldade, depois oscilou quando o quarto começou a dançar um tango delicado. Estava de ressaca, com a cabeça estourando, a barriga cheia da comida vagabunda que consumira na noite anterior para segurar a bebida... mas também ainda estava de porre.

Catou a cueca do chão e deixou o quarto levando-a, não exatamente mancando, mas claramente apoiando o peso na perna esquerda. Tinha uma vaga recordação — que ele esperava que jamais se avivasse — do caubói com o boné atirando uma cadeira. Foi quando ele e Deenie-aperta-pau foram embora, não exatamente correndo, mas rindo como loucos.

Outra ânsia em seu estômago embrulhado. Dessa vez acompanhada de uma contração que parecia um aperto de mão com luvas de borracha. Isso liberou todas as coisas que o faziam querer vomitar: o cheiro avinagrado de ovos cozidos de um grande jarro de vidro, o gosto do torresmo com sabor de churrasco, a visão de fritas afogadas em um ketchup que parecia hemorragia nasal. Toda essa merda que ele empurrara goela abaixo na noite anterior, entre os goles de bebida. Ele ia vomitar, mas imagens não paravam de surgir, girando como a roda da fortuna de algum programa de TV, em um pesadelo.

*O que temos aqui para o nosso próximo participante, Johnny? Bem, Bob, um prato enorme de SARDINHAS GORDUROSAS!*

O banheiro era do outro lado de um pequeno corredor. A porta estava aberta, a tampa da privada erguida. Dan mergulhou, caiu de joelhos e vomitou uma torrente de uma coisa marrom-amarelada em cima de um cagalhão flutuante. Desviou o olhar, tateou em busca da válvula e deu descarga. A água subiu, mas não havia sinal de que estivesse descendo. Ele olhou para trás e viu algo preocupante: o cagalhão, provavelmente dele mesmo, subia em direção à borda suja de mijo da privada, no mar de salgadinhos de bar meio digeridos. Bem na hora em que ia transbordar, o sifão desengasgou e aquela porcaria toda desceu. Dan vomitou de novo, depois se sentou com as costas apoiadas na parede do banheiro, a cabeça latejante abaixada, esperando que a caixa voltasse a encher para dar descarga de novo.

*Chega. Juro. Chega de bebida, de bares, de brigas.* Prometeu-se pela centésima vez. Ou milésima.

Uma coisa era certa: precisava deixar aquela cidade ou podia arrumar problemas. Um problema *sério* não estava fora de cogitação.

*Johnny, o que temos para o vencedor da sorte grande de hoje? Bob, DOIS ANOS DE CADEIA POR AGRESSÃO E DANOS CORPORAIS!*

E... a plateia do estúdio delira.

A caixa do sanitário terminara de encher. Ele deu descarga na Manhã Seguinte, Segunda Parte, depois fez uma pausa, examinando o buraco negro de sua memória recente. Será que sabia o próprio nome? Sim! Daniel Anthony Torrance. Sabia o nome da garota que roncava no colchão no outro cômodo? Sim! Deenie. Não lembrava o sobrenome, mas era provável que ela nunca tivesse lhe dito. Sabia o nome do atual presidente?

Para horror de Dan, não sabia, pelo menos não de estalo. O cara tinha um corte de cabelo brega, tipo Elvis, e tocava saxofone — bastante mal. Mas o nome...?

*Você sabe ao menos onde está?*

Cleveland? Charleston? Era em uma ou outra.

Ao dar a descarga, o nome do presidente lhe veio à cabeça com esplêndida clareza. E Dan não estava em Cleveland nem em Charleston. Estava em Wilmington, Carolina do Norte. Trabalhava como enfermeiro no Grace of Mary Hospital. Ou trabalhara. Era hora de seguir adiante. Se fosse para outro lugar, um lugar *bom,* talvez conseguisse parar de beber e recomeçar.

Levantou-se e se olhou no espelho. O estrago não era tão grande como temia. Nariz inchado, mas não chegava a estar quebrado — pelo menos achava que não. Crostas de sangue seco acima do lábio superior inchado. Havia uma contusão na face direita (o caubói do boné devia ser canhoto) com a marca em sangue pisado de um anel, bem no meio. Outra contusão, grande, se espalhava a partir da clavícula do ombro direito. Aquilo, parecia se lembrar, havia sido de um taco de sinuca.

Examinou o armário de remédios. Entre tubos de maquiagem e uma porção de frascos de remédios comuns, achou três de remédios controlados. O primeiro era Diflucan, geralmente receitado para infecções de cândida. Isso o fez se sentir feliz por ser circuncidado. O segundo era Darvon Comp 65. Abriu-o, viu meia dúzia de cápsulas e botou três no bolso para usar depois. O último controlado era Fioricet, e o frasco estava — graças a Deus — quase cheio. Ele engoliu três comprimidos com água. Inclinar-se sobre a pia piorou a dor de cabeça, mas ele achou que logo estaria melhor. Fioricet, recomendado para enxaqueca e dores de cabeça tensionais, era tiro e queda para ressaca. Bem... quase tiro e queda.

Começou a fechar o armário, depois olhou de novo. Moveu algumas coisas de lugar. Não havia diafragma. Talvez estivesse na bolsa dela. Ele esperava que sim, porque ele não trouxera camisinha. Se a tivesse fodido — embora ele não tivesse certeza, provavelmente tinha acontecido —, montara nela sem proteção.

Vestiu a cueca e voltou arrastando os pés para o quarto; parou na porta um instante e olhou para a mulher que o levara para casa na noite anterior. Com braços e pernas abertos, tudo à mostra. Na noite anterior, ela parecera uma deusa do mundo ocidental, na saia de couro na altura das coxas e sandálias de cortiça, top curto e brincos de argola. Naquela manhã ele via a massa branca e pastosa de uma barriga de bebedeira, além da papada que brotava sob o queixo.

Viu algo ainda pior. Ela não chegava a ser uma mulher. Provavelmente não chegava a ser chave de cadeia (por favor, meu Deus, chave de cadeia, não), mas certamente não tinha mais de 20 anos, talvez nem isso. Na parede, um pôster do KISS perturbadoramente infantil, com Gene Simmons cuspindo fogo. Em outra, um gatinho bonitinho com olhos espantados, pendurado em um galho de árvore. SEGURA FIRME, FOFINHO, aconselhava o cartaz.

Ele precisava sair dali.

Suas roupas estavam emboladas no pé do colchão. Separou sua camiseta da calcinha dela, enfiou-a pela cabeça, depois os jeans. Congelou enquanto subia o zíper, ao perceber que o bolso da frente estava muito mais liso do que quando saíra daquela espelunca, na tarde anterior.

*Não, não pode ser.*

A cabeça que começara a melhorar um pouquinho voltou a latejar, e as batidas de seu coração aceleraram quando ele enfiou a mão no bolso, encontrando nada além de uma nota de dez dólares e dois palitos, um dos quais o espetou na pele sensível sob a unha do indicador. Mas ele mal notou.

*A gente não bebeu quinhentos dólares. Não mesmo. Estaríamos mortos se tivéssemos bebido tudo isso.*

Sua carteira ainda estava no lugar de sempre, no bolso de trás. Tirou-a, cheio de expectativa, mas nada. Em algum momento ele devia ter transferido os dez dólares que ele geralmente guardava lá para o bolso da frente. No bolso da frente o dinheiro ficava mais bem-guardado contra os furtos nos bares, coisa que agora parecia uma piada.

Olhou para a garota-mulher esparramada que roncava no colchão e avançou para ela, pretendendo sacudi-la até acordá-la e lhe perguntar o que fizera com a porra do dinheiro. *Estrangulá-la* até que acordasse se fosse preciso. Mas, se ela o tivesse roubado, por que o levaria para a própria casa? E será que não tinham feito mais nada? Alguma outra aventura depois de terem saído do Via Láctea? Agora que a cabeça clareava, uma recordação surgiu — nebulosa, mas ainda assim válida — de ambos tomando um táxi até a estação de trem.

*Conheço um cara que faz ponto ali, querido.*

Ela dissera aquilo mesmo, ou seria sua imaginação?

*Ela disse mesmo. Estou em Wilmington, o presidente é Bill Clinton, e fomos até a estação de trem. Onde havia mesmo um cara. Do tipo que gosta de fazer negócio em banheiros de homem, especialmente quando o freguês tem uma cara ligeiramente retocada. Quando perguntou quem tinha me batido, eu disse a ele...*

— Disse a ele para ir se foder — murmurou Dan.

Quando os dois entraram, Dan pretendia comprar um grama para satisfazer sua acompanhante, não mais que isso, e só se não fosse batizado com Manitol. Pó talvez fosse o fraco de Deenie, mas com certeza não era o seu. Anacin de rico, já ouvira falar, e ele estava longe de ser rico. Mas então alguém saíra de um dos reservados. Do tipo homem de negócios com uma pasta que batia no joelho. E quando o Homem de Negócios foi lavar as mãos em uma das pias, Dan vira moscas rastejando no seu rosto.

Moscas de defunto. O Homem de Negócios era um cadáver ambulante e não sabia.

Então, em vez de pegar leve, tinha quase certeza de que pegara pesado. Talvez tivesse mudado de opinião no último momento. Era possível; não se lembrava de muita coisa.

*Mas me lembro das moscas.*

Sim. Lembrava-se delas. A bebida bloqueava a iluminação, tirava-a do ar, mas ele nem estava certo de que as moscas tinham a ver com ser iluminado. Elas iam e vinham como queriam, estivesse ele bêbado ou sóbrio.

Pensou de novo: *eu preciso sair daqui*.

Pensou de novo: *eu queria estar morto*.


2


Deenie soltou um ronco abafado e virou-se contra a luz cruel da manhã. A não ser pelo colchão no assoalho, o cômodo não tinha mobília; nem sequer uma cômoda de brechó. O closet estava aberto, e Dan podia ver a maior parte do escasso guarda-roupa de Deenie empilhado em duas cestas plásticas de lavanderia. As poucas peças em cabides pareciam ser roupas para pular de bar em bar. Podia ver uma camiseta vermelha com os dizeres SEXY GIRL em lantejoulas no peito e uma saia de brim, com a bainha desfiada. Havia dois pares de tênis, dois pares de sapatilhas e um par de saltos altos, cheio de tiras, do tipo me-coma. Mas nada de sandálias. Nem sinal de seus próprios Reeboks fodidos, aliás.

Dan não conseguia se lembrar de tirarem os sapatos quando entraram, mas, se tivessem tirado, eles estariam na sala, da qual *conseguia* se lembrar — vagamente. A bolsa dela talvez estivesse lá também. Talvez tivesse dado a ela o resto de seu dinheiro para guardar. Improvável, mas não impossível.

Com a cabeça latejando, atravessou o pequeno corredor até o que ele supôs ser o único outro cômodo do apartamento. Em um canto havia uma cozinha mínima, que consistia em uma chapa elétrica e um frigobar enfiado debaixo da bancada. Na saleta, um sofá com o enchimento vazando, um dos lados apoiado em tijolos. Estava de frente para uma TV grande, com uma rachadura no meio da tela. A tela havia sido emendada com um pedaço de fita adesiva, que agora soltava em um dos cantos. Pelo menos duas moscas estavam grudadas na fita, uma ainda se mexendo ligeiramente. Dan a olhou com um fascínio mórbido, refletindo (não pela primeira vez) que o olhar de ressaca possuía a estranha capacidade de encontrar sempre a coisa mais feia de determinado cenário.

Havia uma mesa de centro diante do sofá. Em cima dela, um cinzeiro repleto de guimbas, um saquinho cheio de pó branco e uma revista *People* com mais pó espalhado em cima. Ao lado, para completar a cena, uma nota de dólar ainda parcialmente enrolada. Ele não sabia quanto tinham cheirado, mas, a julgar pelo que tinha sobrado, ele podia dar adeus aos seus quinhentos dólares.

*Que merda. Eu nem sequer gosto de pó. E, aliás, como consegui cheirar? Mal consigo respirar.*

Ele não cheirara. *Ela* havia cheirado. Ele esfregara nas gengivas. Tudo começava a voltar. Teria preferido não lembrar, mas era tarde demais.

As moscas de defunto no banheiro, entrando e saindo da boca do Homem de Negócios, rastejando sobre seus olhos úmidos. O traficante perguntando o que ele estava olhando. Dan dizendo a ele que não era nada, não importava, vamos ver o que você tem. Acabou que o traficante tinha muita coisa. Geralmente tinham. Depois a corrida até a casa dela, em outro táxi, Deenie já cheirando nas costas da mão, apressada demais — ou necessitada demais — para esperar. Os dois tentando cantar *Mr. Roboto.*

Ele viu as sandálias dela e seus Reeboks perto da porta, e eis que surgiram mais memórias douradas. Ela não tinha tirado as sandálias, apenas as deixara cair, porque àquela altura ele estava com as mãos apertando sua bunda, enquanto as pernas dela se prendiam em volta da cintura dele. O pescoço dela cheirava a perfume, o hálito a torresmo com gosto de churrasco. Eles tinham comido punhados de torresmo antes de irem para a mesa de sinuca.

Dan calçou os sapatos, depois foi até a cozinha, achando que talvez tivesse café solúvel no único armário. Não encontrou café, mas viu a bolsa dela jogada no chão. Achou que se lembrava de Deenie atirando a bolsa para o sofá e rindo quando errou o alvo. Metade de suas coisas havia se espalhado, inclusive uma carteira vermelha de couro falso. Ele botou tudo de volta na bolsa e a levou à sala. Apesar de saber muitíssimo bem que seu dinheiro morava agora no bolso dos jeans de grife do traficante, parte sua insistia que deveria ter sobrado *alguma coisa,* mesmo que só fosse porque ele precisava que tivesse sobrado. Dez dólares bastavam para três drinques ou dois engradados de cerveja, mas hoje ele ia precisar de mais do que isso.

Ele pegou e abriu a carteira dela. Tinha umas fotos — duas de Deenie com um sujeito qualquer que se parecia demais com ela para não ser seu parente, duas de Deenie segurando um bebê, uma de Deenie com vestido de baile de formatura ao lado de um garoto dentuço em um terrível smoking azul. O compartimento de cédulas estava estufado. Isso lhe deu certa esperança até que ele o abriu e viu um monte de vales de alimentação. Tinha também um pouco de dinheiro: duas notas de vinte e três de dez.

*É meu dinheiro. O que sobrou, aliás.*

Mas sabia que não era verdade. Ele nunca pediria para uma vagabunda que conheceu em um bar guardar seu pagamento da semana. Era dela.

Sim, mas o pó não tinha sido ideia dela? Não era por causa dela que ele estava duro e de ressaca naquela manhã?

*Não. Você está de ressaca porque estava bêbado. Está duro porque viu as moscas de defunto.*

Talvez fosse verdade, mas, se ela não insistisse em ir até a estação para comprar o pó, ele jamais teria *visto* as moscas de defunto.

*Ela talvez precise dos setenta paus para fazer compras.*

Certo. Um pote de manteiga de amendoim e outro de geleia de morango. E também um pacote de pão em que passar. Ela tem os vales de alimentação para o resto.

*Ou aluguel. Ela talvez precise do dinheiro para isso.*

Se precisasse de dinheiro para o aluguel, podia vender a TV. Talvez o traficante ficasse com ela, com rachadura e tudo. Setenta dólares não serviriam muito mesmo para o aluguel de um mês, mesmo de uma espelunca como aquela, pensou.

*Não é seu, velhinho.* Era a voz da mãe, a última das vozes que ele queria ouvir quando estava com uma ressaca desgraçada e precisando desesperadamente beber.

— Foda-se, mãe. — A voz era baixa, mas sincera. Pegou o dinheiro, enfiou no bolso, devolveu a carteira à bolsa e se virou.

Um menino estava ali em pé.

Parecia ter mais ou menos um ano e meio. Usava uma camiseta do Atlanta Braves que chegava aos joelhos, mas de qualquer jeito a fralda embaixo aparecia, porque estava cheia e descera quase até os tornozelos. O coração de Dan deu um pulo enorme no peito, e a cabeça, um súbito e terrível solavanco, como se Thor tivesse batido ali seu martelo. Por um instante, ele teve certeza de que teria um derrame, um infarto, ou ambos.

Então respirou fundo e falou:

— De onde *você* surgiu, carinha?

— Mamãe — disse o garoto.

De certa forma, fazia todo sentido — Dan também surgira de sua mãe —, mas não ajudava em nada. Uma dedução péssima se formava em sua cabeça latejante, mas ele não queria aceitá-la.

*Ele viu você pegar o dinheiro.*

Talvez, mas não era essa a dedução. Se o garoto tinha visto, e daí? Ele não tinha nem 2 anos. Garotos dessa idade aceitavam tudo que os adultos faziam. Se visse a mãe andando no teto, soltando fogo pelas mãos, aceitaria.

— Qual o seu nome, carinha? — A voz dele pulsava no ritmo do próprio coração, que ainda não se acalmara.

— Mamãe.

*É mesmo? Os outros garotos vão zoar quando você chegar ao colégio.*

— Você veio da casa vizinha? Ou do apartamento no fim do corredor?

*Diga sim, por favor. Porque a dedução é esta: se esse menino for de Deenie, então ela foi rodar pelos bares e o deixou trancado neste apartamento de merda. Sozinho.*

— Mamãe!

Então o garoto viu o pó na mesa de centro e foi andando até ela, rebolando com o volume que a fralda fazia em torno das virilhas.

— Doce!

— Não, isso não é doce — disse Dan, embora fosse; doce para o nariz.

Sem lhe dar atenção, o menino estendeu a mão para pegar o pó branco. Nesse momento, Dan viu contusões na parte superior do seu braço. O tipo causado por um apertão.

Ele agarrou o menino pela cintura e entre as pernas. Ao girá-lo, levantando-o e afastando-o da mesa (com a fralda molhada vazando mijo por entre as mãos dele até escorrer pelo chão), a cabeça de Dan se encheu de uma imagem breve, mas excruciantemente clara: o cara parecido com Deenie na foto da carteira, levantando e sacudindo o garoto. Deixando a marca de dedos.

*(Ei, Tommy, qual parte de "sai daqui, porra" você não entendeu?)*

*(Randy, pare, ele é só um bebê)*

Então sumiu. Mas aquela segunda voz, fraca e queixosa, era de Deenie, e ele percebeu que Randy era seu irmão mais velho. Fazia sentido. Nem sempre era o namorado quem abusava. Às vezes era o irmão. Às vezes o tio. Às vezes

*(saia daí, seu filhote vagabundo, saia daí e venha tomar seu remédio)*

até o velho e querido papai.

Ele levou o bebê — Tommy, seu nome era Tommy — para o quarto. O menino viu a mãe e começou imediatamente a se remexer.

— Mamãe! Mamãe! *Ma*mãe!

Quando Dan o botou no chão, ele correu até o colchão e se agachou ao lado dela. A camiseta do Braves levantou e Dan reparou que havia mais contusões nas pernas do menino.

*O nome do irmão é Randy. Eu poderia achá-lo.*

O pensamento foi frio e límpido como gelo em um lago em janeiro. Se ele segurasse a foto da carteira e se concentrasse, ignorando o latejar na cabeça, provavelmente *conseguiria* encontrar o irmão mais velho. Já fizera coisas assim antes.

*Eu poderia provocar algumas contusões nele também. Dizer a ele que da próxima vez o mataria.*

Só que não haveria próxima vez. Wilmington já era. Ele jamais voltaria a ver Deenie ou aquele apartamentozinho desgraçado. Ele jamais pensaria na noite anterior e naquela manhã de novo.

Desta vez era a voz de Dick Hallorann. *Não, querido. Talvez você possa guardar as coisas do Overlook trancadas em cofres, mas não as recordações. Essas nunca. Elas são os* verdadeiros *fantasmas.*

Dan ficou na porta olhando Deenie e seu menino machucado. O garoto tinha voltado a dormir e, à luz do sol da manhã, ambos pareciam quase angelicais.

*Ela não é nenhum anjo. Talvez não tenha batido nele, mas foi para a farra e o deixou sozinho. Se você não estivesse ali quando ele acordou e entrou na sala...*

*Doce,* dissera o menino, estendo a mão para pegar o pó. Nada bom. Tinha que fazer algo.

*Talvez, mas não eu. Seria ótimo reclamar na justiça sobre negligência parental com a cara desse jeito, não seria? Fedendo a bebida e a vômito. Apenas um cidadão direito cumprindo seu dever cívico.*

*Você pode devolver o dinheiro dela,* disse Wendy. *Pelo menos isso.*

Ele quase fez. Verdade. Tirou do bolso e ficou com ele na mão. Chegou a andar até a bolsa dela, e a caminhada deve ter feito bem a ele, porque teve uma ideia.

*Se for para levar alguma coisa, leve o pó. Dá para vender esse resto por cem paus. Talvez até duzentos, se não tiver zoado demais.*

Só que se o pretenso comprador fosse um agente do departamento de narcóticos — só faltava essa — ele acabaria na cadeia. Onde também poderia ser acusado de qualquer burrice que tivesse acontecido no Via Láctea. O dinheiro era mais seguro. Setenta paus garantidos.

*Vou dividir,* decidiu. *Quarenta para ela, trinta para mim.*

Só que trinta não adiantavam muito para ele. E tinha os vales de alimentação — um maço tão grande que era capaz de engasgar um cavalo. Ela podia alimentar o menino com eles.

Ele pegou o pó e a revista *People* empoeirada e colocou tudo na bancada da cozinha, a salvo do alcance da criança. Havia uma esponja na pia, que ele usou para limpar os resíduos na mesa de centro. Dizendo a si mesmo que, se ela surgisse cambaleando enquanto ele fazia isso, ele lhe devolveria a porra do dinheiro. Dizendo a si mesmo que, se ela continuasse a roncar, merecia o que quer que acontecesse.

Deenie não apareceu. Continuou a roncar.

Dan acabou a limpeza, jogou a esponja de volta na pia e pensou por um momento em deixar um bilhete. Mas o que diria? *Tome mais cuidado com seu menino e, por falar nisso, levei sua grana.*

Certo, nada de bilhete.

Foi embora com o dinheiro no bolso da frente, tomando cuidado para não bater a porta ao sair. Disse a si mesmo que estava sendo atencioso.


## 3

Por volta do meio-dia — depois que sua ressaca tinha passado, graças ao Fioricet de Deenie e a um drinque de Darvon — ele procurou uma loja de bebidas chamada Golden's Discount Liquors & Import Beers. Ficava em uma parte antiga da cidade, onde as lojas eram de tijolos, as calçadas estavam quase sempre vazias e as casas de penhor (cada uma exibindo uma bela coleção de navalhas) eram muitas. Tinha a intenção de comprar uma garrafa grande de uísque muito barato, mas o que viu em frente à loja o fez mudar de ideia. Era um carrinho de compras lotado com todo tipo de pertences de um mendigo. O mendigo em questão estava lá dentro, conversando com o vendedor. Tinha um cobertor, enrolado e amarrado com barbante, em cima do carrinho. Dan podia distinguir umas duas manchas nele, mas, no geral, não estava tão ruim. Pegou o cobertor e se afastou depressa com ele debaixo do braço. Depois de roubar setenta dólares de uma mãe solteira viciada em drogas, pegar o tapete mágico de um mendigo parecia coisa pouca. Razão pela qual ele talvez se sentisse menor do que nunca.

*Sou o Incrível Homem que Encolheu*, pensou, dobrando depressa a esquina com seu novo prêmio. *Basta roubar mais umas coisinhas e sumirei totalmente de vista.*

Ele estava à espera dos berros revoltados do mendigo — quanto mais malucos, mais alto berravam —, mas não houve nenhum. Mais uma esquina e ele podia se parabenizar por uma fuga eficaz.

Dan dobrou a esquina.


## 4

De noite, estava sentado na boca de um grande bueiro na encosta, embaixo da ponte Cape Fear Memorial. Ele tinha um quarto, mas havia o problema dos aluguéis atrasados, que ele prometera pagar com certeza até cinco da tarde do dia anterior. E não era só isso. Se voltasse a seu quarto, poderia ser convidado a comparecer a certo prédio municipal parecido com uma fortaleza, a fim de responder a certas perguntas sobre uma briga em um bar. De modo geral, parecia mais seguro se manter afastado.

Havia um abrigo no Centro chamado Casa da Esperança (que os bebuns, claro, chamavam Casa do Desespero), mas Dan não tinha nenhuma intenção de ir para lá. Podia-se dormir lá de graça, mas, se tivesse alguma garrafa, eles a tomavam. Wilmington estava cheia de espeluncas de pernoite e motéis baratos, onde ninguém ligava se a pessoa bebesse, roncasse ou se picasse, mas por que gastar um bom dinheiro em um leito quando o tempo estava quente e seco? Ele podia se preocupar com camas e tetos quando fosse para o norte. Sem falar na dificuldade em pegar seus pertences do quarto em Burney Street sem que a proprietária percebesse.

A lua se elevava acima do rio. O cobertor estava estendido atrás dele. Em breve ele deitaria, o enrolaria em volta de si como um casulo e dormiria. Estava suficientemente bêbado para se sentir feliz. Taxiar e decolar tinha sido difícil, mas agora toda a turbulência de baixa altitude havia passado. Ele achava que não estava levando o que a América careta julgava ser uma vida exemplar, mas, por enquanto, tudo bem. Tinha uma garrafa de Old Sun (comprada em uma loja de bebidas a uma distância segura da Golden's Discount) e metade de um sanduíche para o café da manhã. O futuro era nebuloso, mas hoje a lua estava clara. Tudo estava como devia estar.

*(Doce)*

De repente, o menino estava com ele. Tommy. Bem ali, junto dele. Tentando pegar o pó. Com contusões no braço. Olhos azuis.

*(Doce)*

Viu aquilo com uma clareza dolorosa que não tinha nada a ver com a iluminação. E mais. Deenie deitada de costas, roncando. A carteira vermelha de couro falso. O maço de vales de alimentação com DEPARTAMENTO DE AGRICULTURA DOS EUA impresso. O dinheiro. Os setenta dólares. Que ele pegara.

*Pense na lua. Pense em como ela parece serena sobre a água.*

Foi o que fez durante algum tempo, mas então viu Deenie deitada de costas, a carteira vermelha de couro falso, o maço de vales de alimentação, as pobres notas amassadas (cuja maioria já gastara). E com mais nitidez que tudo, viu o menino querendo pegar o pó com a mão que parecia uma estrela-do-mar. Olhos azuis. Braço machucado.

*Doce*, disse ele.

*Mamãe*, disse ele.

Dan tinha aprendido o truque de medir seus goles; assim a bebida durava mais, a onda era mais suave e a dor de cabeça no dia seguinte mais leve e administrável. Às vezes, contudo, esse controle fracassava. Merdas aconteciam. Como no Via Láctea. Aquilo havia sido mais ou menos um acidente, mas hoje à noite, secar a garrafa em quatro longos goles tinha sido proposital. A mente era um quadro-negro. E a bebida, o apagador.

Deitou-se e puxou o cobertor roubado em volta de si. Esperou pela perda de consciência, e ela chegou, mas primeiro veio Tommy. A camiseta do Atlanta Braves. A fralda caindo. Olhos azuis, braço machucado, mão de estrela-do-mar.

*Doce. Mamãe.*

*Eu nunca vou falar disso*, disse para si mesmo. *Com ninguém.*

Enquanto a lua crescia sobre Wilmington, Carolina do Norte, Dan Torrance caía no sono. Teve sonhos sobre o Overlook dos quais não iria se lembrar depois que acordasse. O que se lembrou ao acordar foi dos olhos azuis, do braço machucado, da mão estendida.

Conseguiu pegar seus pertences e foi para o norte, primeiro para Nova York, depois para Massachusetts. Dois anos se passaram. Às vezes, ele ajudava algumas pessoas, na maioria, idosos. Tinha jeito para isso. Em muitas noites de bebedeira o menino era a última imagem a deixar sua mente, e a primeira que vinha à sua cabeça nas ressacas matinais do dia seguinte. Era sempre no garoto que ele pensava quando dizia a si mesmo que ia parar de beber. Talvez na semana seguinte; no mês seguinte, com certeza. O menino. Os olhos. O braço. A mão de estrela-do-mar estendida.

*Doce.*

*Mamãe.*

PRIMEIRA PARTE

# ABRA

CAPÍTULO UM

# BEM-VINDO A TEENYTOWN

1

Depois de Wilmington, ele parou de beber todo dia.

Passava uma semana, às vezes duas, sem nada mais forte que refrigerante diet. Acordava sem ressaca, o que era bom. Acordava com sede, sofrendo — *com vontade* —, o que não era bom. Aí chegava uma noite. Ou um fim de semana. Às vezes era um anúncio de cerveja na televisão que o fazia começar — jovens com cara saudável e corpos definidos tomando umas geladas depois de um vigoroso jogo de vôlei. Às vezes bastava ver duas mulheres bonitas bebendo depois do trabalho em algum pequeno café simpático, o tipo de lugar com nome francês e uma porção de plantas penduradas. Os drinques eram quase sempre aqueles que vinham com miniguarda-chuvas. Às vezes era alguma música no rádio. Uma vez foi o Styx, cantando *Mr. Roboto*. Quando estava sóbrio, estava completamente sóbrio. Quando bebia, ficava bêbado. Se acordasse ao lado de alguma mulher, pensava em Deenie e no garoto com a camiseta do Braves. Pensava nos setenta dólares. Pensava até no cobertor roubado que deixara no bueiro. Talvez ainda estivesse lá. Se assim fosse, já estaria mofado àquela altura.

Às vezes ficava bêbado e faltava ao trabalho. Aguentavam durante algum tempo — era bom no que fazia —, mas aí chegava um dia. Quando chegava, ele agradecia e pegava um ônibus. Wilmington virou Albany, e Albany virou Utica. Utica virou New Paltz. New Paltz virou Sturbridge, onde ficou bêbado em um show de folk ao ar livre e acordou no dia seguinte na cadeia, com o punho quebrado. A seguinte foi Weston, depois veio um sanatório em Martha's Vineyard, e, olha, *esse* emprego não durou muito. No terceiro dia, a enfermeira sentiu o cheiro de bebida no seu hálito e foi tchauzinho-até-a-próxima. Uma vez cruzou o caminho do Verdadeiro Nó sem saber. Pelo menos não conscien-

*55*

temente, embora no fundo de sua mente — na parte iluminada — algo tenha sido notado. Um cheiro desagradável e evanescente, como o cheiro de borracha queimada em um cruzamento logo após um acidente.

De Martha's Vineyard foi para Newburyport. Ali encontrou trabalho em uma casa de repouso para veteranos bastante desleixada, o tipo de lugar onde deixavam velhos soldados em cadeiras de rodas esperando do lado de fora de consultórios vazios, até que seus coletores de urina transbordassem e molhassem o chão. Um lugar terrível para os pacientes, e melhor para os fodidos como ele, apesar de Dan e alguns poucos cuidarem o melhor possível dos velhos soldados. Até ajudou alguns quando chegou a hora da passagem. O trabalho durou algum tempo, o suficiente para que o presidente que tocava saxofone entregasse ao presidente caubói as chaves da Casa Branca.

Dan teve algumas noites de porre em Newburyport, mas só quando tinha folga no dia seguinte, de modo que ficava tudo bem. Depois de um desses miniporres, acordou pensando *pelo menos deixei os vales de alimentação*. Isso evocou a dupla psicótica do programa de auditório.

*Infelizmente, Deenie, você perdeu, mas ninguém vai embora de mãos abanando. O que você tem aí para ela, Johnny?*

*Bem, Bob, ela não ganhou nada em dinheiro, mas vai sair daqui com nosso novo jogo da casa nova, alguns gramas de cocaína e um grande maço de* VALES DE ALIMENTAÇÃO*!*

Já Dan ganhou um mês inteiro sem bebida. Fez aquilo, imaginou, como um tipo estranho de castigo. Pensou, mais de uma vez, que se tivesse o endereço de Deenie já teria mandado havia muito tempo a merda dos setenta dólares para ela. Teria mandado duas vezes aquele valor se isso apagasse da memória o menino na camiseta do Braves e a mão de estrela-do-mar estendida. Mas não tinha o endereço, por isso ficou sóbrio como punição. Açoitando-se. Com chicotadas *secas*.

Então um dia ele passou por um bar chamado Fisherman's Rest e viu pela vitrine uma loura bonita sentada sozinha ao balcão. Usava uma saia xadrez tartã até metade das coxas e parecia solitária; ele entrou e ficou sabendo que ela era recém-divorciada, puxa que pena, talvez quisesse companhia, e três dias depois ele acordou com o buraco negro de sempre na memória. Foi até a casa dos veteranos onde andava limpando o chão e trocando as lâmpadas, esperando que quebrassem seu galho, mas que nada. Cagando não era o mesmo que cagando-e-andando; quase, mas não conseguiu manter o emprego. Ao partir com os poucos pertences que havia no seu escaninho, lembrou-se de uma velha piada de Bobcat Goldthwait: "Meu serviço continuou lá, só que com outra pessoa trabalhando." Então ele tomou outro ônibus, este rumo a New Hampshire, e antes de entrar comprou uma garrafa de vidro de um líquido entorpecente.

Sentou-se lá no fundo, no Assento do Bêbado, aquele ao lado do banheiro. A experiência lhe ensinara que, para quem pretendia tomar um porre durante uma viagem de ônibus, aquele era o assento certo. Ele enfiou a mão no saco de papel e abriu a tampa do recipiente de vidro que continha o líquido entorpecente, inalando o cheiro marrom. Aquele cheiro podia falar, apesar de só ter uma coisa a dizer: *Olá, velho amigo.*

Ele pensou *Doce.*

Pensou *Mamãe.*

Pensou em Tommy indo para o colégio, àquela altura. Sempre supondo que o velho tio Randy não o tivesse matado.

Pensou: *O único que pode parar com isso é você.*

Esse pensamento lhe viera à mente muitas vezes, mas agora foi seguido por um novo: *Você não precisa viver assim se não quiser. Você pode, é claro... mas não precisa.*

Aquela voz era tão esquisita, tão diferente dos seus diálogos mentais de sempre, que primeiro ele pensou que a estivesse captando de outra pessoa — podia fazer isso, mas agora era raro receber transmissões involuntárias. Aprendera a desligá-las. Mesmo assim olhou pelo corredor, quase certo de que alguém devia estar olhando para ele. Ninguém estava. Todos dormiam, conversavam com companheiros ou olhavam lá fora o dia cinzento de New England.

*Você não precisa viver assim se não quiser.*

Se pelo menos fosse verdade. Mesmo assim, ele tampou a garrafa e a colocou no assento ao lado. Pegou-a duas vezes. Na primeira, devolveu-a ao assento. Na segunda, enfiou a mão na sacola e destampou a garrafa de novo, mas, no mesmo momento, o ônibus encostou no lugar de parada, já em New Hampshire, depois de cruzar a fronteira estadual. Dan fez fila com os demais passageiros para entrar no Burger King, parando apenas para jogar a sacola de papel na lata de lixo. Escritas no lado da lata alta e verde estavam as palavras: SE NÃO PRECISA MAIS, DEIXE AQUI.

*Não seria ótimo?*, pensou Dan, ao ouvir o tilintar da sacola caindo. *Ah, meu Deus, como seria bom.*

## 2

Uma hora e meia depois, o ônibus passou por uma placa que dizia BEM-VINDO A FRAZIER, ONDE CADA ESTAÇÃO DO ANO VALE A PENA! E, embaixo, LAR DA TEENYTOWN!

57

O ônibus parou no Frazier Community Center para pegar passageiros, e do assento vazio ao lado de Dan, onde a garrafa estivera durante a primeira parte da viagem, Tony falou. Aquela era uma voz que Dan reconhecia, embora Tony não tivesse falado de maneira tão clara em anos.

(*este é o lugar*)

*Um lugar como qualquer outro*, pensou Dan.

Ele pegou o casaco de lá no porta-bagagem acima e desceu. Ficou na calçada olhando o ônibus ir embora. A oeste, as Montanhas Brancas serravam o horizonte. Durante todas as suas andanças ele evitara as montanhas, especialmente aqueles monstros dentados que dividiam o país em dois. Mas agora pensou: *Voltei à serra, afinal. Sempre desconfiei que ia voltar.* Mas aquelas montanhas eram mais simpáticas do que as que ainda assombravam seus sonhos, às vezes, e ele achou que podia conviver com elas, pelo menos por algum tempo. Se conseguisse deixar de pensar no menino na camiseta do Braves, claro. Se conseguisse deixar a bebida. Uma hora se percebe que não adianta ficar mudando de lugar. Que você se leva para onde for.

Uma ligeira nevada, tão delicada como a renda de um vestido de noiva, dançava no ar. Dava para ver que as lojas enfileiradas aos lados da larga rua principal serviam em grande parte aos esquiadores que vinham em setembro e aos veranistas que vinham em junho. Provavelmente também vinham amantes da natureza em setembro e outubro, mas aquilo ali era o que se entendia por primavera em New England: oito semanas irritantes de frio e umidade. Parecia que Frazier ainda não estava fazendo aquela estação do ano valer a pena, porque a via principal — Cranmore Avenue — estava praticamente deserta.

Dan jogou o casaco sobre o ombro e seguiu andando displicentemente para o norte. Parou diante de uma cerca de ferro forjado para olhar uma destoante mansão vitoriana, ladeada por prédios mais novos de tijolos aparentes. Eles eram ligados à casa por passagens cobertas. Havia uma pequena torre na parte de cima, à esquerda da casa, mas nenhuma à direita, dando a ela um aspecto estranhamente desequilibrado que, de certo modo, agradou a Dan. Era como se a grande e velha senhora estivesse dizendo: *Sim, parte minha caiu. Que diabo. Um dia isso vai acontecer com você.* Ele começou a sorrir. Então o sorriso morreu.

Tony estava na janela do cômodo da torre, olhando para ele lá embaixo. Viu que Dan olhava para cima e acenou. O mesmo aceno solene que Dan se lembrava de sua infância, quando Tony o visitava com frequência. Dan fechou e abriu de novo os olhos. Tony sumira. Nunca tinha estado lá, na verdade. Como poderia? A janela estava coberta com tábuas.

A placa no gramado trazia os seguintes dizeres, em letras douradas sobre fundo verde, no mesmo tom da casa: HELEN RIVINGTON HOUSE.

*Tem uma gata aí*, pensou. *Uma gata cinza chamada Audrey.*

Ele estava apenas parcialmente certo. *Havia* um gato e era cinza. Mas era um macho castrado que não se chamava Audrey.

Dan ficou olhando a placa durante muito tempo — tempo suficiente para que as nuvens se abrissem e liberassem um raio bíblico de sol — e depois seguiu em frente. Apesar de o sol agora brilhar com bastante intensidade para criar reflexos nos cromados dos carros estacionados em diagonal diante do Olympia Sports e do Fresh Day Spa, a neve ainda rodopiava, fazendo com que Dan lembrasse algo que sua mãe dissera em uma primavera parecida com aquela, havia muito tempo, quando moravam em Vermont: O *diabo está surrando sua mulher.*

## 3

Um quarteirão ou dois, passado o asilo, Dan parou de novo. Do outro lado do prédio municipal da cidade ficava a praça de Frazier. Um ou dois acres de gramado começando a ficar verde, um coreto, um campo de softball, uma pequena quadra cimentada de basquete, mesas para piquenique, até um pequeno campo de golfe. Tudo muito simpático, mas ele estava interessado mesmo em uma placa que dizia:

VISITE TEENYTOWN
A "PEQUENA MARAVILHA" DE FRAZIER
E ANDE NA MINÚSCULA FERROVIA!

Não era preciso ser um gênio para perceber que Teenytown era uma réplica em miniatura da Cranmore Avenue. Havia a igreja metodista pela qual ele tinha passado, com sua torre se erguendo a 2 metros e pouco de altura; havia o Teatro Music Box; Sorveteria Spondulicks; Livraria Mountain Books; Loja Shirts & Stuff; Galeria Frazier, impressões de qualidade são nossa especialidade. Havia também uma miniatura perfeita, que chegava à cintura, da Helen Rivington House, embora não tivesse os dois prédios adjacentes de tijolos. Talvez, pensou Dan, porque fossem horríveis, especialmente quando comparados com o prédio principal.

Depois de Teenytown havia um trem em miniatura com TEENYTOWN RAILWAY escrito nos vagões, tão pequenos que não poderiam carregar ninguém além de bebês. Saía fumaça da chaminé da locomotiva vermelha, mais ou menos do tamanho de uma moto Honda Gold Wing. Dava para ouvir o ronco do motor a diesel. A locomotiva trazia na lateral, em letras douradas e antiquadas, o nome THE HELEN RIVINGTON. A benfeitora da cidade, supôs Dan. Deveria ter também uma rua com esse nome em algum canto de Frazier.

Ficou parado ali algum tempo, embora o sol estivesse novamente encoberto e o dia tivesse esfriado a ponto de seu hálito virar vapor. Quando criança, sempre quisera um trem elétrico e nunca tivera. Ali em Teenytown havia essa versão ampliada, que crianças de todas as idades podiam apreciar.

Passou sua bolsa para o outro ombro e atravessou a rua. Ouvir Tony de novo — e vê-lo — era inquietante, mas naquele momento estava feliz de ter parado ali. Talvez fosse mesmo o lugar que andara buscando, em que finalmente encontraria uma maneira de endireitar sua vida, perigosamente desequilibrada.

*Você se leva para onde for.*

Enfiou esse pensamento em um armário mental. Era algo que ele fazia bem. Havia todo tipo de coisas naquele armário.

<br>

4

Uma cobertura protegia a locomotiva de ambos os lados, mas ele avistou, sob o beiral baixo da estação de Teenytown, um banquinho, que pegou, arrastou e em que subiu. A cabine do condutor tinha dois assentos forrados de pele de carneiro. Dan achou que deviam ter sido tirados e aproveitados de algum velho carro de carga americano. A cabine e os instrumentos também pareciam antigos produtos de Detroit, adaptados, com exceção da marcha em forma de Z que se projetava do chão. Não havia um diagrama das marchas; o cabo original fora substituído por uma caveira sorridente com uma bandana, cujo vermelho desbotara até virar um rosa pálido, pelas inúmeras mãos que o haviam manuseado no decorrer dos anos. A metade superior do volante fora cortada, de modo que o restante ficara parecido com o manche de um pequeno avião. Pintado de preto no painel, o aviso desbotado, mas ainda legível, dizia: VELOCIDADE MÁXIMA 40. NÃO ULTRAPASSE.

— Está gostando? — A voz veio bem de trás dele.

Dan virou-se, quase caindo do banco. Uma grande mão curtida pelo tempo agarrou seu antebraço, firmando-o. Era um sujeito que aparentava 50 e muitos ou 60 e poucos anos, vestindo um casaco estofado de brim azul, com um boné de caça xadrez vermelho, de abas laterais abaixadas. Em sua mão livre havia uma caixa de ferramentas com uma fita de etiqueta na parte de cima em que se lia PROPRIEDADE DA PREFEITURA MUNICIPAL DE FRAZIER.

— Ei, desculpe — disse Dan, descendo do banco. — Eu não quis...

— Não faz mal. As pessoas param para olhar o tempo todo. Geralmente gente doida por miniaturas de trens. Isso aqui é um sonho para elas. A gente não deixa ninguém chegar perto no verão, quando aqui fervilha de gente e o trem funciona de hora em hora, mas nesta época do ano não tem movimento, só eu. E eu não ligo. — Ele estendeu a mão. — Billy Freeman. Da equipe de manutenção da cidade. *Riv* é minha queridinha.

Dan apertou a mão estendida.

— Dan Torrance.

Billy Freeman olhou para a bolsa.

— Acabou de descer do ônibus, imagino. Ou veio de carona?

— Ônibus — disse Dan. — Qual o motor desse aí?

— Olha, isso é interessante. Você provavelmente nunca ouviu falar de um Chevrolet Veraneio, ouviu?

Não tinha ouvido, mas sabia mesmo assim, porque *Freeman* sabia. Dan achava que não tinha uma iluminação tão nítida assim havia anos. Ela trouxe uma sensação de satisfação que o remeteu à sua primeira infância, antes que ele descobrisse como a iluminação podia ser perigosa.

— Caminhonete brasileira, não é? Turbo Diesel.

As sobrancelhas grossas de Freeman se arquearam e ele sorriu.

— Na mosca! Casey Kingsley, o patrão, comprou em um leilão no ano passado. É incrível. Tem uma força danada. O painel de instrumentos também é de uma caminhonete. Eu mesmo coloquei os assentos.

A luz do dia estava sumindo agora, mas Dan recebeu uma última informação.

— Tirados de um Pontiac GTO.

Freeman deu um sorriso radiante.

— Isso mesmo. Encontrei em um ferro-velho lá em Sunapee. A marcha é de um Mack 1961. Nove marchas. Bonita, não? Você está procurando trabalho, ou é só curiosidade?

Dan piscou diante da súbita mudança de rumo na conversa. Ele *estava* procurando trabalho? Achava que sim. O asilo pelo qual passara na caminhada pela Cranmore Avenue parecia o local óbvio para começar, e tivera a ideia — não sabia se devido à iluminação ou apenas à intuição natural — de que estavam procurando alguém, mas não tinha certeza se já queria ir para lá. A visão de Tony na janela da torre tinha sido inquietante.

*Além do mais, Danny, é melhor estar mais distante da bebida antes de aparecer por lá para preencher um formulário de pedido de emprego. Mesmo que tenham apenas uma vaga para esfregar o chão no turno da noite.*

Era a voz de Dick Hallorann. Deus do céu. Dan não pensava em Dick havia muito tempo. Talvez desde Wilmington.

Com a chegada do verão — estação que certamente valia a pena para Frazier — as pessoas iriam contratar mão de obra para uma série de coisas. Mas, se ele tivesse de escolher entre uma loja do Chili's no shopping local, ou Teenytown, com certeza escolheria Teenytown. Abriu a boca para responder à pergunta de Freeman, mas Hallorann falou primeiro.

*Você está chegando perto dos trinta, querido. Talvez acabe perdendo todas as oportunidades.*

Enquanto isso, Billy Freeman olhava para ele com uma curiosidade franca e nítida.

— Sim — respondeu. — Estou procurando trabalho.

— O serviço em Teenytown não dura muito tempo, sabe? Quando chegam o verão e as férias escolares, o sr. Kingsley emprega o pessoal da cidade. De 18 a 22 anos, de preferência. O departamento de contratação já espera por isso. E também a garotada trabalha por menos. — Ele sorriu, mostrando buracos onde antes existiam dentes. — Mesmo assim há lugares piores para se ganhar a vida. Trabalhar ao ar livre pode parecer má ideia no momento, mas não vai fazer frio assim por muito tempo.

Não, não ia. As lonas que cobriam grande parte da praça seriam retiradas em breve, mostrando a infraestrutura de um pequeno parque de diversões: barracas de cachorro-quente, de sorvete, algo circular que parecia ser um carrossel. E havia o trem, claro, com os minúsculos vagões de passageiros e o grande motor turbo, a diesel. Se ele conseguisse ficar afastado da bebida e inspirasse confiança, Freeman ou seu chefe — Kingsley — talvez o deixassem conduzir o trem algumas vezes. Gostaria disso. Depois, quando a prefeitura contratasse a garotada local, recém-saída do colégio, haveria sempre o asilo.

Bom, se ele resolvesse ficar.

*É melhor você parar em algum canto*, disse Hallorann — parecia que aquele era o dia de Dan ouvir vozes e ter visões. *É melhor parar logo em algum lugar, senão vai acabar não conseguindo parar em lugar nenhum.*

Ele ficou surpreso de se pegar rindo.

— Me parece um bom negócio, sr. Freeman. Parece mesmo.

# 5

— Já trabalhou com manutenção? — perguntou Billy Freeman. Estavam andando devagar ao lado do trem. O teto dos vagões chegava só até o peito de Dan, fazendo-o se sentir um gigante.

— Sei capinar, plantar, pintar. Sei trabalhar com soprador de folhas e motosserra. Consigo consertar pequenos motores se o problema não for complicado. E sei pilotar um cortador de grama sem atropelar nenhuma criancinha. Mas... de trem... é coisa que não entendo.

— Quanto a isso, você precisa ser aprovado pelo sr. Kingsley. Seguro e essa porra toda. Olha, você tem referências? O sr. Kingsley não vai contratar você sem isso.

— Tenho algumas. Em grande parte como zelador e assistente de enfermagem hospitalar. Sr. Freeman...

— Pode me chamar de Billy.

— Seu trem parece não levar passageiros, Billy. Onde eles se sentariam?

Billy sorriu.

— Espere só. Vamos ver se acha tanta graça quanto eu. Jamais me canso disso.

Freeman voltou e se inclinou para dentro da locomotiva. O motor, que estivera parado preguiçosamente, começou a acelerar e expelir jatos cadenciados de fumaça escura. Houve um guincho hidráulico ao longo de todo o *The Helen Rivington*. De repente, os tetos dos vagões de passageiros e do reboque amarelo — ao todo, nove carros — começaram a levantar. Dan teve a impressão de serem as capotas de nove conversíveis idênticos a se erguer, todas simultaneamente. Inclinou-se para olhar pelas janelas e viu que havia assentos duros de plástico enfileirados dentro de cada vagão. Seis nos carros de passageiros e dois no reboque. Cinquenta ao todo.

Quando Billy voltou, Dan sorria.

— Seu trem deve ficar muito esquisito cheio de passageiros.

— Ah, é. As pessoas riem até chorar e tiram um monte de fotos. Olha só.

Havia um degrau revestido de aço no final de cada vagão de passageiros. Usando um deles, Billy entrou e percorreu o corredor, tomando um assento. Por uma estranha ilusão de ótica, ele parecia gigantesco. Acenou para Dan, que imaginou cinquenta gigantes subindo naquele trem e saindo imponentemente da estação de Teenytown.

Quando Billy Freeman se levantou e desceu, Dan aplaudiu.

— Aposto que você vende um bilhão de cartões-postais do Memorial Day até o Labor Day.

— Pode apostar.

Billy remexeu no bolso do casaco e tirou um maço amarrotado de cigarros Duke, uma marca barata que Dan conhecia bem das rodoviárias e lojas de conveniência em toda a América, e ofereceu um cigarro a ele. Dan aceitou. Billy acendeu ambos.

— Melhor aproveitar enquanto eu posso — disse Billy, olhando o cigarro. — Não vai demorar para proibirem o cigarro aqui. A associação das mulheres de Frazier já fala nisso. Bando de velhas, se quer saber, mas como reza o ditado: a mão que balança o berço governa a porra deste mundo. — Ele soltou a fumaça pelas narinas. — Embora a maioria ali não balance um berço desde que Nixon era presidente. Ou precisem de absorventes, aliás.

— Talvez não seja tão ruim assim — disse Dan. — As crianças copiam o que os mais velhos fazem. — Pensou no pai. A única coisa que Jack Torrance gostava mais do que um gole, dissera-lhe certa vez a mãe, não muito antes de morrer, era uma dúzia de goles. É claro que Wendy mais gostava era de seus cigarros, e eles a haviam matado. Uma vez Dan também se prometera jamais adquirir esse hábito. Tinha começado a acreditar que a vida era uma série de armadilhas irônicas.

Bill Freeman o encarou, piscando um olho.

— Às vezes tenho intuições a respeito de certas pessoas, e tenho uma a seu respeito — falou com o acentuado sotaque de New England. — Tive até antes de você se virar, antes de poder ver seu rosto. Talvez você seja a pessoa certa para ajudar na limpeza que pretendo fazer nesta primavera, entre agora e o final de maio. Foi o que senti, e tenho fé na minha intuição. Talvez seja maluquice.

Dan não achou que fosse maluquice e agora entendia por que tinha ouvido os pensamentos de Billy Freeman com tanta nitidez, sem nem ter se esforçado para isso. Lembrou-se de algo que Dick Hallorann lhe dissera uma vez — Dick, que havia sido seu primeiro amigo adulto. *Uma porção de gente possui um pouco daquilo que chamo iluminação, mas na maioria é só uma pequena centelha — o tipo de coisa que faz com que saibam qual é a próxima música que o DJ vai botar para tocar no rádio, ou que o telefone vai tocar.*

Billy Freeman tinha essa pequena centelha. Esse brilho.

— Então esse Cary Kingsley é o cara com quem devo conversar, não é?

— Cary, não. Casey. Sim, é o cara. Dirige os serviços municipais nesta cidade há vinte e cinco anos.

— Qual o momento certo?

— Mais ou menos agora, acho. — Billy apontou. — Aquela pilha de tijolos lá do outro lado da rua é a sede dos serviços municipais de Frazier e a prefeitura. Kingsley fica no porão, no final do corredor. Você vai saber que está no lugar certo quando ouvir música disco vinda do teto. Tem uma aula de ginástica aeróbica para mulheres no ginásio, toda terça e quinta.

— Está certo — disse Dan —, é o que eu vou fazer.

— Está com suas referências?

— Sim. — Dan bateu na bolsa que tinha deixado pendurada na estação de Teenytown.

— Você não inventou isso aí, né?

Danny sorriu.

— Não, é material autêntico.

— Então vai lá, campeão.

— Certo.

— Só mais uma coisa — disse Bill quando Dan começou a se afastar. — Ele detesta álcool. Se você gosta de beber e ele lhe perguntar, meu conselho é... minta.

Dan fez um gesto de cabeça e levantou a mão para mostrar que tinha entendido. Era uma mentira que ele já tinha contado antes.


# 6


A julgar pelo nariz cheio de vasos aparentes, Casey Kingsley nem sempre fora avesso à bebida. Era um tipo grandão que mal cabia em seu escritório pequeno e apertado. Naquele momento, balançava a cadeira em que estava sentado à mesa, examinando as referências de Dan, guardadas em ordem em uma pasta azul. A parte de trás da cabeça de Kingsley quase roçava a ponta inferior de uma cruz simples de madeira, que pendia da parede ao lado de uma foto de sua família. Na foto, um Kingsley mais jovem e mais magro posava com a mulher e três garotos que usavam roupas de banho, em uma praia qualquer. Do teto ouvia-se, apenas ligeiramente abafado, o ruído de Village People cantando *YMCA*, acompanhado pela batida entusiasmada de inúmeros pés. Dan imaginou uma gigantesca centopeia. Uma que tinha acabado de sair do cabeleireiro local, usando um traje de malha vermelho-vivo, de 9 metros de comprimento.

— Uh-uhum — disse Kingsley. — Uh-uhum... Sim... Certo, certo, certo...

Havia um pote de vidro cheio de balas no canto da mesa. Sem levantar os olhos da folha de referências de Dan, ele abriu a tampa, tirou uma bala e a jogou na boca.

— Sirva-se — ofereceu.

— Não, obrigado — respondeu Dan.

Ocorreu-lhe um pensamento estranho. Muito tempo antes, seu pai provavelmente se sentara em uma sala assim, sendo entrevistado para o serviço de zelador do Hotel Overlook. Em que ele estivera pensando? Que precisava mesmo de um trabalho? Que era a sua última oportunidade? Talvez. Provavelmente. Mas é claro que Jack Torrance estava sempre se arriscando. Dan, não. Ele podia empurrar as coisas com a barriga mais um pouco se aquilo não desse certo. Ou tentar o asilo. Mas... ele gostava do parque da cidade. Gostava do trem, que fazia adultos de tamanho normal parecerem gigantescos Golias. Gostava de Teenytown, que era absurda, alegre e, de certo modo, corajosa, daquele jeito prepotente de cidade pequena americana. E gostava de Billy Freeman, que tinha um pouquinho de iluminação, coisa que provavelmente ele nem chegava a perceber.

Em cima deles, *YMCA* foi substituída por *I Will Survive*. Como se estivesse apenas à espera de uma nova música, Kingsley enfiou as folhas de referências de Dan de volta à pasta, que devolveu a ele por sobre a mesa.

*Ele vai me rejeitar.*

Mas, depois de um dia de intuições certeiras, aquela havia errado o alvo.

— Parece bom, mas acho que você se sairia melhor trabalhando no Hospital Central New Hampshire ou no hospício da cidade. Você pode até se candidatar a acompanhante residencial, pois vejo que você conhece técnicas médicas e primeiros socorros. Sabe usar um desfibrilador, de acordo com as informações aqui. Já ouviu falar dos acompanhantes residenciais?

— Sim. E pensei no hospício. Mas depois vi o parque da cidade, Teenytown e o trem.

Kingsley resmungou.

— Que você gostaria de dirigir de vez em quando, não é?

Dan mentiu sem hesitar.

— Não. Acho que não ia querer fazer isso. — Confessar que gostaria de ocupar aquele assento tirado de um GTO e botar as mãos no volante serrado certamente levaria a uma discussão sobre sua carteira de motorista, depois a outra discussão sobre como ele a perdera, e então ao convite para se retirar imediatamente da sala do sr. Kingsley. — Sou mais o tipo que se dá bem com um ancinho e um cortador de grama.

— E também mais do tipo que gosta de trabalhos curtos, pelo que mostra a papelada.

— Logo vou acabar sossegando em algum canto. Acho que já saciei minha vontade de andar por aí. — Pensou se aquilo soava tão idiota aos ouvidos de Kingsley quando aos seus.

— Trabalho de curta duração é só o que eu posso lhe oferecer — disse Kingsley. — Depois que as escolas entrarem em férias de verão...

— Billy me disse. Se eu resolver ficar no verão, vou tentar o hospício. Na verdade, talvez eu me inscreva logo, a não ser que o senhor seja contra.

— Para mim tanto faz. — Kingsley olhou curioso. — Gente morrendo não o incomoda?

*Sua mãe morreu lá*, pensou Danny. A iluminação não sumira, afinal, ao que parecia; nem mesmo se escondera. *Você estava segurando a mão dela quando ela se foi. O nome dela era Ellen.*

— Não — respondeu. Acrescentou depois, sem motivo: — Estamos todos morrendo. O mundo não passa de um hospício aberto.

— E ainda é filósofo. Bem, sr. Torrance, acho que vou contratá-lo. Confio no julgamento de Billy; ele raramente se engana quanto às pessoas. Só não chegue atrasado, bêbado, nem de olhos vermelhos e cheirando a maconha. Se fizer alguma dessas coisas, pode ir pegando a estrada, porque Rivington House não vai querer nada com você; eu mesmo farei questão de que seja assim. Está claro?

Dan sentiu uma pontada de ressentimento
(*burocrata babaca*)
que reprimiu. Kingsley tinha a faca e o queijo nas mãos.

— Muito claro.

— Pode começar amanhã se for conveniente. Há uma porção de pensões na cidade. Posso dar um telefonema ou dois se quiser. Você aguenta pagar noventa por semana até receber o primeiro salário?

— Aguento. Obrigado, sr. Kingsley.

O homem fez um gesto de quem dispensava o agradecimento.

— Por enquanto, recomendo o Red Roof Inn. Meu ex-cunhado é gerente, vai lhe dar um desconto. Combinados?

— Combinados.

Tudo acontecera em uma velocidade incrível, assim como as últimas partes se encaixam em um quebra-cabeça complicado de mil peças. Dan disse a si mesmo para não confiar naquela sensação.

Kingsley se levantou. Era um sujeito grande, e o gesto foi lento. Dan também se levantou e, quando Kingsley estendeu aquela mão de presunto sobre a mesa apinhada, apertou-a. De cima, agora, vinha o som de KC e a Sunshine Band, dizendo a todo mundo que era assim que eles gostavam, oh-ho, uh-huh.

— Detesto essa porcaria de música — disse Kingsley.

*Não*, pensou Danny. *Não detesta. Faz se lembrar da sua filha, aquela que não vem mais ver você. Porque ainda não o perdoou.*

— Você está bem? — perguntou Kingsley. — Parece meio pálido.

— Apenas cansado. Foi uma longa viagem de ônibus.

O poder da iluminação tinha voltado, forte. A pergunta era: por que agora?

## 7

Depois de três dias no serviço, que Dan passou pintando o coreto da banda e soprando da praça as folhas secas do último outono, Kingsley atravessou lentamente a Cranmore Avenue para lhe dizer que tinha um quarto em Eliot Street se ele quisesse. Fazia parte do pacote um banheiro particular, com banheira e chuveiro. Oitenta e cinco por semana. Dan queria.

— Vá até lá no intervalo do almoço — disse Kingsley. — Fale com a sra. Robertson. — Apontou um dedo que apresentava os primeiros sinais de artrite. — E não vá fazer merda, rapazinho, porque ela é uma velha amiga. Lembre-se de que eu o avaliei baseado em uns poucos documentos e na intuição de Billy Freeman.

Dan disse que não ia fazer merda, mas a sinceridade extra que tentou colocar na voz lhe soou falsa aos próprios ouvidos. Estava pensando de novo no pai, reduzido a implorar por emprego a um velho amigo rico, depois de ter perdido o cargo de professor em Vermont. Era estranho ter empatia por um sujeito que quase o matara, mas estava tendo. Será que alguém tinha achado necessário dizer a seu pai para não fazer merda? Provavelmente. E Jack Torrance tinha feito merda, de qualquer maneira. Espetacularmente. Cinco estrelas. A bebida fora sem dúvida parcialmente responsável, mas, quando se está caído, tem gente que gosta de passar por cima e pisar no pescoço, em vez de ajudá-lo a se levantar. Uma merda, mas grande parte da natureza humana era assim. Claro que quando se anda com vira-latas, o que mais se veem são patas, garras e traseiros.

— E veja se Bill consegue arranjar botas que caibam em você. Ele tem uma meia dúzia guardada na cabana de ferramentas, embora, da última vez que dei uma olhada, só metade delas tivesse par.

O dia estava ensolarado, havia um perfume no ar. Dan, que trabalhava de jeans e camiseta do Blue Sox de Utica, olhou para o céu quase limpo e, em seguida, de volta para Casey Kingsley.

— Sim, pode não parecer, mas estamos na região das montanhas, meu amigo. O serviço de meteorologia prevê neve, talvez 30 centímetros. Não vai durar muito. Fertilizante dos pobres, é como os habitantes de New Hampshire chamam a neve de abril. Mas também vai ventar forte. É o que dizem. Espero que saiba usar um limpador de neve, além do soprador de folhas. — Fez uma pausa. — Espero também que suas costas estejam em bom estado, porque amanhã você e Billy vão remover uma porção de galhos caídos. Talvez também precisem cortar algumas árvores caídas. Você se vira bem com a motosserra?

— Sim, senhor — disse Dan.

— Ótimo.


## 8


Dan e a sra. Robertson chegaram a um acordo amigável; ela até lhe ofereceu um sanduíche de salada de ovo e uma xícara de café na cozinha coletiva. Ele aceitou a gentileza, esperando todas aquelas perguntas de sempre sobre o que o trouxera a Frazier e onde estivera. Para sua surpresa, não houve nenhuma. Em vez disso, ela perguntou se ele podia ajudá-la a fechar as janelas de baixo, no caso de haver mesmo o que ela chamou de "pé de vento". Dan ajudou. Ele não seguia muitos lemas em sua vida, mas um deles era sempre se dar bem com a senhoria; nunca se sabe quando vai precisar pedir uma extensão do prazo do aluguel.

Quando voltou à praça, Billy o esperava com uma lista de tarefas. No dia anterior, os dois haviam retirado as lonas de todos os brinquedos infantis. Naquela tarde voltaram a cobri-los, fechando os vários quiosques e lojinhas. A última tarefa do dia foi levar o trem de volta à garagem. Depois ficaram sentados em cadeiras dobráveis ao lado da estação de Teenytown, fumando.

— Vou lhe contar, Dan — disse Billy — Estou me sentindo um funcionário esgotado.

— Não é só você. — Mas se sentia bem, com os músculos ágeis e dormentes. Tinha se esquecido de como podia ser agradável trabalhar ao ar livre se não estivesse lutando contra uma ressaca.

O céu cobrira-se de nuvens. Billy olhou para elas e suspirou.

— Espero que não neve nem vente tanto quanto disseram no rádio, mas é provável que sim. Achei umas botas para você. Não parecem muita coisa, mas pelo menos formam um par.

Dan levou as botas ao atravessar a cidade rumo a seu novo endereço. Àquela altura, o vento começava a ganhar força, e o dia, a ficar escuro. Naquela manhã, Frazier sentira o gosto do verão iminente. No fim de tarde, o ar tinha a umidade congelante da neve prestes a cair. As ruas laterais estavam desertas, e as casas, fechadas.

Dan virou a esquina da Morehead Street com a Eliot e parou. Levada pelo vento, com uma porção de folhas secas do outono anterior, vinha uma cartola gasta, do tipo usado pelos mágicos. *Ou talvez por algum ator de uma velha comédia musical,* pensou. Olhar para ela provocou-lhe um calafrio, porque ela não estava lá. Não de verdade.

Ele fechou os olhos, contou devagar até cinco, enquanto o vento crescente agitava seu jeans em volta das canelas, e os abriu de novo. As folhas ainda estavam lá, mas a cartola sumira. Tinha sido apenas a iluminação provocando mais uma de suas vívidas, inquietantes e geralmente absurdas visões. Elas eram sempre mais fortes quando ele passava algum tempo sem beber, mas nunca tinham sido tão fortes antes de chegar a Frazier. Era como se o ar ali fosse, de algum modo, diferente. Conduzisse melhor aquelas estranhas transmissões do Planeta Alhures. Especial.

*Assim como o Overlook era especial.*

— Não — disse. — Não, não acredito.

*Basta tomar uns goles que tudo isso some, Danny. Você acredita* nisso?

Infelizmente, ele acreditava.

9

A pensão da sra. Robertson era uma velha e sinuosa casa colonial, e o quarto de Dan, no terceiro andar, tinha vista para as montanhas a oeste. Era uma vista que ele preferia não ter. No decorrer dos anos, suas recordações do Overlook haviam se desbotado até ficarem nebulosas e cinzentas, mas, enquanto ele tirava algumas coisas da mala, uma lembrança veio à tona... e *era* algo que emergia mesmo, como uma coisa orgânica e repugnante (digamos, o corpo decomposto de um animal pequeno) que viesse à tona em um lago profundo.

*Começou a nevar no fim da tarde. Estávamos na entrada daquele velho hotel vazio, com meu pai no meio, minha mãe de um lado e eu do outro. Ele nos abra-*

çava. *Naquela época estava tudo bem. Ele não andava bebendo. De início, a neve caía em linha reta perfeita, mas então o vento aumentou e começou a soprar de lado, empurrando a neve para os lados da entrada e cobrindo aqueles...*

Ele tentou bloquear a imagem, mas não conseguiu.

*... arbustos em forma de animais. Aqueles que às vezes se mexiam quando a gente não estava olhando.*

Ele se afastou da janela com os braços arrepiados. Comprara um sanduíche na Red Apple e havia planejado comê-lo enquanto começasse a ler um livro de John Sandford, que também comprara na Red Apple, mas depois de algumas mordidas tornou a embrulhar o sanduíche e o colocou no peitoril da janela, onde se conservaria frio. Talvez comesse o resto mais tarde, embora não achasse que fosse pegar no sono às 9, naquela noite; se ele passasse de cem páginas no livro, já seria muito bom.

Lá fora, o vento ia ficando mais forte. De vez em quando dava um uivo arrepiante em torno do beiral, que o fazia largar o livro. Por volta das 20h30, começou a nevar. Neve pesada e úmida, que cobriu rápido a janela, tapando a vista das montanhas. De certo modo, era pior. A neve também tapara as janelas do Overlook. De início, apenas do primeiro andar... depois do segundo... e finalmente do terceiro.

Depois eles haviam sido sepultados com os mortos-vivos.

*Meu pai achou que fossem nomeá-lo gerente. Bastava que lhes demonstrasse lealdade. Entregando seu filho para eles.*

— Seu único filho — murmurou Dan, olhando em volta como se outra pessoa tivesse falado... e, realmente, sentia que não estava sozinho. Não completamente. O vento uivou de novo pela lateral da casa, e ele tremeu.

*Não é tarde demais para ir até a Red Apple. Pegar uma garrafa de alguma coisa qualquer. Acabar com esses pensamentos desagradáveis.*

Não. Ia ler o livro. Lucas Davenport estava em serviço, e ele ia ler o livro.

Fechou-o às 20h45 e se enfiou em mais uma cama de pensão. *Não vou dormir*, pensou. *Não com o vento uivando assim.*

Mas dormiu.


10


Ele estava sentado na boca do bueiro, olhando para a margem íngreme e cheia de capim do rio Cape Fear e para a ponte que o atravessava. Era uma noite clara de lua cheia. Não havia vento, não havia neve. E o Overlook sumira. Mesmo se não tivesse sido arrasado pelo fogo durante o mandato do presidente que plantava amendoim, estaria agora a 1.600 quilômetros dali. Então por que tinha tanto medo?

Porque ele não estava sozinho, por isso. Havia alguém atrás dele.

— Quer um conselho, fofinho?

A voz era líquida, trêmula. Dan sentiu um calafrio na espinha. Suas pernas estavam congeladas, formigando sob a pele arrepiada. Podia ver aqueles pontos brancos salientes porque estava de short. Claro que estava de short. Podia ter a consciência de um adulto, mas estava no corpo de uma criança de 5 anos.

*Fofinho. Quem...?*

Mas ele sabia. Dissera a Deenie seu nome, mas ela só o chamava de fofinho.

*Você não se lembra disso e, além do mais, não passa de um sonho.*

Evidentemente. Ele estava em Frazier, New Hampshire, dormindo enquanto uma tempestade de neve primaveril uivava do lado de fora da pensão da sra. Robertson. Mesmo assim, era mais inteligente não se virar. E mais seguro, também.

— Nada de conselhos — disse ele, olhando para o rio e a lua cheia. — Já fui aconselhado por um bocado de especialistas. Os bares e as barbearias estão cheios deles.

— Fique longe da mulher com a cartola, fofinho.

*Que cartola?* Ele podia ter perguntado, mas para que se dar ao trabalho? Ele sabia de que cartola ela estava falando, porque a vira sendo levada pelo vento, na calçada. Preta como o pecado, do lado de fora, forrada com seda branca, por dentro.

— Ela é a Rainha Bruxa do Castelo do Inferno. Brinque com ela, e ela vai comer você vivo.

Ele virou a cabeça. Não conseguiu se controlar. Deenie estava sentada atrás dele no bueiro, com o cobertor do mendigo enrolado nos ombros nus. Seu cabelo estava grudado nas bochechas. O rosto inchado e pingando. Olhos nublados. Estava morta, provavelmente já passara anos na sepultura.

*Você não é de verdade*, tentou dizer Dan, mas as palavras não saíam. Ele tinha 5 anos de novo, Danny tinha 5 anos, o Overlook não passava de cinzas e ossos, mas ali estava uma mulher morta de quem ele tinha roubado dinheiro.

— Tudo bem — disse ela. A voz borbulhante saindo da garganta inchada. — Vendi o pó. Primeiro malhei um pouco com açúcar e consegui duzentos. — Ela sorriu e saiu água por entre seus dentes. — Eu gostei de você, fofinho. Por isso vim avisar. *Fique longe da mulher com a cartola.*

— Mentira — disse Dan... mas a voz era de Danny, voz frágil, aguda e melodiosa de criança. — Mentira, não existe, não é de verdade.

Ele fechou os olhos, como fazia ao ver coisas terríveis no Overlook. A mulher começou a gritar, mas ele não quis abrir os olhos. A gritaria continuou, aumentando e diminuindo, e ele percebeu que era o uivar do vento. Ele não estava no Colorado, nem na Carolina do Norte. Estava em New Hampshire. Tivera um pesadelo, mas já passara.


## 11


Segundo seu relógio, eram 2 da madrugada. Fazia frio no quarto, mas seus braços e peito estavam cobertos por uma camada pegajosa de suor.

*Quer um conselho, fofinho?*

— Não — respondeu ele. — De você, não.

*Ela está morta.*

Não tinha como saber isso, mas ele sabia. Deenie — que aparentara ser uma deusa do mundo ocidental, em sua saia de couro na altura das coxas e sandálias — estava morta. Ele até sabia como tinha acontecido. Tomou remédios, prendeu o cabelo, entrou na banheira cheia de água quente, dormiu, escorregou, se afogou.

O rugido do vento era terrivelmente familiar, carregado de uma vaga ameaça. Os ventos sopravam em todo lugar, mas só na serra eles soavam assim. Era como se algum deus irado estivesse martelando o mundo com um taco de *roque*.

*Eu chamava a bebida dele de Coisa Ruim*, pensou Dan. *Só que às vezes é Coisa Boa. Quando se acorda de um pesadelo que se sabe que é metade iluminação, então é uma Coisa Muito Boa.*

Um gole poderia fazê-lo dormir de novo. Três seriam a garantia não só do sono, como também do sono sem sonhos. O sono era o remédio da natureza, e naquele exato momento Dan Torrance se sentia doente, precisando de um remédio forte.

*Nenhuma loja está aberta. Você deu sorte.*

Bem. Talvez.

Ele se virou de lado, e algo tocou suas costas. Não, algo não. *Alguém.* Alguém entrara na sua cama. *Deenie* entrara na cama com ele. Só que era algo pequeno demais para ser Deenie. Parecia mais...

Ele escapuliu da cama, aterrissou de modo desajeitado no chão e olhou por cima do ombro. Era o filhinho de Deenie, Tommy. O lado esquerdo de seu crânio estava afundado. Estilhaços de osso saíam do cabelo claro manchado de sangue. Algo escamoso e cinzento — cérebro — estava secando em uma das bochechas. Ele não podia estar vivo com um ferimento tão horrível, mas estava. Estendeu a mão aberta como uma estrela-do-mar em direção a Dan.

— Doce — disse.

Os gritos recomeçaram, só que dessa vez não eram de Deenie, nem do vento.

Dessa vez eram dele.


## 12

Quando acordou pela segunda vez — de verdade, agora —, não estava gritando, só saía um ronco grave do peito. Sentou-se, sem fôlego, com as roupas de cama emboladas ao redor da cintura. Não havia mais ninguém na cama, mas o sonho ainda não se dissipara, e não olhar não era o suficiente. Revirou as roupas de cama, mas isso ainda não bastava. Passou a mão pelo lençol de baixo, procurando algum resíduo de calor, ou alguma marca que pudesse ter sido feita por um pequeno quadril e pequenas nádegas. Nada. Claro que nada. Então olhou sob a cama e só viu as botas emprestadas.

O vento agora soprava com menos força. A tempestade não passara, mas amainava.

Foi para o banheiro, então se virou, de repente, na esperança de flagrar alguém. Havia apenas a cama, e agora as cobertas no chão, a seu pé. Acendeu a luz sobre a pia, lavou o rosto com água fria e sentou-se na tampa fechada da privada, respirando fundo várias vezes. Pensou em se levantar e pegar um cigarro do maço ao lado do livro, na única e pequena mesa do quarto, mas sentiu as pernas moles e não sabia se o aguentariam. Ainda não, pelo menos. Por isso permaneceu sentado. Podia ver a cama, e ela estava vazia. Nenhum problema.

Só que... não dava a *impressão* de estar vazia. Ainda não. Quando desse, ele achava que voltaria para cama. Mas não para dormir. Naquela noite, o sono já era.


## 13

Sete anos antes, quando trabalhava como assistente hospitalar em um asilo de Tulsa, Dan fizera amizade com um velho psiquiatra que sofria de câncer terminal de fígado. Um dia, quando Emil Kemmer estava recordando (de modo não muito discreto) alguns de seus casos mais interessantes, Dan confessara que desde criança tivera o que chamava de sonhos duplos. Kemmer conhecia esse fenômeno? Havia um nome para isso?

Kemmer havia sido um sujeito grande, quando novo — a velha foto em preto e branco que ele guardava na mesinha de cabeceira era a prova —, mas o câncer era uma dieta radical e, na época daquela conversa, seu peso em libras se igualara à sua idade: 91. Ou seja, 41 quilos e pouco. No entanto, ainda tinha a mente lúcida. E agora, sentado na tampa da privada e ouvindo a tempestade que morria lá fora, Dan lembrou o sorriso malicioso do velho.

— Geralmente — disse ele com seu pesado sotaque alemão —, eu sou pago para diagnosticar, Daniel.

Dan sorriu.

— Então acho que dei azar.

— Talvez não. — Kemmer examinou Dan. Seus olhos eram de um azul brilhante. Apesar de saber que estava cometendo uma tremenda injustiça, não conseguiu deixar de imaginar aqueles olhos sob o capacete dos soldados nazistas. — Há um boato nesta casa da morte de que você tem talento para ajudar as pessoas a morrer. É verdade?

— Às vezes — respondeu Dan com cautela. — Nem sempre. — A verdade era *quase* sempre.

— Quando chegar a hora, você me ajuda?

— Se eu puder, claro.

— Ótimo. — Kemmer se sentou. Um processo trabalhoso e doloroso, mas, quando Dan se mexeu para ajudar, Kemmer o dispensou com um gesto. — O que você chama de sonho duplo é bem conhecido para os psiquiatras e mereceu o interesse especial dos junguianos, que chamam de *falso despertar*. O primeiro sonho geralmente é lúcido, o que significa que o sonhador sabe que está sonhando...

— Sim! — gritou Dan. — Mas o segundo...

— O sonhador acredita estar acordado — disse Kemmer. — Jung deu grande importância a isso, chegando até a imputar poderes pré-cognitivos a esses sonhos... mas é claro que a gente é mais esperto que isso, não é, Dan?

— Claro — concordou Dan.

— O poeta Edgard Allan Poe descreveu o fenômeno do falso despertar muito antes de Carl Jung ter nascido. Escreveu: "Tudo o que vemos ou parecemos não passa de um sonho dentro de um sonho." Será que respondi à sua pergunta?

— Acho que sim. Obrigado.

— Não tem de quê. Agora quero um pouco de suco. De maçã, por favor.

## 14

*Poderes pré-cognitivos... mas é claro que a gente é mais esperto que isso.*

Mesmo que não tivesse guardado sua iluminação quase completamente para si mesmo, no decorrer dos anos, Dan não teria se atrevido a contrariar uma pessoa prestes a morrer... especialmente alguém com olhos azuis tão friamente inquisitivos. A verdade, no entanto, é que um ou ambos os sonhos eram muitas vezes proféticos, geralmente de maneira que ele só os compreendia pela metade ou não compreendia nada. Mas, enquanto permanecia sentado na privada, em suas roupas de baixo e agora tremendo (não apenas porque fazia frio), compreendeu muito mais do que desejava.

Tommy estava morto. Assassinado pelo tio pervertido, provavelmente. A mãe se suicidara pouco tempo depois. Quanto ao resto do sonho... ou ao fantasma que vira antes, rodopiando pela calçada...

*Fique longe da mulher com a cartola. Ela é a Rainha Bruxa do Castelo do Inferno.*

— Pouco me importa — disse Dan.

*Brinque com ela, e ela vai comer você vivo.*

Ele não tinha nenhuma intenção de conhecê-la, muito menos de brincar com ela. Quanto a Deenie, ele não era responsável pelo seu irmão louco, nem pela sua negligência em relação ao filho. Nem precisava mais carregar a culpa pelos seus míseros setenta dólares; ela vendera a cocaína dele — tinha certeza da veracidade daquela parte do sonho —, e eles estavam quites. Mais do que quites, na verdade.

O que lhe importava era conseguir uma bebida. Ficar bêbado, para ir direto ao ponto. Tomar um porre de cair. O sol da manhã era bom, e também o prazer de sentir os músculos cansados, de acordar sem ressaca, mas o preço — todos aqueles sonhos e visões, sem falar nos pensamentos aleatórios de gente estranha que conseguiam romper as defesas dele — era alto demais.

Alto demais para aguentar.

## 15

Ficou sentado na única cadeira do quarto, lendo seu livro de John Sandford à luz da única luminária, até que os sinos das duas igrejas da cidade bateram 7 horas. Então calçou as novas (pelo menos, novas para ele) botas e vestiu o casaco grosso. Saiu para um mundo transformado, um mundo mais suave. Sem nenhuma aresta. A neve continuava a cair, mas agora tranquilamente.

*Eu devia ir embora daqui. Voltar para a Flórida. Foda-se New Hampshire, onde provavelmente neva até no 4 de Julho dos anos bissextos.*

A voz de Hallorann respondeu-lhe, de modo tão gentil quanto ele se recordava de quando era criança, na época em que Dan era Danny, mas havia uma forja de aço sob ela. *É melhor parar logo em algum lugar, senão vai acabar não conseguindo parar em lugar nenhum.*

— Foda-se, velhote — murmurou.

Voltou ao Red Apple porque as lojas que vendiam destilados ainda levariam pelo menos uma hora para abrir. Andou lentamente de lá para cá entre o freezer do vinho e o da cerveja, em dúvida, e finalmente decidiu que, se era para ficar bêbado, melhor ficar da pior maneira possível. Pegou duas garrafas de Thunderbird (18 por cento de álcool, percentagem suficiente quando o uísque não estava à disposição), começou a andar pelo corredor em direção ao caixa e parou.

*Aguente mais um dia. Dê a você mesmo mais uma chance.*

Achava que podia fazer isso, mas por quê? Para que acordasse de novo com Tommy na cama? Tommy e seu crânio afundado? Ou talvez da próxima vez fosse Deenie, que ficara naquela banheira durante dois dias, antes que o porteiro finalmente se cansasse de bater na porta, usasse sua chave geral e a encontrasse. Ele não tinha como saber disso, e se Emil Kemmer estivesse ali teria concordado enfaticamente, mas sabia. Sabia, sim. Então por que se preocupar?

*Talvez esta hiperconsciência passe. Talvez seja apenas uma fase, o equivalente psíquico do* delirium tremens. *Talvez se você esperar mais um tempo...*

Mas o tempo mudava. Algo que só os bêbados e viciados compreendiam. Quando não se consegue dormir, quando se tem medo do que vai encontrar ao olhar em volta, o tempo se alonga e cria dentes afiados.

— Posso ajudar? — perguntou o vendedor, e Dan sabia

*(merda de iluminação, merda)*

que ele estava deixando o cara nervoso. Como não? Com a cara sonolenta, olheiras, movimentos inseguros e convulsos, ele provavelmente parecia um viciado em metadona tentando se decidir se ia sacar uma arma e pedir tudo que havia no caixa.

— Não — disse Dan. — Acabei de perceber que deixei a carteira em casa.

Botou as garrafas verdes de volta no freezer. Ao fechá-lo, elas falaram com ele delicadamente, como a um amigo: *Vejo você em breve, Danny.*

## 16

Billy Freeman o esperava, agasalhado até as sobrancelhas. Estendeu-lhe um antiquado chapéu de esquiador com ANNISTON CYCLONES bordado na frente.

— Que diabo é Anniston Cyclones? — perguntou Dan.

— Anniston fica a 30 quilômetros ao norte daqui. Quando se trata de futebol, basquete e beisebol, eles são nossos arquirrivais. Se alguém vir você com isso aí, é provável que receba uma bola de neve na cabeça, mas é o único que tenho.

Dan o botou na cabeça.

— Dá-lhe Cyclones.

— Certo. Vá se foder. — Billy o examinou. — Você está bem, Danno?

— Não consegui dormir direito na noite passada.

— Sei. A porra do vento uivou mesmo, não foi? Parecia a minha ex quando sugeri que um pouquinho de amor na segunda à noite poderia nos fazer bem. Pronto para o batente?

— Pronto como sempre.

— Certo. Vamos lá. Vai ser um dia cheio.


## 17

Foi mesmo um dia cheio, mas pelo meio-dia o sol já tinha aparecido e a temperatura voltara a subir para uns 12 graus. Teenytown encheu-se dos ruídos de cem pequenas cachoeiras à medida que a neve derretia. O ânimo de Dan aumentou com a temperatura, e ele chegou até a se pegar cantando (*Young man! I was once in your shoes!*) enquanto seguia seu soprador de neve para lá e para cá no pátio do pequeno shopping ao lado da praça. Em cima, tremulando em uma leve brisa, muito diferente do vento uivante da noite anterior, havia uma faixa com os dizeres: GRANDES OFERTAS DE PRIMAVERA COM PREÇOS DO TAMANHO DE TEENYTOWN!

Nada de visões.

Depois de terem acabado o serviço, ele levou Billy ao Chuck Wagon e pediu filés para o jantar de ambos. Billy se ofereceu para comprar cerveja. Dan recusou com um gesto de cabeça.

— Estou ficando longe da bebida. Porque, quando começo, às vezes é difícil parar.

— Você devia conversar com Kingsley sobre isso — disse Billy. — Ele se divorciou por causa da bebida há mais ou menos quinze anos. Está bem agora, mas a filha ainda não fala com ele.

Beberam café para acompanhar a refeição. Muito café.

Dan voltou para sua toca em um terceiro andar da Eliot Street, cansado, cheio de comida quente e feliz por estar sóbrio. Não havia TV no seu quarto, mas ele tinha a última parte do livro de Sandford, no qual se perdeu por umas duas horas. Ficou de ouvido atento ao vento, mas ele não começou. Pensou: a tempestade da noite anterior foi a última bala na agulha do inverno. Para ele, estava ótimo. Foi dormir às 22 horas e apagou quase imediatamente. A visita que fizera de manhã cedo ao Red Apple agora lhe parecia algo nebuloso, como se tivesse ido até lá em um delírio febril, e agora a febre passara.

## 18

Acordou de madrugada, não por estar ventando, mas por precisar mijar como um cavalo. Levantou-se, arrastou os pés até o banheiro e acendeu a luz atrás da porta.

A cartola estava na banheira, ensanguentada.

— Não — disse. — Estou sonhando.

Talvez um sonho duplo. Ou triplo. Até quádruplo. Havia algo que ele não contara a Emil Kemmer: tinha medo de acabar perdido em um labirinto de fantasmas noturnos e nunca mais conseguir escapar.

*Tudo o que vemos ou parecemos não passa de um sonho dentro de um sonho.*

Só que aquilo era verdade. Assim como a cartola. Ninguém a veria, mas isso não mudava nada. A cartola era de verdade. Existia em algum lugar no mundo real. Ele sabia.

Viu pelo canto do olho algo escrito no espelho acima da pia. Algo escrito com batom.

*Não devo olhar.*

Tarde demais. Sua cabeça já se virava: podia ouvir os tendões do pescoço rangerem como velhas dobradiças. E que importava? Ele sabia o que estava escrito. A sra. Massey se fora, Horace Derwent se fora, estavam bem trancados nos cofres que ele guardava no fundo de sua mente, mas ele ainda não estava livre do Overlook. Escrita no espelho, não em batom e sim em sangue, uma única palavra:

# REDRUM

Embaixo, na pia, estava um camiseta ensanguentada do Atlanta Braves.

*Isso nunca vai parar,* pensou Danny. *O Overlook queimou e suas aparições mais terríveis foram trancadas nos cofres, mas não posso trancar a iluminação, porque não está só dentro de mim, ela sou eu. Sem a bebida para pelo menos amenizar, essas visões vão continuar até me levar à loucura.*

Ele podia ver seu rosto no espelho e **REDRUM** flutuava na frente, como uma marca estampada na testa. Aquilo não era sonho. Havia a camisa de uma criança assassinada na pia. E uma cartola ensanguentada na banheira. A insanidade estava vindo. Ele podia vê-la se aproximando nos próprios olhos arregalados.

Depois, como um raio de luz na escuridão, a voz de Hallorann: *Filho, você pode ver coisas, mas são como imagens de um livro. Você não estava perdido, quando criança, no Overlook, e não está perdido agora. Longe disso. Feche os olhos, e quando abri-los toda essa merda terá desaparecido.*

Fechou os olhos e esperou. Tentou fazer uma contagem dos segundos, mas só conseguiu chegar a 14 até que os algarismos se perdessem na enorme confusão de seus pensamentos. Ficou quase esperando que surgissem mãos — quem sabe da dona da cartola — para apertar seu pescoço. Mas ficou ali. Na verdade, não havia outro lugar para onde ir.

Reunindo toda sua coragem, Dan abriu os olhos. A banheira estava vazia. A pia vazia. Não havia nada escrito no espelho.

*Mas vai voltar. Da próxima vez, serão talvez os sapatos dela — aquelas sandálias de cortiça. Ou a verei na banheira. Por que não? Foi onde vi a sra. Massey, e ambas morreram da mesma maneira. Só que jamais roubei dinheiro da sra. Massey, nem fugi dela.*

— Eu esperei mais um dia — disse ele para o quarto vazio. — Eu esperei.

Sim, e apesar de ter sido um dia cheio, havia sido também um dia bom, ele era o primeiro a admitir. Os *dias* não eram problema. Mas as noites...

A mente era um quadro-negro. E a bebida, o apagador.

## 19

Dan ficou acordado na cama até as 6. Depois se vestiu e tomou o rumo do Red Apple. Dessa vez não hesitou, só que, em vez de tirar duas garrafas de Bird do freezer, tirou três. Como era mesmo que diziam? Ou tudo ou nada. O atendente pôs as garrafas na sacola, sem dizer nada; estava acostumado com compradores matutinos de vinho. Dan andou até a praça da cidade, sentou-se em dos bancos de Teenytown e tirou uma garrafa da sacola, olhando para ela como Hamlet para a caveira de Yorick. Através do vidro verde, o conteúdo parecia veneno de rato em vez de vinho.

— Você fala como se fosse algo ruim — disse Dan, tirando a tampa.

Desta vez foi sua mãe quem falou. Wendy Torrance, que fumara até o amargo fim. Porque, se a única alternativa era o suicídio, ao menos a gente podia escolher a arma.

*É assim que tudo acaba, Danny? Foi para isso que tudo aconteceu?*

Ele girou a tampa em sentido anti-horário, com força. Depois no sentido contrário. Dessa vez, tirou-a. O cheiro do vinho era azedo, cheiro de música de jukebox, bares vagabundos, discussões sem sentido, seguidas de brigas em estacionamentos. No fim, a vida era tão sem sentido quanto aquelas brigas. O mundo não era um asilo ao ar livre, e sim o Hotel Overlook, onde a festa jamais terminava. Onde os mortos viviam para sempre. Ergueu a garrafa até a boca.

*Foi para isso que lutamos tanto para sair daquele maldito hotel, Danny? Que lutamos para construir uma vida nova para a gente?* Não havia nenhuma censura em sua voz, só tristeza.

Danny fechou a tampa de novo. Depois abriu. Fechou. Abriu.

Pensou: *Se eu beber, o Overlook vence. Apesar de ter sido destruído pela explosão da caldeira, vence. Se eu não beber, ficarei maluco.*

Pensou: *Tudo o que vemos ou parecemos não passa de um sonho dentro de um sonho.*

Ele ainda estava abrindo e fechando a tampa quando Billy Freeman, que acordara com a sensação vaga e preocupante de que havia algo errado, o encontrou.

— Você vai beber, Dan, ou vai ficar só fazendo carinho na garrafa?

— Beber. Não sei o que mais posso fazer.

Então Billy lhe disse.

## 20

Casey Kingsley não ficou inteiramente surpreso ao encontrar seu novo contratado sentado do lado de fora do escritório, quando chegou, às 8h15 daquela manhã. Nem ficou surpreso ao ver a garrafa na mão de Torrance, cuja tampa ele torcia e tirava, depois recolocava e apertava — ele sempre tivera aquele aspecto típico de bêbado, dava para perceber de longe.

Billy Freeman não era tão iluminado quanto Dan, nem de longe, mas tinha um pouco mais do que apenas uma centelha. Naquele primeiro dia, ele ligara da cabana de ferramentas para Kingsley, tão logo Dan atravessara a rua em direção ao prédio municipal. Tinha um jovem à procura de emprego, dissera Billy. Provavelmente não teria muita coisa em termos de referências, mas Billy achava que era o sujeito certo para ajudar no trabalho até o feriado do Memorial Day. Kingsley, que havia tido boas experiências ao seguir a intuição de Billy, concordara. *Sei que precisamos contratar alguém*, dissera.

A resposta de Billy havia sido estranha, mas *Billy* era estranho. Uma vez, havia dois anos, ele chamara uma ambulância cinco minutos *antes* de aquele garotinho cair do balanço e fraturar o crânio.

*Ele precisa mais da gente do que precisamos dele*, dissera Bill.

E ali estava ele, sentado todo encurvado, como se já estivesse no próximo ônibus ou empoleirado em um banco de bar, e Kingsley podia cheirar o vinho a 10 metros de distância, no corredor. Ele tinha um olfato de gourmet para cheiros assim e podia dizer o nome de cada um deles. Aquele era de Thunderbird, como na velha rima de bar: *What's the Word? Thunderbird... What's the price? Fifty twice!* Mas, quando o rapaz olhou para ele, Kingsley percebeu que em seus olhos não havia nada senão desespero.

— Billy me mandou.

Kingsley não disse nada. Podia perceber o esforço do rapaz para reunir forças, a resistência dele. Estava visível em seu olhar; na maneira como a boca se curvava para baixo nos cantos; principalmente no jeito como segurava a garrafa, ao mesmo tempo com ódio, amor e necessidade.

Finalmente Dan conseguiu pronunciar as palavras das quais havia fugido a vida inteira:

— Preciso de ajuda.

Ele cobriu os olhos com um braço. Ao fazer isso, Kingsley se inclinou e segurou a garrafa de vinho. O rapaz resistiu por um instante... então largou.

— Você está doente e cansado — disse Kingsley. — Dá para perceber. Mas será que está doente e cansado de ficar doente e cansado?

Dan ergueu os olhos para ele, engolindo em seco. Resistiu mais um pouco, depois disse:

— Você não imagina o quanto.

— Talvez eu imagine. — Kingsley tirou um grande molho de chaves das grandes calças. Enfiou uma delas na fechadura onde se lia SERVIÇOS MUNICIPAIS DE FRAZIER pintado no vidro fosco. — Vamos entrar. E conversar sobre isso.

CAPÍTULO DOIS

# NÚMEROS RUINS

1

A poetisa idosa de nome italiano e sobrenome completamente americano estava sentada com a bisneta adormecida no colo, assistindo ao vídeo que o marido da neta tinha gravado na sala de parto havia três semanas. Começava com um título: ABRA VEM AO MUNDO! A imagem era tremida e David evitara tudo que fosse anatômico demais (graças a Deus), mas Concetta Reynolds viu os cabelos colados de suor na testa de Lucia, ouviu-a gritar "Estou fazendo!" quando uma das enfermeiras exortou-a a fazer força, e viu os pingos de sangue no pano azul — não muitos, mas suficientes para compor o que a avó da própria Concetta teria chamado de "belo espetáculo". Em italiano, é claro.

O quadro sacolejou quando o bebê finalmente apareceu, e ela sentiu um arrepio percorrer as costas e os braços, quando Lucy gritou: "Ela não tem rosto!"

Sentado agora ao lado de Lucy, David deu uma risadinha. Porque era evidente que Abra *tinha* rosto, um rostinho lindo. Chetta olhou para ele, como se para se reassegurar disso. Quando ela voltou a olhar para o filme, o novo bebê estava sendo entregue aos braços da mãe. Uns trinta ou quarenta segundos tremidos depois, outro título apareceu: PARABÉNS, ABRA RAFAELLA STONE!

David apertou a tecla STOP no controle remoto.

— Você é uma das únicas pessoas que vai ver isso — proclamou Lucy em tom de voz firme e implacável. — É tão constrangedor.

— É maravilhoso — disse David. — E se há alguém que vai ver, com certeza, é a própria Abra. — Ele olhou para a mulher, sentada no sofá ao seu lado. — Quando tiver idade suficiente. E se quiser, é claro. — Deu uma palmadinha na coxa de Lucy, depois riu para a avó dela, uma mulher a quem respeitava, mas por quem não sentia tanto amor. — Até lá, isso vai para o cofre no banco, com os documentos do seguro, da casa e meus milhões de venda de drogas.

Concetta sorriu para demonstrar que compreendera a piada, mas um sorriso pequeno, para mostrar que não a achara especialmente engraçada. Em seu colo, Abra dormia e dormia. De certo modo, pensou ela, todos os bebês nascem com o rosto coberto por uma membrana, envolto em mistérios e possibilidades. Talvez fosse algo sobre o qual valesse a pena escrever. Talvez não.

Concetta viera para a América aos 12 anos e falava inglês fluentemente — o que não era de espantar, já que se formara em Vassar e era professora emérita naquela matéria —, mas, na sua cabeça, sobreviviam ainda todas as superstições e lendas. Às vezes, elas davam ordens, sempre em italiano. Chetta acreditava que a maioria das pessoas que trabalhavam com arte era esquizofrênica muito funcional, e ela não era diferente. Sabia que as superstições não valiam nada; mas também cuspia entre os dedos quando um gato ou corvo cruzava seu caminho.

Grande parte de sua esquizofrenia ela devia às Irmãs de Caridade. Elas acreditavam em Deus; na divindade de Jesus; acreditavam que os espelhos eram poços d'água enfeitiçados e que a criança que olhasse muito tempo para eles criaria verrugas. Essas mulheres tinham sido a maior influência de sua vida, dos 7 aos 12 anos. Carregavam réguas nos cintos — para bater, não para medir — e nunca viam uma orelha de criança em seu caminho que não quisessem torcer.

Lucy estendeu os braços na direção do bebê. Chetta o entregou, não sem certa relutância. A menina era um embrulhinho adorável.

## 2

Trinta e dois quilômetros a sudeste de onde Abra dormia nos braços de Concetta Reynolds, Dan Torrance assistia a uma reunião do AA em que uma garota não parava de falar sobre o sexo com o ex-marido. Casey Kingsley o mandara frequentar noventa reuniões em noventa dias, e aquela, ao meio-dia, no porão da igreja metodista de Frazier, era a oitava. Ele estava sentado na fileira da frente, porque Casey — conhecido por ali como Grande Casey — também o mandara fazer isso.

— As pessoas doentes que querem melhorar se sentam na frente, Danny. A gente chama a última fila nas reuniões do AA de Fileira da Negação.

Casey lhe dera um pequeno caderno de anotações com uma foto na capa de ondas do mar batendo em um promontório rochoso. Em cima da foto havia

*84*

dizeres que Dan compreendia, mas que não chegava a apreciar: NADA GRAN-
DIOSO É CRIADO DE REPENTE.

— Anote toda reunião que você frequentou nesse caderno aí. E toda vez
que eu pedir para vê-lo, é melhor tirá-lo do bolso de trás e provar uma frequência perfeita.

— E se eu estiver doente, um dia?

Casey riu.

— Você está doente todo dia, meu amigo. É um alcoólatra de merda.
Sabe de uma coisa que meu padrinho me disse?

— Acho que já me contou. Não dá para transformar picles em pepino de
novo, certo?

— Não banque o espertinho, só escute.

Dan suspirou.

— Estou escutando.

— Leva essa sua bunda às reuniões — disse. — Se ela cair, coloque-a em
uma sacola e a leve às reuniões.

— Que encantador. E se eu me esquecer?

Casey havia dado de ombros.

— Então arrume outro padrinho, um que acredite em esquecimento. Eu
não acredito.

Dan, que se sentia como um objeto quebrável que havia escorregado até
a beira da prateleira mas não tivesse chegado a cair, não queria outro padrinho,
nem nenhuma mudança de qualquer tipo. Sentia-se bem, porém frágil. Muito
frágil. Quase despido de pele. As visões que o haviam atormentado depois da
chegada a Frazier tinham parado, e, apesar de pensar muitas vezes em Deenie e
em seu filhinho, não eram pensamentos tão dolorosos. No final de toda reunião
do AA, alguém lia as Promessas. Uma delas era: *Não lamentaremos o passado,
nem nos recusaremos a enxergá-lo.* Dan achava que *sempre* lamentaria o passado,
mas tinha desistido de não enxergá-lo. Por que se preocupar quando ele teima-
ria em reaparecer? Não tinha como controlar, muito menos como evitar.

Ele começou a escrever uma única palavra no caderninho que Casey lhe
dera. Traçou letras grandes, delicadas. Não fazia ideia de por que estava fazendo
aquilo, nem o que significava. A palavra era **ABRA**.

Enquanto isso, a oradora terminava seu depoimento e caía no choro,
declarando que apesar de o ex-marido ser um merda e ela ainda amá-lo, ela
estava contente em manter sua promessa e continuar sóbria. Dan aplaudiu,
com a Turma do Almoço, depois começou a colorir as letras com a caneta.
Engrossando-as, destacando-as.

*Será que conheço este nome? Acho que sim.*

Quando o próximo orador começou e ele foi até a garrafa para pegar mais café, lhe veio à mente. Abra era o nome de uma garota em um romance de John Steinbeck. *A leste do Éden.* Ele lera não lembrava onde. Em alguma parada no decorrer da vida. Em algum canto qualquer. Não importava.

Outro pensamento

*(você guardou)*

brotou como uma bolha na superfície de sua mente e estourou.

Guardei o quê?

Frankie P., o velho da Turma do Almoço que dirigia a reunião, perguntou se alguém queria fazer o clube das fichas. Quando ninguém levantou a mão, Frankie apontou o dedo.

— Que tal você, escondido aí atrás perto do café?

Constrangido, Dan foi até a frente da sala, esperando que conseguisse se lembrar da ordem das fichas. A primeira — branca, para iniciantes — ele tinha. Enquanto ele pegava a velha lata com as fichas e medalhas jogadas lá dentro, o pensamento surgiu de novo.

*Você guardou?*


### 3

Aquele foi o dia em quem o Verdadeiro Nó, que passara o inverno em um camping do KOA, no Arizona, arrumou as malas e voltou a vaguear rumo ao leste. Passaram pela Rodovia 77 em direção a Show Low, na caravana de sempre: 14 adeptos do camping, alguns puxando reboques, alguns com cadeiras de armar e bicicletas na traseira do carro. Havia trailers de diferentes marcas, Southwinds e Winnebagos, Monacos e Bounders. O EarthCruiser de Rose — 700 mil dólares de aço importado, feito para estrada, a melhor casa móvel do mercado — liderava o cortejo. Mas devagar, sem passar dos oitenta.

Não tinham pressa. Havia muito tempo. Ainda faltavam meses para o banquete.


### 4

— Você guardou? — perguntou Concetta enquanto Lucy abria a blusa e oferecia o seio a Abra.

Abby piscou, sonolenta, mamou um pouco e depois perdeu o interesse. *Depois que seus bicos ficarem doloridos, você só vai oferecê-los quando ela pedir,* pensou Chetta. *Aos berros.*

— Guardou o quê? — perguntou David.

Lucy sabia.

— Eu desmaiei logo depois que eles a puseram nos meus braços. Dave disse que quase a deixei cair. Não deu tempo, Momo.

— Ah, aquela gosma no rosto dela — falou David, com nojo. — Eles tiraram e jogaram fora. Fizerem muito bem, eu acho. — Ele sorria, mas seu olhar a desafiava. *Você sabe muito bem que é melhor parar com isso,* dizia aquele olhar. *Você sabe muito bem, então pare.*

Ela sabia *muito* bem... e não sabia. Será que ela havia sido tão confusa quando mais jovem? Não conseguia lembrar, embora parecesse recordar cada sermão sobre os Mistérios Bem-Aventurados e sobre o sofrimento infindável do inferno que as Irmãs de Caridade, aquelas bandidas vestidas de preto, tinham dado. A história da garota que tinha ficado cega por ter espiado o irmão nu na banheira, e do homem que tinha sido fulminado por ter blasfemado contra o papa.

*Deem-nos as criancinhas bem novinhas e depois não importará quantas aulas incríveis elas deem, nem quantos livros de poesia escrevam, nem mesmo que um desses livros receba todos os prêmios importantes. Deem-nos as crianças novinhas... e elas serão nossas para sempre.*

— Você devia ter guardado *il amnio.* Dá sorte.

Ela falou diretamente para a neta, deixando David completamente de lado. Ele era um bom homem, bom marido para Lucia, mas que se fodesse aquele seu olhar discriminador. E que se fodesse duas vezes o desafio em seu olhar.

— Eu teria guardado, mas não tive como, Momo. E Dave não sabia. — E ela abotoou de novo a blusa.

Chetta se inclinou e tocou com a ponta do dedo a pele do rosto de Abra, carne velha roçando carne nova.

— Dizem que quem nasce com *il amnio* é vidente.

— Você não acredita nisso de verdade, acredita? — perguntou David. — O âmnio não passa de um pedaço de membrana fetal. Ele...

Ele continuou falando, mas Concetta não prestava atenção. Abra abrira os olhos. Neles havia um universo de poesia, versos tão grandiosos que jamais poderiam ser escritos. Ou até mesmo lembrados.

— Deixa para lá — disse Concetta. Levantou o bebê e beijou seu crânio liso onde pulsava a moleira, com a magia da mente logo abaixo. — O que está feito está feito.

# 5

Uma noite, mais ou menos cinco meses depois da discussão-que-não-chegou--a-acontecer sobre o âmnio de Abra, Lucia sonhou que a filha chorava — chorava como se seu coração estivesse despedaçado. Nesse sonho, Abby não estava mais no quarto principal da casa em Richland Court, mas sim em algum lugar no final de um corredor. Lucy correu na direção do choro. De início havia portas de cada lado, depois poltronas. Azuis, de espaldar alto. Ela estava em um avião ou, talvez, em um trem da Amtrak. Depois de correr pelo que pareceram quilômetros, ela chegou à porta de um banheiro. Sua filhinha chorava atrás dela. Não era choro de fome, e sim de medo. Talvez

(*Meu Deus, Minha Nossa*)

choro de dor.

Lucy teve um medo terrível de a porta estar trancada e de ter que arrombá-la — não era o tipo de coisa que acontecia nos sonhos? —, mas a maçaneta cedeu e ela abriu a porta. Em seguida, foi tomada de assalto por outro medo: e se Abra estivesse na privada? A gente lia sobre essas coisas. Bebês em privadas, bebês em lixeiras. E se ela estivesse se afogando em um desses vasos de aço horríveis de banheiro público, com aquela água azul de desinfetante entrando em sua boca e no nariz?

Mas Abra estava no chão. Nua. Os olhos cheios d'água olharam para a mãe. Escrito em seu peito, aparentemente em sangue, havia o número 11.


# 6

David Stone sonhou que procurava pela filha, que estava chorando, subindo uma escada rolante infinita que se movia — lenta, mas inexoravelmente — na direção contrária. Pior, a escada ficava em um shopping que estava pegando fogo. Bem antes de chegar ao topo, ele deveria ter sufocado e ficado sem fôlego, mas o fogo não produzia fumaça, só chamas infernais. Nem havia outro ruído a não ser o choro de Abra, apesar de ele ter visto gente queimar como tochas de querosene. Quando finalmente chegou ao topo, viu Abby deitada no chão, como lixo que alguém descartara. Homens e mulheres corriam em torno dela, sem lhe dar atenção, e, apesar das chamas, ninguém tentou usar a escada rolante, ainda que ela estivesse descendo. Eles apenas corriam em todas as direções, como formigas cujo formigueiro tivesse sido revolvido pelo arado do fazendeiro. Uma mulher em saltos finíssimos quase pisou em sua filha, algo que provavelmente a teria matado.

Abra estava nua. Escrito em seu peito havia o número 175.


# 7

Os Stone acordaram juntos, ambos convencidos, de início, de que o choro que tinham ouvido era ainda dos sonhos que tiveram. Mas não, o choro vinha do quarto deles. Abby estava no berço, sob o móbile do Shrek, de olhos arregalados, bochechas avermelhadas, pequenos punhos se agitando em um choro histérico.

A troca da fralda não a acalmou, nem o seio, nem o que pareceram ser voltas quilométricas pela sala e pelo menos mil versos de canções de ninar. Por fim, muito apavorada — Abby era seu primeiro bebê, e Lucy não sabia mais o que fazer —, ela ligou para Concetta em Boston. Apesar de serem duas da madrugada, Momo atendeu no segundo toque. Estava com 85 anos e seu sono era tão tênue quanto a pele. Ela ouviu com mais atenção o choro da bisneta do que o relato confuso que a neta fez das providências corriqueiras que eles haviam tentado, e depois fez as perguntas pertinentes:

— Ela está com febre? Mexendo nas orelhas? Remexendo as pernas como se estivesse fazendo cocô?

— Não — respondeu Lucy —, nada disso. Ela está um pouco quente por causa do choro, mas não acredito que seja febre. Momo, o que eu faço?

Chetta, que estava agora sentada na escrivaninha, não hesitou.

— Espere mais 15 minutos. Se ela não se acalmar e começar a mamar, leve para o hospital.

— Qual? Brigham and Women's? — Confusa e nervosa, foi só o que ela conseguiu pensar. O parto havia sido lá. — Isso fica a 240 quilômetros!

— Não, não. Bridgton. Do outro lado da divisa com Maine. É um pouco mais perto que o CNH.

— Tem certeza?

— Será que não estou olhando no meu computador neste exato minuto?

Abra não se acalmou. O choro era monótono, enlouquecedor, apavorante. Quando chegaram ao Bridgton Hospital, faltavam 15 para as 4, e Abra ainda chorava a plenos pulmões. Os passeios no Acura eram geralmente mais eficientes que um sonífero, mas não naquela madrugada. David pensou em aneurismas cerebrais e disse a si mesmo que estava louco. Bebês não tinham derrames... tinham?

— Davey? — perguntou Lucy em um tom de voz abafado quando eles pararam na placa EMERGÊNCIA SÓ DESEMBARQUE. — Bebês não têm derrames nem ataques do coração... têm?

— Não, tenho certeza de que não.

Mas lhe ocorreu uma nova ideia. Imagine se a garotinha tivesse engolido um alfinete da fralda, que então se abriu no estômago? *Isso é uma idiotice, nós usamos fraldas descartáveis, ela nunca chegou perto de um alfinete.*

Outra coisa, talvez. Um grampo do cabelo de Lucy. Uma tachinha errante que caíra no berço. Talvez até, Deus os livrasse, um pedaço quebrado de plástico do Shrek, do Burro ou da Princesa Fiona.

— Davey? O que está pensando?

— Nada.

O móbile estava inteiro. Tinha certeza.

*Quase* certeza.

Abra continuava a berrar.

8

David esperava que o médico de plantão desse um sedativo à filha, mas era contra o protocolo dar sedativos a crianças sem diagnósticos, e Abra Rafaella Stone não parecia ter nada de errado. Não tinha febre, nenhuma erupção, e o ultrassom descartara estenose pilórica. O raio X não revelou nenhum objeto estranho na garganta ou no estômago, nem nenhuma obstrução intestinal. Basicamente, ela só não calava a boca. Os Stone eram os únicos pacientes na emergência àquela hora da madrugada de terça-feira, e cada uma das três enfermeiras de plantão tentara acalmar o bebê. Nada deu certo.

— Você não devia dar algo para ela comer? — perguntou Lucy ao médico quando ele voltou para ver a menina de novo. A expressão *lactato de Ringer* ocorreu-lhe, algo que ela ouvira em algum programa médico a que assistia desde sua paixonite adolescente por George Clooney. Até onde sabia, lactato de Ringer podia ser uma loção para os pés, ou um anticoagulante ou algo para úlceras de estômago. — Ela não quer o peito *nem* a mamadeira.

— Quando ela tiver bastante fome, vai querer — disse o médico, mas nem Lucy nem David ficaram aliviados. Para começar, o médico parecia ser mais novo que eles. Depois (e isso era muito pior), não parecia ter tanta certeza. — Já ligou para o pediatra? — Ele releu os formulários. — Dr. Dalton?

— Deixei um recado para ele — disse David. — Ele não deve retornar até o meio da manhã, e até lá isso já vai ter passado.

*De um jeito ou de outro*, pensou, e sua mente — que estava incontrolável por causa da falta de sono e ansiedade demasiada — lhe presenteou com um cenário tão nítido quanto apavorante: pessoas de luto reunidas em torno de uma pequena sepultura. E de um caixão menor ainda.

<br>

## 9

Às 7h30, Chetta Reynolds irrompeu na sala de exames onde os Stone e sua menininha que não parava de berrar haviam sido deixados. A poetisa, cujos boatos diziam que estava na lista para receber o prêmio Presidential Medal of Freedom, vestia um jeans e uma camiseta da BU furada no cotovelo. A roupa mostrava como ela havia emagrecido durante os últimos três ou quatro anos. *Não é câncer, se é o que você pensou*, dizia quando alguém comentava sobre sua magreza de modelo de passarela, que ela geralmente disfarçava com vestidos largos ou caftãs. *Só estou treinando para a última volta na pista.*

Seu cabelo, em geral trançado ou preso em cachos intrincados para servir de vitrine à sua coleção de presilhas vintage, estavam arrepiados ao redor da cabeça como uma nuvem desgrenhada, no estilo de Einstein. Não estava maquiada, e mesmo no seu desespero, Lucy ficou chocada com a aparência envelhecida de Concetta. Bem, claro que ela era velha, ter 85 anos era ser *muito* velha, mas até aquela manhã ela parecia ter no máximo 60 e tantos anos.

— Eu teria chegado uma hora antes se tivesse arranjado alguém para tomar conta de Betty. — Betty era a sua buldogue velha e doente.

Chetta reparou no olhar de censura de David.

— Betty está *morrendo*, David. E, segundo o que você me disse pelo telefone, não fiquei tão preocupada assim com Abra.

— Está preocupada agora? — perguntou David.

Lucy lhe lançou um olhar de repreensão, mas Chetta parecia disposta a aceitar a censura implícita.

— Sim. — Ela estendeu as mãos. — Me dê ela, Lucy. Vamos ver se ela se acalma com Momo.

Mas Abra não se acalmou com Momo, não importava o quanto fosse ninada. Nem a tranquila cantiga de ninar, surpreendentemente melodiosa (para David, bem podia ser "Boi da cara preta" em italiano), funcionou. Todos experimentaram passear com ela de novo, primeiro dando voltas pela pequena sala de exames, depois pelo corredor e de volta à sala de exames. O berreiro continuava e continuava. Em determinado instante, houve uma confusão lá fora — alguém visivelmente ferido tinha chegado —, mas os que estavam na sala de exames 4 não prestaram atenção.

Às 8h55, a porta da sala de exames se abriu e o pediatra dos Stone entrou. O dr. John Dalton era alguém que Dan Torrance teria reconhecido, embora não pelo sobrenome. Para Dan, ele era apenas o dr. John, aquele que fazia café na reunião do Grande Livro, de quinta à noite, em North Conway.

— Graças a Deus! — disse Lucy, entregando a criança que berrava aos braços do pediatra. — Ficamos aqui sozinhos por *horas*!

— Eu estava a caminho quando recebi o recado. — Dalton levantou Abra até seu ombro. — Faço rondas aqui e também lá em Castle Rock. Vocês souberam o que aconteceu, não souberam?

— O quê? — perguntou David. Pela porta aberta, ele tomou consciência pela primeira vez do relativo tumulto lá fora. As pessoas falavam em voz alta. Algumas choravam. A enfermeira que os recebera passou, o rosto vermelho e manchado e as faces molhadas. Nem sequer olhou para a criança que berrava.

— Um avião bateu no World Trade Center — disse Dalton. — E ninguém acha que foi acidente.

Era o voo 11 da American Airlines. O voo 175 da United Airlines bateu na torre sul do Trade Center 17 minutos depois, às 9h03. Às 9h03, Abra Stone, de repente, parou de chorar. Às 9h04, dormia profundamente.

No caminho de volta a Anniston, David e Lucy ouviam o rádio enquanto Abra dormia tranquilamente em sua cadeirinha, no banco traseiro do carro. O noticiário era insuportável, mas não dava para desligar o rádio... Pelo menos até que algum locutor anunciou o nome das empresas aéreas e dos voos: dois em Nova York, um perto de Washington, um caiu em uma área rural da Pensilvânia. Então David estendeu a mão e silenciou a enxurrada de desastres.

— Lucy, preciso lhe dizer uma coisa. Eu sonhei...

— Eu sei — falou ela no tom de monocórdio de quem estava em choque. — Eu também.

Ao atravessarem a divisa de volta a New Hampshire, David tinha começado a acreditar que talvez houvesse alguma coisa nesse negócio do âmnio, afinal de contas.

# 10

Em uma cidade de Nova Jersey, na margem ocidental do rio Hudson, existe um parque que leva o nome do mais ilustre morador da cidade. Quando o dia está claro, ele oferece um panorama perfeito de Lower Manhattan. O Verdadeiro Nó chegou a Hoboken em 8 de setembro, estacionando em um terreno particular que haviam reservado por dez dias. Pai Corvo fechou o negócio. Bonito e simpático, parecendo ter uns 40 anos, a camiseta preferida de Corvo tinha a frase: SOU GENTE QUE GOSTA DE GENTE! Não que usasse camisetas quando fazia negócios para o Verdadeiro Nó; apenas terno e gravata. Era o que os camponeses esperavam. Seu nome verdadeiro era Henry Rothman. Era um advogado formado em Stanford (turma de 1938) que sempre carregava dinheiro em espécie. O Verdadeiro Nó possuía mais de um bilhão de dólares em vários depósitos bancários no mundo todo — um pouco em ouro, um pouco em diamantes, um pouco em livros, selos e pinturas raras —, mas jamais pagava em cheque ou cartão de crédito. Todo mundo, até Ervilha e Vagem, que pareciam crianças, levava um bolo de notas de dez e de vinte.

Como Jimmy Contas dissera certa vez: "Fazemos o tipo carrega-dinheiro. Pagamos em dinheiro e os camponeses nos carregam no colo." Jimmy era o contador do Nó. Na sua época de camponês, ele andava com uma turma que ficou conhecida (muito tempo depois de sua guerra ter terminado) como Quantrill's Raiders. Naquele tempo, ele era um garoto rebelde, que usava casaco de couro de búfalo e carregava um rifle Sharps, mas no decorrer dos anos, desde então, sossegou. Atualmente, tinha um retrato autografado e emoldurado de Ronald Reagan em seu trailer.

Na manhã de 11 de setembro, o Verdadeiro Nó assistiu aos ataques às Torres Gêmeas do estacionamento, passando quatro binóculos de mão em mão. Teriam visto melhor a cena do Sinatra Park, mas Rose não precisou lhes dizer que, se eles se juntassem lá cedo demais, poderiam levantar suspeitas... e nos meses e anos seguintes, a América seria uma nação muito desconfiada: se você notar alguma coisa, avise.

Por volta das 10h, naquela manhã — quando multidões já haviam se reunido ao longo das margens do rio, e era seguro —, eles se dirigiram ao parque. Os pequenos gêmeos, Ervilha e Vagem, empurravam Vovô Flick na cadeira de rodas. Vovô usava seu boné que dizia: SOU VETERANO. Seu longo cabelo branco, fino como cabelo de bebê, flutuava em torno das bordas do boné como uma planta delicada. Houve época em que ele dizia às pessoas que era veterano da guerra hispano-americana. Depois da Primeira Guerra. Agora era da Segunda Guerra. Dentro de vinte anos, mais ou menos, ele esperava poder mudar sua história para a Guerra do Vietnã. A verossimilhança jamais fora um problema; vovô era fã de história militar.

O Sinatra Park estava apinhado. A maioria das pessoas permanecia calada, mas muita gente chorava. Annie de Pano e Sue Olheira foram úteis nesse quesito; ambas eram capazes de chorar quando queriam. Os outros vestiram suas devidas expressões de pena, solenidade e espanto.

Em resumo, o Verdadeiro Nó se encaixou. Era assim que funcionava.

Os espectadores chegavam e partiam, mas o Nó ficou a maior parte do dia, um dia bonito, de céu limpo (exceto pela grossa coluna de resíduos que subia de Lower Manhattan, é claro). Ficaram perto da grade de ferro, sem conversar, só olhando. E inspirando profundamente, como os turistas do meio oeste, quando iam pela primeira vez a Pemaquid Point ou Quoddy Head, em Maine, e respiravam golfadas de ar puro. Em sinal de respeito, Rose tirou a cartola e a segurou a seu lado.

Às 4 da tarde, voltaram juntos para o acampamento na área de estacionamento, revigorados. Retornariam no dia seguinte, e no próximo, e no próximo. Voltariam até que o bom vapor houvesse se esgotado e depois seguiriam viagem de novo.

Até lá, o cabelo branco de Vovô Flick teria ficado cor de grafite e ele não precisaria mais da cadeira de rodas.

CAPÍTULO TRÊS

# COLHERES

1

Era preciso dirigir por 33 quilômetros, de Frazier a North Conway, mas Dan Torrance fazia a viagem toda quinta à noite, em parte porque podia. Estava trabalhando na Helen Rivington House, ganhando um salário decente e tinha recuperado a carteira de motorista. O carro que ele tinha comprado para comemorar não era grande coisa, apenas um Caprice com três anos de uso, pneus recondicionados e um rádio precário, mas o motor estava bom e toda vez que ele dava a partida, sentia-se o sujeito mais sortudo de New Hampshire. Achava que se nunca mais tivesse que pegar um ônibus de novo morreria feliz. Era janeiro de 2004. Exceto por alguns pensamentos e imagens aleatórias — além do trabalho extra que, às vezes, fazia no asilo, é claro —, a iluminação andara quieta. Ele teria feito aquele trabalho voluntário de qualquer maneira, mas depois do período passado no AA, passou a encará-lo como uma reparação, algo que as pessoas em recuperação achavam quase tão importante quanto se manter afastado do primeiro gole. Se ele conseguisse emplacar mais três meses, poderia comemorar três anos de sobriedade.

Voltar a dirigir era um item importante na lista diária das coisas pelas quais era grato, a qual Casey insistira que ele fizesse (porque, como dissera — com a sabedoria de um veterano no Programa —, um alcoólatra grato não se embebeda), mas, principalmente, Dan ia às noites de quinta porque a reunião do Grande Livro lhe trazia paz. Na verdade, era algo íntimo. Algumas das reuniões de discussão abertas, daquela área, eram constrangedoramente grandes, o que não acontecia nas noites de quinta em North Conway. Havia um velho ditado do AA que dizia: *Se quiser esconder alguma coisa de um alcoólatra, coloque-o no Grande Livro.* E a presença nas reuniões de quinta à noite em North

*95*

Conway sugeria que havia alguma verdade nisso. Mesmo durante as semanas entre 4 de Julho e o Labor Day — auge da temporada turística —, era raro haver mais de uma dúzia de pessoas no Amvets Hall, quando a reunião começava. Por isso, Dan tinha ouvido coisas que supunha que jamais teriam sido ditas em voz alta nas reuniões que atraíam cinquenta, ou mesmo setenta alcoólatras e viciados em recuperação. Nessas, os oradores tendiam a buscar refúgio em clichês (dos quais havia centenas) e evitar o que fosse pessoal. Ouvia-se "A serenidade rende dividendos" e "Você pode ficar com meu espólio se estiver disposto a quitar os prejuízos que dei", mas jamais "Eu fodi minha cunhada uma noite quando estávamos bêbados".

Nas reuniões de estudo a respeito da sobriedade, nas noites de quinta, o pequeno conclave lia o grande manual prático azul de Bill Wilson, de capa a capa, cada nova reunião continuando de onde a anterior havia parado. Quando chegavam ao final do livro, voltavam para a "Declaração do Médico" e começavam tudo de novo. A maioria das reuniões dava conta de dez páginas, mais ou menos. Isso levava meia hora. Na meia hora restante, o grupo devia debater o material que havia acabado de ler. Às vezes fazia isso mesmo. Muitas vezes, no entanto, a discussão tomava outros rumos, como um copo deslizando por um tabuleiro Ouija, sob os dedos de adolescentes neuróticos.

Dan se lembrava de uma reunião de quinta à noite de que participara quando completara quase oito meses sóbrio. O capítulo em discussão, "Às Esposas", estava cheio de suposições antiquadas que quase sempre provocavam reações irritadas nas mulheres mais jovens do AA. Queriam saber por que, nos 65 anos, mais ou menos, desde a publicação original do Grande Livro, nunca alguém acrescentara um capítulo chamado "Aos maridos".

Quando Gemma T. — mulher de uns 30 anos cujas duas únicas opções de humor pareciam ser "zangada" e "profundamente puta da vida" — levantou a mão naquela noite, Dan esperara um comentário feminista radical. Em vez disso, ela disse de modo muito mais calmo que o comum:

— Eu preciso compartilhar uma coisa. Guardo isso desde que eu tinha 17 anos e, se não contar, nunca vou conseguir me livrar do pó e do vinho.

O grupo ficou à espera.

— Atropelei um homem quando voltava para casa, bêbada, depois de uma festa — disse Gemma. — Isso foi lá em Somerville. Deixei ele caído no acostamento. Não sabia se estava vivo ou morto. Ainda não sei. Esperei a polícia aparecer para me prender, mas ela nunca veio. Eu escapei.

Ela riu ao dizer isso, como as pessoas riem quando a piada é muito boa, depois encostou a cabeça na mesa e começou a soluçar tão profundamente que o corpo magro como uma vareta tremia. Dan percebeu, pela primeira vez, como a "sinceridade a toda prova" podia ser terrível quando realmente posta em prática. Pensou, como ainda fazia com tanta frequência, em como ele havia esvaziado todo o dinheiro da carteira de Deenie, e em como o garotinho estendera a mão para pegar a cocaína na mesa de centro. Sentiu certo respeito por Gemma, mas não tinha tanta propensão para sinceridade bruta. Se as opções fossem contar aquela história ou tomar um gole...

*Eu tomaria um gole, sem dúvida.*

2

À noite faziam a leitura de "A bravata da sarjeta", um dos casos da seção do Grande Livro chamada "Eles perderam quase tudo". O caso obedecia a um padrão com que Dan se familiarizara: família decente, domingo na igreja, o primeiro trago, primeiro porre, sucesso nos negócios arruinado pela bebida, mentiras cada vez mais elaboradas, primeira prisão, promessas não cumpridas de regeneração, internação e o final feliz. Todos os casos do Grande Livro tinham final feliz. Fazia parte de seu charme.

Era uma noite fria, mas estava muito quente lá dentro, e Dan quase cochilava quando o dr. John levantou a mão e disse:

— Ando mentindo para minha mulher sobre uma coisa e não sei como parar.

Isso acordou Dan. Ele gostava bastante de DJ.

Acabou que a mulher de John lhe dera de presente de Natal um relógio bastante caro, e quando ela lhe perguntara, havia umas duas noites, por que ele não usava, John disse que o esquecera no consultório.

— Só que não está lá. Procurei em todo canto, e não está mesmo. Faço um monte de visitas a hospitais e, quando é preciso trocar de roupa, guardo minhas coisas em um dos armários na sala dos médicos. Têm armários com tranca, mas eu raramente uso porque não carrego muito dinheiro em espécie e não tenho mais nada que mereça ser roubado. Exceto o relógio, acho. Não consigo me lembrar de ter tirado e deixado no armário... não no CNH, nem lá em Bridgton... mas devo ter feito isso. Não é pelo dinheiro. É só que traz de volta muita coisa da época em que eu bebia toda noite até ficar lesado, e na manhã seguinte engolia estimulantes para funcionar.

Houve muitas cabeças balançando em concordância, depois casos semelhantes de trapaças e muita culpa. Ninguém deu conselhos, que chamavam de "conversa cruzada" e não eram bem-vistos. Simplesmente contavam seus casos. John ouvia de cabeça baixa e mãos entre os joelhos. Depois de passarem a bandeja ("Somos autossuficientes graças às nossas próprias contribuições"), ele agradeceu a todo mundo pelas considerações recebidas. Pela cara dele, Dan não achou que a citada informação fosse de grande ajuda.

Depois do Pai Nosso, Dan guardou os biscoitos que sobraram e empilhou os Grandes Livros esfarrapados no armário com a etiqueta DE USO DO AA. Algumas pessoas ainda se demoravam em volta do banco lá fora — a chamada reunião depois da reunião —, mas ele e John ficaram sozinhos na cozinha. Dan não falara durante o debate; estava ocupado demais em debater consigo mesmo.

A iluminação andara quieta, mas não significava que estivesse ausente. Ele sabia, pelo seu trabalho voluntário, que na verdade ela estava mais forte do que na infância, apesar de parecer que agora ele tinha mais controle sobre ela. Isso a tornava mais útil, menos apavorante. Seus colegas de trabalho em Rivington House sabiam que ele tinha *algo especial,* que a maioria chamava de empatia e deixava para lá. A última coisa que ele queria, agora que sua vida começara a sossegar, era conquistar a reputação de sensitivo de aluguel. Era melhor manter segredo dessa loucura de merda.

Mas o dr. John era um bom sujeito. E estava sofrendo.

DJ colocou a garrafa de café de cabeça para baixo no escorredor, usou uma tolha pendurada na tampa do fogão para secar as mãos, depois se virou para Dan, dando-lhe um sorriso que parecia tão genuíno quanto o Nescafé que Dan guardara com os biscoitos e o açucareiro.

— Bem, já vou. Até a próxima semana.

Por fim a decisão se impôs sozinha; Dan simplesmente não podia deixar que o sujeito fosse embora com aquela cara. Estendeu os braços.

— Venha cá.

O célebre abraço do AA. Dan já vira muitos, mas jamais dera algum. John pareceu espantado por um instante, depois avançou. Dan o abraçou, pensando: *Provavelmente não vai ter nada.*

Mas havia algo. Surgiu com tanta rapidez quanto surgia quando ele era criança e, às vezes, ajudava o pai ou a mãe a achar coisas perdidas.

— Olhe, doutor — disse, soltando John. — Você estava preocupado com o garoto com Gucher.

John deu um passo atrás.

— Do que está falando?

— Não estou pronunciando direito, eu sei. Goocher? Glutcher? É algo a ver com os ossos.

John ficou boquiaberto.

— Está falando de Norman Lloyd?

— Me diga você.

— Normie tem doença de Gaucher. É uma alteração lipídica. Muito rara e hereditária. Provoca aumento do baço, disfunções neurológicas e normalmente uma morte muito desagradável. O pobre garoto basicamente tem um esqueleto de vidro, e provavelmente vai morrer antes dos 10 anos. Mas como você sabe disso? Conhece os pais? Os Lloyd moram nos cafundós de Nashua.

— Você estava preocupado em falar com ele. Os doentes terminais deixam você doido. Foi por isso que foi ao banheiro do Tigger para lavar as mãos, mesmo sem precisar. Você tirou o relógio e colocou na prateleira onde guardam aquela merda de desinfetante vermelho em frasco de plástico. Não sei o nome.

John D. o encarava como se ele tivesse enlouquecido.

— Em que hospital está internado o garoto? — perguntou Dan.

— Eliott. O cenário está certo, e parei, sim, no banheiro perto do posto de enfermagem pediátrico para lavar as mãos. — Fez uma pausa, franzindo o cenho. — Sim, acho que tem desenhos assim nas paredes. Mas, se eu tivesse tirado o relógio, eu me lembr... — Deixou a frase incompleta.

— Mas você *lembra* — disse Dan sorrindo. — *Agora* lembra. Não lembra?

— Procurei nos achados e perdidos do Eliott — falou John. — Do Bridgton e do CNH também, aliás. Nada.

— Está certo. Talvez alguém tenha visto e roubado. Se for assim, você está com um puta azar... mas pelo menos pode contar à sua mulher o que aconteceu. E *por que* aconteceu. Você estava pensando no garoto, *preocupado com o garoto*, e se esqueceu de botar o relógio de novo no pulso ao sair do banheiro. Simples assim. E, olha, talvez ele ainda esteja lá. Aquela prateleira é alta, e raramente alguém usa aquele produto das garrafas de plástico, porque tem uma saboneteira líquida bem ao lado da pia.

— É Betadine, nessa prateleira — disse John. — Fica bem no alto para que a garotada não alcance. Eu nunca reparei. Mas... Dan, você já esteve *alguma vez* no Elliot?

Não era uma pergunta que ele quisesse responder.

— Dê uma olhada na prateleira, doutor. Talvez tenha sorte.

## 3

Dan chegou cedo na quinta-feira seguinte para a reunião de estudo a respeito da sobriedade. Se o dr. John tivesse resolvido jogar fora seu casamento e talvez a carreira por causa de um relógio perdido de setecentos dólares (alcoólatras costumavam jogar fora casamentos e carreiras por muito menos), outra pessoa teria de fazer café. Mas John estava lá. E o relógio também.

Dessa vez foi John quem tomou a iniciativa do abraço. Um abraço bem emocionado. Dan quase esperou receber um beijo de cada lado do rosto, à maneira francesa, quando DJ o largou.

— Estava bem ali onde você disse que estaria. Dez dias e ainda estava lá. Como por milagre.

— Não — disse Dan. — A maioria das pessoas raramente olha acima do nível das próprias sobrancelhas. É um fato.

— Como você *sabia*?

Dan sacudiu a cabeça.

— Não consigo explicar. Às vezes eu só sei.

— Como posso agradecer?

Era essa a pergunta que Dan estava esperando.

— Praticando o décimo segundo passo, seu infeliz.

John D. ergueu as sobrancelhas.

— Anonimato. Falando de modo mais direto, fique de boca fechada.

A compreensão brotou no rosto de John. Ele sorriu.

— Pois não.

— Ótimo. Agora faça o café que vou distribuir os livros.

## 4

Na maioria dos grupos do AA de New England, as comemorações de mais um ano de sobriedade eram chamadas de aniversários e celebradas com bolo e uma festa depois da reunião. Logo antes de Dan comemorar o terceiro ano de sobriedade, David Stone e a bisavó de Abra vieram visitar John Dalton — conhecido em alguns círculos como dr. John ou DJ — para convidá-lo para outro aniversário de três anos. Essa seria a festa que os Stone fariam para Abra.

— É muita gentileza — disse John. — E ficarei ainda mais contente de dar um pulo lá se conseguir. Mas acho que tem mais alguma coisa nisso.

— Tem, sim — disse Chetta. — E o teimoso aqui resolveu que finalmente é hora de falar sobre isso.

— Algum problema com Abra? Se houver, por favor, me dê os detalhes. De acordo com o último checkup, ela está bem. Espantosamente inteligente. Habilidades sociais extraordinárias. Habilidade verbal, então, nem se fala. De leitura, idem. Da última vez que esteve aqui, ela leu *Alligators All Around* para mim. Provavelmente tem o texto decorado, mas mesmo assim é extraordinário para uma criança que ainda não tem 3 anos. Lucy sabe que vocês estão aqui?

— Foram elas duas que armaram para mim — disse David. — Lucy está em casa com Abra, fazendo bolinhos para a festa. Quando saí, a cozinha parecia um inferno no meio de um tufão.

— Então, o que querem dizer com isto? Querem que eu vá à festa na qualidade de observador?

— Isso mesmo — disse Concetta. — Ninguém pode ter certeza se vai acontecer algo, mas é mais provável de acontecer quando ela fica agitada, e ela está *muito* agitada com a festa. Todos os seus amiguinhos da creche vêm, e vai ter um mágico.

John abriu a gaveta de uma mesa e tirou um bloco de receituário amarelo.

— Que tipo de coisa vocês esperam que aconteça?

David hesitou.

— Difícil dizer.

Chetta virou-se para encará-lo.

— Vamos lá, *caro,* agora não dá mais para recuar. — O tom era leve, quase alegre, mas John Dalton achou que ela parecia preocupada. Achou que ambos pareciam. — Comece com a noite em que ela começou a chorar e não queria parar.


## 5


David Stone ensinava história da América e história moderna da Europa na universidade havia dez anos e sabia como organizar um relato de modo a tornar sua lógica interna bem compreensível. Começou frisando que a maratona de choradeira de sua filhinha terminara quase imediatamente depois que o segundo avião batera no World Trade Center. Depois voltou aos pesadelos em que sua mulher havia visto o número do voo da American Airlines no peito de Abra, e ele o da United Airlines.

— No sonho de Lucy, ela achou Abra em um banheiro de avião. No meu, eu a achei em um shopping pegando fogo. Tirem suas próprias conclusões. Ou não. Para mim, esses números de voo me parecem conclusivos. De quê, eu não sei. — Ele riu sem muita vontade, ergueu e tornou a abaixar as mãos. — Talvez eu tenha medo de saber.

John Dalton se lembrava muito bem da manhã de 11 de setembro e do acesso de choro ininterrupto de Abra.

— Deixe-me ver se compreendo. Você acredita que sua filha, que tinha então cinco meses, teve uma premonição dos ataques e arranjou um modo de o avisar telepaticamente?

— Sim — confirmou Chetta. — Você resumiu a coisa muito bem. Bravo.

— Sei como isso soa — disse David. — Foi por isso que Lucy e eu não falamos nada. Exceto para Chetta, quer dizer. Lucy contou a ela naquela noite. Lucy conta tudo para Momo. — Ele suspirou. Concetta lhe lançou um olhar frio.

— Você não teve um desses sonhos? — perguntou John.

Ela sacudiu a cabeça.

— Eu estava em Boston. Talvez fora do... eu não sei... alcance telepático dela?

— Já se passaram quase três anos desde o 11 de Setembro — disse John. — Devem ter acontecido outras coisas desde então.

Muitas outras coisas haviam acontecido, e agora que David conseguira falar da primeira (que era a mais inacreditável), viu-se capaz de falar sobre as outras com bastante facilidade.

— O piano. Essa foi a seguinte. Sabe que Lucy toca?

John sacudiu a cabeça.

— Bem, ela toca. Desde o colégio. Não é excepcional nem nada, mas é bastante boa. Temos um Vogel que meus pais deram a ela de presente de casamento. Fica na sala, onde o cercadinho de Abra também costumava ficar. Bem, um dos presentes de Natal que dei a Lucy em 2001 foi uma coleção de arranjos para piano das músicas dos Beatles. Abra ficava ali no cercadinho, brincando e ouvindo. Dava para ver pelo seu sorriso e pela maneira como mexia os pés que ela gostava da música.

John não questionou esse fato. A maioria dos bebês gostava de música e arranjava um modo de comunicar isso.

— O livro tinha todos os sucessos. "Hey Jude", "Lady Madonna", "Let It Be", mas a que Abra gostava mais era uma das canções menos famosas, chamada "Not a Second Time". Conhece?

— Não de estalo — disse John. — Devo ter ouvido.

— Tem ritmo, mas, ao contrário da maior parte das músicas rápidas dos Beatles, essa é baseada em uns acordes de piano, em vez de guitarra. Não chega a ser um blues, mas quase. Abra adorava. Ela não apenas balançava os pezinhos quando Lucy tocava essa, mas parecia estar andando de bicicleta. — David sorriu ao se lembrar de Abra deitada de costas, usando seu macacão roxo, ainda incapaz de andar, mas dançando como uma rainha de discoteca. — A parte instrumental é quase toda piano, não podia ser mais simples. A mão esquerda só bate nas notas. São apenas 29, contei. Uma criança pode tocar. E nossa criança tocou.

John ergueu as sobrancelhas até quase a linha do cabelo.

— Começou na primavera de 2002. Lucy e eu estávamos lendo na cama. Passava a previsão do tempo na TV, que é mais ou menos no meio do noticiário das 11 da noite. Abra estava no quarto dela, dormindo, pelo que a gente sabia. Lucy me pediu para desligar a TV porque queria dormir. Apertei a tecla no controle e foi quando ouvimos. A parte de piano de "Not a Second Time", aquelas 29 notas. Perfeitas. Sem erro algum, vinha do andar de baixo.

"Doutor, cagamos de medo. Achamos que alguém tinha entrado na casa, mas qual é o ladrão que decide parar a fim de tocar um pouco de Beatles antes de pegar a prataria? Não tenho arma e meus tacos de golfe estavam na garagem, por isso peguei o maior livro que achei e desci para enfrentar quem estivesse lá. Bem idiota, eu sei. Disse a Lucy para pegar o telefone e discar para a emergência se eu gritasse. Mas não havia ninguém, todas as portas estavam trancadas. E a tampa do piano fechada.

"Voltei para cima e disse a Lucy que não tinha encontrado nada. Andamos pelo corredor para ver o bebê. Nem combinamos de fazer isso, só fizemos. Acho que sabíamos que era Abra, mas nenhum de nós queria ser o primeiro a falar. Ela estava acordada, deitada ali no berço, olhando para a gente. Sabe, com aqueles olhinhos sábios que bebês têm."

John sabia. Como se pudessem contar todos os segredos do universo se ao menos soubessem falar. Havia ocasiões em que ele acreditava mesmo nisso, só que Deus arranjara as coisas de tal modo que, quando eles *conseguiam* superar o gugu-dadá, já tinham esquecido tudo, do mesmo modo que esquecemos até os sonhos mais nítidos poucas horas depois de acordar.

— Ela sorriu quando viu a gente, fechou os olhos e caiu no sono. Na noite seguinte aconteceu a mesma coisa. À mesma hora. Aquelas 29 notas vindas da sala de jantar... depois silêncio... depois a gente foi até o quarto de Abra e a encontrou acordada. Ela não estava inquieta, não estava nem chupando a chupeta, só olhando para a gente pelas barras do berço. Depois dormiu.

— Isso é mesmo verdade — disse John. Sem questionar nada, só querendo entender. — Você não está me zoando.

David não sorriu.

— Nem um pouquinho.

John virou-se para Chetta.

— Você mesma já ouviu?

— Não. Deixe David acabar.

— Tivemos algumas noites de folga, e... sabe como você diz que o sucesso na hora de criar os filhos é sempre ter um plano?

— Claro. — Era este o sermão que John Dalton dava sempre aos pais de primeira viagem. Como vão lidar com a alimentação do bebê à noite? Façam um esquema de modo que alguém esteja sempre de plantão e ninguém fique cansado demais. Como vão organizar o banho, comida, roupa, diversão, de modo que a criança tenha uma rotina que lhe dê segurança? Façam um esquema. Planejem. Vocês sabem o que fazer em uma emergência? Todas, desde o berço desabar a um engasgo acidental? Se planejarem, saberão, e em dezenove de vinte vezes as coisas vão se resolver bem.

— Então foi o que fizemos. Durante as três noites seguintes, eu dormi no sofá em frente ao piano. Na terceira noite, a música começou no momento em que eu estava me ajeitando para dormir. A tampa do piano estava fechada, por isso fui de mansinho e abri. As teclas não se mexiam. O que não foi uma grande surpresa, pois percebi que a música não vinha do piano.

— Perdão?

— Vinha *de cima*. Do vazio. Àquela altura, Lucy estava no quarto de Abra. Das outras vezes a gente não tinha dito nada, estávamos assustados demais, mas dessa vez ela estava preparada. Disse a Abra para tocar de novo. Houve uma pequena pausa... e aí ela fez. Eu estava tão perto que quase podia pegar aquelas notas no ar.

Fez-se silêncio no consultório de John Dalton. Ele havia parado de escrever no bloco. Chetta olhava para ele, séria. Finalmente ele disse:

— Isso ainda acontece?

— Não. Lucy pegou Abra no colo e disse a ela para não tocar mais à noite, porque não conseguíamos dormir. E foi o fim dessa história. — Ele fez uma pausa para comentar. — *Quase* o fim. Uma vez, quase três semanas depois, ouvimos a música de novo, mas muito baixa e dessa vez vinha do andar de cima. Do quarto dela.

— Ela estava tocando para si mesma — disse Concetta. — Tinha acordado... não conseguiu voltar a dormir logo... por isso tocou para si mesma uma pequena canção de ninar.

## 6

Em uma tarde de segunda-feira, mais ou menos um ano depois da queda das Torres Gêmeas, Abra — já andando, àquela altura, e começando a formar palavras compreensíveis no meio de sua tagarelice constante — foi trôpega até a porta da frente, onde se sentou com sua boneca favorita no colo.

— O que está fazendo, querida? — perguntou Lucy. Ela estava sentada ao piano tocando um rag de Scott Joplin.

— Papa! — anunciou Abra.

— Querida, o papai só vai chegar em casa para o jantar — disse Lucy, mas 15 minutos depois o Acura parou na entrada e Dave saiu, segurando a pasta. Houve um vazamento no encanamento do prédio onde ele dava as aulas de segunda, quarta e sexta, e todas foram canceladas.

— Lucy me contou isso — disse Concetta —, e é claro que eu já sabia sobre o chororô do dia 11 de setembro e sobre o piano fantasma. Dei um pulo lá, uma ou duas semanas depois, e disse a Lucy para não dizer nada a Abra sobre minha visita. Mas Abra sabia. Ela se plantou diante da porta dez minutos antes de eu chegar. Quando Lucy perguntou quem vinha, Abra disse: Momo.

— Ela faz muito isso — comentou David. — Não toda vez que alguém chega, mas só se for alguém de quem ela gosta... quase sempre.

No final da primavera de 2003, Lucy encontrou a filha no seu quarto, puxando a segunda gaveta da cômoda.

— Êro, êro!

— Eu não estou entendendo, querida — disse Lucy —, mas pode olhar a gaveta se quiser. Só tem roupas de baixo velhas e restos de maquiagem.

Mas Abra não tinha interesse nenhum pela gaveta, pelo que parecia; nem sequer olhou quando Lucy a puxou para mostrar o que tinha dentro.

— Trasi! Êro — em seguida, tomando fôlego: — Êro trasi, Mama!

Os pais jamais compreendiam fluentemente o tatibitate — o tempo não é suficiente —, mas a maioria aprende a falá-lo até certo ponto, e Lucy finalmente entendeu que o interesse da filha pela gaveta não era quanto ao seu conteúdo, mas a algo atrás dela.

Curiosa, ela a puxou. Abra se enfiou no vão imediatamente. Lucy, achando que haveria poeira ali, mesmo que não tivesse insetos ou camundongos, esticou a mão para agarrar a camisa da criança, mas errou. Ao puxar a gaveta suficientemente para que também conseguisse enfiar a cabeça, Abra já estava segurando uma nota de vinte dólares que encontrara uma maneira de cair entre o tampo da penteadeira e a parte de baixo do espelho.

— Ó! — dizia ela toda contente. — Êro! *Meu* êro!

— Nada disso — disse Lucy, pegando a nota da pequena mão da criança. — Os bebês não ficam com êro porque não precisam de êro. Mas você merece ganhar um sorvete.

— Esvete! — gritou Abra. — *Meu* esvete!

— Agora conte ao dr. John sobre a sra. Judkins — pediu David. — Você estava presente nessa ocasião.

— Sim, eu estava — disse Concetta. — Foi no feriado de 4 de Julho.

Ao chegar o verão de 2003, Abra já formava — mais ou menos — frases completas. Concetta tinha ido passar o fim de semana do feriado com os Stone. No domingo, 6 de julho, Dave fora ao 7-Eleven a fim de comprar uma lata nova de Blue Rhino para o churrasco no quintal. Abra brincava com blocos na sala de visitas. Lucy e Chetta na cozinha, uma delas sempre vigiando Abra para ter certeza de que ela não ia puxar a tomada da TV e mordê-la, nem resolver escalar o Monte Sofá. Mas Abra não demonstrou o menor interesse por essas coisas; estava ocupada em construir o que parecia ser o Stonehenge com seus blocos de plástico para crianças.

Lucy e Chetta esvaziavam o lava-louças quando Abra começou a gritar.

— Parecia que ela estava morrendo — contou Chetta. — Você sabe o medo que isso dá, certo?

John confirmou com a cabeça. Sabia.

— Não é fácil correr na minha idade — disse Chetta —, mas naquele dia corri como Wilma Rudolph. Cheguei à sala meio corpo na frente de Lucy. Estava tão convicta de que garota se machucara que por um segundo cheguei mesmo a ver sangue. Mas ela estava bem. Pelo menos fisicamente. Correu para mim e abriu os braços, agarrando minhas pernas. Peguei-a no colo. A essa altura, Lucy já estava ali comigo, e conseguimos acalmá-la um pouco. "Wannie!", dizia ela. "Ajuda Wannie, Momo! Wannie caiu!" Eu não sabia quem era Wannie, mas Lucy sabia. Wanda Judkins, a senhora que morava do outro lado da rua.

— É a vizinha favorita de Abra — disse David —, porque faz biscoitos e geralmente leva um para Abra com o nome dela escrito em cima. Às vezes com passas, às vezes com glacê. É uma viúva. Mora sozinha.

— Então atravessamos a rua — resumiu Chetta. — Eu na frente e Lucy com Abra no colo. Bati. Ninguém atendeu. "Wannie na sala de jantar!", disse Abra. "Ajuda Wannie, Momo! Ajuda Wannie, Mama! Ela machucou, tá saindo sangue!"

"A porta não estava trancada. Entramos. A primeira coisa que senti foi cheiro de biscoito queimado. A sra. Judkins estava no chão da sala de jantar, ao lado de uma escada. O pano que ela havia usado para limpar as molduras ainda estava na mão, e havia sangue, sim. Uma poça em volta da cabeça que formava uma espécie de auréola. Eu achei que já não tinha jeito, ela não parecia estar respirando, mas Lucy achou seu pulso. A queda tinha fraturado seu crânio e havia uma pequena hemorragia cerebral, mas ela recuperou os sentidos no dia seguinte. Vai comparecer à festa de aniversário de Abra. Você poderá falar com ela se for também." Ela olhou sem piscar para o pediatra de Abra Stone. "O médico da emergência disse que, se ela tivesse ficado mais tempo deitada ali, morreria ou viraria um vegetal... que é muito pior que a morte, na minha humilde opinião. De qualquer maneira, a menina salvou a vida dela."

John botou a caneta atravessada em cima do receituário.

— Não sei o que dizer.

— Tem mais — disse David —, mas as outras coisas são difíceis de serem dimensionadas. Talvez porque Lucy e eu tenhamos nos acostumado, do mesmo modo, creio, que alguém se acostuma a morar com um filho cego de nascença. Só que isso é quase o oposto. Acho que sabíamos até antes daquele negócio do 11 de Setembro. Acho que sabíamos que tinha *algo* quase a partir do momento em que a trouxemos para casa do hospital. É como...

Ele expirou sonoramente e olhou para o teto, como se estivesse em busca de inspiração. Concetta apertou o braço dele.

— Continue. Pelo menos ele ainda não está parecendo pensar que nós somos malucos.

— Certo, é como se sempre tivesse um vento soprando na casa, só que a gente não consegue sentir, nem saber o que ele está fazendo. Eu sempre acho que as cortinas vão balançar e que os quadros vão cair das paredes, mas isso nunca acontece. Mas tem outras coisas que acontecem. Duas ou três vezes por semana, às vezes duas ou três vezes *por dia*, os disjuntores desarmam. Já chamamos dois eletricistas diferentes, em quatro ocasiões. Verificaram os circuitos e nos disseram que tudo estava certo. Algumas manhãs, a gente desce e encontra as almofadas do sofá e das poltronas no chão. A gente manda Abra guardar os brinquedos antes de dormir e, a não ser que esteja muito cansada ou irritada, ela faz isso direitinho. Mas às vezes a caixa de brinquedos amanhece aberta e alguns brinquedos estão de novo no chão. Geralmente os blocos. São seus prediletos.

Ele parou um instante, olhando para o letreiro de teste visual na parede oposta. John achou que Concetta ia estimulá-lo a continuar, mas ela ficou calada.

— Eu sei que é estranho, mas juro que aconteceu mesmo. Uma noite, quando ligamos a TV, estava passando *Os Simpsons* em todos os canais. Abra ria como se fosse a maior piada do mundo. Lucy pirou. Disse: "Abra Rafaella Stone, se é você quem está fazendo isso, pare agora!" Lucy raramente fala duro com ela e, quando fala, Abra derrete na hora. E foi o que aconteceu naquela noite. Desliguei a TV e quando liguei de novo tudo tinha voltado ao normal. Eu podia lhe contar uma dúzia de outros... incidentes... fenômenos... mas a maioria tão pequena que mal dava para notar. — Ele encolheu os ombros. — Como eu disse, a gente acaba se acostumando.

— Vou à festa — falou John. — Depois disso tudo, como resistir?

— Provavelmente não vai acontecer nada — disse Dave. — Conhece a velha piada sobre como consertar uma torneira que vaza, não conhece? Chame o encanador.

Concetta deu uma risadinha de desdém.

— Se você realmente acredita nisso, meu rapaz, acho que vai ter uma surpresa. — E para Dalton: — Conseguir trazê-lo aqui foi tão difícil quanto arrancar um siso.

— Me dê um descanso, Momo. — As faces de Dave começaram a ruborizar.

John suspirou. Já havia percebido o atrito entre aqueles dois. Não sabia o motivo — algum tipo de competição por Lucy, talvez —, mas ele não queria que aflorasse agora. A estranha missão deles os havia transformado em aliados provisórios, e era assim que John queria mantê-los.

— Parem com as farpas — falou em tom suficientemente incisivo para que eles desviassem os olhos um do outro e voltassem a olhar para ele, espantados. — Acredito em vocês. Nunca ouvi falar de nada nem de perto parecido...

Ou tinha? Ele estremeceu, lembrando-se do relógio perdido.

— Doutor? — disse David.

— Desculpe. Estou com cãibra no cérebro.

Os dois sorriram. Aliados de novo. Que bom.

— De qualquer forma, ninguém vai mandar chamar a turma do jaleco branco. Reconheço que vocês dois são pessoas ajuizadas, sem tendência à histeria nem ao delírio. Eu poderia desconfiar de alguma forma bizarra da Síndrome de Munchausen se fosse o caso de apenas um de vocês alegar esses... fenômenos sensitivos... mas não é. São vocês três. O que levanta a questão: o que querem que eu faça?

David ficou perdido, mas sua sogra-avó, não.

— Observe-a, como faria se fosse alguma doença...

O rubor já começara a sumir das faces de David, mas agora voltara depressa. *A galope.*

— Abra não está doente — falou, ríspido.

Ela se virou para ele:

— Eu sei! *Cristo!* Quer me deixar terminar?

Dave fez uma expressão de sofrimento e levantou as mãos.

— Desculpe, desculpe.

— Não pule na minha garganta, David.

— Se vocês continuarem implicando um com o outro, crianças, terei de mandá-los para a sala de castigo — argumentou John.

Concetta suspirou.

— Isso é muito estressante. Para todos nós. Desculpe, Davey, me expressei mal.

— Não tem problema, *mia cara.* Estamos juntos nisso.

Ela deu um breve sorriso.

— Sim, sim, estamos. Observe-a como observaria uma criança com um problema que não tem diagnóstico, dr. Dalton. É só o que podemos lhe pedir, e acho o bastante por enquanto. Você pode ter alguma ideia, espero que sim. Sabe...

Ela se virou para David Stone com uma expressão de desamparo que John achou que provavelmente era rara naquele rosto firme.

— Estamos com medo — disse Dave. — Eu, Lucy, Chetta. Com um medo danado. Não dela, mas por ela. Porque é tão *pequena,* sabe? O que acontece se esse poder... não sei como chamá-lo de outro modo... esse poder ainda não tiver amadurecido? Se ainda estiver crescendo? O que faremos então? Ela pode... não sei...

— Ele sabe, *sim* — disse Chetta. — Ela pode ficar com raiva e se machucar ou machucar alguém. Não sei qual a probabilidade disso, mas só de pensar que *poderia* acontecer... — Ela tocou a mão de John. — É terrível.

*109*

# 7

Dan Torrance soube que ia morar no quarto do torreão da Helen Rivington House desde o momento em que viu seu velho amigo Tony lhe acenar de uma janela que, à segunda vista, revelou estar tapada por tábuas. Ele perguntou à sra. Clausen, que era então a supervisora-chefe, sobre o quarto, mais ou menos seis meses depois de ter ido trabalhar no asilo como auxiliar e zelador... e, extraoficialmente, como médico-residente. Com seu fiel companheiro, Azzie, é claro.

— O quarto está entulhado de lixo — disse a sra. Clausen.

Tinha 60 e tantos anos e cabelos destoantemente ruivos. Possuía uma boca sarcástica, muitas vezes suja, mas era uma administradora esperta e compassiva. Melhor ainda, do ponto de vista dos administradores da HRH, ela era uma levantadora de fundos extremamente capaz. Dan não tinha certeza se gostava dela, mas aprendera a respeitá-la.

— Eu limpo. Nas minhas horas livres. Seria melhor que eu morasse bem aqui, não acha? À disposição?

— Danny, me diga uma coisa. Me explica como você é tão bom no que faz.

— Na verdade, não sei. — Era, pelo menos, meia verdade. Talvez até setenta por cento. Convivera com a iluminação a vida inteira e ainda não a compreendia.

— Além do lixo, o torreão é quente no verão, e faz tanto frio no inverno que dá para congelar até a porra dos ossos.

— Isso pode ser retificado — dissera Dan.

— Não fale comigo sobre o seu *reto*. — A sra. Clausen lhe lançou um olhar severo por cima do aro dos pequenos óculos de leitura. — Se a diretoria soubesse o que eu deixo você fazer, provavelmente me mandaria fazer cestos naquele asilo em Nashua. O de paredes cor-de-rosa e sistema de som Mantovani. — Ela deu uma fungada depreciativa. — Doutor Sono, realmente.

— Eu não sou médico — disse Dan em tom doce. Sabia que conseguiria o que queria. — Azzie é o médico. Sou apenas assistente.

— Azreel é a porra do *gato*. Um gato vira-lata, que veio da rua e foi adotado por hóspedes que já foram todos desta para a melhor. Só se preocupa em ser alimentado, duas vezes por dia.

Dan não respondeu. Não havia necessidade, porque os dois sabiam que não era verdade.

— Pensei que você tivesse uma moradia muito boa em Eliot Street. Pauline Robertson acha que o sol brilha pelo buraco do seu cu. Eu sei disso porque canto com ela no coro da igreja.

— Qual o seu hino preferido? — perguntou Dan. — "Que porra de amigo temos em Jesus"?

Ela deu a versão Rebecca Clausen de um sorriso.

— Então, muito bem. Limpe o quarto. Mude-se. Mande instalar cabo ótico, som quadrafônico, monte um bar com pia. Fazer o quê? Sou apenas sua chefe.

— Obrigado, sra. C.

— Ah, e não esqueça o aquecedor, certo? Veja se consegue arranjar um daqueles modelos antigos de alguém que esteja vendendo, com o fio desencapado. Toque fogo nesta porra em uma noite fria de fevereiro. Assim eles podem construir um monstro de tijolos para combinar com as monstruosidades que temos de cada lado.

Dan se levantou e levou a mão à testa, em um arremedo bobo de continência britânica.

— O que você mandar, chefe.

Ela o dispensou com um abanar de mão.

— Vá embora antes que eu mude de ideia, doutor.


# 8

Ele colocou um aquecedor, *sim*, mas os fios não estavam desencapados e era do tipo que desligava imediatamente se superaquecesse. Jamais haveria ar-condicionado no quarto do torreão, no terceiro andar, porém dois ventiladores do Walmart, colocados diante das janelas abertas, forneciam um vento cruzado agradável. Mesmo assim, ficava quente nos dias de verão, mas Dan nunca estava lá durante o dia. E as noites de verão em New Hampshire eram normalmente frescas.

A maioria das coisas guardadas lá em cima era de se jogar fora, mas ele conservou um grande quadro-negro do tipo escolar que encontrou encostado a uma parede. Estivera escondido havia cinquenta anos ou mais, atrás da ferragem de cadeiras de rodas antigas e seriamente danificadas. O quadro era útil. Nele, fizera uma lista dos hóspedes do asilo e o número de seus quartos, apagando o nome de quem morria e acrescentando o de quem entrava. Na primavera de 2004, havia 32 nomes no quadro. Dez em Rivington Um, e 12 em

Rivington Dois — esses eram os prédios feios de tijolos que ladeavam a casa vitoriana em que a célebre Helen Rivington já morara e escrevera romances arrebatadores sob o nome vibrante de Jeannette Montparsse. O restante dos hóspedes ficava alojado nos dois andares sob o apartamento apertado, porém prático, de Dan no torreão.

*A sra. Rivington era famosa por outra coisa além de ter escrito romances ruins?*, perguntara Dan a Claudette Albertson pouco depois de ter começado a trabalhar no asilo. Estavam na área de fumantes, praticando seu vício nojento. Claudette, uma alegre enfermeira afro-americana com ombros de jogador de futebol americano profissional, jogou a cabeça para trás e riu.

— Pode apostar que sim! Por ter deixado a maior grana para esta cidade, querido! E doado esta casa, claro. Ela achava que os idosos deveriam ter um local onde pudessem morrer com dignidade.

E em Rivington House a maioria fazia isso. Dan — com a ajuda de Azzie — era parte integrante desse processo. Achava que tinha encontrado sua vocação. Agora se sentia em casa no asilo.

9

Na manhã da festa de aniversário de Abra, Dan se levantou da cama e viu que todos os nomes do quadro tinham sido apagados. No lugar, em letras grandes e bem separadas, havia uma única palavra:

☺Lá

Dan ficou sentado na beira da cama durante um longo tempo, de cueca, só olhando. Depois se levantou e pôs a mão nas letras, borrando-as um pouco, na esperança de receber alguma luz. Até mesmo uma pequena centelha. Por fim, retirou a mão e limpou o giz na coxa nua.

— Olá, você aí — disse... e então: — Será que seu nome é Abra?

Nada. Vestiu o robe, pegou sabonete e toalha e foi até o chuveiro dos funcionários. Ao voltar, pegou o apagador que encontrara com o quadro e começou a apagar a palavra. No meio, um pensamento

(*papai disse que vamos ter balões*)

lhe veio e ele parou, esperando por mais. Mas nada mais surgiu, então ele acabou de apagar o quadro e começou a reescrever os nomes e números dos quartos, a partir do relatório de segunda-feira. Ao voltar para cima, ao meio-dia, esperava encontrar o quadro apagado de novo, com os nomes e números substituídos por ☺*Lá,* mas tudo estava como deixara.


## 10


A festa de aniversário de Abra foi nos fundos do quintal dos Stone, uma área gramada tranquila, com macieiras e cornisos florescentes. Na extremidade mais distante do quintal havia uma cerca de aramado e no portão, um cadeado com senha. A cerca era bastante feia, mas nem David nem Lucy se importavam, porque por trás dela ficava o rio Saco, que serpenteava rumo a sudeste, atravessando Frazier, North Conway, e passando pela fronteira até o Maine. Rios e crianças pequenas não combinavam, na opinião dos Stone, especialmente na primavera, quando aquele ali enchia e ficava turbulento devido ao derretimento da neve. Todo ano o jornal local noticiava pelo menos um afogamento.

Naquele dia, a garotada tinha muitas distrações no gramado. O único jogo organizado que foram capazes de jogar foi meu-mestre-mandou, mas não eram novos demais para correr (às vezes, rolar) pela grama, para escalar como macacos no playground de Abra, para se arrastar através dos túneis de brinquedo montados por David e alguns outros pais, e ficar pulando atrás dos balões que agora estavam espalhados por todo canto. Eram todos amarelos (a cor preferida de Abra), e havia pelos menos seis dúzias, como John Dalton podia confirmar. Ajudara Lucy e a avó a enchê-los. Para uma mulher de 80 e tantos, Chetta tinha pulmões formidáveis.

Havia nove crianças, incluindo Abra, e, devido à presença de pelo menos um membro do casal de pais, a supervisão adulta era abundante. Espreguiçadeiras tinham sido armadas no deck dos fundos, e, quando a festa ficou mais agitada, John sentou-se em uma delas ao lado de Concetta, que vestia jeans de grife e sua camiseta com os dizeres A MELHOR BISAVÓ DO MUNDO. Ela estava comendo uma fatia gigantesca do bolo de aniversário. John, que adquirira alguns quilos a mais de lastro durante o inverno, resolveu ficar com uma única casquinha de sorvete de morango.

— Não sei para onde tudo isso vai — disse ele, fazendo um gesto de cabeça em direção ao bolo que sumia no prato de papelão que ela segurava. — Você não engorda. É uma vareta.

— Talvez, *caro,* mas tenho uma perna oca. — Ela observou a farra das crianças e deu um suspiro profundo. — Eu gostaria que minha filha estivesse viva para ver isso. Não tenho muitos desgostos, mas esse é um deles.

John achou melhor não dar corda àquele assunto. A mãe de Lucy morrera em um acidente de carro quando Lucy era mais nova do que Abra era agora. Ele sabia disso por causa do histórico familiar que ambos os Stone haviam preenchido.

De qualquer maneira, a própria Concetta mudou de assunto.

— Sabe o que gosto nelas nessa idade?

— Não. — John gostava delas em todas as idades... ao menos até os 14 anos. Quando chegavam a essa idade, seus hormônios ficavam hiperativos, e a maioria se achava na obrigação de encher o saco pelos cinco anos seguintes.

— Olhe só para elas, Johnny. É a versão infantil daquele quadro de Edward Hicks, *O Reino de Paz.* Cinco são brancas... claro, afinal estamos em New Hampshire... mas também tem duas negras e uma deslumbrante, de ascendência coreana, tão bonita que deveria estar servindo de modelo no catálogo da Hanna Andersson. Você conhece a canção da escola dominical que diz: "Vermelho e amarelo, preto e branco, eles são preciosos à vista Dele"? É isso que temos aqui. Duas horas já se passaram e nenhuma delas ergueu um punho ou deu um empurrão de raiva.

John, que já vira uma porção de crianças que chutava, mordia e socava, sorriu de um jeito que mesclava cinismo e nostalgia na mesma proporção.

— Não era de esperar que fosse diferente. Todas vão para um jardim de infância bom. Um de alto nível, com preço de alto nível. O que significa que seus pais são todos ao menos da classe média alta, todos fizeram faculdade, que seguem a cartilha "se enturme e se dê bem com outros". Essas crianças são basicamente seus animais sociais domesticados.

John parou ali porque ela estava de cenho franzido para ele, mas podia ter continuado. Podia ter dito que até uns 7 anos — a chamada idade da razão — a maioria das crianças era uma câmara de eco emocional. Se fossem criadas em volta de gente que se dava bem e não gritava, faziam o mesmo. Se fossem criados por gente que batia e gritava... Bem...

Vinte anos tratando os pequeninos (sem falar em criar dois filhos, agora distantes, em bons colégios preparatórios do tipo "se enturme") não haviam destruído todas as ideias românticas que ele tinha quando resolveu se especializar em pediatria, mas as haviam moderado. Talvez as crianças realmente viessem ao mundo na esteira de nuvens esplendorosas, como Wordsworth apregoara com tanta certeza, mas também faziam cocô nas calças até aprenderem a se virar.

# 11

Um toque de sinos — como os de um caminhão de sorvete — fez-se ouvir no ar da tarde. A criançada se virou para ver o que era.

Atravessando o gramado, vindo da entrada dos Stone, surgiu uma simpática aparição: um jovem montado em um triciclo vermelho de tamanho mais que exagerado. Usava luvas brancas e terno teatral de ombros comicamente largos. Em uma lapela exibia uma flor do tamanho de uma orquídea de estufa. As calças (também enormes) estavam dobradas até os joelhos enquanto ele pedalava. O guidão era cheio de campainhas que ele apertava. O triciclo balançava muito sem nunca chegar a virar. Na cabeça do recém-chegado, sob um enorme chapéu coco, via-se uma louca peruca azul. David Stone vinha andando atrás dele, carregando uma grande mala com uma das mãos, e com a outra uma mesa de montar. Parecia estar se divertindo.

— Ei, garotada! Ei, garotada! — gritou o sujeito no triciclo. — Venham para cá, venham para cá, porque o *espetáculo* vai *começar*!

Não precisou pedir de novo; todos já estavam indo na direção do triciclo, rindo e gritando.

Lucy veio até John e Chetta, sentou-se e tirou o cabelo dos olhos com um sopro cômico. Tinha o queixo sujo de chocolate.

— Olhe só o mágico. É um artista de rua que trabalha em Frazier e North Conway no verão. David soube dele por um desses jornais gratuitos de classificados, testou o sujeito e contratou. O nome é Reggie Pelletier, mas seu nome artístico é O Grande Mysterio. Vamos ver por quanto tempo ele consegue prender a atenção das crianças depois que elas cansarem do triciclo dele. Acho que três minutos, no máximo.

John achou que ela talvez estivesse errada. A chegada do sujeito tinha sido calculada com perfeição para fisgar a imaginação dos pequenos, e sua peruca era engraçada, em vez de assustadora. A cara alegre não estava pintada de preto, o que também era bom. Na opinião de John, os palhaços eram supervalorizados. Provocavam um medo danado nas crianças com menos de 6 anos. E os mais velhos os achavam chatos.

*Nossa, você está mesmo com um ânimo azedo hoje.*

Talvez porque tivesse vindo preparado para observar um espetáculo bizarro, e nada acontecera. Para ele, Abra parecia uma garotinha perfeitamente normal. Mais alegre que a maioria, talvez, mas alegria parecia ser algo comum na família. Isto é, exceto quando Chetta e David ficavam trocando farpas.

— Não subestime a capacidade de concentração dos pequeninos. — Ele se inclinou na frente de Chetta e usou o guardanapo para limpar a mancha de chocolate do queixo de Lucy. — Se o espetáculo for bom, vai segurar a atenção deles por 15 minutos, pelo menos. Talvez vinte.

— *Se* ele for bom — disse Lucy com ceticismo.

Mas acabou que Reggie Pelletier, também conhecido como O Grande Mysterio, *fazia* um bom espetáculo. Enquanto o ajudante, O Não-Tão-Grande Dave, armava a mesa e abria a mala, Mysterio pediu que os convidados admirassem sua flor. Quando chegaram perto, ela esguichou água na cara deles; primeiro vermelha, depois verde e então azul. Eles gritaram e riram, agitados por todo o açúcar já consumido.

— Agora, meninos e meninas... *Oh! Ah! Ai!* Está fazendo cócegas!

Ele tirou o chapéu, de onde pescou um coelho branco. A garotada ficou boquiaberta. Mysterio passou o coelho para Abra, que fez carinho nele e depois o passou adiante sem precisar que lhe mandassem. O coelho pareceu não se importar com toda aquela atenção. Talvez, pensou John, tivesse comido um pouco de ração incrementada com Valium antes do espetáculo. A última criança o devolveu a Mysterio, que enfiou o coelho no chapéu, passou a mão por cima e mandou as crianças olharem o interior. Exceto pelo forro com a bandeira americana, não tinha nada.

— Para onde o coelho foi? — perguntou a pequena Susie Soong--Bartlett.

— Para o mundo dos seus sonhos, querida — disse Mysterio. — Esta noite ele estará pulando lá. Agora, quem quer um lenço mágico?

Houve gritos de *eu quero, eu quero*, tanto de meninos quanto de meninas. Mysterio ia tirando-os dos punhos e distribuindo. Seguiram-se mais truques em uma sucessão acelerada. Segundo o relógio de Dalton, a garotada ficou pelo menos 25 minutos em semicírculo em volta de Mysterio, de olhos grudados. E tão logo começaram a aparecer os primeiros sinais de inquietação na plateia, Mysterio preparou o desfecho. Tirou cinco pratos da mala (que ele mostrou, e que parecia tão vazia quanto o chapéu), com os quais fez malabarismo enquanto cantava "Feliz aniversário". Todos os garotos participaram, e Abra parecia levitar de alegria.

Os pratos voltaram para a mala, que foi mostrada de novo, para que eles vissem que estava vazia. Então ele tirou meia dúzia de colheres dela, que começou a pendurar no rosto, a última na ponta do nariz. A aniversariante adorou. Sentou-se na grama às gargalhadas, se abraçando de felicidade.

— Abba consegue fazer isso — disse (ela agora gostava de se referir a si mesma na terceira pessoa, o que David chamava de fase "Rickey Henderson"). — Abba consegue fazer as colheres.

— Que bom, querida — disse Mysterio.

Na verdade, ele não estava prestando atenção, e John não o culpava; acabara de fazer um espetáculo infantil bastante agitado, tinha o rosto vermelho, coberto de suor, apesar da brisa fresca que soprava do rio, e ainda precisava fazer o encerramento, dessa vez pedalando o gigantesco triciclo ladeira acima.

Inclinou-se, dando uma palmadinha na cabeça de Abra com a luva branca.

— Feliz aniversário e obrigado, garotada, por ter sido uma plateia tão bo...

De dentro da casa ouviu-se um grande retinir musical parecido com o toque das campainhas presas no guidão do enorme triciclo. A meninada olhou de relance naquela direção antes de se virar para ver a despedida de Mysterio, pedalando para longe, mas Lucy se levantou para ver o que caíra na cozinha.

Dois minutos depois, voltou.

— John — disse. — É melhor vir comigo dar uma olhada. Acho que é o que você veio ver.


## 12


John, Lucy e Concetta estavam na cozinha, olhando para o teto, calados. Nenhum deles se virou quando Dave chegou; estavam hipnotizados.

— O que é... — começou a dizer, e então percebeu o que era.    Caramba.

Ninguém respondeu. David ficou mais um tempo olhando, tentando compreender bem o que via, depois saiu. Um ou dois minutos depois voltou, trazendo a filha pela mão. Abra segurava um balão. Trazia em volta da cintura, como se fosse uma faixa, o lenço que ganhara do Grande Mysterio.

John Dalton se ajoelhou ao seu lado.

— Foi você quem fez isso, querida? — Era uma pergunta que ele mesmo certamente sabia responder, mas queria ouvir o que a menina tinha a dizer. Queria saber até que ponto Abra tinha consciência daquilo.

Ela olhou primeiro para o chão, onde jazia a gaveta dos talheres. Alguns garfos e facas tinham caído quando a gaveta saíra de seu encaixe, mas estavam todos ali. As colheres, no entanto, não. As colheres pendiam do teto, como se tivessem sido puxadas para cima e ficado presas lá por algum magnetismo bizarro. Duas delas balançavam preguiçosas nas luminárias. A maior, uma colher de servir, pendia do tubo de saída do exaustor, acima do fogão.

Toda criança possui seus mecanismos de autoconsolo. John sabia, por longa experiência, que a maioria se contentava em chupar o polegar. Mas Abra fazia algo um pouco diferente. Ela cobriu a parte inferior do rosto com a mão em concha, esfregando os lábios com a palma. Como resultado, suas palavras saíram abafadas. John tirou a mão delicadamente.

— O quê, querida?

Em uma vozinha amedrontada, ela perguntou:

— Eu tô de castigo? Eu... eu... — Seu pequeno peito começou a arfar. Tentou tapar o rosto com a mão, mas John a segurou. — Eu queria ser igual a Mynstério. — Ela começou a chorar. John largou sua mão e ela a colocou de novo na boca, esfregando furiosamente.

David a pegou no colo e a beijou no rosto. Lucy abraçou os dois, beijando o topo da cabeça da filha.

— Não, não, querida. Não tem problema nenhum. Já passou.

Abra enterrou o rosto no pescoço da mãe. Então, as colheres despencaram. O barulho assustou a todos.

## 13

Dois meses depois, bem no início do verão nas Montanhas Brancas de New Hampshire, David e Lucy Stone se encontravam sentados no consultório de John Dalton, cujas paredes estavam cheias de fotos de crianças sorridentes que ele tratara no decorrer dos anos — muitas agora já na idade de terem os próprios filhos.

— Contratei um sobrinho meu que é bom em computação — contou John. — Às minhas custas, e não se preocupem, ele é barato... para ver se há registro de outros casos semelhantes ao de sua filha e pesquisá-los, caso existam. Ele restringiu a pesquisa aos últimos trinta anos e encontrou mais de novecentos.

David assobiou.

— Tantos assim!

John sacudiu a cabeça.

— *Não* são tantos assim. Se *fosse* uma doença, e não precisamos voltar a discutir isso, porque não é, seria tão rara quanto a elefantíase. Ou as listras de Blaschko, em que os doentes parecem zebras humanas. A Blaschko afeta uma a cada 7 milhões de pessoas. Essa coisa da Abra deve ser da mesma ordem.

— Mas o que *é* exatamente essa coisa da Abra? — Lucy agarrara a mão do marido, segurando-a com força. — Telepatia? Telecinesia? Alguma outra *tele* qualquer?

— Essas coisas certamente fazem parte. Será que ela é telepata? Já que sabe as visitas que vão chegar e sabia que a sra. Judkins tinha se machucado, a resposta parece ser sim. É telecinética? Baseado no que vimos na cozinha de vocês durante a festa de aniversário dela, a resposta é decididamente sim. É sensitiva? Precognitiva, se quisermos falar difícil? Não se pode ter certeza, apesar de o acontecido do dia 11 de setembro e da história da nota de vinte dólares atrás da cômoda indicarem, de certo modo, que sim. E que dizer da noite que a televisão de vocês passou a exibir *Os Simpsons* em todos os canais? Como poderíamos chamar isso? E a música fantasma dos Beatles? Seria telecinesia se as notas viessem do piano... mas vocês disseram que não.

— Então o que virá depois? — perguntou Lucy. — O que devemos esperar?

— Não sei. Não existe um caminho a ser previsto. O problema do campo dos fenômenos sensitivos é que ele não é realmente um campo. Existe charlatanismo demais e muita gente que é simplesmente maluca.

— Então você não pode nos dizer o que fazer — disse Lucy. — A conclusão é essa.

John sorriu.

— Posso dizer exatamente o que vocês devem fazer: continuem a amar a menina. Se meu sobrinho tiver razão, e é preciso lembrar que, A: ele só tem 17 anos; e B: ele está baseando suas conclusões em dados instáveis, é provável que vocês observem coisas estranhas até a adolescência dela. Parte delas pode ser de coisas estranhas e muito *extravagantes*. Por volta dos 13 ou 14 anos, a coisa vai atingir um pico e depois declinar. Quando chegar aos 20, os vários fenômenos que ela causa provavelmente serão desprezíveis. — Ele sorriu. — Mas ela será uma tremenda jogadora de pôquer a vida inteira.

— E se ela começar a ver gente morta, como o garotinho naquele filme? — perguntou Lucy. — O que vamos fazer?

— Acho que vocês terão então uma prova da vida após a morte. Nesse meio-tempo, não criem problemas. E fiquem de boca fechada, está bem?

— Com certeza — disse Lucy. Ela conseguiu sorrir, mas, considerando o fato de que tinha mordido os lábios até tirar a maior parte do batom, não pareceu muito confiante. — A última coisa que queremos é ver nossa filha na capa da *Inside View*.

— Graças a Deus nenhum dos outros pais viu aquele negócio das colheres — comentou David.

— Agora, tem um problema — disse John. — Será que ela sabe o quanto é excepcional?

Os Stone trocaram um olhar.

— Eu... acho que não — disse finalmente Lucy. — Embora, depois das colheres... Aquilo pareceu bastante sério...

— Bastante sério na *sua* cabeça — comentou John. — Provavelmente não na dela. Ela chorou um pouquinho e depois saiu com um sorriso no rosto. Não houve gritos, briga, palmada ou repreensão. Meu conselho é deixar para lá por enquanto. Quando ela ficar um pouco mais velha, vocês podem avisar a ela para não fazer nenhum de seus truques especiais no colégio. Tratem-na como uma menina normal, coisa que ela é durante a maior parte do tempo. Certo?

— Certo — disse David. — Não é como se ela estivesse com sarampo, inchaços ou um terceiro olho.

— Ah, isso ela tem, sim — disse Lucy. Estava se lembrando da membrana. — Ela tem um terceiro olho. Não dá para ver, mas existe.

John se levantou.

— Vou pegar todas as pesquisas impressas do meu sobrinho para mandar para vocês, se quiserem.

— Quero — disse David. — Quero muito. Acho que a querida e velha Momo também. — Ele franziu um pouco o nariz ao dizer isso. Lucy percebeu e franziu a testa.

— Mas, por enquanto, curtam a filha de vocês — disse John. — Por tudo que vi, ela é uma criança muito agradável. Vocês vão superar isso.

Por algum tempo, pareceu que ele tinha razão.

CAPÍTULO QUATRO

# CHAMANDO O DOUTOR SONO

1

Era janeiro de 2007. No quarto do torreão da Rivington House, o aquecedor de Dan funcionava a pleno vapor, mas ainda fazia frio. Um vento noroeste, que se transformou em um vendaval de 80km/h, havia soprado das montanhas, empilhando 15 centímetros de neve por hora na cidade adormecida de Frazier. Quando a tempestade finalmente amainou, na tarde seguinte, em certas partes do lado norte e leste dos prédios em Cranmore Avenue, a neve atingia 4 metros de altura.

O frio não incomodava Dan; aninhado sob dois edredons, estava aquecido como um bule de chá. No entanto, o vento abrira caminho para dentro de sua cabeça, assim como abrira caminho pelos caixilhos e soleiras da velha casa vitoriana que ele agora considerava seu lar. Em sonho, podia ouvi-lo gemer em volta do hotel onde passara um inverno, quando criança. No sonho, ele *era* aquela criança.

*Ele está no segundo andar do Overlook. Mamãe está dormindo, e papai, no porão, examinando velhos papéis. Está* PESQUISANDO. *A* PESQUISA *é para o livro que vai escrever. Danny não devia estar aqui em cima, não devia ter a chave geral que está em sua mão, mas não conseguiu resistir. Ele agora fita um extintor preso na parede. A mangueira cheia de dobras, uma em volta das outras, e parece uma cobra com cabeça de latão. Uma cobra adormecida. Claro que não é uma cobra — o que ele olha é um pedaço de tela, e não escamas — mas certamente* parece *uma cobra.*

Às vezes *é* uma cobra.

*—* Vamos *— sussurra para ela, no sonho. Treme de pavor, mas algo o impele. Por quê? Porque ele está fazendo sua própria* PESQUISA, *por isso. —* Vamos, me morda! Você não consegue, não é? Porque você não passa de uma MANGUEIRA *burra!*

*121*

*A ponta da mangueira burra se mexe e, de repente, em vez de olhar para ela de viés, Danny está olhando para seu bico. Ou talvez sua boca. Um único pingo claro brota sob o buraco negro e se alonga. Nele, Danny vê os próprios olhos refletidos.*

*Pingo d'água ou pingo de veneno?*

*É cobra ou mangueira?*

*Quem sabe, meu caro Redrum, Redrum, meu caro? Quem sabe?*

*Aquilo chocalha e o pavor sobe pela garganta, vindo de seu coração acelerado. Cascavéis chocalham assim.*

*Agora o focinho da mangueira-cobra se desenrola da rodilha de lona onde descansava e cai com um baque surdo no tapete. Chocalha de novo e ele percebe que precisa recuar antes que ela dê um bote para a frente e o morda, mas está paralisado, não consegue se mexer e ela está chocalhando...*

*— Acorda, Danny! — grita Tony de algum canto. — Acorda, acorda!*

*Mas ele não consegue acordar, assim como não consegue se mexer, ali é o Overlook, eles estão presos pela nevasca, e as coisas agora são diferentes. Mangueiras viram cobras, defuntas abrem os olhos, e seu pai... ah, meu Deus, PRECISAMOS FUGIR DAQUI PORQUE MEU PAI ESTÁ ENLOUQUECENDO.*

*A cascavel chocalha. Chocalha. Ela*


## 2


Dan ouviu o gemido do vento, mas não do lado de fora do Overlook. Não, do lado de fora da torre da Rivington House. Ouviu a neve batendo na janela, a noroeste. Parecia areia. E ouviu a cigarra baixa do interfone.

Jogou os edredons para o lado e colocou as pernas para fora da cama, contraindo-se quando os pés quentes encontraram o chão frio. Atravessou o quarto quase dançando na ponta dos pés. Acendeu a luz da escrivaninha e bafejou. Aquilo não produziu nenhum vapor visível, mas, mesmo com os filamentos do aquecedor intensamente rubros, a temperatura do quarto naquela noite devia estar entre 4 e 5 graus.

*Zihhhh.*

Ele apertou FALAR no interfone e disse:

— Sou eu. Quem é?

— Claudette. Acho que tem alguém aqui precisando de você, doutor.

— A sra. Winnick? — Ele tinha bastante certeza de que devia ser ela, o que significava ter que vestir seu casaco, porque Vera Winnick estava em

Rivington Dois, e a passarela até lá estaria um frio de quebrar. Ou será que a expressão era de rachar. Vera permanecia à beira da morte já fazia uma semana, em coma, entrando e saindo do respirador, e aquele era exatamente o tipo de noite que os doentes em estado crítico escolhiam para fazer a passagem. Geralmente às 4 da madrugada. Consultou o relógio. Eram só 3h20, mas já bem próximo da hora de pegar no batente.

Claudette Alberton o surpreendeu.

— Não, é o sr. Hayes, bem aqui no primeiro andar conosco.

— Tem certeza? — Dan jogara damas com Charlie Hayes naquela mesma tarde, e para alguém que tinha uma leucemia mielógena, ele parecia agitado como um passarinho.

— Não. Mas Azzie está aqui. E você sabe o que você mesmo diz.

O que dizia é que Azzie nunca se enganava, e ele tinha quase seis anos de experiência para tirar essa conclusão. Azreel passeava à vontade pelos três prédios que compunham o complexo de Rivington e passava as tardes quase todas aninhado em um sofá na sala de repouso, embora não fosse raro vê-lo estirado em cima de uma das mesas de jogo — com ou sem um quebra-cabeça meio montado — como um casaco de pele jogado descuidadamente. Todos os hóspedes pareciam gostar dele (se havia reclamações contra o gato de estimação, jamais chegaram aos ouvidos de Dan), e Azzie retribuía essa afeição. Às vezes pulava no colo de algum idoso mais morto que vivo... mas de leve, sem nunca machucar, o que era espantoso, devido a seu tamanho. Azzie pesava uns 5 quilos e meio.

Exceto durante suas sonecas vespertinas, Az raramente ficava muito tempo no mesmo lugar; sempre tinha outros cantos para ir, gente para ver, coisas para fazer ("Esse gato é um *folgado*", dissera Claudette certa vez). Era possível vê-lo visitando o spa, lambendo a pata e aproveitando um pouco de calor. Relaxando em uma esteira parada na suíte da Academia de Saúde. Sentado em uma maca abandonada e olhando para o vazio, para as coisas que só os gatos conseguem enxergar. Às vezes percorria os gramados dos fundos com as orelhas abaixadas, a própria imagem do felino predador, mas, quando pegava passarinhos e pequenos esquilos, ele os levava para algum pátio ao lado, ou ia até a praça da cidade, onde os desmembrava.

A sala de recreação ficava aberta 24 horas por dia, mas Azzie raramente ia lá depois que a TV era desligada e os residentes iam embora. Após o fim de tarde ceder lugar à noite e o pulso da Rivington House ficar mais lento, Azzie se tornava inquieto, patrulhando os corredores como uma sentinela à beira do território inimigo. Depois que diminuíam as luzes, sequer era possível enxergá-

-lo se não olhasse diretamente para ele; seu pelo cor de rato, de aspecto comum, se fundia com as sombras.

Nunca entrava nos quartos dos hóspedes, a não ser que um deles estivesse morrendo.

Então entrava (se a porta estivesse aberta) ou se sentava do lado de fora, com o rabo enrolado atrás do corpo, miando baixo para que o deixassem entrar. Quando abriam a porta, ele pulava em cima da cama do hóspede (eram sempre hóspedes em Rivington House, jamais "pacientes") e ali se acomodava, ronronando. Se estivesse acordada, a pessoa escolhida às vezes fazia carinho no gato. Até onde Dan sabia, ninguém jamais pediu que tirassem Azzie dali. Eles pareciam saber que ele estava ali como amigo.

— Quem é o médico de plantão? — perguntou Dan.

— Você — respondeu prontamente Claudette.

— Você sabe o que quero dizer. O médico de verdade.

— Emerson, mas, quando liguei para a clínica, a mulher me disse para não ser idiota. Tudo está entulhado de neve, desde Berlim até Manchester. Ela disse que salvo os que estão nas rodovias expressas, até os limpadores de neve estão esperando amanhecer.

— Está bem — disse Dan. — Estou indo.


## 3


Depois de trabalhar algum tempo no asilo, Dan acabou percebendo a existência de um sistema de classes sociais, até para quem estava morrendo. As acomodações da sede eram maiores e mais caras do que aquelas em Rivington Um e Rivington Dois. Na mansão vitoriana onde Helen Rivington já tinha morado e escrito seus romances, os quartos eram chamados suítes, batizados com os nomes de residentes famosos de New Hampshire. Charlie Hayes estava no Alan Shepard. Para chegar lá, Dan precisava passar pela cantina embaixo da escada, em que havia máquinas automáticas de comida e bebida e algumas cadeiras de plástico duras. Fred Carling estava largado em uma delas, mastigando biscoitos de manteiga de amendoim e lendo um velho exemplar da *Popular Mechanics*. Carling era um dos três assistentes no plantão da meia-noite às oito. Os outros dois trocavam para plantões diurnos duas vezes por mês; Carling, nunca. Dizia ser um bicho noturno, era musculoso e oportunista, com braços cobertos por um emaranhado de tatuagens que sugeriam um passado de motoqueiro.

— Olhe só — disse. — É o garotão Danny. Ou você hoje está com sua identidade secreta?

Dan ainda não tinha acordado direito e estava sem disposição para piadinhas.

— O que você sabe sobre o sr. Hayes?

— Nada, a não ser que o gato está lá, e isso geralmente significa que eles vão bater as botas.

— Teve hemorragia?

O sujeito grandão encolheu os ombros.

— Bem, sim, o nariz sangrou um pouco. Coloquei as toalhas sujas de sangue em uma sacola plástica, como devia. Elas estão na lavanderia A, se você quiser verificar.

Dan pensou em perguntar como uma hemorragia que exigiu mais de uma toalha para ser estancada e limpa poderia ser considerada pequena, mas deixou para lá. Carling era um pateta insensível, e como havia conseguido emprego ali — mesmo no plantão noturno, quando a maioria dos hóspedes estava dormindo ou se esforçando para não fazer barulho e perturbar os outros — estava além da compreensão de Dan. Desconfiava que alguém devia ter mexido uns pauzinhos. Era assim que o mundo girava. Seu próprio pai não mexera um pauzinho para conseguir seu último emprego como zelador do Hotel Overlook? Talvez não fosse prova cabal de que conseguir emprego por meio de conhecidos era uma merda, mas não deixava de ser um indício.

— Tenha uma boa-noite, Doutor *Sooono* — gritou Carling às suas costas, sem fazer nenhum esforço para baixar a voz.

No posto de enfermagem, Claudette organizava os remédios enquanto Janice Barker assistia a um pequeno aparelho de TV com o som bem baixo. O programa que passava era um desses infindáveis comerciais de laxantes, mas Janice assistia boquiaberta e de olhos arregalados. Ela levou um susto quando Dan bateu com as unhas no balcão, e ele percebeu que ela não estava fascinada, e sim cochilando.

— Alguma de vocês pode me contar algo de importante sobre Charlie? Carling não sabe nada.

Claudette relanceou corredor abaixo para ter certeza de que Fred Carling não estava à vista, depois baixou a voz assim mesmo.

— Esse cara é inútil como tetas em um touro. Não vejo a hora de ele ser demitido.

Dan não disse que concordava com ela. A sobriedade ininterrupta, como ele havia descoberto, fazia maravilhas pela discrição.

*125*

— Fui vê-lo há 15 minutos — disse Janice. — A gente tem de ficar de olho neles quando o sr. Bichano vai visitá-los.

— Há quanto tempo Azzie está lá?

— Ele estava miando do lado de fora da porta quando chegamos para o plantão da meia-noite — contou Claudette. — Então abri a porta para ele. Ele pulou direto na cama. Sabe como ele faz. Quase liguei para você naquela hora, mas Charlie estava acordado e lúcido. Quando eu disse olá, ele respondeu com outro olá e começou a fazer carinho em Azzie. Por isso resolvi esperar. Mais ou menos meia hora depois, ele teve uma hemorragia nasal. Fred fez a limpeza. Tive que dizer a ele para botar as toalhas em um saco de lixo hospitalar.

Esses sacos de lixo hospitalar eram sacolas biodegradáveis em que se punham roupas, toalhas e lençóis contaminados com fluídos corporais ou tecidos. Era uma norma estadual para minimizar a contaminação por patógenos sanguíneos.

— Quando fui vê-lo, há quarenta minutos — disse Jan —, ele estava dormindo. Sacudi-o. Ele abriu os olhos, e estavam injetados de sangue.

— Foi quando chamei Emerson — falou Claudette. — E depois que levei um fora da recepcionista dele, liguei para você. Vai lá agora?

— Sim.

— Boa sorte — desejou Janice. — Ligue se precisar de algo.

— Ligo, sim. Por que está assistindo a um infomercial sobre laxantes, Jannie? Ou é uma pergunta muito íntima?

Ela bocejou.

— A esta hora, a única outra coisa que está passando é um infomercial sobre sutiãs. Já tenho um desses.


4


A porta da suíte Alan Shepard estava meio aberta, mas Dan bateu mesmo assim. Como não houve resposta, empurrou a porta até abri-la por completo. Alguém (provavelmente uma das enfermeiras; era quase certo que não havia sido Fred Carling) levantara um pouco a cama. O lençol estava puxado até o meio do peito de Charlie Hayes. Ele tinha 91 anos, estava terrivelmente pálido e mal parecia estar ali. Dan ficou observando por trinta segundos antes de ter certeza absoluta de que o paletó do pijama do velho estava fazendo movimentos para cima e para baixo. Azzie estava aninhado ao lado do corpo magro do homem. Quando Dan entrou, o gato o examinou com aqueles olhos inescrutáveis.

— Sr. Hayes? Charlie?

Os olhos de Charlie não se abriram. As pálpebras estavam azuladas. Abaixo delas, a pele era mais escura, de um preto-arroxeado. Quando Dan chegou ao lado da cama, percebeu mais um alerta colorido: uma pequena crosta de sangue embaixo de cada narina e em um canto da boca curvada.

Dan foi ao banheiro, pegou uma toalha de rosto, molhou-a em água morna, espremeu-a. Quando voltou à cama de Charlie, Azzie se levantou e passou delicadamente para o outro lado do homem adormecido, deixando um espaço para que Dan se sentasse. O local onde o gato estivera ainda estava quente. Com cuidado, Dan limpou o sangue debaixo do nariz de Charlie. Quando ele se preparava para limpar a boca, Charlie abriu os olhos.

— Dan. É você, não é? Meus olhos estão meio desfocados.

Na verdade, eles estavam cheios de sangue.

— Como está se sentindo, Charlie? Sentindo alguma dor? Se tiver dor, posso pedir a Claudette que traga um comprimido.

— Não. Dor nenhuma — respondeu Charlie. Seu olhar foi até Azzie, depois voltou a Dan. — Eu sei por que ele está aqui. E sei por que *você* está aqui.

— Estou aqui porque o vento me acordou. Azzie provavelmente estava só em busca de companhia. Gatos são animais noturnos, sabe?

Dan empurrou a manga do pijama de Charlie para cima, para verificar seu pulso, e viu quatro manchas roxas enfileiradas no antebraço fino do idoso. Bastava um sopro para pessoas com leucemia ganharem hematomas, mas aquelas eram marcas de dedos, e Dan sabia muito bem quem as deixara. Agora que andava sóbrio, ele tinha um controle maior do seu gênio, mas ele ainda existia, como o forte impulso ocasional de tomar um trago.

*Carling, seu filho da puta. Será que ele não se mexeu tão depressa quanto você queria? Ou você simplesmente ficou puto por ter que limpar uma hemorragia nasal quando só queria ler revistas e comer a porra daqueles biscoitos amarelos?*

Tentou não demonstrar o que sentia, mas Azzie pareceu perceber; emitiu um pequeno miado angustiado. Em outras circunstâncias, Dan teria feito perguntas, mas agora tinha coisas mais urgentes com as quais lidar. Mais uma vez, Azzie tinha razão. Bastou tocar o velho para saber.

— Estou com bastante medo — disse Charlie. Sua voz era pouco mais que um sussurro. O gemido baixo e constante do vento lá fora era mais alto. — Não pensei que fosse ficar, mas estou.

— Não há nada a temer.

Em vez de verificar o pulso de Charlie — não havia mesmo sentido — ele pegou uma das mãos do velho. Viu os dois filhos gêmeos de Charlie, aos 4 anos, em balanços. Viu a mulher de Charlie abaixando uma veneziana no quarto, vestindo nada mais que uma combinação de renda fina, que ele comprara para ela no seu primeiro aniversário de casamento; viu como o rabo de cavalo caiu sobre um dos ombros da mulher quando ela se virou para olhá-lo, com o rosto todo iluminado por um sorriso que exprimia um *sim* absoluto. Viu um trator Farmall com uma sombrinha listrada sobre o assento. Sentiu o cheiro de bacon e ouviu Frank Sinatra cantando "Come Fly with Me" em um rádio Motorola rachado, em cima de uma bancada cheia de ferramentas. Viu um pneu cheio de água da chuva refletindo um celeiro vermelho. Provou mirtilos, destripou um veado e pescou em algum lago distante com a superfície pontilhada pela chuva ininterrupta do outono. Ele tinha 60 anos e dançava com a mulher no salão do American Legion. Tinha 30 e cortava lenha. Tinha 5, estava de bermudas, puxando um vagão vermelho. Depois as imagens se fundiram, como cartas embaralhadas pelas mãos de um jogador habilidoso; o vento trazia neve pesada das montanhas, e ali reinavam o silêncio e o olhar observador e solene de Azzie. Em momentos como aquele, Dan sabia o que esperar. Em momentos como aquele, não se arrependia do sofrimento, da dor, do medo e da raiva, porque tudo isso o tinha levado até ali, naquele quarto, enquanto o vento uivava lá fora. Charlie Hayes chegara ao limite.

— Não tenho medo do inferno. Vivi decentemente, e nem acho que um lugar assim exista. Tenho medo de não haver *nada.* — Ele lutou para recuperar o fôlego. Uma pérola de sangue brotava no canto do seu olho direito. — Não havia nada *antes,* isso todo mundo sabe, então não é lógico que não tenha nada depois?

— Mas tem. — Dan enxugou o rosto de Charlie com o pano úmido. — A gente nunca acaba de fato, Charlie. Não sei como é possível, ou o que significa, só sei que é assim.

— Você pode me ajudar a passar? Dizem que você consegue ajudar.

— Sim, posso ajudar. — Ele pegou também a outra mão de Charlie. — Basta dormir. E quando você acordar, *vai* acordar, tudo será melhor.

— O céu. Você quer dizer o céu?

— Não sei, Charlie.

O dom estava muito forte naquela noite. Podia senti-lo fluir como uma corrente elétrica pelas mãos unidas e se lembrou de ser delicado. Parte dele habitava o corpo que fraquejava, falecia, os sentidos que falhavam

(*por favor, depressa*)

e desligavam. Ele habitava uma mente

(*por favor, depressa, já é hora*)

ainda lúcida como sempre e ciente de estar tendo seus últimos pensamentos... pelo menos como Charlie Hayes.

Os olhos injetados de sangue se fecharam, depois se abriram de novo. Muito devagar.

— Está tudo bem — disse Dan. — Você só precisa dormir. O sono lhe fará bem.

— É assim que você chama?

— Sim, chamo de sono. E é seguro dormir.

— Não vá embora.

— Não vou. Estou aqui com você. — E estava. Era seu terrível privilégio.

Os olhos de Charlie se fecharam de novo. Dan fechou os seus e viu uma lenta pulsação azul na escuridão. Uma... duas vezes... parando. Uma... duas vezes... parando. Lá fora, o vento soprava.

— Durma, Charlie. Você está indo bem, mas está cansado e precisa dormir.

— Vejo minha mulher — disse em um sussurro quase inaudível.

— Vê?

— Ela diz...

Não houve mais nada, apenas uma última pulsação azul atrás dos olhos de Dan e um suspiro final de Charlie na cama. Dan abriu os olhos, ouviu o vento e esperou pela última coisa. Ela veio alguns segundos depois: uma neblina vermelha e embaçada que saiu do nariz, da boca e dos olhos de Charlie. Era o que uma velha enfermeira em Tampa — que tinha praticamente a mesma centelha de Billy Freeman — chamava "o suspiro". Ela disse que o havia presenciado muitas vezes.

Dan o via *toda* vez.

Aquilo subiu e pairou acima do corpo do velho. Depois sumiu.

Dan enrolou a manga direita do pijama de Charlie e tentou verificar seu pulso. Não passava de uma formalidade.


5


Azzie geralmente ia embora antes que tudo terminasse, mas não naquela noite. Ele estava em cima da colcha, ao lado do quadril de Charlie, fitando a porta. Dan se virou, esperando ver Claudette ou Jan, mas não havia ninguém ali.

Só que havia.

— Olá?

Nada.

— Você é a menininha que às vezes escreve no meu quadro-negro?

Nenhuma resposta. Mas alguém estava ali, com certeza.

— Seu nome é Abra?

Muito baixo, quase inaudível, por causa do vento, ouviu-se uma série de notas de piano. Dan podia ter achado que era apenas imaginação sua (nem sempre era possível distinguir imaginação e iluminação), não fosse Azzie, cujas orelhas estremeceram e cujo olhar não se desviou da porta vazia. Alguém estava ali, olhando.

— Você é Abra?

Houve outro dedilhado de notas, e silêncio de novo. Só que dessa vez o silêncio de uma ausência. Seja qual fosse seu nome, ela se fora. Azzie se espreguiçou, pulou da cama e foi embora sem olhar para trás.

Dan ficou sentado mais um pouco, escutando o vento. Depois abaixou a cama, puxou o lençol sobre o rosto de Charlie e voltou ao posto de enfermagem para dizer a elas que havia um óbito no andar.

## 6

Depois de terminar sua parte do trabalho burocrático, Dan foi até a cantina. Houve uma época em que ele teria ido correndo, de punhos fechados, mas essa época havia passado. Agora foi andando. Respirando fundo, lentamente, para acalmar a cabeça e o coração. Havia um ditado no AA: "Pense antes de beber". Mas o que Casey K. disse a ele durante os encontros pessoais que tinham uma vez por semana era para pensar antes de fazer qualquer coisa. *Você não largou a bebida para ficar burro, Danny. Não se esqueça disso da próxima vez que começar a dar ouvidos à merda desse pessoal de pavio curto dentro da sua cabeça.*

Mas a porra daquelas marcas de dedos.

Carling tinha inclinado a cadeira para trás e estava comendo doces. Trocara a *Popular Mechanics* por uma revista de fotos com o mais recente vilão de série de TV na capa.

— O sr. Hayes morreu — disse Dan tranquilamente.

— Que pena — respondeu ele, sem tirar os olhos da revista. — Mas é para *isso* que eles estão aqui, não...

Dan levantou um pé, enganchou-o em uma das pernas da cadeira de Carling, e deu um puxão. A cadeira girou e Carling foi jogado ao chão. A caixa de doces voou de sua mão. Ele levantou os olhos para Dan, incrédulo.

— Está prestando atenção agora?

— Seu filho de uma... — Carling começou a se levantar. Dan colocou o pé em seu peito e o empurrou para trás, de encontro à parede.

— Parece que sim. Que bom. É melhor não se levantar agora. Fique sentado aí, me ouvindo. — Dan se inclinou para a frente e segurou os joelhos dele. Com força, porque tudo que suas mãos queriam fazer no momento era bater. E bater. E bater. Suas têmporas latejavam. *Vá com calma*, disse a si mesmo. *Não se deixe dominar.*

Mas era difícil.

— Da próxima vez que eu vir marcas dos seus dedos em um paciente, vou tirar fotos e procurar a sra. Clausen, e você vai parar no olho da rua, apesar de seus pistolões. E depois que você tiver ido embora desta instituição, vou procurar você para encher de porrada.

Carling se pôs de pé, usando a parede como apoio das costas e mantendo um olho desconfiado em Dan. Era mais alto e pelo menos 45kg mais pesado que ele. Fechou bem os punhos.

— Quero ver você tentar. Que tal agora?

— Com certeza, mas não aqui — disse Dan. — Tem gente demais tentando dormir, e temos um defunto lá embaixo, no corredor. Alguém com as marcas que você deixou.

— Eu não fiz nada. Só tirei o pulso dele. Você sabe como é fácil eles ficarcm com marca roxa quando têm lcuccmia.

— Sei, sim — concordou Dan. — Mas você o machucou de propósito. Não sei por quê, mas sei que foi.

Uma centelha passou pelos olhos embaçados de Carling. Não de vergonha; Dan não achava que aquele sujeito fosse capaz de sentir isso. Só de inquietação por ter sido descoberto. E medo de ser flagrado.

— Que grande machão. Doutor *Sooono*. Acha que sua merda não fede igual à dos outros?

— Vamos, Fred, vamos lá fora. Estou doido por isso.

E era verdade. Havia um segundo Dan dentro dele. Não ficava mais tão perto da superfície, mas ainda estava ali, o mesmo filho da puta feio e irracional que sempre havia sido. Pelo canto do olho, Dan podia ver Claudette e Jan em pé no meio do corredor, de olhos arregalados, se abraçando.

Carling pesou a situação. Sim, era maior, sim, o alcance de seu braço era maior. Mas também estava fora de forma — burritos demais, cerveja demais, muito menos fôlego do que tinha aos 20 anos — e havia algo preocupante na cara do magricela. Ele já vira aquilo nos seus dias dos Road Saints. Alguns caras não batiam bem da cabeça. Eles se irritavam com facilidade e, depois que pegavam fogo, queimavam até o fim. Ele tomara Torrance por um idiota covarde, que não bancaria o engraçadinho se corresse o risco de levar porrada, mas percebeu que se enganara. Sua identidade secreta não era Doutor Sono, e sim Doutor Maluco.

Depois de pensar nisso com cuidado, Fred disse:

— Não quero perder meu tempo.

Dan concordou com a cabeça.

— Ótimo. Isso evita que a gente congele. Mas lembre bem o que eu disse. Se não quiser parar no hospital, controle suas mãos direitinho de agora em diante.

— Quem morreu e deixou você na chefia?

— Não sei — disse Dan. — Não sei mesmo.


7


Dan voltou para o quarto e para a cama, mas não conseguiu dormir. Já visitara cerca de cinquenta moribundos durante o tempo em que estivera na Rivington House, e geralmente isso o deixava calmo. Mas não naquela noite. Ainda tremia de raiva. Sua consciência detestava aquela ira toda, mas uma parte subjacente de sua mente adorava. Provavelmente por simples genética; os instintos triunfando sobre a civilidade. Quanto mais tempo passava longe da bebida, mais lembranças antigas brotavam. Algumas das mais nítidas eram os ataques de raiva do pai. Ele esperara que Carling o enfrentasse. Que fosse lá fora, no vento e na neve, para que Dan Torrance, filho de Jack, desse àquele vagabundozinho o que ele merecia.

Deus sabia que ele não queria ser como o pai, cujos períodos livres da bebida tinham sido tão violentos. O AA devia ajudar a lidar com a raiva e, na maior parte do tempo, ajudava, mas em certas ocasiões, como naquela noite, Dan percebia a fragilidade daquilo. Ocasiões em que se sentia um merda, merecedor apenas do álcool. Em ocasiões assim, sentia-se muito próximo do pai.

Ele pensou: *Mamãe.*

Ele pensou: *Doce.*

Ele pensou: *Os vagabundozinhos merecem tomar seu remédio. E você sabe onde é vendido, não é? Em quase toda porra de lugar.*

O vento aumentou em uma rajada furiosa, fazendo a torre gemer. Quando amainou, a garota do quadro-negro estava lá. Ele quase podia ouvi-la respirar.

Tirou a mão de debaixo dos edredons. Por um instante, deixou-a apenas parada no ar frio, depois ele sentiu a mão dela — pequena, quente — tocar na sua.

— Abra — disse ele. — Seu nome é Abra, mas às vezes chamam de Abby. Não é isso?

Não houve resposta, mas ele não precisava de uma. Tudo que precisava era da sensação daquela mão quente na sua. Durou apenas alguns segundos, mas o suficiente para tranquilizá-lo. Fechou os olhos e dormiu.

## 8

A 20 quilômetros dali, na pequena cidade de Anniston, Abra Stone estava acordada. A mão que segurava a sua permaneceu assim por alguns momentos. Depois virou névoa e foi embora. Mas estivera ali. *Ele* estivera ali. Ela o encontrara em um sonho, mas ao acordar descobriu que o sonho era verdade. Ela estava no vão da porta de um quarto. O que viu ali era, ao mesmo tempo, terrível e maravilhoso. Havia morte, e a morte era assustadora, mas também havia solidariedade. O homem que ajudava não conseguiu vê-la, mas o gato, sim. O gato tinha um nome parecido com o dela, mas não exatamente.

*Ele não me viu, mas me sentiu. E estivemos juntos bem agora. Acho que o ajudei, como ele ajudou o homem que morreu.*

Era um bom pensamento. Segurando-o (como segurara a mão-fantasma), Abra rolou até ficar de lado, abraçou seu coelho de pelúcia e adormeceu.

CAPÍTULO CINCO

# O VERDADEIRO NÓ

1

O Verdadeiro Nó não era uma corporação, mas, se fosse, algumas comunidades de beira de estrada no Maine, na Flórida e no Colorado poderiam ser chamadas de "cidades da corporação". Nesses lugares, os negócios mais importantes e os maiores latifúndios pertenciam a um aglomerado de empresas associadas que eram de propriedade deles. As cidades do Nó, com nomes pitorescos como Dry Bend, Jerusalem's Lot, Oree e Sidewinder, eram portos seguros, mas eles jamais ficavam muito tempo nesses lugares; em geral, eram nômades. Quem costumava percorrer as rodovias e estradas mais movimentadas da América talvez já os tivesse visto. Talvez na I-95, na Carolina do Sul, em algum canto ao sul de Dillon ou ao norte de Santee. Talvez na I-80, em Nevada, nas serras a oeste de Draper. Ou na Geórgia, passando — devagar, se tiver juízo — pelo conhecido radar de velocidade da Rodovia 41, perto de Tifton.

Quantas vezes você já se encontrou atrás de um trailer, lento como uma tartaruga, respirando fumaça e esperando, impaciente, pela oportunidade de ultrapassar? Se arrastando a meros 60km/h quando poderia muito bem estar indo a 100, ainda dentro do limite, ou até mesmo a 110? E quando finalmente surge uma brecha na faixa de alta velocidade e você tira o carro de trás, meu Deus, percebe que há uma longa fila dessas porras, banheiras que andam exatamente 15km/h abaixo do limite, dirigidas por senhoras idosas, de óculos, curvadas sobre o volante, segurando-o como se ele fosse fugir voando.

Ou talvez você os tenha encontrado em algumas paradas nas rodovias, quando param para esticar as pernas e alimentar as máquinas de comida e refrigerantes com algumas moedas. Os estacionamentos dessas paradas são sempre divididos, não são? Um para carros, outro para caminhões grandes e trailers. Geralmente a área dos veículos maiores e dos trailers fica mais afastada. Talvez você já tenha visto os trailers do Nó estacionados ali, todos juntos. Talvez tenha visto os donos caminhando até o prédio principal — devagar, porque muitos deles parecem velhos e alguns são bastante gordos — sempre em grupo, sempre só eles.

Às vezes eles param nesses lugares cheios de postos de gasolina, motéis e lanchonetes de fast-food. E se você avistar esses trailers estacionados no McDonald's ou no Burger King, siga em frente porque saiba que eles vão fazer uma fila enorme no balcão, os homens com chapéus de golfe ou bonés de pesca de aba comprida, as mulheres usando calças justas (geralmente azuis) e camisas com dizeres como ME PERGUNTE SOBRE MEUS NETOS! Ou JESUS É REI ou ANDA-RILHO FELIZ. Você vai preferir andar quase um quilômetro a mais na estrada até a próxima lanchonete, não vai? Porque sabe que eles levarão horas para fazer o pedido, devaneando sobre o cardápio, sempre querendo seus sanduíches sem picles ou sem molho. Eles perguntam se há atrações turísticas na região, apesar de qualquer pessoa perceber que aquele lugar não passa de mais um povoadozinho com três sinais de trânsito, que a garotada abandona assim que tira o diploma no colégio mais próximo.

Você mal os nota, certo? E por que deveria notá-los? É apenas a turma dos trailers, idosos aposentados e alguns compatriotas mais jovens que passam suas vidas nas autoestradas e rodovias, parando em campings onde ficam à toa em suas espreguiçadeiras dobráveis, cozinhando em suas churrasqueiras enquanto conversam sobre investimentos, torneios de pesca, receitas de cozidos e Deus sabe o quê. São aqueles que sempre param em vendas de quintal, mercados de pulgas, estacionando seus dinossauros colados uns nos outros, meio no acostamento e meio na estrada, de modo que você precisa diminuir a marcha para passar. Eles são o oposto dos clubes de motociclistas que você vê às vezes nessas mesmas rodovias; Anjos Tranquilos, em vez de Anjos Rebeldes.

São chatos como o diabo quando descem todos juntos em uma parada e ocupam os banheiros, mas depois que seus intestinos teimosos e constipados pela viagem resolvem funcionar, e eles deixam você finalmente dar uma mijada, você os esquece, certo? Não chamam mais atenção do que um bando de pássaros em um cabo telefônico ou uma manada de vacas pastando num campo na beira da estrada. Ah, talvez você fique imaginando como eles podem sustentar esses monstros sugadores de combustível (porque essa turma deve viver de pensões confortáveis, do contrário, como poderia passar todo o tempo vagando para lá e para cá, como faz?), e talvez se perguntar o motivo de passarem seus belos anos de aposentadoria a devorar todos esses quilômetros infindáveis da América, mas, fora isso, você não perde nem um segundo pensando neles.

E se você for, por acaso, um desses infelizes que tem um filho desapareci-do — de quem nada sobrou além de uma bicicleta em um terreno baldio na rua, ou um pequeno boné nos arbustos na beira de um córrego —, provavel-mente jamais pensou *neles*. Por que pensaria? Não, foi provavelmente algum vagabundo sem-teto. Ou (hipótese mais terrível, mas tremendamente viável) algum maluco da sua própria cidade, talvez da própria vizinhança, talvez de *sua própria rua,* algum assassino pervertido que sabe fingir perfeitamente que é normal e vai continuar assim até que alguém encontre um monte de ossos no seu porão, ou enterrado no quintal. Você jamais vai pensar na turma dos trai-lers, naqueles pensionistas de meia-idade e velhos animados em seus chapéus de golfe e viseiras, com aplicações de florezinhas.

E, na maioria das vezes, você terá razão. Existem milhares de pessoas nes-ses trailers, mas em 2011 só restava um Nó na América: o *Verdadeiro* Nó. Eles gostavam de andar por aí, o que era bom, porque tinham mesmo que fazê-lo. Se ficassem em um só lugar, acabariam chamando atenção, porque não envelhe-ciam como as outras pessoas. Annie de Pano ou Phil Sujeira (nomes de campo-nês: Anne Lamont e Phil Caputo) podiam envelhecer vinte anos de um dia para outro. Os pequenos gêmeos (Vagem e Ervilha) podiam regredir de 22 a 12 anos (ou quase), idade de sua Transformação, mas ela acontecera havia muito tempo. O único membro do Nó realmente jovem era Andrea Steiner, conhecida agora como Andi Cascavel... E, mesmo assim, ela não era tão jovem quanto parecia.

Uma velha senhora capenga e ranzinza de 80 anos, de repente, voltava a ter 60. Um velho senhor encarquilhado de 70 anos era capaz de abandonar a bengala; e as verrugas em seus braços e rosto sumiam.

Susie Olheira deixava de mancar.

Doug Diesel, meio cego pela catarata, se transformava em um homem de visão penetrante, e sua calvície desaparecia magicamente. De repente, pronto, ele voltava aos 45.

A corcunda de Steve Cabeça de Vapor se endireitava. Sua mulher, Baba, a Rubra, jogava fora aquelas desconfortáveis fraldas para incontinência uriná-ria, calçava suas botas Ariat cravadas de falsos brilhantes e dizia que queria dançar quadrilha.

Se tivessem tempo para perceber essas mudanças, as pessoas se espanta-riam e fariam comentários. Algum repórter acabaria aparecendo, e o Verdadei-ro Nó fugia da mídia como os vampiros supostamente fugiam da luz do sol.

Mas já que *não* viviam em um lugar só (quando paravam por um período mais longo em uma das cidades de sua empresa, se isolavam), eles se ajustavam muito bem ao ambiente. Por que não? Usavam as mesmas roupas dos demais adeptos dos trailers, os mesmos óculos escuros vagabundos, compravam as mesmas camisetas de souvenir e consultavam os mesmos mapas rodoviários. Colocavam os mesmos adesivos nos seus trailers para exibir todos os lugares estranhos que já tinham visitado (AJUDEI A PODAR A MAIOR ÁRVORE DE NATAL DO MUNDO EM CHRISTMASLAND!), e você se pegava olhando para os mesmos dizeres nos para-choques quando ficava preso atrás deles à espera de uma oportunidade de ultrapassagem (TÔ VELHO MAS TÔ VIVO, VIVA O MEDICARE, SOU CONSERVADOR E *EU VOTO*!!). Eles comiam frango frito no KFC, compravam raspadinhas naquelas lojas de conveniência que vendiam cerveja, iscas de pesca, munição, a revista *Motor Trend* e dez mil tipos de doces. Se houvesse um salão de bingo na cidade onde paravam, era possível que um bando deles fosse até lá, ocupasse uma mesa e jogasse até o último lance. Em um desses jogos, G Fominha (nome camponês: Greta Moore) ganhou quinhentos dólares. Gabou-se disso durante *meses,* e, apesar de os membros do Nó disporem de todo dinheiro que precisam, isso deixou algumas das outras senhoras putas da vida. Charlie não ficou muito satisfeito também. Ele disse que estava esperando havia cinco lances pelo B7 quando G acabara fazendo bingo.

— Fominha, você é uma filha da mãe sortuda — disse.

— E você é um filho da puta azarado — respondeu ela. — Um filho da puta *negro* azarado. — E saiu gargalhando.

Se por acaso algum deles fosse parado por excesso de velocidade ou alguma pequena infração de trânsito — era raro, mas acontecia —, o guarda encontrava as licenças válidas, os seguros em dia e a papelada toda em perfeita ordem. Ninguém levantava a voz enquanto o guarda ficava ali de pé com o talão de multa, mesmo se fosse claramente um golpe. As acusações jamais eram contestadas, e todas as multas eram pagas prontamente. A América era um organismo vivo, as artérias eram as rodovias, e o Verdadeiro Nó corria por elas como um vírus silencioso.

Mas não havia cães.

A turma normal dos trailers costuma viajar com muita companhia canina, geralmente pequenas máquinas de fazer cocô, de pelo branco, coleiras chamativas e humor terrível. Você conhece o tipo: latem de uma maneira tão irritante que machuca seus ouvidos e têm olhinhos miseráveis de inquietante inteligência. Você os vê farejando no gramado, nas áreas destinadas aos animais de estimação das paradas nas rodovias, com os donos atrás, segurando saquinhos para recolher cocô. Além dos adesivos e dizeres de sempre, é provável que você veja placas em forma de losangos com os dizeres LULU A BORDO ou ♥ MEU POODLE nos para-choques dos trailers dessa turma.

Mas não o Verdadeiro Nó. Eles não gostavam de cachorros, e os cachorros não gostavam deles. Podia-se dizer que os cachorros não se deixavam *iludir*. Os cães conseguiam enxergar o olhar penetrante e atento deles por trás dos óculos escuros baratos, as pernas fortes e musculosas sob as calças de poliéster do Walmart; os dentes afiados debaixo das dentaduras, aguardando o momento de se revelar.

Não gostavam de cachorros, mas gostavam de certas crianças.

Ah, sim, gostavam muito de certas crianças.

2

Em maio de 2011, não muito depois de Abra Stone comemorar seu décimo aniversário e Dan Torrance dez anos de sobriedade no AA, Pai Corvo bateu na porta do trailer de Rosie, a Cartola. O Nó estava ficando no Kozy Kampground, perto de Lexington, Kentucky. Estavam a caminho do Colorado, onde ficariam a maior parte do verão em uma de suas cidades, desta vez em um lugar que Dan às vezes revisitava em seus sonhos. Geralmente não tinham pressa de ir a lugar algum, mas naquele verão havia certa urgência. Todos sabiam, mas ninguém falava nada.

Rose cuidaria disso. Ela sempre cuidara.

— Venha — disse ela, e Pai Corvo entrou.

Quando a trabalho, ele sempre usava bons ternos e sapatos caros, lustrados até brilhar como um espelho. Se estivesse em um momento vintage, chegava até a levar uma bengala. Naquela manhã, vestia calças largas presas por suspensórios, uma camiseta com a imagem de um peixe (com os dizeres BEIJE MEU ROBALO embaixo) e um boné achatado de operário, que tirou da cabeça ao fechar a porta. Ele era amante ocasional de Rose, além do segundo em comando, mas jamais deixava de lhe demonstrar respeito. Uma das muitas coisas que ela gostava nele. Não duvidava de que o Nó pudesse seguir em frente, com ele na liderança, caso ela morresse. Por algum tempo, pelo menos. Mas por mais cem anos? Talvez não. *Provavelmente* não. Ele sabia se arrumar e tinha uma ótima lábia para lidar com os camponeses, mas o Corvo possuía apenas uma habilidade rudimentar de planejamento, e nenhuma visão de fato.

Naquela manhã ele parecia perturbado.

Rose estava sentada no sofá, vestindo calças capri e um sutiã branco simples, fumando um cigarro enquanto assistia à terceira edição de *Today* na sua grande TV na parede. Era hora da programação "leve", quando exibiam chefs célebres e atores fazendo propaganda de seus novos filmes. Sua cartola estava inclinada para trás. Pai Corvo conhecia aquele adereço havia mais tempo do que os camponeses viviam, e ainda não sabia qual era o truque que o prendia naquele ângulo, desafiando a gravidade.

Ela pegou o controle remoto e tirou o som.

— Olha só, se não é Henry Rothman, juro por Deus. E com aspecto muito gostoso, também, embora eu duvide que você tenha vindo para ser provado. Não às 10h45 da manhã, e além do mais com essa cara. Quem morreu?

Tinha sido uma piada, mas o modo como a testa dele franziu a fez perceber que o assunto era sério. Rose desligou a TV e apagou o cigarro com calma, sem querer demonstrar o medo que sentia. Já tinha havido uma época em que o Nó tivera mais de duzentos integrantes. Até a noite anterior, contavam 41. Se ela tivesse acertado o motivo da expressão dele, hoje tinham um a menos.

— Tommy Carreta — disse ele. — Ele se foi enquanto dormia. Fez o ciclo uma vez e, depois, bum. Não sofreu nada. Que é raro pra caralho, você sabe.

— Será que Walnut o viu? — *Enquanto ele ainda estava lá para poder ser visto*, pensou ela, mas não disse nada. Walnut, cuja licença de motorista e vários cartões de crédito traziam a identidade do camponês Peter Wallis, de Little Rock, Arkansas, era o médico do Nó.

— Não, foi rápido demais. Mary Baleia estava com ele. Tommy acordou Mary, se debatendo. Ela pensou que fosse um pesadelo e deu uma cotovelada nele... só que a essa altura não havia mais nada para cutucar a não ser seu pijama. Provavelmente foi infarto. Tommy estava com uma gripe danada. Walnut acha que isso talvez tenha contribuído. E você sabe que o filho da puta sempre fumou como uma chaminé.

— Nós *não* temos infartos. — Depois, a contragosto: — E também não ficamos gripados. Ele realmente estava com uma tosse danada nos últimos dias, não é? Pobre e velho TC.

— Sim, pobre e velho TC. Walnut diz que é impossível chegar a qualquer conclusão exata sem uma autópsia.

Algo impossível de fazer. Àquela altura não restava corpo algum para abrir.

— Como Mary está reagindo?

— O que acha? Está triste pra caralho. Eles estavam juntos desde a época em que Tommy Carreta era Tommy Vagão. Quase noventa anos. Foi ela quem cuidou dele depois de sua Transformação. Deu-lhe o primeiro vapor quando ele acordou no dia seguinte. Agora anda dizendo que quer se matar.

Rose raramente ficava chocada, mas aquilo teve o poder de atingi-la. Ninguém no Verdadeiro Nó jamais se matara. A vida para eles era — usando uma frase de efeito — a única razão de viver.

— Provavelmente é só conversa — disse Pai Corvo. — Só que...

— Só que o quê?

— Você tem razão quando diz que não pegamos gripes, mas tem havido alguns casos ultimamente. Na maior parte, apenas alguns espirros, que começam e logo acabam. Walnut diz que talvez seja desnutrição. Mas é claro que ele está só chutando.

Rose ficou sentada, pensando, tamborilando os dedos na barriga nua e fitando o retângulo apagado da TV. Finalmente, disse:

— Está certo, concordo que a alimentação tem andado um pouco fraca, mas a gente tomou vapor em Delaware há apenas um mês, e Tommy estava ótimo, então. Gordinho e tudo.

— Sim, Rosie, mas o garoto de Delaware não era grande coisa. Mais intuitivo do que sensitivo.

Ela nunca havia pensado dessa maneira, mas era verdade. E, além disso, ele tinha 19 anos, segundo sua carteira de motorista. Bem passado do auge, ainda que medíocre, que ele talvez tivesse alcançado por volta da puberdade. Dentro de dez anos, teria se tornado um camponês, como os outros. Talvez até dentro de cinco. Não havia sido grande coisa como refeição, isso era fato. Mas nem sempre se podia comer filé-mignon. Às vezes tinham que se contentar com broto de feijão e tofu. Pelo menos eles mantinham o corpo e a alma unidos até que fosse possível abater o próximo boi.

Só que o tofu e o broto de feijão intuitivo não tinham mantido o corpo e a alma de Tommy Carreta juntos, não era verdade?

— Costumava haver mais vapor — disse Corvo.

— Não seja idiota. Isso é como o papo careta dos camponeses quando dizem que cinquenta anos atrás as pessoas eram mais amigáveis. É um mito, e não quero que você fique espalhando isso por aí. As pessoas já estão nervosas o bastante.

— Você me conhece muito bem. E não acho que *seja* um mito, querida. Se pensar bem, é uma questão de lógica. Há cinquenta anos havia maior abundância de *tudo*: petróleo, vida selvagem, terra arável, ar puro. Até alguns políticos honestos.

— Sim! — gritou Rose. — Richard Nixon, lembra? Príncipe dos camponeses?

Mas ele não queria se desviar do assunto. Corvo podia ser meio fraco em termos de visão, mas raramente perdia o foco. Por isso era o segundo em comando. Ele podia até ter razão. Quem poderia dizer que os seres humanos capazes de fornecer o alimento de que o Nó precisava estavam diminuindo, assim como os cardumes de atum no Pacífico?

— É melhor abrir uma das latas, Rosie. — Ele a viu arregalar os olhos e ergueu a mão para impedi-la de falar. — Ninguém está falando sobre isso, mas é o que a família inteira está pensando.

Rose não tinha dúvida disso, e a ideia de que Tommy morrera de complicações relacionadas à desnutrição era terrivelmente plausível. Quando a oferta de vapor rareava, a vida ficava dura, perdia o sabor. Eles não eram vampiros como os dos velhos filmes de terror, mas mesmo assim precisavam se alimentar.

— E quanto tempo já se passou desde que tivemos uma sétima onda? — perguntou Corvo.

Ele sabia a resposta, e ela também. O Verdadeiro Nó tinha poderes precognitivos limitados, mas, quando se aproximava um desastre realmente grande entre os camponeses — uma sétima onda —, todos sentiam. Apesar de os detalhes do ataque ao World Trade Center só terem ficado claros para eles no final do verão de 2001, eles souberam com meses de antecedência que *algo* ia acontecer na cidade de Nova York. Ela ainda conseguia se lembrar da alegria da expectativa. Achava que os camponeses famintos sentiam a mesma coisa quando sentiam o cheiro de algum prato especialmente gostoso sendo preparado na cozinha.

Tinha havido abundância para todos naquele dia, e nos dias seguintes. Era provável que houvesse poucos sensitivos de verdade entre os mortos na queda das Torres, mas, quando a calamidade era grande, a agonia e a violência das mortes possuíam uma qualidade enriquecedora. Motivo pelo qual o Nó era atraído por esses fenômenos, como insetos eram atraídos por luz forte. Localizar camponeses paranormais era muito mais difícil, e agora apenas três membros do Nó tinham esse radar específico na cabeça: Vovô Flick, Barry China e a própria Rose.

Ela se levantou e pegou da mesa uma camisa de decote canoa, que enfiou pela cabeça. Como sempre, estava linda de uma maneira sobrenatural (com aquelas maçãs do rosto proeminentes e os olhos ligeiramente oblíquos), mas extremamente sexy. Ela colocou a cartola de volta na cabeça, dando-lhe um pequeno peteleco para dar sorte.

— Quantas latas cheias você acha que ainda temos, Corvo?

Ele deu de ombros.

— Uma dúzia? Quinze?

— Por aí — ela concordou. Melhor que ninguém soubesse a verdade, nem mesmo seu segundo em comando. A última coisa que ela precisava era que a inquietação atual se transformasse em pânico total. Quando as pessoas entravam em pânico, corriam em todas as direções. Se isso acontecesse, o Verdadeiro Nó podia se desfazer.

*141*

Enquanto isso, Corvo olhava para ela, intensamente. Antes que ele conseguisse perceber coisas demais, ela disse:

— Você consegue arrendar este lugar para a gente, esta noite?

— Está brincando? Com o preço da gasolina e do diesel do jeito que está, o dono não consegue preencher metade das vagas, mesmo nos fins de semana. Vai adorar.

— Então faça isso. Vamos tomar vapor enlatado. Espalhe a notícia.

— É isso aí. — Ele a beijou enquanto acariciava um de seus seios. — Essa é minha camisa predileta.

Ela riu, empurrando-o.

— Qualquer camisa que tenha peitos embaixo é sua predileta. Vá.

Mas ele se demorou mais, com um sorriso no canto da boca.

— Cascavel ainda está cercando você, linda?

Ela se inclinou, dando um breve apertão na braguilha dele.

— Ah, meu Deus, é o seu pau ciumento que estou sentindo?

— Digamos que sim.

Rose duvidava, mas sentiu-se lisonjeada assim mesmo.

— Ela está com Sarey agora, e as duas estão perfeitamente felizes. Mas já que estamos falando de Andi, ela pode nos ajudar. Você sabe como. Espalhe a notícia, mas fale com ela primeiro.

Depois que ele saiu, ela trancou o trailer, foi à cabine e se ajoelhou. Enfiou os dedos no tapete, entre o assento e os pedais, e tirou um pedaço. Embaixo havia um quadro de metal com uma tranca embutida. Rose rolou os algarismos e o cofre se abriu alguns centímetros. Depois ela ergueu a porta e olhou para dentro.

Quinze ou 12 latas. Esta havia sido a estimativa de Corvo, e apesar de ela não poder ler os membros do Nó como podia ler os camponeses, Rose tinha certeza de que ele chutara um número menor do que acreditava ser o verdadeiro, para animá-la.

*Se ele soubesse*, pensou.

O cofre era forrado de isopor para proteger as latas, no caso de um acidente, e havia uma armação embutida com quarenta espaços. Naquela bela manhã de maio em Kentucky, 37 latas na armação estavam vazias.

Rose pegou uma das poucas ainda cheias e ergueu-a. Era leve; se você a levantasse, acharia que também estava vazia. Ela tirou a tampa, examinou a válvula embaixo para ter certeza de que ainda estava intacta, depois voltou a fechar o cofre e botou a lata com cuidado — quase com reverência — na mesa onde sua camisa estivera.

Depois daquela noite só restariam duas.

Eles precisavam encontrar um grande vapor para encher de novo ao menos algumas das latas vazias, e precisavam fazer isso logo. O Nó não chegava a estar totalmente perdido, não ainda, mas já estava bem perto disso.


3


O dono do Kozy Kampground e sua mulher tinham o próprio trailer, transformado em casa permanente, assentada em cima de blocos de concreto pintados. As chuvas de abril tinham feito brotar uma porção de flores, que enchiam a frente da casa do sr. e da sra. Kozy. Andrea Steiner parou um instante para admirar as tulipas e amores-perfeitos, antes de subir os três degraus do grande trailer de cor vermelha e bater na porta.

O sr. Kozy a atendeu, um tempo depois. Era um homem pequeno com uma barriga grande, usando uma camiseta gasta, com listras vermelhas. Segurava na mão uma lata de cerveja. Na outra, um sanduíche besuntado de mostarda, feito de pão branco esponjoso. Como sua mulher, naquele momento, estava no outro cômodo, ele parou um instante para fazer um inventário visual da jovem mulher diante dele, do rabo de cavalo aos sapatos.

— Sim?

Havia vários membros do Nó dotados de algum talento para adormecer as pessoas, mas Andi era de longe a melhor, e sua Transformação havia sido de grande proveito para o Nó. De vez em quando, ela ainda usava o dom para esvaziar a carteira de certos camponeses idosos que se sentiam atraídos por ela. Rose achava que isso era infantil e arriscado, mas sabia por experiência própria que o que Andi chamava de suas *questões* acabaria, com o tempo, sendo superado. Para o Verdadeiro Nó, a única questão era a sobrevivência.

— Tenho só uma pergunta rápida — disse Andi.

— Se for sobre os banheiros, querida, o papa-merda só vem na quinta.

— Não é sobre isso.

— Sobre o quê, então?

— Você não está cansado? Não quer dormir?

O sr. Kozy fechou os olhos imediatamente. A cerveja e o sanduíche caíram de suas mãos, sujando o tapete. *Ah*, pensou Andi, *o Nó deu 1.200 para esse cara. O sr. Kozy pode pagar por um frasco de limpador de tapetes. Talvez até dois.*

Andi o pegou pelo braço e o levou até a sala de visitas. Ali havia duas poltronas forradas de algodão estampado, com mesinhas em frente para assistir à TV.

— Sente-se — disse ela.

O sr. Kozy se sentou, de olhos fechados.

— Você gosta de se meter com mulheres jovens? — perguntou Andi. — Gostaria se pudesse, não é? Pelo menos se fosse capaz de correr o bastante para pegá-las. — Ela o examinou, com as mãos nos quadris. — Você é nojento. Consegue dizer isso?

— Sou nojento — concordou o sr. Kozy. Depois começou a roncar.

A sra. Kozy veio da cozinha. Mordiscava um sorvete.

— Ei, quem é você? O que está falando com ele? O que quer?

— Que você durma — disse Andi.

A sra. Kozy largou o sorvete. Depois seus joelhos cederam e ela caiu sentada em cima dele.

— Ah, merda — disse, Andy. — Eu não quis dizer aí. Levante-se.

A sra. Kozy se levantou com o sorvete esmagado contra a parte de trás do vestido. Andi Cascavel passou o braço pela cintura quase inexistente da mulher e levou-a até a outra poltrona, parando o tempo necessário para tirar o sorvete de sua bunda. Não demorou para que os dois estivessem sentados lado a lado, de olhos fechados.

— Vocês dormirão a noite toda — instruiu Andi. — O senhor pode sonhar que persegue garotas. Sua mulher pode sonhar que você morreu de infarto e deixou para ela um milhão de dólares de seguro. Que tal? Parece bom?

Ela ligou a TV e aumentou bem o volume. Pat Sajak estava sendo abraçado por um uma mulher com peitos enormes que acabara de resolver o desafio: NÃO CONTE VANTAGEM DE SUAS GLÓRIAS. Andi perdeu um instante admirando aqueles seios gigantescos, depois voltou-se para os Kozy.

— Depois que o jornal das 11 acabar, podem desligar a TV e ir dormir. Quando acordarem amanhã, não vão lembrar que eu estive aqui. Alguma pergunta?

Não tinham nenhuma. Andi os deixou e voltou correndo para o aglomerado de trailers. Ela estava com fome, estava com fome havia semanas, e hoje à noite haveria bastante comida para todos. Quanto ao dia seguinte... cabia a Rose se preocupar com isso, e, até onde Andi Cascavel sabia, ela já podia começar.


# 4

Já estava completamente escuro às 8 horas. Às 9, o Nó se reuniu na área de piquenique do Kozy Kampground. Rose, a Cartola, veio por último, carregando a lata. Um suave murmúrio de fome ecoou a sua frente. Rose sabia como se sentiam. Ela também estava faminta.

Ela subiu em uma das mesas de piquenique cheias de iniciais entalhadas e olhou todos eles, um por um.

— Nós somos o Verdadeiro Nó.

— *Somos o Verdadeiro Nó* — responderam. Tinha expressão solene, olhos ávidos, gulosos. — *Aquilo que foi atado jamais pode ser desatado.*

— Somos o Verdadeiro Nó e perduramos.

— *Perduramos.*

— Somos os escolhidos. Somos os bem-aventurados.

— *Somos os escolhidos e bem-aventurados.*

— Eles produzem, nós tomamos.

— *Tomamos o que eles produzem.*

— Tomem isso e façam bom uso.

— *Faremos bom uso.*

Uma vez, na última década do século XX, havia um garoto de Oklahoma chamado Richard Gaylesworthy. *Juro que esse garoto consegue ler a minha mente,* sua mãe às vezes dizia. As pessoas riam disso, mas ela não estava brincando. E talvez não só a mente *dela.* Richard tirava nota máxima em provas para as quais não tinha estudado nada. Sabia quando o pai ia chegar em casa de bom humor e quando ia chegar puto da vida por alguma coisa que acontecera em sua empresa de material hidráulico. Uma vez o garoto pediu à mãe que jogasse na Mega-Sena porque jurava que sabia os números da sorte. A sra. Gaylesworthy se recusou — eram todos bons batistas —, mas depois se arrependeu. Nem todos os seis números que Richard escreveu no quadro da cozinha saíram, mas cinco sim. Suas convicções religiosas lhes haviam custado 70 mil dólares. Ela pedira ao menino que não contasse nada ao pai, e ele prometera que não contaria. Era um bom menino, um menino adorável.

Dois meses depois de não ganharem na loteria, a sra. Gaylesworthy morreu atingida por tiros na cozinha, e o menino bom e adorável desapareceu. Seu corpo havia apodrecido muito tempo antes em um pasto esquecido e cheio de mato de uma fazenda, mas quando Rose, a Cartola, abriu a válvula da lata prateada, sua essência — seu *vapor* — escapou em uma névoa prateada cintilante. Essa névoa se ergueu cerca de um metro acima da lata e se espalhou horizontalmente. O pessoal do Nó ficou olhando para ela com rostos expectantes. A maioria tremia. Muitos deles, na verdade, tinham lágrimas nos olhos.

— Alimentem-se e perdurem — disse Rose, erguendo as mãos até que os dedos abertos ficassem logo abaixo da camada de névoa. Ela acenou. A névoa começou imediatamente a baixar, tomando a forma de um guarda-chuva sobre os que estavam embaixo, esperando. Quando envolveu suas cabeças, eles começaram a respirar profundamente. O processo continuou por cinco minutos, durante os quais vários se hiperventilaram, caindo desmaiados no chão.

Rose sentiu que se expandia fisicamente e sua mente se aguçava. Cada perfume delicioso daquela noite de primavera veio à tona. Ela sabia que as leves marcas em volta de seus olhos e sua boca estavam sumindo. Os fios brancos do seu cabelo voltavam a ser escuros. Mais tarde naquela noite, Corvo iria ao trailer dela, e em sua cama os dois arderiam como tochas.

Eles inalaram Richard Gaylesworthy até que ele acabasse — acabasse de verdade. A névoa branca rareou e depois desapareceu. Os que haviam desmaiado se sentaram e olharam em volta, sorrindo. Vovô Flick agarrou Petty China, mulher de Barry, e dançou com ela de um jeito alegre.

— Me solte, seu burro velho! — reclamou ela, mas rindo.

Andi Cascavel e Sarey Shhh se beijavam profundamente, as mãos de Andi mergulhadas pelos cabelos cor de rato de Sarey.

Rose desceu da mesa de piquenique com um pulo e se virou para Corvo. Ele fez um círculo unindo o polegar e indicador, sorrindo para ela.

*Está tudo bem*, dizia aquele sorriso, e estava mesmo. Por enquanto. Mas a despeito da euforia, Rose pensou nas latas no cofre. Agora eram 38 vazias, em vez de 37. Eles estavam mais próximos do fim.

5

O Nó saiu à primeira luz da manhã seguinte. Pegaram a Rodovia 12 até a I-64, os 14 trailers enfileirados, em caravana. Quando chegassem à interestadual, se espalhariam para disfarçar um pouco o fato de estarem tão obviamente juntos, mas mantendo contato por rádio caso surgisse algum problema.

Ou, quem sabe, alguma oportunidade.

Ernie e Maureen Salkowicz, descansados depois de terem dormido maravilhosamente bem durante a noite, concordaram que aquele pessoal era a melhor turma que eles já haviam hospedado. Não só pagavam em dinheiro e depois deixavam as vagas limpinhas, como também alguém deixou um pudim de pão com maçã no degrau de cima do trailer deles, com um bilhete simpático de agradecimento. Se tivessem sorte, disseram os Salkowicz um para o outro, enquanto devoravam o presente no café da manhã, esse pessoal voltaria no ano seguinte.

— Sabe de uma coisa? — disse Maureen. — Sonhei que aquela mulher dos anúncios de seguros, Flo, tinha vendido uma apólice alta para você. Não é um sonho maluco?

Ernie resmungou e espalhou mais creme batido no pudim de pão.

— Você sonhou, querido?

— Não.

Mas os olhos dele fugiram dos dela quando disse isso.


# 6


A sorte do Verdadeiro Nó deu uma guinada em um dia quente de julho, em Iowa. Rose guiava a caravana, como sempre, e bem a oeste de Adair, o radar em sua cabeça apitou. Nada que a atordoasse, mas razoavelmente alto. Ela pegou o rádio imediatamente e ligou para Barry China, que era tão asiático quanto Tom Cruise.

— Barry, você sentiu isso? Volte.

— Uhum. — Barry não era do tipo tagarela.

— Com quem Vovô Flick está viajando hoje?

Antes que Barry pudesse responder, Annie de Pano entrou no rádio.

— Ele está comigo e Paul Alto, querida. É... é coisa boa? — Annie parecia aflita, e Rose podia compreender o motivo. Richard Gaylesworthy tinha sido coisa *muito* boa, mas seis semanas era um intervalo muito longo entre as refeições, e seu efeito estava começando a passar.

— O velho está *inteiro,* Annie?

Antes que ela pudesse responder, uma voz rascante entrou no ar.

— Estou ótimo, mulher. — E para um sujeito que às vezes não conseguia lembrar o próprio nome, Vovô Flick parecia muito bem aquele dia. Irritado, com certeza, mas irritado era muito melhor do que confuso.

Um segundo apito a atingiu, desta vez não tão forte. Como frisando algo que não precisava ser frisado, Vovô disse:

— Estamos indo na porra da direção errada.

Rose não se deu ao trabalho de responder, só abriu um segundo canal no microfone.

— Corvo, volte, amorzinho.

— Estou aqui. — Estava, como sempre, a postos. À espera de que o chamassem.

— Mande o pessoal encostar na próxima parada. Menos Barry, Flick e eu. Nós vamos pegar o próximo retorno e voltar.

— Vão precisar de uma equipe?

— Só vou saber quando chegar mais perto, mas... acho que não.

— Ok. — Uma pausa, e então ele acrescentou: — Merda.

Rose pendurou o microfone e olhou para os infindáveis hectares de milho de ambos os lados da rodovia de quatro pistas. Corvo ficou decepcionado, claro. Todos iam ficar. Os grandes cabeças de vapor representavam problemas porque eram todos imunes à manipulação. Ou seja, tinham que ser capturados à força. Seus amigos e familiares frequentemente tentavam interferir. Às vezes era possível adormecê-los, mas nem sempre; um garoto com um grande vapor podia frustrar até os maiores esforços de Andi Cascavel nesse sentido. Às vezes pessoas precisavam morrer. Não era bom, mas a recompensa valia a pena: a energia e a vida armazenadas em uma lata de aço. Em muitos casos havia até um ganho secundário. O vapor era hereditário, e muitas vezes todos na família daquela pessoa tinham pelo menos um pouquinho.

7

Enquanto a maior parte do Nó esperava em uma parada agradável e sombreada a leste de Council Bluffs, os trailers que levavam os três rastreadores deixaram a rodovia em Adair para seguirem rumo ao norte. Depois de saírem da I-80 e entrarem nas estradas vicinais, eles se espalharam e começaram a percorrer as fronteiras bem-conservadas e cheias de cascalho das fazendas que dividiam aquela parte de Iowa em grandes quadrados, se aproximando do apito a partir de direções diferentes. Triangulando.

Ele ficou mais forte... e mais forte... depois se estabilizou. Um bom vapor, mas não um *grande* vapor. Ah, oras. Quem é pobre não pode ser soberbo.

8

Bradley Trevor tinha ganhado um dia de folga de suas tarefas habituais na fazenda, para treinar com o time All-Star da Pequena Liga de Beisebol. Se o pai tivesse negado, o treinador provavelmente teria levado os outros garotos para linchá-lo, pois Brad era o melhor rebatedor do time. Não dava para imaginar quando se olhava para ele — era magrelo como um cabo de vassoura e só tinha 11 anos —, mas Brad era capaz de rebater as bolas lançadas até pelos melhores arremessadores da região, marcando muitos pontos. Os arremessos mais fracos, então, nem se falava. Parte disso era apenas a força de menino criado em fazenda, mas isso não explicava tudo, de modo algum. Brad simplesmente parecia adivinhar os arremessos que vinham. Não se tratava de algum tipo de aviso disfarçado que ele recebia (possibilidade que os outros treinadores da região haviam debatido soturnamente). Ele simplesmente *sabia*. Assim como sabia a melhor localização do novo poço que serviria de bebedouro para o gado, ou onde encontrar aquela vaca que tinha se perdido, ou onde estava a aliança de casamento sumida da mãe. *Procure embaixo do tapete da caminhonete*, dissera, e lá estava ela.

O treino daquele dia havia sido especialmente bom, mas Brad parecia estar com a cabeça nas nuvens mais tarde durante a conversa com o técnico, e não quis tomar o refrigerante gelado que lhe ofereceram, recém-tirado da bacia cheia de gelo. Disse que achava melhor ir para casa ajudar a mãe a recolher as roupas.

— Vai chover? — perguntou o treinador, Micah Johnson. Todos tinham passado a acreditar em Brad quando se tratava desse tipo de coisa.

— Não sei — respondeu, desanimado.

— Você está bem, meu filho? Parece meio esquisito.

Na verdade, Brad *não* estava se sentindo bem, pois havia acordado naquela manhã com dor de cabeça e um pouco febril. Mas não era por isso que ele queria ir para casa naquele momento; apenas tinha uma forte sensação de que não queria ficar mais tempo no campo de beisebol. Sua mente não parecia... não parecia ser totalmente sua. Não tinha certeza se estava mesmo ali, ou apenas sonhando que estava — não era maluquice? Ele coçou, distraído, uma marca vermelha no antebraço.

— Mesma hora amanhã, não é?

O treinador Johnson disse que sim, e Brad se afastou com uma luva pendurada na mão. Geralmente corria — todos faziam isso —, mas naquele dia ele não estava a fim. Sua cabeça ainda doía, e agora também as pernas. Embrenhou-se na plantação de milho atrás da arquibancada, querendo pegar um atalho para a fazenda, a 3 quilômetros de distância. Quando saiu na estrada Town Road D, tirando fiapos de milho do cabelo com gestos lentos e distraídos, um trailer de tamanho médio estava parado na estrada. Ao lado, sorrindo, Barry China.

— Ah, aí está você — disse Barry.

— Quem é você?

— Um amigo. Entre aí, eu levo você para casa.

— Está bem — disse Brad. Do jeito que estava se sentindo, uma carona seria ótimo. Coçou a marca vermelha no braço. — Você é Barry Smith, um amigo. Vou entrar e você me leva para casa.

Ele entrou no trailer. A porta fechou. O automóvel se afastou.

No dia seguinte, todo o condado estava mobilizado na busca pelo melhor rebatedor do All-Stars de Adair. Um porta-voz da polícia estadual pediu a todos os moradores que avisassem sobre a presença de quaisquer carros estranhos ou vans. Houve muitos depoimentos sobre isso, mas não deu em nada. E apesar de os três trailers serem muito maiores do que vans (a de Rose, a Cartola, era realmente enorme), ninguém relatou tê-las visto. Eram o pessoal dos trailers, afinal de contas, viajando juntos. Brad simplesmente... sumiu.

Como milhares de outras crianças infelizes, ele fora engolido, ao que parecia, de uma vez só.


9


Levaram-no ao norte, até uma usina abandonada de etanol que ficava a quilômetros da fazenda mais próxima. Corvo tirou o garoto do trailer de Rose e deitou-o delicadamente no chão. Brad estava amarrado com fita adesiva, chorando. Quando o Verdadeiro Nó se juntou ao seu redor (como pessoas enlutadas em volta de uma sepultura), ele disse:

— Por favor, me levem para casa, nunca vou contar nada disso para ninguém.

Rose se ajoelhou ao seu lado e disse, com um suspiro:

— Eu o levaria se pudesse, filho, mas não posso.

Os olhos dele encontraram os de Barry.

— Você disse que era um cara legal! Eu ouvi. Você *disse*!

— Desculpe, cara. — Barry não parecia sentir pena. Parecia, sim, estar faminto. — Não é nada pessoal.

Brad voltou a olhar para Rose.

— Vocês vão me machucar? Por favor, não me machuquem.

É claro que eles iam machucá-lo. Era uma pena, mas o sofrimento apurava o vapor, e o Nó precisava se alimentar. As lagostas também sofriam quando eram jogadas dentro de panelas com água fervendo, mas isso não detia os camponeses. Comida era comida, e sobrevivência, sobrevivência.

Rose colocou as mãos atrás das costas. G Fominha pôs uma faca em uma delas. Era pequena, mas muito afiada. Rose sorriu para o garoto no chão, dizendo:

— O mínimo possível.

O garoto durou muito. Berrou até que as cordas vocais rompessem e seus gritos se tornassem latidos roucos. Em certo momento, Rose parou e olhou em volta. Suas mãos, longas e fortes, pareciam vestir luvas vermelhas de sangue.

— Alguma coisa? — perguntou Corvo.

— A gente conversa depois — disse Rose, voltando ao trabalho. O brilho de uma dúzia de lanternas transformara o terreno nos fundos da usina de etanol em uma sala de operação improvisada.

Brad Trevor sussurrou:

— Por favor, me mate.

Rose, a Cartola lhe deu um sorriso consolador.

— Logo, logo.

Mas não cumpriu a promessa.

Aqueles latidos roucos recomeçaram, e finalmente se transformaram em vapor.

Ao amanhecer, enterraram o corpo do garoto. Depois, seguiram em frente.

CAPÍTULO SEIS

# RÁDIO ESQUISITO

1

Aquilo não acontecia havia pelo menos três anos, mas há coisas que a gente não esquece. Por exemplo, quando seu filho começa a gritar no meio da noite. Lucy estava sozinha porque David tinha ido a uma conferência de dois dias em Boston, mas sabia que, se ele estivesse ali, teria ido correndo com ela até o quarto de Abra. Ele também não havia esquecido.

A filha deles estava sentada na cama, com o rosto pálido, cabelo todo desgrenhado, olhos arregalados fitando o vazio. O lençol — única coberta que ela precisava na época de calor — tinha sido arrancado e ela se embrulhara nele como em um casulo.

Lucy sentou-se ao lado de Abra, abraçando-a. Era como abraçar uma pedra. Aquela era a pior parte, antes que ela saísse inteiramente daquele estado. Ser acordada abruptamente pelos gritos da filha era uma coisa apavorante, mas aquela ausência de reação era pior. Entre os 5 e 7 anos esses pavores noturnos aconteciam com bastante frequência, e Lucy sempre teve medo de que, mais cedo ou mais tarde, a mente da criança não resistisse àquele estresse. Ela continuaria a respirar, mas seus olhos nunca mais se desprenderiam daquele mundo que ela via e que eles não podiam enxergar.

*Isso não vai acontecer*, assegurara-lhe David, e John Dalton reafirmara essa opinião. *Crianças são resistentes. Se ela não demonstra nenhuma sequela — retraimento, isolamento, comportamento obsessivo, xixi na cama —, provavelmente está bem.*

Mas não era bom para crianças acordarem de pesadelos gritando. Não era bom que às vezes fossem ouvidos acordes do piano lá embaixo, depois, nem que as torneiras do banheiro no final do corredor se abrissem sozinhas, ou que a lâmpada ao lado da cama de Abra às vezes estourasse quando ela ou David ligavam o interruptor.

Então surgira seu amigo invisível, e o intervalo entre pesadelos havia aumentado. Finalmente pararam. Até aquela noite. Não que *ainda* fosse noite; Lucy podia ver a primeira luz da aurora no horizonte a leste, graças a Deus.

— Abs? É mamãe. Fale comigo.

Não houve resposta durante cinco ou dez segundos. Então, finalmente, a estátua que Lucy abraçava relaxou e se transformou de novo em uma menininha. Abra tremeu e respirou fundo.

— Tive um dos meus pesadelos. Como antigamente.

— Percebi, querida.

Quase sempre, Abra só conseguia se lembrar de poucos detalhes. Às vezes de gente gritando ou trocando socos. *Ele derrubou a mesa ao persegui-la*, ela diria. Certa vez, o pesadelo havia sido sobre uma boneca zarolha largada em uma rodovia. Uma vez, quando Abra tinha apenas 4 anos, contou a eles que havia visto gente com cara de fantasma andando no *Helen Rivington*, que era uma atração turística popular em Frazier. Ia de Teenytown até Cloud Gap e voltava. *Eu podia ver as pessoas por causa do luar*, disse Abra aos pais naquela época. Lucy e David estavam ambos sentados a seu lado, abraçando-a. Lucy ainda lembrava do toque frio e úmido do pijama de Abra, ensopado de suor. *Eu sabia que era gente fantasma porque eles tinham caras parecidas com maçãs velhas e o luar passava por dentro delas.*

Na tarde seguinte, Abra já estava correndo, brincando e rindo de novo com as amigas, mas Lucy jamais se esquecera daquela imagem: gente morta andando naquele trenzinho pela mata, com as caras parecidas com maçãs transparentes ao luar. Perguntara a Concetta se alguma vez ela já tinha levado Abra para passear no trem em um dos seus "dias das meninas". Chetta disse que não. Elas já tinham ido a Teenytown, mas naquele dia o trem estava sendo consertado e elas andaram de carrossel.

Abra levantou os olhos para a mãe e disse:

— Quando papai vai voltar?

— Depois de amanhã. Ele disse que chegaria na hora do almoço.

— Não é cedo o bastante — disse Abra. Uma lágrima transbordou de seu olho, escorreu pela bochecha e caiu na camisa do pijama.

— Cedo para quê? De que você se lembra, Abba-Du?

— Eles estavam machucando o menino.

Lucy não queria prolongar aquele assunto, mas sentiu que precisava fazê-lo. Tinha havido correlações demais entre os primeiros sonhos de Abra e coisas que aconteceram de verdade. Fora David quem descobrira a foto da

boneca zarolha em um jornal de North Conway, sob a manchete TRÊS MOR-
TOS EM DESASTRE EM OSSIPEE. Fora Lucy quem pesquisara as páginas policiais sobre prisões de acusados por violência doméstica nos dias seguintes aos
pesadelos de Abra sobre *gente que gritava e socava*. Até mesmo John Dalton
concordara que Abra Stone talvez estivesse captando transmissões no que ele
chamava de "o estranho rádio dentro de sua cabeça".

Então Lucy perguntou:

— Que garoto? Ele mora por aqui? Você sabe?

Abra negou com a cabeça.

— Longe. Não consigo lembrar. — Então ela se animou. A velocidade
com que saía dessas fugas era tão estranha para Lucy quanto as próprias fugas.
— Mas acho que eu contei para Tony. Talvez ele conte para o pai *dele*.

Tony, seu amigo invisível. Ela não o mencionava havia mais ou menos
dois anos, e Lucy esperava que aquilo não fosse alguma espécie de retrocesso.
Com 10 anos, ela era meio velha para ter amigos invisíveis.

— O pai de Tony talvez consiga impedir. — Então uma sombra encobriu
seu rosto. — Mas acho que é tarde demais.

— Tony não tem aparecido muito, não é? — Lucy se levantou e sacudiu o
lençol embolado. Abra riu quando ele flutuou contra o rosto dela. O melhor som
do mundo, na opinião de Lucy. Um som *saudável*. E o quarto não parava de se
encher de luz. Em breve, os primeiros pássaros começariam a cantar.

— Mamãe, isso faz cócegas!

— As mães gostam de fazer cócegas. Faz parte do nosso encanto. Agora,
e quanto a Tony?

— Ele disse que viria sempre que eu precisasse dele — disse Abra, se
ajeitando de novo sob o lençol. A menina deu batidinhas na cama ao seu lado,
e Lucy se deitou, dividindo o travesseiro. — Foi um pesadelo e eu precisava
dele. Acho que ele veio, mas não consigo lembrar direito. O pai dele trabalha
em um "a quilo".

Essa era uma novidade.

— Tipo um restaurante?

— Não, boba, é para pessoas que vão morrer.

Abra parecia complacente, quase professoral, mas Lucy sentiu um arrepio
na espinha.

— Tony disse que, quando ficam tão doentes que não podem melhorar, vão
para esse "a quilo", onde o pai dele tenta fazer essas pessoas se sentirem melhor. O pai do Tony tem um gato de nome parecido com o meu. Sou Abra e o
gato é Azzie. Não é *estranho*, mas de um jeito engraçado?

— Sim, estranho e engraçado.

John e David provavelmente diriam que, dada a semelhança dos nomes, todo aquele negócio sobre o gato não passava de invencionice de uma garota de 10 anos muito inteligente. Mas eles acreditavam muito pouco nisso, e Lucy não acreditava nada. Quantas garotas de 10 anos sabiam o que era um asilo, mesmo pronunciando errado?

— Conte sobre o garoto do pesadelo. — Agora que Abra estava tranquila, essa conversa parecia mais segura. — Conte quem o estava machucando, Abba-Du.

— Eu não lembro, só que ele achava que Barney fosse seu amigo. Ou talvez fosse Barry. Mamãe, posso abraçar Hoppy?

Era seu coelho de pelúcia, que agora curtia um exílio de orelhas caídas na prateleira mais alta do quarto. Abra não dormia com ele havia pelo menos dois anos. Lucy pegou o bicho e o entregou à filha. Abra abraçou o coelho contra o casaco rosa do pijama e dormiu quase imediatamente. Com sorte, ela continuaria adormecida por mais uma hora, até duas. Lucy ficou sentada ao seu lado, contemplando a filha.

*Que isso acabe por completo dentro de alguns anos, como John disse. Melhor ainda, que acabe hoje, nesta exata manhã. Chega, por favor. Quero parar de sair pesquisando nos jornais locais para saber que garotinho foi morto pelo padrasto ou espancado até a morte por valentões chapados por cheirar cola, ou algo assim. Que isso acabe.*

— Meu Deus — disse ela em voz muito baixa —, se o Senhor estiver presente, faça um favor para mim. Será que pode quebrar esse rádio que existe dentro da cabeça da minha menininha?

## 2

Quando o Nó rumou para oeste de novo, rodando ao longo da I-80 em direção à cidade nas serras do Colorado onde iam passar o verão (sempre supondo que não surgisse nenhuma oportunidade de colher um grande vapor nas redondezas), Pai Corvo estava viajando no assento do carona do trailer de Rose. Jimmy Contas, o fantástico contador do Nó, pilotava temporariamente o trailer de Corvo. O rádio via satélite de Rose estava sintonizado em uma estação de música country, que tocava, naquele momento, *Whiskey Bent and Hell Bound*, de Hank Jr. Era uma boa canção, e Corvo esperou que ela terminasse antes de apertar o OFF.

— Você disse que a gente ia conversar depois. Agora é depois. O que aconteceu lá atrás?

— Tínhamos um espião — disse Rose.

— Verdade? — Corvo ergueu as sobrancelhas. Ele tomara o vapor daquele garoto Trevor tanto quanto qualquer um dos outros, mas não parecia ter ficado mais jovem. Raramente ficava depois de se alimentar. Por outro lado, raramente parecia mais velho entre as refeições, a não ser que o intervalo fosse grande demais. Rose achava que era um bom negócio. Provavelmente algo em seus genes. Supondo que eles ainda tivessem genes. Walnut disse que provavelmente tinham. — Um cabeça de vapor, você quer dizer.

Ela fez que sim com a cabeça. À frente deles, a I-80 se desdobrava sob um céu azul desbotado, pontilhado de nuvens.

— Um vapor grande?

— Sim. Enorme.

— Muito longe?

— Costa Leste. Acho.

— Você está dizendo que alguém espiou a gente de quase 2.400 quilômetros de distância?

— Talvez de até mais longe. Podia ser bem para lá do Canadá.

— Menino ou menina?

— Provavelmente menina, mas foi só um flash. Três segundos, no máximo. Isso importa?

Não importava.

— Quantas latas você poderia encher com uma garota com tanto vapor na caldeira?

— Difícil dizer. Três, pelo menos. — Dessa vez era Rose quem estava chutando baixo. Ela achava que a espiã desconhecida talvez enchesse dez latas, ou até 12. A presença havia sido breve, mas forte. A espiã vira o que eles estavam fazendo e o horror dela (se *fosse* uma menina) fora suficientemente forte para congelar as mãos de Rose e fazê-la sentir uma repulsa momentânea. Não era um sentimento dela, é claro (estripar um camponês não era mais detestável do que estripar um veado), mas uma espécie de ricochete psíquico.

— Talvez devêssemos voltar — disse Corvo. — Pegá-la enquanto a maré está boa.

— Não, acho que essa ainda vai ficar mais forte. Vamos deixá-la amadurecer um pouco.

— Isso é algo que você sabe, ou é apenas intuição?

Rose abanou a mão no ar.

— Uma intuição suficientemente forte para correr o risco de que ela seja atropelada por um motorista irresponsável ou apanhada por algum pedófilo? — Corvo falou isso sem ironia. — E que dizer de leucemia, ou algum outro tipo de câncer? Você sabe que eles são suscetíveis a coisas desse tipo.

— Se você perguntar a Jimmy Contas, ele dirá que as estatísticas nos são favoráveis. — Rose sorriu, dando uma palmada afetuosa na coxa dele. — Você se preocupa demais, Pai. Vamos até Sidewinder, conforme o planejado, depois até a Flórida, dentro de uns dois meses. Tanto Barry quanto Vovô Flick acham que este talvez seja um ano de grandes furacões.

Corvo fez uma careta.

— Isso é como pegar sobras em uma lixeira.

— Talvez, mas algumas dessas sobras são bem gostosas. E nos alimentam. Ainda estou puta da vida comigo por termos perdido o furacão em Joplin. Mas é claro que é sempre mais difícil prever tempestades súbitas como aquela.

— Essa garota. Ela *viu* a gente.

— Sim.

— E o que a gente estava fazendo.

— Ponto para você, Corvo.

— Será que pode nos denunciar?

— Querido, se ela tiver mais de 11 anos, eu como minha cartola. — E bateu no chapéu para dar ênfase. — É provável que os pais não saibam o que ela é, nem o que pode fazer. E, mesmo que saibam, provavelmente estão minimizando a situação na cabeça deles, para não terem que pensar tanto no assunto.

— Ou vão mandá-la a um psiquiatra que lhe dará remédios — disse Corvo. — Remédios que a deixarão dopada e mais difícil de ser encontrada.

Rose sorriu.

— Se entendi direito, e tenho bastante certeza de que sim, dar Praxil a essa garota seria como cobrir um farol com filme plástico. A gente vai encontrá-la no momento oportuno. Não se preocupe.

— Se você diz. Você é quem manda.

— Isso mesmo, doçura. — Dessa vez, em vez de bater na coxa dele, ela apertou seu pau. — Omaha esta noite?

— Na pousada La Quinta. Reservei toda a parte dos fundos do primeiro andar.

— Ótimo. Pretendo subir em você como se estivesse em uma montanha-russa.

— Veremos quem sobe em quem — disse Corvo. Ele estava cheio de energia, por causa do garoto Trevor. Todos estavam. Ligou o rádio de novo. Conseguiu o Cross Canadian Ragweed cantando sobre a galera de Oklahoma que apertava seu baseado de um jeito todo errado.

O Nó rumou para oeste.


# 3


No AA havia padrinhos camaradas e padrinhos difíceis, e ainda aqueles como Casey Kingsley, que não aceitavam nenhuma merda da parte de seus pupilos. No início da relação deles, Casey o mandou fazer o noventa-em-noventa e telefonar toda manhã às 7 horas. Quando Dan completou noventa reuniões consecutivas, teve permissão para deixar de lado as ligações matutinas. Então eles passaram a se encontrar três vezes por semana no Sunspot Café.

Casey estava sentado em um reservado quando Dan entrou, em uma tarde de julho de 2011, e, embora Casey ainda não tivesse chegado à época da aposentadoria, Dan achou que seu velho padrinho do AA (e primeiro patrão em New Hampshire) parecia muito velho. Já perdera a maior parte do cabelo e mancava bastante. Precisava de uma prótese no quadril, mas vivia adiando a coisa.

Dan disse oi, sentou-se, cruzou as mãos e esperou por aquilo que Casey chamava de Catecismo.

— Está sóbrio hoje, Danno?

— Sim.

— Como foi que aconteceu este autocontrole milagroso?

Ele recitou:

— Graças ao programa dos Alcoólicos Anônimos e à minha concepção de Deus. Meu padrinho talvez tenha tido um pequeno papel.

— Belo elogio, mas nada de encher minha bola que eu não encherei a sua.

Patty Noyes veio com a cafeteira e serviu uma xícara a Dan, sem que ele pedisse.

— Como você está, gato?

Dan sorriu.

— Ótimo.

Ela passou a mão pelo cabelo dele, depois retornou ao balcão, rebolando um pouco mais. Eles acompanharam o doce balanço de seus quadris, como fazem os homens, então Casey voltou a olhar para Dan.

— Fez algum progresso com esse negócio de concepção de Deus?

— Não muito — disse Dan. — Desconfio que talvez seja obra para vida inteira.

— Mas pela manhã você pede ajuda para não beber?

— Sim.

— De joelhos?

— Sim.

— Agradece à noite?

— Sim, de joelhos também.

— Por quê?

— Porque preciso lembrar que a bebida me deixou assim — disse Dan. Era a verdade absoluta.

Casey balançou a cabeça.

— Esses são os três primeiros passos. Passe a fórmula resumida.

— Eu não posso, Deus pode, acho que vou deixá-lo me ajudar. — Acrescentou: — A minha concepção de Deus.

— Que você *não* compreende.

— Certo.

— Agora me diga por que você bebia.

— Porque sou um bêbado.

— Não foi porque mamãe não lhe deu afeto?

— Não. — Wendy tinha seus defeitos, mas seu amor por ele, e o dele por ela, jamais faltara.

— Porque papai nunca lhe deu afeto?

— Não. — *Embora uma vez ele tenha quebrado meu braço e, no fim, quase me matado.*

— Por que é hereditário?

— Não. — Dan tomou um gole do café. — Mas é. Você sabe disso, certo?

— Sim. Também sei que não importa. Bebemos porque somos bêbados. Nunca melhoramos. Recebemos uma prorrogação diária baseada na nossa condição espiritual, e é *só*.

— Sim, chefe. Já acabamos esta parte?

— Quase. Pensou em beber hoje?

— Não. Você pensou?

— Não. — Casey sorriu. Aquilo iluminou seu rosto e o rejuvenesceu. — Um milagre. Você diria que é um milagre, Danny?

— Sim. Diria.

Patty voltou com um prato grande de pudim de baunilha, não só com uma, mas com duas cerejas em cima, que colocou na frente de Dan.

— Coma. Por conta da casa. Você está magro demais.

— E eu, meu bem? — perguntou Casey.

Patty bufou.

— Você é um cavalo. Vou lhe trazer um pinheiro flutuante se quiser. Isto é, um copo d'água com um palito dentro. — Depois de dar a última palavra, ela saiu rebolando.

— Você ainda está comendo essa aí? — perguntou Casey, quando Dan começou a comer o pudim.

— Que encantador — disse Dan. — Muito sensível e New Age.

— Obrigado. Ainda está comendo?

— Tivemos um rolo que durou uns quatro meses, e isso há três anos, Case. Patty está noiva de um rapaz muito simpático de Grafton.

— Grafton — disse Casey de modo meio depreciativo. — Vistas bonitas, cidade de merda. Ela não parece tão noiva assim quando você está por perto.

— Casey...

— Espera, não me entenda mal. Eu jamais aconselharia um pupilo meu a meter o nariz, ou o pau, em um relacionamento preexistente. Isso cria um ambiente terrível que favorece a bebida. Mas... você está saindo com *alguém?*

— É da sua conta?

— Acontece que sim.

— Não no momento. Teve uma enfermeira de Rivington House, eu lhe contei sobre ela...

— Sarah qualquer coisa.

— Olson. Chegamos a falar de morar juntos, mas aí ela conseguiu um ótimo emprego no Massachusetts General Hospital. A gente se fala às vezes por e-mail.

— Nenhum relacionamento no primeiro ano. Essa é a primeira regra — disse Casey. — Muito poucos bêbados em recuperação levam isso a sério. Você levou. Mas Danno... já é hora de você arrumar *alguém.*

— Ah, que beleza, meu padrinho acabou de virar o dr. Phil — disse Dan.

— Sua vida está melhor? Melhor do que quando você apareceu aqui, se arrastando e de olhos injetados?

— Você sabe que sim. Melhor do que jamais teria imaginado.

— Então pense em compartilhar isso com alguém. É só o que estou dizendo.

— Tomarei nota. Agora podemos conversar sobre outras coisas? O Red Sox, talvez?

— Primeiro preciso lhe fazer outra pergunta, como seu padrinho. Depois podemos ser amigos de novo, tomar café.

— Está certo... — Dan olhou desconfiado para ele.

— A gente nunca conversou muito sobre o que você faz no asilo. Sobre como você ajuda as pessoas.

— Não — disse Dan —, e prefiro que continue assim. Você sabe o que dizem no final de cada reunião, não sabe? "O que você viu aqui, o que ouviu aqui, deixe aqui quando sair." Sou assim com os outros lados de minha vida.

— Quantos outros lados de sua vida foram afetados pela bebida?

Dan deu um suspiro.

— Você sabe a resposta. Todos.

— Então? — E quando Dan continuou calado: — Os funcionários de Rivington o chamam de Doutor Sono. As notícias se espalham, Danno.

Dan ficou calado. Sobrara um pouco do pudim e Patty ia implicar se ele não comesse, mas seu apetite tinha desaparecido. Ele devia estar esperando por aquela conversa, e embora soubesse que depois de dez anos de sobriedade (e agora com um ou dois de seus próprios pupilos para tomar conta) Casey respeitaria seus limites, não queria refreá-lo.

— Você ajuda as pessoas a morrer. Não as sufocando com travesseiros, nada disso, ninguém pensa algo assim... Só... não sei. *Ninguém* parece saber.

— Fico sentado ao lado delas, só isso. Converso um pouco se elas quiserem.

— Você pratica os Passos, Danno?

Se Dan acreditasse que aquela era uma mudança de rumo na conversa, teria aceitado alegremente, mas sabia que não era.

— Você sabe que sim. É meu padrinho.

— Sim, você pede ajuda pela manhã e agradece à noite. Faz isso de joelhos. Então esses são os três primeiros. O quarto é aquela porra de balanço moral. E o quinto?

Eram 12 ao todo. Depois de ouvi-los serem lidos em voz alta no começo de cada reunião a que comparecera, Dan os conhecia de cor.

— Admitir perante Deus, perante nós mesmos e perante outro ser humano a natureza exata de nossos erros.

— Humm. — Casey ergueu a caneca de café, tomou um gole e olhou para Dan sobre a borda. — Já fez este?

— A maior parte. — Dan se pegou desejando estar em outro lugar. Em qualquer outro lugar. E também, pela primeira vez em muito tempo, sentiu vontade de beber.

— Deixe-me adivinhar. Você já contou a *si mesmo* todos os seus erros, contou ao seu Deus incompreendido todos os seus erros e contou a outra pessoa, no caso eu, a *maioria* de seus erros. Acertei?

Dan não disse nada.

— Eis o que eu penso — disse Casey —, e me corrija se eu estiver errado. Os oitavo e nono passos dizem respeito a limpar o lixo acumulado que deixamos quando estávamos chapados 24 horas por dia, sete dias por semana. Acho que pelo menos uma parte de seu trabalho no asilo, a parte *importante*, diz respeito a compensar estes erros. E acho que existe um erro que você não consegue superar porque está envergonhado pra caralho para poder falar dele. E, se for o caso, você não seria o primeiro nesta situação, acredite.

Dan pensou: *Mamãe.*

Dan pensou: *Doce.*

Viu a carteira vermelha e o triste maço de vales de alimentação. Viu também um pouco de dinheiro. Setenta dólares, suficiente para ficar bêbado por quatro dias. Cinco, se o dinheiro fosse gasto aos pouquinhos e a comida não passasse do mínimo necessário. Viu o dinheiro primeiro na sua mão, depois entrando no bolso. Viu o garoto com camiseta do Braves e a fralda caindo.

Pensou: *O nome do garoto era Tommy.*

Pensou, nem pela primeira nem pela última vez: *Eu nunca vou falar sobre isso.*

— Danno, tem alguma coisa que você queira me falar? Acho que sim. Não sei há quanto tempo você vem arrastando esse peso fodido por aí, mas pode deixar isso aqui, comigo, e sair daqui muitos quilos mais leve. É assim que funciona.

Ele pensou na maneira como o garoto havia corrido para a mãe

(*Deenie, o nome dela era Deenie*)

e como ela, mesmo profundamente adormecida, o abraçara apertado. Tinham ficado cara a cara no sol da manhã, cujos raios entravam pelas janelas sujas do quarto.

— Não tem nada — disse ele.

— Se liberte disso, Dan. Estou lhe dizendo como amigo, além de padrinho.

Dan lançou um olhar firme para o outro homem e não disse nada.

Casey suspirou.

— Quantas reuniões você já frequentou em que foi dito que estamos tão mal quanto os segredos que guardamos? Cem? Provavelmente mil. De todos os lugares comuns do AA, esse é praticamente o mais antigo.

Dan não disse nada.

— Todos nós temos um fundo do poço — disse Casey. — Uma hora você terá de falar com alguém sobre o seu. Se não falar, um dia você vai se pegar em um bar, com uma bebida na mão.

— Mensagem recebida — disse Dan. — Agora podemos falar sobre o Red Sox?

Casey consultou o relógio.

— Em outra hora. Preciso ir para casa.

*Certo,* pensou Dan. *Para seu cachorro e seu peixe-dourado.*

— Está bem. — Pegou a conta antes que Casey pudesse fazê-lo. — Em outra hora.

# 4

Quando Dan voltou para seu quarto na torre, ficou olhando o quadro-negro por muito tempo, antes de começar lentamente a apagar o que estava escrito:

## Eles estão matando o garoto do beisebol!

Depois que o quadro estava limpo, perguntou:

— Que garoto do beisebol é esse?

Nenhuma resposta.

— Abra? Você ainda está aí?

Não. Mas estivera; se ele tivesse voltado dez minutos antes daquela conversa desagradável com Casey no café, talvez tivesse visto seu vulto fantasmagórico. Mas será que ela viera por causa dele? Dan achava que não. Aquilo era uma maluquice inegável, mas achava que ela talvez tivesse vindo por causa de Tony. Que já fora o *seu* amigo invisível, em certa época. Aquele que às vezes trazia visões. Aquele que às vezes dava avisos. Aquele que se revelara uma versão mais sábia e profunda dele mesmo.

Para o garotinho amedrontado tentando sobreviver no Hotel Overlook, Tony tinha sido um irmão mais velho protetor. A ironia era que agora, depois de largar a bebida, Daniel Anthony Torrance havia se tornado um verdadeiro adulto enquanto Tony ainda era criança. Talvez até a famosa criança interior sobre a qual viviam falando os gurus New Age. Dan tinha certeza de que esse negócio de criança interior funcionava como desculpa para muito comportamento egoísta e autodestrutivo (o que Casey gostava de chamar de síndrome do preciso-ter-tudo-agora), mas ele também não duvidava que homens e mulheres crescidos guardassem todas as etapas de seu crescimento em algum canto do próprio cérebro — não apenas a criança interior, mas o bebê interior, o adolescente interior e o jovem adulto interior. E se a misteriosa Abra entrava em contato, não era natural que buscasse algo além da mente adulta dele, alguém de sua idade?

Um companheiro de brincadeiras?

Até um protetor?

Se fosse assim, era um papel que Tony já desempenhara antes. Mas será que ela precisava de proteção? Certamente havia angústia

(*eles estão matando o garoto do beisebol*)

na sua mensagem, mas a angústia era algo que acompanhava o dom da iluminação, como Dan descobrira havia muito tempo. Meras crianças não eram feitas para saber e ver tantas coisas. Ele poderia procurá-la, talvez tentar descobrir mais, porém o que diria a seus pais? *Olá, vocês não me conhecem, mas eu conheço sua filha, ela às vezes me visita em meu quarto e acabamos nos tornando bons amigos?*

Dan não achava que eles fossem botar o xerife do condado em cima dele, mas não os culparia se o fizessem, e, considerando o seu passado com a lei, não tinha nenhuma vontade de arriscar. Era melhor deixar que Tony fosse um amigo dela a distância se era isso mesmo que estava em questão. Tony podia ser invisível, mas sua idade pelo menos se encaixava melhor à dela.

Mais tarde, poderia escrever de novo os nomes e os números dos quartos que deviam estar no quadro-negro. Naquele momento, ele pegou o pedaço de giz no descanso e escreveu: **Tony e eu lhe desejamos um ótimo dia de verão, Abra! Seu OUTRO amigo, Dan.**

Ficou olhando para aquilo por um momento, balançou a cabeça e foi à janela. Uma bela tarde de final de verão, e ainda por cima seu dia de folga. Resolveu dar um passeio para tirar da cabeça a conversa desagradável com Casey. Sim, achava que o apartamento de Deenie em Wilmington tinha sido seu fundo do poço, mas manter segredo sobre o que acontecera ali não lhe impedira de acumular dez anos de sobriedade, e ele não compreendia por que o impediria de acumular mais dez. Ou vinte. Aliás, por que pensar em anos, quando o lema do AA era pensar em um dia de cada vez?

Wilmington havia sido muito tempo antes. Essa parte de sua vida já passara.

Ele trancou a porta do quarto quando saiu, como fazia sempre, mas uma tranca não impediria a entrada da misteriosa Abra se ela quisesse lhe fazer uma visita. Quando voltasse, talvez encontrasse outra mensagem dela no quadro.

*Talvez possamos nos tornar amigos por correspondência.*

Claro. E talvez alguma sociedade secreta de modelos de lingerie da Victoria's Secret descobrisse o segredo da fusão do hidrogênio.

Dan saiu com um sorriso no rosto.

## 5

A Biblioteca Pública de Anniston estava realizando sua liquidação anual de verão, e, quando Abra pediu para ir, Lucy adorou a ideia de adiar suas tarefas daquela tarde e poder descer a rua principal com a filha. Mesas de jogo cheias de pilhas de livros doados tinham sido montadas no gramado, e enquanto Lucy vasculhava a mesa dos livros de bolso (1 DÓLAR CADA, 6 POR 5 DÓLARES, BASTA ESCOLHER), procurando alguns de Jodi Picoults que ela ainda não lera, Abra verificava a oferta nas mesas com rótulos de JOVENS ADULTOS. Ainda faltava muito para que ela fosse adulta, ou mesmo jovem adulta, mas era uma leitora voraz (e precoce), com um gosto especial por livros fantásticos e de ficção científica. Sua camiseta predileta tinha estampada na frente uma enorme e complicada máquina, em cima dos dizeres ADORO STEAMPUNK.

Enquanto Lucy se decidia entre um velho Dean Koontz e um Lisa Gardner ligeiramente mais recente, Abra veio correndo para ela. Estava sorrindo.

— Mãe, mamãe, o nome dele é Dan!

— Nome de quem, querida?

— Do pai do Tony! Ele me desejou um feliz dia de verão!

Lucy olhou em volta, esperando ver algum sujeito desconhecido segurando pela mão um garoto da idade de Abra. Havia muitos desconhecidos — afinal de contas, era verão —, mas nenhuma dupla assim.

Abra percebeu o que ela estava fazendo e deu uma risadinha.

— Ah, ele não está aqui.

— Então onde está?

— Não sei exatamente. Mas perto.

— Bem, acho isso ótimo, querida.

Lucy mal teve tempo de acariciar o cabelo da filha antes que ela voltasse correndo para reiniciar a busca por tripulantes de foguetes, viajantes no tempo e bruxas. Lucy ficou ali, olhando-a, esquecida dos livros escolhidos que segura-va. Contar isso a David quando ele ligasse de Boston ou não? Achou melhor não.

O rádio esquisito, só isso.

Melhor deixar para lá.

## 6

Dan resolveu dar um pulo no Java Express, comprar dois cafés e levar um para Billy Freeman em Teenytown. Apesar de o emprego de Dan na prefeitura de Frazier ter durado muito pouco, os dois homens continuaram amigos no de-correr dos últimos dez anos. Em parte por terem Casey em comum — patrão de Billy, padrinho de Dan —, mas principalmente porque se gostavam. Dan se divertia com o jeito objetivo de Billy.

Também gostava de conduzir o *Helen Rivington*. Provavelmente aquele negócio da criança interior de novo; ele tinha certeza de que era isso o que um psiquiatra diria. Geralmente Billy o deixava dirigir, e, durante a temporada de verão, muitas vezes ficava aliviado por fazê-lo. Entre o 4 de Julho e o Labor Day, o *Riv* fazia a viagem de 16 quilômetros até Cloud Gap e voltava dez vezes por dia, e Billy não era mesmo mais tão jovem.

Ao atravessar o gramado até Cranmore Avenue, Dan avistou Fred Car-ling sentado em um banco, à sombra, na passagem entre a sede de Rivington House e Rivington House Dois. O auxiliar que uma vez deixara marcas de dedos no pobre e velho Charlie Hayes ainda trabalhava no turno da noite e continuava tão preguiçoso e mal-humorado como sempre, mas ao menos aprendera a ficar longe do Doutor Sono. Para Dan, estava ótimo assim.

Carling, que deveria entrar logo no turno, tinha uma sacola manchada de gordura do McDonald's no colo e mastigava um Big Mac. Os dois se fitaram por um instante. Ninguém disse oi. Dan achava Fred Carling um filho da puta preguiçoso, com um lado sádico, e Carling achava Dan um intrometido meti-do a santarrão, então estavam quites. Enquanto um ficasse longe do outro, tudo estava bem e continuaria bem.

Dan pegou os cafés (o de Billy com quatro saquinhos de açúcar) e atra-vessou a praça, que estava movimentada à luz dourada do fim de tarde. Os frisbes voavam. Mães e pais empurravam criancinhas nos balanços ou pega-vam-nas depois que desciam rápido pelo escorregador. Havia um jogo no cam-po de softball, garotos do YMCA de Frazier contra um time que trazia DEPAR-

TAMENTO DE RECREAÇÃO DE ANNISTON escrito nas camisas laranja. Ele viu Billy na estação de trem, em pé em um banco, polindo os cromados do *Riv.* Tudo parecia ótimo. Parecia que ele estava em casa.

*Se não for isso*, pensou Dan, *é o mais próximo que vou chegar de me sentir assim. Agora só preciso de uma mulher chamada Sally, um filho chamado Pete e um cachorro chamado Rover.*

Caminhou até a versão em miniatura de Cranmore Avenue e até a sombra da estação de Teenytown.

— Ei, Billy, eu trouxe um pouco de "açúcar com café", como você gosta.

Ao som da voz dele, a primeira pessoa a ter lhe dado uma palavra amiga na cidade de Frazier virou-se.

— Olha só que bom vizinho. Acabei de pensar que estava precisando de... Ah, que merda, caiu.

A bandeja de papelão caíra das mãos de Danny. Ele sentiu o calor do café quente se espalhando pelos tênis, mas parecia algo distante, sem importância.

Havia moscas rastejando sobre o rosto de Billy Freeman.

# 7

Billy não queria procurar Casey Kingsley na manhã seguinte, não queria tirar uma folga e *certamente* não queria consultar médico nenhum. Não parava de dizer a Dan que estava se sentindo ótimo, completa, absolutamente supimpa. Tinha até evitado o resfriado de verão que em geral o atacava em junho ou julho.

Dan, no entanto, ficara acordado durante grande parte da noite anterior e não ia aceitar uma resposta negativa. Talvez aceitasse se estivesse convencido de que era tarde demais, mas não achava que fosse. Já vira as moscas antes e aprendera a compreender seu significado. Um enxame delas — suficiente para esconder as feições de alguém por trás do véu daqueles pequenos corpos inquietos e desagradáveis — significava que não havia esperança. Mais ou menos uma dúzia significava que algo *talvez* ainda pudesse ser feito. Algumas poucas, que havia tempo. Só tinha três ou quatro no rosto de Billy.

Ele nunca vira nenhuma nos rostos dos doentes terminais no asilo.

Dan se lembrava de ter visitado a mãe, nove meses antes de ela morrer, em um dia em que ela também alegara estar se sentindo ótima, uma beleza, com tudo em cima. *O que você está olhando, Danny?,* perguntara Wendy Torrance. *Estou com alguma mancha?* Ela esfregara o nariz comicamente, sua mão passando através das centenas de moscas que lhe cobriam o rosto, do queixo aos cabelos, como um véu.

## 8

Casey estava acostumado a servir de mediador. Como bom amante da ironia, gostava de dizer às pessoas que era esse o motivo do enorme salário anual de seis dígitos que ganhava.

Primeiro escutou Dan. Depois os protestos de Billy de que não havia como se afastar de Teenytown, não no auge da temporada, com gente já fazendo fila para pegar a viagem das 8 da manhã do *Riv.* Além do mais, nenhum médico o examinaria assim tão de repente. A temporada também estava no auge para eles.

— Quando foi a última vez que você fez um checkup? — perguntou Casey depois que Billy finalmente se acalmou. Dan e Billy estavam em pé diante de sua mesa. Casey, inclinado para trás em sua cadeira, com a cabeça descansando no lugar de sempre, embaixo do crucifixo na parede, com os dedos entrelaçados sobre a barriga.

Billy parecia na defensiva.

— Acho que lá em 2006. Mas eu estava muito bem na época, Case. O médico disse que minha pressão estava dez pontos mais baixa que a dele.

O olhar de Casey se desviou para Dan. Curioso e especulativo, mas não duvidoso. Os membros do AA costumavam manter a boca fechada quando interagiam com o mundo exterior, mas nos grupos as pessoas falavam — e às vezes fofocavam — muito livremente. Casey sabia, portanto, que o talento de Dan Torrance no auxílio a pacientes terminais não era seu *único* talento. De acordo com as fofocas, Dan T. tinha certas intuições muito úteis, de vez em quando. Do tipo que não admitia nenhuma explicação fácil.

— Você e John Dalton são como unha e carne, não é? — perguntou agora a Dan. — O pediatra.

— Sim. Eu o vejo quase toda quinta à noite, em North Conway.

— Tem o telefone dele?

— Na verdade, tenho. — Dan tinha uma lista grande de contatos do AA rabiscados atrás do livrinho de anotações que Casey lhe dera e que ainda carregava.

— Ligue para ele. Diga que é importante que esse bocó aqui se consulte logo com alguém. Será que você sabe o tipo de médico de que ele precisa? Com certeza não de um pediatra, nessa idade.

— Casey... — começou Billy.

— Quieto — disse Casey, voltando a atenção para Dan. — Acho que você sabe, por Deus. São os pulmões? Parece o mais provável, do jeito que ele fuma.

Dan concluiu que já tinha ido longe demais para poder voltar agora. Suspirou e disse:

— Não, acho que é algo no intestino.

— Exceto por uma pequena indigestão, meu intestino está...

— Eu disse *quieto*. — depois, voltando a Dan: — Um médico de intestino, então. Diga a Johnny D. que é importante. — Fez uma pausa. — Será que ele vai acreditar em você?

Foi uma pergunta que Dan gostou de ouvir. Ele já ajudara vários membros do AA durante seu período em New Hampshire, e, apesar de pedir a todos eles que não comentassem com outros, sabia perfeitamente que muitos tinham comentado, e ainda comentavam. Ficou feliz em saber que não era o caso de John Dalton.

— Acho que sim.

— Certo. — Casey apontou para Billy. — Está de folga remunerada hoje. Ausência por motivo de saúde.

— O *Riv*...

— Há uma dúzia de pessoas nesta cidade que sabe conduzir o *Riv*. Vou fazer algumas ligações, depois eu mesmo vou fazer as duas primeiras viagens.

— Seu problema no quadril...

— Foda-se meu quadril. Faça o favor de sair deste escritório.

— Mas Casey, eu estou be...

— Estou me lixando se você se sente bem o bastante para ir correndo até o Lago Winnipesaukee. Você vai ao médico, e acabou.

Billy olhou para Dan, ressentido.

— Está vendo o problema em que você me meteu? Nem tomei meu café da manhã ainda.

As moscas tinham sumido naquela manhã — só que ainda estavam lá. Dan sabia que, se ele se concentrasse, poderia vê-las novamente... mas quem, em nome de Jesus, *gostaria* de fazer isso?

— Eu sei — disse Dan. — Não é tão sério, é só a vida que é uma merda. Posso usar o telefone, Casey?

— À vontade. — Casey se levantou. — Acho que vou à estação furar uns bilhetes. Você tem algum boné de condutor que caiba em mim, Billy?

— Não.

— O meu cabe — disse Dan.

## 9

Para uma organização que não anunciava sua existência, não vendia produtos e se sustentava com notas de dólar amassadas jogadas dentro de uma cesta ou boné de beisebol, o Alcoólicos Anônimos exercia uma forte e silenciosa influência que ia muito além das portas das várias salas alugadas e dos velhos porões de igreja onde funcionava. Não era uma rede de antigos colegas, Dan pensava, mas uma rede de antigos bêbados.

Ele ligou para John Dalton e John ligou para um especialista chamado Greg Fellerton. Fellerton não era do AA, mas devia um favor a Johnny D. Dan não sabia o quê, nem se importava. O que interessava era que, mais tarde naquele dia, Billy Freeman já estava em cima da mesa de exame no consultório de Fellerton, em Lewiston. Consultório que ficava a 120 quilômetros de Frazier, e Billy reclamou a viagem inteira.

— Tem certeza de que a indigestão é sua única queixa? — perguntou Dan quando pararam no pequeno estacionamento de Fellerton em Pine Street.

— É — disse Billy. Depois acrescentou, a contragosto: — Tem piorado um pouco ultimamente, mas não é nada que me tire o sono.

*Mentira*, pensou Dan, mas deixou para lá. Conseguira trazer o filho da mãe teimoso até ali, e aquela era a parte difícil.

Dan estava sentado na sala de espera, folheando uma revista de fofocas com o príncipe William e sua noiva, bonita, mas magricela, na capa, quando ouviu um grito intenso de dor vindo do corredor. Dez minutos depois, Fellerton saiu e se sentou ao lado de Dan. Olhou a capa da revista e disse:

— Esse cara pode ser o herdeiro do trono britânico, mas mesmo assim vai estar careca como uma bola de bilhar quando chegar aos 40 anos.

— Você provavelmente tem razão.

— Claro que tenho. Nos assuntos humanos, a única coisa que reina de fato é a genética. Vou mandar esse seu amigo fazer agora uma tomografia computadorizada no Central Maine General. Tenho quase certeza de que vai aparecer alguma coisa. Se eu tiver razão, marcarei uma consulta para o sr. Freeman com um cirurgião vascular e ele deve ir para a faca amanhã de manhã cedo.

— O que ele tem?

Billy vinha andando pelo corredor, apertando o cinto. Seu rosto bronzeado estava agora abatido e coberto de suor.

— Ele diz que tenho um caroço na aorta. Como um calombo em um pneu. Só que os pneus não berram quando são apertados.

— Um aneurisma — disse Fellerton. — Ah, tem uma chance de ser um tumor, mas não acho que seja. De qualquer modo, o tempo é essencial. A porcaria é do tamanho de uma bola de pingue-pongue. Foi bom você tê-lo trazido para uma consulta. Se arrebentasse em algum lugar sem um hospital por perto... — Fellerton balançou a cabeça.

## 10

A tomografia confirmou o diagnóstico de aneurisma feito por Fellerton, e às 18 horas Billy já estava na cama do hospital, parecendo desanimado. Dan sentou ao seu lado.

— Eu daria minha vida por um cigarro — disse com tristeza Billy.

— Não posso ajudá-lo nisso.

Billy suspirou.

— Já é mais que hora de parar, de qualquer jeito. Será que não vão sentir sua falta em Rivington House?

— É meu dia de folga.

— E que bela maneira de passar o dia. Vou dizer, se eles não me matarem com suas facas, amanhã de manhã, acho que vou ficar lhe devendo a minha vida. Não sei como você soube, mas se existir algo que eu possa fazer por você... e quero dizer qualquer coisa mesmo... é só pedir.

Dan pensou em quando ele desceu a escada de um ônibus interestadual, dez anos antes, para pisar em uma neve fininha como um véu de noiva. Pensou na alegria que sentiu ao ver a locomotiva vermelho vivo que rebocava *The Helen Rivington*. E como aquele velho lhe perguntara se ele gostara do trenzinho, em vez de lhe dizer para se afastar, que não era para ficar encostando. Só um pequeno gesto de simpatia, mas que lhe abrira a porta para tudo que ele possuía agora.

— Billy, sou eu quem deve a você, e muito mais do que eu jamais poderia pagar.

# 11

Ele notara uma coisa esquisita durante os anos de sobriedade. Quando algo não andava tão bem em sua vida — veio-lhe à mente a manhã de 2008, quando alguém arrebentara a janela traseira de seu carro —, ele raramente pensava em beber. Quando tudo andava bem, no entanto, a velha fissura encontrava um jeito de voltar. Naquela noite, depois de se despedir de Billy, voltando para casa, depois de deixar tudo ajustado no hospital, avistou um bar de beira de estrada chamado Cowboy Boot e sentiu um impulso quase irresistível de entrar. Para comprar um jarro de cerveja, e juntar moedas o bastante para poder alimentar o jukebox por pelo menos uma hora. Para ficar sentado ali ouvindo Jennings e Jackson e Haggard, sem falar com ninguém, sem arranjar encrenca, só ficando alto. Sentindo que o peso da sobriedade — às vezes era como se usasse sapatos de chumbo — estava sumindo. Quando só lhe restassem cinco moedas, ele ia tocar *Whiskey Bent and Hell Bound* seis vezes seguidas.

Ele passou pelo bar, virou logo depois para entrar no gigantesco estacionamento do Walmart e abriu o celular. Deixou que seu dedo pairasse acima do número de Casey, depois se lembrou da conversa difícil que tiveram no café. Talvez Casey quisesse retomar a conversa, especialmente o assunto que Dan estava escondendo. Isso o impediu de ligar.

Sentindo-se como um homem tendo uma experiência extracorpórea, voltou ao bar e estacionou nos fundos da área de terra batida. Sentiu-se bem. Também se sentiu como um homem pegando uma arma carregada e a encostando na têmpora. Sua janela estava aberta, e ele conseguia escutar uma banda que tocava ao vivo uma velha canção dos Derailers: *Lover's Lie*. Eles não eram muito ruins, e, com alguns goles no estômago, iam parecer ótimos. Haveria damas lá dentro com vontade de dançar. Damas com cachos, damas com pérolas, damas de vestido, damas de saias de caubói. Sempre havia. Imaginou o tipo de uísque que teriam em estoque, e meu Deus, meu Deus, que sede que ele sentia. Abriu a porta do carro, pôs um pé no chão, depois ficou ali sentado de cabeça baixa.

Dez anos. Dez *bons* anos que ele ia jogar fora nos próximos dez minutos. Seria fácil fazer isso. *Como mel para a abelha.*

*Todos nós temos um fundo do poço. Uma hora você terá de falar com alguém sobre o seu. Se não falar, um dia você vai se pegar em um bar, com uma bebida na mão.*

*E posso dizer que a culpa é sua, Casey*, pensou friamente. *Posso dizer que você botou essa ideia na minha cabeça enquanto tomávamos café no Sunspot.*

Havia uma seta vermelha luminosa em cima da porta e uma placa com os dizeres: JARRO 2 DÓLARES ATÉ 9 DA NOITE CERVEJA MILLER LITE ENTREM.

Dan fechou a porta do carro, abriu de novo o celular e ligou para John Dalton.

— Seu amigo está bem? — perguntou John.

— Deitadinho e pronto para sair amanhã de manhã às 7. John, estou com vontade de beber.

— *Ah, nããão!* — gritou John, em um falsete vibrato. — *Bebida*, não!

E imediatamente a vontade passou. Dan riu.

— Está certo, eu precisava disso. Mas, se você algum dia fizer de novo essa voz de Michael Jackson, eu *vou* beber.

— Você tinha que me ouvir cantando *Billie Jean*. Sou um fenômeno no caraoquê. Posse lhe pedir uma coisa?

— Com certeza. — Através do para-brisa, Dan podia ver os frequentadores do Cowboy Boot saindo e entrando; provavelmente não estavam conversando sobre Michelangelo.

— Esse dom que você tem, seja o que for... a bebida... fazia parar?

— Abafava. Sufocava-o até que ficasse lutando por ar.

— E agora?

— Como o Super-Homem, vou usar meus superpoderes para promover a verdade, a justiça e o estilo de vida americano.

— Ou seja, você não quer falar a respeito.

— Não — disse Dan. — Não quero. Quando eu era adolescente... — Ele deixou a frase morrer. Quando era adolescente, era obrigado a lutar todo dia para preservar sua sanidade. As vozes em sua cabeça eram ruins; as imagens, muitas vezes, piores. Prometera à mãe e a si mesmo que jamais beberia como o pai, mas, quando finalmente começou a beber, assim que entrou para o colegial, sentiu um alívio tão grande que tinha, de início, se arrependido de não ter começado antes. As ressacas do dia seguinte eram infinitamente melhores do que ter pesadelos a noite inteira. E tudo isso meio que o encaminhava para a questão: Quanto ele *havia* puxado ao pai? De que maneiras?

— Quando você era adolescente... o quê? — perguntou John.

— Nada. Não importa. Olha, é melhor eu ir andando. Estou no estacionamento de um bar.

— Verdade? — John parecia interessado. — Que bar?

— Um lugar chamado Cowboy Boot. Jarras de cerveja a dois dólares até 9 da noite.

— Dan.

— Sim, John.

— Conheço esse lugar, de antigamente. Se você vai jogar sua vida na privada, não faça isso aí. As mulheres são piranhas de dentes estragados e o banheiro dos homens fede a mijo mofado. O Boot é rigorosamente para quando você chegar ao fundo do poço.

Lá estava aquela frase de novo.

— Todos nós temos um fundo do poço — disse Dan. — Não temos?

— Saia daí, Dan. — John agora parecia completamente sério. — Neste exato momento. Pare de perder tempo. E fique no celular comigo até que essa grande bota de caubói de neon suma de seu retrovisor.

Dan deu partida no carro, saiu do estacionamento e voltou à Rota 11.

— Está sumindo — disse. — Sumindo... sumiu. — Sentiu um alívio indescritível. Mas também um amargo arrependimento. Quantas jarras de dois paus ele teria conseguido virar até antes das 9?

— Você não vai parar para comprar cerveja ou uma garrafa de vinho antes de voltar para Frazier, vai?

— Não. Estou bem.

— Então vejo você quinta à noite. Chegue cedo, sou eu quem vai fazer o café. Café do bom, do meu próprio estoque.

— Estarei lá — disse Dan.


# 12


Quando voltou para seu quarto na torre e acendeu a luz, havia uma nova mensagem no quadro-negro.

## Tive um dia maravilhoso!
## Sua amiga,
## ABRA

— Que bom, querida — disse Dan. — Fico feliz.

*Zihhh.* O interfone. Dan foi até ele e apertou o botão FALE.

— Oi, Doutor Sono — disse Loretta Ames. — Vi você chegando. Sei que, oficialmente, hoje é seu dia de folga, mas você não quer fazer uma visita aqui?

— A quem? O sr. Cameron ou o sr. Murray?

— Cameron. Azzie está com ele desde logo depois do jantar.

Ben Cameron estava em Rivington Um. Segundo andar. Contador aposentado de 83 anos, com insuficiência cardíaca congestiva. Um cara incrível. Bom jogador de Scrabble e um perigo no Ludo, sempre montando bloqueios que enlouqueciam seus adversários.

— Já vou — disse Dan. Ao sair, parou para olhar uma última vez para o quadro. — Boa noite, querida.

Não teve notícias de Abra pelos dois anos seguintes.

Durante esses mesmos dois anos, algo ficou adormecido na corrente sanguínea do Verdadeiro Nó. Um pequeno presente de despedida de Bradley Trevor, também conhecido como o garoto do beisebol.

SEGUNDA PARTE

# DEMÔNIOS VAZIOS

CAPÍTULO SETE

# "VOCÊ ME VIU?"

## 1

Em uma manhã de agosto de 2013, Concetta Reynolds acordou cedo em seu apartamento em um condomínio de Boston. Como sempre, a primeira coisa que notou é que não havia nenhum cachorro enrolado no canto ao lado da cômoda. Betty se fora havia anos, mas Chetta ainda sentia falta dela. Vestiu o robe e se dirigiu à cozinha, onde pretendia preparar o café da manhã. Era um percurso que ela já fizera mil vezes, e não tinha motivo de imaginar que daquela vez seria diferente. Certamente jamais passou pela sua cabeça que aquele seria o primeiro elo de uma corrente de acontecimentos ruins. Não tropeçou nem bateu em coisa alguma, diria ela à sua neta Lucy, mais tarde naquele dia. Apenas ouviu um estalo insignificante vindo mais ou menos do meio do corpo, no lado direito, e logo depois estava caída no chão com uma dor quente a percorrer sua perna, para cima e para baixo.

Ficou ali por cerca de três minutos, contemplando seu pálido reflexo no chão de madeira encerado, tentando suprimir a dor. Ao mesmo tempo, falava consigo mesma. *Sua velha burra, que nunca quis ter uma acompanhante. Faz cinco anos que David está falando que você está velha demais para morar sozinha e agora vai infernizar você com isso.*

Mas uma acompanhante ocuparia o quarto que ela havia separado para Lucy e Abra, e Chetta vivia para esperar aquelas visitas. Mais que nunca, agora que Betty havia morrido e toda sua poesia parecia já ter sido escrita. E tendo 97 ou não, ela estava se virando bem e se sentindo ótima. Tinha bons genes do lado feminino da família. Sua própria mãe não enterrara quatro maridos e sete filhos, vivendo até os 102 anos?

Embora, verdade fosse dita (ao menos para ela mesma), ela não se sentisse assim tão ótima naquele verão. Naquele verão, as coisas tinham ficado... difíceis.

Quando a dor finalmente amainou — um pouco —, ela começou a se arrastar pelo corredor curto em direção à cozinha, que agora se enchia com a luz da manhã. Percebeu que era mais difícil apreciar aquela bela luz rosada dali, do nível do chão. Cada vez que a dor se tornava intensa demais, ela parava, ofegante, e descansava a cabeça no braço magro. Durante cada uma dessas paradas para descansar, ela refletia sobre as sete idades do homem, e em como descreviam um círculo perfeito (e perfeitamente idiota). Tinha sido aquele seu modo de locomoção, muito tempo antes, durante o quarto ano da Primeira Guerra, também conhecida — que engraçado — como a guerra que acabaria com todas as guerras. Naquela época, ela era Concetta Abruzzi, que engatinhava porta afora da fazenda dos pais, em Davoli, com o intento de pegar as galinhas, que fugiam dela com facilidade. Desde então, ela tivera uma vida frutífera e interessante. Publicara vinte livros de poesia, tomara chá com Graham Greene, jantara com dois presidentes e — mais que tudo — fora brindada com uma bisneta brilhante e de estranho talento. E a que levaram todas essas coisas maravilhosas?

A mais engatinhar, isso sim. De volta às origens. *Dio mi benedica.*

Ela conseguiu chegar à cozinha e se arrastou por uma mancha retangular de sol até a pequena mesa em que fazia a maior parte de suas refeições. Seu celular estava em cima dela. Chetta agarrou e sacudiu uma perna da mesa até o celular escorregar para a borda e cair. E, *meno male*, sem quebrar. Ela teclou o número indicado para quando uma merda assim acontecia, e então ficou esperando enquanto uma voz gravada resumia todo o absurdo do século XXI, dizendo-lhe que a ligação estava sendo gravada.

E, finalmente, graças a Deus, uma voz humana de verdade.

— Aqui é o 911, qual é sua emergência?

A mulher no chão, que já engatinhara atrás de galinhas no sul da Itália, falou de modo claro e coerente, apesar da dor.

— Meu nome é Concetta Reynolds e moro no terceiro andar de um prédio de condomínio, no 219 de Marlborough Street. Acho que quebrei o quadril. Vocês podem mandar uma ambulância?

— Tem alguém aí com a senhora, sra. Reynolds?

— Por azar meu, não. Você está falando com uma velha burra que teimava em dizer que estava ótima e podia morar sozinha. Aliás, hoje em dia prefiro ser chamada de *senhorita*.

## 2

Lucy recebeu a ligação da avó logo antes de Concetta ser levada à sala de operação.

— Quebrei o quadril, mas dá para consertar — contou para Lucy. — Acho que colocam pinos e coisas assim.

— Momo, você caiu? — Lucy primeiro pensou em Abra, que estava em uma colônia de férias de verão, ainda a uma semana de voltar para casa.

— Ah, caí, mas a fratura que *provocou* a queda foi totalmente espontânea. Parece que é bastante comum em gente da minha idade, e como tem muito mais gente da minha idade do que costumava ter, os médicos estão acostumados. Você não precisa vir correndo, mas acho que vai querer vir logo. Parece que teremos de conversar sobre vários assuntos.

Lucy sentiu um frio na boca do estômago.

— Que tipo de assuntos?

Agora que estava entupida de Valium, morfina, ou sabe-se lá o que lhe deram, Concetta se sentia bastante serena.

— Parece que o quadril quebrado é o meu menor problema — explicou ela. Não levou muito tempo para contar tudo. — Não diga a Abra, *cara*. Recebi dezenas de e-mails dela, até mesmo uma *carta* de verdade, e parece que ela está gostando muito da colônia de férias. Terá tempo de sobra depois para descobrir que sua velha Momo está girando em torno do ralo.

Lucy pensou: *Se você realmente acha que eu preciso contar...*

— Consigo adivinhar o que está pensando, *amore*, sem ser uma sensitiva, mas quem sabe desta vez as más notícias não cheguem até ela.

— Talvez — disse Lucy.

Mal Lucy desligou e o telefone tocou de novo.

— Mãe? Mamãe? — Era Abra, chorando. — Quero ir para casa. Momo está com câncer e eu quero ir para casa.

## 3

Depois de sua volta precipitada para casa, de Camp Tapawingo, no Maine, Abra teve uma ideia de como devia ser ficar se revezando entre pais divorciados. Ela e a mãe passaram as últimas duas semanas de agosto e a primeira de setembro no apartamento de Chetta, em Marlborough Street. A mulher se recuperara muito bem da cirurgia no quadril, mas resolvera não ficar muito tempo no hospital, nem fazer qualquer tipo de tratamento contra o câncer no pâncreas que os médicos haviam descoberto.

— Nada de remédios, quimioterapia; 97 anos já bastam. Quanto a você, Lucia, eu me recuso a deixar que você passe os próximos seis meses me trazendo refeições, remédios e a comadre. Você tem uma família, e eu posso pagar acompanhamento 24 horas.

— Você não vai passar o final da sua vida com desconhecidos — disse Lucy, falando com sua voz de absoluta autoridade. Era aquele tom contra o qual Abra e seu pai sabiam que não adiantava discutir. Nem mesmo Concetta conseguia.

Não houve discussão sobre a estada de Abra; em 9 de setembro ela devia começar o oitavo ano na escola Anniston. Era o ano sabático de David Stone, que ele usava para escrever um livro em que comparava a loucura dos anos 1920 aos badalados anos 1960, e assim — como muitas meninas que haviam compartilhado com ela a colônia de férias em Camp Tap — ela passou a ir e vir, para lá e para cá, de um dos pais para o outro. Durante a semana, ficava com o pai. No fim de semana, ia a Boston para ficar com a mãe e Momo. Ela pensou que as coisas não podiam ficar piores... mas sempre podem, e geralmente ficam.

4

A despeito de agora trabalhar em casa, David Stone jamais se dava ao trabalho de descer a entrada e apanhar a correspondência. Alegava que o correio dos Estados Unidos era uma burocracia que se autoperpetuava e que deixara de ter qualquer importância por volta da virada do século. Vez por outra surgia um pacote, às vezes livros que encomendara para auxiliar seu trabalho, na maioria das vezes algo que Lucy comprara de algum catálogo, mas, tirando isso, dizia, era tudo lixo.

Quando Lucy estava em casa, ela ia buscar a correspondência na caixa ao lado do portão e examinava o conteúdo durante o café que tomava no meio da manhã. A maior parte *era* porcaria que ia diretamente para aquilo que David chamava arquivo circular. Mas ela não estava em casa naquele início de setembro, por isso era Abra — agora, para todos os efeitos, a mulher da casa — quem verificava a caixa ao descer do ônibus do colégio. Ela também lavava os pratos, colocava as roupas na máquina duas vezes por semana e passava o aspirador na casa, caso se lembrasse. Cumpria essas tarefas sem reclamar porque sabia que a mãe estava ajudando Momo e que o livro do pai era muito importante. Ele tinha dito que aquele era POPULAR, e não ACADÊMICO. Se fizesse sucesso, ele talvez pudesse deixar de ensinar e escrever em período integral, ao menos por algum tempo.

Naquele dia, 17 de setembro, a caixa de correio continha uma circular do Walmart, um cartão-postal anunciando a inauguração de uma nova clínica odontológica na cidade (GARANTIMOS SORRISOS ATÉ NÃO PODER MAIS!) e dois panfletos em papel brilhante de corretores locais vendendo diárias no resort de esqui Mount Thunder.

Tinha também um jornaleco local, desses que entulham as caixas de correio, chamado *The Anniston Shopper*. Publicava algumas reportagens sindicalizadas nas duas primeiras páginas e poucas reportagens locais (principalmente sobre esportes) no miolo. O resto era composto de anúncios e cupons de promoções. Se estivesse em casa, Lucy teria guardado alguns destes e jogado o resto do *Shopper* na caixa do lixo reciclável. Sua filha jamais o veria. Neste dia, com Lucy ausente em Boston, Abra viu.

Ela o folheou ao subir devagar a entrada, depois o virou do outro lado. Na página de trás havia quarenta ou cinquenta fotos que não eram maiores que selos, a maioria coloridas, algumas em preto e branco. Acima, o cabeçalho.

## VOCÊ ME VIU?
### Um serviço semanal de seu *Anniston Shopper*

Abra achou por um instante que fosse algum tipo de competição, como uma caça ao tesouro. Depois percebeu que eram crianças desaparecidas, e foi como se uma mão tivesse agarrado o revestimento macio de seu estômago e torcido como a um pano de chão. Ela havia comprado um pacote de biscoitos na cantina, durante o almoço, e os guardara para a viagem de ônibus. Agora sentiu que aquela mão estava fazendo um bolo deles subir até sua garganta.

*Não olhe se incomodar,* disse para si mesma. Era a voz severa e didática que ela muitas vezes usava quando estava aborrecida ou confusa (parecida com a voz de Momo, embora ela jamais o tivesse percebido conscientemente). *Simplesmente jogue essa porcaria na lata de lixo da garagem com o resto dessa meleca.* Só que ela parecia incapaz de *não* olhar aquilo.

Ali estava Cynthia Abelard, nascida em 9 de junho de 2005. Então Cynthia teria agora 8 anos. Isso se ainda estivesse viva. Estava desaparecida desde 2009. *Como pode alguém perder uma criança de 4 anos?,* Abra se perguntou. *Ela devia ter pais bem ruins.* Mas é claro que os pais não deviam tê-la *perdido.* Provavelmente algum maluco devia estar passando pela vizinhança e, percebendo a oportunidade, a sequestrou.

Ali estava Merton Askew, nascido em 4 de setembro de 1998. Sumira em 2010.

Mais ou menos na metade da página havia uma menininha hispânica bonitinha chamada Angel Barbera, que desaparecera de sua casa, em Kansas City, aos 7 anos e já estava sumida havia nove. Abra pensou se seus pais realmente achavam que aquela pequena foto ia ajudar a encontrá-la. E se conseguissem, será que ainda a conheceriam? Aliás, será que *ela os* conheceria?

*Se livre disso*, disse a voz de Momo. *Você já tem muito com que se preocupar sem ficar olhando para um monte de crianças des...*

Seu olhar encontrou uma foto na última fileira, e um pequeno som escapou dela. Provavelmente um gemido. De início, ela nem soube por que, embora quase soubesse; era como às vezes acontecia de você saber a palavra que queria usar na sua redação, e ainda assim não conseguir encontrá-la, e a maldita ficar ali na ponta da língua.

Essa foto era de um garoto branco, de cabelo curto e um grande sorriso abobado. Parecia que tinha sardas no rosto. A foto era muito pequena para se saber com certeza, mas

(*são sardas, você sabe que são*)

Abra tinha certeza, de qualquer maneira. Sim, eram sardas e os irmãos mais velhos dele implicavam por causa delas e a mãe lhe dissera que iam sumir com o tempo.

— Ela disse a ele que sardas dão sorte — sussurrou Abra.

*Bradley Trevor, nascido em 2 de março de 2000. Desaparecido desde 12 de julho de 2011. Raça: caucasiana. Local: Bankerton, Iowa. Idade atual: 13.* E abaixo delas — abaixo dessas fotos de crianças, cuja maioria sorria: *Se você acha que viu Bradley Trevor, entre em contato com o Centro Nacional de Crianças Exploradas & Desaparecidas.*

Só que ninguém ia entrar em contato por causa de Bradley, porque ninguém ia vê-lo. Sua idade atual também não era 13. Bradley Trevor tinha parado nos 11. Parara como um relógio de pulso quebrado que mostra a mesma hora 24 horas por dia. Abra se pegou pensando se as sardas desbotavam debaixo da terra.

— O garoto do beisebol — sussurrou.

Havia flores ladeando a entrada da garagem. Abra se curvou, com as mãos nos joelhos, a mochila de repente pesada demais nas costas, e vomitou os biscoitos e a parte não digerida do almoço em cima dos cardos da mãe. Quando teve certeza de que não ia vomitar de novo, foi até a garagem e jogou a correspondência no lixo. *Toda* a correspondência.

Seu pai tinha razão, era lixo.

# 5

A porta do pequeno cômodo que seu pai usava como escritório estava aberta, e quando Abra parou na pia da cozinha a fim de pegar um copo d'água para tirar da boca o gosto azedo dos biscoitos de chocolate, ela ouviu o teclado do computador do pai clicando incessantemente. Aquilo era bom. Quando aquele som diminuía de velocidade ou parava totalmente, seu pai tendia a ficar ranzinza. E também mais propenso a notá-la. E hoje ela não queria ser notada.

— Abba-Du, é você? — seu pai quase cantarolou.

Normalmente ela teria lhe pedido para fazer o *favor* de parar de usar aquele apelido de criancinha, mas hoje não.

— Sim, sou eu.

— Foi bem no colégio hoje?

O *clique-clique* constante tinha parado. *Por favor, não venha aqui*, rezou Abra. *Não venha aqui e não olhe para mim nem me pergunte por que estou tão pálida ou algo assim.*

— Ótimo. Como vai o livro?

— Estou em um dia ótimo — respondeu. — Estou escrevendo sobre o Charleston e o Black Bottom. Vo-dou-di-oh-dou. — O que quer que *aquilo* significasse. O importante era que o *clique-clique-clique* recomeçara. Graças a Deus.

— Maravilha — disse ela, lavando o copo e pondo-o no escorredor. — Vou subir para fazer o dever de casa.

— Essa é a minha garota. Pense em Harvard em 2018.

— Está bem, pai.

E talvez ela pensasse. Qualquer coisa para não pensar em Bankerton, Iowa, em 2011.

# 6

Só que ela não conseguia parar.

Porque...

Porque o quê? Porque por quê? Porque... bem...

*Porque tem coisas que eu posso fazer.*

Ela conversou durante algum tempo com Jessica pela internet, mas então Jessica foi ao shopping em North Conway para jantar com os pais no Panda Garden, por isso Abra abriu o livro de Estudos Sociais. Pretendia ir para o capítulo quatro, vinte páginas bastante chatas intituladas "Como funciona o nosso governo", mas, em vez disso, o livro se abriu sozinho no capítulo cinco: "Suas responsabilidades de cidadão."

Ah, meu Deus, se havia uma palavra que ela não queria ver na frente naquela tarde era *responsabilidade*. Foi ao banheiro para pegar outro copo d'água porque ainda sentia um gosto ruim na boca e se percebeu olhando para as próprias sardas no espelho. Havia exatamente três, uma na bochecha esquerda e duas no nariz. Nada mal. Ela tivera sorte quanto às sardas. Também não tinha uma mancha de nascença, como Bethany Stevens, ou era vesga como Norman McGinley, ou gaga como Ginny Whitlaw, ou tinha um nome horrível como o pobre e zoado Pence Effersham. Abra era um pouco esquisito, claro, mas Abra era bom, as pessoas achavam interessante, em vez de apenas estranho, como Pence, que era conhecido entre os garotos (mas as garotas sempre davam um jeito de descobrir essas coisas) como Pence, o pênis.

*E a melhor parte é que eu não fui esquartejada por gente maluca que não deu a mínima quando gritei e supliquei a eles que parassem. Não tive de ver alguns desses malucos lambendo o meu sangue da palma da mão antes que eu morresse. Abba-Du é uma sortuda.*

Mas talvez não tão sortuda assim. Sortudas não precisavam saber de coisas que não eram da conta delas.

Ela baixou a tampa da privada e sentou em cima dela, chorando baixinho, com as mãos tapando o rosto. Ser obrigada a pensar de novo em Bradley Trevor e na maneira como ele morreu já era bastante ruim, mas não era só ele. Era preciso pensar em todos aqueles outros garotos, tantos que encheram a última página do *Shopper*, como uma reunião de escola infernal. Todos aqueles sorrisos desdentados e olhos que conheciam o mundo ainda menos que Abra, e o que *ela* conhecia? Nem mesmo "como funciona o nosso governo".

O que pensavam os pais dessas crianças desaparecidas? Como continuavam a viver suas vidas? Será que Cynthia ou Merton ou Angel era a primeira coisa em que eles pensavam de manhã e a última coisa em que pensavam à noite? Será que mantinham seus quartos arrumados, para o caso de voltarem para casa, ou davam todos os seus brinquedos e roupas para a caridade? Abra ouvira dizer que foi o que os pais de Lennie O'Meara haviam feito, depois que ele caiu de uma árvore, bateu a cabeça em uma pedra e morreu. Lennie O'Meara que tinha chegado ao quinto ano e aí simplesmente... parou. Mas é claro que os pais de Lennie *sabiam* que ele estava morto, havia um túmulo onde podiam colocar flores, e talvez isso tornasse a coisa diferente. Talvez não, mas Abra achava que sim. Porque senão você ficaria imaginando, não ficaria? Enquanto tomasse o café da manhã, ficaria imaginando se o seu desaparecido

(*Cynthia Merton Angel*)

também estava tomando café da manhã em algum lugar, ou colhendo laranjas com uma turma de imigrantes, ou o que fosse. No fundo da sua mente, você teria bastante certeza de que ele ou ela estava morto, o que acontecia com a maioria deles (bastava assistir ao jornal das 6 para saber), mas você não teria certeza.

Não havia nada que ela pudesse fazer a respeito da incerteza dos pais de Cynthia Abelard ou Merton Askew ou Angel Barbera; ela não tinha ideia do que havia acontecido a eles, mas o mesmo não valia para Bradley Trevor.

Ela quase o havia esquecido, então aquele *jornal* idiota... aquelas *fotos* idiotas... provocaram a volta daquilo, coisas que ela nem sabia que sabia, como se as fotos tivessem sido desenterradas de seu subconsciente...

E as coisas que ela podia fazer. Coisas que nunca contara aos pais porque eles ficariam preocupados, assim como achava que se preocupariam se soubessem que ela ficara com Bobby Flannagan — só um pouquinho, nada de beijos de língua ou coisas nojentas assim — um dia, depois do colégio. Era algo que eles não *iam querer* saber. Abra sabia (e ela não estava inteiramente errada, apesar de não haver nenhuma telepatia nisso) que na cabeça de seus pais ela congelara aos 8 anos, e provavelmente a coisa ficaria assim, pelo menos até que ela tivesse seios, o que certamente ainda não era o caso — ao menos nada que se notasse.

Por enquanto, eles nem tinham tido A CONVERSA com ela. Julie Vandover disse que era quase sempre a mãe que falava disso, mas a única coisa de que Lucy falara para Abra, nos últimos tempos, fora sobre a importância de tirar o lixo toda quinta-feira de manhã, antes da chegada do ônibus.

— Não lhe pedimos para fazer muitas tarefas — dissera Lucy. — E neste outono é especialmente importante que todo mundo coloque a mão na massa.

Momo ao menos chegara perto de ter A CONVERSA. Na primavera, ela um dia puxara Abra de lado e dissera:

— Você sabe o que os garotos querem das meninas, quando chegam à sua idade?

— Sexo, acho — dissera Abra... embora o tímido e apressado Pence Effersham só parecesse querer seus biscoitos, ou que lhe emprestasse uma moeda para botar na máquina de refrigerante, ou lhe contar quantas vezes ele havia visto *Os Vingadores*.

Momo balançara a cabeça.

— Não dá para culpar a natureza humana, ela é assim mesmo, mas não faça nada com eles. Ponto final. Fim de papo. Você pode repensar as coisas quando tiver 19 anos, se quiser.

Aquilo havia sido meio constrangedor, mas ao menos claro e direto. Não havia clareza nenhuma nas coisas em sua cabeça. Aquela era a *sua* mancha de nascença, invisível, mas real. Os pais não falavam mais naquela loucura que acontecera quando ela era criança. Talvez achassem que o que causara aquilo já passara quase totalmente. Claro, ela soubera que Momo estava doente, mas não era igual à maluquice da música no piano, ou de abrir a água no banheiro, ou aquilo na festa de aniversário (que ela mal lembrava) quando ela pendurou colheres em todo o teto da cozinha. Ela apenas aprendera a controlar. Não totalmente, mas em grande parte.

E aquilo mudara. Ela agora raramente via coisas antes de acontecerem. Ou mudava coisas do lugar. Quando tinha 6 ou 7 anos, podia se concentrar na pilha de seus livros escolares e levantá-los até o teto. Nada de mais. Mamão com açúcar, como dizia Momo. Agora, mesmo quando se tratava de um só livro, tinha que se concentrar até parecer que seu cérebro ia espirrar pelos ouvidos e ainda assim talvez só conseguisse movê-lo poucos centímetros acima da mesa. Isso em um dia bom. Em muitos, não conseguia nem passar as páginas.

Mas havia outras coisas que ela *podia* fazer, e em muitos casos melhor do que quando era criança. Olhar dentro da cabeça das pessoas, por exemplo. Não conseguia fazer isso com todo mundo — algumas pessoas eram inteiramente fechadas, outras soltavam lampejos intermitentes —, mas muita gente parecia uma janela sem a privacidade da cortina. Ela podia olhar para dentro quando quisesse. Geralmente não tinha vontade de fazer isso, porque as coisas que descobria às vezes eram tristes, muitas vezes chocantes. Descobrir que a sra. Morgan, sua querida professora do sexto ano, estava tendo UM CASO havia sido a coisa mais perturbadora até agora, e não em um bom sentido.

Atualmente ela mantinha a parte *vidente* de sua cabeça quase sempre fechada. Aprender a fazer isso fora difícil, no início, como aprender a andar de skate de costas ou escrever com a mão esquerda, mas Abra *tinha* aprendido. A prática não levara à perfeição (pelo menos ainda não), mas com certeza ajudou. Ela às vezes ainda olhava, mas sempre com cuidado, pronta para recuar diante do primeiro sinal de algo esquisito ou repugnante. E ela *jamais* olhava dentro da cabeça dos pais, ou de Momo. Teria sido errado. Provavelmente era errado com todo mundo, mas, como a própria Momo dissera: a

188

natureza humana não tem culpa, e não havia nada de mais humano que a curiosidade.

Às vezes, ela conseguia fazer com que as pessoas fizessem coisas. Nem todo mundo, nem mesmo *metade* das pessoas, mas muita gente era *bastante* suscetível à sugestão. (Provavelmente as mesmas pessoas que achavam que aquele negócio que vendiam na TV ia mesmo sumir com suas rugas e lhes devolver o cabelo.) Abra sabia que era um talento que podia ser desenvolvido, se o exercitasse como um músculo, mas não fazia isso. Tinha medo.

Havia outras coisas também, para as quais ela não tinha nome, mas aquela em que pensava agora tinha. Ela a chamava de visão a distância. Como os outros aspectos de seu talento especial, aquilo ia e voltava, mas, se ela quisesse de verdade — e se tivesse um objeto no qual se fixar —, geralmente conseguia evocá-la.

*Eu podia fazer isso agora.*

— Cale a boca, Abba-Du — disse ela em uma voz baixa e dura. — Cale a boca, Abba-Du-Du.

Ela abriu *Álgebra elementar* na página do dever de casa daquele dia, que ela marcara com uma folha de papel na qual havia escrito os nomes Boyd, Steve, Cam e Pete, pelo menos vinte vezes cada um. Juntos, eles formavam a 'Round Here, sua boy band favorita. *Tão* lindos, especialmente Cam. Sua melhor amiga, Emma Deane, também achava. Aqueles olhos azuis, o cabelo louro bagunçado.

*Talvez eu pudesse ajudar. Os pais dele vão ficar tristes, mas pelo menos vão saber.*

— Cale a boca, Abba-Du. Cale a boca, Abba-Du-Du-Chata.

*Se 5x − 4 = 26, qual o valor de x?*

— Sessenta zilhões! — respondeu ela. — Quem se importa?

Seu olhar recaiu sobre os nomes dos garotos bonitinhos que formavam a 'Round Here, escritos com a caligrafia arredondada que ela e Emma adotavam ("a escrita fica mais romântica assim", decretara Emma), e de repente todos pareceram idiotas, infantis e errados. *Eles o cortaram em pedaços, lamberam seu sangue e fizeram algo ainda pior com ele.* Em um mundo em que coisas como aquela podiam acontecer, ficar curtindo uma banda de garotos era mais do que errado.

Abra fechou o livro com força, desceu para o primeiro andar (o *clique-clique-clique* continuava incessante no escritório do pai) e foi até a garagem. Recuperou o *Shopper* do lixo, levou para seu quarto no segundo andar e desamassou o jornal em cima da mesa.

Todos aqueles rostos, mas agora ela só se importava com um.

# 7

Seu coração martelava rápido, rápido. Ela já tinha ficado assustada antes, quando tentara ver a distância ou ler pensamentos de propósito, mas jamais tivera tanto medo. Nem de longe.

*O que você vai fazer se descobrir?*

Era um problema para depois, porque talvez não conseguisse descobrir nada. Uma parte covarde e medrosa de sua mente esperava por isso.

Abra colocou os dois primeiros dedos da mão esquerda na foto de Bradley Trevor porque sua mão esquerda enxergava melhor. Gostaria de botar todos os dedos em cima dela (se fosse um objeto, ela teria segurado), mas a foto era pequena demais. Quando colocou os dedos, não conseguiu mais ver a foto. Mas conseguia. Via muito bem.

Olhos azuis, como os de Cam Knowles do 'Round Here. Não dava para perceber pela foto, mas tinham a mesma tonalidade azul profunda. Ela *sabia*.

*Destro como eu. Mas também canhoto como eu. Era a mão esquerda que adivinhava o arremesso que ia vir, rápido ou de efeito...*

Abra suspirou. O garoto do beisebol *sabia* das coisas.

O garoto do beisebol tinha sido realmente parecido com ela.

*Sim, é isso mesmo. Foi por isso que o pegaram.*

Ela fechou os olhos e viu o rosto dele. Bradley Trevor. Brad, para os amigos. O garoto do beisebol. Às vezes ele virava o boné para trás, porque assim ficava parecendo boné de beisebol. Seu pai era fazendeiro. A mãe fazia tortas que vendia em um restaurante local e também na barraca de produtos agrícolas da família. Quando o irmão mais velho foi para a universidade, Brad pegou todos os discos dele do AC/DC. Ele e o melhor amigo, Al, gostavam especialmente da canção *Big Balls*. Costumavam sentar na cama de Brad e cantar juntos, dando risadas e mais risadas.

*Ele caminhou pelo milharal e o homem estava esperando por ele. Brad pensou que fosse um cara legal, um dos bons, porque o homem...*

— Barry — sussurrou Abra em voz baixa. Sob as pálpebras fechadas, seus olhos se moviam para lá e para cá, como alguém adormecido tendo um sonho vívido. — O nome dele era Barry Tapa. Ele enganou você, não foi, Brad?

Mas não foi apenas Barry. Se fosse apenas ele, Brad teria sabido. Só podia ter sido toda a turma das lanternas junta, enviando o mesmo pensamento de que não fazia mal entrar no caminhão ou trailer de Barry Tapa, porque Barry era legal. Um cara bom. Amigo.

E eles o pegaram...

Abra foi mais fundo. Não deu importância ao que Brad havia visto, porque ele só vira um tapete cinza. Foi amarrado com fita e ficou deitado de bruços no veículo que Barry Sina dirigia. Mas tudo bem. Agora que ela estava sintonizada, podia ver para além dele. Podia ver...

*A luva dele. Uma luva de beisebol Wilson. E Barry Sina...*

Então essa parte fugiu. Podia ser que surgisse de novo, ou não.

Era noite. Ela podia sentir cheiro de esterco. Havia uma usina. Um tipo de usina

(*falida*)

e havia uma longa fileira de veículos indo para lá, alguns pequenos, a maioria grande, e dois enormes. Os faróis estavam desligados para ninguém ver, mas havia uma lua crescente, quase cheia. Luz suficiente para garantir a visibilidade. Desceram uma estrada de asfalto, esburacada e cheia de calombos, passaram por uma torre de caixa-d'água, um galpão de telhado quebrado, um portão aberto e enferrujado, uma placa. Passaram tão rápido que não deu para ela ler. Depois a usina. Uma usina falida, com chaminés semidestruídas e janelas quebradas. Havia outra placa e essa ela *conseguiu* ler, graças ao luar: PROIBIDA A ENTRADA DE ESTRANHOS POR ORDEM DO XERIFE DE POLÍCIA DO MUNICÍPIO DE CANTON.

Eles estavam dando a volta até os fundos e, quando chegassem lá, iam machucar Bradley, o garoto do beisebol, e continuariam com aquilo até que ele morresse. Abra não queria ver essa parte, por isso fez tudo retroceder. Foi um pouco difícil, como abrir um jarro com tampa muito apertada, mas ela conseguiu. Quando regressou até o ponto em que queria, deixou correr.

*Barry Sina gostou da luva porque lembrava sua infância. Por isso a experimentou. Experimentou e cheirou o óleo que Brad passara para evitar que ela ficasse dura e a calçou e bateu com o punho algumas vezes na palma da...*

Mas agora as coisas se desenrolaram e ela voltou a se esquecer da luva de beisebol de Brad.

Torre da caixa-d'água, galpão com telhado quebrado. Portão enferrujado. E depois a primeira placa. O que dizia?

Nada. Ainda estava rápido demais, mesmo com o luar. Ela rebobinou de novo (agora gotas de suor brotavam em sua testa) e deixou que se desenrolasse. Torre da caixa-d'água. Galpão de telhado quebrado. *Preste atenção, aí vem ela.* Portão enferrujado. Então a placa. Desta vez pôde ler, embora não tivesse certeza de ter compreendido.

Abra pegou a folha de papel em que havia rabiscado todos aqueles nomes idiotas dos meninos e virou-a. Rápido, antes que esquecesse, escreveu tudo que vira naquela placa: INDÚSTRIAS ORGÂNICAS e USINA DE ETANOL #4 e FREE-MAN, IOWA e FECHADA ATÉ SEGUNDA ORDEM.

Bom, agora ela sabia onde eles o haviam matado e onde — tinha certeza — o enterraram, com luva de beisebol e tudo. E agora? Se ela ligasse para o número das Crianças Exploradas & Desaparecidas, eles iam ouvir uma voz de criança e não lhe dariam atenção... Exceto, talvez, para dar o telefone dela à polícia, que provavelmente a prenderia por tentar passar trotes em gente que já estava tão triste e infeliz. Depois pensou na mãe, mas, com Momo doente e prestes a morrer, estava fora de cogitação. A mãe já tinha muito com que se preocupar.

Abra foi à janela e olhou para a rua, para a loja de conveniência Lickety--Split na esquina (que a garotada mais velha chamava de Lickety-Spliff, por causa de toda a droga que era fumada atrás dela, onde ficavam as caçambas de lixo) e para as White Mountains espetando o céu azul límpido do final do verão. Ela começara a esfregar a boca, um tique ansioso do qual seus pais vinham tentando livrá-la, mas eles não estavam ali, então buu para isso. Buu para *tudo* isso.

*Papai está ali embaixo.*

Ela não queria contar a ele também. Não porque ele tinha que terminar o livro, mas porque não ia querer se envolver em algo assim, mesmo se acreditasse nela. Abra não precisava ler sua mente para saber.

Então, quem?

Antes que ela fosse capaz de pensar na resposta lógica, o mundo fora da janela começou a revolver, como se estivesse sobre um gigantesco disco. Um pequeno grito escapou de seus lábios enquanto ela segurava as laterais da janela, se agarrando às cortinas. Aquilo já havia acontecido antes, sempre sem aviso, e toda vez ela ficava apavorada, porque era como ter uma convulsão. Ela não estava mais no próprio corpo, passara a *existir* a distância em vez de *ver* a distância. E se não conseguisse voltar?

A velocidade da rotação diminuiu, e então parou. Agora, em vez de estar em seu quarto, ela estava no supermercado. Sabia disso porque estava diante do balcão de carnes. Em cima dele (esta placa era fácil de ler, graças às lâmpadas fluorescentes azuis) lia-se a promessa: NO SAM'S TODA CARNE É DE PRIMEIRA! Por um instante, o balcão de carnes chegou mais perto, porque o disco giratório tinha feito Abra escorregar para dentro de alguém que estava andando. Andando e *comprando*. Barry Sina? Não, não era ele, embora estivesse perto; Barry tinha sido o jeito como ela *chegara* ali. Só que ela fora desviada dele por alguém muito mais poderoso. Abra podia ver um carrinho entulhado de compras na parte de baixo de seu campo visual. Então o movimento para a frente parou e houve essa sensação, essa

(*de ser espionada, investigada*)

sensação louca de que alguém estava DENTRO DELA, e Abra de repente percebeu que daquela vez não estava sozinha no disco giratório. Ela olhava para um balcão de carnes no final de um corredor de supermercado, e a outra pessoa olhava pela janela para a Richland Court e as White Mountains mais além.

Houve uma explosão de pânico dentro dela: como se alguém tivesse derramado gasolina em uma fogueira. Nenhum ruído escapou de seus lábios, apertados com tanta força que a boca parecia apenas uma linha, mas dentro de sua cabeça ela soltou um grito mais alto do que qualquer um que ela jamais pensara ser capaz de dar:

(*NÃO! SAIA DA MINHA CABEÇA!*)

## 8

Quando David sentiu a casa estremecer e viu o lustre do seu escritório balançando na ponta do fio, seu primeiro pensamento foi

(*Abra*)

que sua filha tivera mais um de seus ataques psíquicos, embora nenhuma daquelas merdas telecinéticas acontecesse havia muitos anos, e jamais tinha acontecido algo assim. Quando as coisas se acalmaram, seu segundo pensamento — que achou muito mais sensato — foi que ele havia passado pelo seu primeiro terremoto em New Hampshire. Sabia que eles aconteciam de vez em quando, mas... uau!

Levantou-se da mesa (sem se esquecer de clicar SALVAR antes) e correu para o corredor. Do pé da escada, gritou:

— Abra. Você sentiu isso?

Ela saiu do quarto, parecendo pálida e assustada.

— Sim, mais ou menos... Eu... acho que...

— Foi um terremoto — disse David, sorrindo. — Seu primeiro terremoto! Não é legal?

— Sim — disse Abra, sem parecer muito entusiasmada. — Legal.

Ele olhou pela janela da sala de visitas e viu as pessoas em suas varandas e gramados. Seu amigo Matt Renfrew estava entre eles.

— Vou atravessar a rua para falar com Matt, querida. Quer vir comigo?

— Acho melhor acabar meu dever de matemática.

David foi até a porta, depois se virou e olhou para ela, lá em cima.

— Você não está com medo, está? Não precisa ter medo. Já passou.

Bem que Abra queria que tivesse passado.


## 9


Rose, a Cartola, fazia compras em dobro, porque Vovô Flick estava se sentindo mal de novo. Ela avistou outros membros do Nó no Sam's e acenou para eles. Parou um pouco na seção de enlatados para conversar com Barry China, que tinha a lista que sua mulher fizera na mão. Barry estava preocupado com Flick.

— Ele vai dar a voltar por cima — disse Rose. — Você conhece o Vovô.

Barry sorriu.

— Mais duro que uma coruja cozida.

Rose fez que sim com a cabeça e recomeçou a empurrar o carrinho.

— Pode apostar.

Era apenas uma tarde comum no supermercado, e, ao se despedir de Barry, de início ela interpretou o que estava lhe acontecendo como algo corriqueiro, talvez uma baixa de açúcar no sangue. Era propensa a essas baixas e geralmente levava algum doce na bolsa. Mas então se deu conta de que havia alguém dentro de sua cabeça. Alguém estava *observando*.

Rose não conquistara sua posição no Verdadeiro Nó por ser indecisa. Ela parou, com o carrinho apontando na direção do balcão de carnes (para onde queria ir), e pulou imediatamente no canal que alguma pessoa intrometida e potencialmente perigosa havia estabelecido. Não era nenhum membro do Nó; ela teria reconhecido qualquer um deles de imediato, mas também não era um camponês comum.

Não, aquilo estava muito longe de ser comum.

O supermercado girou e, de repente, ela passou a contemplar uma serra. Não eram as Montanhas Rochosas, senão ela as teria reconhecido. Aquelas eram menores. Catskills? Adironback? Podia ser qualquer uma das duas, ou alguma outra. Quanto ao espião... Rose achava que era uma criança. Quase sem dúvida uma menina, e alguém que ela já encontrara antes.

*Preciso ver como ela é, depois posso encontrá-la quando quiser. Preciso fazê-la olhar em um espe...*

Mas, então, um pensamento alto como um tiro de espingarda em um quarto fechado

(*NÃO! SAIA DA MINHA CABEÇA!*)

varreu completamente sua cabeça e arremessou-a, cambaleante, nas prateleiras de sopas e legumes enlatados. Eles cascatearam para o chão, rolando em todas as direções. Por um instante, Rose pensou que ia segui-los, desmaiar como uma heroína ingênua de novela romântica. Depois voltou a si. A menina cortara a conexão de maneira um tanto espetacular.

Seu nariz estava sangrando? Esfregou-o com a mão para conferir. Não. Que bom.

Um dos empregados veio correndo.

— A senhora está bem?

— Ótima. Só fiquei um pouco tonta por um momento. Provavelmente por causa do dente que arranquei ontem. Já passou. Fiz uma bagunça, não fiz? Desculpe. Que bom que foram latas e não garrafas.

— Não tem problema, problema nenhum. A senhora quer ir lá para a frente e sentar um pouco?

— Não precisa — disse Rose. E não era, mas encerrara as compras naquele dia. Empurrou o carrinho por mais dois corredores e o largou ali.


# 10

Ela dirigira seu Tacoma (velho, mas confiável) desde o camping na serra, a oeste de Sidewinder, e depois que entrou no carro tirou o telefone da bolsa e teclou um número na discagem rápida. O toque ecoou do outro lado apenas uma vez.

— O que é que há, querida Rose? — Era Pai Corvo.

— Temos um problema.

É claro que também era uma oportunidade. Uma garota com tanto vapor na caldeira, capaz de explodir daquele jeito — e não só encontrar Rose, como arremessá-la, cambaleante —, não era apenas uma cabeça de vapor, mas o achado do século. Ela se sentiu como o Capitão Ahab, avistando sua grande baleia branca pela primeira vez.

— Me conte. — Agora em um tom de negócios.

— Pouco mais de dois anos atrás. O garoto de Iowa. Lembra?

— Claro.

— Lembra também que eu lhe disse que tínhamos uma espiã?

— Sim. Na Costa Leste. Você disse que era provavelmente uma menina.

— Era uma garota, sim. Ela me encontrou de novo. Eu estava no Sam's, cuidando da minha vida, e então, de repente, ela estava ali.

— Por que, depois de todo esse tempo?

— Não sei e não me importo. Mas precisamos pegá-la, Corvo. *Precisamos* pegá-la.

— Ela sabe quem é você? Onde *estamos*?

Rose pensara nisso enquanto caminhava para o veículo. A intrusa não a vira, pelo menos disso tinha certeza. A garota estivera dentro, olhando para fora. E o que ela *vira*? Um corredor de supermercado. Quantos não havia na América? Provavelmente um milhão.

— Acho que não, mas isso não é o mais importante.

— Então o que é?

— Lembra que eu disse que ela era vapor dos grandes? Vapor *gigantesco*? Bem, ela é ainda maior do que isso. Quando tentei virar o jogo contra ela, ela me expulsou da cabeça dela como se eu fosse poeira. Nunca aconteceu algo assim comigo. Eu teria dito que era impossível.

— Ela é um membro em potencial do Nó ou alimento em potencial?

— Não sei. — Mas ela sabia. Eles precisavam de vapor, vapor *armazenado*, muito mais do que de novos recrutas. Além do mais, Rose não queria ninguém com tanto poder no Nó.

— Certo. Como vamos encontrá-la? Tem alguma ideia?

Rose pensou naquilo que vira através do olhar da garota, antes de ser chutada de volta sem a menor cerimônia para o supermercado Sam's, em Sidewinder. Não era grande coisa, mas tinha um estoque...

— A garotada chama de Lickety-Spliff. — disse ela.

— Ahn?

— Nada, deixa para lá. Preciso pensar a respeito. Mas vamos pegá-la, Corvo. *Precisamos* pegá-la.

Fez-se uma pausa. Ao falar de novo, Corvo soou cauteloso.

— Da maneira como você fala, talvez dê para encher uma dúzia de latas. Isso se você não quiser mesmo transformá-la.

Rose deu uma risada distraída, alta.

— Se eu estiver certa, a gente não *tem* lata o suficiente para guardar o vapor dessa aí. Se ela fosse uma montanha, seria o Everest. — Ele não respondeu. Rose não precisava olhar para ele ou sondar sua mente para saber que ele estava boquiaberto. — Talvez a gente não precise fazer uma coisa nem outra.

— Não entendi.

196

Claro que não. Pensamento no longo prazo jamais havia sido a especialidade de Corvo.

— Talvez a gente não precise transformá-la *nem* matá-la. Pense em vacas.

— Vacas.

— Você pode matar uma e conseguir uma reserva de um mês de bifes e hambúrgueres. Mas, se mantiver a vaca viva e cuidar dela, ela lhe dará leite durante seis anos. Talvez até oito.

Silêncio. Longo. Ela deixou que se aprofundasse. Quando ele respondeu, parecia mais cauteloso do que nunca:

— Nunca ouvi falar de algo assim. A gente mata depois de retirar o vapor, ou se eles possuírem algo de que precisamos e forem suficientemente fortes para sobreviver à Transformação, a gente os transforma. Como transformamos Andi, nos anos 80. Vovô Flick poderia dizer outra coisa, se a gente acreditar nele, que ele lembra a época em que Henrique VIII matava suas mulheres, mas eu acho que o Nó nunca tentou se apegar a um vapor. Se ela for tão forte como você diz, poderia ser perigoso.

*Isso é óbvio. Se você tivesse sentido o que eu senti, me chamaria de louca só de pensar nisso. E talvez eu seja. Mas...*

Mas ela estava cansada de desperdiçar tanto tempo — o tempo de toda a família — correndo atrás de alimento. Ou de viver como ciganos do século X, quando deveriam estar vivendo como reis e rainhas da criação.

— Fale com Vovô se ele estiver se sentindo melhor. E com Mary Baleia, ela está por aí há quase tanto tempo quanto Flick. Andi Cascavel. É nova, mas tem uma cabeça boa. E com qualquer um cuja opinião você ache que valha a pena.

— Céus, Rosie. Não sei...

— Nem eu, por enquanto. Ainda estou cambaleando. Só estou lhe pedindo agora para fazer o trabalho preparatório. Você é o homem à frente, afinal de contas.

— Está certo...

— Ah, não se esqueça de falar com Walnut. Pergunte a ele quais as drogas capazes de manter uma criança camponesa dócil e bem-comportada durante um longo período.

— Essa garota não me parece muito camponesa.

— Mas é. Uma grande e velha vaca leiteira camponesa.

*Não é exatamente verdade. Uma grande baleia branca, é o que ela é.*

Rose terminou a ligação sem esperar para ver se Pai Corvo ainda tinha alguma coisa a dizer. Ela era a chefe e, na sua cabeça, a conversa já terminara.

*Ela é uma baleia branca, e eu a quero.*

Mas Ahab não queria *sua* baleia só porque Moby podia fornecer tonela-das de banha e quase infindáveis barris de óleo, e Rose não queria a garota porque ela talvez pudesse fornecer— depois de receber o coquetel de drogas adequado e bastante tranquilização psíquica — uma quantidade de vapor qua-se ilimitada. Era mais pessoal que isso. Transformá-la? Torná-la integrante do Verdadeiro Nó? Nunca. A garota tinha expulsado Rose, a Cartola, de sua cabe-ça como se ela fosse uma dessas carolas chatas que vão de porta em porta dis-tribuindo panfletos sobre o fim do mundo. Ninguém nunca tinha posto ela para correr daquele jeito. Por mais poderosa que ela fosse, precisava aprender uma lição.

*E sou a mulher certa para essa tarefa.*

Rose, a Cartola, deu partida no carro, saiu do estacionamento do super-mercado e se dirigiu ao Camping Bluebell, que era da família. Era mesmo um lindo local, e por que não? Ali já havia existido um dos maiores resorts do mundo.

Mas é claro que o Overlook fora consumido pelo fogo havia muito tempo.

## 11

Os Renfrew, Matt e Cassie, eram os festeiros da vizinhança, e resolveram orga-nizar em cima da hora um churrasco para comemorar o terremoto. Convida-ram todo mundo de Richland Court, e quase todos foram. Matt comprou um engradado de refrigerante, algumas garrafas de vinho barato e quatro galões de cerveja no Lickety-Split da esquina. Foi uma festança, e David Stone se diver-tiu bastante. E lhe parecia que Abra também. Ela ficou junto das amigas, Julie e Emma, e ele fez questão de que ela comesse um hambúrguer e salada. Lucy tinha dito a ele para vigiar os hábitos alimentares da filha, porque ela chegara a uma idade em que as meninas começavam a dar muita importância ao peso e à aparência — idade em que a anorexia e a bulimia começam a mostrar sua cara descarnada e faminta.

Mas o que ele não percebeu (embora Lucy, caso estivesse presente, perce-beria) era que Abra não estava participando do infindável festival de risadinhas de suas amigas. E que, depois de tomar uma taça de sorvete (taça *pequena*), ela pedira para voltar para casa e terminar o dever.

— Está bem — disse David. — Mas primeiro agradeça ao sr. e à sra. Renfrew.

Isso era algo que Abra teria feito de qualquer jeito, mas concordou sem dizer nada.

— Você é sempre bem-vinda, Abby — disse a sra. Renfrew. Seus olhos brilhavam de modo quase sobrenatural depois de três copos de vinho branco. — Não foi legal? Acho que a gente devia ter terremotos com mais frequência. Embora eu estivesse falando com Vicky Fenton, você conhece os Fenton de Pond Street? Moram a apenas um quarteirão daqui. Ela me disse que eles não sentiram nada. Não é *estranho*?

— Com certeza — concordou Abra, pensando que, em se tratando de estranheza, a sra. Fenton não vira nem a metade.

## 12

Ela havia acabado o dever de casa e estava no andar de baixo, vendo TV com o pai, quando a mãe ligou. Abra falou um pouco com ela, depois passou o telefone para o pai. Lucy disse algo, e Abra já sabia o que era antes de ele olhar para ela e dizer:

— Sim, ela está ótima, só cansada por causa do dever de casa, acho. Hoje em dia dão tanto dever para as crianças. Ela lhe contou que passamos por um pequeno terremoto?

— Vou subir, pai — disse Abra, e ele lhe deu um aceno distraído.

Ela sentou em sua escrivaninha, ligou o computador e depois o desligou. Não queria jogar Fruit Ninja e certamente não queria conversar com ninguém pelo MSN. Precisava pensar no que fazer, porque precisava fazer *alguma coisa*.

Colocou os livros de volta na mochila e depois ergueu os olhos, e a mulher do supermercado estava olhando para ela da janela. Era impossível, porque era uma janela no segundo andar, mas ela estava ali. Sua pele era perfeita, de um branco puro, tinha as maçãs do rosto salientes, os olhos escuros bem separados e ligeiramente inclinados nos cantos. Abra pensou que talvez fosse a mulher mais bonita que ela já vira. E também percebeu imediatamente que ela era, sem sombra de dúvida, louca. Mechas de cabelos pretos emolduravam o rosto perfeito e um tanto arrogante, cascateando até os ombros. Perfeitamente equilibrada em cima dos fartos cabelos, apesar do ângulo maluco em que estava inclinada, havia uma elegante cartola de veludo escovado.

*Ela não está ali de verdade, e também não está na minha cabeça. Não sei como posso estar vendo ela, mas estou e não acho que ela saib...*

A louca na janela escurecida sorriu, e quando abriu a boca, Abra viu que ela só tinha um dente na parte de cima, uma presa monstruosa e desbotada. Compreendeu que aquela fora a última coisa que Bradley Trevor havia visto, e ela gritou, gritou o mais alto que podia... mas só por dentro, porque sua garganta estava fechada e as cordas vocais congeladas.

Abra fechou os olhos. Quando os abriu de novo, a mulher sorridente de cara branca sumira.

*Não está ali. Mas pode vir. Ela sabe de mim e pode vir.*

Naquele instante, ela percebeu algo que deveria ter sabido logo que viu a usina abandonada. Só havia realmente uma pessoa a quem ela podia recorrer. Só uma pessoa que podia lhe ajudar. Fechou os olhos de novo, dessa vez não para se esconder de uma visão horrível que olhava para ela da janela, mas para pedir ajuda.

(*TONY, PRECISO DO SEU PAI! POR FAVOR, TONY, POR FAVOR!*)

Ainda de olhos fechados — mas sentindo agora o calor das lágrimas no rosto e cílios — ela sussurrou:

— Me ajuda, Tony. Estou com medo.

CAPÍTULO OITO

# A TEORIA DA RELATIVIDADE DE ABRA

1

A última viagem do dia do *Helen Rivington* se chamava Viagem do Crepúsculo, e em muitos fins de tarde, quando Dan não estava de plantão no asilo, ele assumia a direção do trem. Billy Freeman, que já fizera aquela viagem mais ou menos 25 mil vezes no decorrer dos anos em que havia sido funcionário municipal, ficou encantado de lhe entregar o controle.

— Você nunca se cansa disso, não é? — perguntou certa vez a Dan.

— Deve ser por causa de uma infância carente.

Não havia sido, na verdade, mas sua mãe e ele se mudaram várias vezes de lá para cá depois que acabara o dinheiro do acordo, e ela tivera muitos empregos. Sem um diploma universitário, a maioria pagava mal. Ela garantia o teto e a comida na mesa, mas não sobrava muito.

Uma vez — ele estava no colégio, quando os dois moravam em Bradenton, não muito distante de Tampa — ele perguntou por que ela não namorava. A essa altura ele já tinha idade para perceber que ela ainda era uma mulher muito bonita. Wendy Torrance lhe dera um sorriso torto e dissera:

— Um homem foi o bastante para mim, Danny. Além do mais, agora eu tenho você.

— Quanto ela sabia sobre suas bebedeiras? — perguntara-lhe Casey K., durante um de seus encontros no Sunspot. — Você começou bastante cedo, não foi?

Dan precisou parar e pensar um pouco.

— Provavelmente mais do que eu percebia, na época, mas a gente nunca conversou sobre isso. Acho que ela tinha medo de tocar no assunto. Além do mais, nunca tive problemas com a polícia, não nessa época, pelo menos, e me formei no colégio com louvor. — Ele deu um sorriso triste para Casey. — E é claro que nunca bati nela. Acho que isso fez diferença.

Também nunca tinha ganhado um trenzinho elétrico, mas a premissa básica de vida dos membros do AA era: não beba que as coisas vão melhorar. E melhoraram mesmo. Ele agora tinha o maior trenzinho que um menino podia desejar e — Billy tinha razão — que jamais ficava ultrapassado. Ele imaginava que talvez ficasse, dali a dez ou vinte anos, mas Dan achava que, mesmo assim, provavelmente ainda ia se oferecer para dirigir a última viagem do dia, só para pilotar o *Riv* ao pôr do sol, até o final da linha em Cloud Gap e de volta. A vista era espetacular, e quando o rio Saco estava tranquilo (geralmente estava, depois de as agitações primaveris terem amainado), dava para ver refletidas duas vezes todas as cores do poente, primeiro em cima, depois embaixo. Tudo era silencioso no destino da viagem do *Riv;* parecia que Deus estava prendendo a respiração.

As viagens entre o Labor Day e o Dia de Colombo, data em que o *Riv* parava para o inverno, eram as melhores de todas. Os turistas já não estavam, e os poucos passageiros eram gente local, que em geral Dan agora conhecia pelo nome. Em dias de semana, como aquela noite, havia menos de 12 passageiros pagantes. O que para ele era ótimo.

Estava totalmente escuro quando ele recolheu o *Riv* à sua garagem na estação de Teenytown. Ele ficou encostado ao primeiro vagão de passageiros, com o boné (MAQUINISTA DAN bordado em vermelho acima da aba) inclinado para trás na cabeça, desejando boa-noite aos passageiros. Billy estava sentado em um banco, a ponta do cigarro aceso iluminando de vez em quando seu rosto. Devia ter quase 70 anos, mas parecia bem, tendo se recuperado totalmente da cirurgia abdominal de dois anos antes, e dizia que não tinha planos de se aposentar.

— O que vou fazer? — perguntara na única vez que Dan tocara no assunto. — Me recolher àquela vila da morte onde você trabalha? Obrigado, mas não.

Quando os dois ou três últimos passageiros se afastaram devagar, provavelmente em busca do jantar, Billy apagou o cigarro e se juntou a ele.

— Eu guardo o trem no galpão. A não ser que você também queira fazer isso.

— Não, vá em frente. Você já passou tempo demais à toa. Quando vai parar de fumar, Billy? Você sabe que o médico disse que isso contribuiu para seu probleminha na barriga.

— Diminuí para quase nada — disse Billy, mas baixou os olhos.

Dan poderia ter descoberto até que ponto Billy havia diminuído, provavelmente nem precisaria botar as mãos nele para obter essa informação, mas não fez. Um dia, no verão que acabara de passar, ele viu um garoto com uma camiseta que tinha uma placa de trânsito octogonal estampada. Em vez de PARE, a placa dizia ID. Quando Danny lhe perguntou o que significava, o garoto lhe deu um sorriso simpático, provavelmente reservado aos senhores quarentões:

— Informação demais — respondera. Dan agradeceu, pensando: *É a história da minha vida, meu jovem.*

Todo mundo tinha segredos. Ele sabia disso desde criança. As pessoas decentes mereciam guardar os seus, e Billy Freeman era a decência em pessoa.

— Quer tomar um café, Danno? Tem tempo? Só vou levar um minuto para botar essa vadia na cama.

Dan tocou a lateral da locomotiva com carinho.

— Certo, mas olha como fala. Esta não é uma vadia, é uma dam...

Foi quando sua cabeça explodiu.

2

Quando voltou a si, estava esticado em cima do banco em que Billy estivera fumando. Billy, sentado a seu lado, parecia preocupado. Raios, parecia mesmo quase morto de susto. Estava com o celular na mão, e os dedos pairando sobre o teclado.

— Guarde isso — disse Dan. As palavras saíram em um gemido rouco e seco. Limpou a garganta e tentou de novo. — Estou bem.

— Tem certeza? Meu Deus, pensei que você estivesse tendo um derrame. Pensei mesmo.

*Foi o que me pareceu.*

Pela primeira vez em anos, Dan pensou em Dick Hallorann, o chef principal do Hotel Overlook naquela época. Dick percebera quase na hora que o filho pequeno de Jack Torrance compartilhava o seu dom. Dan ficou pensando agora se Dick ainda estava vivo. Era quase certo que não; naquela época ele já estava chegando aos 60.

— Quem é Tony? — perguntou Billy.

— Hem?

— Você disse "por favor, Tony, por favor". Quem é Tony?

— Um cara que eu conheci no meu tempo de bebedeira. — Como improviso, não era grande coisa, mas foi a primeira ideia que passou pela sua cabeça ainda tonta. — Um grande amigo.

Billy olhou para o retângulo iluminado de seu celular por mais alguns minutos, depois o fechou e guardou.

— Sabe, não acredito nem um pouco nisso. Acho que você teve um de seus lampejos. Como no dia em que descobriu a minha... — Ele bateu na barriga.

— Bem...

Billy ergueu a mão.

— Não precisa dizer mais nada. Desde que você esteja bem... E desde que não seja nada de ruim sobre mim. Porque eu gostaria de saber, se fosse. Não acho que seja assim para todo mundo, mas para mim é.

— Nada a ver com você. — Dan se levantou e ficou satisfeito de ver que suas pernas ainda o sustentavam. — Mas vamos ter que remarcar esse café se você não se importar.

— Nem um pouco. Você precisa ir para casa se deitar. Ainda está pálido. Seja lá o que for que bateu, foi forte. — Billy deu uma olhadela para o *Riv*. — Ainda bem que não aconteceu quando você estava ali na cadeira do maquinista, rodando a sessenta por hora.

— Nem me fale — respondeu Dan.


## 3


Ele atravessou Cranmore Avenue até o lado de Rivington House, pretendendo seguir o conselho de Billy e se deitar, mas, em vez de entrar no portão que dava para o grande passeio vitoriano ladeado de flores, resolveu caminhar um pouco mais. Agora estava recuperando o fôlego — voltando a si mesmo — e o ar noturno era doce. Além do mais, precisava pensar no que acabara de acontecer, e com muito cuidado.

*Seja lá o que for que bateu, foi forte.*

Isso o fez se lembrar de Dick Hallorann e de todas as coisas que nunca contara a Casey Kingsley. Nem contaria. O mal que ele fizera a Deenie — e a seu filho, supunha, simplesmente por não ter feito nada — estava enterrado bem fundo nele, como um dente siso incrustado, e ali permaneceria. Mas aos 5 anos, Danny Torrance fora o prejudicado — com a mãe, claro — e seu pai não havia sido o único culpado. Quanto a isso, Dick *fizera* alguma coisa. Se não fosse por ele, Dan e sua mãe teriam morrido no Overlook. Essas antigas lembranças ainda eram dolorosas, vivas e coloridas pelas infantis cores primárias do medo e do pavor. Ele preferia jamais pensar de novo nelas, mas agora precisava fazê-lo. Porque... bem...

*Porque tudo que vai volta. Talvez seja sorte ou talvez o destino, mas, de qualquer maneira, volta. O que foi que Dick disse no dia em que me deu o cofre? Quando o aluno está pronto, o mestre aparece. Não que eu esteja preparado para ensinar nada, exceto talvez o fato de que, quando você não bebe, não fica bêbado.*

Ele chegara ao fim do quarteirão, então se virou e voltou. Tinha a calçada toda para si. Era estranha a rapidez com que Frazier esvaziava depois do verão, e isso o fez pensar na maneira como o Overlook havia se esvaziado. Na rapidez com que a pequena família Torrance ficara com o lugar exclusivamente para si.

Exceto pelos fantasmas, claro. *Eles* jamais iam embora.

<br>

4

<br>

Hallorann dissera a Danny que ele estava indo para Denver, e dali pegaria um avião para o sul, até a Flórida. Perguntara a Danny se ele não queria ajudá-lo a levar as malas para o estacionamento do Overlook, e Danny levara uma delas até o carro alugado do cozinheiro. Era uma mala pequena, pouco mais do que uma pasta, mas ele precisou de ambas as mãos para carregá-la. Depois que a bagagem estava guardada e segura na mala, e eles, sentados no carro, Hallorann dera um nome àquilo na cabeça de Danny, àquela coisa na qual seus pais não acreditavam totalmente.

*Você tem um dom. Eu sempre o chamei de iluminação. É assim que minha avó chamava também. Você se sentia solitário pensando que era o único?*

Sim, ele havia se sentido solitário, e sim, acreditara ser o único. Hallorann tirara essa ideia de sua cabeça. Desde então, nos anos que se seguiram, Dan havia esbarrado em muita gente que, nas palavras do cozinheiro, "tinha um pouco de iluminação". Billy, por exemplo.

Mas jamais alguém como a garota que gritara dentro de sua cabeça naquela noite. Ele sentira que aquele grito podia despedaçá-lo.

Tivera *ele* um poder tão forte? Pensou que sim, ou quase. No dia do fechamento do Overlook, Halloran dissera ao menininho perturbado ao seu lado para... o que dissera?

Disse para eu lhe dar um golpe.

Dan tinha chegado de volta a Rivington House e estava em pé diante do portão. As primeiras folhas haviam começado a cair e uma brisa vespertina rodopiava em volta de seus pés.

*E quando perguntei a ele em que eu devia pensar, ele me disse que em qual-*
*quer coisa. "Basta pensar com força", disse ele. E foi o que fiz, mas no último segun-*
*do abrandei a coisa, pelo menos um pouquinho. Se não, acho que talvez tivesse*
*matado ele. Ele pulou para trás — não,* foi jogado *para trás — e mordeu o lábio.*
*Me lembro do sangue. Ele me chamou de pistola. E depois me perguntou sobre*
*Tony. Meu amigo invisível. Então contei a ele.*

Parecia que Tony estava de volta, mas não era mais amigo de Dan. Agora era amigo de uma menininha chamada Abra. Ela estava com problemas, assim como Dan estivera, mas homens adultos que procuram menininhas atraem atenção e desconfiança. Ele tinha uma boa vida em Frazier e sentia que a merecia, depois de todos aqueles anos desperdiçados.

Mas...

Mas quando ele precisou de Dick — no Overlook e, mais tarde, na Flórida, quando a sra. Massey voltara —, Dick apareceu. No AA, as pessoas chamavam aquele tipo de coisa de chamado do Décimo Segundo Passo. Porque quando o aluno estava pronto, o mestre aparecia.

Em várias ocasiões, Dan fora com Casey Kingsley e alguns outros caras do Programa atender a chamados do Décimo Segundo Passo com homens afundados em drogas ou bebida. Às vezes eram amigos ou chefes que solicitavam aquele serviço; o mais comum eram parentes que haviam esgotado todos os recursos e estavam desesperados. Tinham conseguido algumas vitórias no decorrer dos anos, mas a maioria das visitas terminava com portas batidas e o convite para Casey e seus amigos enfiarem aquela sua merda hipócrita e quase religiosa em seus cus. Um sujeito viciado em metanfetamina, veterano da esplêndida aventura de George Bush no Iraque, chegara inclusive a apontar uma pistola na direção deles. Voltando da espelunca em Chocorua onde o veterano estava trancado com sua mulher apavorada, Dan havia dito:

— *Isso* foi perda de tempo.

— Seria, se fizéssemos isso por eles — dissera Casey —, mas não fazemos. Fazemos pela gente. Você gosta da vida que está levando, Danny-boy? — Não era a primeira vez que ele fazia aquela pergunta, nem seria a última.

— Sim. — Não havia hesitação. Talvez ele não fosse presidente da General Motors ou estivesse fazendo cenas de amor pelado com Kate Winslet, mas na cabeça de Dan, ele tinha tudo.

— Acha que foi merecido?

— Não — respondeu Dan, sorrindo. — Na verdade, não. Não dá para merecer isso.

— Então o que foi que trouxe você para um lugar onde você gosta de acordar? Sorte ou bênção?

Ele achava que Casey queria que ele dissesse que era bênção, mas durante os anos de sobriedade ele adquirira o hábito muitas vezes incômodo da sinceridade.

— Não sei.

— Tudo bem, porque quando você não tem mais para onde fugir, não faz diferença.


5


— Abra, Abra, Abra — disse ao subir o caminho até Rivington House. — Em que você se meteu, menina? Em que você está *me* metendo?

Ele achara que precisaria entrar em contato com ela através da iluminação, que nunca era totalmente confiável, mas, quando entrou em seu quarto da torre, percebeu que não seria necessário. Escrito com nitidez no quadro, estava:

**cadabra@nhml.com**

Ficou confuso por alguns segundos pelo nome no e-mail, depois compreendeu e riu.

— Essa foi boa, garota, essa foi boa.

Ligou o laptop. Um instante depois, já olhava para o espaço em branco do e-mail. Digitou o endereço dela e ficou olhando o cursor piscar. Que idade Abra tinha? Até onde ele podia calcular, pelas suas comunicações anteriores, ela devia estar entre uma menina madura de uns 12 anos e uma garota um pouco ingênua de 16. Provavelmente mais perto da primeira opção. E ali estava ele, um homem com idade o bastante para ter pelos brancos na barba se passasse uns dias sem se barbear. Ali estava ele, pronto para começar um chat com ela. Um episódio de *Caça aos Predadores*, talvez?

*Talvez não seja nada. Pode não ser; ela é apenas uma criança, afinal.*

Sim, mas uma criança bastante assustada. E mais, ele estava curioso a respeito dela. Havia algum tempo. Da mesma maneira, supunha, que Hallorann tinha ficado curioso a respeito dele.

*Bem que eu precisava de um pouco de bênção agora. E muita sorte.*

No espaço reservado ao ASSUNTO, em cima do formulário do e-mail, Dan escreveu *Oi, Abra*. Baixou o cursor, respirou fundo e digitou seis palavras: *Me conte qual é o problema.*

# 6

Na tarde do sábado seguinte, Dan estava sentado sob o sol forte em um dos bancos em frente ao prédio de pedra, coberto de hera, da Biblioteca Pública de Anniston. Tinha um exemplar do *Union Leader* aberto diante dele, com páginas cheias de palavras que ele não fazia ideia do que diziam. Estava nervoso demais.

Às 2 horas em ponto uma garota de jeans chegou de bicicleta. Ela guardou-a no bicicletário na entrada do gramado. Deu-lhe um aceno e um grande sorriso.

Então era Abra. Como em Cadabra.

Era alta para sua idade, principalmente pelo comprimento das pernas. Mechas de cabelos louros cacheados estavam presas em um espesso rabo de cavalo, que parecia prestes a se rebelar e se espalhar em todas as direções. O dia estava um pouco frio e ela usava um casaco leve com ANNISTON CYCLONES estampado nas costas. Ela pegou uns livros amarrados com corda na garupa da bicicleta, depois se aproximou depressa com aquele sorriso aberto. Ela era bonita, mas não linda. Exceto pelos grandes olhos azuis. *Eles* eram lindos.

— Tio Dan! Nossa, é bom ver você! — E ela lhe deu um caloroso beijo na bochecha. Isso não estava previsto. Era apavorante a confiança dela de que ele era um cara legal.

— Bom ver você também, Abra. Sente.

Ele lhe dissera que eles precisavam ter cuidado, e Abra — filha da cultura a que pertencia — logo compreendeu. Eles haviam concordado que era melhor se encontrarem em um lugar público, e em Anniston havia poucos lugares mais públicos que o gramado da frente da biblioteca, que ficava no meio do centro da cidade.

Ela o encarava com muito interesse, talvez até com fome. Ele podia sentir algo como se fossem pequenos dedos batendo de leve dentro da sua cabeça.

(*cadê Tony?*)

Dan tocou a têmpora.

Abra sorriu, e isso completou a sua beleza, transformando-a em uma garota que arrasaria corações dentro de quatro ou cinco anos.

(*OI, TONY!*)

Aquilo foi alto o bastante para fazê-lo se retrair, e ele pensou de novo em como Dick Hallorann tinha recuado atrás do volante de seu carro alugado, com um olhar momentaneamente vazio.

(*precisamos conversar em voz alta*)

(*está certo, sim*)

— Sou primo de seu pai, certo? Não chego a ser tio, mas é assim que você me chama.

— Certo, certo, você é o tio Dan. Está tudo bem, desde que a melhor amiga de minha mãe não apareça. O nome dela é Gretchen Silverlake, e ela conhece toda a árvore genealógica da família, que não é grande.

*Ah, que ótimo,* pensou Dan. *A melhor amiga intrometida.*

— Não faz mal — disse Abra. — O filho mais velho dela é do time de futebol e ela nunca perde um jogo do Cyclones. Quase *todo mundo* vai ao jogo, então pare de se preocupar com a ideia de alguém pensar que você está...

Ela concluiu a frase com uma imagem mental — um desenho, na verdade. Brotou em um instante, tosco, porém nítido. Uma garotinha em uma viela escura ameaçada por um homem carrancudo, de sobretudo. As pernas da garotinha tremiam e pouco antes de a imagem sumir, Dan viu um balão de quadrinhos se formar em cima da cabeça dela: *Ai, um maluco!*

— Na verdade, não tem tanta graça.

Ele criou sua própria imagem, que lhe enviou de volta: Dan Torrance em uma roupa listada, sendo levado por dois policiais fortões. Ele nunca tentara fazer nada como aquilo, e não era tão bom quanto ela, mas ficou encantado apenas por conseguir. Então, pouco antes de ele saber o que estava acontecendo, ela se apropriou de sua imagem. Dan tirava uma arma da cintura, apontava para um dos tiras e apertava o gatilho. Um lenço com a palavra POU! foi ejetado do cano da arma.

Dan olhou para ela, boquiaberto.

Abra colocou as mãos fechadas na boca e deu uma risadinha.

— Desculpe. Não resisti. A gente podia fazer isso a tarde inteira, não é? E seria divertido.

Ele imaginou que também seria um alívio. Ela passara anos com uma bola esplêndida nas mãos, sem ninguém com quem jogar. E era claro que o mesmo se aplicava a ele. Pela primeira vez desde a infância — desde Hallorann —, ele conseguia enviar e receber.

— Você tem razão, seria divertido, mas agora não é hora. Você precisa me contar a história toda de novo. O e-mail que você mandou só tinha as partes principais.

— Por onde devo começar?

— Que tal pelo seu sobrenome? Já que sou seu tio honorário, provavelmente devia saber.

*209*

Isso a fez rir. Dan tentou manter a cara séria, mas não conseguiu. Por Deus, ele já gostava dela.

— Meu nome é Abra Rafaella Stone — disse ela. De repente, o riso desapareceu. — Só espero que aquela mulher de cartola nunca descubra isso.


# 7

Ficaram sentados juntos no banco diante da biblioteca por 45 minutos, com o sol quente de outono em seus rostos. Pela primeira vez na vida, Abra sentiu um prazer incondicional — até mesmo alegria — no dom que sempre a confundira e por vezes apavorara. Graças àquele homem, agora tinha até um nome para aquilo: iluminação. Era um nome bom, um nome confortador, porque ela sempre pensara naquilo como algo sombrio.

Havia muito o que conversar — obras inteiras de experiências a serem comparadas — e mal haviam começado quando uma mulher gorducha de uns 50 anos, usando uma saia de tweed, se aproximou para falar com eles. Ela olhou para Dan com curiosidade, mas não de um jeito ruim.

— Olá, sra. Gerard. Este é meu tio Dan. A sra. Gerald foi minha professora de literatura no ano passado.

— Prazer em conhecer a senhora. Dan Torrance.

A sra. Gerard aceitou a mão estendida dele e deu um único apertão firme. Abra podia sentir que Dan — *tio* Dan — começava a relaxar. Isso era bom.

— O senhor mora na região, sr. Torrance?

— Perto, em Frazier. Trabalho no asilo de lá. Helen Rivington House.

— Ah, que bom trabalho o seu. Abra, você já leu *The Fixer*? O romance do Malamud que eu recomendei?

Abra pareceu desanimada.

— Já está no meu Nook. Ganhei de presente de aniversário. Mas ainda não comecei. Parece difícil.

— Você está preparada para coisas difíceis — disse a sra. Gerard. — Mais que preparada. Os últimos anos do ensino médio vão chegar mais rápido do que você pensa, e depois a universidade. Sugiro que comece hoje. Foi bom conhecê-lo, sr. Torrance. O senhor tem uma sobrinha extremamente inteligente. Mas, Abra, com a inteligência vem a responsabilidade. — Ela bateu na têmpora de Abra para frisar esse ponto, depois subiu a escada e entrou na biblioteca.

Ela se virou para Dan.

— Não foi tão ruim assim, não é?

— Até agora, não — concordou Dan. — Mas é claro que se ela falar com os seus pais...

— Não vai. Mamãe está em Boston, ajudando a cuidar da minha Momo. Ela está com câncer.

— Sinto muito. Momo é sua

(*avó*)

(*bisavó*)

— E também — disse Abra — a gente não chega a estar mentindo ao dizer que você é meu tio. Na aula de ciências no ano passado, o sr. Stanley disse que todos os humanos compartilham a base genética. Disse que as coisas que nos tornam diferentes são muito pequenas. Sabia que a gente tem 99 por cento da nossa estrutura genética em comum com os *cães*?

— Não — disse Dan —, mas isso explica por que sempre achei que ração parecia tão gostoso.

Ela riu.

— Então você *podia* ser meu tio, meu primo ou qualquer coisa assim. É isso que quero dizer.

— Isso é a teoria da relatividade de Abra, não é?

— Acho que sim. E será que a gente precisa ter a mesma cor dos olhos ou do cabelo para sermos parentes? A gente tem algo em comum que os outros dificilmente têm. Isso nos dá um parentesco especial. Você acha que é genético, como olhos azuis ou cabelo ruivo? Aliás, você sabia que a Escócia tem a maior proporção de pessoas de cabelos ruivos?

— Não — disse Dan. — Você é uma enciclopédia ambulante.

O sorriso dela diminuiu um pouco.

— Isso é uma crítica?

— De jeito nenhum. Acho que a iluminação poderia ser genética, mas não acredito nisso. Acho que é algo não quantificável.

— Isso significa que é difícil de compreender? Como Deus, o céu e coisas assim?

— Isso.

Ele se viu pensando em Charlie Hayes, e em todos aqueles antes e depois de Charlie Hayes que ele viu deixar este mundo, no papel de Doutor Sono. Algumas pessoas chamavam o momento da morte de *passagem*. Dan gostava disso, porque parecia mesmo certo. Quando se viam homens e mulheres fazendo a passagem, diante de seus olhos — deixando essa miniatura de mundo chamada realidade para ir para um tipo qualquer de infinito no além —, a maneira de pensar mudava. Para os que estavam naquela situação extrema, era o mundo que

*211*

passava. Naqueles momentos de passagem, Dan sempre se sentia na presença de uma enormidade invisível. Eles dormiam, acordavam, iam para *algum lugar*. Prosseguiam. Ele tivera motivos para acreditar nisso, ainda criança.

— O que você está pensando? — perguntou Abra. — Posso ver, mas não entendo. E quero entender.

— Não sei como explicar — disse ele.

— Era um pouco sobre essas pessoas fantasmagóricas, não é? Eu os vi uma vez, no trenzinho de Frazier. Foi um sonho, mas acho que foi verdade.

Os olhos dele se arregalaram.

— Viu mesmo?

— Sim. Não acho que queriam me machucar, só ficaram me olhando, mas eram meio apavorantes. Acho que talvez fossem passageiros do trem, de antigamente. Você já viu gente fantasma? Já viu, não é?

— Sim, mas não por muito tempo. — E alguns deles eram muito mais que fantasmas. Fantasmas não deixam resíduos na tampa da privada e nas cortinas do banheiro. — Abra, até que ponto seus pais sabem sobre sua iluminação?

— Meu pai acha que ela desapareceu, tirando algumas coisinhas, como eu ter ligado da colônia de férias porque sabia que Momo estava doente, e ele acha isso bom. Minha mãe sabe que ela ainda existe, porque às vezes me pede para ajudá-la a encontrar algo que perdeu. No mês passado, foram as chaves do carro, que ela tinha deixado na mesa de trabalho de papai na garagem. Mas ela não sabe o *quanto* ainda existe. Eles não falam mais sobre isso. — Ela fez uma pausa. — Momo sabe. Ela não tem medo da iluminação, como papai e mamãe, mas me disse para ter cuidado. Porque se as pessoas descobrirem... — Ela fez uma careta engraçada, virando os olhos e pondo a língua para fora. — Ai, um maluco. Você sabe.

(*sim*)

Ela sorriu, agradecida.

— Claro que sabe.

— Mais ninguém?

— Bem... Momo disse que eu devia falar com o dr. John porque ele já sabia um pouco dessas coisas. Ele viu, hum, algo que eu fiz com as colheres quando eu era pequenininha. Eu as pendurei no teto.

— Por acaso não seria John Dalton, seria?

O rosto dela se iluminou.

— Você conhece ele?

— Para falar a verdade, conheço. Uma vez achei uma coisa para ele. Algo que ele tinha perdido.

(*um relógio!*)

(*isso mesmo*)

— Eu não contei tudo para ele — disse Abra. Ela parecia constrangida. — Não contei sobre o garoto do beisebol e *nunca* contaria sobre a mulher de cartola. Porque ele contaria para os meus pais, e eles já têm muito com que se preocupar. Além do mais, o que poderiam fazer?

— Vamos arquivar isso aí por enquanto. Quem é o garoto do beisebol?

— Bradley Trevor. Brad. Ele às vezes virava o boné para trás para ficar parecendo um boné da torcida. Sabe como?

Dan fez que sim com a cabeça.

— Ele está morto. *Eles* mataram. Mas primeiro machucaram. Machucaram *muito mesmo*.

O lábio inferior dela começou a tremer e, de repente, ela pareceu mais próxima de 9 anos que de quase 13.

(*não chore, Abra, a gente não pode correr o risco de chamar atenção*)

(*eu sei, eu sei*)

Ela abaixou a cabeça, respirou fundo várias vezes e levantou os olhos outra vez para ele. Seus olhos estavam extremamente brilhantes, mas a boca havia parado de tremer.

— Estou bem — disse. — De verdade. Só estou contente de não estar mais sozinha com isso dentro da minha cabeça.


8


Ele ouviu atentamente enquanto ela descrevia o que conseguia recordar do encontro inicial que tivera com Bradley Trevor, dois anos atrás. Não era muita coisa. A imagem mais nítida que ela gravou foi de muitos feixes de luz de lanterna se entrecruzando sobre ele deitado no chão. E seus berros. Ela se lembrava deles.

— Precisavam iluminá-lo porque estavam fazendo um tipo de operação — disse Abra. — Era assim que a chamavam, pelo menos, mas o que estavam fazendo de verdade era torturá-lo.

Ela contou a ele como descobrira Bradley de novo na última página de *The Anniston Shopper*, com todas as outras crianças desaparecidas. Como ela tocara a foto para ver se conseguia descobrir algo sobre ele.

— Você consegue fazer isso? — perguntou ela. — Tocar nas coisas e ver imagens na sua cabeça? Descobrir coisas?

— Às vezes. Nem sempre. Eu conseguia fazer com mais frequência, e mais segurança, quando eu era criança.

— Você acha que vou perder isso com o tempo? Eu não me importaria. — Ela fez uma pausa para pensar. — Quer dizer, acho que me importaria, sim. É difícil de explicar.

— Sei o que você quer dizer. É algo *nosso*, não é? Isso que podemos fazer. Abra sorriu.

— Você tem bastante certeza de que sabe onde eles mataram esse garoto?

— Sim. E enterraram ele lá. Enterraram até sua luva de beisebol. — Abra entregou-lhe um papel. Era uma cópia e não o original. Ela ficaria envergonhada se alguém visse como havia escrito os nomes dos garotos do 'Round Here não apenas uma, mas várias, várias vezes. Agora até mesmo o modo como foram escritos parecia todo errado, todas aquelas letras grandes que deviam exprimir não amor, mas *amoooor*.

— Não fique sem graça por causa disso — disse Dan distraidamente, examinando o que ela escrevera no papel. — Eu tinha uma queda por Stevie Nicks quando tinha sua idade. E também por Ann Wilson, do Heart. Provavelmente você nunca ouviu falar dela, é das antigas, mas eu costumava fantasiar que a convidava para um dos bailes de sexta à noite, na minha escola. É ou não é idiota?

Ela olhava para ele, boquiaberta.

— Idiota, mas normal. A coisa mais normal do mundo, então relaxe. E eu não estava espiando, Abra. Só apareceu. Meio que pulou na minha cara.

— Ah, meu Deus. — As bochechas de Abra haviam ficado profundamente vermelhas. — Eu vou ter que me acostumar com isso, né?

— Nós dois, garota.

Ele tornou a baixar os olhos para o papel.

PROIBIDA A ENTRADA DE ESTRANHOS POR ORDEM DO XERIFE DE POLÍCIA DO MUNICÍPIO DE CANTON.

INDÚSTRIAS ORGÂNICAS
USINA DE ETANOL #4
FREEMAN, IOWA

FECHADA ATÉ SEGUNDA ORDEM

— Como você descobriu isso? Vendo e revendo? Repassando como um filme?

— A placa de PROIBIDA A ENTRADA foi fácil, mas a das Indústrias Orgânicas e a usina de etanol, sim. Você não consegue fazer isso?

— Nunca tentei. Talvez já tenha sido capaz. Mas agora provavelmente não.

— Achei Freeman, Iowa, no computador — disse ela. — E usando o Google Earth, deu para ver a usina. Esses lugares existem mesmo.

Os pensamentos de Dan voltaram a John Dalton. Outras pessoas do Programa já haviam comentado da estranha habilidade de Dan para encontrar as coisas; John, nunca. Não era nenhuma surpresa, na verdade. Os médicos faziam um juramento de confidencialidade parecido com o do AA, não faziam? O que, no caso de John, significava uma dupla proteção.

Abra estava falando:

— Você podia ligar para os pais de Bradley Trevor, não podia? Ou para o xerife de Canton County? Eles nunca iam acreditar em mim, mas acreditariam em um adulto.

— Acho que posso. — Mas é claro que alguém que sabia onde o corpo estava enterrado iria automaticamente para o topo da lista de suspeitos; por isso, se ligasse, teria que tomar muito, muito cuidado com a forma *como* ligaria.

*Abra, olha só a encrenca em que você está me metendo.*

— Sinto muito — sussurrou ela.

Ele cobriu a mão dela com a sua e deu-lhe um aperto delicado.

— Não sinta. Não era para *você* ter ouvido.

Ela se endireitou.

— Ah, meu Deus, aí vem Yvonne Stroud, ela é minha colega de turma.

Dan retirou depressa a mão. Viu uma garota gorda, de cabelos castanhos, mais ou menos da idade de Abra, que vinha pela calçada. Carregava uma mochila e segurava um caderno espiral no peito. Tinha olhos brilhantes e curiosos.

— Ela vai querer saber tudo sobre você — disse Abra. — E com isso quero dizer *tudo*. E ela *fofoca*.

Ô-ôu.

Dan olhou para a garota que se aproximava.

(*a gente não merece nenhuma atenção*)

— Me ajude, Abra — disse ele, sentindo que ela se juntava a ele. Uma vez que estavam juntos, o pensamento instantaneamente ganhou força e profundidade.

(A GENTE NÃO MERECE NENHUMA ATENÇÃO)

— Isso mesmo, mais um pouco. Faça junto comigo. Como se estivéssemos cantando.

(VOCÊ MAL NOS VÊ, A GENTE NÃO MERECE ATENÇÃO E, ALÉM DO MAIS, VOCÊ TEM COISAS MAIS IMPORTANTES A FAZER)

Yvonne Shroud passou andando depressa e deu um vago aceno para Abra, sem diminuir a velocidade. Subiu correndo a escada da biblioteca e desapareceu lá dentro.

— Macacos me mordam — disse Dan.

Ela olhou seriamente para ele.

— De acordo com a teoria da relatividade de Abra, eles não podem morder um parente. — Ela enviou uma imagem de calças balançando em um varal.

(*jeans*)

E então os dois caíram na gargalhada.


9


Dan a fez repetir três vezes a explicação sobre o disco giratório, querendo ter certeza de tê-la entendido direito.

— Você também nunca fez isso? — perguntou Abra. — Esse negócio de ver a distância?

— Projeção astral? Não. Acontece muito com você?

— Só aconteceu uma ou duas vezes. — Ela pensou. — Talvez três. Uma vez entrei em uma garota que estava nadando em um rio. Eu estava olhando para ela dos fundos do nosso quintal. Eu tinha 9 ou 10 anos. Não sei por que aconteceu, ela não estava com problemas nem nada, só nadando com as amigas. Essa foi a que durou mais. Durou pelo menos três minutos. Você chama isso de projeção astral? Como no espaço sideral?

— É uma expressão antiga, que se usava nas sessões espíritas, um século atrás, e provavelmente nem é um termo muito bom. Só significa uma experiência extracorpórea. — Se é que dava para rotular algo assim. — Mas quero ter certeza de que entendi isso direito. A garota que nadava não entrou em você?

Abra sacudiu a cabeça enfaticamente, balançando seu rabo de cavalo.

— Ela nem sabia que eu estava lá. A única vez que funcionou em mão dupla foi com essa mulher. A que usa cartola. Mas eu não vi a cartola naquela hora, porque eu estava dentro dela.

Dan usou um dedo para desenhar um círculo.

— Você entrou nela e ela entrou em você.

Abra tremeu.

— Foi ela quem cortou Bradley Trevor até que ele morresse. Quando ela sorri, fica com um só dente comprido em cima.

Algo sobre a cartola lhe soou familiar, e o fez pensar em Deenie, de Wilmington. Deenie usava chapéu? Não, pelo menos não que ele se lembrasse; estava bem chapado. Provavelmente não era nada — às vezes o cérebro fazia associações ilusórias, só isso, especialmente quando estava estressado, e a verdade (embora ele não gostasse de admitir) é que Deenie nunca estava muito longe de seus pensamentos. Algo tão aleatório quanto sandálias em uma vitrine podia trazê-la de volta à memória.

— Quem é Deenie? — perguntou Abra. Então ela piscou depressa e recuou um pouco, como se Dan tivesse, de repente, abanado a mão diante de seus olhos. — Opa. Acho que não devia ter visto isso. Desculpe.

— Não faz mal — disse ele. — Vamos voltar a essa mulher da cartola. Quando você a viu novamente na janela, não foi igual?

— Não. Não tenho nem certeza se isso era iluminação. Acho que foi uma *recordação*, de quando ela estava machucando o menino.

— Então ela também não viu você. *Nunca* viu você. — Se a mulher fosse tão perigosa quanto Abra acreditava, aquilo era importante.

— Tenho certeza de que não. Mas quer ver. — Ela olhou para ele, com os olhos arregalados, a boca trêmula de novo. — Quando o disco giratório aconteceu, ela estava pensando em *espelho*. Queria que eu olhasse para mim mesma. Queria usar meus olhos para me ver.

— O que ela *viu* através de seus olhos? Ela poderia descobrir você assim?

Abra ponderou a pergunta com atenção. Finalmente disse:

— Eu estava olhando pela janela de meu quarto quando aconteceu. De lá só posso ver a rua. E as montanhas, claro, mas tem uma porção de montanhas na América, não é?

— Sim. — Será que a mulher da cartola poderia comparar as montanhas que havia visto através dos olhos de Abra com uma foto se fizesse uma busca extensa no computador? Como tanta coisa mais naquele negócio, não havia como ter certeza.

— Por que o mataram, Dan? Por que mataram o garoto do beisebol?

Ele achava que sabia, e teria escondido isso dela, se pudesse, mas mesmo um encontro breve como aquele bastou para lhe mostrar que ele jamais teria esse tipo de relação com Abra Rafaella Stone. Os alcoólatras em recuperação se esforçavam em ser "totalmente honestos em todos os assuntos", mas raramente conseguiam; ele e Abra não podiam evitar.

(*comida*)

Ela olhou para ele, espantada.

— Eles comeram a *iluminação* dele?

(*acho que sim*)

(*são VAMPIROS?*)

Depois, em voz alta:

— Como em *Crepúsculo?*

— Não é igual — disse Dan. — E, pelo amor de Deus, Abra, só estou chutando. — A porta da biblioteca se abriu. Dan olhou em volta, com medo de que fosse a curiosa Yvonne Shroud, mas era um casal que só tinha olhos um para o outro. Ele se voltou para Abra. — A gente tem que se despedir.

— Eu sei. — Ela ergueu a mão, esfregou os lábios, percebeu o que estava fazendo e pôs a mão de novo no colo. — Mas tenho tantas perguntas. Tanta coisa que quero saber. Levaria *horas*.

— Que a gente não tem. Você tem certeza de que era no Sam's?

— Hein?

— De que ela estava no supermercado Sam's?

— Sim.

— Conheço essa rede. Já cheguei até a fazer compras em um ou dois deles, mas não aqui.

Ela sorriu.

— É claro que não, tio Dan, aqui não tem nenhum. Eles ficam todos no oeste. Eu também pesquisei isso no Google. — O sorriso diminuiu. — Existem centenas deles, de Nebraska à Califórnia.

— Eu preciso pensar mais um pouco sobre isso, e você também. Pode continuar falando comigo por e-mail, se for importante, mas seria melhor se a gente apenas — ele bateu na testa — zip-zip. Sabe?

— Sim — disse ela, e sorriu. — A única parte boa de tudo isso é ter um amigo que sabe fazer zip-zip e compreende como é.

— Você consegue usar o quadro-negro?

— Claro. É bem fácil.

— Você precisa se lembrar de uma coisa, é importante. A mulher da cartola provavelmente não sabe como encontrar você, mas sabe que você existe, que está por aí, em algum lugar.

Ela ficou muito quieta. Ele tentou alcançar os pensamentos dela, mas Abra os estava protegendo.

— Você consegue colocar um alarme na sua mente? De modo que se essa mulher estiver em algum lugar perto, mental ou fisicamente, você fique sabendo?

— Você acha que ela virá me pegar, não é?

— Ela pode tentar. Por dois motivos. Primeiro, só por você saber que ela existe.

— E os amigos dela — sussurrou Abra. — Ela tem um monte de amigos. (*com lanternas*)

— E qual é o outro motivo? — E antes que ele pudesse responder: — Porque eu seria ótima para comer. Como o garoto do beisebol. Não é?

Não fazia sentido negar; para Abra, a testa dele era uma vitrine.

*218*

— Você *consegue* colocar o alarme? Alarme de proximidade? Isso quer dizer...

— Eu sei o que *proximidade* significa. Não sei se consigo, mas vou tentar.

Ele sabia o que ela ia dizer em seguida, mesmo antes que ela dissesse, e não era porque estivesse lendo sua mente. Ela era apenas uma criança, no fim das contas. Desta vez, quando ela pegou sua mão, ele não a retirou.

— Prometa que você não vai deixar que ela me pegue, Dan. *Prometa.*

E ele prometeu, porque ela era uma menina que precisava ser consolada. Mas era evidente que só havia uma maneira de cumprir uma promessa assim: afastar a ameaça.

Pensou de novo: *Abra, olha só a encrenca em que você está me metendo.*

E ela repetiu, mas desta vez não em voz alta:

(*desculpe*)

— Não é sua culpa, menina. Você não

(*pediu por isso*)

assim como eu. Agora vá para dentro com seus livros. Preciso voltar para Frazier. Esta noite estou de plantão.

— Está bem. Mas somos amigos, não somos?

— Totalmente.

— Que bom.

— E aposto que você vai gostar do *The Fixer*. Acho que vai entendê-lo. Porque você também já deu um jeito em muita coisa na sua vida, não deu?

Duas covinhas bonitas surgiram nos cantos de sua boca.

— Você deve saber.

— Com certeza — disse Dan.

Ficou olhando ela subir a escada, parar e voltar.

— Não sei quem é essa mulher da cartola, mas conheço um de seus amigos. Seu nome é Barry Tapa, ou algo assim. Aposto que onde quer que ela esteja, Barry Tapa vai estar por perto. E eu poderia encontrar ele se tivesse a luva do garoto do beisebol. — Ela lhe deu um olhar firme e franco com aqueles belos olhos azuis. — Eu poderia encontrar ele porque esse *Barry Tapa vestiu a luva* durante um tempinho.


10


No meio de sua volta a Frazier, refletindo sobre a mulher da cartola de que Abra falara, Dan se lembrou de algo que o fez estremecer. Quase cruzou a linha dupla amarela, fazendo com que um caminhão que ia em direção ao oeste pela Rota 16 buzinasse, irritado.

Tinha sido doze anos antes, quando Frazier era novidade e sua sobriedade ainda era hesitante. Ele estava voltando a pé para a casa da sra. Robertson, onde conseguira alugar um quarto naquele mesmo dia. Uma tempestade se aproximava, por isso Billy Freeman o liberara do serviço, depois de lhe dar um par de botas. *Não parecem muita coisa, mas pelo menos formam um par.* E quando ele dobrou a esquina da Morehead com a Eliot Street, havia visto...

Logo adiante havia um recuo na estrada, onde Dan encostou e foi caminhando em direção ao barulho de água corrente. Era o rio Saco, é claro, que corria por duas dúzias de pequenas cidades de New Hampshire, entre North Conway e Crawford Notch, ligando-as como contas de um colar.

*Vi uma cartola que vinha pela sarjeta, varrida pelo vento. Uma cartola velha e gasta, parecida com uma cartola de mágico. Ou de algum ator de uma antiga comédia musical. Só que ela não estava ali de verdade, porque quando fechei os olhos e contei até cinco, ela desapareceu.*

— Está certo, foi uma iluminação — falou ele para a água que corria. — Mas isso não a torna necessariamente a cartola que Abra viu.

Só que ele não acreditava nisso, porque mais tarde naquela noite sonhara com Deenie. Ela estava morta, com o rosto quase se desprendendo do crânio, como uma massa escorrendo de uma colher. Morta e usando o cobertor que Dan roubara do carrinho de compras do mendigo. *Fique longe da mulher com a cartola, fofinho.* Foi o que ela dissera. E algo mais... o quê?

*Ela é a Rainha Bruxa do Castelo do Inferno.*

— Você não está se lembrando disso — disse ele para a água que corria. — Ninguém se lembra de um sonho depois de doze anos.

Mas ele se lembrava. E então lembrou também do restante que a mulher morta de Wilmington dissera: *Brinque com ela, e ela vai comer você vivo.*


11


Ele entrou em seu quarto da torre logo depois das seis, carregando uma bandeja com comida da cantina. Olhou logo para o quadro-negro e sorriu diante do que estava escrito nele:

**Obrigada por acreditar em mim.**

*Como se eu tivesse uma alternativa, querida.*

Ele apagou a mensagem de Abra, depois sentou-se à mesa com seu jantar. Depois de deixar a área do recuo da estrada, seus pensamentos haviam se voltado para Dick Hallorann. Imaginava que fosse natural; quando alguém lhe pede que o ensine algo, você procura o seu próprio mestre para descobrir como fazê-lo. Dan perdera contato com Dick durante seus anos de bebedeira (em grande parte por vergonha), mas achou que talvez ainda fosse possível descobrir o que acontecera com seu velho amigo. Talvez até entrar em contato, se Dick ainda estivesse vivo. E, bom, muita gente chega aos 90 anos, se cuida bem de si. A bisavó de Abra, por exemplo, devia estar chegando lá.

*Preciso de respostas, Dick, e você é a única pessoa que conheço que talvez tenha algumas. Então, faça o favor, querido amigo, de ainda estar vivo.*

Ele ligou o computador e abriu o Firefox. Sabia que Dick passara os invernos cozinhando em vários hotéis na Flórida, mas não conseguia lembrar seus nomes, nem em que parte do litoral eles ficavam. Talvez em mais de uma parte — Naples em um ano, Palm Beach no outro, Sarasota ou Key West no ano seguinte. Nunca faltava trabalho para alguém que sabia agradar o paladar das pessoas, principalmente das pessoas ricas, e Dick fazia isso como ninguém. Dan pensou que sua melhor chance seria procurá-lo pelo sobrenome, que era escrito de maneira diferente da maioria — não era Halloran e sim Hallorann. Digitou **Richard Hallorann** e **Flórida** no espaço de busca, depois apertou ENTER. Conseguiu milhares de respostas, mas tinha quase certeza de que a terceira de cima para baixo era a que ele queria, e deixou escapar um pequeno suspiro de decepção. Clicou no link e surgiu um artigo do *Miami Herald*. Não havia dúvida. Quando a idade, além do nome, aparecia na manchete, a gente sabia exatamente o que esperar.

## *Famoso chef de South Beach Richard "Dick" Hallorann, 81.*

Havia uma foto. Era pequena, mas Dan teria reconhecido aquela cara sábia e alegre em qualquer lugar. Será que ele havia morrido sozinho? Dan duvidava. Ele era sociável demais... e muito chegado a mulheres. Seu leito de morte devia ter sido bastante frequentado, mas as duas pessoas que ele salvara naquele inverno no Colorado não estavam presentes. Wendy Torrance tinha uma boa desculpa, morrera antes dele. Mas seu filho, no entanto...

Será que estava em alguma espelunca, afundado em uísque, ouvindo músicas de caminhoneiro no jukebox? Talvez passando a noite na cadeia por comportamento agressivo e embriaguez?

A causa da morte tinha sido um ataque cardíaco. Ele voltou ao texto e verificou a data: 19 de janeiro de 1999. O homem que salvara a vida de Dan e a de sua mãe já estava morto havia quase quinze anos. Não dava para esperar nenhuma ajuda dele.

Atrás de si, Dan ouviu o rangido leve de giz na lousa. Ficou sentado onde estava por um instante, com a comida esfriando no colo e o laptop em frente. Depois se virou, devagar.

O giz ainda estava na borda inferior do quadro-negro, mas mesmo assim uma imagem estava surgindo. Tosca, mas reconhecível. Uma luva de beisebol. Depois de a figura estar completa, o giz invisível que ainda rangia baixinho desenhou um ponto de interrogação na palma da luva.

— Preciso pensar sobre isso — disse ele, mas antes que pudesse fazer isso, o interfone tocou, chamando o Doutor Sono.

CAPÍTULO NOVE

# AS VOZES DE NOSSOS AMIGOS MORTOS

1

Aos 102 anos, Eleanor Ouellette era a paciente mais velha de Rivington House naquele outono de 2013, tão velha que seu sobrenome jamais havia sido americanizado. Ela não atendia por *Wil-LET,* e sim pela pronúncia francesa muito mais elegante: *Uhh-e-lé-te.* Dan às vezes a chamava de srta. Uh-La-Lá, o que sempre a fazia sorrir. Ron Stimson, um dos quatro médicos que faziam rondas regularmente no asilo, disse uma vez a Dan que Eleanor era a prova de que a vida às vezes era mais forte do que a morte.

— Suas funções hepáticas são zero, os pulmões estão estourados por oitenta anos fumando, ela tem câncer de colo retal, que avança bem devagar, mas é extremamente maligno, e as paredes de seu coração são finas como uma folha de papel. Mesmo assim, continua a viver.

Se Azreel tivesse razão (e pela experiência de Dan, ele nunca se enganava), aquele contrato de longo prazo que Eleanor tinha com a vida estava prestes a acabar, embora ela certamente não parecesse estar à beira da morte. Estava sentada ereta na cama, fazendo carinho no gato, quando Dan entrou. Seu cabelo estava lindamente cacheado — o cabeleireiro a visitara no dia anterior — e sua camisola rosa estava impecável como sempre, com a parte de cima dando alguma cor a suas bochechas pálidas e a de baixo esticada até seus tornozelos, como um vestido de festa.

Dan ergueu as mãos ao lado do rosto, sacudindo os dedos.

— *Ou-la-la! Une belle femme! Je suis amoureux!*

Ela revirou os olhos, depois inclinou a cabeça e sorriu para ele.

— Você não é Maurice Chevalier, mas gosto de você, *cher.* É animado, o que é importante, e é abusado, que é mais importante ainda, e tem um lindo traseiro, que é o *mais* importante de tudo. A bunda de um homem é a engrenagem que move o mundo, e você tem uma boa bunda. Na minha época, eu teria colocado um dedo nela e o devorado vivo. De preferência diante da piscina do Le Meridien em Monte Carlo, com uma plateia de admiradores para aplaudir meus movimentos na frente e atrás.

Sua voz rouca, porém cadenciada, conseguiu transmitir a imagem de modo sedutor, e não vulgar. Para Dan, a rouquidão de fumante de Eleanor era a voz de uma cantora de cabaré que já vira e fizera de tudo na vida, antes mesmo de que o exército alemão marchasse pela Champs-Élysées na primavera de 1940. Desgastada, mas muito longe de estar acabada. Era verdade que, a não ser pela cor refletida em seu rosto pela escolha inteligente da camisola, Eleanor parecia a morte em pessoa, mas também era verdade que tinha aquela aparência desde 2009, ano em que se mudara para o quarto 15 do Rivington Um. Apenas a presença de Azzie indicava que aquela noite seria diferente.

— Tenho certeza de que você se sairia maravilhosamente bem — disse ele.

— Você tem saído com mulheres, *cher?*

— No momento, não. — Exceto com uma, demasiadamente jovem para o *amour.*

— Que pena. Porque com o passar dos anos, *isto* — ela ergueu o indicador ossudo, depois o dobrou — se torna *isto aqui.* Você vai ver.

Ele sorriu e se sentou na cama. Tal como já se sentara em muitas outras.

— Como se sente, Eleanor?

— Nada mal. — Ela olhou para Azzie, que saiu e se esgueirou pela porta, tendo terminado seu serviço vespertino. — Tive muitas visitas. Elas deixaram seu gato nervoso, mas ele aguentou firme até você chegar.

— O gato não é meu, Eleanor. É da casa.

— Não — disse ela, como se o assunto já não a interessasse muito —, ele é seu.

Dan duvidava de que Eleanor tivesse recebido alguma visita além de Azreel. Não naquela noite, nem na semana ou no mês anterior. Ela era sozinha no mundo. Até mesmo o jurássico contador que tomara conta de seus negócios por tantos anos, e que vinha visitá-la, meio constrangido, a cada 15 dias, carregando uma pasta do tamanho do porta-malas de um Saab, se fora desta para a melhor. A srta. Uh-La-Lá alegava ter parentes em Montreal, mas "não me restou dinheiro suficiente para que eles achassem que valia a pena me visitar, *cher*".

224

— Quem veio, então? — perguntou ele, pensando que talvez ela estivesse falando de Gina Weems ou Andrea Bottstein, as duas enfermeiras do plantão das 3 às 11 em Riv Um naquela noite. Ou que talvez Poul Larson, um ajudante lento, porém decente, que Dan considerava o anti-Fred Carling, tivesse dado um pulo lá para bater um papo.

— Como disse, muita gente. Estão passando agora mesmo. Um desfile interminável. Eles sorriem, acenam, uma criança balança a língua como o rabo de um cachorro. Alguns falam. Você conhece o poeta George Seferis?

— Não, senhora, não conheço. — *Será* que havia mais gente ali? Ele tinha motivo para acreditar que era possível, mas não sentia a presença deles. Não que sempre sentisse.

— O sr. Seferis perguntou "serão essas as vozes de nossos amigos mortos, ou apenas o gramofone?" As crianças são as mais tristes. Havia um garoto aqui que caiu em um poço.

— É mesmo?

— Sim, e uma mulher que se suicidou com uma mola da cama.

Ele não sentia qualquer presença. Teria perdido as forças, depois do encontro com Abra Stone? Era possível e, de qualquer maneira, a iluminação ia e vinha em intervalos que ele nunca conseguira mapear. Mas ele não achava que fosse isso, no entanto. Achava que Eleanor provavelmente estivesse esclerosada. Ou talvez estivesse brincando com ele. Não era impossível. Eleanor Uh-La-Lá era uma piadista e tanto. Alguém — Oscar Wilde? — tinha a fama de ter feito uma piada em seu leito de morte: *Ou esse papel de parede se vai, ou eu.*

— Você deve esperar — disse Eleanor. Sua voz agora demonstrava humor. — A luz vai anunciar uma chegada. Pode ser que haja outras perturbações também. A porta vai se abrir. Então *sua* visita chegará.

Dan olhou, incrédulo, para a porta do corredor, que já estava aberta. Ele sempre a deixava aberta, para que Azzie pudesse sair, se quisesse. O que geralmente acontecia, depois que Dan aparecia para substituí-lo.

— Eleanor, você gostaria de um suco?

— Gostaria, se tivesse temp... — começou a dizer, então a vida escoou de seu rosto como água pelo ralo. Seu olhar se fixou em um ponto acima da cabeça dele e a boca se abriu. As bochechas cederam, o queixo caindo quase até seu peito magro. A parte de cima da dentadura também caiu, escorregando por cima do lábio inferior, pendendo em um sorriso inquietante.

*Merda, isso foi rápido.*

Com cuidado, ele enfiou um dedo sob a dentadura, tirando-a. O lábio dela estufou, depois murchou com um pequeno ruído de *plip*. Dan colocou a dentadura na mesinha de cabeceira dela, começou a se levantar, depois se recostou de novo. Esperou pela névoa vermelha que a velha enfermeira de Tampa chamava de suspiro... como se fosse uma inspiração, em vez de expiração. Mas ela não veio.

*Você deve esperar.*

Tudo bem, ele podia fazer isso, pelo menos durante algum tempo. Buscou contato com a mente de Abra, mas não conseguiu. Talvez fosse bom sinal. Talvez ela já estivesse se esforçando para proteger seus pensamentos. Ou talvez a habilidade dele — habilidade *sensitiva* — o tivesse abandonado. Se assim fosse, pouco importava. Ela voltaria. Sempre voltava.

Ficou pensando (como já fizera antes) no motivo de jamais ter visto moscas no rosto de qualquer paciente de Rivington House. Talvez porque não precisasse. Tinha Azzie, afinal. Será que Azzie via alguma coisa com aqueles olhos verdes e sábios? Talvez não fossem moscas, mas *algo*. Devia ver.

*Serão essas as vozes de nossos amigos mortos, ou apenas o gramofone?*

O andar estava tão silencioso naquela noite, e ainda era tão cedo! Não se ouviam sons de conversa na sala de descanso no final do corredor. Nem de rádio ou TV. Ele não conseguia ouvir o guincho das solas dos sapatos de Poul ou a voz baixa de Gina e de Andrea na enfermaria. Nenhum telefone tocou. Quanto ao seu relógio...

Ele o levantou. Não era de espantar que não conseguisse ouvir seu tique-taque baixo. Havia parado.

A lâmpada fluorescente do teto apagou, deixando acesa apenas a luminária da mesinha de cabeceira de Eleanor. A lâmpada fluorescente voltou, e a luz da mesinha piscou e se apagou. Tornou a acender e então ambas se apagaram. Acenderam... apagaram... acenderam.

— Tem alguém aí?

A jarra d'água na mesinha chacoalhou e ficou quieta. A dentadura que ele removera deu um único e inquietante estalo. Uma estranha ondulação percorreu o lençol da cama de Eleanor, como se algo debaixo dele tivesse se assustado e começado a se mover. Um sopro de ar quente deu um rápido beijo na face de Dan, em seguida se foi.

— Quem é?

As batidas do coração dele se mantiveram regulares, mas conseguia senti-las no pescoço e nos pulsos. Os cabelos em sua nuca pareciam duros e eriçados. De repente, ele percebeu o que Eleanor estivera vendo nos seus últimos instantes: uma procissão de

(*pessoas fantasmagóricas*)

mortos, entrando no quarto por uma parede e saindo pela outra. Saindo? Não, passando. Ele não conhecia Seferis, mas conhecia Auden: *A morte leva os endinheirados, os muito engraçados, e aqueles bem-dotados.* Ela vira todos eles e ali estavam ago...

Mas não estavam. Ele sabia que não estavam. Os fantasmas que Eleanor vira sumiram, e ela havia se unido à procissão. Ela lhe dissera para esperar, e ele estava esperando.

A porta que dava para o corredor fechou lentamente. Depois a porta do banheiro se abriu.

Da boca morta de Eleanor Ouellette saiu uma única palavra: *Danny.*


## 2

Ao entrar na cidade de Sidewinder, passa-se por uma placa que diz BEM-VINDO AO PONTO MAIS ALTO DA AMÉRICA! Não é, mas quase. A 30 quilômetros do local onde a encosta leste se torna a encosta oeste, uma estrada de terra deixa a rodovia principal, serpenteando rumo ao norte. O portal de madeira suspenso sobre esta via secundária diz: BEM-VINDO AO CAMPING BLUEBELL! FIQUE UM POUCO, COMPANHEIRO!

Isso parece a velha e boa hospitalidade do oeste, mas o pessoal dali sabe que na maioria das vezes a estrada está fechada por uma porteira e, neste caso, vê-se uma placa menos amistosa: FECHADO ATÉ SEGUNDA ORDEM. Como eles ganham dinheiro é um mistério para o povo de Sidewinder, que gostaria de ver o Bluebell aberto todos os dias, tirando aqueles em que as estradas ficam bloqueadas pela neve. Eles sentiam falta do comércio que o Overlook trazia e tinham esperança de que o Bluebell compensasse um pouco aquela falta (embora soubessem que o pessoal que acampava não dispunha da mesma grana que os hóspedes do hotel costumavam injetar na economia local). Não estava sendo o caso. Todo mundo dizia que o camping devia pertencer ao paraíso fiscal de alguma corporação rica, um esquema de lavagem de dinheiro.

Era mesmo um paraíso, mas a corporação que ele sediava era o Verdadeiro Nó. Quando hospedado ali, os únicos trailers que se viam eram os de seus integrantes, como o EarthCruiser de Rose, que se sobressaía aos demais.

Naquele fim de tarde de setembro, nove membros do Nó estavam reunidos no prédio de pé-direito alto, agradavelmente rústico, conhecido como o Chalé Overlook. Quando o camping estava aberto ao público, o chalé funcionava como restaurante e servia duas refeições por dia, café da manhã e jantar. A comida era preparada por Eddie Baixinho e Grande Mo (nomes camponeses: Ed e Maureen Higgins). Nenhum deles estava à altura do padrão culinário de

Dick Hallorann — poucos estavam! —, mas era difícil não acertar nas coisas que o pessoal do camping gostava de comer: bolo de carne, macarrão com queijo, bolo de carne, panquecas ensopadas em melado Log Cabin, bolo de carne, ensopado de frango, bolo de carne, surpresa de atum e bolo de carne com molho de cogumelo. Depois do almoço, limpavam as mesas para jogar bingo ou carteado. No fim de semana, havia bailes. Estas atividades só aconteciam quando o camping estava aberto. Naquele fim de tarde — enquanto a três fusos horários a leste Dan Torrance estava sentado ao lado de uma morta, esperando seu visitante — eles tratavam de outros tipos de negócios no Chalé Overlook.

Jimmy Contas estava na cabeceira da única mesa armada no centro do piso de bordo polido. Seu computador estava ligado, com a área de trabalho mostrando uma foto de sua cidade natal, situada no interior das Carpathian Mountains (Jimmy gostava de brincar dizendo que seu avô uma vez recebera em casa um jovem advogado londrino chamado Jonathan Harker).

Agrupados à sua volta, olhando para a tela, estavam Rose, Pai Corvo, Barry China, Andi Cascavel, Charlie Ficha, Annie de Pano, Doug Diesel e Vovô Flick. Nenhum deles queria ficar ao lado de Vovô, que cheirava como se um pequeno acidente tivesse acontecido em suas calças e ele tivesse se esquecido de se lavar (algo que acontecia com uma frequência cada vez maior naqueles dias), mas o assunto era muito importante e eles tinham que suportá-lo.

Jimmy Contas era um cara simples, com os cabelos rareando e uma cara simpática, ainda que com traços vagamente símios. Parecia ter cerca de 50 anos, um terço de sua idade real.

— Pesquisei Lickety-Spliff no Google e não consegui descobrir nada de útil, como eu esperava. No caso de vocês se interessarem, "licktety-spliff" é uma gíria adolescente que significa fazer alguma coisa bem devagar, em vez de muito rápido...

— A gente não se interessa — disse Doug Diesel. — Aliás, você está fedendo, Vovô. Com todo respeito, quando foi a última vez que você limpou a bunda?

Vovô Flick mostrou os dentes — gastos e amarelos, mas todos originais — para Doug.

— Sua mulher me fez esse favor esta manhã, Diees. Com a cara dela, aliás. Um pouco nojento, mas ela pareceu gostar...

— Calem a boca, vocês dois — disse Rose. A voz dela foi inexpressiva, sem nenhum tom de ameaça, mas Doug e Vovô se encolheram, como alunos que levam uma bronca. — Continue, Jimmy. Mas não perca o foco. Quero um plano concreto, e logo.

— O resto do pessoal vai ficar de má vontade, não importa o quanto o plano seja concreto — disse Corvo. — Vão dizer que foi um bom ano de vapor. O negócio do cinema, o incêndio da igreja em Little Rock e aquele atentado terrorista em Austin. Sem falar em Juárez. Tive dúvidas sobre cruzar a fronteira, mas foi bom.

Mais do que bom, na verdade. Juárez tinha ficado conhecida como a capital mundial do assassinato, merecendo o título por ostentar mais de 2.500 homicídios por ano. Muitos praticados com tortura. A atmosfera em geral era riquíssima. Não era vapor puro e revolvia um pouco o estômago, mas funcionava.

— Todo aquele feijão me deu caganeira — comentou Charlie Ficha —, mas é preciso admitir que foi uma excelente colheita.

— O ano foi *bom* — concordou Rose —, mas não podemos viver no México. A gente dá muito na vista. Lá somos *americanos* ricos. Aqui a gente some no meio da multidão. E vocês não estão cansados de viver de ano a ano? Sempre na estrada, contando as latas? Isso aqui é diferente. Isso aqui é o veio principal da mina.

Ninguém respondeu. Ela era a líder e eles acabavam fazendo o que ela mandava, mas não compreendiam o negócio da menina. Tudo bem. Quando se encontrassem com ela, compreenderiam. E depois que a tivessem trancafiado e ela estivesse produzindo vapor sob encomenda, eles se ofereceriam para ficar de joelhos e beijar os pés de Rose. Ela talvez até aceitasse a oferta.

— Vamos lá, Jimmy, mas seja objetivo.

— Tenho quase certeza de que o que você registrou foi mesmo uma gíria adolescente para Lickety-Split. É uma rede de lojas de conveniência de New England. Ao todo, são 73, desde Providence a Presque Isle. Um garoto do primário com um iPad teria descoberto isso em dois minutos. Imprimi os endereços e usei o programa Whirl 360 para conseguir fotos. Descobri seis delas com vista para as montanhas. Duas em Vermont, duas em New Hampshire e duas no Maine.

A case de seu laptop estava debaixo da cadeira. Pegou-a, mexeu no compartimento interno, tirou um folder e entregou-o a Rose.

— Essas fotos não são das lojas, são fotos de várias vistas de montanhas das vizinhanças das lojas. Mais uma vez, uma cortesia do Whirl 360, que é muito melhor do que o Google Earth, e que Deus abençoe sua alminha intrometida. Dê uma olhada e veja se alguma é familiar. Senão, veja se tem alguma que você eliminaria definitivamente.

Rose abriu a pasta e examinou lentamente as fotos. As duas que mostravam as Green Mountains de Vermont ela descartou de imediato. Uma do Maine também não era a certa, mostrava apenas uma única montanha, quando ela tinha visto uma serra inteira. As três restantes ela examinou por mais tempo. Finalmente devolveu-as a Jimmy Contas.

— É uma dessas.

Ele examinou as fotos.

— Fryeburg, Maine... Madison, New Hampshire... Anniston, New Hampshire. Tem algum palpite?

Rose pegou-as de novo, depois ergueu a foto das White Mountains, vistas de Fryeburg e Anniston.

— Acho que é uma dessas, mas quero ter certeza.

— Como vai fazer isso? — perguntou Corvo.

— Vou visitá-la.

— Se tudo que você diz é verdade, talvez seja perigoso.

— Vou fazer isso quando ela estiver dormindo. Garotinhas têm sono pesado. Ela nunca vai saber que estive lá.

— Tem certeza de que é preciso? Esses três lugares são perto uns dos outros. Podíamos verificar todos eles.

— Sim! — gritou Rose. — Vamos ficar andando por lá dizendo: "A gente está procurando uma garota daqui, mas não conseguimos adivinhar seu endereço, como normalmente fazemos, por isso nos ajudem um pouco. Será que vocês conhecem alguma garota novinha com habilidades paranormais e que saiba ler a mente dos outros?"

Pai Corvo suspirou, enfiou as grandes mãos fundo nos bolsos e olhou para ela.

— Desculpe — disse Rose. — Estou meio nervosa, está bem? Quero fazer isso e logo. E você não precisa se preocupar comigo. Sei cuidar de mim.


3


Dan ficou sentado, olhando a finada Eleanor Ouellette. Os olhos abertos que começavam agora a ficar opacos. As pequenas mãos com as palmas viradas para cima. E, principalmente, a boca aberta. Dentro dela morava todo o silêncio atemporal da morte.

— Quem é você? — disse, pensando: *Como se eu não soubesse.* Não tinha pedido por respostas?

— *Você cresceu bem.* — Os lábios não se mexeram, e não parecia haver emoção nas palavras. Talvez a morte tivesse roubado os sentimentos humanos de seu finado amigo, e isso seria uma pena. Ou talvez fosse outra pessoa fingindo ser Dick. Alguma outra *coisa*.

— Se você for Dick, prove. Diga alguma coisa que só ele e eu poderíamos saber.

Silêncio. Mas a presença ainda estava ali. Ele a sentia. Então:

— *Você me perguntou por que a sra. Brant queria as calças do sujeito do estacionamento.*

De início, Dan não teve ideia sobre o que a voz estava falando. Depois entendeu. Era uma lembrança que ele guardava nas prateleiras de cima, com todas as outras do Overlook. E seus cofres, claro. A sra. Brant estava na recepção no dia em que Danny chegara com os pais, e ele captara um pensamento aleatório da recepcionista quando o manobrista do Overlook veio entregar o carro dela: *Eu com certeza gostaria de entrar nas calças dele.*

— *Você era apenas um menininho com um rádio enorme na cabeça. Eu senti pena. Senti medo por você, também. E eu tinha razão em ter medo, não tinha?*

Estava ali um fraco eco da bondade e do humor de seu velho amigo. Era Dick, sim. Dan olhou para a morta, confuso. As luzes do quarto piscaram, apagaram e tornaram a se acender. A jarra d'água chacoalhou de novo por um instante.

— *Não posso me demorar muito, filho. Dói ficar aqui.*

— Dick, tem uma garota...

— *Abra* — disse, quase em um suspiro. — *Ela é como você. Tudo o que vai volta.*

— Ela acha que tem uma mulher querendo pegá-la. Uma mulher que usa um chapéu. Uma cartola antiga. Às vezes, ela só tem um dente comprido em cima. Quando está com fome. Pelo menos foi isso que ela me contou.

— *Faça sua pergunta, meu filho. Não posso ficar. Este mundo, para mim, agora é um sonho de um sonho.*

— Existem outros. Amigos da mulher da cartola. Abra os viu com lanternas. Quem são?

Silêncio de novo. Mas Dick ainda estava ali. Diferente, mas estava ali. Dan podia senti-lo em suas terminações nervosas, e como uma espécie de corrente elétrica deslizando sobre a superfície úmida de seus olhos.

— *Eles são os demônios vazios. Estão doentes e não sabem.*

— Não entendo.

— *Não. Que bom. Se você tivesse conhecido eles, se eles tivessem até mesmo sentido seu cheiro, você estaria morto há muito tempo, usado e jogado fora como um pacote vazio. Foi isso que aconteceu com aquele que Abra chama de garoto do beisebol. E com muitos outros. As crianças iluminadas são as presas deles, mas isso você já tinha percebido, não é? Os demônios vazios se espalham pela terra como um câncer de pele. Já houve época em que viajavam em camelos; já houve época em que viajavam em caravanas pela Europa oriental. Eles comem gritos e bebem sofrimento. Você sofreu os seus horrores no Overlook, Danny, mas pelo menos foi poupado dessa gente. Agora que essa mulher estranha está obcecada pela garota, eles não vão parar até pegá-la. Talvez a matem. Talvez a transformem. Ou podem conservá-la e usá-la até que ela fique totalmente vazia, o que seria o pior de tudo.*

— Não entendo.

— *Escavá-la. Torná-la vazia como eles.* — Da boca da morta ouviu-se um suspiro póstumo.

— Dick, que diabos devo fazer?

— *Faça o que garota pediu para você fazer.*

— Onde estão esses demônios vazios?

— *Na sua infância, de onde todos os demônios vieram. Não posso dizer mais nada.*

— Como posso detê-los?

— *A única maneira é matá-los. Fazê-los engolir o próprio veneno. Faça isso e eles sumirão.*

— A mulher da cartola, a mulher estranha, como é o nome dela? Você sabe?

No final do corredor ouviu-se o barulho de rodo e de água, e de Poul Larson começando a assobiar. A atmosfera no quarto mudou. Algo que até então estava delicadamente equilibrado começou a oscilar.

— *Procure seus amigos. Os que sabem quem você é. Parece que você cresceu bem, filho, mas ainda tem uma dívida a pagar.* — Fez-se uma pausa e então a voz que era e não era de Dick Hallorann falou uma última vez, em um tom autoritário. — *Pague-a.*

Uma névoa vermelha saiu dos olhos, do nariz e da boca aberta de Eleanor. Ficou pairando sobre ela por talvez cinco segundos, depois desapareceu. As luzes estavam firmes. E também a jarra d'água. Dick se fora. Dan estava ali na companhia apenas de um cadáver.

*Demônios vazios.*

Não se lembrava de já ter ouvido uma expressão mais terrível que aquela. Mas fazia sentido... para quem tinha conhecido o Overlook de verdade. Aquele lugar estivera repleto de demônios, mas pelo menos eram demônios *mortos*. Ele não achava que fosse o caso da mulher da cartola e seus amigos.

*Você ainda tem uma dívida a pagar. Pague-a.*

Sim. Ele abandonara o menininho com as fraldas caindo e a camiseta do Braves para se virar sozinho. Não podia fazer isso com a garota.

4

Dan ficou esperando na enfermaria pelo carro da funerária Geordie & Sons e viu a maca encoberta saindo pela porta dos fundos de Rivington Um. Depois foi para seu quarto e ficou sentado contemplando a Cranmore Avenue, agora totalmente deserta. Um vento noturno soprava, despindo os carvalhos de suas primeiras folhas mortas e varrendo-as em piruetas pela rua. Do outro lado da praça, Teenytown estava igualmente deserta sob a luz alaranjada de dois postes.

*Procure seus amigos. Os que sabem quem você é.*

Billy Freeman sabia, soubera quase desde o início, porque Billy possuía um pouco daquilo que Dan tinha. E se Dan tinha uma dívida, Billy também, porque fora a iluminação mais poderosa de Dan que salvara sua vida.

*Não que eu fosse falar assim com ele.*

Nem que fosse precisar.

Também havia John Dalton, que perdera o relógio e era, por coincidência, o pediatra de Abra. O que Dick tinha dito através da boca morta de Eleanor Uh-La-Lá? *Tudo o que vai volta.*

Quanto ao que Abra pedira, era até fácil. Pegá-la, no entanto... podia ser mais complicado.

5

Quando Abra acordou, no domingo de manhã, havia um e-mail de dtor36@ nhmlx.com:

> Abra: falei com um amigo usando o dom que nós temos e estou convencido de que você corre perigo. Quero contar sua situação a outro amigo, um amigo que temos em comum: John Dalton. Só farei isso com sua permissão. Acredito que John e eu podemos recuperar o objeto que você desenhou no meu quadro-negro.

Você preparou seu alarme? Certas pessoas podem estar procurando você, e é muito importante que não a descubram. Você precisa tomar cuidado. Saudações, e CUIDE-SE. Delete este e-mail.

Tio D.

Ela ficou mais convencida pelo fato de ele ter mandado um e-mail do que pelo conteúdo, porque sabia que ele não gostava de se comunicar daquele jeito. Ele tinha medo de que os pais bisbilhotassem o e-mail dela e pensassem que estava conversando com algum abusador.

Se eles ao menos soubessem dos abusadores com que ela *realmente* tinha que se preocupar.

Ela estava com medo, mas também — agora que era dia e não havia mais nenhuma maluca bonita de cartola olhando pela janela — um tanto animada. Era mais ou menos como fazer parte de um daqueles romances sobrenaturais de amor e terror que a sra. Robinson, da biblioteca da escola, chamava, desconfiada, de "pornografia adolescente". Nesses livros, as garotas flertavam com lobisomens, vampiros — até mesmo zumbis —, mas dificilmente *se transformavam* nessas coisas.

Também era bom ser protegida por um adulto, e não era nada mal que ele fosse bonito, de uma maneira meio largada que a fazia se lembrar um pouco de Jax Teller de *Sons of Anarchy*, um programa a que ela e Emma Deane assistiam escondidas no computador de Em.

Ela não só mandou o e-mail do tio Dan para a pasta dos excluídos, como o deletou em *definitivo*, o mandando para aquilo que Emma chamava "o arquivo do namorado nuclear". (*Como se você tivesse algum, Em*, pensou Abra maldosamente.) Depois desligou o laptop, o fechando. Ela não respondeu a ele por e-mail. Não precisava. Bastava fechar os olhos.

Zip-zip.

Depois de enviar a mensagem, Abra foi para o banho.

## 6

Quando Dan voltou com seu café da manhã, havia uma nova mensagem no quadro-negro.

**Pode contar ao dr. John, mas PARA OS MEUS PAIS, NÃO.**

Não. Para os pais dela, não. Por enquanto, pelo menos. Mas Dan não tinha dúvida de que eles iam descobrir que *alguma coisa* estava acontecendo, provavelmente mais cedo do que se esperava. Ele ia encarar essa situação quando a necessidade surgisse. Naquele exato momento, tinha uma porção de outras coisas a fazer, a começar por um telefonema.

Uma criança atendeu, e, quando ele pediu para falar com Rebecca, ela largou o fone com um barulho alto e ele ouviu um grito distante de "*Vovó, é para você!*". Alguns segundos depois, Rebecca Clausen estava na linha.

— Olá, Becka, é Dan Torrance.

— Se for por causa da sra. Ouellette, recebi um e-mail esta manhã de...

— Não é por isso. Queria lhe pedir alguns dias de férias.

— O Doutor Sono quer férias? Não acredito. Eu praticamente tive que chutá-lo porta afora na última primavera, para que tirasse férias, e mesmo assim você vinha uma ou duas vezes por dia. É assunto de família?

Dan, tendo em mente a teoria da relatividade de Abra, respondeu que era.

CAPÍTULO DEZ

# ENFEITES DE VIDRO

1

O pai de Abra estava na bancada da cozinha, de roupão, batendo ovos em uma vasilha quando o telefone tocou. De cima vinha o barulho do chuveiro. Se Abra estivesse seguindo sua rotina habitual de domingo de manhã, o barulho continuaria até que a água quente acabasse.

Ele verificou a origem da chamada. Código de área 617, mas o número não correspondia ao que ele conhecia em Boston, o telefone do apartamento de sua sogra.

— Alô?

— Ah, David, que bom que consegui falar com você. — Era Lucy, e ela soava completamente exausta.

— Onde é que você está? Por que não está ligando do seu celular?

— Estou no hospital, em um telefone público. É proibido usar celulares aqui, há avisos em todo canto.

— Momo está bem? E você?

— Estou. Quanto a Momo, está estabilizada... agora... mas durante algum tempo a coisa ficou feia. — Ela engoliu em seco. — Ainda está. — Foi então que Lucy desabou. Não apenas estava chorando, mas também soluçando desesperadamente.

David esperou. Ficou feliz de Abra estar no chuveiro e esperava que a água quente durasse muito tempo ainda. As coisas pareciam ruins.

Finalmente Lucy conseguiu falar de novo.

— Dessa vez ela quebrou o braço.

— Ah. Sim. Foi só isso?

— Não, não é *só* isso! — respondeu ela, quase gritando, naquele tom de voz por-que-os-homens-são-tão-burros que ele detestava e que dizia a si mes-

*236*

mo que fazia parte da herança italiana dela, sem pensar que, às vezes, ele podia *ser* mesmo bastante burro.

Ele respirou fundo para se controlar.

— Fale, amor.

Ela contou, embora por duas vezes tenha irrompido em soluços de novo, e David teve que esperar que passassem. Estava mortalmente cansada, mas isso era só parte do problema. O principal, percebeu ele, era que ela estava começando a aceitar de verdade o que já sabia havia semanas: sua momo estava morrendo. E talvez não de modo tranquilo.

Concetta, que agora só conseguia tirar uns cochilos muito leves, acordara depois da meia-noite e quisera ir ao banheiro. Em vez de tocar a campainha e chamar Lucy para lhe trazer a comadre, tentara se levantar para ir ao banheiro sozinha. Conseguira botar as pernas no chão e se sentar, mas então fora vencida pela tontura e desabara no chão, caindo sobre o braço esquerdo. O osso não apenas tinha quebrado, mas se partido em pedaços. Lucy, cansada das semanas de plantão noturno para o qual jamais havia sido treinada, acordou com os gritos da avó.

— Ela não estava só pedindo ajuda — disse Lucy — nem estava gritando. Ela estava *uivando*, como uma raposa com uma pata presa em uma armadilha.

— Deve ter sido horrível, amor.

Em pé na sacada do primeiro andar, onde havia máquinas de vender lanches e, milagrosamente, alguns telefones que funcionavam, com o corpo doendo e coberto de suor que já estava secando (ela podia sentir o próprio cheiro, e não era de perfume Dolce & Gabbana), com sua cabeça latejando da primeira enxaqueca que tinha em anos, Lucia Stone sabia que jamais seria capaz de contar a ele o inferno que aquilo realmente havia sido. Que revelação terrível tinha sido. Você achava que compreendia os fatos básicos — mulheres envelhecem, mulheres ficam fracas, mulheres morrem — e então descobre que existem muitas coisas mais. Descobria isso ao encontrar a mulher que compôs alguns dos melhores poemas de sua geração deitada em uma poça do próprio mijo, implorando à neta que fizesse a dor *parar*, faça *parar*, ah, *madre de Cristo*, faça *parar*. Quando vira o antebraço, que antes era liso, torcido como um pano de chão e ouvira a poetisa chamá-lo de coisa escrota, e depois desejar morrer para que a dor parasse.

Será que conseguiria contar ao marido que ainda estava meio adormecida e morta de medo de que qualquer coisa que fizesse fosse a coisa errada? Conseguiria contar a ele que ela arranhara seu rosto quando tentou movê-la e ganira como um cão atropelado? Poderia explicar a ele que deixara a amada avó deitada no chão enquanto discava para a emergência e depois ficara sentada ao lado dela à espera da ambulância, fazendo-a beber Oxycodone dissolvido em água por um canudo? E como a ambulância não chegava e não chegava e ficou pensando naquela canção de Gordon Lightfoot, "The Wreck of the *Edmund Fitzgerald*", aquela que pergunta onde está o amor divino quando as ondas transformam os minutos em horas? As ondas que quebravam sobre Momo eram ondas de dor, e ela estava afundando, simplesmente não paravam de quebrar.

Quando ela começou a gritar de novo, Lucy pôs os dois braços debaixo dela, levantando-a em uma arrancada desajeitada que certamente deixaria sequelas nos próprios ombros e costas durante dias, se não semanas. Tapou os ouvidos para os gritos de *me solte, você está me matando*, de Momo. Então Lucy se sentou encostada na parede, ofegante, com mechas de cabelos coladas nas bochechas, enquanto Momo chorava e protegia o braço terrivelmente deformado e perguntava a Lucy por que ela a machucara daquela maneira e por que aquilo estava acontecendo com ela.

Finalmente a ambulância chegara, e um homem — Lucy não sabia seu nome, mas o abençoara em suas orações incoerentes — dera uma injeção em Momo que a apagara. Dava para contar ao marido que tinha desejado que aquela injeção a matasse?

— Foi uma coisa terrível — foi só o que disse. — Que bom que Abra não quis vir este fim de semana.

— Ela queria, mas tinha muito dever de casa, e ontem disse que precisava ir à biblioteca. Deve ter sido algo importante, porque você sabe como ela geralmente me azucrina para ir ao jogo de futebol. — Ele estava falando banalidades. Sendo idiota. Mas o que mais podia fazer? — Lucy, sinto muito mesmo por você ter passado por tudo isso sozinha.

— É só que... se você tivesse ouvido Momo gritar, ia entender. Eu nunca mais quero ouvir alguém gritar assim. Ela sempre manteve a calma tão bem... tinha a cabeça fria enquanto todo mundo à sua volta enlouqu...

— Eu sei...

— E ser reduzida àquilo que ela era ontem à noite. As únicas palavras que ela lembrava eram *porra* e *merda* e *caralho* e *puta merda* e...

— Esquece isso, amor.

No andar de cima, o chuveiro parara. Levaria apenas alguns minutos para que Abra se secasse e se vestisse; não ia demorar a descer, com a camisa esvoaçando e os cadarços dos tênis desamarrados.

Mas Lucy ainda não estava pronta para esquecer.

— Me lembro de um poema que ela escreveu. Não sei citar cada palavra dele, mas começava mais ou menos assim: "Deus é um apreciador de coisas frágeis, e decora Seu observatório nublado com enfeites do mais puro vidro." Eu achava que essa era uma ideia bonitinha meio convencional demais para um poema de Concetta Reynolds, quase sentimentalista.

E ali estava sua Abba-Du — a Abba-Du *deles* — com a pele ruborizada pelo banho.

— Tudo bem, pai?

David levantou a mão: *Espere um pouco.*

— Agora eu sei o que ela realmente queria dizer e nunca vou conseguir ler esse poema de novo.

— Abby está aqui, amor — disse ele em uma voz falsamente animada.

— Ótimo. Preciso falar com ela. Não vou choramingar mais, então não se preocupe, mas a gente não pode proteger ela disso.

— Talvez da parte pior? — perguntou ele com delicadeza. Abra estava ao lado da mesa, com o cabelo molhado amarrado em duas tranças que a faziam parecer ter 10 anos de novo. Sua expressão era séria.

— Talvez — concordou ela —, mas não posso mais fazer isso, Davey. Nem mesmo com ajuda de acompanhante. Pensei que pudesse, mas não posso. Há um asilo em Frazier, que é perto daí. A enfermeira de plantão me contou. Acho que os hospitais devem ter uma lista deles exatamente para este tipo de situação. De qualquer forma, o lugar se chama Helen Rivington House. Liguei para lá antes de ligar para você, e eles têm vaga a partir de hoje. Aposto que Deus derrubou mais um de seus enfeites no chão na noite passada.

— Chetta está acordada? Você discutiu isso...

— Ela acordou, algumas horas atrás, mas estava grogue, misturando presente e passado.

*Enquanto eu estava dormindo*, pensou David, culpado. *Sem dúvida, sonhando com meu livro.*

— Quando ela recuperar a lucidez, se recuperar, direi a ela, da maneira mais delicada possível, que essa decisão não lhe cabe mais. Está na hora de receber cuidados em um asilo.

— Está bem. — Quando Lucy tomava uma decisão, era definitiva. E o melhor era deixar o caminho dela livre para que seu desejo se concretizasse.

— Pai? Mamãe está bem? E Momo?

Abra sabia que sua mãe estava, e a bisavó não. A maioria das coisas que Lucy dissera ao marido Abra captara enquanto ainda estava debaixo do chuveiro, com as lágrimas e o xampu escorrendo pelo rosto. Mas ela ficara boa em parecer alegre até que alguém lhe dissesse em voz alta que ela já podia parecer triste. Ficou pensando se seu amigo Dan tinha aprendido a fingir também quando era criança. Apostava que sim.

— Chia, acho que Abby quer falar com você.

Lucy suspirou e disse:

— Passe para ela.

David estendeu o fone para a filha.


2


Às 2 da tarde daquele domingo, Rose, a Cartola, pendurou um aviso de NÃO INCOMODE SE NÃO FOR ABSOLUTAMENTE NECESSÁRIO na porta de seu gigantesco trailer. As horas seguintes haviam sido rigorosamente esquematizadas. Não comeria nada naquele dia, só beberia água. Em vez do café da manhã, tomara um purgante. Quando chegasse a hora de entrar na mente da garota, ela estaria limpa como um copo vazio.

Sem funções corporais que a distraíssem, Rose seria capaz de descobrir tudo que precisava: o nome da garota, sua exata localização, o quanto ela sabia e, o que era muito importante, com quem ela podia ter falado. Rose ficaria deitada, descansando na cama de casal do EarthCruiser, das 16 até as 22 horas, olhando para o teto e meditando. Quando sua mente estivesse tão pura quanto o corpo, ela tomaria vapor de uma das latas no compartimento secreto — uma cheiradinha seria o bastante — e mais uma vez inverteria o mundo até que ela estivesse dentro da garota e a garota dentro dela. À 1 hora da madrugada do fuso horário do leste, sua presa estaria dormindo profundamente, e Rose poderia vasculhar o conteúdo de sua mente à vontade. Talvez fosse até possível plantar uma sugestão: *Uns homens vão aparecer. Eles vão poder ajudar você. Vá com eles.*

Mas como frisou aquele fazendeiro e poeta das antigas, Bobbie Burns, mais de duzentos anos atrás, os melhores planos elaborados por homens e ratos às vezes falham, e ela mal começara a recitar as primeiras frases de seu mantra para relaxar quando um infeliz veio bater na sua porta.

— Vá embora! — gritou ela. — Não sabe ler o aviso?

— Rose, estou com Walnut aqui — gritou Corvo. — Acho que ele tem o que você queria, mas precisa de uma autorização para agir, e é importante escolher o momento certo, nessa situação.

Ela ficou deitada ali por um instante, depois bufou de raiva e se levantou, vestindo uma camiseta do Sidewinder (BEIJE-ME NO TETO DO MUNDO!), que cobria até a parte de cima de suas coxas. Abriu a porta. — É melhor que seja algo bom.

— Podemos voltar — disse Walnut. Era um homenzinho careca no alto da cabeça, com dois tufos de cabelos grisalhos que cobriam, felpudos, a parte de cima das orelhas. Segurava uma folha de papel na mão.

— Não, apenas seja rápido.

Sentaram-se na mesa da sala/cozinha. Rose pegou o papel da mão de Walnut e deu uma olhada apressada. Era um tipo qualquer de diagrama químico complicado, cheio de hexágonos. Não significava nada para ela.

— O que é isso?

— Um sedativo forte — respondeu Walnut. — É novo, está limpo. Jimmy arranjou esta fórmula química de um de nossos caras na Agência de Segurança Nacional. Vai apagá-la sem risco de overdose.

— Talvez seja o que precisamos, mesmo. — Rose sabia que parecia má vontade. — Mas não dava para esperar até amanhã?

— Desculpe, desculpe — disse Walnut humildemente.

— Eu não peço desculpa — disse Corvo. — Se quiser chegar rápido a esta garota e pegá-la sem problema, eu não só vou ter que providenciar que a gente arranje um pouco disso, como conseguir que seja enviado para um dos nossos pontos de recebimento de correspondência.

O Nó tinha centenas deles por toda a América, a maioria sob a forma de caixas postais e alguns postos de correios. Para usá-los era preciso planejar com dias de antecedência, porque eles estavam sempre viajando. Era tão provável ver um membro do Nó usando o transporte público quanto cortando a própria garganta. O transporte aéreo particular era possível, mas desagradável; eles sofriam de náuseas devido à grande altitude. Walnut acreditava que isso tinha a ver com o sistema nervoso deles, radicalmente diferente do sistema dos camponeses. A preocupação de Rose era com um determinado sistema nervoso governamental. *Muito* nervoso. A Segurança Nacional andava monitorando cuidadosamente até mesmo voos domésticos desde o 11 de Setembro, e a primeira norma de segurança do Verdadeiro Nó era jamais chamar atenção.

Graças às rodovias interestaduais, os trailers sempre serviram aos seus propósitos, e também serviriam daquela vez. Uma pequena força expedicionária, com revezamento de motoristas a cada seis horas, podia ir de Sidewinder até o norte de New England em menos de trinta horas.

— Está bem — disse ela, mais tranquila. — O que temos ao longo da I-90, acima de Nova York ou Massachusetts?

241

Corvo não hesitou nem disse que precisava se informar e lhe dizer depois.

— Temos um posto em Sturbridge, Massachusetts.

Ela deu um peteleco na borda do papel que Walnut segurava, com as fórmulas químicas incompreensíveis.

— Mande esse negócio para lá. Use pelo menos três destinos para que possamos negar completamente se algo der errado. Confunda a rota da remessa.

— A gente tem tanto tempo assim? — perguntou Corvo.

— Não vejo por que não — disse Rose. Comentário que voltaria para assombrá-la. — Mande para o sul, depois para o centro-oeste, depois para New England. Basta que chegue a Sturbridge na quinta. Use o correio via expressa, *não* FedEx ou UPS.

— Posso fazer isso — disse Corvo. Sem hesitação alguma.

Rose dirigiu sua atenção ao médico do Nó.

— É melhor que tenha razão, Walnut. Se você lhe der uma overdose, em vez de simplesmente apagá-la, vou fazer você ser o primeiro membro do Nó a ser exilado desde o Pequeno Chifrudo.

Walnut empalideceu um pouco. Ela não tinha intenção de exilar ninguém, mas ainda estava com raiva por ter sido interrompida.

— Vamos levar a droga até Sturbridge, e Walnut saberá como usá-la — disse Corvo. — Sem problemas.

— Não tem nada mais simples, algo que a gente possa comprar por aqui mesmo?

Walnut disse:

— Não se você quiser ter certeza de que ela não vai dar uma de Michael Jackson para cima da gente. Esse negócio é seguro e age rápido. Se ela é tão poderosa quanto você parece imaginar, então a rapidez será impor...

— Está certo, entendi. Já acabamos?

— Tem mais uma coisa — disse Walnut. — Acho que poderia esperar, mas...

Ela olhou pela janela e, caramba, ali vinha Jimmy Contas, correndo pelo estacionamento ao lado do Chalé Overlook, com sua própria folha de papel. Por que ela pendurara o aviso NÃO PERTURBE na maçaneta da porta? Por que não SEJAM TODOS BEM-VINDOS?

Rose juntou todo o seu mau humor em uma sacola que guardou no fundo da mente e sorriu corajosamente.

— O que é?

— Vovô Flick — disse Corvo —, que não consegue mais controlar os intestinos.

— Não tem conseguido nos últimos vinte anos — disse Rose. — Ele se recusa a usar fraldas e não consigo obrigá-lo. Ninguém consegue.

— Agora é diferente — disse Walnut. — Ele mal consegue sair da cama. Baba e Susie Olheira estão cuidando dele da melhor maneira possível, mas o trailer dele está uma fedentina só...

— Ele vai melhorar. Vamos alimentá-lo com vapor. — Mas ela não gostou da cara de Walnut. Tommy Carreta falecera dois anos antes, e do modo como o Nó media o tempo, poderia ter sido há duas semanas. E agora Vovô Flick?

— A cabeça dele está pifando — disse Corvo asperamente. — E... — ele olhou para Walnut.

— Petty estava cuidando dele esta manhã e disse que acha que viu Vovô ciclando.

— *Acha* — disse Rose. Ela não quis acreditar. — Alguém mais viu isso acontecer? Baba? Sue?

— Não.

Rose deu de ombros, como se dissesse *então, pronto*. Jimmy bateu na porta antes que pudessem continuar com o assunto, e dessa vez ela ficou contente com a interrupção.

— Entre!

Jimmy enfiou a cabeça no vão da porta.

— Tem certeza?

— Sim! Por que você não aproveitou para trazer as Rockettes e a banda da Universidade da Califórnia? Caramba, eu só estava tentando meditar, depois de passar algumas horas esvaziando minhas tripas.

Corvo a olhava de um jeito ligeiramente reprovador, algo que ela talvez merecesse — *provavelmente* merecia, porque aquelas pessoas só estavam fazendo o trabalho do Nó, como ela pedira —, mas se Corvo algum dia assumisse a cadeira do capitão, compreenderia. Nunca se tinha um instante só para si, a não ser que você ameaçasse mandá-los para o inferno. E, em muitos casos, nem assim.

— Tenho algo que você talvez queira ver — disse Jimmy. — E já que Corvo e Walnut já estavam aqui, eu pensei...

— Eu sei o que você pensou. O que foi?

— Fiz uma busca na internet sobre essas cidades que você selecionou, Fryeburg e Anniston. Encontrei isto aqui no jornal *Union Leader*. É da edição de quinta-feira passada. Talvez não seja nada.

Ela pegou a folha. A matéria principal era sobre uma escola camponesa que tinha acabado com o time de futebol devido a cortes orçamentários. Embaixo havia uma notícia menor que Jimmy circulara.

### PEQUENO TERREMOTO EM ANNISTON

Quão leve um terremoto pode ser? Mínimo, se acreditarmos nos moradores de Richland Court, uma pequena rua de Anniston que termina no rio Saco. No final da tarde de terça-feira, vários moradores da rua relataram um tremor de terra que sacudiu janelas, fez os pisos tremerem e derrubou objetos de vidro das prateleiras. Dane Portland, um aposentado que mora no fim da rua, mostrou uma rachadura que atravessou sua garagem recém-asfaltada. "Se quiserem uma prova, vejam ela aí", disse ele.

Apesar de o Centro Geológico de Survey, em Wrentham, declarar que não houve tremores de terra em New England durante a tarde de terça-feira passada, Matt e Cassie Renfrew aproveitaram a oportunidade para dar uma "festa do terremoto", à qual compareceu a maioria dos moradores da rua.

Andrew Sittenfeld, do Centro Geológico de Survey, disse que o tremor sentido pelos moradores de Richland Court pode ter sido ocasionado por um grande e repentino volume de água no sistema de esgoto, ou talvez por algum avião militar quebrando a barreira de som. Quando essas sugestões foram transmitidas ao sr. Renfrew, ele riu bastante. "A gente sabe o que a gente sentiu", disse ele. "Foi um terremoto. E não houve nenhuma grande consequência. O prejuízo foi insignificante e, olha, nos deu pretexto para uma tremenda festa."

(*Andrew Gould*)

Rose leu duas vezes, depois levantou os olhos que brilhavam.

— Bom achado, Jimmy.

Ele sorriu.

— Obrigado. Vou deixar que vocês discutam o assunto, então.

— Leve Walnut com você, ele precisa examinar Vovô. Corvo, fique mais um minuto.

Depois que eles saíram, ele fechou a porta.

— Você acha que foi a garota que provocou esse terremoto em New Hampshire?

— Acho. Não tenho certeza, mas pelo menos 80 por cento. E ter um local de referência para focar, não apenas uma cidade, mas uma *rua*, vai tornar a coisa muito mais fácil para mim esta noite, quando eu for procurá-la.

— Se você conseguir enfiar a ideia de ela vir com a gente na cabeça da menina, Rosie, talvez a gente nem precise apagá-la.

Ela sorriu, pensando de novo que Corvo não fazia ideia de como aquela ali era especial. *Nem eu fazia. Só achei que fazia.*

— Não custa sonhar, eu acho. Mas, depois de pegá-la, vamos precisar de algo um pouquinho mais sofisticado do que um "Boa Noite, Cinderela", mesmo sendo um moderninho. Vamos precisar de alguma droga fantástica que a mantenha calma e dócil até que ela veja que é melhor para ela cooperar por livre e espontânea vontade.

— Você vai com a gente quando formos pegá-la?

Rose achava que sim, mas naquele momento hesitou, pensando em Vovô Flick.

— Não tenho certeza.

Ele não questionou, o que ela achou bom, e se dirigiu à porta.

— Vou garantir que você não seja mais perturbada.

— Ótimo. E mande Walnut fazer um exame completo em Vovô. Quero dizer, desde o cu até o apetite. Se ele *estiver* mesmo ciclando, quero saber amanhã, quando eu sair do isolamento. — Ela abriu o compartimento no chão e tirou uma das latas. — E dê a ele essa sobra aqui.

Corvo ficou chocado.

— *Tudo?* Rose, se ele estiver ciclando, não faz sentido.

— Dê a ele. Tivemos um ano bom, como muitos de vocês frisaram para mim recentemente. Podemos nos permitir uma pequena extravagância. Além do mais, o Verdadeiro Nó tem um Vovô só. Ele se lembra da época em que o povo da Europa adorava árvores em vez de alugar apartamentos. Não vamos perdê-lo se pudermos evitar. Não somos selvagens.

— Os camponeses talvez discordem.

— É por isso que eles são camponeses. Agora saia.


3


Depois do Labor Day, Teenytown passava a fechar às 15 horas, aos domingos. Naquela tarde, às 17h45, três gigantes estavam sentados em bancos perto do final da miniatura de Cranmore Avenue, fazendo a drogaria e o cinema de

Teenytown (onde, durante a temporada de turismo, as pessoas podiam olhar pela janela para ver clipes minúsculos passando em uma telinha) parecerem ainda menores. John Dalton viera à reunião com um boné do Red Sox, que ele colocou na cabeça da pequenina estátua de Helen Rivington na pequena pracinha do fórum.

— Tenho certeza de que ela era torcedora — disse. — Todo mundo por aqui era torcedor. Ninguém demonstra um mínimo de admiração pelos Yankees, exceto forasteiros como eu. O que posso fazer por você, Dan? Vou perder o jantar com a família por causa disso. Minha mulher é compreensiva, mas a paciência dela tem limites.

— O que ela acharia se você fosse passar alguns dias comigo em Iowa? — perguntou Dan. — Tudo por minha conta, é claro. Preciso atender a um chamado do décimo segundo passo de um tio meu que está se matando com bebida e cocaína. Minha família pediu que eu interviesse e não posso fazer isso sozinho.

O AA não tinha regras, mas havia muitas tradições (que, na verdade, eram regras). Uma das mais arraigadas era que jamais se devia visitar sozinho algum alcoólatra ativo, no cumprimento do décimo segundo passo, a não ser que ele estivesse internado em um hospital, clínica de desintoxicação ou na cadeia local. Caso contrário, era provável que acabasse o acompanhando em cada gole e garrafa. O vício, conforme Casey Kingsley gostava de dizer, era uma disposição sempre disposta.

Dan olhou para Billy Freeman e sorriu.

— Quer dizer alguma coisa? Vá em frente, diga à vontade.

— Acho que você não tem tio nenhum. Não tenho certeza se você ainda tem alguém da família.

— É isso? Você não tem certeza?

— Bem... você nunca fala deles.

— Muita gente tem família e não fala sobre ela. Mas você *sabe* que eu não tenho, não é, Billy?

Billy não disse nada, mas pareceu constrangido.

— Danny, eu não posso ir a Iowa — disse John. — Estou com a agenda da semana praticamente lotada.

Dan ainda estava prestando atenção em Billy. Enfiou a mão no bolso e pegou algo, que manteve dentro da mão fechada.

— O que eu tenho aqui?

Billy parecia mais desconfortável que nunca. Olhou para John e não encontrou ajuda ali, então voltou a olhar para Dan.

— John sabe o que eu sou — disse Dan. — Já o ajudei antes e ele sabe que já ajudei alguns outros do Programa. Você está entre amigos aqui.

Billy pensou e então disse:

— Talvez seja uma moeda, mas acho que é uma das suas medalhas do AA. Do tipo que você ganha cada vez que completa mais um ano sem beber.

— De que ano é esta?

Billy hesitou, olhando para a mão fechada de Dan.

— Me deixe ajudar — pediu John. — Ele não bebe desde a primavera de 2001, de modo que, se ele está carregando uma medalha, é provavelmente de 12 anos.

— Faz sentido, mas não é. — Billy se concentrava agora, duas linhas verticais sulcavam sua testa bem acima dos olhos. — Acho que talvez seja... de sete?

Dan abriu a mão. A medalha tinha um grande VI.

— Que merda — disse Billy. — Eu geralmente sou bom de adivinhação.

— Você chegou bastante perto — disse Dan. — E não é adivinhação, é a iluminação.

Billy pegou seu maço de cigarros, olhou para o médico sentado no banco a seu lado e guardou-o de novo.

— Se você diz...

— Me deixe contar algumas coisas a seu respeito, Billy. Quando você era pequeno, era *ótimo* em adivinhações. Sabia quando sua mãe estava de bom humor e podia pedir um ou dois paus. Sabia quando seu pai estava de mau humor e ficava longe dele.

— É verdade que eu sabia que tinha noites em que ficar resmungando por ter de comer as sobras do assado era uma péssima ideia — comentou Billy.

— Você apostava?

— Nos cavalos, ali em Salem. Acertei um monte. Então, quando tinha mais ou menos 25 anos, perdi o jeito de acertar os vencedores. Teve um mês em que precisei pedir mais tempo para pagar o aluguel e isso me afastou das corridas.

— É, o talento vai sumindo à medida que a gente fica mais velho, mas você ainda tem um pouco.

— Você tem mais — disse Billy, desta vez sem hesitação alguma.

— Isso é verdade, não é? — disse John. Não era realmente uma pergunta, e sim uma constatação.

— Você só tem uma consulta na semana que vem que você acha que não pode desmarcar ou passar para outro dia — disse Dan. — Uma menininha com câncer de estômago. O nome dela é Felicity...

247

— Frederika — disse John. — Frederika Bimmel. Ela está no Merrimack Valey Hospital. Vou ter uma conversa com o oncologista e com os pais dela.

— No sábado de manhã.

— É. Sábado de manhã. — Ele olhou para Dan com espanto. — Nossa, meu Deus do céu! O que você tem... Não fazia ideia de que era *tanto* assim.

— Vamos voltar de Iowa na quinta. No máximo na sexta.

*A não ser que a gente vá para a cadeia*, pensou. *Nesse caso, talvez a gente fique mais tempo lá.* Levantou os olhos para ver se Billy tinha captado esse pensamento nada encorajador. Não havia sinal de que o tivesse feito.

— De que se trata?

— De uma outra paciente sua. Abra Stone. Ela é como Billy e eu, John, mas acho que você já sabe isso. Só que ela é muito, muito mais forte. Eu já sou bem mais que Billy, e ela me faz parecer um vidente de quermesse.

— Ah, meu Deus, as colheres.

Demorou um segundo para que Dan se lembrasse.

— Ela as pendurou no teto.

John olhou para ele de olhos arregalados.

— Você leu isso da minha *mente?*

— Não, eu soube de um jeito mais banal. Ela me contou.

— Quando? *Quando?*

— A gente vai chegar lá, mas não agora. Primeiro, vamos tentar uma autêntica leitura de mente. — Dan pegou a mão de John. Isso ajudava; o contato quase sempre ajudava. — Os pais dela o procuraram quando ela era ainda criancinha. Ou talvez uma tia, ou a bisa. Estavam preocupados com ela, mesmo antes de ela decorar a cozinha com os talheres, porque havia todo tipo de fenômeno sensitivo acontecendo naquela casa. Tinha algo sobre o piano... Billy, me ajude nisso aqui.

Billy segurou a mão livre de John. Dan pegou a de Billy, formando um círculo completo. Uma pequena sessão na pequenina Teenytown.

— Música dos Beatles — afirmou Billy. — No piano, em vez de ser no violão. Era... não sei. Isso os deixou malucos durante algum tempo.

John olhou fixo para ele.

— Olha — disse Dan —, ela lhe deu permissão para falar. Quer que você faça isso. Confie em mim, John.

John hesitou por quase um minuto inteiro. Então contou a eles tudo, com uma exceção.

Aquele negócio de *Os Simpsons* estarem em todos os canais da TV era simplesmente estranho demais.

# 4

Depois que terminou, John fez a pergunta óbvia: como é que Dan tinha conhecido Abra Stone?

De seu bolso de trás, Dan tirou um bloquinho pequeno e amassado. Na capa havia uma foto de ondas quebrando em uma encosta e os dizeres NADA GRANDIOSO É CRIADO DE REPENTE.

— Você sempre está com esse caderno, não é? — perguntou John.

— Sim. Você sabe que Casey K. é meu padrinho, certo?

John revirou os olhos.

— Como posso esquecer se toda vez que você abre a boca em uma reunião começa com "como meu padrinho, Casey K., sempre diz"?

— John, ninguém gosta de um espertinho.

— Minha mulher gosta — disse ele. — Porque sou um espertinho *incrível.*

Dan suspirou.

— Olha o caderno.

John folheou as páginas.

— São reuniões. De 2001 em diante.

— Casey disse que eu precisava completar noventa reuniões em noventa dias e manter um registro. Olhe a 81.

John achou. Igreja Metodista de Frazier. Ele não comparecia a essa reunião com frequência, mas sabia dela. Escrita debaixo de suas notas, em letras maiúsculas elaboradas, estava a palavra ABRA.

John olhou para Dan, incrédulo.

— Ela entrou em contato com você quando tinha *dois meses?*

— Você pode ver minha reunião seguinte bem embaixo — disse Dan —, de modo que eu não podia ter acrescentado o nome dela depois para impressionar você. A não ser que eu falsificasse o caderno todo, sendo que há muita gente no Programa que vai se lembrar de ter me visto com ele.

— Inclusive eu — disse John.

— Sim, inclusive você. Naquela época eu sempre estava com meu caderno de reuniões em uma das mãos e uma xícara de café na outra. Eram meus amuletos. Eu não sabia quem ela era, na época, e isso não me preocupava. Era apenas uma dessas intuições aleatórias. Como um bebê no berço pode estender a mão e tocar seu nariz.

"Então, dois ou três anos depois, ela escreveu uma palavra no quadro-negro que eu uso de agenda, que fica no meu quarto. A palavra foi *olá*. Depois disso, ela manteve contato, de vez em quando. Esporadicamente. Nem sei ao certo se ela sabia o que estava fazendo. Mas eu estava ali. Quando ela precisava de ajuda, eu era o único que ela conhecia para quem podia pedir.

— Qual o tipo de ajuda que ela precisa? Em que tipo de encrenca se meteu? — John se virou para Billy: — *Você* sabe?

Billy sacudiu a cabeça.

— Nunca ouvi falar dela e raramente vou a Anniston.

— Quem disse que Abra mora em Anniston?

Billy apontou para Dan.

— *Ele* disse. Não disse?

John se voltou para Dan.

— Está certo. Digamos que eu esteja convencido. Agora conte a história toda.

Dan contou a eles sobre o pesadelo de Abra com o garoto do beisebol. As figuras que o iluminavam com lanternas. A mulher com a faca, aquela que lambera o sangue do garoto das palmas das próprias mãos. De como Abra descobrira a foto do garoto no *Shopper*, muito tempo depois.

— E por que ela conseguiu fazer isso? Porque o garoto morto era um desses iluminados?

— Tenho quase certeza de que o contato inicial aconteceu assim. Ele deve ter pedido socorro enquanto essa gente o torturava, Abra tem certeza de que fizeram isso, e foi como se criou o laço.

— Que continuou mesmo depois de esse garoto, esse Brad Trevor, estar morto?

— Acho que o contato que ela teve depois foi por meio de uma coisa que era do garoto: a luva de beisebol. E ela conseguiu ligá-la aos assassinos porque um deles botou a luva. Ela não sabe como consegue fazer isso, nem eu. Só sei, com certeza, que ela tem um poder enorme.

— Assim como você.

— O negócio é o seguinte — disse Dan. — Essas pessoas, se é que são *pessoas*, são lideradas pela mulher que de fato matou o garoto. No dia em que Abra descobriu a foto de Brad Trevor na página de crianças desaparecidas do jornalzinho local, ela entrou na cabeça dessa mulher. E a mulher entrou na de Abra. Por alguns segundos, uma viu as coisas pelos dos olhos da outra. — Ele ergueu as mãos, fechou os punhos e os girou. — Giraram e giraram. Abra acha que eles vão vir atrás dela, e eu também. Porque ela poderia representar um perigo para eles.

— Tem mais coisa além disso, não é? — perguntou Billy.

Dan lançou-lhe um olhar expectante.

— As pessoas com essa iluminação *possuem* alguma coisa, certo? Algo que essa gente quer. Algo que eles só podem conseguir matando.

— Sim.

— Essa mulher sabe onde encontrar Abra? — perguntou John.

— Abra acha que não, mas é preciso lembrar que ela só tem 13 anos. Pode estar errada.

— Abra sabe onde está essa mulher?

— Só sabe que quando houve esse contato, esse olhar pelos olhos uma da outra, a mulher estava no supermercado, o Sam's Supermarket. Isso indica que foi em algum lugar do oeste, mas existem Sam's em pelo menos nove estados.

— Inclusive em Iowa?

Dan negou com um gesto da cabeça.

— Então não sei para que a gente tem que ir até lá.

— Podemos pegar a luva — disse Dan. — Abra acha que, se tiver a luva, poderá encontrar o sujeito que a vestiu. Ela o chama de Barry Tapa.

John ficou sentado de cabeça baixa, pensando. Dan deixou-o assim.

— Está certo — concordou John, finalmente. — Isso é uma maluquice, mas estou dentro. Considerando o que sei da história de Abra e considerando minha própria história com você, é meio difícil dizer não. Mas, se essa mulher não souber o paradeiro de Abra, não é mais sensato deixar isso para lá? É melhor não cutucar uma onça com vara curta, não é?

— Eu eu acho que essa onça já está bem perto — disse Dan. — Esses

(*demônios vazios*)

malucos querem Abra pelo mesmo motivo que queriam aquele garoto Trevor, tenho certeza de que Billy tem razão nisso. E eles também sabem que ela representa um perigo para eles. Para falar em termos do AA, ela é capaz de quebrar o anonimato deles. E não sabemos os recursos que eles têm. Você gostaria que uma paciente sua vivesse com medo, mês após mês, talvez ano após ano, sempre à espera de que alguma família Manson paranormal aparecesse, de repente, e a sequestrasse?

— Claro que não.

— Esses canalhas *vivem* de crianças como ela. Crianças como a que eu fui. Crianças iluminadas. — Ele olhou para o rosto de John Dalton com extrema preocupação. — Se for verdade, precisamos impedi-los.

— Já que não vou a Iowa, o que devo fazer? — perguntou Billy.

251

— Digamos — disse Dan — que você passará a conhecer Anniston muito bem na próxima semana. Na verdade, se Casey lhe der uma folga, você vai ficar em um hotel de lá.

## 5

Rose finalmente conseguiu entrar no estado de meditação que buscava. A coisa mais difícil de deixar de lado foi sua preocupação com Vovô Flick, mas ela finalmente a superou. Agora navegava dentro de si mesma, repetindo sem parar as antigas expressões — *sabbatha hanti* e *lodsam hanti* e *cahanna risone hanti* —, mal movendo os lábios. Era cedo demais para ir procurar a garota problemática, mas agora que a tinham deixado em paz e o mundo estava tranquilo, por dentro e por fora, ela não tinha pressa. A meditação em si era ótima. Rose ficou reunindo seus poderes e focando a concentração, trabalhando de modo lento e meticuloso.

*Sabbatha hanti, lodsam hanti, cahanna risone hanti*: palavras que já eram antigas na época em que o Verdadeiro Nó atravessava a Europa em carroças, vendendo bugigangas e pedaços de trufa. Provavelmente já eram antigas no alvorecer da Babilônia. A garota era poderosa, mas o Nó era *todo* poderoso, e Rose não previa nenhum problema real. A garota estaria dormindo e Rose agiria discretamente, colhendo informações e plantando sugestões que funcionavam como pequenos explosivos. Não apenas uma minhoca, mas também uma porção delas. Algumas poderiam ser descobertas e desarmadas pela garota.

Outras, não.

## 6

Depois que terminou o dever de casa, Abra falou com a mãe no telefone por quase 45 minutos naquela noite. A conversa tivera dois níveis. Na superfície, falaram sobre o dia de Abra, a próxima semana na escola e a fantasia para o próximo baile de Halloween; discutiram os planos para mudar Momo para o asilo de Frazier, ao norte (que Abra ainda chamava, em sua cabeça, de "a quilo"); Lucy atualizou Abra sobre o estado de Momo, que ela descreveu como "bastante bom, apesar de tudo".

Em outro nível, Abra ficou ouvindo as preocupações de Lucy de que tivesse, de certo modo, falhado em cuidar da avó, e sobre o verdadeiro estado de

Momo: assustada, confusa, torturada pela dor. Abra tentou enviar à mãe pensamentos consoladores: *está tudo bem, mãe* e *nós amamos você, mãe* e *você fez o máximo possível durante o tempo que aguentou.* Ela gostaria de acreditar que alguns desses pensamentos funcionaram, mas não acreditava realmente. Abra tinha muitos talentos — que eram apavorantes e maravilhosos ao mesmo tempo —, mas nunca fora muito boa em mudar a temperatura emocional de alguém.

Será que Dan podia fazer isso? Ela achava que ele talvez pudesse. Achava que ele utilizava essa parte específica de seu dom para ajudar as pessoas no asilo. Se ele fosse mesmo capaz, talvez conseguisse ajudar Momo quando chegasse a hora. Isso seria bom.

Ela desceu as escadas usando o pijama de flanela rosa que Momo lhe dera no Natal passado. Seu pai assistia ao Red Sox, bebendo um copo de cerveja. Ela deu uma beijoca no nariz dele (ele sempre dizia que detestava, mas ela sabia que ele meio que gostava) e disse que estava indo para a cama.

— *Le dever est complet, mademoiselle?*

— Sim, pai, mas a palavra francesa para dever é *devoirs.*

— Bom saber, bom saber. Como estava sua mãe? Pergunto porque eu só falei noventa segundos com ela antes de você me roubar o telefone.

— Ela está bem. — Abra sabia que era verdade, mas também sabia que *bem* era um termo relativo. Saiu em direção ao hall, depois parou e se virou: — Ela disse que Momo era como um enfeite de vidro. — A mãe não dissera isso, não em voz alta, só pensara. — Disse que todos nós somos.

Dave tirou o som da TV.

— Bem, acho que é verdade, mas alguns de nós somos feitos de um vidro surpreendentemente duro. Basta lembrar que a Momo já vive há muitos, muitos anos, sem quebrar, lá na sua prateleira. Agora venha aqui, Abba-Du, e dê um abraço em seu pai. Não sei se você precisa de um abraço, mas eu estou precisando.

7

Vinte minutos depois ela já estava na cama com a luminária do Ursinho Pooh, remanescente de sua tenra infância, brilhando na cômoda. Ela buscou contato com Dan e encontrou-o em uma sala de jogos onde havia quebra-cabeças, revistas, mesa de pingue-pongue e uma grande TV na parede. Ele estava jogando carta com dois pacientes do asilo.

(*você falou com o dr. John?*)

(*sim, a gente está indo para Iowa depois de amanhã*)

Esse pensamento foi acompanhado de uma breve imagem de um velho avião biplano. Dentro dele iam dois homens de capacetes de voo antiquados, lenço no pescoço e óculos. Abra sorriu.

(*se a gente trouxer*)

Imagem de uma luva de apanhador de beisebol. Não era exatamente igual à luva do garoto assassinado, mas Abra sabia o que Dan estava querendo dizer.

(*você vai se assustar?*)

(*não*)

Tomara que não. Segurar a luva do garoto morto seria terrível, mas ela precisava fazer isso.

# 8

Na sala de descanso de Rivington Um, o sr. Braddock olhava fixamente para Dan, com aquele olhar de irritação monumental, ainda que ligeiramente perplexo, que só os muito, muito velhos, senis e inseguros conseguem fazer.

— Você vai descartar alguma coisa, Danny, ou vai ficar aí olhando para o canto até as geleiras derreterem?

(*boa noite, Abra*)

(*boa noite, Dan, dê boa-noite ao Tony*)

— Danny? — O sr. Braddock bateu com os nós dos dedos inchados na mesa. — Danny Torrance, Terra chamando, Danny Torrance, câmbio?

(*não se esqueça de montar seu alarme*)

— Uh-huh, Danny — disse Cora Willingham.

Dan olhou para eles.

— Já descartei, ou ainda está na minha vez?

O sr. Braddock revirou os olhos para Cora, que fez a mesma coisa para ele.

— E minhas filhas acham que *eu* é que estou ficando ruim da cabeça — comentou ela.

# 9

Abra ativara o alarme do iPad porque, no dia seguinte, não só teria aula, como também era dia de fazer o café da manhã — ovos mexidos com cogumelos, pimentões e queijo, era o que planejara. Mas não era desse alarme que Dan tinha falado. Ela fechou os olhos e se concentrou, franzindo o cenho. Uma das mãos saiu de debaixo do cobertor e começou a esfregar os lábios. O que estava fazendo era difícil, mas talvez valesse a pena.

Alarmes eram muito bons e úteis, mas, se a mulher da cartola viesse atrás dela, uma armadilha talvez fosse até melhor.

Depois de mais ou menos cinco minutos, os vincos na testa se desfizeram e a mão deixou a boca. Ela virou de lado e puxou o edredom até o queixo. Estava se imaginando em um cavalo branco, vestida como uma guerreira, quando caiu no sono. A luminária do Ursinho Pooh a observava de seu lugar em cima da cômoda, tal como fazia desde que Abra tinha 4 anos, projetando um brilho suave em sua bochecha esquerda. A bochecha e o cabelo eram as únicas partes dela à mostra.

Em seus sonhos, ela galopava por extensos campos sob quatro bilhões de estrelas.

<br>

## 10

Rose continuou sua meditação até uma e meia da madrugada de segunda-feira. O resto do Nó (com exceção de Annie de Pano e Grande Mo, que estavam cuidando de Vovô Flick) dormia profundamente quando ela decidiu que estava pronta. Segurava uma foto, impressa do seu computador, do centro de Anniston, uma cidade sem graça de New Hampshire. Na outra mão tinha uma das latas. Apesar de haver ali dentro apenas resquícios de vapor, Rose tinha certeza de que bastaria. Levou os dedos à válvula, prestes a abri-la.

*Somos o Verdadeiro Nó e perduramos:* Sabbatha hanti.

*Somos os escolhidos:* Lodsam hanti.

*Somos os bem-aventurados:* Cahanna risone hanti.

— Tome isto e o use bem, menina Rosie — disse ela.

Quando apertou a válvula, um breve jato de névoa prateada escapou da lata. Ela inalou, deixou-se cair sobre o travesseiro e a lata despencou com um baque surdo no tapete. Ela ergueu a foto da rua principal de Anniston diante dos olhos. Sua mão e seu braço não estavam mais exatamente ali, de modo que a foto parecia flutuar. Em algum lugar não muito distante daquela rua principal, em uma rua que provavelmente se chamava Richland Court, vivia uma menininha. Ela estava dormindo profundamente, mas em algum lugar de sua mente se encontrava Rose, a Cartola. Ela achava que a menininha não sabia qual era a aparência de Rose, a Cartola (assim como

Rose não sabia da aparência da menininha... pelo menos, ainda não), mas ela conhecia a *sensação* provocada por Rose, a Cartola. E também sabia o que Rose tinha visto, no dia anterior, no Sam's. Aquele era seu indício, sua porta de entrada.

Rose fitava a foto de Anniston com um olhar sonhador e fixo, mas o que realmente procurava era o balcão de carnes do Sam's, onde se lia: NO SAM'S TODA CARNE É DE PRIMEIRA! Ela estava à procura de si mesma. E, depois de uma busca breve e fortuita, encontrou. De início, apenas um rastro auditivo: o som da terrível música ambiente do supermercado. Depois um carrinho de compras. Além disso, tudo ainda estava escuro. Não fazia mal; o resto viria depois. Rose seguiu a música, agora distante, ressonante.

Estava escuro, escuro, escuro, depois uma luzinha e mais um pouco de luz. Ali estava uma sessão de supermercado, que se transformou em um corredor, e ela percebeu que estava quase dentro. As batidas de seu coração aumentaram pouco.

Deitada na cama, ela fechou os olhos de modo que a garota não visse nada caso percebesse o que estava acontecendo — era improvável, mas não impossível. Rose gastou alguns segundos repassando seus objetivos principais: nome, localização exata, extensão do que ela sabia, a quem poderia ter falado.

(*gira, mundo*)

Ela reuniu forças e empurrou. Dessa vez a sensação de *girar* não foi surpresa, e sim algo planejado que ela controlava totalmente. Permaneceu mais um instante naquele corredor — o canal entre as duas mentes — e depois ela estava em um quarto grande onde uma menininha de tranças pedalava uma bicicleta e cantava uma musiquinha sem sentido. O que Rose via era o sonho da menina. Mas tinha coisas mais importantes a fazer. As paredes do quarto não eram paredes de verdade, e sim feitas de gavetas de arquivo. Ela podia abri-las à vontade agora que estava lá dentro. A menina sonhava em paz, dentro da cabeça de Rose, sonhando que tinha 5 anos e andava com sua primeira bicicleta. O que era ótimo. *Continue a sonhar, princesinha.*

A menina passou por ela cantando *la-la-la,* sem ver nada. Havia rodinhas na bicicleta, mas elas piscavam, sumindo e voltando. Rose imaginou que a princesa estava sonhando com o dia em que finalmente aprendera a andar sem as rodinhas. Sempre um dia maravilhoso na vida de uma criança.

*Divirta-se com sua bicicleta, querida, enquanto descubro tudo sobre você.*

Segura de seus movimentos, Rose abriu uma das gavetas.

No momento em que enfiou a mão dentro da gaveta, um alarme ensurdecedor começou a zurrar, e feixes de luz branca e brilhante se acenderam em todo o quarto, vindos de holofotes, iluminando e aquecendo-a. Pela primeira vez em muitos anos, Rose, a Cartola, antiga Rose O'Hara, de County Antrim, na Irlanda do Norte, foi pega totalmente de surpresa. Antes que pudesse tirar a mão da gaveta, ela se fechou com força. A dor foi enorme. Ela gritou e deu um puxão para trás, mas estava presa.

A sombra dela cresceu na parede, mas não só a sua. Ela virou a cabeça e viu a garotinha vindo em sua direção. Só que não era mais pequenina. Agora era uma jovem mulher usando um colete de couro com um dragão estampado no peito, e os cabelos amarrados por uma faixa azul. A bicicleta se transformara em um cavalo branco, cujos olhos fuzilavam, como os da guerreira em seu lombo.

A guerreira tinha uma lança.

(*você voltou, Dan disse que você voltaria e você voltou*)

E então — algo inacreditável em uma camponesa, mesmo uma dotada de enorme vapor — *prazer*.

(QUE BOM)

A garota que não era mais uma criança estivera à sua espera. Fizera uma armadilha, pretendia matar Rose... e considerando o estado mental vulnerável de Rose naquele momento, era provável que conseguisse.

Reunindo toda sua força, Rose reagiu, não com uma lança tirada de uma história em quadrinhos, e sim com um aríete enorme impulsionado por todos os seus anos vividos e por sua força de vontade.

(*SE AFASTE DE MIM! PARA TRÁS, PORRA! NÃO IMPORTA QUEM VOCÊ PENSA QUE É, NÃO PASSA DE UMA MENININHA!*)

A visão que a garota tinha de si mesma quando crescida — seu avatar — continuou avançando, mas ela tremeu ao receber o impacto do pensamento de Rose e cravou a lança na parede feita de arquivos, bem ao lado esquerdo da mulher, em vez de cravá-la em seu peito, onde estivera mirando.

A criança (*não passa disso*, repetia Rose para si mesma) recuou o cavalo e Rose se virou para a gaveta que a prendera. Apoiou a mão livre em cima dela e puxou com toda força, ignorando a dor. De início, a gaveta resistiu. Depois cedeu um pouco e ela pôde livrar parte da mão, arranhada e sangrando.

Mas havia outra coisa acontecendo. Uma sensação vibrante em sua cabeça, como se um pássaro estivesse voando por lá. Que merda nova era aquela?

Esperando que a lança se cravasse a qualquer momento em suas costas, Rose puxou com toda a força. A mão escapou totalmente e ela fechou o punho bem na hora. Se tivesse esperado um instante que fosse, a gaveta teria cortado seus dedos ao se fechar violentamente. Suas unhas latejavam, e ela sabia que, quando tivesse oportunidade de olhar para elas, estariam roxas de sangue pisado.

Ela se virou. A garota desaparecera. O quarto estava vazio. Mas aquela sensação vibrante continuava. Ou melhor, aumentara. De repente, a dor na mão e no pulso eram as menores preocupações de Rose. Não tinha sido a única a viajar no disco giratório e não importava que seus olhos estivessem fechados no mundo real, onde estava deitada em sua cama de casal.

A filha da puta da menina estava em outro quarto, cheio de gavetas de arquivos.

No quarto de Rose. Na cabeça de Rose.

Em vez de ser a invasora, Rose havia sido invadida.

(SAI SAI SAI SAI)

A vibração não parou; acelerou. Rose pôs de lado seu pânico, lutando por clareza e concentração, e conseguiu um pouco. Apenas o bastante para fazer girar o disco de novo, apesar de ele ter se tornado estranhamente pesado.

(*gire, mundo*)

Ao fazer isso, sentiu que o vibrar enlouquecedor em sua cabeça primeiro diminuiu, depois parou, à medida que a garotinha girava de volta para o lugar de onde viera.

*Só que isso não está certo, e é sério demais para você se dar ao luxo de mentir para si mesma. Foi você quem procurou ela. E caiu direto em uma armadilha. Por quê? Porque, apesar de tudo que sabia, você a subestimou.*

Rose abriu os olhos, se sentou e botou os pés no tapete. Um deles bateu na lata vazia, que ela chutou para longe. A camiseta do Sidewinder que vestira antes de se deitar estava úmida: fedia a suor. Era um cheiro nojento, totalmente repugnante. Lançou um olhar incrédulo para a própria mão, que estava arranhada, machucada e inchando. As unhas passavam do roxo para o preto, e ela previu que perderia pelo menos duas.

— Mas eu não *sabia* — disse ela. — Não tinha como saber. — Detestou a lamúria na própria voz. Era uma voz de velha resmungona. — Não tinha como mesmo.

Ela precisava sair daquela porra de trailer. Podia ser o maior e o mais luxuoso do mundo, mas naquele momento dava a impressão de ser do tamanho de um caixão. Foi até a porta, se apoiando nos objetos para manter o equilíbrio. Olhou para o relógio do painel, antes de sair. Dez para as duas. Tudo acontecera em apenas vinte minutos. Incrível.

*O que será que ela descobriu antes que eu me libertasse dela? Quanto ela sabe?*

Não havia como ter certeza, mas mesmo que fosse pouco, podia ser um perigo. Eles precisavam dar um jeito na pirralha, e logo.

Rose saiu ao luar pálido e respirou profundamente meia dúzia de vezes o ar fresco e tranquilizador. Começou a se sentir um pouco melhor, um pouco mais ela mesma, mas não conseguia se esquecer daquela sensação *vibrante*. A sensação de ter outra pessoa dentro de si — ainda por cima uma camponesa — invadindo sua privacidade. A dor havia sido ruim, e a surpresa de ter caído na armadilha ainda maior, mas o pior de tudo era a humilhação e a sensação de ter sido violada. Haviam lhe *roubado*.

*Você vai pagar por isso, princesa. Você se meteu com a cadela errada.*

Um vulto vinha em sua direção. Rose tinha se sentado no último degrau do trailer, mas então se levantou, tensa, pronta para tudo. Então o vulto se aproximou e ela viu que era Corvo. Usava calças de pijama e chinelos.

— Rose, acho melhor você... — Ele parou. — Que diabo aconteceu com sua mão?

— Deixe para lá a porra da minha mão — respondeu com grosseria. — O que está fazendo aqui às 2 da madrugada? Ainda mais quando sabia que eu estava ocupada?

— É Vovô Flick — disse Corvo. — Annie de Pano diz que ele está morrendo.

CAPÍTULO ONZE

# THOME 25

## 1

Em vez de cheirar a aromatizador de ar de pinho e a charutos Alcazar, o trailer de Vovô Flick cheirava, naquela manhã, a merda, doença e morte. E também estava lotado. Havia pelo menos uma dúzia de integrantes do Nó, alguns reunidos em volta da cama do velho, muitos outros sentados ou em pé na sala, bebendo café. O restante estava do lado de fora. Todo mundo parecia aturdido e inquieto. O Nó não estava acostumado à morte entre os seus.

— Saiam — ordenou Rose. — Corvo e Walnut, vocês ficam.

— Olha só para ele — disse Petty China em voz trêmula. — Esses pontos! E ele está ciclando sem parar, Rose! Ah, que coisa horrível!

— Vamos lá — pediu Rose. Falou com delicadeza, dando um aperto consolador no ombro de Petty, quando na verdade queria chutar aquela sua bunda gorda inglesa porta afora. Ela era uma fofoqueira preguiçosa, que não servia para nada a não ser esquentar a cama de Barry, e provavelmente mal servia para isso. Rose achava que a especialidade de Petty era mais irritar. Isso quando ela não estava morrendo de medo.

— Vamos, gente — disse Corvo. — Se ele *for* morrer, não precisa ser diante de uma plateia.

— Ele vai se safar — disse Sam Harpista. — É mais duro que uma coruja cozida, esse é o Vovô Flick. — Mas ele deu um breve abraço em Baba, a Russa, que parecia arrasada, apertando-a fortemente contra si por um instante.

Foram saindo, alguns dando uma última olhada por cima do ombro antes de descer a escada para se juntar aos outros. Quando restavam apenas os três, Rose se aproximou da cama.

Vovô Flick olhou para ela sem vê-la. Seus lábios estavam retraídos. Grandes chumaços de seus cabelos brancos e finos haviam caído na fronha, dando-lhe um aspecto de cachorro doente. Os olhos estavam enormes, úmidos, repletos de sofrimento. Não vestia nada além dos shorts de boxeador, e seu corpo estava descarnado, cheio de pontos vermelhos que pareciam espinhas ou picadas de inseto.

Ela se virou para Walnut e disse:

— Que diabo são essas coisas?

— Manchas de Koplik — disse. — É o que me parece, pelo menos. Embora geralmente só brotem dentro da boca.

— Fale a minha língua.

Walnut passou a mão pelo cabelo ralo.

— Acho que ele está com sarampo.

Rose ficou boquiaberta por um momento e então começou a rir. Ela não queria ficar ali ouvindo aquela merda; queria uma aspirina para a sua mão, que latejava de dor toda vez que seu coração batia. Ela não parava de pensar em como ficavam as mãos dos personagens dos desenhos animados quando levavam uma marretada.

— A gente não pega doença de camponês!

— Bem... a gente não pegava.

Ela olhou para ele, furiosa. Queria sua cartola, sentia-se despida sem ela, mas ela estava lá no EarthCruiser.

— Só posso lhe dizer o que estou vendo — disse Walnut —, que é sarampo vermelho, também conhecido como rubéola.

Uma doença camponesa com esse nome esquisito. Perfeito, porra.

— Isso não passa de... *merda!*

Ele se encolheu, e por que não? Ela soou estridente até para si mesma, mas... meu Deus, *sarampo?* O integrante mais velho do Verdadeiro Nó morrendo de uma doença de criança que até as crianças não tinham mais?

— Aquele garoto do beisebol, em Iowa, tinha essas manchas, mas nunca pensei... porque, como você disse, a gente nunca pegou as doenças deles.

— Isso foi há *anos!*

— Eu sei. Acho que estava contido no vapor e deve ter hibernado. Algumas doenças fazem isso, sabe? Ficam adormecidas, às vezes durante anos, e depois atacam.

— Talvez no caso camponeses! — Ela não parava de voltar a isso.

Walnut apenas sacudiu a cabeça.

— Se Vovô está com rubéola, por que nós todos não pegamos? Já que essas doenças de criança... sarampo, rubéola, caxumba... passam pelas crianças camponesas como merda pelo intestino. Não faz sentido. — Então ela se virou para Pai Corvo e prontamente se contradisse: — Onde você estava com a cabeça quando deixou aquele monte de gente entrar aqui e ficar respirando o mesmo ar que ele?

Corvo apenas deu de ombros, sem nunca afastar o olhar do velho que tremia na cama. O rosto estreito e bonito de Corvo estava pensativo.

— As coisas mudam — disse Walnut. — Só porque éramos imunes às doenças camponesas, cem anos atrás, não quer dizer que não podemos pegá-las agora. Até onde a gente sabe, isso pode ser um processo natural.

— Você quer me dizer que há alguma coisa de natural *nisso?* — Ela apontou o dedo para Vovô Flick.

— Um caso único não constitui uma epidemia — disse Walnut. — E *pode* ser outra coisa. Mas, se acontecer de novo, teremos que colocar o doente em quarentena total.

— Isso ajudaria?

Ele hesitou muito tempo.

— Não sei. Talvez estejamos com isso, todos nós. Talvez seja como um despertador programado para tocar ou como dinamite ligada a um cronômetro. De acordo com o pensamento científico mais recente, é assim que os camponeses envelhecem. Eles vão vivendo, vivendo, praticamente iguais, até que alguma coisa se desliga em seus genes. As rugas começam a surgir e, de repente, precisam de bengalas para andar.

Corvo estivera observando Vovô.

— Lá vai ele. *Porra.*

A pele de Vovô Flick estava ficando leitosa. Depois translúcida. Quando ficou totalmente transparente, Rose viu o fígado dele, os sacos cinza-escuros e enrugados dos pulmões, o nó pulsante e vermelho do coração. Podia ver as veias e artérias, como as rodovias e autoestradas no GPS do seu painel. Podia ver os nervos óticos que ligavam os olhos ao cérebro. Pareciam fios fantasmagóricos.

Então ele voltou. Seus olhos se moveram, se fixaram nos olhos de Rose. Ele esticou o braço e segurou a mão boa dela. O primeiro impulso de Rose foi de retirá-la — se ele estivesse com aquilo que Walnut tinha dito, era contagioso —, mas que diabo, se Walnut tivesse razão, todos eles haviam sido expostos.

— Rose — sussurrou ele. — Não me deixe.

— Não deixarei. — Ela se sentou ao seu lado na cama, com seus dedos entrelaçados aos dele. — Corvo?

— Sim, Rose.

— O pacote que você mandou para Sturbridge, eles vão guardar, não vão?

— Com certeza.

— Está certo, vamos levar isso até o fim. Mas não podemos nos dar ao luxo de esperar demais. A garotinha é muito mais perigosa do que pensei. — Deu um suspiro. — Por que os problemas sempre chegam aos montes?

— Foi ela quem machucou sua mão?

Essa era uma pergunta que ela não queria responder diretamente.

— Não posso ir com vocês, porque ela me conhece. — *E também, pensou* ela, mas não disse, *porque se isso aqui for o que Walnut acha que é, o resto da turma vai precisar de mim aqui para fazer o papel de Mãe Coragem.* — Mas a gente precisa pegá-la. É mais importante do que nunca.

— Por quê?

— Se ela já teve rubéola, terá a imunidade camponesa para não pegar a doença de novo. Isso pode tornar seu vapor útil por vários motivos.

— A garotada se vacina contra toda essa merda hoje em dia — disse Corvo.

Rose assentiu com a cabeça.

— Talvez isso também funcione.

Vovô Flick começou a ciclar de novo. Era difícil de olhar, mas Rose se obrigou a fazê-lo. Quando ela não aguentava mais ver os órgãos do velho através da sua pele frágil, olhou para Corvo, erguendo a mão contundida e arranhada.

— E também... ela precisa aprender uma lição.

## 2

Quando Dan acordou na manhã de segunda-feira, no quarto da torre, a agenda havia sido novamente apagada no quadro negro e substituída por uma mensagem de Abra. Em cima havia uma carinha sorridente. Com todos os dentes à mostra, o que lhe dava um aspecto muito alegre.

Ela veio! Eu estava preparada e machuquei ela!
MACHUQUEI MESMO!!
Ela merece, então UHU!!!
Preciso falar com você, mas não assim nem pela internet.
Mesmo lugar de antes, às 3 da tarde

Dan se deitou, cobriu os olhos e começou a procurar por ela. Encontrou-a caminhando até a escola com três amigas, algo que lhe pareceu perigoso. Para as amigas tanto quanto para Abra. Ele esperava que Billy estivesse lá, de prontidão. Também esperava que Billy fosse discreto e não acabasse sendo visto por algum vigilante do bairro.

(*eu posso ir, John e eu só vamos viajar amanhã, mas precisa ser rápido e temos que ter cuidado*)

(*sim, tudo bem, que bom*)


# 3


Dan estava mais uma vez sentado em um banco diante da Biblioteca Pública coberta de hera de Anniston quando Abra apareceu, vestida para o colégio com uma blusa vermelha e tênis vermelho da moda. Segurava a mochila pela alça. Dan achou que ela parecia ter crescido alguns centímetros desde a última vez que a vira.

Ela acenou.

— Olá, tio Dan!

— Olá, Abra. Como vai o colégio?

— Ótimo. Tirei 10 em biologia!

— Sente um pouco e me conte.

Ela se dirigiu ao banco, tão cheia de energia e graça que parecia dançar. Olhos brilhantes, ruborizada: uma adolescente saudável saída da escola com os sistemas todos funcionando. Tudo nela dizia preparar-apontar-fogo. Não havia motivo para que isso fizesse Dan se sentir inquieto, mas fazia. No entanto havia uma coisa boa: uma picape Ford comum estava estacionada a meio quarteirão de distância. O velho no volante bebia café e lia uma revista. Ao menos parecia ler uma revista.

(*Billy?*)

Não houve resposta, mas ele levantou os olhos da revista por um momento, e isso bastou.

— Está certo — disse Dan, mais baixo. — Quero saber exatamente o que aconteceu.

Ela contou sobre a armadilha que montara e como havia funcionado bem. Dan escutou, espantado, admirado... e com aquela sensação de mal-estar crescente. A confiança que ela depositava nas próprias habilidades o deixava preocupado. Era uma segurança infantil, e as pessoas que enfrentavam não eram crianças.

— Eu falei apenas para preparar um alarme — disse ele, depois que ela terminou.

— Isso foi melhor ainda. Não sei se eu conseguiria enfrentá-la assim se não estivesse fingindo ser a Daenerys de *Guerra dos Tronos,* mas acho que sim. Porque foi ela quem matou o garoto do beisebol e várias outras pessoas. E também porque... — Pela primeira vez o sorriso dela se mostrou um pouco vacilante. Enquanto ela contava a história, Dan conseguiu ver como ela ficaria aos 19 anos. Agora via como ela havia sido aos 9.

— Por que o quê?

— Ela não é humana. Nenhum deles é. Talvez já tenham sido, mas não mais. — Ela endireitou os ombros e jogou os cabelos para trás. — Mas eu sou mais forte. Ela ficou sabendo.

(*achei que ela tinha afastado você*)

Ela franziu o cenho para ele, aborrecida, esfregou o lábio, então percebeu o que estava fazendo e obrigou a mão a voltar ao colo. Depois, segurou aquela mão com a outra, para que ficasse quieta. Havia algo familiar naquele gesto, mas por que não haveria? Ele a vira fazer isso antes. Naquele exato momento ele tinha coisas mais importantes com que se preocupar.

(*da próxima vez, eu estarei preparada, se* houver *uma próxima vez*)

Isso podia ser verdade. Mas, se houvesse uma próxima vez, a mulher da cartola também estaria preparada.

(*só quero que você tome cuidado*)

— Vou tomar. Com certeza. — Isso, é claro, era o que todas as crianças diziam para acalmar os adultos, mas de todo modo fez Dan se sentir melhor. Um pouco, ao menos. Além do mais, havia Billy na sua F-150 com a pintura vermelha desbotada.

Os olhos dela ficaram novamente inquietos.

— Descobri muita coisa. Por isso é que eu precisava ver você.

— Que coisas?

— Não onde ela está, não cheguei tão longe, mas descobri... sabe, quando ela estava na minha cabeça, eu estava na cabeça dela. Como um troca-troca, sabe? Era cheia de gavetas, como a sala de arquivos da maior biblioteca do mundo, embora eu talvez só tenha visto desse jeito porque *ela* via. Se ela estivesse olhando para telas de computador, na minha cabeça, talvez *eu* tivesse visto telas de computador.

— Em quantas gavetas dela você conseguiu entrar?

— Três. Talvez quatro. Eles se chamam Verdadeiro Nó. A maioria deles é velho e, na verdade, eles são mesmo como vampiros. Procuram crianças como eu. E como você era, acho. Só que não bebem sangue, inspiram o negócio que sai quando as crianças especiais morrem. — Ela fez uma careta de repugnância. — Quanto mais eles torturam as crianças, mais forte essa coisa fica. Eles chamam de vapor.

— É vermelho, certo? Vermelho ou rosa-avermelhado?

Ele tinha certeza disso, mas Abra franziu o cenho e sacudiu a cabeça.

— Não, branco. Uma nuvem de um branco brilhante. Não tem nada de vermelho. E olha só: eles conseguem armazenar! O que não consomem eles guardam em uma espécie de garrafa térmica. Mas nunca estão satisfeitos. Uma vez vi um programa sobre tubarões. Dizia que eles nunca ficam parados porque estão sempre famintos. Acho que o Verdadeiro Nó é parecido. — Ela fez outra careta. — Eles são mesmo maus.

Negócio branco. Não era vermelho, e sim branco. Mesmo assim devia ser o que a velha enfermeira chamava de suspiro, mas de um tipo diferente. Porque vinha de jovens saudáveis em vez de velhos moribundos que sofriam de quase todas as doenças que vitimavam a carne? Porque era de "crianças especiais", como dizia Abra? As duas coisas?

Ela balançava a cabeça.

— Provavelmente as duas.

— Está certo. Mas o mais importante é que eles sabem a seu respeito. *Ela* sabe.

— Eles estão com um pouco de medo de que eu possa contar a alguém sobre eles, mas não muito.

— Porque você ainda é uma criança, e ninguém acredita em crianças.

— Isso. — Ela soprou a franja da testa. — Momo acreditaria, mas ela está morrendo. Ela vai para o seu asilo, Dan. Você vai ajudar ela, não vai? Se não estiver em Iowa?

— O máximo possível. Abra, eles estão vindo atrás de você?

— Talvez, mas se vierem não vai ser por causa do que eu sei. Vai ser por causa do que eu *sou*. — Sua alegria sumiu agora que ela pensara naquilo. Esfregou a boca de novo, e quando afastou a mão estava com os lábios curvados em um sorriso zangado. *Essa garota é geniosa*, pensou Dan. Ele conseguia se identificar com aquilo. Ele também era genioso. Já se metera mais de uma vez em encrencas por causa disso.

— Mas *ela* não quer vir. Aquela cadela. Ela sabe que agora eu a conheço e que vou sentir se ela se aproximar, porque ficamos meio que entrelaçadas. Mas tem os outros. Se vierem me pegar, vão machucar qualquer um que se intrometa.

Abra pegou a mão dele e apertou com força. Isso deixou Dan preocupado, mas ele não pediu que ela a soltasse. Naquele exato momento ela precisava do contato com alguém em quem confiava.

— Precisamos acabar com eles, para não machucarem meu pai ou minha mãe, ou um dos meus amigos. E para eles pararem de matar crianças.

Por um instante, Dan captou uma imagem nítida dos pensamentos dela — que não haviam sido enviados, só estavam ali em primeiro plano. Era uma colagem de fotos. Crianças, dezenas delas, sob o cabeçalho VOCÊ ME VIU? Ela estava imaginando quantas haviam sido capturadas pelo Verdadeiro Nó, assassinadas por causa do seu último suspiro paranormal — a obscena iguaria de que essa turma se alimentava — e abandonadas em sepulturas quaisquer.

— *Você precisa pegar aquela luva de beisebol.* Se eu estiver com ela, vou saber onde está Barry Tapa. Sei que vou descobrir. E o resto deles vai estar junto. Se não der para matar essas pessoas, pelo menos podemos entregá-las para a polícia. Pegue essa luva, Dan, *por favor.*

— Se estiver onde você disse que estava, a gente vai pegar. Mas, enquanto isso, Abra, você precisa tomar cuidado.

— Vou tomar, mas acho que ela não vai tentar entrar na minha cabeça de novo. — O sorriso de Abra reapareceu. Nele, Dan reconheceu a mulher guerreira do tipo que não faz prisioneiros, que ela às vezes fingia ser. Daenerys, ou seja lá quem fosse. — Se ela tentar, vai se arrepender.

Dan achou melhor deixar isso para lá. Já estavam juntos naquele banco por todo o tempo que ele ousava ficar. Há mais tempo, na verdade.

— Armei meu próprio sistema de segurança para você. Se você quisesse me espiar, poderia descobrir o que é, mas não quero que faça isso. Se alguém desse Nó tentar sondar a sua cabeça, não digo a mulher da cartola, mas algum outro, não vai ter como descobrir o que você não sabe.

— Ah. Está certo.

Ele podia perceber que ela estava pensando que qualquer outra pessoa que tentasse também se arrependeria, o que fez aumentar a inquietação dele.

— Se você estiver com problemas, grite *Billy* com toda a sua força. Entendeu?

(*sim, assim como você uma vez gritou pelo seu amigo Dick*)

Ele deu um pequeno pulo. Abra sorriu.

— Eu não estava sendo intrometida, eu só...

— Eu compreendo. Agora me diga uma coisa antes de ir embora.

— Quê?

— Você tirou mesmo 10 em biologia?

# 4

Às 19h45 daquela noite de segunda-feira, Rose recebeu uma chamada pelo rádio. Era Corvo.

— É melhor você vir aqui. Está acontecendo.

O Nó estava reunido em silêncio em uma roda em volta do trailer de Vovô. Rose (agora usando a cartola naquele ângulo de sempre, a desafiar a gravidade) passou no meio deles, parando para dar um abraço em Andi, depois subiu a escada, bateu uma vez e entrou. Walnut estava junto de Grande Mo e Annie de Pano, as duas enfermeiras relutantes de Vovô. Corvo estava sentado ao pé da cama. Levantou-se quando Rose entrou. Parecia envelhecido naquela tarde. Linhas marcavam o entorno da boca e alguns fios brancos sobressaíam em seu cabelo preto.

*Precisamos tomar vapor*, pensou Rose. *E quando isso tiver acabado, tomaremos.*

Vovô Flick estava agora ciclando rapidamente: primeiro ficava transparente, depois novamente sólido, e voltava a transparente. Mas cada período de transparência durava mais, e uma parcela maior dele sumia. Ele sabia o que estava acontecendo, Rose percebeu. Estava de olhos arregalados e apavorados; seu corpo se contorcia com a dor das transformações pelas quais passava. Ela sempre tinha preferido acreditar, no fundo de sua mente, na imortalidade do Verdadeiro Nó. Era verdade que, a cada cinquenta ou cem anos, alguém morria — como aquele holandês burro e grandalhão, Hans Não-me-toque, eletrocutado pela rede elétrica durante uma tempestade em Arkansas, pouco depois do final da Segunda Guerra Mundial, ou Katie Retalho, que morrera afogada, ou Tommy Carreta —, mas eram exceções. Geralmente os que morriam estavam apenas colhendo os frutos de uma vida descuidada. Pelo menos era nisso que sempre acreditou. Agora percebia que havia sido tola como as crianças camponesas que insistiam em acreditar em Papai Noel e no Coelhinho da Páscoa.

Ele ciclou de volta ao estado sólido, gemendo, chorando, tremendo.

— Faça isso parar, menina Rosie, faça parar. *Dói...*

Antes que ela pudesse responder — e, na verdade, o que poderia ter dito? —, ele estava sumindo de novo até que não restava nada senão vestígios de ossos e seus olhos flutuantes, fixos. Eles eram a pior parte.

Rose tentou um contato mental para consolá-lo, mas não havia nada que pudesse contatar. Onde antes sempre houvera Vovô Flick — muitas vezes rabugento, outras, doce — havia agora apenas uma terrível ventania de imagens fragmentadas. Rose recuou de onde estava, perto dele, abalada. Pensou de novo: *Isso não pode estar acontecendo.*

— Talvez a gente devesse acabar com o sofrimento dele — disse Grande Mo. Ela estava enterrando as unhas no antebraço de Annie, mas Annie não parecia sentir. — Dar uma injeção nele, ou algo assim. Você tem alguma coisa na sua mala, não tem, Walnut? Deve ter.

— De que ia adiantar? — A voz de Walnut estava rouca. — Talvez antes, mas agora está acontecendo depressa demais. Ele não tem mais nenhum sistema circulatório que possa transportar a droga. Se eu lhe der uma intravenosa no braço, dentro de cinco segundos a gente vai ver o conteúdo na cama. É melhor deixar que simplesmente aconteça. Não vai durar muito.

Não mesmo. Rose contou mais quatro ciclos completos. No quinto, até mesmo seus ossos sumiram. Por um instante, os globos oculares permaneceram, olhando primeiro para ela, depois revirando para olhar Pai Corvo. Eles pairavam sobre o travesseiro, ainda afundado pelo peso da cabeça e manchado pelo tônico capilar Wildroot Cream-Oil, do qual ele parecia ter um interminável estoque. Achou que se lembrava de G Fominha dizendo que ele o comprava no eBay. Na porra do eBay!

Então, lentamente, os olhos também sumiram. Só que não tinham desaparecido de verdade; Rose sabia que os veria mais tarde naquela noite, em seus sonhos. Assim como os outros que estavam presentes no leito de morte de Vovô Flick. Se é que conseguiriam dormir.

Ficaram à espera, nenhum deles realmente convencido de que o velho não fosse aparecer de novo diante deles, como o fantasma do pai de Hamlet, ou Jacob Marley ou outro qualquer, mas só restara o formato de sua cabeça desaparecida, as manchas deixadas pelo tônico capilar e os shorts que ele usava, sujos de mijo e merda.

Mo começou a soluçar alto, enfiando a cabeça no colo generoso de Annie de Pano. Os que estavam lá fora ouviram, e uma voz (Rose jamais saberia de quem) começou a falar. Outra se uniu à primeira, depois uma terceira e uma quarta. Em pouco tempo estavam todos cantando sob as estrelas, e Rose sentiu um calafrio forte serpentear pela sua coluna. Estendeu o braço, encontrou a mão de Corvo e a apertou.

Annie se juntou. Em seguida Mo, com voz abafada. Walnut. Depois Corvo. Rose, a Cartola, respirou fundo e somou sua voz ao coro deles.

Lodsam hanti, *nós somos os escolhidos.*

Cahanna risone hanti, *nós somos os bem-aventurados.*

Sabbatha hanti, sabbatha hanti, sabbatha hanti.

Somos o Verdadeiro Nó e perduramos.

# 5

Mais tarde Corvo se juntou a ela no EarthCruiser.

— Você não vai mesmo para o leste, vai?

— Não. Você estará no comando.

— O que faremos agora?

— Ficaremos de luto, claro. Infelizmente, só podemos dedicar a ele dois dias.

O período tradicional era de sete: nada de foder, conversar banalidades, tomar vapor. Só meditar. Depois formavam uma roda de despedida quando todo mundo dava um passo à frente e contava uma recordação de Vovô Jonas Flick e oferecia algum objeto que havia ganhado dele ou que associava a ele (Rose já escolhera o seu, um anel com um desenho celta que Vovô lhe dera quando aquela parte da América ainda era terra dos índios e ela era conhecida como Rose Irlandesa). Nunca havia corpo quando alguém do Nó morria, por isso os objetos de recordação serviam a esse propósito. Essas coisas eram embrulhadas em um pano branco e enterradas.

— Então quando é que meu grupo parte? Quarta à noite ou quinta de manhã?

— Quarta à noite. — Rose queria a garota o mais cedo possível. — Dirija sem parar. Você tem certeza de que eles vão guardar o negócio para apagá-la no destinatário de correio em Sturbridge?

— Sim. Pode ficar tranquila quanto a isso.

*Não vou ficar tranquila até que eu possa olhar para aquela putinha deitada no quarto ao lado do meu, drogada até a alma, algemada e cheia de vapor gostoso para sugar.*

— Vai levar quem? Dê os nomes.

— Eu, Walnut, Jimmy Contas se você puder abrir mão dele...

— Posso, sim. Quem mais?

— Andi Cascavel. Se precisarmos fazer alguém dormir, ela resolve. E China. Ele com certeza. É o melhor rastreador que temos agora, depois da partida do Vovô. Além de você, é claro.

— Pode levar ele, com toda certeza, mas você não vai precisar de um rastreador para encontrar essa aí — disse Rose. — Isso não será problema. E um veículo só bastará. Leve o Winnebago de Steve Cabeça de Vapor.

— Já falei com ele sobre isso.

Ela balançou a cabeça, satisfeita.

— Mais uma coisa. Há um pequeno pé-sujo em Sidewinder chamado District X.

Corvo arqueou as sobrancelhas.

— O palácio pornô com uma enfermeira inflável na vitrine?

— Estou vendo que você conhece — disse Rose secamente. — Agora me escute, Pai.

Corvo escutou.


# 6


Dan e John Dalton decolaram de Logan ao raiar do sol, na terça de manhã. Trocaram de avião em Memphis e pousaram em Des Moines às 11h15 de um dia que mais parecia meio de julho do que final de setembro.

Dan passou parte da etapa Boston-Memphis fingindo dormir para não ter que enfrentar as dúvidas e poréns que sentia brotar como erva daninha na mente de John. Em algum lugar ao norte do estado de Nova York, acabou o fingimento e ele dormiu de verdade. Foi John quem dormiu entre Memphis e Des Moines, e *isso* foi ótimo. E depois que estavam mesmo em Iowa, dirigindo em direção à cidade de Freeman em um Ford Focus discreto da Hertz, Dan percebeu que John havia enterrado suas dúvidas. Pelo menos por enquanto. Elas haviam sido substituídas pela curiosidade e por uma excitação inquieta.

— Meninos na caça ao tesouro — disse Dan. Ele tinha dormido por mais tempo, por isso estava ao volante. O milho alto, agora mais amarelo do que verde, balançava de ambos os lados da estrada.

John teve um pequeno sobressalto.

— Hum?

Dan sorriu.

— Não é isso que você está pensando? Que a gente parece dois garotos em uma caça ao tesouro?

— Você é bastante assustador, Daniel.

— Devo ser. Acho que já me acostumei. — Isto não era exatamente verdade.

— Quando descobriu que era capaz de ler mentes?

— Não se trata apenas de ler mentes. A iluminação é um talento excepcionalmente variável. Se *for* um talento. Às vezes, muitas vezes, dá a impressão de ser mais uma mancha feia de nascença. Tenho certeza de que Abra diria a mesma coisa. E sobre quando eu descobri... Nunca. Sempre tive isso. Veio de fábrica.

— E você bebia para bloquear.

Uma marmota gorda atravessou, destemida e preguiçosamente, a Rota 150. Dan desviou para não atropelá-la e a marmota desapareceu dentro do milho, ainda sem nenhuma pressa. Estava agradável ali no campo, com o céu parecendo ter 1.000 quilômetros de profundidade, sem nenhuma montanha à vista. New Hampshire era bonito, e Dan passara a chamar o local de seu lar, mas sempre haveria de se sentir melhor na planície. Mais seguro.

— Você é mais esperto que isso, Johnny. Por que qualquer alcoólatra bebe?

— Porque é alcoólatra?

— Bingo. Simples assim. Corte o blá-blá-blá psicológico e você fica com a verdade nua e crua. A gente bebia porque era alcoólatra.

John sorriu.

— Casey K. doutrinou mesmo você.

— Bem, tem também o fator hereditário — disse Dan. — Casey sempre chuta isso para escanteio, mas existe. Seu pai bebia?

— Ele e minha querida mãe, os dois. Só precisava deles dois para garantir os lucros do bar do Country Club. Lembro o dia que minha mãe tirou a roupa de tênis e mergulhou com a gente, as crianças, na piscina. Os homens aplaudiram. Meu pai achou o máximo. Eu, nem tanto. Tinha 9 anos, e até ir para a universidade fui o filho da striper. A sua mãe?

— Minha mãe podia beber, mas também conseguia não beber. Às vezes ela se chamava de Wendy-Duas-Cervejas. Já o meu pai... bastava um copo de vinho ou uma lata de cerveja para ele perder a linha. — Dan consultou o odômetro e viu que ainda tinham 70 quilômetros a percorrer. — Você quer ouvir um caso? Um que nunca contei a ninguém? Vou logo avisando que é estranho. Se você acha que a iluminação é só algo corriqueiro como telepatia, está muito longe da verdade. — Fez uma pausa. — Existem outros mundos além deste.

— Você... hum... já viu esses mundos? — Dan tinha perdido o rastro da mente de John, mas DJ de repente pareceu um pouco nervoso. Como se achasse que o homem a seu lado pudesse de repente enfiar a mão dentro da camisa e declarar que era a reencarnação de Napoleão Bonaparte.

— Não, apenas gente que vive neles. Abra os chama de gente fantasmagórica. Quer ouvir ou não?

— Não tenho certeza de que quero, mas talvez seja melhor para mim.

Dan não sabia até que ponto aquele pediatra de New England ia acreditar naquele inverno que a família Torrance passou no Hotel Overlook, mas descobriu que não se importava muito. Contar aquilo, naquele carro discreto, sob o céu luminoso do centro-oeste, já bastava. Havia alguém que teria acreditado em tudo, mas Abra era jovem demais e a história muito terrível. John Dalton teria que bastar. Mas como começar? Com Jack Torrance, achava. Um sujeito profundamente infeliz que fracassara como professor, escritor e marido. Como é que os jogadores de beisebol chamavam três rebatidas erradas seguidas? Sombrero Dourado? O pai de Dan tivera apenas um sucesso: quando chegara a hora — em direção à qual o Overlook o empurrara desde o primeiro dia no hotel —, ele se recusara a matar seu filho pequeno. Se houvesse um epitáfio adequado a ele, seria...

— Dan?

— Meu pai tentou — disse ele. — É o máximo que posso dizer a seu respeito. Os espíritos mais malignos de sua vida estavam dentro das garrafas. Se ele tivesse tentado o AA, talvez as coisas fossem muito diferentes. Mas não tentou. Acho que minha mãe nem sequer sabia que existia um grupo assim, ou teria sugerido a ele que participasse. Quando fomos para o Hotel Overlook, onde um amigo lhe arranjou o emprego de zelador de inverno, a foto dele poderia figurar ao lado de *abstêmio infeliz* no dicionário.

— Era lá que estavam os fantasmas?

— Sim. Eu os vi. Meu pai não, mas sentia a presença deles. Talvez fosse iluminado também. É provável que sim. Muita coisa é hereditária, afinal de contas, não apenas a tendência ao alcoolismo. E os fantasmas manipulavam ele. Meu pai achava que eles, as pessoas fantasmagóricas, queriam ele, mas isso era outra mentira. Eles queriam era o menino pequeno com a grande iluminação. Assim como essa turma do Verdadeiro Nó quer Abra.

Ele parou, lembrando o que Dick, falando através da boca morta de Eleanor Ouellete, respondera quando Dan perguntara onde estavam os demônios vazios. *Na sua infância, de onde todos os demônios vieram.*

— Dan, você está bem?

— Sim — respondeu Dan. — De qualquer jeito, eu sabia que havia algo errado na porra daquele hotel antes mesmo de entrar pela porta. Eu já sabia quando nós três estávamos vivendo na maior dureza em Boulder, na encosta oriental. Mas meu pai precisava de um emprego para terminar uma peça que estava escrevendo...

# 7

Ao chegarem a Adair, ele já estava contando a John como a caldeira do Over-look explodira e como o velho hotel fora completamente destruído pelo incêndio, no meio de uma grande nevasca. Adair era o tipo de cidade com dois sinais de trânsito, mas havia um hotel da rede Holiday Inn Express, e Dan decorou a localização.

— É onde vamos alugar um quarto dentro de poucas horas — disse a John. — Não podemos fazer nossa caça ao tesouro em plena luz do dia, e, além disso, estou morto de sono. Tenho dormido muito pouco ultimamente.

— Tudo isso realmente aconteceu com você? — perguntou John com uma voz impressionada.

— Aconteceu de verdade — disse Dan, sorrindo. — Será que dá para acreditar?

— Se a gente encontrar a luva de beisebol no lugar em que ela diz que está, serei obrigado a acreditar em um monte de coisas. Por que você me contou?

— Porque parte sua acha que é maluquice a gente ter vindo, apesar do que você já sabe sobre Abra. E também porque é bom que você saiba que existem... forças. Já confrontei elas antes, mas você não. Você só viu uma menininha capaz de fazer truques paranormais de circo, como pendurar colheres no teto. Isso aqui não é uma brincadeira de criança, uma caça ao tesouro, John. Se o Verdadeiro Nó descobrir o que estamos fazendo, vai transformar a gente em alvo, assim como Abra Stone. Se você quiser desistir desse negócio, vou benzê-lo e dizer para ir com Deus.

— E vai continuar sozinho.

Dan lhe deu um sorriso.

— Bem... tem Billy.

— Billy tem nada menos que 73 anos.

— Ele dirá que é uma vantagem. Billy gosta de dizer que o bom de ser velho é que você não precisa se preocupar em morrer cedo.

John apontou.

— Divisa de Freeman. — Ele abriu um pequeno sorriso maroto para Dan. — Não consigo acreditar que eu esteja mesmo fazendo isto. O que você vai pensar se essa usina de etanol não existir mais? Se já foi demolida desde que o Google Earth tirou a foto dela e virou um milharal?

— Ainda vai estar lá — disse Dan.

# 8

E estava mesmo: vários prédios de concreto sujos e cinzentos, cobertos com telhados metálicos enferrujados. Uma chaminé ainda estava de pé; outras duas haviam caído e jaziam no chão como serpentes quebradas. As janelas estavam estilhaçadas e as paredes cheias de pichações borradas que teriam sido motivo de escárnio para os grafiteiros profissionais de qualquer grande cidade. Uma estrada secundária esburacada partia da rodovia e terminava em um estacionamento cheio de brotos de sementes de milho. A torre da caixa-d'água ficava perto, erguendo-se no horizonte como uma máquina de guerra marciana saída de um livro de H. G. Wells. Lia-se FREEMAN, IOWA na lateral. O barracão com o telhado partido também estava lá, como previsto.

— Satisfeito? — perguntou Dan. Eles estavam dirigindo muito lentamente. — Usina, torre da caixa-d'água, placa de proibida a entrada. Tudo como ela disse que seria.

John apontou para o portão enferrujado no final da estrada secundária.

— E se estiver trancado? Eu não pulo uma cerca de ferro desde meus tempos de fundamental I.

— Não estava trancado quando os assassinos trouxeram tal garoto. Senão Abra teria dito.

— Tem certeza?

Uma caminhonete vinha da direção contrária. Dan pisou um pouco no acelerador e levantou a mão em um aceno. O cara no volante — de boné verde da John Deere, óculos escuros e macacão, devolveu o aceno, mas mal olhou para eles. Bom sinal.

— Perguntei se...

— Sei o que você perguntou — disse Dan. — Se estiver trancado, a gente dá um jeito. Agora vamos voltar para aquele hotel e alugar nossos quartos. Estou acabado.


# 9

Enquanto John alugava dois quartos contíguos no Holiday Inn — pagando em espécie —, Dan foi até a loja de ferragens True Value. Comprou uma pá, dois enxadões, uma espátula de jardim, dois pares de luva e uma sacola grossa para guardar os objetos comprados. A única ferramenta que ele queria mesmo era a pá, mas achou melhor comprar mais coisas.

— Posso perguntar o que o traz a Adair? — questionou o balconista enquanto despachava a compra de Dan.

— Estou apenas passando por aqui. Minha irmã mora em Des Moines, ela tem um jardim e tanto. Provavelmente já tem a maioria dessas ferramentas, mas presentes a deixam mais hospitaleira.

— *Entendi*, irmão. E ela vai lhe agradecer por esse enxadão de cabo curto. Não há ferramenta mais útil e a maioria das pessoas que cuida do jardim nunca pensa em comprar um desses. A gente aceita MasterCard, Visa...

— Acho que vou dar uma folga ao cartão — disse Dan, tirando a carteira. — Basta me dar um recibo para o Tio Sam.

— Está certo. E se me der seu nome e endereço, ou o de sua irmã, nós mandaremos nosso catálogo para vocês.

— Sabe, acho que vou dispensar isso hoje — falou Dan, pondo um pequeno bolo de notas de vinte no balcão.

## 10

Às 11 daquela noite, depois de uma ligeira batida na porta, Dan a abriu e mandou John entrar. O pediatra de Abra estava pálido e nervoso.

— Você dormiu?

— Um pouco — respondeu Dan. — E você?

— Fiquei dormindo e acordando. Mais acordando. Estou nervoso como um gato. Se a polícia nos parar, o que vamos dizer?

— Que ouvimos dizer que havia um bar com música em Freeman e resolvemos procurar.

— Não existe nada em Freeman a não ser milho. Quase quatro bilhões de hectares de milho.

— Mas a gente não sabe — disse Dan tranquilamente. — Estamos só de passagem. Além do mais, nenhum policial vai nos parar, John. Ninguém sequer vai reparar na gente. Mas se quiser ficar aqui...

— Não atravessei metade do país para ficar sentado em um hotel assistindo a Jay Leno. Só me deixe usar o banheiro. Já fui no meu antes de vir aqui, mas preciso ir de novo. *Meu Deus,* estou nervoso.

A viagem a Freeman pareceu muito longa a Dan, mas depois que saíram de Adair eles não encontraram nem sequer um carro. Os fazendeiros dormiam cedo e evitavam as rotas dos caminhões.

Quando chegaram à usina de etanol, Dan baixou o farol do carro aluga-do e dirigiu devagar até o portão fechado. Os dois desceram. John praguejou quando a luz do teto do Ford acendeu.

— Eu devia ter desligado essa porra antes de a gente ter deixado o hotel. Ou quebrado a lâmpada, se não tiver interruptor.

— Calma — disse Dan. — Não tem ninguém aqui além dos animais. — Mesmo assim seu coração batia acelerado no peito ao caminharem para o portão. Se Abra estivesse certa, um garoto havia sido assassinado e enterra-do ali, depois de ser horrivelmente torturado. Se havia um lugar que podia ser assombrado...

John experimentou abrir o portão, e, quando empurrar não deu certo, tentou puxar.

— Nada. E agora? Pular, eu acho. Estou disposto a tentar, mas provavel-mente vou quebrar a porra da...

— Espera. — Dan tirou uma lanterna do bolso do paletó e iluminou o portão. Só então viu o cadeado quebrado e o arame grosso bem enrolado nele. Voltou ao carro e foi sua vez de se assustar quando a luz da mala acendeu. Bem, porra. Também não dava para pensar em tudo. Ele abriu o embrulho de pano e bateu a tampa com força. A escuridão voltou.

— Aqui — disse a John, estendendo um par de luvas. — Vista isso. — Dan colocou as suas, desenrolou o arame e prendeu os dois pedaços soltos na cerca de aramado, como referência para depois. — Certo, vamos lá.

— Preciso mijar de novo.

— Ah, cara. Se segura aí.


11


Dan foi dirigindo o Ford lenta e cuidadosamente, dando a volta até a platafor-ma de carga. Havia uma porção de buracos, alguns fundos, todos difíceis de ver com os faróis desligados. A última coisa que ele queria era jogar o Ford em um buraco e quebrar o eixo. Nos fundos da usina, o piso era feito de uma mistura de terra e restos de asfalto. Mais ou menos 20 metros à frente havia outra cerca de tela de arame e, além dela, um milharal de infindáveis quilômetros. A plataforma de carga não era tão extensa quanto o estacionamento, mas bastan-te grande.

— Dan, como vamos saber onde...

— Fique quieto. — Dan inclinou a cabeça até encostar a testa no volante e fechou os olhos.

(*Abra*)

Nada. Ela estava dormindo, claro. Lá em Anniston já era quarta de manhã. John ficou sentado ao lado dele, mordendo os lábios.

(*Abra*)

Um ligeiro movimento. Podia ser sua imaginação. Dan esperava que fosse mais que isso.

(*ABRA!*)

Olhos se abriram em sua cabeça. Houve um instante de desorientação, uma espécie de visão dupla, e então Abra estava olhando com ele. A plataforma de carga e as ruínas da chaminé pareceram, de repente, mais nítidas, mesmo que estivessem iluminadas apenas pelas estrelas.

*A visão dela é muito melhor que a minha.*

Dan saiu do carro. John também, mas Dan mal reparou. Ele cedera o controle à garota que agora estava acordada em sua cama, a 1.500 quilômetros dali. Ele se sentiu com um detector humano de metal. Só que não era metal que ele — *eles* — estavam procurando.

(*vá lá até aquele negócio de concreto*)

Dan foi até a plataforma de carga e ficou de costas para ela.

(*agora comece a ir para lá e para cá*)

Uma pausa enquanto ela procurava um jeito de descrever melhor o que queria.

(*como em CSI*)

Ele andou cerca de 15 metros para a esquerda, depois para a direita, se afastando da plataforma em diagonais opostas. John tirara a pá da sacola de pano e estava ao lado carro alugado, observando.

(*é aqui que eles pararam os trailers*)

Dan virou à esquerda de novo, caminhando devagar, às vezes tirando do caminho um tijolo ou pedaço de concreto com o pé.

(*você está perto*)

Dan parou. Sentiu um cheiro ruim. Um aroma de podridão.

(*Abra? Você*)

(*sim, meu Deus, Dan*)

(*fique calma, meu bem*)

(*você passou demais, dê a volta, vai devagar*)

Dan se virou, como um soldado dando uma meia-volta desajeitada. Foi em direção à plataforma de carga.

(*esquerda, um pouco mais à esquerda, mais devagar*)

Ele seguiu a instrução, parando depois de cada pequeno passo. Ali havia de novo aquele cheiro, um pouco mais forte. De repente, o lugar extraordinariamente nítido, apesar do escuro da noite, começou a ficar borrado à medida que seus olhos se encheram com as lágrimas de Abra.

(*é aí, o garoto do beisebol, você está bem em cima dele*)

Dan respirou fundo e secou o rosto. Estava tremendo. Não por frio, mas porque ela tremia. Sentada ereta na cama, agarrando o coelho de pelúcia cheio de calombos e tremendo como uma folha velha na árvore.

(*sai daqui, Abra*)

(*Dan, você está*)

(*sim, estou bem, mas você não precisa ver isso*)

De repente, aquela visão nítida sumiu. Abra interrompera o contato, o que era bom.

— Dan? — chamou John, baixo. — Tudo bem?

— Sim. — Sua voz ainda estava embargada pelas lágrimas de Abra. — Traga a pá.


12


Eles levaram vinte minutos. Dan cavou primeiro, depois entregou a pá para John, que foi quem de fato achou Brad Trevor. Ele ficou de costas, cobrindo a boca e o nariz. Suas palavras saíram abafadas, mas compreensíveis.

— Está certo, aqui tem um cadáver. *Meu Deus!*

— Você não sentiu o cheiro antes?

— Enterrado a essa profundidade, depois de dois anos? Você quer dizer que sentiu?

Dan não respondeu, então John se encarregou do buraco de novo, mas dessa vez sem entusiasmo. Ficou alguns segundos com as costas encurvadas, como se ainda fosse usar a pá, depois se endireitou e se afastou quando Dan jogou a luz da lanterna na pequena escavação que haviam feito.

— Eu não posso — disse. — Pensei que pudesse, mas não posso. Não... desse jeito. Meus braços parecem ser de borracha.

Dan entregou a lanterna a ele. John iluminou o buraco, focando aquilo que o assustara: um tênis sujo de terra. Trabalhando devagar, sem querer perturbar os restos mortais do garoto do beisebol mais do que necessário, Dan tirou o barro dos lados do corpo. Ao poucos, foi aparecendo uma forma coberta de terra. Lembrava as talhas nos sarcófagos que ele havia visto no *National Geographic*.

O fedor da podridão aumentara.

Dan se afastou e hiperventilou, terminando com a inspiração mais profunda que conseguiu. Então ele se agachou na extremidade da cova rasa, de onde agora se projetavam em V os dois sapatos de Brad. Ele avançou de joelhos até onde supunha que estivesse a cintura do garoto, então ergueu a mão pedindo a lanterna. John entregou-a e se virou, soluçando alto.

Dan segurou a lanterna fina entre os lábios e começou a tirar mais terra. A camiseta do garoto surgiu, colada ao peito encovado. Em seguida as mãos. Os dedos, que agora não passavam de ossos encobertos por pele amarela, agarravam alguma coisa. O peito de Dan doía com a falta de ar, mas ele forçou os dedos de Trevor a se abrirem, com a máxima delicadeza possível. Mesmo assim, um deles se quebrou com um estalo seco de coisa partida.

Eles o haviam enterrado segurando a luva de beisebol no peito. A concavidade da luva que ele untava com tanto carinho estava cheia de vermes que se contorciam.

O ar escapou dos pulmões de Dan com um *pssss* chocado, e o ar que ele inspirou estava cheio de podridão. Desviou-se da cova se jogando para a direita e conseguiu vomitar na terra revirada em vez de nos restos carcomidos de Bradley Trevor, cujo único crime tinha sido nascer com algo que aquela tribo de monstros desejava. E que eles lhe haviam roubado com o último suspiro que ele dera, entre gritos de agonia.

## 13

Voltaram a enterrar o corpo, e dessa vez John se encarregou da maior parte do trabalho, cobrindo o local com uma lápide improvisada feita de fragmentos de asfalto. Nenhum deles queria pensar na possibilidade de cães errantes ou raposas irem se banquetear da pouca carne que restava.

Quando acabaram, voltaram para o carro e ficaram sentados em silêncio. Finalmente John disse:

— O que faremos a respeito dele, Danno? Não podemos simplesmente abandoná-lo. Ele tem pais. Avós. Provavelmente irmãos e irmãs. Todos ainda se perguntando o que aconteceu.

— Ele precisa ficar mais um tempo aqui. Tempo suficiente para que ninguém diga "poxa, aquela ligação anônima foi feita logo depois de um estranho ter comprado uma pá na loja de ferragens em Adair". Isso provavelmente não aconteceria, mas não podemos correr o risco.

— Quanto tempo é esse mais tempo?

— Talvez um mês.

John pensou a respeito, depois suspirou.

— Talvez até dois. Mais algum tempo para os pais dele continuarem pensando que ele talvez tenha apenas fugido. Mais algum tempo antes que a gente parta o coração deles. — Sacudiu a cabeça. — Se eu tivesse sido obrigado a olhar o rosto dele, acho que nunca mais conseguia dormir.

— Você se surpreenderia com o que as pessoas são capazes de suportar — disse Dan. Pensava na sra. Massey, guardada agora no fundo de sua mente, destituída do poder de assombrá-lo. Ele deu partida no carro, desceu o vidro da janela e bateu a luva várias vezes na porta para retirar a terra. Depois enfiou-a na mão, introduzindo os dedos nos espaços que já haviam sido ocupados pelos dedos do garoto em inúmeras tardes ensolaradas. Fechou os olhos. Depois de mais ou menos trinta segundos, tornou a abri-los.

— Alguma coisa?

— Você é Barry. Você é um dos bonzinhos.

— O que isso quer dizer?

— Não sei. Mas aposto que deve ser o sujeito que Abra chama de Barry Sina.

— Mais nada?

— Abra deve ser capaz de dizer mais.

— Tem certeza?

Dan pensou em como sua visão se tornara mais nítida quando Abra abrira os olhos dentro de sua cabeça.

— Tenho. Ilumine a palma da luva por um segundo. Tem algo escrito nela.

Foi o que John fez, revelando a escrita cuidadosa do garoto: THOME 25.

— O que significa isso? — perguntou John. — Pensei que o nome dele fosse Trevor.

— Jim Thome é um jogador de beisebol. Veste a camisa 25. — Ele olhou por um instante para a palma da luva, depois pousou-a delicadamente no assento entre eles. — Era o jogador da primeira liga favorito do garoto. Batizou a luva com o nome dele. Vou pegar esses filhos da puta. Juro por Deus Todo-Poderoso que vou pegá-los e fazê-los se arrependerem.

# 14

Rose, a Cartola, estava iluminada — assim como todo o Nó —, mas não como Dan e Billy. Nem ela nem Corvo faziam ideia de que, enquanto se despediam, o garoto que haviam sequestrado anos antes em Iowa estava sendo desenterrado por dois homens que já sabiam coisas demais sobre eles. Rose poderia ter interceptado as comunicações entre Dan e Abra se estivesse em estado de profunda meditação, mas é claro que sua presença teria sido imediatamente percebida pela garota. Além do mais, as despedidas que aconteciam naquela noite no EarthCruiser de Rose eram de um tipo especialmente íntimo.

Ela ficou deitada, com as mãos entrelaçadas na nuca, enquanto contemplava Corvo se vestindo.

— Você já foi naquela loja, não foi? District X?

— Pessoalmente, não, tenho uma reputação a proteger. Mandei Jimmy Contas. — Corvo sorriu ao afivelar o cinto. — Ele podia ter conseguido o que queríamos em 15 minutos, mas sumiu durante duas horas. Acho que encontrou um novo lar.

— Bem, isso é bom. Espero que vocês se divirtam — disse ela, tentando manter a leveza. Mas depois de dois dias pranteando a morte de Vovô Flick, terminando com a roda da despedida, não era fácil manter a leveza em nada.

— Ele não conseguiu nada que se comparasse a você.

Ela ergueu as sobrancelhas.

— Deu uma espiadinha, Henry?

— Não precisei. — Ele olhou para ela, deitada e nua, com os cabelos escuros espalhados em leque. Era alta, mesmo deitada. Ele sempre gostara de mulheres altas. — Você é a atração principal do meu espetáculo e sempre será.

Um exagero — só uma amostra da lábia de Corvo —, mas que a agradou mesmo assim. Ela se levantou e se colou a ele, acariciando-lhe os cabelos. — Tenha cuidado. Traga todos de volta. E traga *ela*.

— A gente vai trazer.

— Então é melhor botarem o pé na estrada.

— Calma. Estaremos em Sturbridge quando o correio abrir, na sexta de manhã. Meio-dia em Hampshire. A essa altura, Barry já vai ter localizado a garota.

— Desde que ela não tenha localizado *ele*.

— Não estou preocupado com isso.

*Ótimo*, pensou Rose. *Então vou me preocupar por nós dois. Vou me preocupar até a hora em que ela tiver algemas nos pulsos e nos tornozelos.*

— O bom disso — disse Corvo — é que, se ela nos notar e tentar fazer uma barreira de interferência, Barry vai sintonizá-la.

— Se ela tiver medo demais, pode procurar a polícia.

Ele sorriu.

— Você acha? "Sim, menininha", eles vão dizer, "nós acreditamos que esse pessoal terrível está perseguindo você. Agora nos diga se eles são criaturas do espaço sideral ou apenas uma variedade mais comum de zumbis. Assim podemos saber o que procurar".

— Não faça piada disso e leve o assunto a sério. Faça tudo de modo rápido e simples, e vá embora do mesmo jeito, é assim que tem que ser. Não envolva gente de fora. Nem deixe testemunhas. Mate os pais se necessário, mate *qualquer um* que tente interferir, mas tudo discretamente.

Corvo fez uma continência irônica.

— Sim, capitá.

— Vá embora, seu bobo. Mas primeiro me dê outro beijo. Talvez um pouco dessa sua língua sabida, também.

Ele lhe deu o que ela pediu. Rose o abraçou com força durante muito tempo.

## 15

Dan e John seguiram calados no carro durante a maior parte da viagem até o hotel em Adair. A pá estava na mala. A luva de beisebol no banco traseiro, embrulhada em uma toalha do Holiday Inn.

— Agora a gente precisa contar tudo isso para a família de Abra — disse John, por fim. — Ela vai detestar, e Lucy e David não vão querer acreditar, mas é necessário fazer isso.

Dan olhou para ele com uma expressão séria.

— Você agora consegue ler mentes?

John não conseguia, mas Abra sim, e sua voz alta e repentina na cabeça de Dan fez com que ele ficasse contente de ser John ao volante. Se fosse ele, provavelmente acabariam no meio do milharal de alguma fazenda.

(*NÃOOO!*)

— Abra — falou em voz alta para que John pudesse escutar ao menos metade da conversa. — Abra, escute.

(*NÃO, DAN! ELES ACHAM QUE ESTOU BEM! QUE ESTOU QUASE NORMAL AGORA!*)

— Querida, se essa gente precisar matar seu pai e sua mãe para pegar você, acha que eles hesitariam? Eu com certeza acho que não. Não depois do que encontramos lá naquele lugar.

Não havia argumento contra isso, e Abra nem tentou... mas, de repente, a cabeça de Dan ficou repleta do sofrimento e do medo dela. Seus olhos se encheram novamente de lágrimas que deslizaram pelo rosto.

Merda.

Merda, merda, *merda.*

## 16

Quinta-feira de manhã cedo.

O trailer de Steve Cabeça de Vapor, com Andi Cascavel agora ao volante, se dirigia para o leste na I-80, a oeste de Nebraska, dentro dos 100km/h permitidos por lei. Os primeiros vestígios da aurora começavam a surgir no horizonte. Em Anniston, eram duas horas mais tarde. Dave Stone estava de roupão, fazendo café, quando o telefone tocou. Era Lucy ligando do apartamento de Concetta em Marlborough Street. Ela soava como uma mulher que tinha chegado ao limite de suas forças.

— Se não houver nenhuma mudança para pior, embora eu ache que agora as coisas só *possam* mudar para pior, eles darão alta a Momo logo no início da semana. Falei com os dois médicos que estão cuidando dela na noite passada.

— Por que não me ligou, querida?

— Estava cansada demais. E deprimida. Achei que fosse me sentir melhor depois de uma noite de sono, mas não dormi muito. Querido, este lugar está tão cheio dela. Não apenas de seu trabalho, mas também de sua *vitalidade...*

A voz dela ficou trêmula. David esperou. Eles estavam juntos havia mais de 15 anos, e ele sabia que quando Lucy estava aborrecida, esperar era às vezes melhor que falar.

— Eu não sei o que a gente vai *fazer* com tudo isso. Só de olhar os livros já fico cansada. Há milhares nas prateleiras e guardados no escritório, e o síndico diz que ainda há milhares encaixotados.

— Não precisamos decidir agora.

— Ele disse também que tem uma mala com a etiqueta *Alessandra.* Era o verdadeiro nome da minha mãe, sabe, apesar de eu achar que ela se chamava Sandra ou Sandy. Eu nunca soube que Momo tinha guardado coisas dela.

— Para alguém que exibia tudo na sua poesia, Chetta podia ser uma senhora bem reservada quando queria.

Lucy parecia não ouvi-lo. Continuava a falar naquele tom de voz monótono, ligeiramente rabugento, exausto.

— Já está tudo combinado, mas talvez eu precise remarcar a ambulância particular se eles resolverem dar alta para ela no domingo. Disseram que talvez fizessem isso. Graças a Deus ela tem um bom seguro de saúde. Ele é da época em que ela era professora em Tufts, sabe? Nunca ganhou um tostão com poesia. Quem neste país fodido ainda pagaria um centavo para ler poesia?

— Lucy...

— Ela vai ter uma boa vaga no prédio principal de Rivington House, uma pequena suíte. Eu fiz o tour on-line. Não que ela vá usar por muito tempo. Fiz amizade com a enfermeira-chefe do andar dela aqui, e a enfermeira disse que Momo está praticamente no final de sua...

— Chia, eu te amo, querida.

Isso — o antigo apelido pelo qual Concetta a chamava — fez com que ela finalmente parasse.

— Com todo o meu coração e a minha alma confessadamente não italianos.

— Eu sei e dou graças a Deus por isso. Tem sido muito difícil, mas está quase no fim. Estarei aí mais tardar na segunda-feira.

— Mal podemos esperar para ver você.

— Como está você? E Abra?

— Estamos ótimos, os dois. — David seguiria acreditando naquilo por aproximadamente mais uns sessenta segundos.

Ele ouviu o bocejo de Lucy.

— Devo voltar para a cama por mais uma hora ou duas. Acho que consigo dormir agora.

— Sim, faça isso. Preciso acordar Abra para o colégio.

Despediram-se, e quando David se afastou do telefone de parede da cozinha, percebeu que Abra já tinha levantado. Ainda estava de pijama. Seu cabelo estava uma bagunça, os olhos vermelhos, rosto pálido. Segurava Hoppy, seu velho coelho de pano.

— Abba-Du? Querida? Você está passando mal?

*Sim. Não. Não sei. Mas você passará quando ouvir o que eu vou dizer.*

— Preciso conversar com você, papai. E não quero ir para o colégio hoje. Nem amanhã. Talvez por algum tempo. — Ela hesitou. — Estou com problemas.

A primeira coisa que lhe veio à mente depois dessa frase foi tão terrível que ele afastou a ideia de imediato, mas não antes que Abra percebesse.

Ela sorriu fracamente.

— Não, eu não estou grávida.

Ele parou a meio caminho dela, no meio da cozinha, boquiaberto.

— Você... acabou de...

— Sim — confirmou ela. — Acabei de ler seu pensamento. Apesar de qualquer um ser capaz de fazer isso nesse caso, papai. Estava escrito na sua cara. E se chama iluminação, e não leitura-de-pensamento. Eu ainda consigo fazer a maioria das coisas que apavorava você quando eu era criança. Nem todas, mas a maioria.

Ele falou muito devagar:

— Sei que você às vezes ainda tem pressentimentos. Sua mãe e eu sabemos.

— É muito mais que isso. Tenho um amigo. O nome dele é Dan. Ele e o dr. John estiveram em Iowa...

— John Dalton?

— Sim...

— Quem é esse Dan? Algum paciente do dr. John?

— Não, ele é adulto. — Ela pegou a mão dele e o levou até a mesa da cozinha. Sentaram-se. Abra ainda segurando Hoppy. — Mas, quando ele era criança, era igual a mim.

— Abra, não estou entendendo nada.

— Tem uma gente má, papai. — Ela sabia que não podia contar a ele que eles eram mais que gente, *pior* que gente, até que Dan e John estivessem ali para ajudá-la a explicar. — Talvez eles queiram me machucar.

— Por que alguém ia querer machucar você? Isso não está fazendo sentido. Quanto àquelas coisas que você costumava fazer, se ainda pudesse fazê-las, nós sabe...

A gaveta sob as panelas penduradas se abriu de repente, depois fechou, em seguida abriu de novo. Ela não conseguia mais levantar as colheres, mas a gaveta bastou para conquistar a atenção dele.

— Depois que percebi o quanto isso preocupava e assustava vocês, eu comecei a esconder. Mas não posso mais fazer isso. Dan diz que eu preciso contar.

Ela apertou o rosto no pelo surrado de Hoppy e começou a chorar.

CAPÍTULO DOZE

# ELES CHAMAM DE VAPOR

1

John ligou o celular logo que ele e Dan deixaram a pista do aeroporto de Logan, no final da tarde de quinta-feira. Ele mal registrara o fato de haver bem mais que uma dúzia de chamadas perdidas quando o telefone tocou na sua mão. Ele olhou para a tela.

— Stone? — perguntou Dan.

— Tenho um monte de chamadas perdidas do mesmo número, então deve ser.

— Não atenda. Fale quando estivermos na estrada para o norte e diga a ele que estaremos lá por volta de... — Dan consultou o relógio, cujo fuso horário ele nunca acertara. — Seis horas. Quando chegarmos, contaremos tudo a ele.

John guardou o celular no bolso a contragosto.

— Passei esse voo de volta rezando para não perder minha licença médica por causa disso. Agora só espero que a polícia não nos pegue assim que estacionarmos na frente da casa de David Stone.

Dan, que entrara em contato com Abra Stone várias vezes durante a volta deles, balançou a cabeça.

— Ela o convenceu a esperar, mas tem muita coisa acontecendo nessa família agora, e o sr. Stone está bem confuso.

Diante disso John deu um sorriso de desânimo inigualável.

— Ele não é o único.

287

## 2

Abra estava sentada no degrau da frente quando Dan apareceu na entrada dos Stone. Eles tinham vindo rápido; eram apenas 17h30.

Abra se levantou antes que David pudesse segurá-la e desceu a entrada correndo, com o cabelo esvoaçando. Dan percebeu que ela se dirigia a ele e entregou a luva embrulhada no pano a John. Ela se jogou nos braços dele. Todo seu corpo tremia.

(*você encontrou, encontrou, encontrou a luva, me dê aqui*)

— Ainda não — disse Dan, colocando-a no chão. — Antes precisamos resolver as coisas com seu pai.

— Resolver? — perguntou Dave. Ele pegou Abra pelo pulso e afastou-a de Dan. — Quem é essa gente má de que ela está falando? E quem diabo é você? — Seu olhar se desviou para John de modo nada amistoso. — O que em nome do bom Deus está acontecendo aqui?

— Este é Dan, papai. Ele é como eu. Eu lhe *disse*.

— Onde está Lucy? — perguntou John. — Ela sabe disso?

— Eu não vou contar nada a vocês até eu saber o que está acontecendo.

— Ela ainda está em Boston, com Momo. — confirmou Abra. — Papai queria ligar para ela, mas eu o convenci a esperar vocês chegarem. — Ela permanecia com os olhos grudados na luva embrulhada no pano.

— Dan Torrance — disse Dave. — É seu nome?

— Sim.

— Você trabalha no asilo em Frazier?

— Isso mesmo.

— Há quanto tempo você vem se encontrando com minha filha? — As mãos dele se fechavam e abriam. — Conheceu ela na internet? Aposto que sim. — Ele desviou seu olhar para John. — Se você não fosse o pediatra de Abra desde o dia em que ela nasceu, eu teria chamado a polícia seis horas atrás quando você não atendeu a minha ligação.

— Eu estava dentro de um avião — disse John. — Não podia.

— Sr. Stone — disse Dan. — Não conheço sua filha há tanto tempo quanto John, mas quase. A primeira vez que a encontrei, ela era apenas um bebê. E foi ela quem me procurou.

Dave sacudiu a cabeça. Parecia perplexo, zangado e pouco disposto a entender coisa alguma que Dan lhe contasse.

— Vamos entrar — disse John. — Acho que a gente pode explicar tudo, *quase* tudo, e nesse caso você vai ficar muito contente de estarmos aqui e de termos ido a Iowa para fazer o que fizemos.

— Espero muito que sim, John, mas tenho minhas dúvidas.

Eles entraram, primeiro Dave com o braço em torno de Abra — naquele momento, pareciam mais carcereiro e prisioneira do que pai e filha —, depois John Dalton e, por último, Dan. Ele olhou para a picape vermelha enferrujada do outro lado da rua. Billy fez-lhe um gesto rápido com o polegar para cima... depois cruzou os dedos. Dan devolveu o gesto e entrou atrás dos outros pela porta da frente.

## 3

Enquanto Dave se sentava na sala de sua casa em Richland Court com a filha enigmática e seus hóspedes ainda mais enigmáticos, o trailer que levava a expedição do Nó se encontrava a sudeste de Toledo. No volante estava Walnut. Andi Steiner e Barry dormiam — Andi pesadamente, Barry se virando de um lado para outro, resmungando. Corvo estava na área da sala, folheando o *The New Yorker*. As únicas coisas de que realmente gostava eram os quadrinhos e os anúncios mínimos de coisas estranhas como suéteres de couro de yak, chapéus vietnamitas tradicionais e falsos charutos cubanos.

Jimmy Contas se sentou a seu lado com o laptop na mão.

— Andei vasculhando a internet. Tive que haquear e haquear de novo alguns sites, mas... posso mostrar uma coisa?

— Como é que você consegue surfar na internet em uma rodovia interestadual?

Jimmy lhe deu um sorriso condescendente.

— Conexão 4G, meu caro. É a era moderna.

— Se você diz. — Corvo pôs de lado a revista. — O que você tem aí?

— Fotos de colégio da Anniston High School. — Jimmy tocou a tela e surgiu uma foto. Não era nenhuma imagem granulosa, e sim um retrato, em alta resolução, de uma garota em um vestido vermelho com mangas bufantes. Seus cabelos trançados eram castanho-claros e tinha um largo e confiante sorriso.

— Julianne Cross — disse Jimmy. Tocou novamente a tela e apareceu uma ruiva de sorriso travesso. — Emma Deane. — Outro toque e surgiu uma garota ainda mais bonita. Olhos azuis, cabelos louros emoldurando o rosto e se espalhando por cima dos ombros. Expressão séria, mas com uma covinha que insinuava um sorriso. — Essa é Abra Stone.

— Abra?

— É, eles põem qualquer nome hoje em dia. Lembra quando os campo-neses achavam que Jane e Mabel eram ótimos nomes? Li em algum lugar que Sly Stallone batizou o filho de Sage Moonblood. Que porra é essa, né?

— Você acha que uma das três é a garota de Rose?

— Se ela estiver certa sobre a garota ser uma pré-adolescente, é quase certo. Provavelmente Deane ou Stone, são as duas que moram na rua do pe-queno terremoto, mas não dá para dispensar totalmente essa menina Cross. Ela mora quase na esquina. — Jimmy Contas fez um gesto circular na tela e as três fotos se enfileiraram. Embaixo de cada uma viam-se os seguintes dizeres, em caligrafia cursiva arredondada: MINHAS RECORDAÇÕES DO COLÉGIO.

Corvo a examinou.

— Será que alguém vai se dar conta de que você andou roubando fotos de menininhas no Facebook, ou algo assim? Porque isso ativa todo tipo de alarme na terra dos camponeses.

Jimmy pareceu ofendido.

— Facebook porra nenhuma. Essas fotos vieram dos arquivos da Frazier High School, diretamente do computador deles para o meu. — Ele fez um barulho desagradável de sucção. — E vou lhe dizer, nem um sujeito que tivesse acesso ao banco inteiro de computadores da NSA ia conseguir seguir meu ras-tro nesse serviço. Quem é foda?

— Você — disse Corvo. — Eu acho.

— Qual delas você acha que é a nossa?

— Se eu tivesse que escolher... — Corvo bateu na foto de Abra. — Ela tem algo no olhar. Um olhar *vaporoso.*

Jimmy pensou por um instante, decidiu que fora uma frase sacana e deu uma gargalhada.

— Será que ajuda?

— Sim. Você pode imprimir essas fotos e distribuir cópias para os outros? Especialmente Barry. Ele é o localizador-chefe desta operação.

— Faço agora mesmo. Trouxe uma Fujitsu ScanSnap. Ótima máquina para se viajar. Eu tive uma S1100, mas troquei depois que li na *Computerworld...*

— É só imprimir, certo?

— Claro.

Corvo pegou a revista e voltou para o quadrinho na última página, aquela em que se devia completar os diálogos. A daquela semana mostrava uma senhora idosa entrando em um bar com um urso pela corrente. Ela estava de boca aberta, então o balão devia ser para a fala dela. Corvo pensou por um tempo e escreveu: *"Está certo, quem foi o babaca que me chamou de puta?"*

Provavelmente não era lá muito bom.

O trailer seguiu sob o crepúsculo crescente. Na cabine, Walnut ligou os faróis. Em uma das camas, Barry China se virou e coçou o pulso, dormindo. Um ponto vermelho surgira ali.

4

Os três ficaram sentados e calados enquanto Abra subia para pegar uma coisa em seu quarto. Dave pensou em oferecer café — pareciam cansados, precisavam fazer a barba —, mas decidiu que não ia oferecer a eles sequer um biscoito seco antes de receber uma explicação. Ele e Lucy haviam discutido o que fariam quando, em um futuro não muito distante, Abra lhes dissesse que tinha sido convidada para sair por um garoto, mas aqueles ali eram homens, *homens*, e parecia que o desconhecido vinha se encontrando com sua filha havia bastante tempo. De algum jeito, pelo menos... e essa não era exatamente a questão: de que *jeito*?

Antes que algum deles se arriscasse a iniciar uma conversa certamente constrangedora — e talvez irritada — ouviu-se a batida abafada dos sapatos de Abra na escada. Ela entrou na sala com um exemplar do *The Anniston Shopper*.

Olhe a página de trás.

Dave virou o jornal e fez uma careta.

— Que mancha marrom é essa?

— Pó de café. Joguei o jornal no lixo, mas como não conseguia parar de pensar nele, peguei de volta. Não conseguia parar de pensar *nele*. — Ela apontou para a foto de Bradley Trevor na fileira de baixo. — E nos pais dele. E irmãs e irmãos se ele tivesse. — Os olhos dela se encheram de lágrimas. — Ele tinha sardas, papai. Detestava elas, mas a mãe dizia que davam sorte.

— Você não tem como saber disso — disse Dave sem convicção nenhuma.

— Ela sabe — disse John —, e você também. Junte-se a nós nisso aqui, Dave. Por favor. É importante.

— Quero saber sobre você e minha filha — disse Dave, dirigindo-se a Dan. — Conte.

Dan repetiu tudo. O rabisco que fizera do nome de Abra no seu livro de reuniões do AA. O primeiro "olá" escrito com giz. Sua nítida percepção da presença de Abra na noite em que Charlie Hayes morrera.

— Perguntei se ela era a menininha que às vezes escrevia no meu quadro-negro. Ela não respondeu com palavras, mas ouviu um pequeno trecho de música de piano. Uma velha melodia dos Beatles, eu acho.

Dave olhou para John.

— Você contou isso para ele!

John sacudiu a cabeça.

Dan disse:

— Há dois anos, recebi uma mensagem dela que dizia "eles estão matando o garoto do beisebol". Eu não sabia o que significava e acho que Abra também não. A coisa poderia ter acabado aí, mas então ela viu *isso*. — Ele apontou o dedo para a página de trás do *The Anniston Shopper*, com todas aquelas fotos do tamanho de selos.

Abra contou o resto.

Quando acabou, Dave disse:

— Então vocês voaram até Iowa porque uma garota de 13 anos mandou.

— Uma garota de 13 anos muito especial — disse John. — Com habilidades muito especiais.

— A gente achava que tinha passado — disse Dave, lançando um olhar acusador para Abra. — Salvo algumas pequenas premonições, achávamos que tinha passado com a idade.

— Desculpa, papai. — A voz dela era pouco mais que um sussurro.

— Talvez ela não *devesse* se desculpar — disse Dan, esperando não soar tão irritado quanto se sentia. — Ela escondeu essa habilidade porque sabia que você e sua mulher queriam que ela parasse com isso. Escondeu porque ama você e queria ser uma boa filha.

— Ela lhe disse isso, eu suponho.

— Nunca conversamos a respeito — disse Dan. — Mas eu tive uma mãe que eu amava demais e fiz o mesmo por ela.

Abra lhe deu um olhar de clara gratidão. Ao baixar os olhos de novo, enviou-lhe um pensamento. Algo que tinha vergonha de dizer em voz alta.

— Ela também não queria que os amigos soubessem. Achou que não gostariam mais dela. Teriam medo. Provavelmente também tinha razão quanto a isto.

— Não vamos perder o foco da questão principal — disse John. — Fomos até Iowa, sim. Encontramos a usina de etanol da cidade de Freeman, exatamente onde Abra nos disse que estaria. Encontramos o cadáver do garoto. E a luva dele. Ele escreveu o nome do seu jogador de beisebol favorito na palma, mas o nome *dele*, Brad Trevor, está lá escrito na alça.

— Ele foi assassinado. É o que vocês estão dizendo. Por um bando de malucos nômades.

— Eles andam em trailers — disse Abra. A voz era baixa e sonhadora. Olhava para a luva de beisebol embrulhada no pano enquanto falava. Tinha medo dela, mas queria tocá-la. Essas emoções conflitantes atingiam Dan com tanta força que ele sentiu o estômago embrulhado. — Têm nomes esquisitos, como nomes de piratas.

Quase melancolicamente, Dave perguntou:

— Vocês têm *certeza* de que o garoto foi assassinado?

— A mulher da cartola lambeu o sangue dele das próprias mãos — disse Abra. Ela estivera sentada na escada. Agora foi até o pai e encostou o rosto em seu peito. — Quando quer, ela tem um dente especial. Todos eles têm.

— O garoto era mesmo como você?

— Sim. — A voz de Abra estava meio amortecida, mas audível. — Ele via pela mão.

— O que significa isso?

— Ele conseguia rebater certos arremessos porque a mão dele os percebia antes. E quando a mãe perdia algo, ele cobria os olhos e olhava através dos dedos para descobrir onde estava. Acho. Não tenho certeza dessa parte, mas às vezes eu uso minha mão assim.

— E foi por isso que o mataram?

— Tenho certeza — disse Dan.

— Para quê? Algum tipo de vitamina paranormal? Você percebe como isso soa ridículo?

Ninguém respondeu.

— E eles fazem ideia de que Abra sabe deles?

— Sim. — Ela ergueu a cabeça. Tinhas as bochechas vermelhas e molhadas de lágrimas. — Eles não sabem meu nome nem onde moro, mas sabem que *existo*.

— Então precisamos ir à polícia — disse Dave. — Ou talvez... ao FBI, em um caso assim, acho. Talvez eles custem a acreditar, de início, mas se o corpo estiver lá...

— Não vou dizer que é uma má ideia até a gente ver o que Abra consegue com a luva de beisebol, mas é preciso pensar nas consequências com muito cuidado. Para mim, para John, para você e sua mulher, e principalmente para Abra.

— Não vejo qual o problema que você e John teriam...

John se remexeu com impaciência na poltrona.

— Vamos, David. Quem encontrou o corpo? Quem o desenterrou e voltou a enterrar, depois de pegar uma prova que o pessoal da polícia técnica deve julgar imprescindível? Quem transportou essa prova por metade do país para que uma adolescente a usasse como um tabuleiro ouija?

Apesar de não ser sua intenção, Dan juntou-se à argumentação. Estavam coagindo, o que em circunstâncias normais ele teria desaprovado, mas não naquelas.

— Sua família já está no meio de uma crise, sr. Stone. A avó de sua mulher está à beira da morte, sua mulher está exausta e deprimida. Essa coisa vai estourar nos jornais e na internet como uma bomba. Um clã nômade de assassinos contra uma garotinha supostamente paranormal. Eles vão querer Abra na TV, você vai negar permissão, e isso só vai deixá-los mais famintos. Sua rua vai se transformar em um estúdio ao ar livre, Nancy Grace provavelmente vai se mudar para a casa ao lado, e em uma semana ou duas toda a turma da mídia vai estar gritando *armação* a plenos pulmões. Se lembra do garoto do balão, aquele que os pais esconderam? Talvez seja seu futuro. Enquanto isso, os caras ainda vão estar soltos por aí.

— Então quem vai proteger minha filha se vierem pegá-la? Vocês dois? Um médico e um auxiliar de asilo? Ou você é apenas zelador?

*Você não sabe nem sobre o administrador de 73 anos que está de vigia no final da rua*, pensou Dan e teve que sorrir.

— Sou um pouco dos dois. Olha, sr. Stone...

— Já que você e minha filha são grandes amigos, acho melhor me chamar de Dave.

— Está bem, Dave. Acho que seu próximo passo depende do quanto você acha que a polícia vai acreditar nela. Especialmente quando ela contar que essa turma que anda de trailer é feita de vampiros que sugam a vida das vítimas.

— Meu Deus — disse Dave. — Não posso contar isso a Lucy. Ela vai ficar maluca. *Completamente* maluca.

— Acho que isso responde à pergunta se você deve ou não chamar a polícia — comentou John.

Fez-se um instante de silêncio. Em algum lugar da casa ouvia-se o tique-
-taque de um relógio. Em algum lugar do lado de fora, um cão latia.

— O terremoto — disse Dave, de repente. — O pequeno terremoto. Foi você, Abby?

— Tenho quase certeza — sussurrou ela.

Dave abraçou-a, depois se levantou e retirou o pano da luva de beisebol. Segurou-a, examinando-a.

— Eles enterraram o menino com a luva — disse. — Sequestraram, tor-
turaram, assassinaram e depois enterraram com sua luva de beisebol.

— Sim — disse Dan.

Dave virou-se para a filha.

— Você realmente quer pôr a mão nisso, Abra?

Ela estendeu a mão e disse:

— Não, mas me dê assim mesmo.


## 5

Dave hesitou e então entregou a luva para ela. Abra a pegou e olhou a palma.

— Jim Thome — disse e, apesar de Dan estar decidido a apostar suas economias (depois de doze anos de trabalho e sobriedade constantes, tinha algumas) de que ela jamais havia visto o nome antes, Abra o pronunciou de forma correta: *tomê*. — Ele está na lista dos melhores.

— Certo — disse Dave. — Ele...

— Ssss — fez Dan.

Eles a observaram. Ela ergueu a luva até o rosto e cheirou a palma. (Ao se lembrar dos vermes, Dan teve que reprimir um estremecimento.) Ela disse:

— Não é Barry Sina, é Barry *China*. Só que ele não é chinês. Chamam Barry assim porque tem olhos puxados. Ele é o... deles... não sei... espera...

Ela levou a luva ao peito, como um bebê. Começou a respirar mais de-
pressa. A boca se abriu e ela gemeu. Assustado, Dave pôs a mão no ombro dela. Abra sacudiu os ombros, repelindo-o.

— Não, papai, *não*!

Ela fechou os olhos e abraçou a luva. Eles ficaram à espera.

Finalmente abriu os olhos e disse:

— Eles estão vindo me pegar.

Dan se levantou e se ajoelhou ao lado dela, pondo a mão sobre as de Abra.

(*mas quantos são? alguns ou todos?*)

— Só alguns. Barry está com eles. É por isso que consigo ver. Tem outros três. Talvez quatro. Uma é uma mulher com uma tatuagem de cobra. Eles nos chamam de camponeses. Somos camponeses para eles.

(*a mulher da cartola está...*)

(*não*)

— Quando chegarão aqui? — perguntou John. — Você sabe?

— Amanhã. Primeiro precisam parar para pegar... — Ela fez uma pausa. Seus olhos vasculharam a sala, sem vê-la. Uma das mãos escapou da mão de Dan e começou a esfregar a boca. A outra apertou a luva. — Eles precisam... não sei. — As lágrimas começaram a encher os cantos dos olhos, não de tristeza, mas de esforço. — É um remédio? É... espera, espera, me solta, Dan, eu preciso... você tem que me deixar...

Ele tirou a mão. Houve um breve estalo e uma faísca azul de eletricidade estática. O piano tocou uma série de notas dissonantes. Em uma mesa ao lado da entrada da sala, um conjunto de figuras de cerâmica Hummel tremia e tamborilava sobre o tampo. Abra vestiu a luva. Seus olhos se arregalaram.

— Um deles é um corvo! Um é médico, o que é uma sorte para eles, porque Barry está doente! Doente! — Ela olhou em volta para eles, agitada, então riu. O som arrepiou os cabelos da nuca de Dan. Pensou que devia ser assim que os loucos riam quando passavam muito tempo sem remédio. Fez o máximo de esforço para não arrancar a luva da mão dela.

— *Ele está com sarampo! Pegou sarampo do Vovô Flick e logo vai começar a ciclar! Foi o filho da puta do garoto! Ele nunca deve ter sido vacinado! Precisamos contar para Rose! Precisamos...*

Aquilo foi demais para Dan. Ele puxou a luva da mão dela e arremessou-a para o outro lado da sala. O piano parou. Os Hummels tremeram uma última vez e se aquietaram, um prestes a cair da mesa. Dave fitava a filha, boquiaberto. John se levantou, mas parecia incapaz de se mover mais que isso.

Dan pegou Abra pelos ombros e deu-lhe uma forte sacudida.

— Abra, saia disso.

Ela olhou para ele com olhos enormes, flutuantes.

(*volte, Abra, está tudo bem*)

Os ombros dela, contraídos até as orelhas, começaram a relaxar aos poucos. Seus olhos o viam de novo. Ela soltou um longo suspiro e se deixou cair nos braços abertos do pai. O colarinho de sua camiseta estava escuro de suor.

— Abby? — perguntou Dave. — Abba-Du? Você está bem?

— Sim, mas não me chame assim. — Ela inspirou e expirou profundamente. — Meu Deus, isso foi forte. — Ela olhou para o pai. — Não fui eu quem falou o palavrão, pai, foi um deles, acho que o Corvo. Ele é o líder dos que estão vindo.

Dan sentou ao lado de Abra no sofá.

— Tem certeza de que está bem?

— Sim. Agora. Mas nunca mais quero pegar essa luva de novo. Eles não são como a gente. Parecem e acho que já foram gente, mas agora só pensam monstruosidades.

— Você disse que Barry estava com sarampo. Lembra?

— Sim, Barry. O que eles chamam de China. Eu me lembro de tudo. Estou com sede.

— Vou pegar água para você — disse John.

— Não, algo doce. Por favor.

— Tem Coca-Cola na geladeira — disse Dave. Ele acariciou os cabelos de Abra, depois sua face e nuca. Como se quisesse ter realmente certeza da presença dela.

Eles ficaram esperando até que John trouxesse a Coca-Cola. Abra a pegou e bebeu sofregamente, depois deu um arroto.

— Desculpe — disse com um risinho.

Dan jamais ficara tão contente de ouvir um risinho na vida.

— John, o sarampo é mais sério em adultos, não é?

— Com certeza. Pode causar pneumonia, até mesmo cegueira, devido a cicatrizes na córnea.

— Morte?

— Sim, mas é raro.

— Com eles é diferente — disse Abra —, porque acho que eles quase não ficam doentes. Só que Barry *está*. Vão parar para pegar um pacote. Deve ser remédio para ele. Do tipo de injeção.

— O que você quis dizer com "ciclar"? — perguntou Dave.

— Não sei.

— Se Barry estiver doente, será que isso vai detê-los? — perguntou John. — Será que vão dar meia-volta e retornar para o lugar de onde vieram?

— Acho que não. Eles já podem ter pegado a doença de Barry e sabem disso. Não têm nada a perder e tudo a ganhar, foi o que Corvo disse. — Ela bebeu mais Coca-Cola, segurando a lata nas mãos, e depois olhou para cada um deles, terminando no pai. — Eles sabem dessa rua. E talvez saibam meu nome, afinal. Podem ter até uma foto. Não tenho certeza. A cabeça de Barry está toda confusa. Mas eles acham... acham que se eu for resistente ao sarampo...

— Então a sua essência talvez seja capaz de curá-los — disse Dan. — Ou pelo menos de vacinar os outros.

— Eles não chamam de essência — disse Abra. — Eles chamam de vapor.

Dave bateu as palmas uma vez, forte.

— Chega. Vou chamar a polícia. Vamos prender essa gente.

— É impossível — falou Abra com a voz cansada de uma mulher deprimida de 50 anos. *Faça o que quiser*, era o que dizia aquela voz. *Mas estou lhe dizendo.*

Ele havia tirado o celular do bolso, mas, em vez de abri-lo, ficou com ele na mão.

— Por quê?

— Eles vão contar uma bela história sobre o motivo da viagem a New Hampshire e mostrar uma porção de documentos de identidade. Além disso, são ricos. Ricos *de verdade*, como os bancos e o Walmart. Podem ir embora, mas vão voltar. Sempre voltam para pegar o que querem. Matam as pessoas que atrapalham, que tentam entregá-los e, se for preciso pagar para se safarem de alguma encrenca, eles pagam. — Ela botou a Coca-Cola na mesinha de centro e abraçou o pai. — Por favor, pai, não conte a *ninguém*. Prefiro ir com eles a deixar que você ou mamãe sejam machucados.

— Mas agora só tem quatro ou cinco deles — disse Dan.

— Sim.

— Onde estão os outros? Agora você sabe?

— Em um camping chamado Bluebird. Ou talvez seja Bluebell. Eles são os donos. Tem uma cidade perto. É lá que fica o supermercado Sam's. A cidade se chama Sidewinder. Rose está lá, assim como o Nó. É assim que eles se chamam, o... Dan? O que foi?

Dan não respondeu. Naquele momento, pelo menos, não conseguia falar. Estava se lembrando da voz de Dick Hallorann, saindo da boca morta de Eleanor Ouellette. Ele perguntara a Dick onde estavam os demônios vazios e agora sua resposta fazia sentido.

*Na sua infância.*

— Dan? — Era John. Parecia falar ao longe. — Você está branco como uma folha de papel.

Tudo fazia um estranho sentido. Ele soubera desde a primeira vez — até mesmo antes — que vira o Hotel Overlook que aquele era um lugar ruim.

Estava acabado agora, destruído pelo fogo, mas quem disse que a maldade também tinha sido queimada? Ele não afirmaria isso. Quando criança, recebera a visita de espectros que haviam sobrevivido.

*Esse camping que eles possuem... fica onde ficava o hotel. Eu o conheço. E mais cedo ou mais tarde terei de voltar lá. Também sei disso. Provavelmente mais cedo do que penso. Mas primeiro...*

— Estou bem — disse.

— Quer Coca-Cola? — perguntou Abra. — O açúcar resolve muitos problemas. É o que eu acho.

— Depois. Tenho uma ideia. É superficial, mas, se nós quatro agirmos juntos, talvez possamos transformá-la em um plano.

6

Andi Cascavel parou no estacionamento de caminhões em um ponto de parada da rodovia, perto de Westfield, Nova York. Walnut foi à lanchonete pegar um suco para Barry, que agora estava com febre e uma dor de garganta aguda. Enquanto esperavam que ele voltasse, Corvo ligou para Rose. Ela atendeu no primeiro toque. Ele a atualizou da situação o mais depressa possível e esperou.

— Que som é esse que estou ouvindo aí atrás? — perguntou ela.

Corvo suspirou, esfregando uma das bochechas com a barba por fazer.

— É Jimmy Contas. Chorando.

— Diga a ele para calar a boca. Na hora do jogo não tem choro.

Corvo passou a mensagem, omitindo o senso de humor peculiar de Rose. Jimmy, que naquele instante estava passando um pano molhado no rosto de Barry, conseguiu abafar seus soluços altos e (Corvo tinha que admitir) irritantes.

— Assim está melhor — disse Rose.

— O que você quer que a gente faça?

— Me dê um segundo, estou tentando pensar.

Corvo achou a ideia de Rose *tentando* pensar quase tão perturbadora quanto os pontos vermelhos que haviam brotado no rosto e no corpo inteiro de Barry, mas obedeceu, segurando o iPhone no ouvido, calado. Ele suava. Estava com febre ou estaria apenas fazendo calor ali? Corvo esquadrinhou os braços à procura de manchas vermelhas, mas não viu nenhuma. Ainda.

— Vocês estão dentro do cronograma? — perguntou Rose.

— Até agora, sim. Estamos até um pouco adiantados.

Houve duas fortes batidas seguidas na porta. Andi foi ver quem era e abriu.

— Corvo? Você ainda está aí?

— Sim. Walnut acabou de voltar com um suco para Barry. Ele está com a garganta bem inflamada.

— Experimente isso aqui — disse Walnut para Barry, desatarraxando a tampa. — De maçã. Ainda está gelado. Vai amenizar bastante a queimação.

Barry se escorou nos cotovelos e engoliu enquanto Walnut inclinava a pequena garrafa de vidro de encontro a seus lábios. Corvo achou doloroso olhar aquilo. Ele já vira carneirinhos bebendo em mamadeiras com aquele mesmo aspecto fraco e dependente.

— Ele pode falar, Corvo? Se puder, dê o telefone para ele.

Corvo empurrou Jimmy para o lado e se sentou ao lado de Barry.

— Rose. Quer falar com você.

Ele procurou segurar o telefone junto ao ouvido de Barry, mas China o tomou de sua mão. O suco ou a aspirina que Walnut o obrigara a tomar parecia ter lhe dado alguma força.

— Rose — grasnou ele. — Desculpe por isso aqui, querida. — Ficou ouvindo, balançando a cabeça. — Sei. Compreendo. Eu... — Ouviu mais um pouco. — Não, ainda não, mas... sim. Posso. Eu vou. Também te amo. Ele está aqui. — Ele entregou o telefone para Corvo, depois se deixou cair nos travesseiros empilhados, aquela energia repentina esgotada.

— Estou aqui — disse Corvo.

— Ele já começou a ciclar?

Corvo olhou para Barry.

— Não.

— Obrigado, Senhor, pelas pequenas graças concedidas. Ele diz que ainda consegue localizá-la. Espero que esteja certo. Se não puder, vocês mesmos terão de encontrá-la. *Precisamos pegar essa menina.*

Corvo sabia que ela queria a garota — talvez Julianne, talvez Emma, provavelmente Abra — por motivos particulares, e para ele isso bastava, mas havia mais coisas em jogo. Talvez a sobrevivência do Nó. Em conversas sussurradas nos fundos do trailer, Walnut dissera a Corvo que a garota provavelmente *jamais* tivera sarampo, mas que o vapor dela serviria para protegê-los mesmo assim, por causa das vacinas que ela havia tomado quando bebê. Não era uma aposta garantida, mas muito melhor que aposta nenhuma.

— Corvo? Fale, querido.

300

— Vamos encontrá-la. — Ele lançou um olhar para o perito em computação do Nó. — Jimmy reduziu os alvos para três opções, todas em um raio de um quarteirão. Temos fotos.

— *Excelente*. — Ela fez uma pausa, e quando falou de novo foi em uma voz mais baixa, calorosa e talvez até ligeiramente trêmula. Corvo detestava a ideia de que Rose pudesse estar com medo, mas achou que ela estava. Não por si mesma, mas pelo Verdadeiro Nó que tinha o dever de proteger. — Você sabe que eu jamais mandaria vocês continuarem com Barry doente se eu não achasse que se trata de algo absolutamente vital.

— Sim.

— Pegue a menina, apague ela, traga ela de volta. Certo?

— Certo.

— Se o resto de vocês adoecer, se sentir que precisa alugar um jato para trazê-la...

— Faremos isso também. — Mas Corvo temia essa possibilidade. Qualquer um deles que entrasse saudável no avião estaria doente ao desembarcar; com problemas de equilíbrio, audição fodida por um mês ou mais, tremores, vômitos. E claro que andar de avião deixava um rastro documentado. O que não era bom para passageiros que escoltavam uma menininha drogada e sequestrada. Ainda assim: a necessidade é mãe da invenção.

— Hora de vocês voltarem para a estrada — disse Rose. — Cuide de meu Barry, grandão. E do resto deles também.

— Todo mundo bem aí?

— Com certeza — concluiu Rose, desligando antes que ele pudesse perguntar qualquer outra coisa. Não fazia mal. Às vezes não era preciso nem telepatia para perceber quando alguém mentia. Até os camponeses sabiam disso.

Ele jogou o telefone na mesa e bateu as mãos com força.

— Ok. Vamos botar gasolina e ir embora. Próxima parada, Sturbridge, Massachusetts. Walnut, fique com Barry. Pegarei o volante durante as seis horas seguintes, depois é sua vez, Jimmy.

— Quero ir para casa — pediu Jimmy Contas melancolicamente. Estava prestes a falar mais alguma coisa quando uma mão quente agarrou seu pulso.

— Não temos escolha — disse Barry. Seus olhos brilhavam de febre, mas estavam lúcidos e sérios. Naquele instante, Corvo teve muito orgulho dele. — Não temos nenhuma escolha, garoto do computador, por isso seja forte. O Nó vem primeiro. Sempre.

Corvo se sentou ao volante e deu partida.

— Jimmy — disse ele. — Sente-se aqui comigo por um instante. Vamos bater um papo.

Jimmy Contas se acomodou no assento de passageiro.

— Essas três garotas, que idade têm? Você sabe?

— Sei isso e muito mais. Eu haqueei os arquivos do colégio quando peguei as fotos. Arriscar pouco é bobagem, certo? Deane Cross tem 14 anos. A garota Stone, um ano menos. Ela pulou um ano no ensino fundamental.

— Acho que este é um sinal de vapor — disse Corvo.

— É.

— E todas moram na mesma vizinhança.

— Certo.

— Acho que *este* é sinal de amizade.

Os olhos de Jimmy ainda estavam inchados de chorar, mas ele riu.

— Pois é, são garotas, sabe? Todas as três provavelmente usam o mesmo batom e suspiram pelas mesmas bandas. Aonde você quer chegar com isso?

— A lugar nenhum — disse Corvo. — Apenas informação. Informação é poder, é o que dizem.

Dois minutos depois o trailer de Steve Cabeça de Vapor voltava à rodovia interestadual 90. Quando o velocímetro atingiu 100km/h, Corvo colocou a marcha em piloto automático e deixou o carro andar.

## 7

Dan esboçou o que tinha em mente e esperou a reação de Dave Stone. Durante um bom tempo ele só ficou sentado ao lado de Abra, com a cabeça baixa e as mãos entre os joelhos fechados.

— Pai? — perguntou Abra. — Fale alguma coisa, por favor.

Dave levantou os olhos e disse:

— Alguém quer uma cerveja?

Dan e John trocaram um breve olhar espantado e recusaram.

— Bem, eu quero. O que quero mesmo é um Jack Daniels duplo, mas estou pronto a concordar, sem nenhuma intervenção dos cavalheiros, que beber uísque talvez não seja uma boa ideia esta noite.

— Vou lá pegar, pai.

Abra foi correndo à cozinha. Eles ouviram o estalo da lata abrindo e o chiado do gás — ruídos que trouxeram de volta várias recordações de Dan, algumas traiçoeiramente felizes. Ela voltou com a lata e um copo de cerveja.

— Posso servir?

— À vontade.

Dan e John ficaram olhando em silêncio, fascinados, enquanto Abra virava a lata de cerveja no copo inclinado para fazer menos espuma, agindo com a perícia casual de um bom barman. Entregou o copo ao pai e pôs a lata sobre um descanso ao lado dele. Dave deu um grande gole, fechou os olhos, depois tornou a abri-los.

— Agora está melhor — disse.

*Aposto que sim,* pensou Dan, percebendo que Abra olhava para ele. O rosto dela, geralmente tão aberto, estava indecifrável, e naquele instante ele não conseguia ler os pensamentos por trás de seus olhos.

— O que você propõe é uma loucura, mas tem lá seus atrativos — disse Dave. — O principal é a oportunidade de ver essas... criaturas... com meus próprios olhos. Acho que preciso fazer isso, porque, apesar de tudo que você me contou, acho impossível acreditar. Até mesmo com a luva, e o corpo que disse que encontrou.

Abra abriu a boca para falar. O pai impediu-a levantando a mão.

— Acredito que *você* acredite — prosseguiu ele. — Todos os três. E acredito que exista um grupo de loucos perigosos que talvez, e digo *talvez,* esteja atrás da minha filha. Eu certamente concordaria com a sua ideia, sr. Torrance, se não fosse por ela incluir Abra. Não quero usar minha menina como isca.

— Não seria preciso — disse Dan. Lembrou como a presença de Abra na plataforma de carga, nos fundos da usina de etanol, o havia transformado em uma espécie de cão humano, farejador de cadáveres, e a maneira como sua visão se tornara mais nítida quando Abra abrira os olhos dentro de sua cabeça. Chegara até a chorar as lágrimas dela, embora isso talvez não ficasse evidente em um teste de DNA.

— O que você quer dizer?

— Sua filha não precisa estar com a gente. Ela é especial desse modo. Abra, tem alguma amiga que você pudesse visitar amanhã, depois do colégio? Talvez até dormir na casa dela?

— Com certeza, Emma Deane. — Ele podia perceber, pelo brilho de entusiasmo nos seus olhos, que ela já compreendera o que ele tinha em mente.

— Não é boa ideia — disse Dave. — Não quero deixá-la desprotegida.

— Abra estava sendo protegida durante o tempo todo em que estávamos em Iowa — disse John.

As sobrancelhas de Abra se ergueram subitamente, e a boca se abriu um pouco. Dan ficou contente de ver aquilo. Tinha certeza de que ela poderia ter lido sua mente a qualquer hora que quisesse, mas fizera o que ele tinha pedido.

Dan pegou seu celular.

— Billy, por que não vem aqui se juntar à turma?

Três minutos depois, Billy Freeman entrava na casa dos Stone. Estava de jeans, camisa de flanela vermelha longa, quase até os joelhos, e um boné da ferrovia de Teenytown, que ele tirou antes de apertar as mãos de Dave e Abra.

— Você ajudou ele com o negócio do estômago — disse Abra, virando-se para Dan. — Eu me lembro.

— Você andou lendo minha cabeça, afinal — disse Dan.

Ela enrubesceu.

— Não foi de propósito. Nunca. Às vezes só acontece.

— Eu sei, eu sei.

— Com todo o respeito, sr. Freeman, mas o senhor está um pouco velho para fazer serviço de guarda-costas, e é da minha filha que estamos falando.

Billy levantou a camisa, revelando uma pistola automática em um coldre preto gasto.

— Colt um-nove-um-um — declarou. — Totalmente automática. Recordação da Segunda Guerra. É velha, também, mas dá conta do serviço.

— Abra? — perguntou John. — Você acha que balas matam essas coisas ou só doenças infantis?

Abra estava contemplando a arma.

— Ah, sim — respondeu ela. — Balas funcionam. Eles não são fantasmas. São tão reais quanto a gente.

John olhou para Dan e disse:

— Você, por acaso, não teria uma arma, teria?

Dan sacudiu a cabeça e olhou para Billy.

— Tenho um rifle de caça que posso emprestar — disse Billy.

— Isso... talvez não baste — disse Dan.

Billy pensou.

— Está certo. Conheço um sujeito em Madison que compra e vende material mais pesado. Algumas coisas *bem* mais pesadas.

— Ah, meu Deus — disse Dave. — Isso só piora. — Mas não falou mais nada.

— Será que a gente pode reservar o trem amanhã, se quisermos fazer um piquenique ao pôr do sol, em Cloud Gap? — ponderou Dan.

— Com certeza. O pessoal vive fazendo isso, especialmente depois do Labor Day, quando os preços baixam.

Abra deu um sorriso que Dan nunca vira antes. Era seu sorriso de raiva. Ficou imaginando que o Verdadeiro Nó pensaria duas vezes se soubesse que seu alvo tinha um sorriso daqueles em seu repertório.

— Ótimo — disse ela. — *Ótimo.*

— Abra? — Dave parecia perplexo e um pouco temeroso. — O que foi?

Abra ignorou-o. Foi para Dan que ela falou:

— Eles merecem, pelo que fizeram com o garoto do beisebol.

Ela esfregou a boca com a mão fechada, como se fosse apagar aquele sorriso, mas, ao tirar a mão, o sorriso ainda estava lá, deixando a ponta dos dentes expostas entre os lábios finos. Fechou o punho.

— *Eles merecem.*

TERCEIRA PARTE

# QUESTÕES DE VIDA E MORTE

CAPÍTULO TREZE

# CLOUD GAP

1

O serviço de correspondência, EZ Mail Services, ficava em um shopping à beira da estrada, entre um Starbucks e uma loja de peças de carro, O'Reilly Auto Parts. Corvo entrou logo depois das 10 da manhã, mostrou sua carteira de identidade em nome de Henry Rothman, assinou o recibo do pacote do tamanho de uma caixa de sapato e saiu com ele debaixo do braço. A despeito do ar-condicionado, o trailer cheirava mal devido à doença de Barry, mas eles tinham se acostumado com aquilo e praticamente não sentiam mais. A caixa trazia o endereço para devolução em nome de uma empresa de acessórios de encanamento em Flushing, Nova York. Ela existia mesmo, mas não tivera nenhum papel naquela remessa. Corvo, Cascavel e Jimmy Contas ficaram olhando enquanto Walnut cortava a fita com seu canivete suíço e levantava as abas. Tirou um volume compacto embrulhado em plástico bolha, contendo algo revestido de algodão dobrado. Embaixo disso, acondicionado em isopor, havia um grande frasco sem rótulo de líquido de cor amarelada, oito seringas, oito dardos e uma seringa pistola.

— Puta merda, tem o suficiente aí para mandar a turma inteira dela para a Terra Média — disse Jimmy.

— Rose tem muito respeito por essa pequena *chiquita* — disse Corvo. Tirou a pistola seringa da base de isopor, examinou-a e colocou-a de volta. — A gente vai ter também.

— Corvo. — A voz de Barry estava rouca e obstruída. — Venha aqui!

Corvo deixou o conteúdo do pacote com Walnut e foi até o sujeito que suava na cama. Barry estava agora coberto por centenas de pontos bem vermelhos, com os olhos inchados, quase fechando, cabelos emplastrados na testa.

Corvo podia perceber que ele queimava de febre, mas China era muito mais resistente que Vovô Flick. Ainda não tinha passado por nenhum ciclo.

— Vocês estão bem? — perguntou Barry. — Sem febre? Sem manchas?

— Estamos ótimos. Não se preocupe com a gente, você precisa descansar. Talvez dormir um pouco.

— Dormirei quando estiver morto, e ainda não morri. — Os olhos avermelhados de Barry brilharam. — Eu estou sentindo ela.

Corvo pegou a mão dele sem pensar, lembrou-se de lavá-la com água quente e bastante sabão, depois se perguntou de que adiantaria *aquilo*. Todos respiravam o mesmo ar que Barry, tinham se revezado para ajudá-lo a ir ao banheiro. As mãos de todos o haviam tocado de várias maneiras.

— Você sabe qual das três garotas ela é? Pegou o nome?

— Não.

— Ela sabe que viemos pegá-la?

— Não. Pare de fazer perguntas e me deixe contar o que sei. Ela está pensando em Rose, foi assim que a sintonizei, mas não pelo nome. "A mulher da cartola com o dente comprido", é assim que ela a chama. A garota... — Barry se inclinou de lado e tossiu em um lenço úmido. — A garota está com medo dela.

— E devia estar — disse Corvo duramente. — Mais alguma coisa?

— Sanduíches de presunto. Ovos recheados.

Corvo esperou.

— Não tenho certeza ainda, mas acho... que ela está planejando um piquenique. Talvez com os pais. Vão em... em um trem de brinquedo? — Barry franziu o cenho.

— Que trem de brinquedo? Onde?

— Não sei. Me leve para mais perto e vou saber. Tenho certeza. — A mão de Barry virou na mão de Corvo, e a apertou quase com força o suficiente para machucar. — Talvez ela possa me ajudar, Corvo. Se eu conseguir aguentar e vocês a pegarem... machuque ela bastante para que eu possa cheirar um pouco de vapor... então talvez...

— Talvez — disse Corvo, mas, quando olhou para baixo, viu, só por um instante, os ossos dos dedos de Barry que o apertavam.

## 2

Abra estava extraordinariamente quieta naquela sexta-feira, na escola. Ninguém do corpo docente achou estranho, embora ela fosse normalmente ativa e bastante tagarela. O pai ligara para a enfermeira do colégio, naquela manhã, perguntando se ela podia pedir aos professores de Abra que fossem compreensivos com ela. Ela quisera ir ao colégio, apesar de a família ter recebido más notícias da bisavó de Abra, na véspera.

— Ela ainda está digerindo isso — disse Dave.

A enfermeira disse que compreendia e que iria transmitir o recado.

O que Abra estava de fato fazendo naquele dia era se concentrando para poder estar em dois lugares ao mesmo tempo. Era como bater na própria cabeça e esfregar a barriga ao mesmo tempo: difícil no começo, mas não tão complicado depois que você pegava o jeito.

Parte dela precisava permanecer junto a seu corpo físico, respondendo às perguntas eventuais na aula (veterana levantadora de mão desde o primeiro ano, naquele dia estava achando chato ser chamada, quando tinha as duas mãos quietinhas sobre a carteira), conversando com os amigos na hora do almoço e perguntando ao professor de educação física, Rennie, se podia passar o tempo na biblioteca em vez de fazer aula.

— Estou com dor de estômago — disse. Era o código feminino das garotas da escola para *estou menstruada*.

Continuou quieta na casa de Emma, depois da escola, mas isso não era um grande problema. Emma pertencia a uma família de leitores e estava atualmente lendo *Jogos vorazes* pela terceira vez. O sr. Deane tentou puxar conversa com Abra, ao chegar do trabalho, mas desistiu e mergulhou na última edição do *The Economist* depois que Abra lhe deu respostas monossilábicas e a sra. Deane lhe lançou um olhar de aviso.

Abra tinha vaga consciência de Emma ter posto de lado seu livro e lhe perguntado se ela queria sair um pouco para o quintal, mas a maior parte de si estava com Dan: via através dos olhos dele, sentia seus pés e mãos nos controles da pequena locomotiva do *Helen Rivington*, provava o sanduíche de presunto que ele comeu e a limonada que acompanhou. Quando Dan falava com o pai dela, na verdade era Abra quem estava falando. Quanto ao dr. John, viajava no final do trem e, portanto, não *havia* dr. John. Apenas os dois no compartimento, uma ligação mais estreita entre pai e filha, na esteira das notícias ruins sobre Momo, da maneira mais aconchegante possível.

De vez em quando seus pensamentos se voltavam para a mulher da cartola, aquela que havia torturado o garoto do beisebol até a morte e depois lambido o sangue dele com sua boca deformada e ávida. Abra não podia evitar, nem sabia se importava. Se ela estivesse sendo sondada pela mente de Barry, certamente o medo que sentia de Rose não haveria de surpreendê-lo.

Ela achava que não teria sido capaz de enganar o localizador do Verdadeiro Nó se ele estivesse saudável, mas Barry estava seriamente doente. Ele não sabia que ela conhecia o nome de Rose. Ele nem tinha se perguntado como uma garota que só poderia tirar carteira de motorista em 2015 podia estar pilotando o trem de Teenytown através das matas, a oeste de Frazier. E se tivesse se perguntado, provavelmente acharia que o trem não precisava de maquinista.

*Porque ele acha que é de brinquedo.*

— ... Scrabble?

— Hum? — Ela olhou para Emma sem nem saber direito onde estavam. Então percebeu que segurava uma bola de basquete. Ok, estavam no quintal. Jogando.

— Perguntei se você quer jogar Scrabble comigo e minha mãe, porque isso está muito chato.

— Você está ganhando, não é?

— Dã! Todos os três jogos. Você jura que está aqui?

— Desculpe, só estou preocupada com minha Momo. Scrabble parece uma boa. — Parecia mesmo ótimo. Emma e sua mãe eram as jogadoras de scrabble mais lentas de todo o universo e reclamavam sem parar se alguém sugeria jogar com um cronômetro. Aquilo daria oportunidade a Abra de continuar minimizando sua presença ali. Barry estava doente, mas não morto, e se percebesse que Abra utilizava uma espécie de ventriloquismo telepático, o resultado poderia ser muito ruim. Ele poderia descobrir onde ela realmente estava.

*Não vai demorar muito mais. Logo todos vão se encontrar. Meu Deus, que tudo dê certo.*

Enquanto Emma limpava a bagunça da mesa na sala de jogos do andar de baixo e a sra. Deane armava o tabuleiro, Abra pediu licença para usar o banheiro. Ela precisava mesmo, mas primeiro fez um ligeiro desvio pela sala de estar e olhou pela janela do alpendre. A caminhonete de Billy estava estacionada do outro da rua. Ele viu a cortina se mexer e fez um gesto para ela com o polegar levantado. Abra devolveu o gesto. Depois a pequena parte dela que estava ali foi ao banheiro enquanto o resto permanecia sentado na cabine do *Helen Rivington.*

*Vamos fazer o piquenique, recolher o lixo, ver o pôr do sol e depois voltar.* (*fazer o piquenique, recolher o lixo, ver o pôr do sol e depois*)

Algo desagradável e inesperado irrompeu em seus pensamentos, com tanta força que repuxou sua cabeça para trás. Um homem e duas mulheres. O homem tinha uma águia nas costas, e as duas mulheres, tatuagens na parte inferior da coluna. Abra podia vê-los porque estavam transando nus, ao lado de uma piscina, enquanto tocava uma música de discoteca idiota e antiga. As mulheres soltavam um monte de gemidos falsos. Mas que merda ela captara?

O abalo causado pelo que aquelas pessoas estavam fazendo destruiu seu delicado equilíbrio, e por um instante Abra ficou inteiramente no mesmo lugar, *ali* por inteiro. Olhou de novo, com cautela, e viu que as pessoas na piscina estavam borradas. Não eram de verdade. Quase fantasmas. E por quê? Porque o próprio Barry era quase um fantasma que não tinha interesse nenhum em ver gente fazendo sexo ao lado da...

*Essas pessoas não estão na piscina, estão na TV.*

Será que Barry China sabia que ela o estava vendo assistir a um programa pornô na TV? Ele e os outros? Abra não tinha certeza, mas não achava que soubesse. Embora eles tivessem pensado nessa possibilidade. Ah, sim. Se ela estivesse observando, eles estavam tentando chocá-la para que fosse embora, ou revelasse sua presença, ou ambas as coisas.

— Abra — chamou Emma. — Estamos prontas para jogar!

*Nós já estamos jogando, e um jogo muito mais importante do que Scrabble.*

Ela precisava recuperar o equilíbrio, e depressa. Precisava deixar para lá o pornô com música ruim de discoteca. Ela estava no trenzinho. *Dirigindo* o trenzinho. Era um prazer todo especial para ela. Estava se divertindo.

*Nós vamos comer, recolher o lixo, ver o pôr do sol e depois voltar. Tenho medo da mulher da cartola, mas não* muito, *porque não estou em casa. Estou indo para Cloud Gap com meu pai.*

— Abra, você caiu no vaso?

— Já vou! — gritou ela. — Só quero lavar as mãos!

*Estou com meu pai. Estou com meu pai, e é só isso.*

Ao se olhar no espelho, Abra sussurrou:

— Segure este pensamento.


3


Jimmy Contas estava ao volante quando pararam para descansar em Bretton Woods, que era bem perto de Anniston, a cidade onde morava a garota problemática. Só que ela não estava lá. E sim, de acordo com Barry, em uma cidade chamada Frazier, um pouco além, a sudoeste. Fazendo um piquenique com o pai. Fugindo. O que pouco lhe adiantaria.

Cascavel inseriu o primeiro DVD no aparelho. Chamava-se *A Aventura de Kenny na Piscina.*

— Se a garota estiver espiando, vai receber uma aula — disse ela, apertando o PLAY.

Walnut estava sentado ao lado de Barry, dando-lhe mais suco... pelo menos quando era possível. Barry começara a ciclar de verdade. Ele tinha pouco interesse no suco e nenhum no *ménage à trois* na piscina. Só olhava para a tela porque eram ordens. Cada vez que voltava ao seu formato sólido, gemia mais alto.

— Corvo — disse ele. — Chegue aqui.

Corvo logo estava ao seu lado, empurrando Walnut.

— Chegue perto — sussurrou Barry e, depois de um instante de hesitação, Corvo atendeu a seu pedido.

Barry abriu a boca, mas o ciclo seguinte começou antes que ele pudesse falar. Sua pele ficou leitosa, em seguida fina, ao ponto de parecer transparente. Corvo podia ver os dentes trincados, as órbitas dos olhos cheios de dor e, pior de tudo, o recorte sombreado de seu cérebro. Ele ficou à espera, segurando a mão que não era mais mão, e sim um conjunto de ossos. Em algum lugar bem distante, aquela música metálica de discoteca prosseguia. Corvo pensou: *Eles deviam estar drogados. Não dá para foder com uma música dessas sem estar drogado.*

Lentamente, lentamente Barry China tornou a se adensar. Desta vez gritou ao voltar. O suor cobria sua testa. Assim como os pontos vermelhos, agora tão vivos que pareciam bolhas de sangue.

Ele molhou os lábios e disse:

— Me escuta.

Corvo escutou.


4


Dan fez o máximo para esvaziar a própria mente de modo que Abra pudesse preenchê-la. Ele já levara o *Riv* tantas vezes a Cloud Gap que era quase automático, e John estava no vagão de trás com as armas (duas pistolas automáticas e o rifle de caça de Billy). Longe dos olhos, longe do pensamento. Ou quase. Não era possível se anular por completo, nem quando dormia; contudo, a presença de Abra era forte o bastante para ser um pouco assustadora. Dan pensou que, se ela permanecesse em sua cabeça por tempo suficiente e continuasse a transmitir com a potência atual, logo ele estaria comprando sandálias e acessórios que combinassem. Sem falar nos sonhos que teria com os garotos lindos da banda 'Round Here.

Ajudou o fato de ela ter insistido — no último minuto — para que ele levasse Hoppy, seu velho coelho de pelúcia. "Vou ter alguma coisa para me concentrar", dissera ela, sem saber que um cavalheiro não-exatamente-humano cujo nome de camponês era Barry Smith teria entendido perfeitamente. Ele tinha aprendido aquele truque com Vovô Flick e o usado várias vezes.

Outra coisa que ajudava era que Dave Stone mantinha um fluxo constante de histórias familiares, e muitas de que Abra nunca ouvira falar antes. Mesmo assim, Dan não tinha certeza de que aquilo tudo teria funcionado se o encarregado de encontrá-la não estivesse doente.

— Os outros não podem fazer este trabalho de localização? — ele havia perguntado a ela.

— A mulher da cartola poderia, mesmo a meio país de distância, mas ela está ficando de fora. — Aquele sorriso perturbador havia curvado mais uma vez os lábios de Abra, expondo a ponta de seus dentes. Isso a fazia parecer mais velha do que era. — Rose está com medo de mim.

A presença de Abra na cabeça de Dan não era constante. De vez em quando ele sentia que ela partia em outra direção, sondando com muito cuidado aquele que cometera a grande tolice de experimentar a luva de beisebol de Bradley Trevor. Ela disse que eles haviam parado em uma cidade chamada Starbridge (Dan tinha bastante certeza de que ela queria dizer Sturbridge), abandonando ali a rodovia, avançando por estradas secundárias em direção à reverberação nítida da mente dela. Depois haviam parado para almoçar em um café de beira de estrada, sem pressa, fazendo render o último trecho da viagem. Eles agora sabiam para onde ela ia e estavam perfeitamente dispostos a deixar que ela chegasse lá, porque Cloud Gap era isolado. Achavam que ela estava facilitando o trabalho deles, o que era ótimo, mas aquela era uma tarefa delicada, uma espécie de cirurgia a laser telepática.

Houvera um momento constrangedor quando uma imagem pornográfica preencheu a mente de Dan — um tipo qualquer de sexo grupal ao lado de uma piscina —, mas sumira quase imediatamente. Ele achava que tinha entrevisto algo do subconsciente dela, onde — segundo dr. Freud — ficava todo tipo de imagens primitivas. Uma suposição da qual iria se arrepender, embora não se culpasse por ela; ele se ensinara a jamais bisbilhotar as intimidades das pessoas.

Dan segurava com uma das mãos a alavanca de direção do *Riv*. A outra segurava o coelho estofado e gasto no colo. Mata densa, agora começando a flamejar com cores vivas, brotava de ambos os lados. No assento da direita — chamado de assento do condutor —, Dave tagarelava, contando à filha histórias familiares e tirando pelo menos um esqueleto do armário da família.

— Quando sua mãe ligou, ontem de manhã, ela me disse que tem uma mala guardada no porão do prédio de Momo. Tem uma etiqueta com o nome de *Alessandra*. Sabe quem é, não sabe?

— Vovó Sandy — disse Dan. Meu Deus, até sua voz parecia mais aguda. Mais jovem.

— Isso mesmo. Agora tem uma coisa que você talvez *não* saiba e, nesse caso, para todos os efeitos, não fui eu que contei. Está bem?

— Está bem, pai. — Dan sentiu que seus lábios se curvavam quando, a quilômetros de distância, Abra sorriu para seu leque atual de peças do Scrabble: S P O N D L A.

— Sua avó Sandy se formou em SUNY Albany, a universidade estadual de Nova York, e estava fazendo estágio em um colégio de ensino fundamental, certo? Em Vermont. Massachusetts ou New Hampshire, esqueci em que lugar. No meio do período de oito semanas, ela desistiu. Mas ficou ali por algum tempo, talvez trabalhando em meio expediente, como garçonete, ou algo assim, com certeza frequentando um monte de festas e shows. Ela era...

<br>

5

<br>

(*uma festeira*)

Isso fez Abra pensar nos três maníacos sexuais na piscina, com seus beijos e gemidos ao som de música antiga de discoteca. Eca! Algumas pessoas tinham ideias estranhas de diversão.

— Abra? — Era a sra. Deane. — É sua vez, querida.

Se ela tivesse que continuar com aquilo por muito mais tempo, teria um colapso nervoso. Teria sido tão mais fácil se tivesse ficado em casa sozinha. Chegara até a insinuar a ideia ao pai, mas ele não se convenceu. Nem mesmo sob a vigilância do sr. Freeman.

Ela encaixou o I no tabuleiro para compor LIBRA.

— Obrigada, Abba-Dufus, era o que eu ia fazer — disse Emma. Ela virou o tabuleiro e começou a estudá-lo com os olhos apertados de concentração, como fazia quando estudava para os exames finais, o que duraria por pelo menos mais cinco minutos. Talvez até dez. Então ela faria algo totalmente bobo, como RAP ou RATO.

Abra voltou ao *Riv*. O que seu pai estava dizendo era bastante interessante, embora ela soubesse mais sobre isso do que ele supunha.

(*Abby? Você está*)

# 6

— Abby? Você está ouvindo?

— Claro — disse Dan. *Eu só tive que me desligar um pouco para montar uma palavra.* — Isso é interessante.

— Bom, Momo morava em Manhattan na época e quando Alessandra foi visitá-la, em junho, estava grávida.

— Grávida de mamãe?

— Isso mesmo, Abba-Du.

— Então mamãe nasceu fora do *casamento*?

Surpresa total, e talvez um pouquinho de exagero. Dan, na estranha posição de participante e espião da conversa, percebeu agora algo que ele achava tocante e deliciosamente cômico: Abra sabia muito bem que sua mãe era ilegítima. Lucy lhe contara no ano anterior. O que Abra estava fazendo no momento, embora estranho, era resguardar a inocência do pai.

— Isso mesmo, querida. Mas não é crime nenhum. Às vezes as pessoas ficam... sei lá... confusas. As árvores genealógicas às vezes têm galhos estranhos, e não há motivo para você não saber.

— Vovó Sandy morreu alguns meses depois que mamãe nasceu, não foi? Em um acidente de carro.

— Isso mesmo. Momo estava cuidando de Lucy naquela tarde e acabou criando ela. É por isso que elas são tão próximas e também porque sua mãe sente tanto o fato de Momo ter ficado velha e doente.

— Quem foi o homem que engravidou vovó Sandy? Ela contou?

— Sabe — disse Dave —, essa é uma boa pergunta. Se Alessandra chegou a contar, Momo guardou segredo. — Ele apontou à frente, para a alameda que atravessava a mata. — Olha, querida, estamos quase chegando!

Passavam por uma placa com os dizeres ÁREA DE PIQUENIQUE DE CLOUD GAP 3 KM.

# 7

O grupo de Corvo fez uma breve parada em Anniston para encher o tanque do trailer, mas em um trecho da rua principal que ficava pelo menos a um quilômetro e meio de Richland Court. Quando estavam saindo da cidade — com Cascavel agora no volante e um clássico chamado *Irmandade da Suruba* no DVD —, Barry chamou Jimmy Contas até sua cama.

— Vocês precisam ir mais rápido — disse Barry. — Eles estão quase chegando lá. Em um lugar chamado Cloud Gap. Eu já disse isso?

— Sim, já disse. — Jimmy quase deu um tapinha afetuoso na mão de Barry, mas depois pensou melhor.

— Eles logo vão armar o piquenique. É quando vocês devem pegá-los, enquanto estão sentados, comendo.

— Vamos pegá-los — prometeu Jimmy. — A tempo de tirar bastante vapor dela para ajudar você. Rose não seria contra isso.

— Jamais seria — concordou Barry —, mas para mim já é tarde demais. Embora não seja para você.

— Hum?

— Olhe seus braços.

Jimmy olhou e viu os primeiros pontos brotando da pele branca e macia abaixo dos cotovelos. Morte rubra. Sua boca ficou seca ao vê-las.

— Ah, meu Deus, lá vou eu — gemeu Barry e, de repente, suas roupas murcharam porque o corpo já não existia. Jimmy viu-o engolir... e então sua garganta sumiu.

— Chega para lá — disse Walnut. — Me deixe ver.

— É? O que vai fazer? Ele está frito.

Jimmy foi até a frente e se deixou cair no banco do carona, que Corvo tinha vagado.

— Pegue a Rodovia 14-A de contorno a Frazier — disse. — É mais rápido do que passar pelo centro da cidade. Você vai ter acesso à estrada para o rio Saco...

Cascavel bateu no GPS.

— Programei isso tudo. Acha que sou cega ou burra?

Jimmy mal a ouviu. Só sabia que não podia morrer. Era jovem demais para morrer, especialmente diante da incrível evolução dos computadores que o futuro imediato prometia. E a ideia de ciclar. A dor esmagadora toda vez que voltasse...

Não. *Não*. De jeito nenhum. Não era possível.

A luz do final da tarde chegava obliquamente através dos grandes para-brisas do Winnebago. Bela luz de outono. Aquela era a estação predileta de Jimmy, e ele pretendia ainda estar vivo e viajando com o Verdadeiro Nó quando ela voltasse. E voltasse outra vez. E outra vez. Felizmente, ele estava com a turma certa para conseguir isso. Pai Corvo era corajoso, inventivo e esperto. O Nó já tivera problemas antes. Ele conseguiria resolver aquele.

— Fique atento à placa para a área de piquenique de Cloud Gap. Não passe por ela. Barry disse que eles estavam quase chegando.

— Jimmy, você está me dando dor de cabeça — disse Cascavel. — Vai se sentar. A gente deve chegar em uma hora, talvez menos.

— Pise fundo — disse Jimmy Contas.

Andi Cascavel sorriu e obedeceu.

Eles estavam entrando na estrada do rio Saco quando Barry China ciclou pela última vez, deixando apenas suas roupas. Ainda estavam quentes da febre que o consumira.

## 8

(*Barry está morto*)

Este pensamento nada tinha de horrível quando Dan o recebeu. Nem sequer um grão de compaixão. Só alegria. Abra Stone podia parecer uma garota comum, mais bonita que algumas e mais inteligente que a maioria, mas, quando se olhava mais profundamente — nem tão profundamente assim —, encontrava-se uma jovem viking, de alma feroz e sanguinária. Dan pensou que era uma pena que ela não tivesse irmãos nem irmãs. Ela os teria protegido com a própria vida.

Dan reduziu a marcha quando o *Riv* deixou a mata profunda e começou a rodar por uma descida cercada. Embaixo, o rio Saco brilhava ao pôr do sol. A mata descia escarpada até o rio, e era uma labareda de cores laranja, vermelha, amarela e roxa. Em cima, as nuvens fofas que passavam pareciam tão baixas que se poderia tocá-las.

Ele parou diante da placa ESTAÇÃO CLOUD GAP com um suspiro dos freios, depois desligou o motor. Por um instante, não soube o que dizer, mas Abra falou por ele, através de sua boca.

— Obrigada por ter me deixado dirigir, pai. Agora vamos montar nossa armadilha. — Na sala de jogos dos Deane, Abra acabara de formar essa palavra. — Nosso piquenique, quero dizer.

— Não acredito que você esteja com fome, depois de tudo que comeu no trem — implicou Dave.

— Mas estou. Você não fica contente de eu não ser anoréxica?

— Sim — disse Dave. — Para falar a verdade, fico.

Dan viu John Dalton, pelo canto do olho, atravessando a clareira da área de piquenique, com a cabeça baixa, sem fazer barulho na grossa camada de pinhas decompostas. Levava a pistola em uma das mãos e o rifle de Billy Freeman na outra. O estacionamento era ladeado por um arvoredo; depois de um único olhar para trás, John desapareceu nele. No verão, a pequena área e as mesas de piquenique estariam cheias. Naquela tarde, no meio da semana, final de setembro, Cloud Gap estava inteiramente vazia, exceto por eles.

Dave olhou para Dan. Dan fez um gesto de cabeça. O pai de Abra — de inclinação agnóstica, mas católico por hábito — fez o sinal da cruz no ar e seguiu John para a mata.

— É tão bonito aqui, pai — disse Dan. A presença invisível dela agora falava com Hoppy, porque só sobrara Hoppy. Dan colocou o coelho amassado, meio careca, zarolho, em uma das mesas de piquenique, depois voltou ao primeiro vagão para pegar a cesta de piquenique de vime.

— Tudo bem — falou para a clareira vazia. — Eu posso pagar, pai.

9

Na sala de jogos dos Deane, Abra empurrou a cadeira para trás e se levantou.

— Preciso ir ao banheiro de novo. Estou com o estômago embrulhado. E depois, acho melhor ir para casa.

Emma revirou os olhos, mas a sra. Deane foi simpática.

— Ah, querida, você está naqueles dias?

— Sim, e está muito ruim.

— Você tem tudo de que precisa?

— Na minha mochila. Vou ficar bem. Licença.

— Tudo bem — disse Emma —, desiste enquanto está ganhando.

— *Em-ma!* — gritou sua mãe.

— Não faz mal, sra. Deane. Ela ganhou de mim no basquete. — Abra subiu a escada, com uma das mãos apertando a barriga de um jeito que não parecesse falso demais. Ela olhou de novo para fora, viu o veículo do sr. Freeman, mas desta vez não se deu ao trabalho de fazer o gesto de polegar para cima. No banheiro, trancou a porta e sentou na tampa abaixada da privada. Que alívio não ter de ficar fazendo malabarismo com tantas personalidades diferentes. Barry estava morto; Emma estava embaixo com a mãe; agora era apenas a Abra no banheiro e a Abra em Cloud Gap. Ela fechou os olhos.

(*Dan*)

(*estou aqui*)

(*não precisa mais fingir que sou eu*)

Ela sentiu o alívio dele e sorriu. Tio Dan se esforçara, mas não tinha vocação para ser uma menina.

Uma leve e tímida batida na porta.

— Amiga? — Era Emma. — Você está bem? Desculpe se fui chata.

— Estou bem, mas vou para casa tomar um remédio e me deitar.

— Achei que você fosse passar a noite aqui.

— Vou ficar bem.

— Seu pai não foi viajar?

— Vou trancar as portas até ele voltar.

— Bem... quer que eu acompanhe você?

— Não, está tudo bem.

Ela queria ficar sozinha para poder comemorar quando Dan, seu pai e o dr. John liquidassem aquelas *coisas*. E liquidariam. Agora que Barry estava morto, os outros estavam cegos. Nada podia dar errado.


# 10

Não havia brisa para balançar as folhas secas, e com o *Riv* desligado, a área de piquenique em Cloud Gap estava muito silenciosa. Havia apenas o ruído abafado do rio lá embaixo, o grasnido de um corvo e o barulho de um motor que se aproximava. Eles. Os enviados da mulher da cartola. Rose. Dan abriu a tampa da cesta de vime e pegou a Glock .22 que Billy lhe fornecera, cuja procedência ele desconhecia e pouco lhe importava. Só lhe importava o fato de a arma disparar 15 balas sem recarregar, e se 15 balas não fossem suficientes, ele estava em uma sinuca. Veio-lhe uma recordação espectral do pai, Jack Torrance, dando aquele seu sorriso torto e charmoso, dizendo: *Se isso não funcionar, não sei mais o que dizer.* Dan olhou para o velho brinquedo estofado de Abra.

— Está pronto, Hoppy? Espero que sim. Espero que nós dois estejamos.


# 11

Billy Freeman estava relaxado ao volante de sua caminhonete, mas se endireitou depressa quando Abra saiu da casa dos Deane. Sua amiga — Emma — estava na porta. As duas garotas se despediram, batendo mãos primeiro em cima, depois embaixo. Abra começou a caminhar até sua casa, do outro lado da rua, quatro casas adiante. *Aquilo* não estava previsto, e, quando ela olhou para ele, ele levantou as mãos em um gesto de *o que houve?*

Ela sorriu e fez mais um gesto rápido de polegar para cima. Ela acreditava estar tudo bem, essa mensagem foi nítida, mas vê-la sozinha e do lado de fora provocou um mal-estar em Billy, mesmo com os monstros 30 quilômetros ao sul dali. Ela era uma força da natureza e talvez soubesse o que estava fazendo, mas também só tinha 13 anos.

Ao observá-la subir a entrada de sua casa, com a mochila nas costas e remexendo no bolso atrás da chave, Billy se inclinou e abriu o porta-luvas. Sua própria Glock .22 estava lá dentro. As pistolas haviam sido alugadas, como reforço ao poder de fogo deles, de um membro emérito dos Road Saints, da seção de New Hampshire. Quando era mais jovem, Billy andara algumas vezes com eles, mas nunca ingressara na associação. Em geral, não se arrependia, mas compreendia a atração. A camaradagem. Ele supunha que era assim que Dan e John se sentiam em relação ao álcool.

Abra entrou em casa e fechou a porta. Billy não tirou a Glock nem o celular do porta-luvas — ainda não —, mas também não fechou o compartimento. Não sabia se era devido àquilo que Dan chamava de iluminação, mas tinha uma sensação ruim. Abra devia ter ficado com a amiga.

Devia ter seguido o plano.

## 12

*Eles andam em trailers*, tinha dito Abra, e foi um Winnebago que parou no estacionamento onde acabava a estrada de acesso a Cloud Gap. Dan ficou observando com a mão na cesta de piquenique. Agora, chegada a hora, estava bastante calmo. Virou a cesta de modo que uma extremidade apontasse para o trailer recém-chegado e destravou a Glock. A porta do Winnebago se abriu e os pretensos sequestradores de Abra saíram, um atrás do outro.

Ela também tinha dito que eles tinham nomes esquisitos — nomes de pirata —, mas aqueles ali pareciam a Dan gente comum. Os homens pareciam aqueles idosos ativos que sempre se vê andando por aí em trailers; a mulher era jovem e bonita, de uma maneira tipicamente americana, que o fez se lembrar de líderes de torcida que ainda mantinham o corpo em forma, dez anos depois de terem saído do colégio e de terem um ou dois filhos. Podia ser filha de um dos homens. Ficou um instante em dúvida. Afinal, aquele era um ponto turístico, e eles estavam no início da temporada de outono em New England. Torcia para que John e David esperassem para abrir fogo: seria horrível se eles fossem apenas inocentes tur...

Então ele viu a cascavel de presas à mostra no braço esquerdo da mulher, e a seringa, na mão direita. O homem que vinha logo atrás dela tinha outra seringa. E o homem na frente tinha o que parecia ser uma pistola na cintura. Eles pararam debaixo das bétulas que indicavam a entrada para a área de piquenique. O homem na liderança acabou com qualquer dúvida remanescente de Dan ao sacar a pistola. Não parecia uma arma comum. Era fina demais para isso.

— Cadê a garota?

Já com a mão fora da cesta de piquenique, Dan apontou para Hoppy, o coelho de pelúcia.

— Isso é o mais perto dela que você vai chegar.

O homem com a arma esquisita era baixo, com um recuo acentuado nos cabelos, encimando um rosto redondo de contador. Uma pequena barriga pendia da cintura. Usava calças de brim e uma camiseta com os dizeres DEUS NÃO DEDUZ AS HORAS DE PESCARIA DO PRAZO DE VIDA CONCEDIDO AO HOMEM.

— Quero lhe fazer uma pergunta, querido — disse a mulher.

Dan ergueu as sobrancelhas.

— Então faça.

— Você não está cansado? Não quer dormir?

Ele queria. De repente, suas pálpebras ficaram pesadas como chumbo. A mão que segurava a arma começou a relaxar. Mais dois segundos e ele teria caído no sono, roncando, com a cabeça descansando na mesa de piquenique cheia de iniciais gravadas. Mas foi quando Abra berrou:

(*CADÊ CORVO? NÃO ESTOU VENDO CORVO!*)


# 13

Dan deu um pulo, como acontece quando alguém prestes a dormir é violentamente sacudido. A mão dentro da cesta de piquenique se contraiu, a Glock disparou, mandando pelos ares uma nuvem de fragmentos de vime. A bala errou, mas o pessoal do Winnebago levou um susto e a sonolência abandonou a cabeça de Dan como a ilusão que era. A mulher com a tatuagem de cascavel e o homem de cabelos brancos se jogaram para trás, mas o que carregava a pistola esquisita avançou, gritando:

— *Pega ele! Pega ele!*

— Peguem *isso aqui*, seus sequestradores filhos da puta! — gritou Dave Stone. Saiu da mata e começou a espalhar balas para todo lado. A maioria errou, mas uma delas acertou Walnut no pescoço e o médico do Nó caiu no tapete de pinhas, deixando a injeção rolar de seus dedos.

## 14

Chefiar o Nó tinha suas responsabilidades, mas também suas vantagens. O gigantesco trailer EarthCruiser de Rose, importado da Austrália a um preço exorbitante e depois adaptado ao trânsito americano, era uma delas. Poder dispor sozinha do banheiro do Camping Bluebell sempre que quisesse era outra. Depois de meses na estrada, nada se comparava a tomar um longo banho quente de chuveiro, na grande sala azulejada, onde dava para abrir os braços ou até arriscar uns passos de dança se tivesse vontade. E onde a água quente não acabava depois de quatro minutos.

Rose gostava de apagar a luz e tomar banho no escuro. Descobriu que assim pensava melhor, e era exatamente por isso que tinha ido ao banheiro depois de receber a ligação perturbadora à 1 da tarde, horário das montanhas. Ainda achava que tudo estava bem, mas algumas dúvidas haviam começado a brotar, como dentes-de-leão em um gramado antes impecável. E se a garota fosse ainda mais esperta do que eles imaginaram... ou tivesse conseguido ajuda...

Não, impossível. Ela era uma cabeça de vapor, com certeza — a cabeça de vapor de todas as cabeças de vapor —, mas ainda assim apenas uma criança. Uma criança *camponesa*. De qualquer maneira, a única coisa que Rose podia fazer agora era esperar pelos acontecimentos.

Depois de 15 minutos deliciosos, ela saiu, se secou, embrulhou-se em uma toalha de banho felpuda e voltou para seu trailer, carregando suas roupas. Eddie Baixinho e Grande Mo limpavam a churrasqueira dos restos de mais um excelente almoço. Não era culpa deles que ninguém estivesse com muito apetite, depois de aquelas porras de pontos vermelhos terem aparecido em mais dois membros do Nó. Eles acenaram para ela. Rose erguia a mãos em resposta quando um monte de dinamite detonou em sua cabeça. Ela caiu no chão, largando calças e camisa, e deixou a toalha se abrir.

Rose mal notou. Algo acontecera à expedição de captura. Algo ruim. Passou a remexer nos bolsos das jeans amarrotadas, atrás do celular, tão logo sua cabeça clareou. Jamais desejara tanto (e tão amargamente) que Pai Corvo fosse capaz de comunicação telepática a longa distância, mas — com poucas exceções, como ela mesma — aquele dom parecia reservado a cabeças de vapor camponesas como a garota de New Hampshire.

Eddie e Mo correram em sua direção. Atrás vieram Paul Alto, Sarey Shhh, Charlie Ficha e Sam Harpista. Rose teclou o atalho no celular. A 1.300 quilômetros, o telefone de Corvo mal chegou a tocar uma vez.

— Alô, aqui é Henry Rothman. Não posso falar agora, mas se você deixar seu nome e um breve recado...

Porra de mensagem de voz. O que significava que seu telefone estava desligado ou fora de serviço. Rose apostava na última hipótese. Nua e de joelhos, com os saltos dos sapatos pressionando na parte de trás das coxas, Rose bateu na testa com a mão que não segurava o celular.

*Corvo, cadê você? O que está fazendo? O que está acontecendo?*

## 15

O homem de camiseta e calças de brim disparou sua estranha pistola contra Dan. Houve um sopro de ar comprimido e, de repente, um dardo se espetou nas costas de Hoppy. Dan ergueu a Glock dos restos da cesta de piquenique e atirou de novo. O homem das calças de brim foi atingido no peito e caiu para trás, gemendo, enquanto pequenos fios de sangue surgiam na parte de trás de sua camisa.

Andi Steiner era a última ainda de pé. Virou-se, viu Dave Stone paralisado onde estava, parecendo tonto, e saiu correndo em direção a ele com a hipodérmica na mão como se fosse uma adaga. Seu rabo de cavalo balançava como um pêndulo. Ela estava gritando. Para Dan, tudo se tornara mais lento e ganhara nitidez. Teve tempo de ver que o protetor de plástico ainda envolvia a agulha e de pensar: *Que tipo de palhaços são esses caras?* A resposta era que eles não eram palhaços, de jeito nenhum. Eram predadores desacostumados a encontrar resistência da parte de suas presas. Claro que, normalmente, eram crianças, e ingênuas.

Dave estava apenas olhando para a harpia que vinha aos berros contra ele. Talvez sua pistola estivesse descarregada; o mais provável era que aquela explosão tivesse sido seu limite. Dan ergueu a própria arma, mas não disparou. Era grande a chance de errar a mulher tatuada e acertar o pai de Abra.

Foi quando John saiu correndo da mata e se jogou nas costas de Dave, empurrando-o para a frente de encontro à mulher. Os gritos dela (De fúria? De medo?) saíram de seu peito em um jato de ar expelido com violência. Ambos caíram. A agulha saiu voando. Quando a mulher tatuada tentou recuperá-la, de joelhos, John lhe deu um golpe com a coronha do rifle na lateral da cabeça.

Foi um golpe desferido com toda a força, alimentado pela adrenalina. Ouviu-se um estalo quando o maxilar quebrou. O rosto dela virou-se para a esquerda, com um dos olhos pulando da órbita no meio de um olhar espantado. Ela caiu e depois rolou até ficar de costas. O sangue minava dos cantos da boca. As mãos fechavam e abriam, fechavam e abriam.

John largou o rifle e voltou-se para Dan, abalado.

— Eu não pretendia bater nela com tanta força! Meu Deus, eu só estava com muito *medo*!

— Olhe para o de cabelo crespo — disse Dan. Levantou-se, tentando se firmar nas pernas que pareciam compridas demais e não muito firmes. — Olhe para ele, John.

John olhou. Walnut jazia em uma poça de sangue, com uma das mãos segurando o pescoço ferido. Estava ciclando rapidamente. Suas roupas murcharam, depois se inflaram de novo. O sangue que escorria entre seus dedos sumia, depois reaparecia. Os próprios dedos faziam a mesma coisa. O homem se tornara uma chapa radiográfica enlouquecida.

John recuou com as mãos cobrindo a boca e o nariz. Dan ainda tinha aquela sensação de lentidão e nitidez perfeita. Havia tempo para ver o sangue da mulher tatuada e o chumaço de seus cabelos louros na coronha da Remington, que também aparecia e desaparecia. Fez Dan pensar em como seu rabo de cavalo havia balançado para lá e para cá, como um pêndulo, quando ela

(*Dan, onde está Corvo? ONDE ESTÁ CORVO???*)

correu na direção do pai de Abra. A menina tinha dito que Barry estava ciclando. Agora Dan compreendia o que ela quisera dizer.

— O da camiseta de pesca também está fazendo isso — disse Dave Stone. A voz dele tremia só um pouco e Dan percebeu de onde vinha a têmpera de aço da filha. Mas não havia tempo para pensar nisso agora. Abra estava lhe dizendo que eles não tinham pegado a turma inteira.

Ele correu até o trailer. A porta ainda estava aberta. Subiu correndo os degraus, caiu no chão acarpetado e conseguiu bater a cabeça na perna da mesa de refeições com força o bastante para que pontos luminosos aparecessem diante de seus olhos. *Nunca acontece assim no cinema*, pensou, rolando o corpo e esperando ser alvejado, pisoteado ou injetado por aquele que ficara para cobrir a retaguarda. Aquele que Abra chamava de Corvo. Parecia que eles não eram totalmente burros, nem displicentes, afinal de contas.

O Winnebago estava vazio.

*Parecia* vazio.

Dan se levantou e atravessou correndo a quitinete. Passou por uma cama de armar, desarrumada. Parte de sua mente registrou o fedor no trailer, a despeito do ar-condicionado que ainda funcionava. Havia um armário, mas a porta estava aberta e ele só viu roupas lá dentro. Inclinou-se, procurando pés. Nada. Foi até os fundos do trailer e parou ao lado da porta do banheiro.

Pensou: *mais uma merda de cena de cinema*, e puxou-a com violência, agachando-se. O banheiro do trailer estava vazio, e aquilo não o surpreendeu. Se alguém tentasse se esconder ali, já estaria morto. Bastaria o fedor para matá-lo.

(*talvez alguém tenha mesmo morrido aqui, talvez esse Corvo*)

Abra voltou de imediato, em pânico, transmitindo com tanta potência que dispersou os próprios pensamentos dele.

(*não, foi Barry quem morreu. ONDE ESTÁ CORVO? ENCONTRE CORVO*)

Dan saiu do trailer. Os dois homens que tinham ido pegar Abra haviam sumido; só restavam as roupas. A mulher — aquela que tentara adormecê-lo — ainda estava ali, mas não por muito tempo. Ela se arrastara até a mesa de piquenique onde estava a cesta quebrada e agora estava deitada, recostada em um dos bancos, fitando Dan, John e Dave com o rosto recém-desfigurado. O sangue escorria do nariz e da boca, criando um cavanhaque vermelho em seu rosto. A frente da blusa estava ensopada. Quando Dan se aproximou, a pele do rosto dela derreteu e suas roupas murcharam na estrutura do esqueleto. Sem ombros para segurá-las, as alças de seu sutiã caíram. De suas partes maleáveis, somente os olhos permaneceram, fitando Dan. Em seguida sua pele se reconstituiu e as roupas inflaram em volta do corpo. As alças caídas do sutiã apertaram a parte superior dos braços, a alça esquerda amordaçando a cascavel para que não mordesse. Os ossos dos dedos que agarravam o queixo partido criaram uma mão de carne.

— Vocês foderam com a gente — disse Andi Cascavel. A voz dela era arrastada. — Fodidos por um bando de camponeses. Não acredito.

Apontando para Dave, Dan disse:

— Esse camponês aí é pai da garota que vocês vieram sequestrar. Caso esteja se perguntando.

Cascavel conseguiu abrir um sorriso dolorido. Seus dentes estavam manchados de sangue.

— Você acha que eu me importo? Para mim, ele não passa de mais um pau pendurado. Até o papa de Roma tem um, e vocês homens não ligam para onde metem eles. Homens de *merda*. Vocês sempre precisam vencer, não é? Sempre têm que ven...

— Onde está o outro? Onde está Corvo?

Andi tossiu. O sangue borbulhou no canto de sua boca. Ela já havia se perdido e também fora encontrada. Em uma sala escura de cinema, tinha sido encontrada por uma deusa com uma nuvem de cabelos escuros. Agora estava morrendo, e não teria mudado coisa alguma. Os anos que se passaram entre o ex-ator presidente e o presidente negro haviam sido bons; aquela noite mágica com Rose fora ainda melhor. Ela deu um sorriso radiante para o homem alto e bonito. Sorrir doía, mas ela sorriu assim mesmo.

— Ah, ele. Está em Reno. Fodendo coristas camponesas.

Ela começou a sumir de novo. Dan ouviu John que sussurrava:

— Ah, meu Deus, olhe só. Hemorragia cerebral. Eu mesmo consigo ver.

Dan esperou para ver se a mulher tatuada voltaria. Acabou voltando, com um longo gemido que escapou por entre seus dedos fechados e ensanguentados. A ciclagem parecia doer até mais que o golpe que a causara, mas Dan achou que podia resolver aquilo. Puxou a mão da mulher tatuada de cima da mandíbula partida e enfiou os dedos ali. Sentiu todo o crânio dela se mover quando fez isso; era como empurrar o lado de um vaso quebrado, seguro por algumas tiras de fita adesiva. Desta vez a mulher tatuada fez mais do que gemer. Berrou e tentou debilmente afastar Dan com as mãos, sem que ele nem prestasse atenção.

— *Onde está Corvo?*

— *Anniston!* — gritou Cascavel. — *Ele saltou em Anniston! Por favor, não me machuque mais, papai! Por favor, eu faço o que você quiser!*

Dan pensou no que Abra contara sobre as coisas que aqueles monstros haviam feito a Brad Trevor, em Iowa, e Deus sabe a quantos outros, e sentiu um impulso quase incontrolável de arrancar inteiramente a parte de baixo da cara daquela filha da puta assassina. De surrar seu crânio ensanguentado e quebrado com o próprio maxilar dela até que tanto o crânio quanto o maxilar sumissem.

Então — de modo absurdo, considerando as circunstâncias — ele pensou no menino da camiseta dos Braves estendendo a mão para os restos de cocaína empilhados em cima da capa brilhante da revista. *Doce*, dissera. Aquela mulher não era nada parecida com o menino, *nada*, mas dizer isso para si mesmo não adiantou. Seu ódio desapareceu, de repente, deixando-o nauseado e vazio.

*Não me machuque mais, papai.*

Ele se levantou, secou a mão na camisa e foi andando meio cego até o *Riv*.

(*Abra, você está aí*)

(*sim*)

Não estava tão apavorada agora, o que era bom.

(*você precisa pedir à mãe da sua amiga para chamar a polícia e dizer que você corre perigo. Corvo está em Anniston*)

Envolver a polícia no meio de um assunto basicamente sobrenatural era a última coisa que Dan queria fazer, mas no momento não via alternativa.

(*Eu não estou*)

Antes que ela pudesse terminar, seu pensamento foi obstruído por um poderoso berro feminino de ódio.

## (*SUA PUTINHA*)

De repente, a mulher da cartola estava novamente dentro da cabeça de Dan, desta vez não como parte de um sonho, mas atrás de seus olhos despertos, a imagem dela queimando: uma criatura de incrível beleza, nua, com os cabelos molhados caídos sobre os ombros em cachos de Medusa. Então sua boca se abriu e sua beleza foi desfigurada. Havia apenas um buraco negro de onde um único dente descolorido se projetava. Quase uma presa.

## (*O QUE FOI QUE VOCÊ FEZ?*)

Dan cambaleou e apoiou a mão no vagão da frente do *Riv* para se equilibrar. O mundo girava dentro de sua cabeça. A mulher da cartola desapareceu e, de repente, expressões preocupadas apareceram ao seu redor. Perguntando se ele estava bem.

Ele se lembrou de Abra tentando explicar como o mundo girara no dia em que ela descobrira a foto de Brad Trevor no *Anniston Shopper*; como, de uma só vez, ela passara a enxergar pelos olhos da mulher da cartola e a mulher da cartola pelos olhos dela. Agora ele compreendia. Estava acontecendo de novo, e desta vez ele pegara carona na situação.

Rose estava caída no chão. Ele podia ver um largo trecho do céu noturno acima. As pessoas que se juntavam ao redor dela eram, sem dúvida, sua tribo de assassinos de crianças. Era isso que Abra estava vendo.

Mas a pergunta era: o que *Rose* estava vendo?

### 16

Cascavel ciclou e voltou. Aquilo *queimava*. Ela olhou para o homem ajoelhado diante dela.

— Posso ajudar de alguma forma? — perguntou John. — Sou médico.

Apesar da dor, Cascavel riu. Aquele médico, com os outros homens que haviam acabado de matar o médico do Nó, agora oferecia ajuda. O que diria Hipócrates disso?

— Meta uma bala em mim, cara de bunda. É a única coisa que me vem à mente.

O tipo meio nerd, o filho da puta que de fato puxara o gatilho contra Walnut, veio se juntar ao que se dizia médico.

— Você merece — disse Dave. — Você acha que eu ia simplesmente deixar que vocês pegassem minha filha? Torturá-la e matá-la como fizeram com aquele pobre garoto em Iowa?

Eles sabiam isso? Como? Mas agora não importava mais, pelo menos para Andi.

— Vocês matam porcos, carneiros e bois. Qual a diferença?

— Na minha humilde opinião, matar humanos é bastante diferente — disse John. — Pode me chamar de bobo e sentimental.

A boca de Cascavel estava cheia de sangue e algo granuloso. Dentes, provavelmente. Isso também não importava. No final, aquilo talvez fosse mais misericordioso do que o que Barry sofrera. Certamente seria mais rápido. Mas havia uma coisa que precisava ser esclarecida. Só para que eles ficassem sabendo. — *Nós* somos os humanos. Vocês são... apenas camponeses.

Dave sorriu, mas seu olhar era duro.

— E mesmo assim é você quem está deitada aí no chão, com o cabelo cheio de terra e o sangue manchando a frente de sua blusa. Espero que o calor do inferno seja bastante quente para você.

Cascavel podia sentir o próximo ciclo vindo. O último, se ela tivesse sorte, mas por enquanto estava se prendendo à forma física.

— Você não entende como eu era antes. Ou como somos. Somos poucos e estamos doentes. Estamos com...

— Eu sei o que vocês têm — disse Dave. — A porra do sarampo. Espero que ele faça todo o seu miserável Nó apodrecer de cabo a rabo.

— Nós não escolhemos ser assim — disse Cascavel —, como vocês não escolheram ser como são. No nosso lugar, fariam o mesmo.

John sacudiu lentamente a cabeça.

— Nunca. *Nunca.*

Cascavel começou ciclar pela última vez. Mais ainda conseguiu dizer mais quatro palavras:

— *Malditos homens.* — E um suspiro final enquanto olhava para eles do seu rosto que desaparecia: — *Malditos camponeses.*

E então ela desapareceu.


# 17


Dan foi andando bem devagar até John e Dave, apoiando-se com cuidado em várias mesas de piquenique para manter o equilíbrio. Pegara o coelho de pano de Abra sem perceber. Sua cabeça clareava, o que era decididamente uma faca de dois gumes.

— Precisamos voltar para Anniston, depressa. Não consigo entrar em contato com Billy. Eu conseguia antes, mas agora ele ficou incomunicável.

— Abra? — perguntou Dave. — Como está Abra?

Dan não queria olhar para ele — o rosto do homem estava lívido de medo —, mas obrigou-se a fazê-lo.

— Ela também está fora de alcance. E também a mulher da cartola. As duas sumiram.

— O que isso quer dizer? — Dave agarrou Dan pela camisa com ambas as mãos. — O *que* isso quer dizer?

— Não sei.

Era verdade, mas ele estava com medo.

## CAPÍTULO CATORZE

# CORVO

### 1

*Chegue aqui*, dissera Barry China. *Chegue perto.*

Isso tinha sido logo depois que Cascavel começara a passar o primeiro DVD pornô. Corvo fora até Barry, chegara a segurar sua mão enquanto o moribundo ciclava mais uma vez. E ao voltar...

*Escute só. Ela está mesmo espiando. Só que quando começou aquele pornô...*

Dar explicações a alguém que não possuía o dom de localização era difícil, especialmente quando quem explicava estava morrendo, mas Corvo pegou a essência da coisa. Os pervertidos devassos na beira da piscina haviam assustado a garota, tal como Rose esperava, mas tinham feito mais do que espantá-la dali. Por um instante ou dois, o sinal que Barry captara de sua localização pareceu duplicar. Ela ainda estava com o pai no trem de brinquedo, indo para o lugar onde fariam o piquenique, mas o distúrbio que ela sofrera criara uma imagem fantasma que não fazia sentido. Nessa, ela estava em um banheiro, fazendo xixi.

— Talvez você estivesse vendo uma memória — disse Corvo. — Não pode ser?

— Sim — disse Barry. — Os camponeses pensam nas coisas mais malucas. Provavelmente não é nada. Mas, por um instante, era como se ela tivesse uma gêmea, sabe?

Corvo não sabia exatamente, mas assentiu com um gesto de cabeça.

— Só que se não for isso, talvez ela esteja fazendo alguma brincadeira. Passe o mapa para cá.

Jimmy Contas tinha New Hampshire inteiro em seu laptop. Corvo segurou-o diante de Barry.

— Aqui é onde ela está — disse Barry, tocando a tela. — Com o pai, a caminho de Cloud Glen.

— Gap — disse Corvo. — Cloud Gap.

— Seja lá a merda que for. — Barry apontou para noroeste. — E foi daqui que veio o sinal fantasma.

Corvo pegou o laptop e olhou através da gota de suor certamente infectada que Barry deixara cair na tela.

— Anniston? É onde ela mora, Bar. É provável que tenha deixado vestígios psíquicos por toda a cidade. Como pele morta.

— Claro. Memórias. Devaneios. Todo tipo de loucura. Como eu disse.

— Mas que agora sumiu.

— Sim, mas... — Barry segurou o pulso de Corvo. — Se ela for tão poderosa quanto Rose diz, é possível que esteja mesmo nos enganando. Fazendo uma espécie de ventriloquismo.

— Você já conheceu algum cabeça de vapor que pudesse fazer isso?

— Não, mas para tudo tem uma primeira vez. Tenho quase certeza de que ela está com o pai, mas cabe a você decidir se essa quase certeza é suficiente para...

Então Barry começou a ciclar de novo, e toda comunicação inteligível cessou. Corvo ficou com uma decisão difícil. A missão era sua e ele tinha certeza de que poderia realizá-la, mas o planejamento havia sido de Rose e — mais importante — era uma obsessão dela. Se ele falhasse, seria um inferno.

Corvo olhou de relance para o relógio. Três da tarde ali em New Hampshire, uma em Sidewinder. No Camping Bluebell o almoço devia estar terminando e Rose estaria disponível. Isso o fez se decidir. Ligou. Quase esperou que ela risse e o chamasse de indeciso, mas não foi o que ela fez.

— Você sabe que não podemos mais confiar inteiramente em Barry — disse ela —, mas eu confio em você. Qual é seu pressentimento?

Ele não tinha nenhum pressentimento; por isso havia ligado. Ele lhe disse isso e ficou à espera.

— Deixo a seu critério — ela respondeu. — Só não estrague tudo.

*Obrigado por nada, querida Rosie.* Foi o que ele pensou, esperando que ela não captasse.

Ele ficou sentado com o celular fechado ainda na mão, balançando com o movimento do veículo. Inalava o cheiro da doença de Barry, imaginando quanto tempo levaria para que surgissem os primeiros pontos nos próprios braços, pernas e peito. Finalmente se adiantou e pôs a mão no ombro de Jimmy.

— Quando chegar a Anniston, pare.

— Por quê?

— Porque vou saltar.

## 2

Pai Corvo ficou olhando enquanto eles se afastavam do posto de gasolina na esquina da rua principal de Anniston, resistindo à ideia de transmitir um pensamento de curta distância (usando todo o poder paranormal de que dispunha) para Cascavel, antes que eles saíssem de seu alcance. *Volte e me pegue, isso é um erro.*

Mas e se não fosse?

Depois que eles partiram, Corvo deu uma breve olhada na triste fileira de carros usados à venda no lavador de carros em frente ao posto de gasolina. A despeito do que resultasse daquela parada em Anniston, ele ia precisar de transporte para sair da cidade. Ele tinha mais do que o bastante na carteira para comprar algo que o levaria até o ponto de encontro deles na I-87, perto de Albany; o problema era o tempo. Levaria pelo menos meia hora para efetuar a compra do carro e talvez isso fosse demais. Até que tivesse certeza de que se tratava de um falso alarme, seria obrigado a improvisar e contar com seus poderes persuasivos. Eles jamais o haviam deixado na mão.

Corvo gastou algum tempo para entrar na loja de conveniência do posto, na qual comprou um boné do Red Sox. Quando em território Red Sox, aja como torcedor do Red Sox. Ficou em dúvida se deveria usar óculos escuros, mas resolveu que não. Graças à TV, um homem de meia-idade usando óculos escuros sempre pareceria um atirador, para uma parte da população. O boné teria de dar conta.

Ele foi andando pela rua principal até a biblioteca em que Abra e Dan já haviam se reunido em um conselho de guerra. Não precisou passar do saguão da entrada para encontrar o que estava procurando. Ali, sob um letreiro de OLHE A NOSSA CIDADE, estava um mapa de Anniston com cada rua e travessa meticulosamente demarcada. Ele refrescou sua memória sobre a rua da garota.

— Belo jogo na noite passada, não foi? — perguntou um sujeito. Carregava uma pilha de livros.

Por um instante, Corvo não teve ideia do que ele estava falando, mas depois se lembrou do boné.

— Com certeza — concordou, ainda consultando o mapa.

Ele deu um tempo para que o torcedor do Sox fosse embora, antes de sair do saguão. O boné era ótimo, mas ele não tinha nenhum desejo de discutir beisebol. Achava um jogo idiota.

## 3

Richland Court era uma pequena e agradável rua de casas, terminando em um retorno circular. Corvo pegara um jornal de distribuição gratuita chamado *The Anniston Shopper* durante sua caminhada desde a biblioteca, e agora estava na esquina, encostado em um carvalho convenientemente situado, fingindo lê-lo. O carvalho o escondia da rua, o que talvez fosse bom porque havia uma caminhonete vermelha com um cara ao volante estacionada na metade do caminho. A caminhonete era antiga, com algumas ferramentas de jardim e uma roçadeira na caçamba, de modo que o homem podia ser um jardineiro — era o tipo de rua em que os moradores poderiam se dar ao luxo de pagar alguém assim —, mas, se fosse, por que estaria apenas ali, esperando?

Será que estava tomando conta da *criança*?

Corvo, de repente, ficou satisfeito por ter levado Barry a sério a ponto de abandonar o navio. A pergunta era: o que fazer agora? Podia ligar para Rose, mas sua última conversa tinha sido tão útil quanto tirar no cara ou coroa.

Ele ainda estava meio escondido atrás do velho e belo carvalho, pensando no que fazer a seguir, quando a providência que favorecia o Verdadeiro Nó em detrimento dos camponeses compareceu devidamente. Abriu-se uma porta na rua, de onde saíram duas garotas. O olhar de Corvo era tão aguçado quanto o do pássaro de mesmo nome, e ele identificou-as de imediato como duas das três garotas na imagem do computador de Jimmy. A de saia marrom era Emma Deane. A de calças pretas, Abra Stone.

Ele olhou de novo para o carro. O motorista, que também era velho, estivera reclinado ao volante. Agora estava sentado ereto. De olhar brilhante e orelhas levantadas. Alerta. Então ela estava *mesmo* enganando a todos. Corvo ainda não tinha certeza de qual delas era a cabeça de vapor, mas de uma coisa estava certo: o pessoal no Winnebago tinha embarcado em uma busca inútil.

Corvo tirou o celular do bolso, mas só ficou com ele na mão por um instante, observando a garota de calças pretas que descia a rua. A garota de saia olhou por um momento e entrou. A garota de calças — Abra — atravessou

335

Richland Court, e ao fazê-lo, o sujeito na caminhonete ergueu as mãos em um gesto de *o que aconteceu?*. Ela respondeu levantando o polegar: *não se preocupe, está tudo bem.* Corvo foi tomado por uma sensação triunfante, tão ardente quanto um gole de uísque. Pergunta respondida. Abra Stone era a cabeça de vapor. Não havia dúvida. Ela estava sendo vigiada, e o guarda era um velhote em uma caminhonete em bom estado. Corvo achou que ele serviria para dar uma carona para ele e uma determinada passageira até Albany.

Ele ligou para Cascavel e não se espantou ou ficou preocupado quando caiu na caixa postal. Cloud Gap era um ponto turístico local e claro que não teria torres de celular por perto para estragar as fotos dos turistas. Mas isso não importava. Se ele não pudesse dar conta de um velho e de uma menina, já seria hora de apresentar seu pedido de aposentadoria. Ele ficou contemplando o telefone por um instante, depois o desligou. Não havia ninguém com quem desejasse falar nos próximos vinte minutos, inclusive Rose.

Sua missão, sua responsabilidade.

Tinha quatro seringas cheias, duas no bolso esquerdo do paletó, duas no direito. Colocando o melhor sorriso estilo Henry Rothman no rosto — aquele que usava para reservar vagas nos campings ou hotéis para o Nó —, Corvo saiu de trás da árvore e caminhou pela rua. Na mão esquerda ainda carregava o exemplar de *The Anniston Shopper.* A mão direita estava enfiada no bolso do paletó, retirando o protetor plástico da agulha.

## 4

— Perdão, senhor, estou meio perdido. Será que o senhor podia me dar uma informação?

Billy Freeman estava nervoso, tenso, cheio de algo que não era exatamente uma premonição... mas mesmo assim aquela voz alegre e o sorriso brilhante do tipo você-pode-confiar-em-mim o enganaram. Apenas por dois segundos, mas foi o suficiente. Ao esticar a mão para o porta-luvas, sentiu uma pequena picada no lado do pescoço.

*Algum bicho me mordeu*, pensou, e então caiu de lado, os olhos revirando.

Corvo abriu a porta e empurrou o motorista para o lado, no banco. A cabeça do velho bateu na janela do carona. Corvo levantou suas pernas flácidas por cima da marcha do carro, fechando o porta-luvas para ter mais espaço, depois se ajeitou atrás do volante e bateu a porta. Respirou fundo e olhou em

volta, pronto para tudo, mas não havia nada a enfrentar. Era uma tarde preguiçosa em Richland Court, o que era maravilhoso.

A chave estava na ignição. Corvo deu partida e o rádio ligou em um rugido
satisfeito de Toby Keith: Deus abençoe a América e vamos abrir a cerveja. Quando ele estendeu a mão para desligá-lo, uma terrível luz branca ofuscou por um
momento sua visão. Corvo tinha muito pouca habilidade telepática, mas estava
firmemente ligado à sua tribo, cujos membros eram, de certo modo, apêndices de
um único organismo, que havia acabado de perder um de seus integrantes. Cloud
Gap não havia sido apenas um destino errado, mas a porra de uma armadilha.

Antes que pudesse resolver o que faria em seguida, a luz branca surgiu de
novo e, depois de um intervalo, outra vez.

Todos eles?

Deus do céu, *todos os três*? Não era possível... ou era?

Respirou fundo, e de novo. Obrigou-se a encarar o fato de que sim, era
possível. E, se assim fosse, ele sabia de quem era a culpa.

A porra da garota vaporosa.

Olhou para a casa de Abra. Estava tudo em paz ali. Obrigado, Senhor,
pelas pequenas graças concedidas. Ele pensara em subir a rua com a caminhonete e entrar na garagem dela, mas, de repente, aquilo lhe pareceu má ideia,
pelo menos por enquanto. Ele saiu do carro e inclinou-se para dentro, agarrando o velhote inconsciente pelo cinto e pela camisa. Corvo puxou-o de volta ao
volante, fazendo apenas uma ligeira pausa para revistá-lo. Nenhuma arma.
Que pena. Não seria nada mal ter uma, pelo menos por algum tempo.

Ele colocou o cinto de segurança no velhote, para que ele não caísse para
a frente e apertasse a buzina. Depois desceu a rua até a casa da garota, sem
pressa. Se tivesse visto o rosto dela em uma janela — ou o mínimo movimento
de uma cortina —, teria começado a correr, mas nada se mexeu.

Era possível que ele ainda conseguisse fazer aquele trabalho, mas isso se
tornara completamente secundário depois daqueles terríveis clarões brancos.
O que ele mais queria agora era pôr as mãos naquela puta desgraçada que lhe
causara tantos problemas e sacudi-la até que desmontasse.


5


Abra caminhou pelo corredor, semiadormecida. Os Stone tinham uma sala de
estar no porão, mas a cozinha era o lugar em que se sentiam mais à vontade, e
ela se dirigiu para lá sem pensar. Ficou ali, com as mãos espalmadas em cima

da mesa onde ela e os pais haviam feito milhares de refeições, olhando pela janela acima da pia de um jeito vago, olhos arregalados. Ela não estava realmente presente. Estava em Cloud Gap, vendo os vilões saírem do Winnebago: Cascavel, Walnut e Jimmy Contas. Sabia os nomes deles por causa de Barry. Mas havia algo errado. Faltava um deles.

*(CADÊ CORVO? NÃO ESTOU VENDO CORVO!)*

Não houve resposta, porque Dan, o pai dela e o dr. John estavam ocupados. Eles liquidaram os vilões, um após o outro; primeiro Walnut — aquilo tinha sido obra de seu pai, bom para ele —, depois Jimmy e Cascavel. Ela sentiu cada ferimento mortal como ecos no fundo de sua cabeça. Esses ecos, como uma marreta pesada batendo repetidamente em um tronco de carvalho, eram terríveis em sua finalidade, mas não completamente desagradáveis. Porque...

*Porque eles merecem. Matam crianças, e nada mais faria com que parassem. Só que...*

*(Dan, onde está Corvo? ONDE ESTÁ CORVO???)*

Agora Dan a ouviu. Graças a Deus. Ela viu o trailer. Dan achava que Corvo estava lá dentro e talvez tivesse razão. Mesmo assim...

Ela voltou correndo pelo corredor e olhou por uma das janelas ao lado da porta da frente. A calçada estava deserta, mas a caminhonete do sr. Freeman estava parada onde devia estar. Não conseguia ver o rosto dele por causa do ângulo em que o sol batia no para-brisa, mas podia vê-lo ao volante, e isso significava que estava tudo bem.

*Provavelmente* estava tudo bem.

*(Abra, você está aí?)*

Dan. Era tão bom ouvi-lo. Queria que ele estivesse ali com ela, mas tê-lo dentro da cabeça dela era quase tão bom.

*(sim)*

Ela deu mais uma olhada na calçada vazia e na caminhonete do sr. Freeman para se tranquilizar. Conferiu se tinha trancado a porta quando entrou e começou a voltar para a cozinha.

*(você precisa pedir à mãe da sua amiga para chamar a polícia e dizer que você corre perigo. Corvo está em Anniston)*

Ela parou no meio do corredor. Sua mão começou a esfregar a boca. Dan não sabia que ela deixara a casa dos Deane. Como poderia saber? Andara tão ocupado.

*(não estou)*

Antes que pudesse terminar, a voz mental de Rose explodiu em sua cabeça, afastando todos os pensamentos.

## (*SUA PUTINHA, O QUE FOI QUE VOCÊ FEZ?*)

O corredor familiar entre a porta da frente e a cozinha começou a sumir. Da última vez em que aquela sensação giratória acontecera, ela estivera bem-preparada. Dessa vez, não. Abra tentou parar, mas não conseguiu. Sua casa sumira. Anniston sumira. Ela estava deitada no chão, olhando o céu. Abra percebeu que a perda daqueles três, em Cloud Gap, derrubara Rose, literalmente, e sentiu uma imensa satisfação momentânea. Ela lutava para descobrir algo que servisse para se defender. Não havia muito tempo.

## 6

O corpo de Rose estava caído no chão, a meio caminho entre os chuveiros e o Chalé Overlook, mas sua mente estava em New Hampshire, inundando a cabeça da garota. Dessa vez, não havia nenhuma amazona dos sonho com sua lança e seu cavalo, ah, não havia, não. Dessa vez só havia uma garotinha assustada e a velha Rosie, e Rosie queria vingança. Só mataria a garota em última instância, ela era demasiadamente valiosa, mas Rose podia lhe dar um gostinho do que viria. Um gostinho daquilo que os amigos de Rose já haviam sofrido. Havia muitos lugares delicados e vulneráveis na mente dos camponeses, e ela conhecia todos muito b...

## (*VAI EMBORA, SUA PUTA. ME DEIXA EM PAZ OU EU MATO VOCÊ, PORRA!*)

Era como se um flash disparasse atrás de seus olhos. Rose estremeceu e gritou. Grande Mo, que se inclinava para pegá-la, recuou, surpresa. Rose não notou, nem sequer a viu. Ela continuava a subestimar os poderes da menina. Tentou manter sua posição dentro da cabeça da garota, mas a putinha a estava expulsando. Era incrível, enfurecedor, terrível, mas verdade. Pior, podia sentir suas mãos físicas se erguerem contra o próprio rosto. Se Mo e Eddie Baixinho não a tivessem segurado, a garotinha poderia ter obrigado Rosie a arrancar os próprios olhos com as unhas.

Ao menos por enquanto ela precisava desistir e ir embora. Mas antes ela viu algo através dos olhos da garota que a encheu de alívio. Era Pai Corvo, e tinha uma agulha na mão.

# 7

Abra usou toda a força psíquica que conseguiu reunir, mais do que no dia em que fora em busca de Brad Taylor, mais do que jamais usara na vida, e mesmo assim não foi suficiente. Quando começava a pensar que não conseguiria tirar a mulher da cartola de sua cabeça, o mundo começou a girar de novo. Ela estava *fazendo* com que girasse, mas isso era muito difícil — como empurrar uma enorme roda de pedra. O céu e os rostos que a olhavam de cima sumiram. Houve um momento de escuridão quando ela estava

(*no meio*)

em lugar nenhum, então voltou a enxergar o corredor de sua casa. Mas ela não estava mais sozinha. Havia um homem em pé na porta da cozinha.

*Não, um homem não. Um Corvo.*

— Olá, Abra — disse ele, sorrindo e pulando em cima dela. Ainda tonta do embate com Rose, Abra não fez nenhuma tentativa de afastá-lo com sua mente. Simplesmente se virou e correu.

# 8

Nos momentos de maior tensão, Dan Torrance e Pai Corvo eram muito parecidos, embora nenhum dos dois fosse saber disso. A mesma clareza tomou conta da mente de Corvo, a mesma sensação de que tudo aquilo estava acontecendo lindamente em câmera lenta. Ele viu o bracelete rosado no punho esquerdo de Abra e teve tempo de pensar: *campanha contra o câncer de mama.* Viu a mochila da garota inclinar para a esquerda, quando ela girou à direita, e percebeu que ela estava repleta de livros. Teve tempo até de admirar as mechas brilhantes de seus cabelos que esvoaçaram atrás dela.

Ele a pegou quando ela tentava abrir a tranca da porta. Ao enlaçar o pescoço dela com o braço e puxá-la para trás, sentiu suas primeiras tentativas — fracas, confusas — de afastá-lo usando a mente.

*A seringa inteira, não, talvez possa matá-la, ela não deve pesar mais de 50 quilos.*

Corvo deu a injeção logo abaixo da clavícula enquanto ela se debatia e retorcia. Ele não precisava ter se preocupado em perder o controle e injetar a dose total porque ela levantou o braço esquerdo e bateu na mão direita dele, derrubando a seringa, que caiu e rolou no chão. Mas a providência favorecia o Nó em detrimento dos camponeses. Sempre fora assim e continuava sendo. Ele injetou apenas o suficiente. Sentiu que a mente dela se desprendia da sua e depois soltava inteiramente. As mãos dela, idem. Ela o fitou com um olhar incerto, assustado.

Corvo deu um tapinha em seu ombro.

— Vamos dar um passeio, Abra. Você vai conhecer gente nova e interessante.

Por incrível que parecesse, ela sorriu. Um sorriso um tanto amedrontador em uma garota tão jovem que, se escondesse os cabelos sob um boné, poderia passar por um menino.

— Esses monstros que você chama de amigos estão todos mortos. Eleees...

A última palavra tornou-se apenas um som indistinto enquanto seus olhos reviravam e os joelhos fraquejavam. Corvo sentiu-se tentado a deixá-la cair — seria bem feito para ela —, mas refreou o impulso e a segurou sob os braços. Ela era um bem valioso, afinal.

Propriedade do *Nó*.

# 9

Ele entrara pela porta dos fundos, levantando a lingueta praticamente inútil da tranca com um gesto rápido do cartão platinum American Express de Henry Rothman, mas não tinha nenhuma intenção de sair por ali. Havia apenas uma cerca alta no final inclinado do quintal dos fundos e, depois dela, um rio. Além disso, seu transporte estava no lado oposto. Ele carregou Abra pela cozinha até a garagem vazia. Os pais talvez estivessem no trabalho... senão em Cloud Gap, exultantes por causa de Andi, Jimmy e Walnut. Por enquanto ele não estava ligando muito para este aspecto da situação; quem estivesse ajudando a garota podia esperar. A hora deles chegaria.

Ele colocou o corpo desmaiado sob uma mesa com as poucas ferramentas do pai. Em seguida apertou o botão que abria a garagem e saiu, depois de fixar no rosto o grande e velho sorriso de Henry Rothman. O segredo para sobreviver no mundo camponês era parecer fazer parte dele, como se você estivesse sempre feliz, e ninguém era melhor nisso do que Corvo. Ele andou rapidamente até a caminhonete e empurrou o velhote de novo, dessa vez para o banco do carona. Quando Corvo virou na entrada da garagem dos Stone, a cabeça de Billy tombou sobre seu ombro.

— Ganhando intimidade, não é, velhote? — perguntou Corvo, rindo ao entrar com a caminhonete vermelha na garagem. Seus amigos estavam mortos e aquela situação era terrivelmente perigosa, mas havia uma grande compensação: ele se sentia intensamente vivo e consciente como não se sentia havia muitos, muitos anos, e o mundo desabrochava em cores, zunindo como um cabo elétrico. Ele a pegara, Deus do céu. A despeito de toda a estranha força e terríveis armadilhas da garota, ele a pegara. Agora a levaria para Rose. Uma oferta de amor.

— Sorte grande — disse, dando uma pancada dura e exultante no painel.

Tirou a mochila de Abra, deixando-a sobre a mesa de ferramentas, e carregou a garota até o assento do carona. Afivelou os cintos de segurança de seus passageiros adormecidos. De fato, lhe passara pela cabeça quebrar o pescoço do velhote e largar o corpo na garagem, mas ele talvez ainda viesse a ser útil. Isso se a droga não o matasse. Corvo verificou a jugular do idoso e sentiu-a pulsando, lentamente, porém com força. Quanto à garota, não tinha dúvida; ela estava encostada na janela do carona, embaçando o vidro com sua respiração. Excelente.

Corvo levou um segundo para fazer um inventário do que dispunha. Nenhuma arma — o Verdadeiro Nó jamais viajava com armas —, mas ainda tinha duas seringas cheias daquele negócio que dava soninho. Ele não sabia até que ponto as duas lhe serviriam, mas sua prioridade era a garota. Corvo achava que o período de utilidade do velhote talvez fosse muito breve. Tanto fazia. Assim como nasciam, os camponeses morriam.

Ele pegou o celular e dessa vez foi para Rose que ligou. Ela atendeu quando ele já havia se resignado a deixar uma mensagem. A voz dela estava lenta, indistinta. Era como falar com um bêbado.

— Rose? O que há com você?

— A garota me bagunçou um pouco mais do que eu esperava, mas estou bem. Não consigo mais ouvi-la. Diga que você a pegou.

— Peguei, sim, e ela está tirando um bom cochilo, mas tem amigos. Não quero encontrá-los. Vou para o oeste imediatamente e não tenho tempo a perder com a porra dos mapas. Preciso descobrir as estradas secundárias que me farão atravessar Vermont e entrar em Nova York.

— Vou mandar Slim Sapo ver isso.

— Você precisa mandar alguém para o leste para me encontrar *imediatamente*, Rosie, trazendo qualquer troço que você conseguir para manter a srta. Dinamite quietinha, porque não tenho muito mais desse remédio. Procure nas coisas de Walnut. Ele deve ter *alguma coisa...*

— Não me diga o que fazer — respondeu ela asperamente. — Sapo vai coordenar tudo. Você sabe o bastante para começar?

— Sim, Rose querida, aquele local do piquenique era uma armadilha. A garotinha nos enganou direitinho. E se os amigos dela chamarem a polícia? Estou indo em uma velha caminhonete com dois zumbis do meu lado na cabine. Para todos os efeitos, SEQUESTRADOR está escrito na minha testa.

Mas ele estava sorrindo. Porra, ele estava sorrindo. Fez-se uma pausa do outro lado da linha. Corvo continuou sentado no volante, na garagem dos Stone, à espera.

— Se perceber luzes azuis atrás de você ou alguma barreira à frente — disse Rose, por fim —, estrangule a garota e inale o máximo possível do seu vapor enquanto ela morre. Depois se entregue. A gente vai cuidar de você se for o caso, você sabe disso.

Foi a vez de Corvo fazer uma pausa. Finalmente disse:

— Você tem certeza de que isso é o certo, querida?

— Tenho. — A voz dela estava dura como pedra. — Ela é responsável pelas mortes de Jimmy, Walnut e Cascavel. Eu lamento a morte de todos, mas sofro mais por Andi, porque eu mesma a recrutei e ela só teve um gostinho da nova vida. E também tem Sarey...

Ela deixou as palavras morrerem em um suspiro. Corvo não disse nada. Na verdade, não havia nada a dizer. Andi Steiner andara com muitas mulheres durante seus primeiros anos com o Nó — nenhuma surpresa, o vapor deixava os novatos especialmente excitados —, mas ela e Sarah Carter tinham sido um casal nos últimos dez anos e eram muito dedicadas uma à outra. De certo modo, parecia que Andi era mais filha do que amante de Sarey Shhh.

— Sarey está inconsolável — disse Rosie —, e Susie Olheira não está muito melhor por causa de Walnut. Essa garotinha vai ter que prestar contas por nos tirar esses três. De uma maneira ou de outra, sua vida de camponesa já era. Mais alguma pergunta?

Corvo não tinha nenhuma.


# 10

Ninguém prestou muita atenção a Pai Corvo e seus passageiros adormecidos quando eles deixaram Anniston pela velha autoestrada, rumo ao oeste. Com algumas exceções (velhas de olhar aguçado e criancinhas eram as piores), a América Camponesa era inacreditavelmente distraída, mesmo depois de doze anos na Idade Negra do Terrorismo. *Se perceber alguma coisa, fale* era um lema do diabo, mas primeiro era preciso perceber alguma coisa.

Já estava escurecendo quando entraram em Vermont, e os carros vindos da direção oposta só enxergavam os faróis de Corvo, que ele deixava altos de propósito. Slim Sapo já ligara três vezes, passando informações sobre as estradas. A maioria era de estradas próximas, muitas sem nenhuma identificação. Sapo também dissera a Corvo que Doug Diesel, Phil Sujeira e Annie de Pano estavam a caminho. Vinham em um Caprice 2006 que parecia um cachorro, mas tinha quatrocentos cavalos sob o capô. Excesso de velocidade não seria problema; eles também levavam credenciais da Agência de Segurança Nacional que podiam ser comprovadas em todas as instâncias, graças ao finado Jimmy Contas.

Os gêmeos Little, Vagem e Ervilha, usavam o sofisticado equipamento de comunicação por satélite do Nó para monitorar as notícias da polícia da região noroeste, e até agora não surgira nada sobre o possível sequestro de alguma jovem. Eram boas notícias, mas não inesperadas. Amigos espertos o bastante para organizar uma armadilha provavelmente também seriam espertos o bastante para saber o que poderia acontecer à sua garotinha se dessem queixa.

Outro telefone tocou abafado. Sem tirar os olhos da estrada, Corvo se debruçou sobre seus passageiros adormecidos, enfiou a mão no porta-luvas e encontrou um celular. Do velhote, sem dúvida. Ergueu-o até poder vê-lo. Não aparecia nome algum na tela, então quem ligava não estava na memória do aparelho, mas o número possuía um código de área de New Hampshire. Um dos autores da emboscada querendo saber se Billy e a garota estavam bem? Muito provavelmente. Corvo pensou em atender, mas resolveu que era melhor não. Veria depois se tinham deixado mensagem. Informação era poder.

Quando se inclinou de novo para devolver o celular ao porta-luvas, seus dedos tatearam algo metálico. Guardou o telefone e tirou uma pistola automática. Belo presente, um achado de sorte. Se o velhote tivesse acordado um pouco antes do esperado, poderia ter pegado a pistola antes que Corvo percebesse sua intenção. Corvo enfiou a Glock debaixo de seu banco, depois fechou a tampa do porta-luvas.

Armas também eram poder.

11

Já estava completamente escuro e eles tinham avançado bastante nas Green Mountains, na Rodovia 108, quando Abra começou a se mexer. Corvo, que ainda se sentia radiantemente vivo e alerta, não achou ruim. Na verdade, estava curioso sobre ela. E também o marcador de gasolina da caminhonete indicava que o tanque estava quase vazio; alguém precisava enchê-lo.

Mas não era aconselhável correr riscos.

Com a mão direita, ele tirou do bolso uma das duas seringas que restavam e segurou-a perto de sua coxa. Esperou até que os olhos da garota — ainda embaçados e confusos — se abrissem. Em seguida, disse:

— Boa noite, senhorita. Sou Henry Rothman. Está me entendendo?

— Você é... — Abra limpou a garganta, umedeceu os lábios e tentou de novo. — Você não é Henry coisa nenhuma. Você é Corvo.

— Então você me entende. Que bom. Agora você está se sentindo tonta, imagino, e vai continuar assim porque é exatamente assim que eu gosto de você. Mas não vai ter necessidade de eu apagá-la de novo desde que você se comporte. Entendeu?

— Para onde vamos?

— Hogwarts, para assistir ao Torneio Internacional de Quadribol. Vou lhe comprar um cachorro-quente e um algodão-doce encantados. Responda à minha pergunta. Você vai se comportar?

— Sim.

— Essa concordância imediata é agradável de ouvir, mas você vai ter que me perdoar por não acreditar inteiramente nela. Preciso lhe dar uma informação importante antes que tente fazer alguma besteira da qual vai se arrepender depois. Está vendo esta seringa?

— Sim. — A cabeça de Abra ainda estava encostada na janela, mas ela olhou para a seringa. Seus olhos voltaram a se fechar e se abriram de novo, muito lentamente. — Estou com sede.

— Por causa da droga, sem dúvida. Não tenho nada para beber, partimos meio depressa...

— Acho que tem suco de fruta na minha mochila — falou em voz rouca. Baixa e lenta. Com os olhos se abrindo com grande esforço depois de cada piscada.

— Temo que ela tenha ficado na sua garagem. Você pode conseguir algo para beber na próxima cidade se for uma boa Cachinhos Dourados. Se for uma má Cachinhos Dourados, vai passar a noite bebendo a própria saliva. Está claro?

— Sim...

— Se eu sentir que você está mexendo dentro da minha cabeça... sim, eu sei que você consegue fazer isso... ou se tentar chamar atenção quando pararmos, vou injetar o conteúdo desta seringa nesse velho senhor. Depois do que já

345

injetei nele, isso vai deixá-lo tão morto quanto Amy Winehouse. Ficou claro também?

— Sim. — Ela lambeu os lábios de novo e esfregou-os com a mão. — Não o machuque.

— Depende de você.

— Para onde está me levando?

— Cachinhos Dourados? Querida?

— O quê? — Ela piscou para ele, aturdida.

— Simplesmente cale a boca e aproveite o passeio.

— Hogwarts — disse ela. — Algodão... doce. — Desta vez, quando os olhos se fecharam, não voltaram a se abrir. Ela começou a roncar suavemente. Era um ruído delicado, agradável. Corvo não achou que ela estivesse fingindo, mas continuou a segurar a seringa perto da perna do velhote, só para garantir. Tal como Gollum já dizia sobre Frodo Bolseiro, ela era traiçoeira, preciosa. Muito traiçoeira, preciosa.


## 12


Abra não apagou completamente; ainda ouvia o barulho do motor da caminhonete, mas ao longe. Parecia estar acima dela. Lembrava-lhe quando ela e os pais iam até o Lago Winnipesauku nas tardes quentes de verão, e ela ouvia o zumbido distante das lanchas quando mergulhava a cabeça na água. Ela sabia que estava sendo sequestrada e que isso deveria ser motivo de preocupação, mas sentia-se serena, satisfeita de ficar boiando entre o sono e a vigília. No entanto, a secura na boca e na garganta era terrível. Sentia como se a língua fosse um trapo de tapete empoeirado.

*Preciso fazer alguma coisa. Ele está me levando para a mulher da cartola e preciso fazer alguma coisa. Se não fizer, eles vão me matar como mataram o garoto do beisebol. Ou talvez até pior.*

Ela *ia* fazer alguma coisa. Depois de beber algo. E depois de dormir um pouco mais...

O barulho do motor havia diminuído de um ronco para um zumbido distante quando luz se infiltrou por suas pálpebras fechadas. Depois o barulho parou completamente e Corvo estava cutucando a perna dela. De início levemente, depois com força. O suficiente para doer.

— Acorde, Cachinhos Dourados. Você pode dormir de novo mais tarde.

Ela se esforçou para abrir os olhos, piscando contra a claridade. Estavam estacionados ao lado de bombas de gasolina. Havia lâmpadas fluorescentes acima deles. Ela protegeu a vista do brilho. Agora estava com dor de cabeça para acompanhar a sede. Era como...

— Qual a graça, Cachinhos Dourados?

— Hum?

— Você está sorrindo.

— Acabei de perceber o que eu tenho. Estou de ressaca.

Corvo pensou nisso e sorriu.

— Acho que sim, e você nem teve que ficar bêbada para isso. Está acordada o bastante para me entender?

— Sim. — Pelo menos ela achava que sim. Ah, mas sua cabeça latejava. Horrível.

— Pegue isso aqui.

Ele estava segurando algo diante do rosto dela, cruzando o braço esquerdo na frente do próprio corpo para a mão alcançá-la. A mão direita ainda segurava a seringa ao lado da perna do sr. Freeman.

Ela piscou. Era um cartão de crédito. Estendeu a mão que parecia pesada demais e pegou-o. Seus olhos começaram a se fechar e ele lhe deu uma bofetada. Os olhos dela se arregalaram, de repente, assustados. Ela nunca apanhara na vida, pelo menos não de um adulto. É claro que também jamais havia sido sequestrada.

— Ei! *Ei!*

— Desça do carro. Siga as instruções na bomba. Você é uma garota inteligente, tenho certeza de que consegue fazer isso; encha o tanque. Depois guarde a mangueira e volte. Se fizer isso como uma boa Cachinhos Dourados, vamos até aquela máquina de Coca-Cola ali. — Ele apontou para o canto distante da loja. — Você pode comprar um refrigerante tamanho grande. Ou água, se preferir; estou vendo daqui que tem água também. Se bancar a Cachinhos Dourados *má,* vou matar o velho e vou até a loja matar o garoto do caixa. Não vai ser um problema. Seu amigo tinha uma arma, que agora está comigo. Vou levar você para ver como a cabeça dele explode. Depende de você, certo? Entendeu?

— Sim — disse Abra. Um pouco mais desperta agora. — Posso comprar uma Coca *e* uma água?

O sorriso dele desta vez foi grande e belo. A despeito de sua situação, a despeito da dor de cabeça, até mesmo a despeito da bofetada que ele lhe dera, Abra o achou encantador. Ela apostava que muita gente também achava, especialmente as mulheres.

— Você é um pouco gananciosa, o que nem sempre é algo ruim. Vamos ver como se comporta.

Ela soltou o cinto — precisou de três tentativas, mas acabou conseguindo — e pegou na maçaneta. Antes de descer, disse:

— Pare de me chamar de Cachinhos Dourados. Você sabe meu nome e eu sei o seu.

Ela bateu a porta e se dirigiu para o conjunto de bombas (cambaleando um pouco) antes que ele pudesse responder. A garota tinha coragem, além de vapor. Ele quase a admirava. Mas, considerando o que havia acontecido a Cascavel, Walnut e Jimmy, ele não conseguia passar desse quase.

## 13

De início, Abra não conseguiu ler as instruções porque as palavras não paravam de se duplicar e dançar. Ela apertou os olhos e elas entraram em foco. Corvo a observava. Podia sentir seu olhar como um par de pesos quentes na nuca.

(*Dan?*)

Nada, e não era nenhuma surpresa. Como poderia alcançar Dan quando mal conseguia compreender como funcionava aquela bomba idiota? Nunca se sentira tão pouco iluminada na vida.

Acabou conseguindo botar gasolina, embora na primeira tentativa tenha passado o cartão de crédito de cabeça para baixo e tenha tido que começar tudo de novo. O bombeamento parecia continuar eternamente, mas havia uma capa de borracha em cima do bico que amenizava o odor dos vapores, e o ar noturno clareava um pouco sua cabeça. Havia um bilhão de estrelas. Geralmente ela ficava encantada com sua beleza e quantidade, mas naquela noite fitá-las só a fez se sentir amedrontada. Elas estavam muito distantes. Não conseguiam enxergar Abra Stone.

Quando o tanque encheu, ela estreitou os olhos para ler a nova mensagem na tela da bomba e virou-se para Corvo.

— Você quer o recibo?

— Acho que a gente se vira sem isso, não é? — Novamente aquele sorriso deslumbrante, do tipo que deixava a gente feliz por ter sido responsável por ele. Abra apostava que ele tinha muitas namoradas.

*Não. Só tem uma. A mulher da cartola é a namorada dele. Rose. Se ele tivesse outra, Rose a mataria. Provavelmente com suas unhas e dentes.*

Ela voltou pesadamente e entrou no carro.

— Foi ótimo — disse Corvo. — Você merece o grande prêmio. Uma Coca *e* uma água. Então... como é que se diz para o Papai?

— Obrigada — disse ela, indiferentemente. — Mas você não é meu papai.

— Mas posso ser. Posso ser um ótimo papai para garotinhas que são boas comigo. Para aquelas que sabem se comportar. — Levou o carro até a máquina e deu-lhe uma nota de cinco dólares. — Traga uma Fanta para mim, se tiver. Se não, uma Coca.

— Você bebe refrigerante igual a todo mundo?

Ele fez uma cara cômica de quem tinha sido ofendido.

— Se você nos espetar, nós não sangramos? Se fizer cócegas, não rimos?

— Shakespeare, não é? — Ela passou a mão na boca de novo. — *Romeu e Julieta.*

— *O mercador de Veneza*, burrinha — disse Corvo, mas sorrindo. — Não sabe o resto, aposto.

Ela balançou a cabeça. Um erro. Fez renascer a dor que começara a diminuir.

— Se nos envenenar, não morremos? — Ele bateu com a agulha da seringa na perna do sr. Freeman. — Pense sobre isso enquanto vai pegar as nossas bebidas.


## 14

Ele ficou observando atentamente enquanto ela operava a máquina. O posto de gasolina ficava nos arredores arborizados de alguma pequena cidade, e sempre havia o risco de ela resolver mandar o velhote para o diabo e correr para a mata. Pensou na arma, mas deixou-a onde estava. Caçá-la não daria muito trabalho, considerando seu estado chapado. Mas ela nem sequer olhou naquela direção. Colocou os cinco dólares na máquina e pegou as bebidas, uma depois da outra, parando apenas para beber grandes goles d'água. Voltou e entregou-lhe a Fanta, mas não entrou no carro. Em vez disso, apontou para um lugar mais distante na lateral do prédio.

— Preciso fazer xixi.

Corvo ficou desconcertado. Era algo que ele não tinha previsto, embora devesse. Ela havia sido drogada, e seu corpo precisava se livrar das toxinas.

— Não dá para aguentar mais um pouco? — Ele estava pensando em talvez encontrar algum desvio na estrada, alguns quilômetros adiante, onde pudesse parar. Deixá-la fazer no mato. Desde que ele pudesse enxergar a parte de cima da cabeça dela, estaria tudo bem.

Mas ela balançou a cabeça. É claro que sim.

Ele considerou a questão.

— Está bem. Olha só, você pode usar o banheiro das mulheres se estiver destrancado. Se não, vai ter que fazer xixi nos fundos. De jeito nenhum vou deixar você entrar para pedir a chave ao rapaz do balcão.

— E se eu tiver que fazer nos fundos, você provavelmente vai ficar olhando. Tarado.

— Deve ter uma lata de lixo para você se esconder. Vai partir meu coração não dar uma olhada na sua preciosa bundinha, mas tentarei sobreviver. Agora entre no carro.

— Mas você disse...

— Entre ou vou voltar a chamar você de Cachinhos Dourados.

Ela entrou e ele levou o carro até o lado das portas do banheiro, sem chegar a bloqueá-las inteiramente.

— Agora, estenda a mão.

— Por quê?

— Só faça isso.

Ela estendeu com grande relutância. Ele a pegou. Quando ela percebeu a agulha, tentou retirar a mão.

— Não se preocupe, só um pingo. Não podemos deixar que você tenha pensamentos inconvenientes, não é? Ou que os transmita. Vou injetar, queira ou não queira, então por que fazer show?

Ela parou de tentar. Era mais fácil deixar que acontecesse. Houve uma breve ardência na parte de trás da mão, depois ele a soltou.

— Vamos lá agora. Faça xixi, e rápido. Como diz aquela velha canção, a areia está caindo na ampulheta lá de casa.

— Não conheço nenhuma canção assim.

— Não me surpreende. Você não sabe nem diferenciar *O mercador de Veneza* de *Romeu e Julieta*.

— Você é malvado.

— Não preciso ser — disse ele.

Ela desceu e ficou apenas parada ao lado da caminhonete por um momento, respirando fundo.

— Abra?

Ela olhou para ele.

— Não tente se trancar por dentro. Você sabe quem pagaria por isso, não sabe? — Ele deu uma palmada na perna de Freeman.

Ela sabia.

A cabeça dela, que começara a clarear, estava ficando novamente nebulosa. Que homem horrível — que *coisa* horrível — por trás daquele sorriso encantador. E esperto. Pensava em tudo. Ela empurrou a porta do banheiro. Pelo menos não teria que fazer xixi no mato lá trás, o que era alguma coisa. Entrou, fechou a porta e fez o que tinha que fazer. Depois ficou apenas sentada na privada, com a cabeça baixa, girando. Pensou em quando estava no banheiro na casa de Emma, acreditando tolamente que tudo daria certo. Parecia ter sido há muito tempo.

*Preciso fazer alguma coisa.*

Mas estava drogada, tonta.

(*Dan*)

Ela transmitiu isso com toda a força que conseguiu reunir... que não era muita. E quanto tempo mais Corvo lhe daria? Ela sentiu que o desespero a dominava, minando a pequena vontade que restava de resistir. Ela só queria abotoar as calças, entrar de novo na caminhonete e voltar a dormir. Mesmo assim, tentou mais uma vez.

(*Dan! Dan, por favor!*)

E esperou por um milagre.

O que recebeu, em vez disso, foi uma única e breve buzinada da caminhonete. A mensagem era clara: *tempo esgotado.*

CAPÍTULO QUINZE

# TROCA-TROCAS

1

*Você vai lembrar o que foi esquecido.*

Depois da vitória custosa em Cloud Gap, essa frase passou a perseguir Dan como um trecho de uma música irritante e sem sentido que gruda na cabeça, do tipo que a gente se pega cantarolando até enquanto caminha, trôpego, no meio da noite, para ir ao banheiro. Essa era bastante irritante, mas não chegava a ser sem sentido. Por algum motivo, ele a associava a Tony.

*Você vai lembrar o que foi esquecido.*

Não foi nem sequer considerada a ideia de levarem o trailer do Verdadeiro Nó para onde estavam estacionados os carros deles, na estação de Teenytown, na praça de Frazier. Mesmo que não temessem ser vistos saindo ou deixar indícios forenses dentro do veículo do Nó, teriam se recusado sem nem precisar discutir a questão. Ele cheirava a algo mais do que morte e doença; cheirava ao mal. Dan tinha outro motivo. Não sabia se os membros do Verdadeiro Nó voltavam ou não como pessoas fantasmagóricas, mas não tinha vontade nenhuma de descobrir.

Por isso jogaram as roupas abandonadas e a parafernália das drogas no rio Saco, onde o que não afundasse boiaria correnteza abaixo até o Maine, e voltaram como tinham vindo, no *Helen Rivington*.

David Stone ocupou o assento do condutor, percebeu que Dan ainda segurava o coelho de pano de Abra e estendeu a mão na direção dele. Dan entregou-o de bom grado, notando que o pai de Abra segurava na outra mão seu Blackberry.

— O que você vai fazer com isto?

Dave olhou para a mata que corria de ambos os lados da ferrovia, depois voltou a olhar para Dan.

— Logo que a gente chegar a algum ponto que tenha cobertura de celular, vou ligar para a casa dos Deane. Se ninguém responder, vou chamar a polícia. Se *tiver* resposta e Emma ou sua mãe me disser que Abra sumiu, vou chamar a polícia. Presumindo que elas já não tenham feito isso. — Tinha um olhar obstinado e frio, longe de ser amistoso, mas ao menos conseguia controlar a preocupação ou, mais provavelmente, o terror pela sorte da filha, e Dan o respeitava por isso. Aliás, isso tornaria mais fácil conversar com ele. — Eu o responsabilizo por isso, sr. Torrance. O plano foi seu. Esse plano maluco.

Não adiantava frisar que todos haviam concordado com o plano maluco. Ou que ele e John sofriam quase tanto com o silêncio contínuo de Abra quanto ele. No fundo, o homem tinha razão.

*Você vai lembrar o que foi esquecido.*

Seria mais uma recordação do Overlook? Dan achava que sim. Mas por que agora? Por que ali?

— Dave, é praticamente *certo* que ela foi sequestrada — falou John Dalton. Estava sentado no vagão logo atrás deles. Os últimos raios de sol eram filtrados pelas árvores e cintilavam em seu rosto. — Se for o caso e se você der queixa à polícia, o que acha que vai acontecer com Abra?

*Deus o abençoe*, pensou Dan. *Se tivesse sido eu a lhe dizer isso, duvido que escutasse. Porque, no fundo, eu sou o estranho que andava conspirando com sua filha. Ele nunca vai acreditar inteiramente que não fui eu quem a meteu nessa encrenca.*

— Que mais podemos fazer? — perguntou Dave, e então sua tênue calma sumiu. Começou a chorar segurando o coelho de pano de Abra contra o rosto. — O que vou dizer à minha mulher? Que eu estava matando gente em Cloud Gap enquanto um monstro qualquer sequestrava nossa filha?

— Vamos por partes — disse Dan. Não achava que os lemas do AA como *Deixe estar e entregue a Deus* ou *Vá com calma* seriam bem-acolhidos pelo pai de Abra agora. — Você *deve* ligar para os Deane assim que o celular tiver sinal. Acho que vai conseguir falar com eles e vai ver que estão bem.

— Por que acha isso?

— Na última vez em que me comuniquei com Abra, disse a ela que pedisse à mãe de sua amiga para chamar a polícia.

Dave piscou.

— Mesmo? Ou está dizendo isso agora só para se proteger?

— Falei, sim. Abra começou a responder. Disse "eu não estou", e aí a comunicação foi interrompida. Acho que ela ia me dizer que não estava mais na casa dos Deane.

— Ela está viva? — Dave pegou o cotovelo de Dan com a mão cadavericamente fria. — Minha filha ainda está viva?

— Não tive notícias dela, mas tenho certeza de que sim.

— É claro que você diria isso — sussurrou Dave. — Tirando o seu da reta, não é?

Dan engoliu uma resposta. Se começassem a brigar, não teriam a menor chance de ter Abra de volta.

— Faz sentido — disse John. Embora estivesse pálido, com as mãos não muito firmes, falava calmamente, como fazia com seus pacientes. — Morta, ela não serve para nada para esse homem que sobrou. O que a sequestrou. Viva, ela é refém. E também, eles a querem para... bem...

— Eles a querem por causa de sua essência — disse Dan. — O vapor.

— E tem outra coisa — disse John. — O que você vai dizer à polícia sobre as pessoas que matamos? Que eles começaram a ciclar de visíveis para invisíveis até sumirem por completo? E que então a gente se livrou do que... sobrou?

— Não acredito que vocês me convenceram a entrar nisso. — Dave torcia o coelho para lá e para cá. Não demoraria para que o velho brinquedo se rasgasse e perdesse o estofo. Dan não tinha certeza de que aguentaria ver isso.

John disse:

— Escuta só, Dave. Para o bem de sua filha, você precisa recuperar a lucidez. Ela se meteu nisso desde que viu a foto daquele garoto no *Shopper* e tentou descobrir coisas sobre ele. Logo que essa mulher que Abra chama de mulher da cartola percebeu sua existência, ficou praticamente obrigada a vir pegá-la. Não conheço esse vapor e sei muito pouco disso que Dan chama de iluminação, mas sei que essa gente com quem estamos lidando não é de deixar testemunhas. E Abra virou uma testemunha do garoto de Iowa.

— Ligue para os Deane, mas pegue leve — disse Dan.

— Leve? *Leve?* — Ele parecia alguém tentando falar uma palavra qualquer em sueco.

— Diga que quer perguntar a Abra se ela precisa que você compre alguma coisa; leite, pão ou algo assim. Se disserem que ela foi para casa, diga que tudo bem, que você vai ligar para lá.

— Depois o quê?

Dan não sabia. Só sabia que precisava pensar. Precisava pensar sobre o que havia sido esquecido.

John sabia.

— Depois tente falar com Billy Freeman.

Era fim de tarde, e o farol do *Riv* criava um cone visível de luz sobre o caminho dos trilhos quando Dave conseguiu sinal no celular. Ligou para a casa dos Deane e, apesar de estar segurando o já deformado Hoppy com força descomunal e de grandes gotas de suor escorrerem por seu rosto, Dan achou que ele se saiu bastante bem. Será que Abby podia falar com ele rapidinho e dizer se precisavam comprar alguma coisa no mercado? Ah? Foi? Então tentaria falar com ela em casa. Ouviu mais um pouco, disse que com certeza faria aquilo e terminou a ligação. Olhou para Dan, os olhos como buracos contornados de branco em seu rosto.

— A sra. Deane queria saber como Abra está se sentindo. Parece que ela foi para casa reclamando de cólicas menstruais. — Ele baixou a cabeça. — Eu nem sabia que ela já tinha começado a menstruar. Lucy nunca disse nada.

— Essas são coisas que um pai não precisa saber — disse John. — Agora tente falar com Billy.

— Não tenho o número dele. — Soltou uma única gargalhada, *HÁ*! — Somos um bando de fodidos.

Dan falou o telefone de cor. Adiante, a mata rareava, e ele podia ver o clarão das luzes da rua principal de comércio de Frazier.

Dave teclou o número e ficou ouvindo. Ouviu mais um pouco e desligou.

— Caixa de mensagens.

Os três homens permaneceram calados enquanto o *Riv* saía do arvoredo e percorria os 3 quilômetros restantes até Teenytown. Dan tentou contatar Abra de novo, concentrando toda a energia que conseguiu, mas não obteve resposta alguma. O homem que ela chamava de Corvo provavelmente tinha encontrado um jeito de apagá-la. A mulher tatuada carregava uma seringa. Era provável que Corvo tivesse outra.

*Você vai lembrar o que foi esquecido.*

A origem desse pensamento brotou das profundezas de sua mente, onde ele guardava as caixas com todas as recordações terríveis do Hotel Overlook e os fantasmas que o haviam infestado.

— Era a caldeira.

Do assento do condutor, Dave lhe lançou um olhar.

— Uhn?

— Nada.

O sistema de aquecimento do Overlook era muito antigo. A pressão do vapor precisava ser aliviada a intervalos regulares, ou aumentava sem parar e podia explodir e mandar todo o hotel pelos ares. No seu crescente mergulho na demência, Jack Torrance se esquecera disso, mas seu jovem filho tinha sido avisado. Por Tony.

Seria esse mais um aviso ou apenas uma recordação maluca causada pelo estresse e pela culpa? Pois ele se *sentia* culpado. John tinha razão, Abra teria sido alvo do Nó de qualquer maneira, mas os sentimentos eram impermeáveis ao pensamento racional. O plano tinha sido dele, dera errado, e ele estava perdido.

*Você vai lembrar o que foi esquecido.*

Seria a voz de seu antigo amigo tentando lhe dizer algo sobre a situação em que se encontravam ou apenas o gramofone?

## 2

Dave e John voltaram juntos para a casa dos Stone. Dan seguiu no próprio carro, feliz por poder ficar sozinho com seus pensamentos. Não que estivesse ajudando. Tinha quase certeza de que havia algo ali, algo *verdadeiro,* mas que não despontava. Chegou a fazer uma tentativa de invocar Tony, algo que não tentava desde os anos de sua adolescência, sem sorte.

A caminhonete de Billy não estava mais estacionada em Richland Court. Para Dan, fazia sentido. A expedição do Verdadeiro Nó viera no trailer. Se tivessem deixado Corvo em Anniston, ele estaria a pé e precisando de uma condução.

A garagem estava aberta. Dave saiu do carro de John antes mesmo de o veículo parar completamente e correu para dentro, chamando por Abra. Depois, iluminado como um ator no palco pelo farol do Suburban de John, levantou algo e emitiu um ruído entre um gemido e um grito. Quando Dan parou ao lado do Suburban, viu o que era: a mochila de Abra.

O impulso de beber veio a Dan, ainda mais forte do que na noite em que ele ligara para John do estacionamento daquele bar, mais forte do que em todos os anos desde que ele pegara uma ficha branca em sua primeira reunião. O impulso de simplesmente dar marcha a ré e voltar a Frazier. Lá havia um bar chamado Bull Moose. Dan já passara por ele muitas vezes, sempre com os pensamentos de um alcoólatra recuperado — como seria lá dentro? Que cerveja tinha? Que tipo de música tocava no jukebox? Que tipo de uísque havia na prateleira ou em estoque? Haveria mulheres bonitas? E que gosto teria aquele primeiro trago? Gosto de lar? Gosto de finalmente estar de volta em casa? Ele poderia responder ao menos algumas dessas perguntas antes que Dave Stone chamasse a polícia e Dan fosse levado para um interrogatório sobre o desaparecimento de determinada menina.

*Vai chegar um dia*, dissera-lhe Casey naquela época de ansiedade terrível, *em que suas defesas mentais vão falhar e a única coisa que vai ficar entre você e uma bebida será o seu Poder Superior.*

Dan não tinha problemas com o Poder Superior porque possuía algumas informações dos bastidores. Deus continuava sendo uma hipótese não comprovada, mas ele sabia que havia de fato outro plano de existência. Tal como Abra, Dan havia visto as pessoas fantasmagóricas. Então, claro, Deus era possível. Considerando os vislumbres que tivera do mundo do além, Dan achava que era até provável... embora se perguntasse que espécie de Deus ficava só ali, sentado, enquanto uma merda daquelas acontecia.

*Como se você fosse o primeiro a fazer essa pergunta*, pensou.

Casey Kingsley lhe dissera para se ajoelhar duas vezes por dia, para pedir ajuda de manhã e agradecer à noite. *São os três primeiros passos: Eu não posso, Deus pode, acho que vou deixá-lo me ajudar. Não pense muito nisso.*

Aos novatos relutantes em aceitar esse conselho, Casey contava um caso sobre o diretor de cinema John Waters. Em um dos seus primeiros filmes, *Pink Flamingos*, a estrela drag queen de Waters, Divine, comia um pouco de cocô de cachorro em um gramado de subúrbio. Anos depois, ainda faziam perguntas a Waters sobre aquele momento glorioso da história cinematográfica. Por fim, ele explodiu: "Foi só um *pedacinho* de cocô de cachorro", disse ele a um repórter, "e fez dela uma estrela".

*Por isso ajoelhe-se e peça ajuda, mesmo se não gostar*, Casey sempre completava. *No fim das contas, é só um* pedacinho *de cocô de cachorro.*

Não dava para Dan se ajoelhar atrás do volante do carro, mas assumiu a posição básica e automática de suas orações matutinas e noturnas — de olhos fechados e a palma de uma das mãos apertada nos lábios, como se para barrar o veneno sedutor que estragara vinte anos de sua vida.

*Deus, me ajude a não be...*

Ele chegou até aí e a luz se fez.

Era o que Dave tinha dito quando estavam a caminho de Cloud Gap. Era o sorriso zangado de Abra (Dan ficou pensando se Corvo havia visto aquele sorriso e o que achara dele se tivesse). Mais que tudo, era a sensação da própria pele, pressionando os lábios nos dentes.

— Ah, meu Deus — sussurrou. Saiu do carro e suas pernas falharam. Caiu de joelhos, afinal, mas se levantou e entrou correndo na garagem onde estavam os dois outros, olhando para a mochila abandonada de Abra.

Ele segurou o ombro de Dave Stone.

— Ligue para sua mulher. Diga que está indo visitá-la.

— Ela vai querer saber do que se trata — disse Dave. Estava claro pela sua boca trêmula e olhar baixo o quanto ele não queria ter aquela conversa. — Ela está no apartamento de Chetta. Vou falar para ela... Meu Deus, não sei o que vou falar para ela.

Dan apertou mais o ombro, aumentando a força até que o olhar baixo dele se erguesse e encontrasse o seu.

— Vamos todos para Boston, mas John e eu temos que cuidar de outros negócios lá.

— Que outros negócios? Não entendo.

Dan entendia. Nem tudo, mas bastante coisa.


3


Pegaram o Suburban de John. Dave foi no banco do carona. Dan deitado atrás, com a cabeça em um descanso de braço e os pés no chão.

— Lucy ficou insistindo para eu dizer o motivo — disse Dave. — Disse que eu a estava assustando. É óbvio que ela pensou em Abra, porque tem um pouco do dom da filha. Eu sempre soube. Disse a ela que Abra estava passando a noite na casa de Emma. Sabe quantas vezes eu menti para minha mulher nesses anos em que estamos casados? Posso contá-las nos dedos, e três foram sobre a quantia que perdi no jogo de pôquer das noites de quinta promovido pelo chefe do meu departamento. Nada desse tipo. E vou ter que encarar as consequências dentro de exatamente três horas.

Claro que Dan e John sabiam o que ele dissera sobre Abra e o quanto Lucy se aborrecera com a insistência do marido em afirmar que o assunto era sério e complexo demais para ser discutido pelo telefone. Ambos estavam na cozinha quando ele ligou. Mas Dave precisava falar. *Compartilhar*, no dialeto do AA. John se encarregou de todas as réplicas necessárias, falando os *uh-uhn*, os *sei* e os *entendi*.

Em certo momento, Dave interrompeu-se e olhou para o assento traseiro.

— Deus do céu, você está *dormindo*?

— Não — disse Dan sem abrir os olhos. — Estou tentando me comunicar com sua filha.

Isso terminou com o monólogo de Dave. Só restava agora o zumbido dos pneus do Suburban correndo rumo ao sul na Rota 16, atravessando várias cidadezinhas. O tráfego estava leve e John manteve o velocímetro fixo em 95km/h, assim que as duas pistas se transformaram em quatro.

Dan não fez nenhuma tentativa de se comunicar com Abra; não tinha certeza de que funcionaria. Em vez disso, tentou manter a mente totalmente aberta. Transformar-se em um centro receptor. Nunca tentara fazer nada parecido, e o resultado foi estranho. Era como usar os fones de ouvidos mais potentes do mundo. Parecia ouvir o fluxo de um ruído baixo e constante, que acreditava ser o zumbido de pensamentos humanos. Ficou alerta para, de repente, ouvir a voz dela no meio daquelas ondas constantes, sem realmente esperar conseguir. Mas que mais poderia fazer?

Foi logo depois de passarem pelo primeiro pedágio na rodovia Spalding, a apenas noventa e poucos quilômetros de Boston, que ele finalmente captou a voz dela.

(*Dan*)

Baixa. Quase inexistente. De início, ele pensou que fosse apenas sua imaginação — fruto de seu desejo —, mas se concentrou naquilo, tentando afinar sua atenção até que ela se tornasse um único feixe de luz. E a voz voltou, agora um pouco mais alta. E era verdade. Era *ela*.

(*Dan, por favor!*)

Estava realmente drogada, e ele nunca tentara nada nem parecido com o que precisava ser feito agora... mas Abra sim. Ela precisava ensinar o caminho, drogada ou não.

(*Abra, empurre, você tem que me ajudar*)

(*ajudar em quê? ajudar como?*)

(*troca-trocas*)

(*???*)

(*me ajude a girar o mundo*)

## 4

Dave estava no assento do carona, contando os trocados no porta-copos para o próximo pedágio, quando Dan falou, atrás dele. Só que certamente não era Dan.

— Só mais um minuto, preciso trocar meu absorvente!

O Suburban deu uma guinada quando John se endireitou no assento e balançou o volante.

— Mas que *porra*...?

Dave soltou o cinto de segurança e se ajoelhou, virando para trás a fim de ver o homem deitado no assento traseiro. Os olhos de Dan estavam semicerrados, mas, quando Dave falou o nome de Abra, eles se abriram.

— Não, papai, agora não, preciso ajudar... preciso tentar... — O corpo de Dan se virou. Ele ergueu a mão e a passou na boca, gesto que Dave já vira mil vezes, a deixando cair depois. — Diga para ele que eu falei para não me chamar assim. Diga para ele...

Dan virou a cabeça de lado até que descansasse no ombro. Gemeu. Suas mãos tremiam.

— O que está acontecendo? — gritou John. — O que eu faço?

— Não sei — disse Dave. Enfiou o braço entre os bancos, pegou uma das mãos trêmulas e a segurou com força.

— Continue dirigindo — disse Dan. — Só continue dirigindo.

Então o corpo no assento traseiro começou a pular e se contorcer. Abra começou a gritar com a voz de Dan.

## 5

Dan encontrou o canal entre eles seguindo o fluxo lento dos pensamentos dela. Viu o disco de pedra porque Abra estava vendo, mas ela estava fraca e desorientada demais para girá-lo. Estava usando toda a força mental que podia reunir só para manter aberta a sua extremidade da conexão. Para que ele pudesse entrar na cabeça dela e ela na dele. Mas em grande parte ele ainda estava no Suburban, com os faróis dos carros que vinham na direção contrária passando pelo forro do teto. Luz... escuridão... luz... escuridão.

O disco era tão pesado.

Ouviram-se batidas repentinas de algum lugar, e uma voz:

— Saia, Abra. O tempo acabou. Precisamos ir.

Isso a assustou, e ela conseguiu reunir um pouco mais de força. O disco começou a girar, puxando-o mais profundamente em direção ao cordão umbilical que os unia. Era a sensação mais estranha que Dan já sentira na vida, esfuziante até mesmo naquela situação horrível.

Em algum lugar a distância, ele ouviu Abra dizer:

— Só mais um minuto, preciso trocar meu absorvente!

O teto do Suburban de John estava sumindo. *Girando* e sumindo. Havia escuridão, a sensação de estar em um túnel, e ele teve tempo de pensar: *Se eu me perder aqui, nunca vou conseguir voltar. Vou acabar em um hospital psiquiátrico em algum canto, rotulado como catatônico crônico.*

Mas logo o mundo girou de volta para o lugar, só que não era o mesmo lugar. O Suburban sumira. Ele estava em um banheiro fedorento com piso de ladrilhos azuis baratos e um aviso ao lado da pia: DESCULPE, APENAS ÁGUA FRIA. Estava sentado na privada.

Antes que sequer pudesse pensar em se levantar, a porta se abriu com força o bastante para rachar alguns dos velhos ladrilhos, e um homem entrou. Parecia ter cerca de 35 anos, com cabelos pretos penteados para trás, e rosto anguloso, mas bonito, talhado de modo bruto e ossudo. Tinha uma pistola em uma das mãos.

— Trocar o absorvente, claro — disse. — Onde ele estava guardado, Cachinhos Dourados, no bolso das calças? Devia estar, porque sua mochila está muito longe daqui.

(*diga para ele que eu falei para não me chamar assim*)

Dan disse:

— Eu falei para não me chamar assim.

Corvo fez uma pausa, olhando a garota sentada na privada, que oscilava um pouco. Oscilava por causa da droga. Claro. Mas e aquele tom de voz? Também seria por causa da droga?

— O que aconteceu com a sua voz? Você está falando diferente.

Dan tentou encolher os ombros da garota e só conseguiu contrair um deles. Corvo agarrou o braço de Abra, obrigando Dan a se levantar sobre os pés dela. Doeu e ele gritou.

Em algum canto — a quilômetros de distância dali — uma voz fraca gritou: *O que está acontecendo? O que eu faço?*

— Continue dirigindo — disse ele a John enquanto Corvo o puxava porta afora. — Só continue dirigindo.

— Ah, pode deixar que eu vou dirigir — disse Corvo, colocando Abra à força na caminhonete, ao lado de Billy Freeman. Então pegou uma mecha de seus cabelos, enrolou-o em volta do punho e puxou. Dan gritou com a voz de Abra, sabendo que não era *exatamente* a voz dela. Quase, mas não exatamente. Corvo percebeu a diferença, mas não sabia o que era. A mulher da cartola teria sabido; fora ela quem, sem querer, ensinara a Abra aquele truque de trocar de mentes.

— Mas antes de ir vamos combinar uma coisa. Nada de mentiras, o combinado é esse. Da próxima vez que você mentir para seu Papai, este velhote aqui roncando do meu lado vai virar carniça. Também não vou usar a droga. Vou parar em uma estrada de terra e meter uma bala na barriga dele. Assim vai demorar. Você vai poder ouvir ele gritar. Entendeu?

— Sim — sussurrou Dan.

— Garotinha, eu espero que sim, porque não costumo avisar duas vezes.

Corvo bateu a porta com força e caminhou depressa até o lado do motorista. Dan fechou os olhos de Abra. Ele estava pensando nas colheres da festa de aniversário. Em abrir e fechar gavetas — nisso também. Abra estava muito fraca fisicamente para poder brigar com o homem que agora sentava-se ao volante, dando partida no carro, mas uma parte dela era forte. Se ele pudesse encontrar essa parte... a que deslocara as colheres, abrira as gavetas e tocara música com o ar... a parte que escrevera no seu quadro-negro a quilômetros de distância... se pudesse encontrá-la, controlá-la...

Assim como Abra havia visualizado uma lança de guerreira e um cavalo, Dan agora visualizava um painel de interruptores em uma sala de controle. Alguns faziam funcionar as mãos dela, outros as pernas, alguns a faziam dar de ombros. Mas havia outros mais importantes. Ele devia ser capaz de acioná-los; tivera pelo menos alguns dos mesmos circuitos.

A caminhonete estava em movimento, primeiro de ré, então virando. Um instante depois, eles tinham voltado à estrada.

— Isso mesmo — disse Corvo severamente. — Vá dormir. Que merda você pensou que ia fazer lá atrás? Pular dentro da privada, dar a descarga e sumir...

As palavras dele foram abafadas, porque ali estavam os controles que Dan procurava. Os controles especiais, com as alavancas vermelhas. Ele não sabia se eles estavam mesmo ali e realmente conectados aos poderes de Abra ou se aquilo não passava de algum jogo mental de paciência que ele estava jogando. Só sabia que precisava tentar.

*Que se ilumine*, pensou e puxou todos eles.

## 6

A picape de Billy Freeman estava a dez ou 12 quilômetros do posto de gasolina e rodava pela escura região rural de Vermont, na 108, quando Corvo sentiu a dor pela primeira vez. Era como se houvesse uma pequena tira de prata envolvendo seu olho esquerdo. Fria, apertada. Estendeu o braço para tocá-lo, mas, antes que pudesse, ela deslizou para a direita, congelando a parte superior de seu nariz como uma injeção de novocaína. Então ela envolveu o outro olho também. Era como se ele estivesse usando um binóculo metálico.

Ou algemas oculares.

Agora um zumbido começava em seu ouvido esquerdo e, de repente, sua bochecha esquerda ficou dormente. Ele virou a cabeça e viu que a garotinha o olhava. Os olhos dela estavam bem abertos, sem piscar. Não pareciam nada dopados. Aliás, nem pareciam os olhos dela. Pareciam mais velhos. Mais sábios. E tão frios quanto sentia seu rosto agora.

(*pare a caminhonete*)

Corvo tinha tampado a agulha da seringa e a guardara, mas ainda segurava a arma que tirara de debaixo do assento quando decidiu que ela estava demorando demais no banheiro. Ergueu-a, com intenção de ameaçar o velhote e fazê-la parar o que estava fazendo, fosse lá o que fosse, mas de repente parecia que sua mão tinha sido mergulhada em água gelada. A arma ganhou peso: 2 quilos e meio, 5 quilos, o que parecia ser 12 quilos. No mínimo. E enquanto lutava para erguê-la, seu pé direito escapou do pedal do acelerador do F-150 e a mão esquerda virou o volante de modo que a caminhonete saiu da estrada e rodou pelo acostamento macio, diminuindo lentamente a velocidade, com as rodas viradas para a direita, em direção à vala.

— O que está fazendo comigo?

— O que você merece. *Papai.*

O carro bateu em uma bétula caída, partindo-a em duas, e parou. A garota e o velho estavam presos pelo cinto, mas Corvo esquecera de botar o seu. Foi lançado à frente, contra o volante, tocando a buzina. Quando olhou para baixo, viu a automática do velhote virar na própria mão. Muito lentamente, virando contra ele mesmo. Aquilo não deveria estar acontecendo. A droga devia impedir. Porra, a droga *havia* impedido. Mas algo mudara no banheiro. Quem quer que estivesse por trás daqueles olhos estava sóbrio e calculista.

E era terrivelmente forte.

*Rose! Rose, eu preciso de você!*

— Acho que ela não consegue ouvir — disse a voz que não era de Abra. — Você pode ter algumas habilidades, seu filho da puta, mas acho que não incluem a telepatia. Acho que, quando quer falar com sua namorada, você usa o telefone.

Usando toda sua força, Corvo começou a girar a Glock de volta em direção à garota. Ela agora parecia pesar 25 quilos. Os tendões de seu pescoço se destacaram como grossas cordas. Gotas de suor cobriam sua testa. Uma delas escorreu para seu olho, ardendo, e Corvo piscou para se livrar do incômodo.

— Vou... atirar... no seu amigo — ameaçou ele.

— Não — disse a pessoa que estava dentro de Abra. — Eu não vou deixar.

Mas Corvo percebeu que ela estava cansando, e aquilo lhe deu esperança. Fez toda a força que podia para apontar o cano para a barriga de Rip Van Winkle e quase chegara lá quando a arma começou a girar de volta outra vez. Ele agora podia ouvir a filhinha da puta ofegar. Porra, ele também estava ofegando. Pareciam maratonistas emparelhados, próximos da chegada.

Um carro passou, sem diminuir a marcha. Nenhum deles notou. Olhavam um para o outro.

Corvo levou a mão esquerda para se juntar à direita, na arma. Ela virou com um pouco mais de facilidade. Ele estava vencendo, caramba. Mas seus olhos, meu Deus!

— Billy — gritou Abra. — Billy, ajude um pouco!

Billy deu um ronco. Abriu os olhos.

— O que...

Por um instante, Corvo se desconcentrou. A força que exercia abrandou, e a arma começou imediatamente a se voltar contra ele. Suas mãos estavam frias, frias. Aqueles anéis metálicos pressionavam seus olhos, ameaçando esmagá-los até virarem geleia.

A arma disparou pela primeira vez quando se encontrava entre eles, abrindo um buraco no painel, bem acima do rádio. Billy acordou com um sobressalto, sacudindo os braços como alguém que tenta se livrar de um pesadelo. Um deles bateu na têmpora de Abra, o outro no peito de Corvo. A cabine da caminhonete estava tomada por uma névoa azulada e cheiro de pólvora.

— O que foi isso? Que diabo foi...

Corvo rosnou:

— *Não, sua puta! Não!*

Ele girou a arma de volta para Abra e, ao fazê-lo, sentiu que o controle dela diminuía. Era o golpe de misericórdia. Corvo conseguia ver o desalento e o terror nos olhos dela e ficou selvagemente satisfeito.

*Preciso matá-la. Não posso dar mais uma chance. Mas não um tiro na cabeça. Na barriga. Depois vou tomar o vap...*

Billy bateu o ombro nas costelas de Corvo. A arma foi empurrada para cima e disparou de novo, desta vez abrindo um buraco no teto acima da cabeça de Abra. Antes que Corvo pudesse abaixá-la de novo, mãos enormes cobriram as suas. Ele teve tempo de perceber que sua adversária só estivera exercendo uma fração da força que possuía. O pânico destravara uma grande, talvez incalculável, reserva. Desta vez, quando a arma girou em sua direção, os pulsos de Corvo quebraram como gravetos. Por um instante, ele viu um único olho preto olhando-o de cima e teve tempo de um meio pensamento:

*(Rose, eu te am)*

Houve um clarão branco brilhante, em seguida a escuridão. Quatro segundos depois, não restava nada de Pai Corvo senão suas roupas.

## 7

Steve Cabeça de Vapor, Baba, a Rubra, Dick Torto e G Fominha estavam jogando cartas distraidamente no trailer que Fominha e Phil Sujeira compartilhavam, quando os gritos começaram. Os quatro estavam alertas — o Nó inteiro estava — e largaram imediatamente as cartas e correram até a porta.

Todo mundo estava saindo de seus trailers para saber o que havia acontecido, mas pararam ao ver Rose, a Cartola, em pé à luz forte e branco-amarelada dos postes de segurança em volta do Chalé Overlook. Seus olhos estavam desvairados. Puxava os cabelos como um profeta do Velho Testamento na agonia de alguma visão violenta.

— *Aquela putinha de merda matou o meu Corvo!* — berrou. — *Vou matá-la! VOU MATÁ-LA E COMER O CORAÇÃO DELA!*

Por fim, caiu de joelhos, abafando os soluços com as mãos.

O Verdadeiro Nó ficou ali, aturdido. Ninguém sabia o que dizer ou fazer. Finalmente, Sarey Shhh se aproximou dela. Rose repeliu-a com um violento empurrão. Sarey caiu de costas, levantou-se e voltou sem hesitar para Rose. Dessa vez, Rose levantou os olhos para sua pretensa consoladora, uma mulher que também perdera alguém querido naquela noite inacreditável. Ela abraçou Sarey com tanta força que os membros do Nó que assistiam ouviram os ossos estalarem. Mas Sarey não procurou se libertar, e depois de alguns instantes as duas mulheres se ajudaram a levantar. Rose olhou de Sarey Shhh para Grande Mo, depois para Mary Baleia e Charlie Ficha. Era como se nunca houvesse visto nenhum deles.

— Venha, Rosie — disse Mo. — Você sofreu um choque. Precisa dei...

— *NÃO!*

Ela se afastou de Sarey Shhh e bateu com as mãos na lateral do próprio rosto, em um forte tabefe duplo que derrubou sua cartola. Inclinou-se para pegá-la e, quando olhou de novo para o Nó reunido, certa sanidade voltara à sua expressão. Pensava em Doug Diesel e na turma que ela mandara para se encontrar com Corvo e a garota.

— Preciso falar com Diees. Falar com ele, Phil e Annie para voltarem. Precisamos ficar juntos. Precisamos tomar vapor. Muito. Depois de abastecidos, *vamos pegar aquela puta.*

Eles apenas olharam para ela, com expressões preocupadas de insegurança. A visão daqueles olhares amedrontados e das bocas estupidamente abertas enfureceu-a.

— Vocês estão duvidando de mim? — Sarey Shhh aproximara-se de novo, sorrateiramente. Rose repeliu-a com tanta força que Sarey quase caiu outra vez. — Quem duvidar de mim que dê um passo à frente.

— Ninguém duvida de você, Rose — disse Steve Cabeça de Vapor —, mas talvez seja melhor deixá-la em paz — falou ele com cautela, sem conseguir olhá-la nos olhos. — Se realmente perdemos Corvo, são cinco mortos. Nunca perdemos cinco em um dia. Nunca perdemos nem dois...

Rose deu um passo à frente e Steve recuou imediatamente, levantando os ombros até as orelhas como uma criança esperando uma palmada.

— Você quer fugir de uma garotinha vaporosa, quer enfiar o rabo entre as pernas e fugir de uma *camponesa*?

Ninguém respondeu, muito menos Steve, mas Rose percebeu a verdade em seus olhares. Eles queriam. Queriam mesmo. Tinham passado por muitos anos bons. Anos de abundância. Anos de caça fácil. Agora tinham cruzado com alguém que não só possuía um vapor extraordinário, mas que sabia quem eles eram e o que faziam. Em vez de vingar Pai Corvo — que, com Rose, acompanhara os tempos bons e ruins —, queriam enfiar os rabos entre as pernas e fugir ganindo. Naquele instante, ela teve vontade de matar todos eles. Eles pressentiram e se afastaram ainda mais, arrastando os pés, dando-lhe espaço.

Todos menos Sarey Shhh, que olhava para Rose como se estivesse hipnotizada, de queixo caído. Rose a segurou pelos ombros esqueléticos.

— Não, Rosie! — berrou Mo. — Não a machuque!

— E você, Sarey? Essa garotinha foi responsável pelo assassinato da mulher que você amava. Você quer fugir?

— Não — disse Sarey. Olhou dentro dos olhos de Rose. Mesmo agora, com todos a olhá-la, Sarey não parecia passar de uma sombra.

— Quer que ela pague?

— Sim — disse Sarey. Depois: — *Lingança*.

Ela tinha voz baixa (quase inexistente) e a língua presa, mas todos a ouviram, e todos sabiam o que ela estava dizendo.

Rose olhou em volta para os outros.

— Todos vocês que não querem o que Sarey quer, que querem deitar e rastejar para longe...

Ela se virou para Grande Mo e segurou o braço flácido da mulher. Mo gritou de medo e susto, tentando se soltar. Rose segurou-a onde estava e levantou seu braço para que os outros pudessem vê-lo. Estava coberto de pontos vermelhos.

— Vocês são capazes de fugir disso aqui?

Eles murmuraram e deram mais um passo ou dois para trás.

— Está na gente — disse Rose.

— A maioria de nós está bem! — gritou Terri Doce Pickford. — *Eu* estou ótima! Nenhum sinal em mim! — Ela estendeu seus braços lisos para serem examinados.

Rose voltou seus olhos ardentes e lacrimosos para Terri.

— *Agora.* Mas por quanto tempo?

Terri Doce Pickford não respondeu, mas virou o rosto.

Rose passou um braço pelos ombros de Sarey Shhh e examinou os demais.

— Walnut disse que essa garota talvez seja nossa única chance de nos livrar da doença antes que ela contagie todos. Alguém aqui tem uma ideia melhor? Se tiver, fale.

Ninguém falou.

— Vamos esperar que Diees, Annie e Phil Sujeira voltem, depois vamos tomar vapor. O maior que já tomamos. Vamos esvaziar as latas.

Isso foi recebido com olhares de espanto e mais murmúrios de apreensão. Será que pensavam que ela estava maluca? Que pensassem. Não era apenas o sarampo que estava devorando o Verdadeiro Nó; era o medo, algo muito pior.

— Depois de todos reunidos, vamos fazer um círculo. Vamos ficar fortes. *Lodsam hanti*, somos os escolhidos. Vocês se esqueceram disso? *Sabbatha hanti*, somos o Verdadeiro Nó e perduramos. Digam comigo. — Seus olhos investigavam todos eles. — *Digam.*

Eles disseram, formando um círculo. *Somos o Verdadeiro Nó e perduramos.* Seus olhares ganharam um pouco de determinação. De fé. Somente meia dúzia deles apresentava os pontos vermelhos, afinal; ainda havia tempo.

Rose e Sarey Shhh se adiantaram para entrar na roda. Terri e Baba se soltaram para dar espaço a elas, mas Rose escoltou Sarey até o centro. Sob as luzes de segurança, os corpos das mulheres projetavam muitas sombras, como aros de uma roda.

— Quando estivermos fortes, quando estivermos unidos de novo, vamos encontrá-la e pegá-la. Eu digo isso como líder de vocês. E mesmo se o vapor dela não curar a doença que vem nos devorando, será o fim dessa porcaria...

Foi quando a garota falou dentro de sua cabeça. Rose não podia ver o sorriso zangado de Abra Stone, mas podia senti-lo.

(*não precisa vir atrás de mim, Rose*)

# 8

Na traseira do Suburban de John Dalton, Dan Torrance falou cinco palavras claras na voz de Abra:

— Eu vou atrás de você.

# 9

— Billy? *Billy!*

Billy Freeman olhou para a garota que não *soava* exatamente como uma garota. Ela se duplicava, se unia e se duplicava de novo. Ele passou a mão pelo rosto. Suas pálpebras pesavam e seus pensamentos pareciam colados uns aos outros. Não conseguia raciocinar. Não era mais dia, e eles certamente não estavam mais na rua de Abra.

— Quem está atirando? E quem cagou na minha boca? *Meu Deus.*

— Billy, você precisa acordar. Você precisa...

*Você precisa dirigir* era o que Dan queria dizer, mas Billy Freeman não ia dirigir. Não tão cedo. Seus olhos estavam vagueando e fechando de novo, com as pálpebras fora de sincronia. Dan enfiou um dos cotovelos de Abra nas costelas do velho para chamar sua atenção de novo. Pelo menos por enquanto.

Luz de farol inundou a cabine quando outro carro se aproximou. Dan prendeu o fôlego de Abra, mas aquele também passou sem diminuir a marcha. Talvez alguma mulher sozinha, talvez algum vendedor com pressa de voltar para casa. Um mau samaritano, fosse quem fosse, e para eles mau era bom, mas talvez não tivessem sorte uma terceira vez. O pessoal do campo tinha tendência a ser prestativo. Sem falar na tendência à bisbilhotice.

— Fique acordado — disse ele.

— Quem *é* você? — Billy tentou prestar atenção na garota, mas era impossível. — Porque você não soa como Abra.

— É complicado. Por enquanto, apenas se concentre em ficar acordado.

Dan saiu e deu a volta até o lado do motorista, tropeçando várias vezes. As pernas dela, que lhe pareceram tão longas no dia em que a conhecera, eram muito curtas. Ele só esperava que não tivesse tempo para se acostumar a elas.

As roupas de Corvo jaziam no assento. Seus sapatos de lona estavam no tapete sujo do chão, de onde vazavam as meias. O sangue e o cérebro espirrados na camisa e no casaco tinham ciclado até desaparecer, mas haviam deixado manchas de umidade. Dan juntou tudo e, depois de pensar por um instante, pegou também a arma. Não queria abandoná-la, mas se fossem parados...

Levou a trouxa até a frente da caminhonete e enterrou-a debaixo de um monte de folhas secas. Depois pegou um pedaço da bétula caída em que a F-150 tinha batido e o arrastou até o local da sepultura. Foi difícil trabalhar com os braços de Abra, mas conseguiu.

Descobriu que não conseguia simplesmente subir na cabine; precisava se içar pelo volante. E quando finalmente estava atrás do volante, seus pés mal alcançavam os pedais. *Merda.*

Billy soltou um ronco alto e Dan lhe deu outra cotovelada. Billy abriu os olhos e olhou em volta.

— Onde estamos? Aquele cara me drogou? — Depois: — Acho que preciso voltar a dormir.

Em algum momento da batalha final de vida ou morte pela arma, a garrafa fechada de Fanta de Corvo caíra no chão. Dan se inclinou, pegou-a, então parou com a mão de Abra sobre a tampa, lembrando o que acontecia com refrigerantes quando eram sacudidos. De algum canto, Abra falou com ele

(*ah, meu Deus*)

e ela sorria, mas não o sorriso zangado. Dan achou que era um bom sinal.

## 10

*Você não pode me deixar dormir*, disse a voz vinda da boca de Dan, por isso John entrou na saída de Fox Run e estacionou no local mais distante da loja Kohl's. Ali, ele e Dave caminharam para cima e para baixo com o corpo de Dan, um de cada lado. Ele caminhava como um bêbado no final de uma noite pesada. De vez em quando, a cabeça caía no peito antes de se erguer de novo. Ambos se revezavam em fazer perguntas sobre o que havia acontecido, o que estava acontecendo naquele momento e *onde* acontecia, mas Abra apenas sacudia a cabeça de Dan.

— Corvo me picou na mão antes de me deixar ir ao banheiro. O resto é confuso. Agora, shh, eu preciso me concentrar.

Na terceira grande volta ao redor do Suburban de John, a boca de Dan se abriu em um sorriso, e ele soltou um risinho muito típico de Abra. Dave lançou um olhar de interrogação para John, por cima do corpo frouxo e cambaleante do seu fardo. John deu de ombros e balançou a cabeça.

— Ah, meu Deus — disse Abra. — Refrigerante.

# 11

Dan inclinou a garrafa de refrigerante e tirou a tampa. Um jato de alta pressão de refrigerante de laranja atingiu Billy bem na cara. Ele tossiu e cuspiu, acordando completamente.

— Meu Deus, garota! Por que você fez isso?

— Funcionou, não foi? — Dan lhe entregou o refrigerante que ainda soltava gás. — Tome o resto. Sinto muito, mas você não pode voltar a dormir, mesmo que queira muito.

Enquanto Billy entornava a garrafa do refrigerante, Dan se inclinava até achar a alavanca de ajuste do assento. Puxou-a com uma das mãos e com a outra segurou o volante. O assento pulou para a frente. Isso fez com que Billy entornasse Fanta no queixo (e dissesse uma frase que geralmente não era dita por adultos na presença de jovens garotas de New Hampshire), mas agora os pés de Abra conseguiam alcançar os pedais. Mal. Dan engatou marcha a ré e recuou devagar, fazendo um ângulo para pegar a estrada. Quando chegaram ao asfalto, ele suspirou aliviado. Ficar preso em uma vala ao lado de uma estrada pouco usada de Vermont não ajudaria na missão deles.

— Sabe o que está fazendo? — perguntou Billy.

— Sim. Faço isso há anos... embora com um pequeno intervalo de quando o estado da Flórida tomou minha carteira. Eu estava em outro estado, na época, mas existe uma coisinha chamada reciprocidade. A perdição dos viajantes bêbados em toda a nossa grande nação.

— Você é Dan.

— Culpado — disse ele, relanceando por cima do volante. Queria ter um livro em que pudesse se sentar, mas já que não havia teria simplesmente de se virar da melhor maneira possível. Passou a marcha e foi em frente.

— Como é que você entrou nela?

— Não me pergunte.

Corvo dissera algo (ou apenas pensara, Dan não sabia) sobre estradas para campings, e 6 quilômetros depois, na Rota 108, chegaram a uma alameda com uma placa de madeira rústica pregada a um pinheiro: LUGAR FELIZ DE BOB E DOT. Se aquilo não fosse uma estrada para camping, então nada mais seria. Dan virou ali, os braços de Abra gratos pela direção hidráulica, e ligou os faróis altos. Meio quilômetro depois, o caminho estava fechado por uma pesada corrente de onde pendia outra placa, desta vez menos rústica: PROIBIDA A ENTRADA. A corrente era resistente. Aquilo significava que Bob e Dot não tinham ido passar o fim de semana em seu lugar feliz, e meio quilômetro de distância da rodovia era suficiente para lhes garantir alguma privacidade. Havia outra vantagem extra: uma bica da qual escorria água.

Ele apagou as luzes e desligou o motor, virando-se em seguida para Billy.

— Está vendo aquela bica? Vá tirar o refrigerante da cara. Use bastante água. Você precisa ficar o mais desperto possível.

— Estou acordado — disse Billy.

— Não o suficiente. Procure manter a camisa seca. E depois penteie o cabelo. Você vai precisar ver umas pessoas.

— Onde estamos?

— Vermont.

— Onde está o cara que me sequestrou?

— Morto.

— Bem feito para ele! — exclamou Billy. Então, depois de pensar um instante: — E o corpo? Onde está?

Excelente pergunta, mas não uma que Dan quisesse responder. Queria que aquilo acabasse. Era exaustivo e desnorteante de mil maneiras.

— Sumiu. É só o que você precisa mesmo saber.

— Mas...

— Agora não. Lave o rosto, depois ande algumas vezes para cima e para baixo na estrada, respirando fundo, e recupere ao máximo a lucidez.

— Estou com uma *puta* dor de cabeça.

Dan não se surpreendeu.

— Quando você voltar, a garota provavelmente será uma garota de novo, o que significa que você vai ter que dirigir. Se você se sentir suficientemente sóbrio para ser verossímil, vá até a próxima cidade que tenha um hotel e se registre nele. Você está viajando com sua neta, entendeu?

— Sim — disse Billy. — Minha neta. Abby Freeman.

— Depois de dar entrada, ligue para meu celular.

— Porque você vai estar... onde quer que o resto de você esteja.

— Isso.

— Isso está uma puta confusão, amigo.

— Sim — disse Dan. — Com certeza. Nossa tarefa agora é desfazer essa confusão.

— Certo. Qual *é* a próxima cidade?

— Não faço ideia. Não quero que se meta em um acidente, Billy. Se não conseguir ficar suficientemente lúcido para dirigir 30 ou 40 quilômetros e depois dar entrada em um hotel sem que o atendente chame a polícia, você e

Abra terão de passar a noite na cabine desta caminhonete. Não será confortá-vel, mas deve ser seguro.

Billy abriu a porta do carona.

— Me dê dez minutos. Vou conseguir bancar o sóbrio. Já fiz isso antes — Piscou o olho para a garota no volante. — Eu trabalho para Casey Kingsley. Morte à bebida, lembra?

Dan ficou olhando enquanto ele ia até a bica e se ajoelhava, depois fechou os olhos de Abra.

Em um estacionamento, Abra fechou os olhos de Dan.

(*Abra*)

(*estou aqui*)

(*você está acordada?*)

(*sim, um pouco*)

(*precisamos girar o disco de novo. você pode me ajudar?*)

Desta vez, ela podia.

12

— Podem me largar, caras — disse Dan. Sua voz lhe pertencia novamente. — Estou bem. Acho.

John e Dave largaram-no, prontos para pegá-lo de novo se ele cambaleasse, mas Dan não cambaleou. O que fez foi tocar em si mesmo: nos cabelos, rosto, peito, pernas. Depois fez um gesto afirmativo com a cabeça.

— É — disse. — Estou aqui. — Olhou em volta. — Onde estamos?

— Fox Run Mall — disse John. — Mais ou menos a 100 quilômetros de Boston.

— Está certo, vamos voltar para a estrada.

— Abra — disse Dave. — E Abra?

— Abra está ótima. De volta onde deveria estar.

— É em *casa* que ela deveria estar — disse Dave, um pouco mais que ressentido. — No quarto dela. Trocando mensagens com as amigas ou ouvindo aqueles garotos idiotas do 'Round Here no iPod.

*Ela* está *em casa*, pensou Dan. *Se o corpo da gente é a nossa casa, ela está em casa.*

— Ela está com Billy. Billy vai tomar conta dela.

— E esse cara que a sequestrou? Esse Corvo?

Dan parou diante da porta traseira do Suburban de John.

— Não precisa mais se preocupar com ele. Agora a gente precisa se preocupar com Rose.

## 13

O Hotel Crown ficava na divisa estadual, em Crownville, Nova York. Era uma espelunca com um anúncio luminoso que piscava na frente e dizia v GAS e MUI OS CAN AIS A CABO! Apenas quatro carros estavam estacionados nas aproximadamente trinta vagas. O homem no balcão era uma montanha descendente de banha, com um rabo de cavalo que escorria até a metade das costas. Ele passou o cartão Visa de Billy e deu a ele as chaves de dois quartos, sem tirar os olhos da TV, onde duas mulheres se beijavam ardorosamente em cima de um sofá de veludo vermelho.

— São conectados? — perguntou Billy. E, olhando para as mulheres: — Os quartos, quero dizer.

— Sim, sim, todos são conectados, basta abrir as portas.

— Obrigado.

Ele levou a caminhonete pelas fileiras de quartos até o 23 e o 24 e estacionou. Abra estava encolhida no assento com a cabeça sobre um braço, como se fosse travesseiro, dormindo profundamente. Billy abriu os quartos, acendeu as luzes, abriu as portas que os ligava. Achou as acomodações vagabundas, mas não irremediavelmente ruins. Ele só queria que entrassem e ele pudesse dormir. De preferência durante dez horas. Raramente se sentia velho, mas naquela noite se sentia um ancião.

Abra despertou um pouco quando ele a pôs na cama.

— Onde estamos?

— Crownville, Nova York. Estamos em segurança. Estou no quarto ao lado.

— Quero ver meu pai. E quero ver Dan.

— Logo, logo — disse, na esperança de estar certo.

Os olhos dela se fecharam e se abriram lentamente de novo.

— Falei com aquela mulher. Aquela *bruxa*.

— Falou? — Billy não fazia ideia do que ela queria dizer.

— Ela sabe o que a gente fez. Sentiu. E *doeu*. — Um brilho duro perpassou o olhar de Abra. Billy pensou que era como ver um pouco da luz do sol no final de um dia frio e nublado de fevereiro. — Fiquei contente.

— Vá dormir, querida.

Aquela luz fria de inverno ainda luzia no rosto pálido e cansado.

— Ela sabe que vou atrás dela.

Billy pensou em tirar o cabelo de seus olhos, mas e se ela o mordesse? Provavelmente era uma tolice, mas... o brilho nos olhos dela. A mãe dele às vezes tinha um olhar daqueles, quando estava prestes a perder o controle e bater em um dos filhos.

— Você vai se sentir melhor de manhã. Eu gostaria de voltar hoje à noite. Tenho certeza de que seu pai também. Mas não estou em condições de dirigir. Tenho sorte de ter conseguido chegar até aqui sem sair da estrada.

— Eu queria poder falar com meu pai e minha mãe.

A mãe e o pai de Billy, que jamais poderiam ter sido candidatos a pais do ano, já tinham morrido havia muito tempo, e ele só queria dormir. Olhou pela porta aberta para a cama no outro quarto. Logo, mas não ainda. Pegou seu celular e abriu-o. Tocou duas vezes e ele se viu falando com Dan. Depois de alguns instantes, entregou o aparelho para Abra.

— Seu pai. Aproveite.

Abra pegou o telefone.

— Pai? *Pai?* — Seus olhos começaram a ficar rasos de lágrimas. — Sim, estou... pare, pai, eu estou *bem*. Só que com tanto sono que mal consigo... — Seus olhos se arregalaram quando um pensamento lhe ocorreu. — *Você* está bem?

Ela ouviu. Os olhos de Billy se fechavam e ele os abria com dificuldade. A garota chorava agora, e ele se sentiu um pouco contente. As lágrimas haviam apagado aquele brilho de seu olhar.

Ela devolveu o aparelho.

— É Dan. Ele quer falar com você de novo.

Ele pegou o telefone e escutou. Depois disse:

— Abra, Dan quer saber se você acha que ainda há outros caras malvados perto o bastante para que possam chegar aqui esta noite.

— Não. Acho que Corvo ia se encontrar com outros, mas eles ainda estão muito longe. E não vão conseguir descobrir onde estamos — ela se interrompeu para dar um longo bocejo — sem Corvo para avisar. Diga para o Dan que estamos em segurança. E para ele falar isso para o meu pai.

Billy transmitiu o recado. Ao encerrar a ligação, Abra estava enrodilhada na cama, com os joelhos no peito, roncando ligeiramente. Billy cobriu-a com um cobertor que tirou do armário, depois foi até a porta e pôs a corrente. Pensou um pouco e, em seguida, encostou a cadeira sob a maçaneta, só para garantir. *Melhor prevenir do que remediar*, seu pai gostava de dizer.

# 14

Rose abriu o compartimento no piso e tirou uma das latas. Ainda de joelhos entre os assentos dianteiros do EarthCruiser, ela abriu e pôs a boca em cima da tampa que deixava escapar um chiado. Seu queixo se abriu completamente até encostar no peito, e a parte inferior da cabeça se tornou um buraco negro de onde um único dente se projetava. Seus olhos, que normalmente eram inclinados para cima, se inclinaram para baixo, sangrando e escurecendo. Seu rosto se tornou uma máscara mortuária lúgubre, cujo crânio era bem visível por baixo.

Ela tomou vapor.

Quando acabou, guardou a lata e se sentou ao volante de seu trailer, olhando para a frente. *Não precisa vir atrás de mim, Rose — eu vou atrás de você.* Foi o que ela dissera. O que ela *ousara* dizer, a ela, Rose O'Hara. Rose, a Cartola. Então não era apenas forte; mas forte e *vingativa.* Zangada.

— Pode vir, querida — disse. — E continue zangada. Quanto mais zangada ficar, mais irresponsável vai ser. Venha ver sua tia Rose.

Ouviu-se um estalo. Ela olhou para baixo e viu que tinha quebrado a parte inferior do volante do EarthCruiser. O vapor lhe dava força. Suas mãos sangravam. Rose jogou de lado o arco plástico irregular, levou as palmas das mãos ao rosto e começou a lambê-las.

CAPÍTULO DEZESSEIS

# O QUE FOI ESQUECIDO

1

No momento em que Dan fechou o telefone, Dave disse:

— Vamos pegar Lucy e buscar Abra.

Dan balançou a cabeça.

— Ela diz que está bem, e acredito nela.

— Mas ela foi drogada — disse John. — Ela pode não estar em seu juízo perfeito.

— Ela estava lúcida o bastante para me ajudar a dar conta do homem que ela chamava Corvo — disse Dan. — E confio nela para isso. Deixe eles dormirem e se livrarem da droga que aquele filho da puta deu para eles. Temos outras coisas para fazer. Coisas importantes. Você precisa confiar um pouco em mim. Vai ver sua filha em breve, David. Mas, por enquanto, preste atenção no que vou dizer. Vamos deixá-lo na casa da sua sogra. Você vai trazer sua mulher para o hospital.

— Não sei se ela vai acreditar quando eu contar o que aconteceu hoje. Não sei se vou ser convincente, se até eu mesmo quase não acredito.

— Diga a ela que a história tem que esperar até que esteja todo mundo junto. E isso inclui a Momo de Abra.

— Duvido que eles deixem você entrar para vê-la. — Dave consultou o relógio. — O horário de visitas já passou há muito tempo, e ela está muito doente.

— Os funcionários não ligam muito para o horário de visitas quando o paciente está próximo do fim — disse Dan.

Dave olhou para John, que deu de ombros.

— Ele trabalha em um asilo. Acho que pode acreditar nele quanto a esses assuntos.

— Talvez ela nem esteja consciente — disse Dave.

— Vamos nos preocupar com uma coisa de cada vez.

— O que Concetta tem a ver com isso, aliás? Ela não sabe nada deste assunto!

Dan disse:

— Tenho certeza de que ela sabe mais do que você pensa.


## 2


Deixaram Dave no edifício em Marlborough Street e ficaram olhando da esquina enquanto ele subia a escada e tocava uma das campainhas.

— Ele parece um garoto que sabe que vai levar uma surra — disse John. — Isso tudo vai levar esse casamento ao limite, não importa como acabe.

— Quando acontece uma catástrofe natural, ninguém tem culpa.

— Tente dizer isso para Lucy Stone. Ela vai pensar: "Você deixou sua filha sozinha e um maluco qualquer a sequestrou." Em algum nível, ela vai sempre pensar isso.

— Abra talvez faça ela mudar de opinião. Quanto a hoje, fizemos o possível, e até agora não estamos nos saindo muito mal.

— Mas ainda não acabou.

— Não mesmo.

Dave estava tocando a campainha de novo e olhando para o pequeno saguão, quando o elevador se abriu e Lucy Stone saiu depressa. Seu rosto estava pálido e preocupado. Dave começou a falar assim que ela abriu a porta. E ela também. Lucy puxou-o — *arrastou-o* — para dentro pelos dois braços.

— Ah, cara — disse John em voz baixa. — Isso me faz lembrar de tantas noites, quando eu chegava caindo, às 3 da madrugada.

— Ou ele vai convencê-la, ou não — disse Dan. — Temos outros problemas


## 3


Dan Torrance e John Dalton chegaram ao Massachusetts General Hospital logo depois das 22h30. Era um horário calmo no andar de tratamentos intensivos. Um balão de hélio meio vazio com MELHORE LOGO escrito em letras multicoloridas flutuava desanimadamente ao longo do teto do corredor, projetando uma sombra. Dan se aproximou do posto de enfermagem, identificou-se como funcionário do asilo para onde a sra. Reynolds deveria ser transferida, mostrou seu crachá da Helen Rivington House e apresentou John Dalton como médico da família (um exagero, mas não uma mentira).

— Precisamos avaliar o estado dela, antes da transferência — disse Dan. — E pedimos a dois familiares para comparecer. São a neta da sra. Reynolds e o marido da neta. Sinto muito pela hora, mas foi impossível vir antes. Eles estarão aqui em breve.

— Já conheço os Stone — disse a enfermeira-chefe. — São gente muito boa. Lucy, especialmente, tem sido bastante atenciosa com a avó. Concetta é especial. Andei lendo seus poemas. São maravilhosos. Mas, se esperam alguma reação da parte dela, cavalheiros, vão ficar desapontados. Ela entrou em coma.

*Veremos*, pensou Dan.

— E... — A enfermeira lançou um olhar de dúvida para John. — Bem... não é bem da minha conta...

— Diga — disse John. — Eu nunca conheci uma enfermeira-chefe que não soubesse das coisas.

Ela sorriu para ele e voltou sua atenção a Dan.

— Já ouvi falar maravilhas sobre o asilo de Rivington, mas duvido muito que Concetta chegue lá. Mesmo que ela resista até segunda, não tenho certeza se faz sentido transferi-la. Talvez seja mais caridoso deixá-la terminar sua missão aqui. Se eu estiver extrapolando meus limites, sinto muito.

— Não está, não — disse Dan. — E vamos levar isso em consideração. John, você não quer descer até o saguão para acompanhar os Stone quando chegarem? Posso começar sem você.

— Tem certeza...

— Sim — respondeu Dan, sustentando o olhar dele. — Tenho.

— Ela está no quarto 9 — disse a enfermeira-chefe. — É no final do corredor. Se precisar de mim, toque a campainha.

4

O nome de Concetta estava na porta do quarto 9, mas a fenda que guardava as ordens médicas estava vazia e o monitor dos sinais vitais em cima não revelava nada de bom. Dan foi envolvido por aromas que conhecia bem: purificador de ar, desinfetante, doença terminal. Este último era um cheiro agudo que cantava na sua cabeça como um violino de uma nota só. As paredes estavam cobertas de fotos, muitas mostrando Abra em várias fases. Uma mostrava um bando de crianças boquiabertas olhando para um mágico que tirava um coelho branco da cartola. Dan tinha certeza de que ela havia sido tirada na célebre festa de aniversário, no Dia das Colheres.

Cercada por essas fotos, uma mulher esquelética dormia com a boca aberta e um rosário de pérolas entrelaçado nos dedos. O que sobrara de seus cabelos era tão fino que quase sumia em contraste com o travesseiro. Sua pele, antes azeitonada, estava agora amarela. O arfar do peito quase não existia. Bastava um olhar para que Dan percebesse que a enfermeira-chefe tinha mesmo razão. Se Azzie estivesse ali, ficaria enrodilhado ao lado da mulher, naquele quarto, à espera da chegada do Doutor Sono para que pudesse recomeçar sua patrulha da madrugada pelos corredores vazios de tudo, exceto daquilo que só os gatos podiam ver.

Dan sentou-se na beira da cama, reparando que a única medicação intravenosa que ela estava tomando era soro. Só havia um remédio que podia ajudá-la agora, algo que a farmácia do hospital não tinha em estoque. Sua cânula estava torta. Ele a endireitou. Depois pegou sua mão e olhou para o rosto adormecido.

(*Concetta*)

Houve um ligeiro tremor na respiração dela.

(*Concetta, volte*)

Sob as pálpebras finas e feridas, os olhos se mexeram. Ela podia estar ouvindo, ou podia estar tendo seus últimos sonhos. Com a Itália, talvez. Inclinada sobre o poço da casa da família, içando o balde de água fria. Deitada sob o sol quente de verão.

(*Abra precisa que você volte e eu também*)

Era só o que ele podia fazer e não tinha certeza se bastaria, até que os olhos dela se abriram, lentamente. Estavam vagos, a princípio, mas adquiriram consciência. Dan já vira isso antes. O milagre do retorno da consciência. Pensou, não pela primeira vez, sobre de onde vinha e para onde ia depois da partida. A morte não era menos milagrosa que o nascimento.

A mão que ele segurava apertou a sua. O olhar dela sustentou o de Dan, e Concetta sorriu. Era um sorriso tímido, mas estava ali.

— *Oh, mio caro! Sei tu? Como e possibile? Sei morto? Sono morta anch'io? ... Siamo fantasmi?*

Dan não falava italiano, mas não precisava falar. Ouviu o que ela dizia com perfeita clareza em sua cabeça.

*Ah, meu caro, é você? Como é possível? Você está morto? Eu estou?*

Então, depois de uma pausa:

*Somos fantasmas?*

Dan se inclinou até que seu rosto encostasse no dela.

Sussurrou em seu ouvido.

Logo ela sussurrou de volta.

5

A conversa deles foi breve, mas esclarecedora. Concetta falou a maior parte em italiano. Por fim, ergueu uma das mãos. Foi preciso um grande esforço, mas ela conseguiu, acariciou o rosto dele com a barba por fazer. Ela sorriu.

— Você está pronta? — perguntou ele.

— *Sì*. Pronta.

— Não há nada a temer.

— *Sì*, eu sei. Que bom que você veio. Diga de novo o seu nome, *signor*.

— Daniel Torrance.

— *Sì*. Você é um presente de Deus, Daniel Torrance. *Sei um dono di Dio.*

Dan esperava que fosse verdade.

— Quer me dar?

— *Sì*, claro. O que você precisa *per* Abra.

— E darei a você, Chetta. Beberemos juntos do poço.

Ela fechou os olhos.

(*eu sei*)

— Você vai dormir e quando acordar...

(*tudo será melhor*)

O poder estava ainda mais forte do que na noite em que Charlie Hayes se fora; ele podia senti-lo entre eles quando pegou delicadamente as mãos dela e tocou as contas lisas do rosário na palma das mãos. Em algum lugar, luzes se apagavam, uma a uma. Estava tudo bem. Na Itália, uma menininha de vestido marrom e sandálias tirava água da garganta fresca de um poço. Parecia Abra, aquela garotinha. O cachorro latia. *Il cane, Ginata. Il cane si rotolava sull'erba.* Latindo e rolando na grama. Ginata engraçado!

Concetta tinha 16 anos e estava apaixonada, ou 30 e escrevia um poema na mesa da cozinha de seu apartamento no Queens enquanto a criançada gritava na rua embaixo; tinha 60 e estava na chuva olhando para cem mil riscos da mais pura prata que caíam. Ela era sua mãe e sua bisneta e era hora de sua grande mudança, de sua grande viagem. Ginata rolava na grama e as luzes

(*depressa, por favor*)

estavam se apagando, uma a uma. Uma porta se abria

(*depressa, por favor, já é hora*)

e além dela ambos podiam sentir o perfume de toda a misteriosa e fragrante respiração da noite. Acima estavam todas as estrelas que já existiram.

Ele beijou sua testa fria.

— Está tudo bem, *cara*. Você só precisa dormir. Dormir vai fazer você se sentir melhor.

Então ele esperou pelo seu último suspiro.

E ele veio.

## 6

Ele ainda estava sentado ali, segurando as mãos dela, quando a porta foi escancarada e Lucy Stone entrou com passos largos. Seu marido e o pediatra da filha vinham atrás, mas não muito de perto; era como se temessem ser queimados pelo medo, fúria e indignação que a envolviam em uma aura tão forte que era quase visível.

Ela pegou o ombro de Dan, enterrando as unhas como garras na carne sob a sua camisa.

— Saia de perto dela. Você não a conhece. Você não tem nada a ver com minha avó, assim como não tem nada a ver com minha fi...

— Abaixe a voz — disse Dan, sem se virar. — Você está na presença da morte.

A raiva que a endurecia se esgotou de repente, amolecendo suas articulações. Ela arriou na cama ao lado de Dan e olhou para o camafeu de cera que era agora o rosto de sua avó. Depois olhou para o homem cansado, de barba crescida, que segurava as mãos mortas, nas quais o rosário ainda estava entrelaçado. Lágrimas despercebidas começaram a escorrer pelo rosto de Lucy em grandes gotas transparentes.

— Não consigo entender nem metade do que eles estão tentando me contar. Apenas que Abra foi sequestrada e que está bem agora. Supostamente. E que está em um hotel com um homem chamado Billy, ambos dormindo.

— É tudo verdade — confirmou Dan.

— Então me poupe de suas declarações carolas, por favor. Eu vou chorar minha Momo depois de ver Abra. Quando puder abraçá-la. Por enquanto, quero saber... quero... — Ela se interrompeu, olhando de Dan para a avó morta e de volta a Dan. Seu marido estava atrás dela. John fechara a porta do quarto 9, na qual se apoiava. — Seu nome é Daniel Torrance? Daniel Torrance?

— Sim.

Olhou de novo do rosto falecido de sua avó para o do homem que estava presente quando ela morreu.

— Quem é você, sr. Torrance?

Dan soltou as mãos de Chetta e pegou as de Lucy.

— Venha comigo. Aqui perto. Logo ali do outro lado do quarto.

Ela se levantou sem protestar, ainda olhando para o rosto dele. Ele a levou até a porta do banheiro, que estava aberta. Acendeu a luz e apontou para o espelho em cima da pia, onde eles se viram emoldurados como em uma fotografia. Vistos assim, não podia haver dúvida. Nenhuma mesmo.

Ele disse:

— Meu pai era seu pai, Lucy. Sou seu meio-irmão.

7

Depois de avisar à enfermeira-chefe que houvera uma morte no andar, foram à pequena capela ecumênica do hospital. Lucy conhecia o caminho; embora não fosse uma grande devota, passara muitas horas ali, pensando e recordando. Era um lugar consolador para fazer essas coisas, que são necessárias quando alguém amado se aproxima do fim. Àquela hora, a capela era só deles.

— Vamos por partes — disse Dan. — Preciso perguntar se você acredita em mim. Podemos fazer o teste de DNA quando tivermos tempo, mas... será que é preciso?

Lucy balançou a cabeça, aturdida, sem jamais tirar os olhos do rosto dele. Parecia que tentava memorizá-lo.

— Meu Deus, mal consigo recuperar o fôlego.

— Achei que você parecia familiar na primeira vez que a vi — disse Dave para Dan. — Agora sei por quê. Eu teria percebido antes, acho, se não fosse por... você sabe...

— Tão na cara da gente — disse John. — Dan, Abra sabe?

— É claro. — Dan sorriu, se lembrando da teoria da relatividade de Abra.

— Ela leu isso na sua mente? — perguntou Lucy. — Usando o dom telepático dela?

— Não. Porque *eu* não sabia. Mesmo alguém com tanto talento como Abra não consegue ler algo que não está lá. Mas em um nível mais profundo, nós dois sabíamos. Caramba, chegamos até a dizer em voz alta. Se alguém nos perguntasse o que estávamos fazendo juntos, a gente ia dizer que eu era tio dela. E eu sou. Eu devia ter percebido isso antes.

— Isto é uma coincidência além da coincidência — disse Dave, balançando a cabeça.

— Não é, não. Não é nem um pouco coincidência. Lucy, eu entendo que esteja chateada e confusa. Vou lhe contar tudo que sei, mas vai levar algum tempo. Graças a John, a seu marido e a Abra, principalmente, todos nós temos um pouco de tempo.

— No caminho — disse Lucy. — Você pode contar enquanto vamos buscar Abra.

— Está bem — disse Dan —, no caminho. Mas primeiro três horas de sono.

Ela já balançava a cabeça antes de ele terminar.

— Não, agora. Preciso vê-la o mais rápido possível. Você não entende? Ela é minha filha, foi sequestrada, e *eu preciso vê-la*!

— Ela foi sequestrada, mas agora está segura — disse Dan.

— É claro que você diz isso, mas não sabe.

— Foi *Abra* quem disse — respondeu ele. — E ela *sabe.* Olha só, sra. Stone. Lucy. Ela está dormindo agora e precisa dormir. — *Eu também preciso. Tenho uma longa viagem à frente e acho que será uma viagem difícil. Muito difícil.*

Lucy olhava para ele com grande atenção.

— Você está bem?

— Só estou cansado.

— Estamos todos — disse John. — Foi um... dia estressante. — Ele deu uma breve gargalhada e tapou a boca com ambas as mãos, como uma criança que falou algum nome feio.

— Não posso sequer ligar para ela para ouvir sua voz — disse Lucy. Ela falou lentamente, como se estivesse tentando articular algum preceito difícil. — Porque eles estão eliminando as drogas que esse homem... que ela chama de Corvo... deu a ela.

— Logo — disse Dave. — Você vai ver ela logo. — Ele cobriu a mão dela com a sua. Por um instante, pareceu que Lucy ia repeli-la. Mas, em vez disso, a apertou.

— Posso começar na volta para a casa de sua avó — disse Dan. Levantou-se. Com dificuldade. — Vamos.

383

# 8

Ele teve tempo de contar a ela como um homem perdido tinha deixado Massachusetts em um ônibus rumo ao norte e como — logo acima da fronteira com New Hampshire — ele jogara fora o que seria sua última garrafa de bebida em uma lata de lixo com os seguintes dizeres do lado: SE NÃO PRECISA MAIS, DEIXE AQUI. Contou a eles como seu amigo de infância, Tony, falara pela primeira vez depois de anos quando o ônibus entrara em Frazier. *Este é o lugar,* dissera Tony.

Desse ponto, voltou à época em que havia sido Danny, em vez de Dan (e, às vezes, velhinho, como em *o que que há, velhinho*), e seu amigo Tony tinha sido absolutamente necessário. A iluminação havia sido apenas um dos fardos que Tony o ajudara a carregar, e não o maior. O maior era seu pai alcoólatra, um homem perturbado e perigoso, a quem ele e sua mãe haviam amado profundamente — talvez tanto por seus defeitos, quanto a despeito deles.

— Ele tinha um gênio terrível e a gente não precisava ser telepata para saber quando esse gênio o dominava. Para começar, ele geralmente estava bêbado quando isso acontecia. Eu sabia que ele estava chapado na noite em que me pegou no escritório mexendo nos seus papéis. Ele quebrou meu braço.

— Que idade você tinha? — perguntou Dave. Estava no banco traseiro com a mulher.

— Quatro, acho. Talvez até mais novo. Quando ele estava nervoso, tinha esse hábito de esfregar a boca. — Danny fez uma demonstração. — Vocês conhecem mais alguém que faça isso quando está zangado?

— Abra — disse Lucy. — Achei que ela tivesse herdado de mim. — Ela ergueu a mão direita em direção à boca, depois segurou-a com a esquerda e levou-a de volta ao colo. Dan já vira Abra fazer exatamente o mesmo gesto, no banco do lado de fora da Biblioteca Pública de Anniston, no dia em que se conheceram pessoalmente. — Achei que ela tivesse herdado meu gênio também. Eu posso ser... bastante grosseira às vezes.

— Pensei no meu pai na primeira vez em que a vi fazendo isso de esfregar a boca — disse Dan —, mas tinha outras coisas me preocupando. Então esqueci. — Isso o fez pensar em Watson, o zelador do Overlook, quem primeiro mostrara a caldeira instável a seu pai. *Você precisa tomar cuidado com ela,* dissera Watson. *Porque ela dá arrepios.* Mas, no final, Jack Torrance esquecera. Era o motivo de Dan ainda estar vivo.

— Você está dizendo que descobriu essas ligações familiares por causa de um pequeno tique? Isso é uma dedução e tanto, ainda mais porque você e eu é que somos parecidos, não você e Abra. Ela é mais parecida com o pai. — Lucy fez uma pausa para pensar. — Mas é claro que você compartilha outro traço da família. Dave diz que você chama isso de iluminação. Foi por *isso* que ficou sabendo, não foi?

Dan negou com a cabeça.

— Fiz amizade, no ano em que meu pai morreu, com o cozinheiro do Hotel Overlook, que se chamava Dick Hallorann. Ele também era iluminado e me disse que muita gente era um pouquinho. Ele tinha razão. Já encontrei muita gente na estrada da vida que possui essa iluminação, em maior ou menor grau. Billy Freeman, por exemplo. É por isso que ele está com Abra agora.

John entrou com o Suburban no pequeno estacionamento nos fundos do edifício de Concetta, mas por um momento nenhum deles desceu do carro. A despeito da preocupação com a filha, Lucy estava fascinada por aquela aula de história. Dan não precisou olhar para ela para saber.

— Se não foi a iluminação, o que foi?

— Quando estávamos a caminho de Cloud Gap, no *Riv,* Dave mencionou que você achou uma mala guardada no depósito do prédio de Concetta.

— Sim. Da minha mãe. Eu não fazia ideia de que Momo tinha coisas dela guardadas.

— Dave contou para mim e para John que ela era bastante festeira quando jovem. — Na verdade, fora para Abra que Dave tinha contado, por conexão telepática, mas isso era algo que Dan achou melhor não revelar à sua meia-irmã recém-descoberta, pelo menos por enquanto.

Lucy lançou a Dave aquele olhar rápido de censura reservado aos cônjuges fofoqueiros, mas não disse nada.

— Ele também disse que quando Alessandra abandonou SUNY Albany, ela estava dando aula em uma escola de ensino fundamental em Vermont ou Massachusetts. Meu pai dava aula de inglês, até ser despedido por ter machucado um aluno, em Vermont. Em um colégio chamado Stovington Prep. E, segundo minha mãe, ele era *o* festeiro naquela época. Depois que soube que Abra e Billy estavam em segurança, fiz uns cálculos na minha cabeça. Pareciam se encaixar, mas achei que, se havia alguém que saberia com certeza, essa pessoa seria a mãe de Alessandra Anderson.

— *Ela* sabia? — perguntou Lucy. Estava inclinada para a frente agora, com as mãos no console entre os bancos dianteiros.

— Nem tudo, e não conversamos muito tempo, mas ela sabia o suficiente. Não se lembrava do nome do colégio onde sua mãe ensinava, mas sabia que era em Vermont. E que ela tivera um breve caso com seu supervisor didático. Que era, ela disse, um escritor já publicado. — Dan fez uma pausa. — Meu pai era um escritor publicado. Apenas alguns contos, mas alguns em revistas muito boas, como a *Atlantic Monthly*. Concetta nunca perguntou o nome do sujeito, e Alessandra nunca falou também, mas, se o currículo universitário dela estiver naquela mala, tenho quase certeza de que você vai ver que o supervisor dela era John Edward Torrance. — Ele deu um bocejo e consultou o relógio. — Isso é tudo que consigo, por enquanto. Vamos subir. Três horas de sono para todos nós, depois vamos pegar a estrada para o estado de Nova York. As estradas devem estar vazias e nós poderemos ir depressa.

— Você jura que ela está segura? — perguntou Lucy.

Dan assentiu com a cabeça.

— Está bem, eu espero. Mas só três horas. Quanto a dormir... — Ela riu. Mas a gargalhada não tinha graça nenhuma.

# 9

Quando entraram no edifício de Concetta, Lucy caminhou resoluta para o forno de micro-ondas na cozinha, ajustou o relógio e o mostrou a Dan. Ele concordou com a cabeça e bocejou de novo.

— Às 3 e meia da madrugada saímos daqui.

Ela o examinou seriamente.

— Eu gostaria de ir sem você, sabe? Agora mesmo.

Ele esboçou um sorriso.

— Acho melhor você ouvir o resto da história primeiro.

Ela concordou, contrariada.

— Isso e o fato de minha filha precisar eliminar seja lá o que tiver no organismo são as únicas coisas que me mantêm aqui. Agora vá deitar antes que você caia de sono.

Dan e John ficaram no quarto de hóspedes. O papel de parede e o mobiliário deixavam claro que ele era reservado especialmente para determinada garotinha, mas Chetta devia ter outros hóspedes de vez em quando, porque havia duas camas iguais.

Enquanto jaziam no escuro, John disse:

— Não é coincidência que aquele hotel onde você morava quando criança também ficava no Colorado, não é?

— Não.

— Esse Verdadeiro Nó fica na mesma cidade?

— Fica.

— E o hotel era assombrado?

*As pessoas fantasmagóricas*, pensou Dan.

— Sim.

Então John disse algo que surpreendeu Dan e o tirou momentaneamente do limiar do sono. Dave tinha razão — as coisas mais fáceis de passar despercebidas eram as que estavam bem diante de nós.

— Faz sentido, acho... depois de a gente ser capaz de aceitar a ideia da existência de seres sobrenaturais entre nós, se alimentando da gente. Um lugar ruim tende a atrair criaturas ruins. Eles se sentiriam em casa ali. Você acha que o Nó tem outros lugares assim em outras partes do país? Outros... não sei... refúgios isolados?

— Tenho certeza de que sim. — Dan cobriu os olhos com o braço. Sentia o corpo doer e a cabeça latejar. — Johnny, eu gostaria muito de bater papo com você até de madrugada, mas preciso dar uma dormida.

— Está bem, mas... — John se apoiou no cotovelo. — Acho que, com tudo esclarecido, você gostaria de ter ido direto do hospital, assim como Lucy queria. Porque você gosta de Abra quase tanto quanto eles. Acha que ela está segura, mas pode estar enganado.

— Não estou enganado — disse isso na esperança de que fosse verdade. Precisava ter esperança, porque simplesmente não podia ir, não agora. Se fosse só até Nova York, talvez. Mas não era, e ele precisava dormir. Todo seu corpo gritava por isso.

— O que há com você, Dan? Está com um aspecto terrível.

— Nada. Só estou cansado.

Então ele se foi, primeiro para a escuridão e depois para um pesadelo em que ele corria por intermináveis corredores, perseguido por uma figura que balançava uma marreta na mão, de um lado a outro, arrebentando o papel de parede e levantando nuvens de poeira do emboço. *Apareça, seu merdinha!*, gritava a figura. *Venha aqui, seu vagabundozinho, e tome seu remédio!*

Então Abra estava com ele. Eles estavam sentados no banco em frente à Biblioteca Pública de Anniston, no sol do final de verão. Ela segurava a mão dele. *Está tudo bem, tio Dan. Está tudo bem. Antes de morrer, seu pai expulsou aquela figura. Não precisa...*

A porta da biblioteca se abriu com força e uma mulher emergiu na luz do sol. Seus cabelos escuros cascateavam sobre a cabeça, e ainda assim a cartola inclinada com estilo permanecia no lugar. Milagrosamente.

— Ah, olha só — disse ela. — É Dan Torrance, o homem que roubou o dinheiro de uma mulher enquanto ela dormia e abandonou o filho dela para que apanhasse até morrer.

387

Ela sorriu para Abra, mostrando um único dente. Parecia tão longo e afiado quanto uma baioneta.

— O que será que ele vai fazer com você, docinho? O que ele vai fazer com *você*?


## 10

Lucy o acordou prontamente às 3 e meia, mas sacudiu a cabeça quando Dan foi acordar John.

— Deixe-o dormir mais um pouco. E meu marido está roncando no sofá. — Ela sorriu. — Isso me faz lembrar do Jardim de Gêtsemani, sabe? Jesus censurando Pedro e dizendo: "Você não podia fazer vigília comigo nem por uma hora?" Ou algo assim. Mas eu não tenho nenhum motivo para censurar David, eu acho, e ele também viu. Vamos, fiz ovos mexidos. Você está com cara de quem está precisando comer. Está magro como um caniço. — Ela fez uma pausa e acrescentou: — Irmão.

Dan não estava especialmente com fome, mas seguiu-a até a cozinha.

— Também viu o quê?

— Eu estava remexendo nos papéis de Momo, fazendo qualquer coisa para manter as mãos ocupadas e passar o tempo, quando ouvi um barulho na cozinha.

Ela segurou a mão dele e puxou-o até a bancada entre o fogão e a geladeira. Havia uma fileira de jarros antigos, e o que continha açúcar tinha sido derrubado. No açúcar derramado havia uma mensagem, e nela estava escrito

**Estou bem**
**Vou voltar a dormir**
**Te amo**
☺

Apesar de como se sentia, Dan pensou em seu quadro-negro e teve que sorrir. Era tão típico de Abra.

— Ela deve ter acordado um minutinho só para fazer isso — disse Lucy.

— Acho que não — comentou Dan.

Ela olhou para ele do fogão, onde servia os ovos mexidos.

— *Você* a acordou. Ela ouviu você se preocupando.

— Acredita mesmo nisso?

— Sim.

— Sente-se. — Ela fez uma pausa. — Sente-se, *Dan*. Acho que é melhor eu me acostumar a chamá-lo assim. Sente-se e coma.

Ele não estava com fome, mas precisava de combustível. Então fez o que ela mandou.


## 11


Ela se sentou diante dele, bebericando um copo de suco da última garrafa que Concetta Reynolds tinha encomendado de Dean & DeLuca.

— Homem mais velho com problemas de bebida, mulher jovem deslumbrada. Essa é a imagem que estou visualizando.

— Eu também. — Dan comeu os ovos aos poucos e de modo metódico, sem sentir seu gosto.

— Café, sr... Dan?

— Por favor.

Ela foi até a cafeteira, passando pelo açúcar derramado.

— Ele é casado, mas seu trabalho o faz frequentar várias festas da faculdade em que vão muitas garotas jovens e bonitas. Sem falar em toda a libido que brota quando fica tarde e a música está alta.

— Deve ser mais ou menos isso — disse Dan. — Talvez minha mãe costumasse acompanhá-lo nessas festas, mas aí apareceu em casa uma criança para cuidar e não havia dinheiro para pagar babás. — Ela lhe entregou a xícara de café. Ele bebeu o café puro antes que ela pudesse perguntar se ele o tomava com alguma coisa. — Obrigado. De qualquer maneira, eles tiveram alguma coisa. Provavelmente em um dos motéis locais. Com certeza não foi no banco de trás do carro. Tínhamos um fusca. Nem um casal de acrobatas com tesão teria conseguido.

— Transa apagão — disse John, entrando na cozinha. Tinha o cabelo bagunçado de quem acabara de acordar. — Era como os coroas chamavam. Ainda tem ovo?

— Muito — disse Lucy. — Abra deixou uma mensagem na bancada.

— Verdade? — John foi olhar. — É dela?

— Sim. Reconheço a letra dela em qualquer lugar.

— Caramba, isso pode deixar a internet obsoleta.

Ela não sorriu.

— Sente-se e coma, John. Você tem dez minutos, depois vou acordar a bela adormecida ali no sofá. — Ela se sentou. — Continue, Dan.

— Não sei se ela achou que meu pai ia abandonar minha mãe por ela ou não, e duvido que a gente encontre a resposta na sua mala. A não ser que ela tenha deixado um diário. Só sei, baseado no que Dave disse e no que Concetta me contou depois, que ela ficou por ali durante algum tempo. Talvez esperando, talvez frequentando as festas, talvez as duas coisas. Mas, na época em que descobriu que estava grávida, já devia ter desistido. Pelo que sei, a essa altura a gente já estava no Colorado.

— Você acha que sua mãe chegou a descobrir?

— Não sei, mas ela deve ter se perguntado se ele era fiel, especialmente nas noites em que chegava tarde e bêbado. Com certeza ela sabia que bêbados não limitam seu mau comportamento a apostar em cavalos e enfiar notas no decote das garçonetes do Twist and Shout.

Ela pôs a mão no braço dele.

— Você está bem? Parece exausto.

— Estou bem. Mas você não é a única que está tentando digerir tudo isso.

— Ela morreu em um acidente de carro — disse Lucy. Tinha afastado o olhar de Dan e olhava o quadro de avisos na geladeira. No meio, havia uma foto de Concetta e Abra, que parecia ter mais ou menos 4 anos, andando de mãos dadas no meio de um campo de margaridas. — O homem que estava com ela era muito mais velho. E estava bêbado. Estavam correndo. Momo não queria me contar, mas perto dos meus 18 anos fiquei curiosa e insisti para ela me falar pelo menos alguns detalhes. Quando perguntei se minha mãe também estava bêbada, Chetta disse que não sabia. Disse que a polícia não tinha motivo para fazer testes em passageiros mortos em acidentes fatais, só no motorista. — Ela suspirou. — Não importa. Vamos deixar as histórias de família para outro dia. Conte o que aconteceu com minha filha.

Ele contou. Em certo momento, virou-se e viu Dave Stone em pé na porta, enfiando a camisa nas calças e olhando para ele.


# 12

Dan começou contando como Abra se comunicara com ele, primeiro usando Tony como uma espécie de intermediário. Depois contou como Abra tinha entrado em contato com o Verdadeiro Nó: uma visão de pesadelo daquele que ela chamava de "garoto do beisebol".

— Eu me lembro desse pesadelo — disse Lucy. — Ela me acordou aos gritos. Já tinha acontecido antes, mas foi a primeira vez em dois ou três anos.

Dave franziu o cenho.

— Eu não me lembro disso.

— Você estava em Boston, em uma conferência. — Ela se virou para Dan. — Deixe-me ver se compreendi. Essa gente não é humana, é... o quê? Uma espécie de vampiro?

— De certo modo, acho. Eles não dormem dentro de caixões durante o dia nem se transformam em morcegos ao luar, e duvido muito que crucifixos e alho os perturbem, mas são parasitas e com certeza não são humanos.

— Seres humanos não desaparecem quando morrem — disse John sem emoção.

— Você viu mesmo isso acontecer?

— Vimos. Nós três.

— De qualquer maneira — disse Dan —, o Verdadeiro Nó não se interessa por crianças normais, só por aquelas que são iluminadas.

— Crianças como Abra — disse Lucy.

— Sim. Eles as torturam antes de matá-las, para purificar o vapor, como diz Abra. Eu fico imaginando destiladores clandestinos fazendo uísque.

— Eles querem... inalar Abra — disse Lucy. Ainda tentando alinhar as coisas em sua cabeça. — Porque ela é iluminada.

— Não apenas iluminada, mas *muito* iluminada. Eu sou uma lanterna. Ela é um farol. E *sabe* sobre eles. Sabe o que eles são.

— E tem mais — disse John. — O que fizemos com aqueles caras em Cloud Gap... Para essa Rose, deve ser tudo culpa de Abra, não importa quem realmente matou.

— O que mais eles estavam esperando? — perguntou Lucy, indignada. — Será que não compreendem o que é autodefesa? *Sobrevivência?*

— O que Rose compreende — disse Dan — é que existe uma garota que a desafiou.

— Desafiou...?

— Abra entrou em contato com ela telepaticamente. Disse a Rose que ia atrás dela.

— Ela... o *quê?*

— Esse gênio dela — comentou Dave baixinho. — Já disse a ela mil vezes que ele iria metê-la em encrencas.

— Ela não vai chegar nem *perto* dessa mulher ou de seus amigos matadores de crianças — disse Lucy.

Dan pensou: *Sim... e não.* Ele pegou a mão de Lucy. Ela começou a retirá-la, então parou.

— O que você precisa compreender é bastante simples — disse ele. — *Eles não vão parar nunca.*

— Mas...

— Não tem "mas", Lucy — discordou John. — Abra diz que é o sarampo. Podem até ter pegado desse menino Trevor. Não sei se a gente pode chamar isso de castigo divino ou simplesmente de ironia.

— *Sarampo?*

— Sei que não parece grande coisa, mas acredite, é. Você sabe como antigamente o sarampo podia pegar nas crianças de uma família inteira? Se for o que está acontecendo com o Verdadeiro Nó, isso pode exterminá-lo.

— Que bom! — gritou Lucy. O sorriso zangado em seu rosto era algo que Dan conhecia bem.

— Não se eles acreditam que o supervapor de Abra vai curá-los — disse Dave. — É o que você precisa compreender, querida. Isso não é simplesmente uma birra. Para essa filha da puta, é uma briga de morte. — Ele relutou e acabou dizendo o resto. Porque precisava ser dito. — Se Rose tiver a chance, ela vai comer nossa filha viva.

## 13

— Onde eles estão? — perguntou Lucy. — Esse Verdadeiro Nó, onde?

— No Colorado — disse Dan. — Em um lugar chamado Camping Bluebell, na cidade de Sidewinder. — Que o camping ficava no mesmo lugar em que ele quase morrera nas mãos de seu pai era algo que ele não quis dizer, porque levaria a mais perguntas e exclamações de coincidência. E Dan tinha certeza de que não existiam coincidências.

— Essa Sidewinder deve ter um posto policial — disse Lucy. — Vamos ligar para lá e botá-los no caso.

— Contando o que para eles? — O tom de John era delicado, não controverso.

— Ora... que...

— Se você conseguir mesmo que a polícia vá até o camping — disse Dan —, ela não vai achar nada além de uma turma de americanos de meia-idade. Nômades inofensivos, do tipo que vive querendo lhe mostrar fotos dos netos. Todos os documentos vão estar direitinho, desde a licença de cachorros aos títulos de propriedade. A polícia não vai encontrar armas se conseguir um mandado de busca, o que não vão conseguir porque não existe um motivo provável. E o Verdadeiro Nó não carrega armas. Suas armas estão aqui. — Dan bateu na própria testa. — Você vai acabar sendo a senhora maluca de New Hampshire. Abra, a filha maluca que fugiu de casa, e nós, seus amigos malucos.

Lucy apertou as têmporas com as mãos.

— Eu não consigo acreditar que isso esteja acontecendo.

— Se você pesquisar os arquivos, acho que vai descobrir que o Verdadeiro Nó, com qualquer que seja o nome empresarial que eles usam, tem sido muito generoso com essa determinada cidade do Colorado. Ninguém caga no próprio ninho, você o enfeita. Então, quando se passa por um momento difícil, você tem uma porção de amigos.

— Esses filhos da puta andam por aí há muito tempo — disse John. — Não é? Porque o principal que eles aproveitam desse vapor é a longevidade.

— Tenho bastante certeza de que é isso mesmo — concordou Dan.

— E como bons americanos, tenho certeza de que eles andaram ganhando dinheiro o tempo todo. Suficiente para azeitar engrenagens muito maiores do que as que eles fazem girar em Sidewinder. Engrenagens estaduais. Engrenagens federais.

— E essa Rose... nunca vai parar.

— Não. — Dan estava pensando na visão que tivera dela. A cartola de lado. A boca escancarada. O único dente. — Ela quer sua filha com todo o coração.

— Uma mulher que sobrevive matando crianças *não* tem coração — disse Dave.

— Ah, tem sim — disse Dan. — Mas é negro.

Lucy se levantou.

— Chega de conversa. Quero ir ver Abra *agora*. Todo mundo vá ao banheiro, porque depois de partir só vamos parar quando chegarmos àquele hotel.

— Concetta tem computador? — perguntou Dan. — Se tiver, preciso dar uma olhada rápida antes de irmos.

Lucy suspirou.

— Fica no escritório dela, e acho que você pode adivinhar qual é a senha. Mas, se levar mais de cinco minutos, partiremos sem você.

# 14

Rose jazia acordada na cama, dura como um pedaço de madeira, tremendo de vapor e raiva.

Quando deram a partida em um motor, às 2h15, ela ouviu. Steve Cabeça de Vapor e Baba, a Russa. Quando deram a partida em outro, às 3h40, ela também ouviu. Dessa vez eram os pequenos gêmeos, Ervilha e Vagem. Terri Doce Pickford estava com eles, sem dúvida, olhando nervosamente pelo vidro de trás à procura de sinais de Rose. Grande Mo pediu para ir junto — *implorou para ir* —, mas eles tinham negado porque Mo estava com a doença.

Rose poderia tê-los impedido, mas para que se dar ao trabalho? Que eles descobrissem como era a vida na América, sozinhos, sem o Verdadeiro Nó para protegê-los e cuidar de sua retaguarda quando estavam na estrada. *Especialmente quando eu mandar Slim Sapo cancelar seus cartões de crédito e zerar suas abonadas contas bancárias*, pensou.

Sapo não era nenhum Jimmy Contas, mas ainda assim era capaz de cuidar disso, e ao toque de um botão. E ele estaria lá para fazer isso. Sapo ficaria. E também todos os que prestavam... ou *quase* todos. Phil Sujeira, Annie de Pano e Doug Diesel não voltariam mais. Tinham discutido a questão e resolvido ir para o sul. Diees disse a eles que não podiam mais confiar em Rose e que, além do mais, já era mais que tempo de cortar o Nó.

*Boa sorte, queridinho*, pensou ela, fechando e abrindo os punhos.

Dividir o Nó era uma *péssima* ideia, mas diminuir a manada era boa. Então que os fracos fugissem e os doentes morressem. Depois que a filha da puta da garota também estivesse morta (Rose não guardava mais nenhuma ilusão de mantê-la prisioneira) e eles tivessem tomado seu vapor, os cerca de 25 que sobraram ficariam mais fortes do que nunca. Ela lamentava a morte de Corvo e sabia que não havia ninguém para substituí-lo, mas Charlie Ficha se esforçaria o máximo possível. E também Sam Harpista... Dick Torto... Fannie Fortinha e Paul Alto... G Fominha, que não eram dos mais brilhantes, mas adeptos incondicionais e fiéis.

Além do mais, com a partida dos outros, o vapor que ela ainda tinha armazenado ia durar mais e fortalecê-los. Eles precisariam ser fortes.

*Venha atrás de mim, sua putinha!*, pensou Rose. *Vamos ver o quanto você aguenta contra duas dúzias. Vamos ver se vai gostar de enfrentar o Nó sozinha. Nós vamos tomar seu vapor e lamber seu sangue. Mas, primeiro, beberemos os seus gritos.*

Rose ergueu os olhos no escuro, ouvindo as vozes dos fujões que se distanciavam, dos infiéis.

Ouviu-se uma batida baixa e tímida na porta. Rose ficou um instante ou dois em silêncio, pensando, depois botou as pernas para fora da cama.

— Entre.

Ela estava nua, mas não fez qualquer tentativa de se cobrir quando Sarey Shhh entrou, disforme, dentro de um de seus robes de flanela, seus cachos cor de rato caindo sobre a testa e quase tapando os olhos. Como sempre, Sarey mal parecia estar lá, mesmo estando.

— Estou triste, Lose.

— Eu sei que está. Eu também.

Ela não estava. Estava furiosa, mas aquilo soava bem.

— Tenho saudades de Andi.

Sim, Andi, cujo nome camponês era Andrea Steiner, cujo pai a fodera tanto que acabara roubando toda a humanidade que a garota tinha bem antes do Verdadeiro Nó encontrá-la. Rose se lembrava de observá-la naquele dia no cinema e como, depois, ela conseguira passar pela Transformação a custo de pura coragem e força de vontade. Andi Cascavel teria ficado. Teria atravessado uma fogueira se Rose tivesse dito que o Verdadeiro Nó precisava que ela fizesse isso.

Ela estendeu os braços e Sarey correu para ela, deitando a cabeça no peito de Rose.

— Sem ela, quelo moler.

— Não, querida, não pense nisso. — Rose puxou aquela coisinha para a cama e apertou-a com força. Ela não passava de um feixe de ossos mantido coeso por um pouquinho de carne. — Me diga o que você quer de verdade.

Por trás da franja, dois olhos brilharam com ferocidade.

— *Lingança.*

Rose beijou uma bochecha, depois outra, depois os lábios secos e finos. Ela recuou um pouco e disse:

— Sim. E você a terá. Abra a boca, Sarey.

Sarey obedeceu. Seus lábios se juntaram. Rose, a Cartola, ainda cheia de vapor, soprou pela garganta abaixo de Sarey Shhh.

# 15

As paredes do escritório de Concetta estavam forradas de memorandos, fragmentos de poemas e correspondência que jamais seria respondida. Dan digitou a senha de quatro letras, abriu o Firefox e procurou o Camping Bluebell no Google. Eles tinham um site não muito informativo, provavelmente porque os donos não queriam atrair visitantes: o lugar era a típica fachada. Mas havia fotos da propriedade, e isso Dan examinou com o fascínio que as pessoas reservam para os álbuns de família recém-descobertos.

Há muito tempo que o Overlook já não existia, mas ele reconheceu o terreno. Uma vez, logo antes da primeira nevasca que os aprisionou durante o inverno, ele, a mãe e o pai tinham ficado juntos na larga varanda da frente do hotel (que parecia ainda mais larga, depois que eles haviam guardado as espreguiçadeiras do gramado e a mobília de vime), contemplando os longos declives lisos do gramado da frente. Embaixo, onde veados e antílopes vinham muitas vezes brincar, havia um longo prédio rústico chamado Chalé Overlook. Ali, dizia a legenda da foto, os visitantes podiam jantar, jogar bingo e dançar com música ao vivo nas sextas-feiras e noites de sábado. Nos domingos havia serviços religiosos, supervisionados por uma equipe rotativa de religiosos e religiosas de Sidewinder.

*Antes que a neve chegasse, meu pai cortava a grama e aparava a topiaria que existia ali. Ele dizia que já tinha tosado uma porção de topiarias de mulher na sua época. Eu não entendia a piada, que fazia minha mãe rir.*

— Grande piada — disse ele, baixinho.

Ele viu fileiras de trailers brilhando, acomodações modernas e luxuosas que forneciam gás e eletricidade. Havia banheiros de homens e mulheres com chuveiros, grandes o bastante para competir com enormes paradas de caminhões, como Little America ou Pedro's South of the Border. Havia um playground para os pequenos (Dan ficou pensando se as crianças que brincavam ali viam ou sentiam coisas estranhas, tal como Danny "velhinho" Torrance já vira no playground do Overlook). Havia um campo de softball, uma área de skate, duas quadras de tênis e até de bocha.

*Nada de roque, no entanto — isso não. Não mais.*

A meio caminho da encosta — onde antigamente ficavam os animais feitos de arbustos do Overlook — havia uma fileira de antenas brancas de satélite. No topo da colina, onde o próprio hotel se situava, havia uma plataforma de madeira contornada por uma longa escada de madeira. Aquele local, que hoje pertencia e era administrado pelo estado do Colorado, tinha sido rotulado como Teto do Mundo. Os visitantes do Camping Bluebell eram bem-vindos para visitá-lo, ou para percorrer as trilhas além, sem despesa adicional. *As trilhas são recomendadas apenas para o trilheiro mais experiente*, dizia a legenda, *mas o Teto do Mundo é adequado a todo mundo. A vista é espetacular!*

Dan tinha certeza de que sim. Era espetacular da sala de jantar e do salão de baile do Overlook... pelo menos até que os crescentes montes de neve bloqueassem as janelas. A oeste ficavam os picos pedregosos das montanhas rochosas, espetando o céu como lanças. A leste, tinha-se uma vista desimpedida até Boulder. Caramba, até Denver e Arvada, nos raros dias em que a poluição não estava tão ruim assim.

O estado se apropriara daquela área específica de terra, e Dan não ficou surpreso. Quem haveria de querer construir ali? O terreno era podre, e não era preciso telepatia nenhuma para perceber isso. Mas o Nó tinha chegado o mais perto possível, e Dan achava que seus hóspedes ocasionais — os que eram normais — raramente voltavam para uma segunda visita, ou recomendavam o Bluebell a seus amigos. *Um lugar ruim tende a atrair criaturas ruins*, dissera John. Se assim fosse, o inverso também seria verdadeiro: ele tenderia a repelir as boas.

— Dan — chamou Dave. — O ônibus está de partida.

— Preciso de mais um minuto!

Ele fechou os olhos e encostou as costas da mão na testa.

(*Abra*)

Sua voz a acordou de imediato.

CAPÍTULO DEZESSETE

# PUTINHA

1

Estava escuro do lado de fora do Hotel Crown, e faltava ainda cerca de uma hora para o amanhecer, quando a porta do quarto 24 se abriu e uma garota saiu. Uma densa neblina cobria o lugar e o mundo mal parecia existir. A garota vestia calças pretas e uma camisa branca. Fizera tranças no cabelo e o rosto emoldurado por elas parecia muito jovem. Ela respirou profundamente, o frescor e a umidade do ar fizeram milagres por sua prolongada dor de cabeça, mas não pela amargura que ela trazia no coração. Momo estava morta.

No entanto, se tio Dan estivesse certo, ela não estava morta de fato: apenas em outro lugar. Talvez como uma espécie de pessoa fantasmagórica; talvez não. De qualquer modo, não podia perder tempo pensando naquilo agora. Mais tarde, talvez, ela meditasse sobre essas questões.

Dan perguntara se Billy estava dormindo. Sim, ela dissera, dormindo profundamente. Pela porta aberta podia ver as pernas e os pés do sr. Freeman sob os cobertores, e ouvir o seu ronco constante. Ele soava como um barco a motor.

Dan perguntou se Rose ou qualquer um dos outros haviam tentado entrar em contato mental com ela. Não. Ela saberia. Montara suas armadilhas. Rose imaginaria isso. Não era burra.

Ele havia perguntado se havia um telefone no quarto. Sim, havia. Tio Dan lhe disse o que queria que ela fizesse. Era bastante simples. A parte assustadora era o que tinha que dizer à estranha mulher no Colorado. Contudo, ela queria fazer aquilo. Parte dela queria isso desde que ela ouvira os gritos de agonia do garoto do beisebol.

(*você compreende a palavra que precisa repetir?*)

Sim, claro.

(*porque você precisa provocá-la com você sabe o quê*)

(*sim, sei o que é*)

Tirá-la do sério. Enfurecê-la.

Abra ficou respirando na neblina. A estrada por onde haviam chegado não passava de um risco, as árvores do outro lado tinham sumido por completo. Assim como a recepção do hotel. Às vezes *ela* queria ser assim, toda branca por dentro. Mas só às vezes. No fundo, ela jamais se arrependera de ser como era.

Quando se sentiu pronta — tão pronta quanto possível —, Abra voltou ao quarto e fechou a porta de comunicação para não perturbar o sr. Freeman, caso tivesse de falar alto. Examinou as instruções no telefone, apertou o 9 para obter uma linha externa, depois ligou para o auxílio à lista e perguntou o número do Chalé Overlook, no Camping Bluebell, em Sidewinder, Colorado. *Eu poderia lhe dar o telefone geral*, dissera Dan, *mas você seria atendida por uma secretária eletrônica.*

No lugar onde os hóspedes comiam e jogavam, o telefone tocou por muito tempo. Dan disse que ele provavelmente tocaria, e que ela teria de ter paciência. Afinal, lá era duas horas mais cedo.

Finalmente uma voz ranzinza atendeu:

— Alô? Se você quer falar com o escritório, o número está erra...

— Eu não quero falar com o escritório — disse Abra. Ela esperava que as batidas fortes de seu coração não transparecessem na sua voz. — Quero falar com Rose. Rose, a Cartola.

Uma pausa. Em seguida:

— Quem é?

— Abra Stone. Você conhece meu nome, não conhece? Sou a garota que ela anda procurando. Diga a ela que vou ligar de novo daqui a cinco minutos. Se ela estiver aí, vamos conversar. Se não estiver, diga a ela para se foder. Não vou ligar de novo.

Abra desligou, depois baixou a cabeça, cobriu o rosto ardente com as mãos e respirou longa e profundamente.


2


Rose estava tomando café ao volante de seu EarthCruiser, com os pés sobre o compartimento secreto onde armazenava as latas de vapor, quando ouviu uma batida na porta. Uma batida tão cedo só podia significar mais alguma encrenca.

— Sim — disse. — Entre.

Era Paul Alto, vestindo um robe sobre um pijama infantil cheio de carros de corrida.

— O telefone do chalé começou a tocar. De início, deixei tocar, achando que fosse algum engano, e também porque eu estava fazendo café na cozinha. Mas continuou, então atendi. Era aquela garota. Queria falar com você. Disse que ligaria de novo em cinco minutos.

Sarey Shhh se aprumou na cama; piscou por atrás de sua franja, segurando os cobertores sobre os ombros como um xale.

— Vá — disse Rose a ela.

Ela obedeceu, sem uma palavra. Rose ficou olhando Sarey pelo amplo para-brisa do EarthCruiser enquanto ela caminhava descalça até o Bounder que compartilhara com Cascavel.

*Essa garota.*

Em vez de fugir e se esconder, essa putinha dava telefonemas. Olha só que nervos de aço. Seria ideia dela? Meio difícil de acreditar, não era?

— O que você estava aprontando na cozinha tão cedo assim?

— Eu não conseguia dormir.

Ela se virou para ele. Apenas um homem alto e idoso, com cabelos que rareavam e óculos equilibrados na ponta do nariz. Um camponês podia passar por ele na rua todo dia sem notá-lo, mas ele não deixava de ter certas habilidades. Paul não tinha o talento de adormecer pessoas que Cascavel tinha, ou o de localizar, do finado Vovô Flick, mas era bastante bom em convencer as pessoas. Se ele sugerisse a um camponês que esbofeteasse sua mulher — ou alguma estranha —, a bofetada seria dada, e com força. Todo mundo do Nó tinha suas pequenas habilidades; era como se viravam.

— Me deixe ver seus braços, Paulie.

Ele suspirou, levantou as mangas de seu robe e seu pijama até o cotovelo enrugado. Os pontos vermelhos estavam lá.

— Quando surgiram?

— Vi as duas primeiras ontem à tarde.

— Febre?

— É. Um pouco.

Ela olhou para sua cara honesta, de olhar confiante, e sentiu vontade de abraçá-lo com força. Alguns haviam fugido, mas Paul Alto ainda estava ali. Assim como a maioria dos demais. Com firmeza suficiente para dar conta da putinha, se ela fosse idiota a ponto de aparecer. E talvez ela fosse. Que garota com 13 anos *não era* idiota?

— Você vai ficar bom — disse ela.

Ele deu outro suspiro.

— Espero que sim. Senão, foi uma vida bastante boa.

— Nada de falar assim. Todo mundo que está aqui vai ficar bom. Estou prometendo e cumpro minhas promessas. Agora vamos ver o que nossa amiguinha de New Hampshire tem a dizer.


# 3


Menos de um minuto depois que Rose se acomodou em uma cadeira junto do grande tambor plástico de bingo (com sua caneca de café a esfriar ao lado), o telefone do Chalé explodiu com um estardalhaço do século XX que lhe deu um susto. Ela deixou que tocasse duas vezes antes de pegar o fone do aparelho e falar no seu tom de voz mais modulado.

— Alô, querida. Você podia ter contatado minha mente, sabe? Teria poupado as tarifas de interurbano.

Algo que a putinha seria muito irresponsável de fazer. Abra Stone não era a única que sabia montar armadilhas.

— Estou indo atrás de você — disse a garota. A voz era tão jovem, com tanto frescor! Rose pensou na quantidade de vapor útil que acompanharia aquele frescor e sentiu uma voracidade brotar em si, como uma sede não saciada.

— É o que você diz. Tem certeza de que realmente quer fazer isso, querida?

— Você vai estar aí se eu for? Ou apenas seus ratos amestrados?

Rose sentiu um tremor de raiva. Isso não ajudava, mas é claro que ela nunca fora uma pessoa matutina.

— Por que não estaria, querida? — Ela manteve a voz calma, ligeiramente complacente. A voz de uma mãe (ou era o que pensava, porque jamais havia sido mãe) falando com uma fedelha pirracenta.

— Porque você é covarde.

— Estou curiosa para saber em que você se baseia para fazer essa suposição — disse Rose. O tom continuava o mesmo: condescendente, ligeiramente satisfeito, mas sua mão agarrara o fone com mais força, apertando-o mais ao ouvido. — Já que nunca me conheceu.

— Claro que conheci. Dentro da minha cabeça, e botei você para correr com o rabo entre as pernas. E você mata crianças. Só covardes matam crianças.

*Você não precisa se justificar para uma criança*, disse ela a si mesma. *Especialmente para uma camponesa.* Mas ouviu-se dizendo:

— Você não sabe nada sobre nós. O que somos ou o que temos que fazer para sobreviver.

— Uma tribo de covardes, é isso que vocês são — disse a putinha. — Vocês se acham tão talentosos e fortes, mas a única coisa que realmente sabem fazer bem é comer e viver longas vidas. Vocês são como hienas. Matam os fracos e saem correndo. Covardes.

O desprezo na voz dela era como ácido no ouvido de Rose.

— Isso não é verdade!

— E você é a covarde-mor. Não quis vir atrás de mim, não é? Não, você não. Mandou aqueles outros em seu lugar.

— Você quer ter uma conversa razoável ou...

— O que há de razoável em matar crianças para que vocês roubem essa coisa na mente deles? O que tem de razoável nisso, sua puta velha e covarde? Você mandou seus amigos para fazer o seu serviço, se escondeu atrás deles, e parece que foi muito esperto de sua parte, porque agora estão todos mortos.

— Sua putinha estúpida, você não sabe de nada! — Rose se levantou de um pulo. Suas coxas bateram na mesa, derrubando o café, que escorreu por baixo do tambor de bingo. Paul Alto deu uma espiada pela porta da cozinha, olhou para o rosto dela e recuou. — Quem é a covarde? Quem é a verdadeira covarde? Você fala isso pelo telefone, mas nunca falaria me olhando na cara!

— Quantos você vai precisar ter com você quando eu for? — Abra provocou. — Quantos, sua vadia medrosa?

Rose não disse nada. Sabia que precisava se controlar, mas aguentar uma garota camponesa falando daquele jeito, com aquele linguajar imundo de pátio de escola... E ela sabia demais. Demais *mesmo.*

— Será que você tem peito de me encarar sozinha? — perguntou a putinha.

— Faça o teste — cuspiu Rose.

Fez-se uma pausa do outro lado da linha, e quando a putinha falou, parecia pensativa.

— Cara a cara? Não, você não ousaria. Nem mesmo contra uma criança. Você é falsa e mentirosa. Parece bonita, às vezes, mas já vi seu verdadeiro rosto. Você não passa de uma velha covarde de merda.

— Você... você... — Mas ela não conseguiu dizer mais nada. Sua raiva era tão grande que parecia sufocá-la. Em parte pelo choque de se ver, ela, Rose, a Cartola, sendo humilhada por uma garota cuja ideia de transporte era uma bicicleta, e cuja maior preocupação antes das últimas semanas provavelmente era se seus seios cresceriam mais que calombos de picadas de mosquitos.

— Mas talvez eu lhe dê uma chance — disse a putinha. Sua autoconfiança e temeridade leviana eram inacreditáveis. — É claro que, se você quiser briga, vou limpar o chão com a sua cara. Não vou me incomodar com os outros, eles já estão morrendo. — Ela riu. — Engasgados com o garoto do beisebol, que bom!

— Se vier, eu mato você — disse Rose. Ergueu uma das mãos até a garganta e começou a apertar sistematicamente. Mais tarde, haveria feridas ali. — Se fugir, eu encontro você. E quando encontrar, você vai gritar durante horas antes de morrer.

— Eu não vou correr — disse a garota. — E veremos quem vai gritar.

— Quantas pessoas *você* terá de apoio? *Querida?*

— Estarei sozinha.

— Não acredito.

— Leia minha mente — disse a garota. — Ou tem medo de fazer isso também?

Rose não disse nada.

— É claro que você tem. Lembra a última vez que tentou. Eu lhe dei um gostinho do seu próprio remédio, e você não gostou, não foi? Hiena, assassina de crianças. *Covarde.*

— Pare... de me chamar... assim.

— Há um lugar em cima do morro, onde você está. Um mirante. É chamado de Teto do Mundo. Achei na internet. Esteja lá às 5 horas de segunda-feira. Vá sozinha. Senão, se o resto do seu bando de hienas não ficar naquele salão de estar enquanto tratamos dos nossos negócios, eu vou saber. E vou embora.

— Eu a encontraria — repetiu Rose.

— Você acha? — falou, *zombando* dela.

Rose fechou os olhos e viu a garota. Viu-a esperneando no chão, com a boca cheia de vespas e espetos quentes enfiados nos olhos. *Ninguém fala comigo assim. Nunca.*

— *Talvez* você me encontre. Mas a essa altura quantos membros do seu Verdadeiro Nó podre restariam para apoiar você? Uma dúzia? Talvez três ou quatro?

Essa ideia já ocorrera a Rose. Que uma criança que ela nunca vira cara a cara chegasse à mesma conclusão era, de muitos modos, a coisa mais enfurecedora de todas.

— Corvo conhecia Shakespeare — disse a putinha. — Ele fez algumas citações um pouco antes de eu matá-lo. Eu também conheço um pouco, porque tínhamos um laboratório de Shakespeare no colégio. Lemos apenas uma peça, *Romeu e Julieta*, mas a sra. Franklin nos deu um impresso com uma lista inteira de versos famosos de suas outras peças. Coisas como "ser ou não ser" e "aquilo era como grego para mim". Você sabia que isso era de Shakespeare? Eu não sabia. Não acha interessante?

Rose ficou calada.

— Você não está pensando em Shakespeare — disse a putinha. — Está pensando em como gostaria de me matar. Não preciso ler sua mente para saber isso.

— Se eu fosse você, fugiria — disse Rose, seriamente. — Tão rápido e para tão longe quanto suas perninhas podem levá-la. Não adiantaria muito, mas talvez você vivesse mais um pouco.

A putinha não se abalou.

— Tem outro ditado. Não consigo lembrar exatamente, mas diz algo como "preso em sua própria armadilha". Acho que foi o que aconteceu com sua tribo de covardes. Vocês sugaram o tipo errado de vapor e agora estão presos nessa armadilha, e o tempo está acabando. — Ela fez uma pausa. — Você ainda está aí, Rose? Ou fugiu?

— Venha me encontrar, querida — disse Rose. Ela recuperara a calma. — Se quiser me encontrar no mirante, lá estarei. Vamos aproveitar a vista juntas, vamos? E veremos quem é mais forte.

Ela desligou antes que a putinha pudesse dizer algo mais. Perdera a paciência que jurara manter, mas ao menos tivera a última palavra.

Ou talvez não, porque a palavra que a putinha não parara de usar passava ininterruptamente por sua cabeça, como um disco agarrado.

*Covarde. Covarde. Covarde.*


4


Abra recolocou com cuidado o fone no lugar. Olhou para ele; chegou a acariciar sua superfície de plástico, que estava quente por causa da sua mão e molhada de suor. Então, antes que percebesse, irrompeu em soluços altos e estridentes. Eles a sacudiram, contraindo seu estômago e fazendo seu corpo tremer. Correu ao banheiro, ainda chorando, se ajoelhou diante da privada e vomitou.

Quando saiu, o sr. Freeman estava em pé na porta entre os dois quartos, com as fraldas da camisa esvoaçando e os cabelos grisalhos em desalinho.

— O que houve? Ficou enjoada por causa da droga que ele lhe deu?

— Não foi isso.

Ele foi até a janela e espiou a neblina.

— São *eles*? Estão vindo nos pegar?

Momentaneamente muda, ela só foi capaz de balançar a cabeça, mas com tanta veemência que suas tranças voaram. Era *ela* quem ia pegá-los, e era isso que a deixava com medo.

Não só por si mesma.

<br>

5

<br>

Rose ficou sentada, quieta, respirando fundo para se acalmar. Quando recuperou o controle sobre si mesma, chamou Paul Alto. Depois de um instante ou dois, ele enfiou a cabeça com cautela pela porta de vaivém da cozinha. A expressão em seu rosto provocou o fantasma de um sorriso nos lábios dela.

— Está tudo bem. Pode entrar. Não vou morder.

Ele entrou e viu o café derramado.

— Vou limpar isso aí.

— Deixe. Quem é o melhor localizador que nos restou?

— Você, Rose. — Não houve hesitação.

Rose não tinha nenhuma intenção de abordar a putinha mentalmente, nem mesmo em um contato fugaz.

— Além de mim.

— Bem... depois que Vovô Flick se foi... e Barry... — Ele pensou. — Sue tem um quê de localizadora, assim como G Fominha, mas acho que Charlie Ficha tem um pouco mais.

— Ele está doente?

— Ontem não estava.

— Mande-o vir falar comigo. Vou limpar o café enquanto espero. Porque, e isso é importante, Paulie, a pessoa que faz a bagunça é quem deve limpá-la.

Depois que ele saiu, Rose ficou sentada onde estava por um tempo, com os dedos esticados sob o queixo. Sua lucidez retornara, e com ela a habilidade de planejamento. Ao que parecia, hoje eles não iam tomar vapor, afinal. Era algo que podia esperar até segunda de manhã.

Por fim, ela foi à cozinha para pegar um pouco de toalhas de papel. E limpou a bagunça que tinha feito.

6

— Dan! — Dessa vez era John. — Precisamos ir!

— Já estou indo — disse ele. — Só vou jogar uma água fria no rosto.

Ele desceu o corredor ouvindo Abra, consentindo ligeiramente com a cabeça, como se ela estivesse presente.

(*o sr. Freeman quer saber por que eu chorei, por que eu vomitei, o que eu digo a ele?*)

(*por enquanto, apenas que quando chegarmos eu quero pegar sua caminhonete emprestada*)

(*porque vamos em frente, vamos para oeste*)

(*... bem...*)

Era complicado, mas ela compreendeu. A compreensão não estava em palavras, nem precisava.

Ao lado da pia do banheiro havia um suporte que continha várias escovas de dente embrulhadas. A menor, desembrulhada, tinha ABRA escrito no cabo em letras multicoloridas. Em uma parede havia uma pequena placa com os dizeres: UMA VIDA SEM AMOR É COMO UMA ÁRVORE SEM FRUTO. Ele olhou para ela durante alguns segundos, pensando se no programa do AA havia algo com esse significado. A única coisa em que conseguiu pensar foi: *Se você não conseguir amar alguém hoje, procure pelo menos não ferir ninguém.* Não era realmente parecido.

Abriu a água fria e molhou o rosto várias vezes. Depois pegou uma toalha e ergueu a cabeça. Desta vez não havia Lucy no retrato; apenas Dan Torrance, filho de Jack e Wendy, que sempre acreditara ser filho único.

Seu rosto estava coberto de moscas.

PARTE QUATRO

# O TETO DO MUNDO

CAPÍTULO DEZOITO

# RUMO AO OESTE

## 1

O que Dan se lembrava melhor daquele sábado não era da viagem de Boston ao Hotel Crown, porque as quatro pessoas no Suburban de John falaram muito pouco. O silêncio não era constrangedor ou hostil, mas de exaustão — a mudez de pessoas que têm muito em que pensar e pouco a dizer. O que ele se lembrava melhor era do que havia acontecido quando chegaram a seu destino.

Dan sabia que ela estava esperando, porque tinha estado em contato com ela durante a maior parte da viagem, conversando de uma maneira que se tornara confortável para eles — metade em palavras e metade em imagens. Quando chegaram, ela estava sentada no para-choque traseiro da velha caminhonete de Billy. Viu-os e ficou de pé rapidamente, acenando. Naquele momento, abriu-se uma brecha na cobertura de nuvens e um raio de sol iluminou-a. Era como se Deus estivesse lhe cumprimentando.

Lucy soltou um ganido que não era exatamente um grito. Já tinha largado o cinto de segurança e a porta antes mesmo que John parasse o Suburban. Cinco segundos depois, ela já estava abraçando a filha, beijando seu cocoruto — o máximo que conseguia fazer, com a cabeça de Abra enterrada entre seus seios. Agora o sol iluminava as duas.

*Reencontro de mãe e filha*, pensou Dan. O sorriso provocado por isso lhe deu uma estranha sensação. Muito tempo se passara desde seu último sorriso.

## 2

Lucy e David queriam levar Abra de volta para New Hampshire. Dan não via problemas nisso, mas, agora que estavam juntos, os seis precisavam conversar.

O homem gordo de rabo de cavalo estava novamente de serviço, agora assistindo à luta livre em vez de um pornô. Ficou satisfeito em alugar novamente para eles o quarto 24; não fazia a menor diferença para ele se eles iam passar a noite ou não. Billy foi ao centro da cidade de Crownville para comprar duas pizzas. Depois se acomodaram, com Dan e Abra falando em turnos; completavam a informação que os demais tinham sobre o que havia acontecido e o que ainda aconteceria. Se as coisas ocorressem conforme esperavam.

— Não — negou Lucy de imediato. — É perigoso demais. Para os dois.

John deu um sorriso desanimado.

— O mais perigoso seria ignorar essas... essas *coisas*. Rose diz que se Abra não for até ela, ela vai vir atrás de Abra.

— Ela está praticamente obcecada por ela — disse Billy, escolhendo uma fatia de peperoni com cogumelo. — Isso acontece muito com gente maluca. É só assistir ao programa do *dr. Phil.*

Lucy lançou um olhar de censura à filha.

— Você a provocou. Isso foi perigoso, mas quando ela se acalmar...

Embora ninguém tenha interrompido, ela deixou a frase morrer. Talvez, pensou Dan, ela tivesse percebido como isso era improvável, mesmo enquanto falava.

— Eles não vão parar, mãe — disse Abra. — *Ela* não vai parar.

— Abra estará bastante segura — disse Dan. — Existe um disco. Não sei como explicar melhor a coisa. Se as coisas ficarem feias, Abra vai usar o disco para escapar. Para sair. Ela me prometeu.

— Isso mesmo — disse Abra. — Eu prometi.

Dan deu-lhe um olhar severo.

— E vai manter a promessa, não vai?

— Sim — disse Abra. Ela falou com bastante firmeza, embora com óbvia relutância. — Eu vou.

— Temos que pensar também em todas aquelas crianças — disse John. — Nunca saberemos quantas foram mortas por esse Verdadeiro Nó no decorrer de anos. Centenas, talvez.

Dan pensou que, se eles vivessem tanto quanto Abra achava, provavelmente seriam milhares de crianças.

— Ou quantas eles *vão* matar, mesmo se deixarem Abra em paz.

— Isso presumindo que o sarampo não mate todos eles — comentou Dave, esperançoso. Virou-se para John. — Você disse que isso podia realmente acontecer.

— Eles me querem porque acham que eu posso *curar* o sarampo — disse Abra. — *Dá.*

— Olha como fala, mocinha — disse Lucy, mas distraidamente. Ela pegou a última fatia de pizza, olhou-a e jogou de volta na caixa. — Não me importo com as outras crianças. Eu me importo com Abra. Sei que isso parece horrível, mas é verdade.

— Você não pensaria assim se tivesse visto todas aquelas pequenas fotos no *Shopper* — disse Abra. — Não consigo tirar isso da cabeça. Às vezes sonho com elas.

— Se essa mulher maluca tiver metade de um cérebro, vai saber que Abra não vai sozinha — disse Dave. — O que ela iria fazer? Pegar um avião até Denver e depois alugar um carro? Uma garota de 13 anos? — E, com um olhar meio divertido para a filha: — *Dã.*

Dan disse:

— Rose já sabe, pelo que aconteceu em Cloud Gap, que Abra tem amigos. O que não sabe é que pelo menos um deles é iluminado. — Ele olhou para Abra esperando uma confirmação. Ela fez que sim com a cabeça. — Olhe, Lucy. Dave. Acho que Abra e eu juntos podemos dar um fim a essa — ele procurou a palavra certa e só encontrou uma que servisse — praga. Qualquer um de nós sozinho... — Balançou a cabeça.

— Além do mais — disse Abra —, você e papai não podem realmente me impedir. Vocês podem me trancar no quarto, mas não podem trancar minha cabeça.

Lucy lançou-lhe o Olhar Mortífero, aquele que as mães reservam para as jovens filhas rebeldes. Sempre funcionara com Abra, mesmo quando ela estava no meio de seus ataques de raiva, mas não daquela vez. Ela devolveu o olhar da mãe, calmamente. E com uma tristeza que fez Lucy sentir um frio no coração.

Dave pegou a mão de Lucy.

— Acho que precisa ser feito.

Fez-se silêncio no quarto. Foi Abra quem o quebrou.

— Se ninguém vai comer a última fatia, eu vou. Estou *faminta.*


3


Eles discutiram tudo muitas vezes, e em alguns momentos as vozes se alteraram, mas no fundo tudo já tinha sido dito. Exceto, como se viu, por uma coisa. Quando saíram do quarto, Billy se recusou a embarcar no Suburban de John.

— Eu vou — disse ele a Dan.

— Billy, agradeço a consideração, mas não é uma boa ideia.

— Minha caminhonete, minhas regras. Além do mais, você vai conseguir chegar ao Colorado na segunda à tarde, sozinho? Não me faça rir. Você está um lixo.

Dan disse:

— Muita gente tem me dito isso ultimamente, mas não com tanta elegância.

Billy não sorriu.

— Eu posso ajudar. Estou velho, mas não estou morto.

— Leve-o — disse Abra. — Ele tem razão.

Dan olhou-a com atenção.

(*você está sabendo de alguma coisa, Abra?*)

A resposta veio rápido.

(*não,* sentindo *alguma coisa*)

Isso bastava para Dan. Ele estendeu os braços e Abra o apertou com força, afundando o rosto no peito dele. Dan podia ter ficado abraçado a ela daquele jeito por muito tempo, mas a soltou, dando um passo atrás.

(*informe quando você estiver perto, tio Dan, que eu virei*)

(*apenas pequenos toques, lembre*)

Ela enviou uma imagem em vez de um pensamento em palavras: um detector de fumaça fazendo bip, como faziam quando pediam uma troca de pilhas. Ela lembrava perfeitamente.

Ao entrar no carro, Abra falou para o pai:

— A gente precisa parar na volta para comprar um cartão de melhoras. Julie Cross quebrou o pulso ontem em um treino de futebol.

Ele franziu o cenho para ela.

— Como você sabe?

— Eu sei — disse ela.

Ele puxou delicadamente uma de suas tranças.

— Você realmente sempre pôde fazer essas coisas, não é? Não entendo porque simplesmente não contou para a gente, Abba-Du.

Dan, que crescera com a iluminação, poderia ter respondido àquela pergunta.

Às vezes os pais é que precisavam ser protegidos.

4

Então eles se separaram. O carro de John foi para o leste e a picape de Billy para o oeste, com Billy ao volante. Dan disse:

— Você está mesmo bem para dirigir, Billy?

— Depois do tanto que dormi na noite passada? Meu querido, eu podia dirigir até a Califórnia.

— Sabe para onde vamos?

— Comprei um mapa rodoviário na cidade enquanto esperava a pizza.

— Então você já tinha resolvido que vinha. E sabia o que eu e Abra estávamos planejando.

— Bem... mais ou menos.

— Quando precisar que eu tome seu lugar, grite — disse Dan, caindo logo no sono, com a cabeça apoiada à janela do carona. Ele mergulhou cada vez mais em imagens desagradáveis. Primeiro, dos animais de arbusto do Overlook, aqueles que se mexiam quando você não estava olhando. Seguiu-se a da sra. Massey, do quarto 217, que agora usava uma cartola, posta de lado na cabeça. Ainda mais fundo, revisitou a cena da batalha de Cloud Gap. Só que, dessa vez, quando entrou no trailer, encontrou Abra no chão, degolada, e Rose em pé sobre ela com uma navalha ensanguentada. Rose viu Dan e a metade inferior do rosto dela se esticou em um sorriso obsceno, em que brilhava um único e longo dente. *Eu disse a ela que ia acabar assim, mas ela não quis me escutar*, disse ela. *Crianças raramente escutam.*

Mais fundo, só havia escuridão.

Quando acordou, viu o crepúsculo atravessado por uma linha branca. Estavam em uma rodovia interestadual.

— Quanto tempo dormi?

Billy consultou o relógio.

— Bastante. Se sente melhor?

— Sim. — Sim e não. Sua cabeça estava lúcida, mas seu estômago doía como o diabo. Considerando o que ele vira naquela manhã no espelho, não ficou espantado. — Onde estamos?

— A 240 quilômetros a leste de Cincinnati, acredite se quiser. A gente parou duas vezes para botar gasolina e você continuou dormindo. Você ronca.

Dan se aprumou.

— Estamos em *Ohio*? Meu Deus! Que horas são?

Billy consultou o relógio.

— Seis e quinze. Não foi complicado; tráfego leve e não choveu. Acho que temos um anjo viajando com a gente.

— Bem, vamos encontrar um hotel. Você precisa dormir e eu preciso muito mijar.

— Não me surpreende.

413

Billy virou na próxima saída com placas de postos de gasolina, comida e hotéis. Parou em uma lanchonete e comprou hambúrgueres enquanto Dan usava o banheiro. Quando voltaram à caminhonete, Dan deu uma mordida no seu sanduíche duplo, devolveu-o à sacola e bebeu com cautela um milk-shake de café. Isso seu estômago estava disposto a aceitar.

Billy pareceu preocupado.

— Cara, você precisa comer! O que há com você?

— Acho que pizza no café da manhã não foi uma boa ideia. — E como Billy ainda estava olhando para ele: — O milk-shake está bom. Para mim, basta. Olho na estrada, Billy. Não vamos poder ajudar Abra se estivermos enfaixados em uma sala de emergência.

Cinco minutos depois, Billy parou o carro sob o toldo de um Fairfield Inn, onde havia um aviso cintilante de ALUGAM-SE QUARTOS em cima da porta. Desligou o motor, mas não saiu.

— Já que estou arriscando a vida com você, patrão, quero saber que mal o aflige.

Dan quase frisou que correr aquele risco havia sido ideia dele e não sua, mas isso não seria justo. Ele explicou. Billy ouviu atentamente.

— Jesus Cristinho — disse, depois que Dan terminou.

— A não ser que eu não tenha pulado essa parte — disse Dan —, não existe nenhuma referência no Novo Testamento a Cristinho. Nem como criança. Você registra nossa entrada ou quer que eu faça isso?

Billy continuava sentado onde estava.

— Abra sabe?

Dan sacudiu a cabeça.

— Mas ela pode descobrir.

— Pode, mas não vai. Sabe que bisbilhotar é errado, principalmente quando é alguém que ela gosta. Ela não faria isso, assim como não espiaria os pais transando.

— Sabe isso da sua infância?

— Sim. Às vezes você vê alguma coisa, não dá para evitar, mas aí ignora.

— Você vai ficar bem, Danny?

— Por algum tempo. — Ele pensou nas moscas preguiçosas nos lábios, bochechas e testa. — Tempo suficiente.

— E depois?

— Eu me preocupo com depois, depois. Uma coisa de cada vez. Vamos nos registrar. Precisamos sair cedo.

— Teve notícias de Abra?

Dan sorriu.

— Ela está ótima.

*Pelo menos por enquanto.*

5

Mas ela não estava, não de verdade.

Estava sentada na escrivaninha, com um exemplar meio lido de *The Fixer* na mão, procurando não olhar para a janela do quarto, para não correr o risco de ver determinada pessoa a observá-la. Ela sabia que havia algo de errado com Dan, e sabia que ele não queria que ela soubesse o que era, mas ficara tentada a descobrir mesmo assim, a despeito de todos os anos em que se ensinara a evitar os assuntos particulares dos adultos. Duas coisas a impediam. Uma era saber que, gostasse ou não, ela não poderia ajudá-lo naquele momento. A outra (mais forte) era que ele poderia perceber a presença dela em sua cabeça. Se isso acontecesse, ele ficaria decepcionado com ela.

*Provavelmente está protegido, de qualquer maneira*, pensou ela. *Ele consegue fazer isso. É bastante forte.*

Embora não tão forte quanto ela... ou se colocasse em termos de iluminação, não tão iluminado. Ela podia abrir seus cofres mentais e olhar o que havia lá dentro, mas achou que fazer isso talvez fosse perigoso para ambos. Não tinha nenhuma razão objetiva para aquilo, era apenas um pressentimento — como o que sentira sobre ser uma boa ideia o sr. Freeman acompanhar Dan —, mas acreditava nele. Além do mais, talvez fosse algo que pudesse ajudá-los. Esperava que sim. *A verdadeira esperança é célere e viaja sobre asas de andorinha* — outro verso de Shakespeare.

*Não olhe para aquela janela também. Não se atreva.*

Não. De modo algum. Nunca. Mas ela olhou, e lá estava Rose, sorrindo para ela debaixo de sua cartola dissolutamente enviesada. Toda ela cascatas de cabelos, pele clara de porcelana e lábios cheios e sensuais a esconder o único dente. Aquela *presa*.

*Você vai morrer aos berros, putinha.*

Abra fechou os olhos, se concentrou

(*não está ali, não está ali, não está ali*)

e abriu-os de novo. O rosto risonho na janela sumira. Mas não de verdade. Em algum lugar no alto das montanhas — no teto do mundo —, Rose estava pensando nela. E esperando.

# 6

O hotel tinha um bufê de café da manhã. Porque seu companheiro de viagem estava observando, Dan fez questão de comer um pouco de cereal e iogurte. Billy pareceu aliviado. Enquanto Billy registrava a saída deles, Dan foi até o banheiro dos homens e vomitou tudo que havia comido. O cereal e o iogurte não digeridos boiavam em uma espuma vermelha.

— Tudo bem? — perguntou Billy quando Dan voltou ao balcão.

— Ótimo — disse Dan. — Pé na estrada.

# 7

De acordo com o mapa rodoviário de Billy, de Cincinnati a Denver eram cerca de 1.900 quilômetros de distância. Sidewinder ficava mais ou menos a 120 quilômetros mais a oeste, por estradas cheias de zigue-zagues, no meio de despenhadeiros. Dan tentou dirigir um pouco naquela tarde de sábado, mas cansou depressa e entregou o volante a Billy. Dormiu e, quando acordou, o sol se punha. Estavam em Iowa — terra do finado Brad Trevor.

(*Abra?*)

Ele temera que a distância tornasse difícil ou até mesmo impossível a comunicação mental, mas ela atendeu rápido e de modo tão intenso quanto sempre; se fosse uma estação de rádio, estaria transmitindo a 100 mil watts. Estava no quarto, digitando no computador, fazendo algum dever de escola. Ele achou triste e divertido que ela tivesse Hoppy, seu coelho de pano, no colo. A tensão do que estavam fazendo a deixara mais jovem, pelo menos emocionalmente.

Quando o canal entre eles estava bem aberto, ela percebeu como ele se sentia.

(*não se preocupe comigo, estou bem*)

(*que bom, porque tem uma ligação para fazer*)

(*sim, está bem, mas* você *está legal?*)

(*ótimo*)

Ela sabia que não era verdade, mas não perguntou nada, o que era exatamente o que ele queria.

(*você já comprou o...*)

Ela criou uma imagem.

(*ainda não, hoje é domingo e o comércio não abre*)

Outra imagem, dessa vez uma que fez Dan sorrir. Um Walmart... só que com os seguintes dizeres na frente: SUPERLOJA DE ABRA.

(*se eles não quiserem nos vender o que precisamos, encontraremos alguém que nos venda*)

(*tudo bem... eu acho*)

(*você sabe o que dizer a ela?*)

(*sim*)

(*ela vai tentar arrastar você para uma conversa longa, vai tentar espiar, não deixe que ela faça isso*)

(*não vou deixar*)

(*me dê notícias para eu não ficar preocupado*)

Mas é claro que ele ficaria muito preocupado.

(*vou dar. Eu te amo, tio Dan*)

(*também te amo*)

Ele mandou um beijo. Abra mandou outro: com grandes lábios vermelhos de desenho em quadrinho. Ele quase foi capaz de senti-los na face. Então ela sumiu.

Billy estava olhando para ele.

— Você estava falando com ela bem agora, não estava?

— Estava. Olha a estrada, Billy.

— Você está parecendo minha ex-mulher.

Billy ligou a seta, mudou de pista e ultrapassou um enorme e lento trailer. Dan olhou bem para o veículo, imaginando quem estava dentro e se estava olhando para fora pelas janelas escuras.

— Quero cobrir mais uns cento e muitos quilômetros antes de a gente parar para dormir — disse Billy. — Do jeito que planejei, amanhã vamos ter uma hora para você cumprir sua tarefa e ainda vamos chegar à serra mais ou menos no horário que você e Abra marcaram para o tiroteio final. Mas precisamos botar o pé na estrada antes do amanhecer.

— Ótimo. Você entendeu como vai ser?

— Entendi como *deverá* ser. — Billy olhou de relance para ele. — É melhor esperar que, se tiverem binóculos, não resolvam usá-los. Você acha que a gente talvez saia vivo disso? Me diga a verdade. Se a resposta for não, vou pedir o maior bife que você já viu para o jantar, quando a gente parar, essa noite. O MasterCard vai correr atrás dos meus parentes na hora de pagar a fatura, e adivinha o quê? Eu *não* tenho parente nenhum. A não ser que você conte a minha ex, e pode apostar que ela não mijaria em cima de mim para ajudar se eu estivesse pegando fogo.

— Nós vamos sair dessa — disse Dan, mas soou desanimado. Estava enjoado demais para fingir bem.

— É? Bem, talvez eu peça esse bifão para o jantar, de qualquer maneira. E você?

— Acho que gostaria de um pouco de sopa. Desde que seja rala. — A ideia de comer algo que fosse denso o bastante para que não conseguisse ler um jornal através, como um creme de cogumelo ou de tomate, virava seu estômago.

— Está certo. Por que não tira outra soneca?

Dan sabia que era impossível dormir profundamente, a despeito de quão cansado ou enjoado se sentisse — não enquanto Abra estivesse lidando com aquele terror em forma de mulher —, mas conseguiu tirar um cochilo. Foi superficial, mas suficiente para trazer mais sonhos, primeiro com o Overlook (a versão daquele dia era sobre o elevador que funcionava sozinho no meio da noite), depois com a sobrinha. Dessa vez, Abra tinha sido estrangulada com um pedaço de fio elétrico. Ela fitava Dan com olhos acusadores, esbugalhados. Era muito fácil ler o que eles diziam. *Você disse que me ajudaria. Disse que me salvaria. Onde você estava?*

## 8

Abra continuou a adiar a coisa que teria de fazer, até se dar conta de que logo sua mãe ia chateá-la para ir para a cama. Não ia ao colégio de manhã, mas seria um grande dia. E, talvez, uma noite muito longa.

*Adiar as coisas só as torna piores,* cara mia.

Esse era o evangelho segundo Momo. Abra olhou para a janela, desejando ver ali sua avó em vez de Rose. Isso seria bom.

— Momo, estou com tanto medo — disse ela. Mas depois de respirar fundo duas vezes e se acalmar, pegou o iPhone e ligou para o Chalé Overlook, no Camping Bluebell. Um homem atendeu e, quando Abra disse que queria falar com Rose, perguntou quem era.

— Você sabe quem eu sou — disse ela. E com uma curiosidade que ela esperava ser irritante, perguntou: — Você já está doente, senhor?

O homem do outro lado da linha (era Slim Sapo) não respondeu, mas ela o ouviu cochichar para alguém. Um instante depois, Rose estava ao telefone, mais uma vez com uma postura firme.

— Alô, querida. Onde está?

— A caminho — respondeu Abra.

— Está mesmo? Que bom, querida. Então acho que não vou ver o código de área de New Hampshire, se puxar seu número por esse telefone.

— Claro que vai — disse Abra. — Estou no meu celular. Você precisa acompanhar o século XXI, sua bruxa.

— O que você quer? — A voz no outro lado da linha agora era seca.

— Ter certeza de que você compreendeu as regras — disse Abra. — Estarei aí às 5 amanhã. Em uma velha caminhonete vermelha.

— Dirigida por quem?

— Meu tio Billy — disse Abra.

— Ele era um daqueles da emboscada?

— Era ele quem estava comigo e Corvo. Pare de fazer perguntas. Cale a boca e escute.

— Que grosseria — disse Rose com tristeza.

— Ele vai estacionar no final do terreno, ao lado da placa que diz A GAROTADA COME DE GRAÇA QUANDO O TIME DO COLORADO GANHA.

— Estou vendo que você visitou nosso site. Que graça. Ou talvez tenha sido seu tio, quem sabe? Ele tem muita coragem em bancar o seu motorista. Ele é irmão de seu pai ou de sua mãe? As famílias camponesas são meu hobby. Faço árvores genealógicas.

*Ela vai tentar espiar*, lhe dissera Dan, e tinha razão.

— Você não compreende o que quer dizer cale a boca? Quer que o encontro aconteça ou não?

Nenhuma resposta, só silêncio expectante. Um silêncio *assustador*.

— Do estacionamento vamos poder ver tudo: o terreno do camping, o Chalé e o Teto do Mundo no alto da montanha. É melhor que meu tio e eu não vejamos ninguém do Verdadeiro Nó em *lugar algum*. Eles vão ficar lá no salão enquanto nós resolvemos as coisas. No salão, entendeu? Tio Billy não vai saber se eles não estiverem lá, mas eu vou. Se eu perceber um único deles em qualquer outro canto, a gente vai embora.

— Seu tio vai ficar no carro?

— Não. *Eu* vou ficar no carro até termos certeza. Aí ele vai voltar e eu vou me encontrar com você. Não quero que ele chegue nem um pouquinho perto de você.

— Está bem, querida. Tudo será como você quer.

*Não será, não. Você está mentindo.*

Mas Abra também, o que as deixava mais ou menos quites.

— Tenho uma pergunta realmente importante a fazer, querida — disse Rose, simpática.

Abra quase lhe perguntou o que era, então se lembrou do conselho do tio. Do seu tio *de verdade*. Uma pergunta, certo. Que levaria a outra... e a outra... e a outra.

— Morra engasgada com ela — disse e desligou. Suas mãos começaram a tremer. Depois as pernas, os braços e os ombros.

— Abra? — Era a mãe. Chamando do pé da escada. *Ela sente. Só um pouquinho, mas sente. Será pressentimento de mãe ou um pouco de iluminação?*

— Querida, você está bem?

— Ótima, mãe! Estou me preparando para dormir!

— Daqui a dez minutos vamos subir para lhe dar um beijo. Esteja de pijama.

— Estarei.

*Se eles soubessem com quem acabei de falar*, pensou Abra. Mas não sabiam. Só pensavam que sabiam o que estava acontecendo. Ela se encontrava ali no quarto, todas as portas e janelas da casa estavam trancadas, e eles acreditavam que aquilo lhes dava segurança. Até mesmo o pai, que vira o Verdadeiro Nó em ação.

Mas Dan sabia. Ela fechou os olhos e procurou contato com ele.

# 9

Dan e Billy estavam sob o toldo de outro hotel. E nada da parte de Abra ainda. Aquilo era ruim.

— Vamos, chefe — disse Billy. — Vamos entrar e...

Então ela estava ali. Graças a Deus.

— Fique quieto um instante — pediu Dan, à escuta. Dois minutos depois, ele se virou para Billy, que achou que o sorriso em seu rosto finalmente o fizera parecer Dan Torrance de novo.

— Era ela?

— Sim.

— Como foi?

— Abra disse que foi muito bem. Estamos acertados.

— Ela não fez perguntas sobre mim?

— Apenas de que lado da família você é. Olha, Billy, esse negócio de tio foi meio que um erro. Você é velho *demais* para ser irmão de Lucy ou de David. Quando pararmos amanhã para fazer nossa tarefa, você precisa comprar óculos escuros. Grandes. E mantenha esse seu boné de beisebol enterrado até as orelhas, para seu cabelo não aparecer.

— Talvez eu devesse aproveitar e comprar um xampu antienvelhecimento.

— Não seja folgado, velhote mala.

Isso fez Billy sorrir.

— Vamos nos registrar e comer. Você parece melhor. Como se conseguisse comer de verdade.

— Sopa — disse Dan. — Não faz sentido abusar.

— Sopa. Tudo bem.

Ele tomou tudo. Devagar. E — lembrando-se de que aquilo tudo acabaria, de uma maneira ou de outra, em menos de 24 horas — conseguiu segurar o negócio no estômago. Jantaram no quarto de Billy, e quando finalmente terminou, Dan se esticou no tapete. Aquilo melhorava um pouco sua dor na barriga.

— Que diabo é isso? — perguntou Billy. — Alguma merda de ioga?

— Exatamente. Aprendi assistindo aos desenhos do Yogi Bear. Repita para mim novamente o esquema.

— Eu já entendi, chefe, não se preocupe. Agora você está começando a parecer Casey Kingsley.

— Que ideia medonha. Agora repita.

— Abra começa a se comunicar perto de Denver. Se eles tiverem alguém capaz de escutar, saberão que ela está vindo. E que está na vizinhança. A gente chega cedo em Sidewinder, digamos às 16 em vez de às 17 horas, e passa direto pela estrada para o camping. Eles não vão ver o carro. A não ser que coloquem uma sentinela na rodovia.

— Não acho que vão colocar. — Dan pensou em outro aforismo do AA: *Não dispomos de poder sobre as pessoas, os lugares e as coisas.* Como a maioria das pílulas para bebuns, aquilo era 70 por cento verdade e 30 por cento idiotice.

— De qualquer modo, não podemos controlar tudo. Continue.

— Há um terreno para piquenique quase 2 quilômetros estrada acima. Você foi umas duas vezes lá com sua mãe, antes que ficassem presos pela neve no inverno. — Billy fez uma pausa. — Só você e ela? Seu pai nunca?

— Ele estava escrevendo. Trabalhando em uma peça. Continue.

Billy continuou. Dan ouviu com atenção, depois concordou com um gesto de cabeça.

— Está certo. Você entendeu.

— Eu não falei? Agora posso fazer uma pergunta?

— Com certeza.

— Até amanhã à tarde, você vai aguentar andar um quilômetro e pouco?

— Aguento.

*Tomara que sim.*

# 10

Graças ao fato de terem partido cedo — às 4 da madrugada, bem antes da primeira luz da manhã —, Dan Torrance e Billy Freeman começaram a ver o horizonte nublado logo depois das 9 da manhã. Uma hora depois, quando a nuvem azul-acinzentada se transformara em uma cadeia de montanhas, param na cidade de Martenville, no Colorado. Ali, na pequena extensão da rua principal (quase totalmente deserta), Dan não encontrou o que esperava, mas outra coisa muito melhor: uma loja de artigos infantis chamada Kid's Stuff. Meio quarteirão abaixo havia uma drogaria ladeada por uma casa de penhores poeirenta e uma locadora de vídeo com os dizeres ESTAMOS FECHANDO, PRECISAMOS VENDER TODO O ESTOQUE A PREÇO DE BANANA escritos na vitrine. Ele mandou Billy à drogaria Martenville para comprar óculos escuros e entrou na Kid's Stuff.

O lugar tinha uma vibração infeliz, um baixo-astral. Ele era o único freguês. Aquela era uma boa ideia indo mal, provavelmente devido aos grandes shoppings de Sterling ou Fort Morgan. Para que comprar na cidade se bastava dirigir um pouco e conseguir calças e vestidos mais baratos para a volta à escola? E que importava se eram feitos no México ou na Costa Rica? Uma mulher cansada com um penteado cansado saiu de trás do balcão e deu a Dan um sorriso cansado. Perguntou se podia ajudá-lo. Dan disse que sim. Quando ele lhe contou o que queria, seus olhos se arregalaram.

— Sei que é esquisito — disse Dan —, mas me ajude um pouco. Vou pagar em dinheiro.

Conseguiu o que queria. Nas pequenas lojas prestes a falir perto da estrada, a palavra do consumidor ia longe.

# 11

Ao se aproximarem de Denver, Dan entrou em contato com Abra. Ele fechou os olhos e visualizou o disco que agora ambos conheciam. Na cidade de Anniston, Abra fez o mesmo. Dessa vez foi mais fácil. Quando abriu os olhos de novo, ele estava olhando para o rio Saco, no fundo da encosta do quintal dos Stone, brilhando sob o sol da tarde. Abra abriu os seus para uma vista das Montanhas Rochosas.

— Uau, tio Billy, elas são lindas, não são?

Billy olhou para o homem sentado a seu lado. Dan cruzou as pernas de modo estranho, balançando um pé. A cor voltara às suas faces, e havia um brilho claro nos seus olhos que faltara na viagem deles rumo ao oeste.

— Com certeza, querida — disse.

Dan sorriu e fechou os olhos. Ao abri-los de novo, a saúde que Abra trouxera a seu rosto fenecia. *Como uma rosa na seca*, pensou Billy.

— Alguma coisa?

— Ping — disse Dan. Ele sorriu de novo, mas desanimado. — Como um detector de fumaça que precisa trocar de bateria.

— Você acha que eles ouviram?

— Eu espero muito que sim — disse Dan.


## 12


Rose andava para cá e para lá perto de seu EarthCruiser quando Charlie Ficha veio correndo. O Nó tomara vapor naquela manhã. Todo o vapor, com exceção de uma única lata armazenada, e somado ao que Rose tomara sozinha durante os dois últimos dias, estava tão ligada que nem chegava a pensar em se sentar.

— O quê? — perguntou. — Conte algo de bom.

— Eu a localizei, que tal isso como boa notícia? — Também cheio de energia, Charlie segurou Rose pelos braços e a girou até que seus cabelos esvoaçassem. — Eu a sintonizei! Só por alguns segundos, mas era ela!

— Você viu o tio?

— Não, ela estava olhando para as montanhas pelo para-brisa. Disse que eram lindas...

— E são — disse Rose. Um sorriso se espalhava nos seus lábios. — Não concorda, Charlie?

— ... e ele disse com certeza. Eles estão vindo, Rosie! Estão vindo mesmo!

— Será que ela percebeu que você estava lá?

Ele a largou, franzindo a testa.

— Não sei dizer com certeza... Vovô Flick provavelmente poderia...

— Só me diga o que você acha.

— Provavelmente não.

— Isso basta para mim. Vá para algum lugar sossegado. Algum canto onde possa se concentrar sem ser perturbado. Sente-se e fique ligado. Se, *quando,* você a captar de novo, me avise. Não quero perder a pista dela, se possível. Se precisar de mais vapor, peça. Guardei um pouquinho.

— Não, não, estou ótimo. Vou ficar escutando com *toda atenção*! — Charlie Ficha deu uma gargalhada meio louca e saiu correndo. Rose achou que ele não fazia ideia de para onde ia, e a ela isso pouco importava. Desde que ele continuasse à escuta.


## 13


Dan e Billy já estavam no sopé das Flatirons, ao meio-dia. Ao ver as Montanhas Rochosas se aproximarem, Dan pensou em todos aqueles anos nômades em que as evitara. E isso o fez pensar em um poema ou outro, sobre como a gente podia passar anos fugindo, e no fim se encontraria em um quarto de hotel com uma lâmpada sobre sua cabeça e um revólver na mesa de cabeceira.

Como tinham tempo, abandonaram a rodovia e entraram em Boulder. Billy estava com fome, Dan não... mas estava curioso. Billy parou a caminhonete no estacionamento de uma loja que vendia sanduíches, mas, quando perguntou a Dan o que podia comprar para ele, Dan apenas balançou a cabeça.

— Tem certeza? Você ainda tem que andar muito.

— Comerei quando tudo tiver acabado.

— Então...

Billy foi à lanchonete e Dan entrou em contato com Abra. O disco girou.

*Ping.*

Quando Billy saiu, Dan indicou com a cabeça o seu colossal sanduíche embrulhado.

— Guarde isso por uns minutos. Já que estamos em Boulder, tem algo que quero verificar.

Cinco minutos depois eles estavam em Arapahoe Street. A dois quarteirões do pequeno bairro decadente de bares e cafés, ele mandou que Billy encostasse.

— Coma seu sanduíche. Não demoro.

Dan saiu da caminhonete e ficou na calçada rachada, olhando para o prédio decrépito de três andares com uma placa na janela que dizia: APARTAMENTOS FUNCIONAIS BONS PARA ESTUDANTES. O gramado estava ficando careca. O mato crescia nas rachaduras da calçada. Ele havia duvidado de que aquele lugar ainda existia, acreditando que a Arapahoe seria agora uma rua de edifícios habitados por gente próspera que bebia lattes no Starbucks, verificava suas páginas do Facebook uma dúzia de vezes por dia e twitava loucamente. Mas ali estava ela, e com a mesma aparência — até onde ele podia perceber — de antigamente.

Billy juntou-se a ele, de sanduíche na mão.

— Ainda temos 120 quilômetros pela frente, Danno. É melhor a gente ir subindo esse desfiladeiro aí.

— Certo — disse Dan, ainda olhando para o prédio pintado de verde e descascando. Certa vez, um menininho morara ali; certa vez, estivera sentado naquele exato pedaço de meio-fio, onde agora estava Billy Freeman mastigando seu colossal sanduíche de frango. Um menininho esperando que o pai voltasse para casa da entrevista de emprego no Hotel Overlook. Ele tinha um aviãozinho de papelão, aquele menininho, mas a asa estava quebrada. Mas não fazia mal. Quando seu pai chegasse, ele a consertaria com fita adesiva e cola. Então eles talvez o fizessem voar juntos. Seu pai tinha sido um homem assustador, e o menino o amara tanto.

Dan disse:

— Já morei aqui com minha mãe e meu pai, antes de nos mudarmos para o Overlook. Não é grande coisa, é?

Billy deu de ombros.

— Já vi pior.

Nos seus anos de andanças, Dan também tinha visto. O apartamento de Deenie em Wilmington, por exemplo.

Ele apontou para a esquerda.

— Havia um monte de bares por ali. Um se chamava Broken Drum. Parece que a renovação urbana se esqueceu desta parte da cidade, por isso talvez ainda exista. Quando meu pai e eu passávamos andando, ele parava e olhava a vitrine, e eu podia sentir sua ânsia de entrar. Estava tão sedento que *me* dava sede. Bebi muitos anos para saciar aquela sede, mas ela nunca vai embora de verdade. Meu pai sabia disso, já naquela época.

— Mas você o amava, imagino.

Sim — respondeu ainda olhando para aquele prédio de apartamentos decrépito e decadente. Não era grande coisa, mas Dan não podia deixar de pensar em como suas vidas teriam sido diferentes se eles tivessem permanecido ali. Se o Overlook não os tivesse seduzido. — Ele era bom e mau, e eu amava os dois lados dele. Que Deus me ajude, mas acho que ainda amo.

— Você e a maioria das crianças — disse Billy. — A gente ama a família e espera o melhor. Que mais se pode fazer? Entre, Dan. Se formos fazer isso, precisamos ir embora.

Meia hora depois, Boulder já estava longe e eles subiam as Rochosas.

CAPÍTULO DEZENOVE

# PESSOAS FANTASMAGÓRICAS

## 1

Apesar de o sol estar se pondo — pelo menos em New Hampshire —, Abra ainda estava na escada dos fundos, olhando o rio. Hoppy estava sentado ali perto, na tampa do composteiro. Lucy e David saíram e vieram se sentar de cada lado dela. John Dalton os observava da cozinha, com uma caneca de café na mão. Sua bolsa preta estava na bancada, mas não havia nada dentro dela que ele pudesse utilizar naquele fim de tarde.

— É melhor você entrar e jantar — disse Lucy, sabendo que Abra não iria, provavelmente nem conseguiria, enquanto tudo não terminasse. Mas se agarrou ao hábito. Já que tudo parecia normal e que o perigo estava a mais de mil e tantos quilômetros de distância, aquilo era mais fácil para ela do que para a filha. Embora o rosto de Abra antes fosse límpido — tão perfeito quanto quando era um bebê —, ela agora tinha uma porção de marcas de acne em volta do nariz e um feio conjunto de espinhas no queixo. Apenas os hormônios borbulhando, anunciando a chegada da verdadeira adolescência: ao menos era no que Lucy gostaria de acreditar, que se tratava de uma coisa normal. Mas o estresse também causava acne. E Abra estava pálida e com olheiras. Ela parecia quase tão doente quanto Dan, da última vez em que Lucy o vira, subindo com uma lentidão sofrida na picape do sr. Freeman.

— Não posso comer agora, mãe. Não tenho tempo. E não ia mesmo conseguir manter a comida no estômago.

— Quanto tempo vai levar para isso acontecer, Abby? — perguntou David.

Ela não olhou para nenhum dos dois. Fitou o rio, mas Lucy sabia que ela também não estava olhando realmente para ele. Estava longe, em um lugar dentro dela onde nenhum deles podia ajudá-la.

— Não vai demorar muito. Me deem um beijo os dois, e depois entrem.

— Mas... — começou a dizer Lucy, então viu que David balançou a cabeça, uma só vez, mas de modo firme. Ela suspirou, pegou uma das mãos de Abra (estava tão fria) e plantou um beijo na sua face esquerda. David plantou outro na face direita. — Lembre o que Dan disse. Se as coisas derem errado...

— É melhor vocês entrarem agora. Quando começar, vou pegar Hoppy e botá-lo no colo. Quando virem isso, não podem me interromper. *De jeito nenhum.* Eles podem matar o tio Dan, e talvez Billy também. Eu posso cair, como se estivesse desmaiando, mas não vai ser um desmaio, então não mexam em mim nem deixem o dr. John mexer. Me deixem quieta até acabar. Acho que Dan conhece um lugar onde podemos ficar todos juntos.

— Não compreendo como isso pode dar certo — disse David. — Aquela mulher, Rose, vai ver que não tem menininha nenhuma...

— Vocês precisam entrar *agora* — disse Abra.

Eles fizeram o que ela pediu. Lucy lançou um olhar de súplica para John; ele apenas encolheu os ombros e balançou a cabeça. Os três ficaram na janela da cozinha, abraçados, olhando para a garota sentada na escada com os braços ao redor dos joelhos. Não havia perigo à vista; estava tudo tranquilo. Mas quando Lucy viu que Abra — sua menininha — pegou Hoppy e o botou no colo, deu um gemido. John apertou seu ombro. David passou o braço em torno da cintura da esposa, e ela segurou a mão dele com um aperto de pânico.

*Por favor, faça com que minha filha fique bem. Se algo tem que acontecer... algo ruim... que seja com o meu meio-irmão que nunca conheci. Não com ela.*

— Vai dar tudo certo — disse Dave.

Ela concordou com a cabeça.

— Claro que sim. Claro que sim.

Ficaram olhando a garota na escada. Lucy compreendeu que se *chamasse* Abra, ela não responderia. Abra se fora.


2


Billy e Dan chegaram à estrada para a base de operações do Nó, no Colorado, às 15h40, hora local, bem adiantados no programa. Havia um arco de madeira sobre a estrada asfaltada que dizia, em letras talhadas: BEM-VINDO AO CAMPING BLUEBELL! FIQUE UM POUCO, COMPANHEIRO! A placa ao lado da estrada era menos acolhedora. FECHADO ATÉ SEGUNDA ORDEM.

Billy passou por ela sem diminuir a velocidade, mas seus olhos estavam atentos.

— Não estou vendo ninguém. Nem mesmo nos gramados, embora alguém pudesse estar escondido atrás daquela placa de boas-vindas. Meu Deus, Danny, você parece muito mal.

— Sorte minha que o concurso de Mister América é só no fim do ano — disse Dan. — Um quilômetro e pouco subindo, talvez menos. A placa diz "Mirante e área de piquenique".

— E se tiverem colocado alguém lá?

— Não colocaram.

— Como pode ter certeza?

— Porque nem Abra nem seu tio Billy poderiam conhecer o lugar, pois jamais estiveram lá. E o Nó não sabe sobre mim.

— Tomara que não.

— Abra diz que todo mundo está onde devia. Ela andou verificando. Agora, silêncio por um minuto, Billy. Preciso pensar.

Era em Hallorann que ele queria pensar. Por muitos anos, depois do seu inverno assombrado no Overlook, Danny Torrance e Dick Hallorann haviam conversado bastante. Às vezes cara a cara, com mais frequência mente a mente. Danny amava a mãe, mas havia coisas que ela não conseguia compreender. Sobre os cofres, por exemplo. Aquelas onde se colocavam as coisas perigosas que às vezes eram atraídas pela iluminação. Não que o esquema dos cofres sempre funcionasse. Em várias ocasiões, ele tentara trancafiar o vício de beber, mas sempre havia sido um fracasso humilhante (talvez porque ele *desejasse* fracassar). A sra. Massey, no entanto... e Horace Derwent...

Havia um terceiro cofre lá agora, mas não tão bom quanto os que ele havia feito quando criança. Por que ele não tinha mais tanta força? Por que o conteúdo era diferente dos fantasmas que haviam tido a infelicidade de procurá-lo? As duas coisas? Não sabia. Só sabia que estava vazando. Quando a abrisse, o que estava dentro podia matá-lo. Mas...

— O que você quer dizer? — perguntou Billy.

— Há? — Dan olhou em volta. Uma das mãos apertava o estômago. Doía muito agora.

— Você acabou de dizer que não havia escolha. O que quis dizer?

— Deixe para lá. — Eles haviam alcançado a área de piquenique, e Billy contornava. Adiante havia um terreno descampado com bancos de piquenique e churrasqueiras. Para Dan, parecia com Cloud Gap, sem o rio. — Se... as coisas derem errado, entre no carro e dirija o mais rápido possível.

— Você acha que isso adiantaria?

Dan não respondeu. Suas entranhas queimavam, queimavam.

## 3

Pouco antes das 4 daquela tarde de segunda, no final de setembro, Rose foi andando até o Teto do Mundo junto com Sarey Shhh.

Rose vestia jeans apertados que acentuavam suas belas pernas compridas. Apesar do frio, Sarey Shhh só usava um vestido azul-claro sem graça, que esvoaçava em torno de suas panturrilhas enfiadas em meias elásticas. Rose parou para olhar uma placa presa ao poste de granito, ao pé da escada de quase quarenta degraus que levava à plataforma do mirante. Aviso de que ali era o local do histórico Hotel Overlook, que havia sido completamente destruído por um incêndio, 35 anos atrás.

— Sentimentos fortes aqui, Sarey.

Sarey balançou a cabeça.

— Você sabe que há fontes de água quente cujo vapor emerge diretamente do solo, não sabe?

— Sim.

— Isto aqui é assim. — Rose se inclinou para farejar a grama e as flores silvestres. Sob o aroma delas havia o cheiro ferroso de sangue antigo. — Emoções fortes: ódio, medo, discriminação, lascívia. Ecos de assassinatos. Não alimentam, são velhos demais, mas mesmo assim me animam. Um buquê inebriante.

Sarey não disse nada, mas observou Rose com atenção.

— E *isso*... — Rose fez um gesto em direção à escada íngreme de madeira que conduzia à plataforma. — Parece uma forca, não acha? Só falta um alçapão.

Nenhuma palavra de Sarey. Pelo menos em voz alta. Seu pensamento

(*falta a corda*)

foi bastante claro.

— É verdade, querida, mas uma de nós vai ficar pendurada aqui, mesmo assim. Ou eu ou essa putinha que meteu o nariz nos nossos negócios. Está vendo aquilo? — Rose apontou para uma pequena cabana verde a quase 7 metros de distância.

Sarey fez que sim com a cabeça.

Rose usava uma bolsa de zíper presa no cinto. Abriu-a, remexeu no interior, tirou uma chave que entregou à outra mulher. Sarey caminhou até a cabana, entre o capim que se emaranhava à sua meia-calça grossa cor de carne. A chave se encaixava no cadeado da porta. Quando a abriu, o sol do final do dia clareou um cômodo não muito maior do que um banheiro. Havia um cortador de grama Lawn-Boy e um balde plástico contendo um ancinho e uma pequena foice. Encostados na parede dos fundos, uma pá e uma picareta. Não havia mais nada, e nada atrás do que se esconder.

— Entre — disse Rose. — Vamos ver de que você é capaz. — *E com todo esse vapor em você, você deveria ser capaz de me impressionar.*

Tal como os demais membros do Verdadeiro Nó, Sarey Shhh tinha sua pequena habilidade.

Ela foi até o meio da pequena cabana, fungou e disse:

— Poeira.

— Não ligue para a poeira. Vamos ver o que você é capaz de fazer. Ou melhor, *não* vamos ver.

Pois aquela era a habilidade de Sarey. Ela não era capaz de ficar invisível (nenhum deles era), mas conseguia criar certo tipo de *obscuridade* que combinava bem com sua cara e figura nada apagadas. Ela se virou para Rose, depois olhou para a própria sombra. Andou — não muito, apenas meio passo — e sua sombra se confundiu com a sombra projetada pela alça do cortador de grama. Então ela ficou completamente parada, e a cabana, vazia.

Rose fechou os olhos com força, depois arregalou-os e lá estava Sarey, em pé ao lado do cortador, com as mãos caídas ao lado da cintura, como uma garota tímida à espera de que algum garoto viesse tirá-la para dançar no baile. Rose olhou para as montanhas a distância e, quando olhou para dentro de novo, a cabana estava vazia — reduzida a uma despensa, sem nada que pudesse servir de esconderijo. Na luz forte do sol nem sequer havia sombra. Exceto a que era projetada pelo cabo do cortador. Só que...

— Recolha o cotovelo — disse Rose. — Posso vê-lo. Só um pouco.

Sarey Shhh obedeceu e, por um instante, sumiu de fato, ao menos até que Rose se concentrasse. Quando o fez, Sarey voltou a estar ali. Mas é claro que ela sabia que Sarey estava ali. Quando chegasse a hora — e não ia demorar —, a putinha não saberia.

— Ótimo, Sarey! — disse ela calorosamente (ou tão calorosamente quanto possível). — Talvez eu não precise de você. Se precisar, use a foice. E pense em Andi quando fizer. Certo?

À menção do nome de Andi, os lábios de Sarey se curvaram para baixo em uma expressão infeliz. Fitou a pequena foice no balde plástico e balançou a cabeça.

Rose foi pegar o cadeado.

— Agora vou trancar você. A putinha vai descobrir os que estão no alojamento, mas não vai descobrir você. Tenho certeza. Porque você é discreta, não é?

Sarah balançou a cabeça de novo. Ela era quieta, sempre fora.

(*e o*)

Rose sorriu.

— Cadeado? Não se preocupe com isso. Se preocupe em ficar imóvel.
Imóvel e quieta. Você entendeu?

— Sim.

— E compreendeu o negócio da foice? — Rose não confiaria uma arma
de fogo a Sarey, mesmo se o Nó tivesse alguma.

— Foice. Sim.

— Se eu levar a melhor, e cheia de vapor como estou agora, isso não deverá ser problema, você fica bem aqui até eu deixá-la sair. Mas, se me ouvir
gritar... vejamos... se me ouvir gritar *não me faça castigá-la*, isso significa que
preciso de ajuda. Vou garantir que ela esteja de costas. Você sabe o que deve
fazer então, não sabe?

(*vou subir a escada e*)

Mas Rose estava balançando a cabeça.

— Não, Sarey. Não vai precisar fazer isso. Ela nunca vai chegar perto da
plataforma lá em cima.

Ela detestava a ideia de perder o vapor, mais ainda do que de perder a
chance de ela mesma matar a putinha... depois de fazê-la sofrer, e prolongada-
mente. Mas não podia abrir mão da cautela. A garota *era* muito poderosa.

— Você vai ficar esperando ouvir o quê, Sarey?

— Não me faça castigar você.

— E estará pensando em quê?

Os olhos, meio escondidos por sua franja, brilharam.

— Lingança.

— Isso mesmo. Vingança por Andi, assassinada pelos amigos dessa putinha. Mas só se eu precisar de você, porque eu mesma quero fazer isso. — As
mãos de Rose se fecharam, mergulhando as unhas nas profundas feridas cobertas de sangue seco que elas já haviam feito nas suas palmas. — Mas, se eu
precisar de você, *venha*. Não hesite nem pare por nada. Não pare até enfiar a
lâmina daquela foice no pescoço dela e ver a ponta sair da porra da garganta.

Os olhos de Sarey brilharam.

— Sim.

— Ótimo. — Rose deu-lhe um beijo, depois fechou a porta e trancou o cadeado. Botou a chave na bolsa de zíper e se encostou na porta. — Escute só, querida, se tudo correr bem, você receberá o primeiro vapor. Eu prometo. Será o melhor que você já experimentou.

Rose caminhou de volta até a plataforma do mirante, respirou fundo várias vezes para se acalmar, então começou a subir os degraus.


4


Dan ficou de mãos apoiadas em uma das mesas de piquenique, com a cabeça baixa, olhos fechados.

— Fazer a coisa dessa maneira é loucura — disse Billy. — Eu devia ficar com você.

— Você não pode. Tem seu próprio peixe para fritar.

— E se você desmaiar no meio do caminho? Mesmo se não desmaiar, como vai enfrentar toda a turma deles? Pelo seu aspecto atual, não dá nem para você enfrentar dois rounds contra um garoto de 5 anos.

— Acho que logo vou me sentir muito melhor. Mais forte também. Vá, Billy. Lembra onde deve estacionar?

— No ponto mais distante do terreno, perto da placa que diz que as crianças comem de graça quando o time do Colorado ganha.

— Isso. — Dan levantou a cabeça e reparou nos óculos escuros exageradamente grandes que Billy usava agora. — Enfie o boné na cabeça, até as orelhas. Pareça jovem.

— Talvez eu tenha um truque para parecer mais jovem ainda. Se eu ainda conseguir fazer.

Dan mal ouviu isso.

— Preciso de outra coisa.

Ele se levantou e abriu os braços. Billy o abraçou, querendo que fosse com força — com entusiasmo —, mas sem ousar.

— Abra tinha razão. Eu nunca teria chegado até aqui sem você. Agora cuide de sua tarefa.

— E você da sua — disse Billy. — Estou contando com você para fazer a viagem do dia de Ação de Graças até Cloud Gap.

— Eu gostaria disso — disse Dan. — O melhor trem de brinquedo que um menino já teve.

Billy ficou olhando-o caminhar lentamente, a mão no estômago, até a placa do outro lado da clareira. Havia duas setas de madeira. Uma apontava para oeste, para o Mirante Pawnee. A outra para leste, para baixo. Esta dizia: CAMPING BLUEBELL.

Dan seguiu nessa direção. Por um tempinho, Billy foi capaz de vê-lo entre as folhas amarelas e brilhantes dos álamos, caminhando lenta e sofridamente, com a cabeça baixa para ver onde punha os pés. Depois ele sumiu.

— Cuide do meu garoto — disse Billy. Não tinha certeza se estava falando com Deus ou com Abra e resolveu que não tinha importância; provavelmente ambos estavam muito ocupados para se importar com os desejos dele naquela tarde.

Voltou para o carro e tirou da mala uma pequena garota de olhos azuis fixos e cachos louros firmes. Não pesava muito. Era provavelmente oca.

— Como vai, Abra? Espero que você não tenha sacolejado muito.

Ela usava uma camiseta do Colorado Rockies e shorts azuis. Estava descalça, e por que não? Aquela garotinha — na verdade, um manequim comprado em uma loja decadente de roupas de criança, em Martenville — jamais dera um único passo. Mas tinha joelhos dobráveis e Billy a colocou sem problema no assento de carona da caminhonete. Ele afivelou o cinto de segurança dela, começou a fechar a porta, depois verificou o pescoço. Também dobrava, mas só um pouco. Ele recuou para ver o efeito. Nada mal. Ela parecia estar olhando para algo no colo. Ou talvez rezando para que tivesse força na batalha que se aproximava. Nada mal mesmo.

A não ser que eles tivessem binóculos, claro.

Voltou para a caminhonete e ficou esperando, dando tempo a Dan. E também torcendo para que ele não tivesse desmaiado em algum lugar do caminho até o Camping Bluebell.

Às 16h45, Billy deu partida no carro, voltando na direção de onde viera.

# 5

Dan manteve um passo firme, a despeito do ardor crescente na barriga. Tinha a sensação de haver um rato incendiando dentro dela, que não parava de roer mesmo enquanto pegava fogo. Se o caminho tivesse sido de subida, em vez de descida, ele jamais teria conseguido.

Às 16h50, virou uma curva e parou. A uma pequena distância adiante, os álamos davam lugar a um grande e primoroso gramado que descia até duas quadras de tênis. Além das quadras, ele podia ver o estacionamento dos trailers e um longo prédio de toras de madeira: o Chalé Overlook. Atrás, o terreno voltava a subir. Onde antes era o Overlook, uma alta plataforma se erguia como uma grua contra o céu brilhante. Teto do Mundo. Ao olhá-lo, o mesmo pensamento que ocorrera a Rose, a Cartola,

*(forca)*

passou pela cabeça de Dan. Parada perto da cerca, olhando para o sul em direção ao estacionamento dos visitantes, via-se a silhueta de uma única figura. Uma figura de mulher. De cartola enviesada na cabeça.

*(Abra, você está aí?)*

*(estou aqui, Dan)*

Soava calma. Com calma, era assim que ele queria que fosse.

*(eles estão ouvindo você?)*

Isso fez surgir uma vaga sensação de cócegas: o sorriso dela. O sorriso zangado.

*(se não estiverem, são surdos)*

Isso era o bastante.

*(você precisa vir a mim agora, mas se lembre de que se eu disser para ir embora, VÁ EMBORA)*

Ela não respondeu, mas antes que ele pudesse repetir, ela já estava lá.

## 6

Os Stone e John Dalton observavam impotentes quando Abra escorregou para o lado até que estivesse com a cabeça apoiada sobre a madeira da escada, com as pernas espalhadas nos degraus abaixo. Hoppy se soltou de uma de suas mãos moles. Ela não parecia estar dormindo, nem mesmo desmaiada. Aquilo era o feio estatelamento da inconsciência profunda ou da morte. Lucy deu um pulo para a frente. Dan e John a seguraram.

Ela lutou contra eles.

— Me soltem! Preciso ajudá-la!

— Você não pode — disse John. — Apenas Dan pode ajudá-la agora. Eles precisam ajudar um ao outro.

Ela olhou para eles com um olhar desvairado.

— Será que ela ao menos está respirando? Dá para perceber?

— Está respirando — disse Dave, mas soou inseguro até para si mesmo.

# 7

Quando Abra se juntou a ele, a dor aliviou pela primeira vez desde Boston. Não foi um grande consolo para Dan, porque agora Abra sofria também. Podia notar isso em sua expressão, mas também via o espanto no rosto dela enquanto olhava para o cômodo onde estavam. Havia beliches, paredes de madeira e um tapete com imagens de selvas do oeste e cactos. Tanto o tapete quanto o beliche de baixo estavam abarrotados de brinquedos baratos. Em uma pequena mesa no canto havia livros espalhados e um quebra-cabeça de peças grandes. No canto mais distante do quarto, um aquecedor soluçava e assobiava.

Abra foi até a mesa e pegou um dos livros. Na capa, havia um garotinho de velocípede perseguido por um pequeno cão. O título era *Divirta-se lendo com Dick e Jane.*

Dan juntou-se a ela, sorrindo.

— A garotinha na capa é Sally. Dick e Jane são seus irmãos. O nome do cachorro é Jip. Durante algum tempo, foram meus melhores amigos. Meus únicos amigos, eu acho. Com exceção de Tony, claro.

Ela largou o livro e se virou para ele.

— *Que* lugar é este, Dan?

— Uma recordação. Aqui tinha um hotel e este era meu quarto. Agora é um lugar onde podemos estar juntos. Você sabe o disco que gira quando você entra em alguém?

— Uhum...

— Este é o centro. O eixo.

— Queria que a gente pudesse ficar aqui. Dá uma sensação de segurança. Exceto por *aquilo ali.* — Abra apontou para as grandes janelas. — Elas não combinam com o resto. — Ela olhou para ele de modo quase acusador. — Elas não existiam, existiam? Quando você era criança.

— Não. Não havia janelas no meu quarto, e a única porta dava para o resto do apartamento do zelador. Eu mudei as coisas. Precisava mudar. Sabe por quê?

Ela o examinou com um olhar sério.

— Porque agora é diferente. Porque o passado passou, embora defina o presente.

Ele sorriu.

— Eu não podia ter formulado melhor.

— Não precisava formular. Você pensou.

Ele a levou para perto das janelas que nunca existiram. Pelo vidro eles podiam ver o gramado, as quadras de tênis, o Chalé Overlook e o Teto do Mundo.

— Eu estou vendo aquela mulher — disse Abra com um suspiro. — Ela está lá em cima e não está olhando para cá, ou está?

— É melhor que não olhe — disse Dan. — A dor está muito forte, querida?

— Está forte — respondeu ela. — Mas não me importo. Porque...

Ela não precisou terminar. Ele sabia, e ela sorriu. Aquela intimidade era o que tinham, e a despeito do sofrimento que ela trazia — sofrimento de todos os tipos — era boa. Muito boa.

— Dan?

— Sim, querida?

— Tem pessoas fantasmagóricas lá. Não consigo vê-los, mas sinto. Você também?

— Sim. — Ele as sentia havia anos. Porque o passado definia o presente. Ele passou o braço pelos ombros dela, e o braço dela rodeou sua cintura.

— O que fazemos agora?

— Vamos esperar Billy. Espero que ele seja pontual. E então tudo vai acontecer muito depressa.

— Tio Dan?

— Oi, Abra.

— O que tem dentro de você? Não é um fantasma. É como... — Ele sentiu que ela tremeu. — É como um *monstro*.

Ele não disse nada.

Ela se endireitou e se afastou dele.

— Olhe lá!

Uma velha picape Ford entrava no estacionamento dos visitantes.

### 8

Rose estava em pé com as mãos na cerca do mirante, que chegava à sua cintura, observando a caminhonete que entrava no estacionamento. O vapor tornara sua visão mais aguçada, mas ela ainda se arrependia de não ter levado um binóculo. Certamente havia alguns no almoxarifado, para visitantes que quisessem observar pássaros, então por que não trouxera um?

*Porque você tinha tantas coisas na cabeça. A doença... os ratos que estavam abandonando o navio... a perda de Corvo por causa da putinha...*

Sim, era tudo verdade — sim, sim, sim —, mas ainda assim ela devia ter se lembrado. Por um instante, se perguntou o que mais podia ter esquecido, mas afastou de si essa ideia. Ela ainda estava no controle, cheia de vapor e no auge de seus poderes. Tudo corria exatamente conforme planejara. Em breve a garotinha subiria até ali, porque ela estava cheia de si, com a tola autoconfiança dos adolescentes e orgulhosa das próprias habilidades.

*Mas eu sou privilegiada, querida, de muitas maneiras. Se não puder dar conta de você sozinha, vou apelar para o resto do Nó. Estão todos juntos no salão principal, porque você achou que isso era uma grande ideia. Mas tem uma coisa que você não levou em conta. Quando estamos juntos, ficamos conectados, somos um Verdadeiro Nó, e isso nos torna uma bateria gigantesca. Uma força que posso usar se for preciso.*

Se tudo mais falhasse, havia Sarey Shhh. Ela agora estaria com a pequena foice na mão. Ela podia não ser nenhum gênio, mas era impiedosa, assassina e — depois que compreendia a tarefa — totalmente obediente. Além do mais, tinha seus próprios motivos para querer ver a putinha no chão, ao pé da plataforma do mirante.

(*Charlie*)

Charlie Ficha respondeu a ela imediatamente e, embora fosse normalmente um emissor fraco, agora — reforçado pelos demais no salão principal do alojamento — surgia com clareza, volume e quase louco de excitação.

(*Estou captando a garota firme e forte, todos estamos, ela deve estar bem perto de você e você deve estar sentindo ela*)

Rose sentia, embora ainda se esforçasse para blindar sua mente de modo que a putinha não pudesse se intrometer e atrapalhá-la.

(*esqueça isso, só diga aos outros para ficarem prontos se eu precisar de ajuda*)

Muitas vozes responderam em um atropelo confuso. Estavam prontos. Mesmo os doentes estavam prontos a ajudar ao máximo. Ela amava todos eles por isso.

Rose fitou a garota loura na caminhonete. Ela estava olhando para baixo. Lendo algo? Tomando coragem? Rezando para o Deus dos camponeses, talvez? Não importava.

*Venha até aqui, sua putinha. Venha até a tia Rose.*

Mas não foi a garota quem saiu, foi o tio. Exatamente como aquela putinha disse que seria. Verificando. Andou em volta do capô do carro, devagar, olhando para todos os lados. Inclinou-se na janela do carona, disse algo à garota, depois se afastou um pouco da caminhonete. Olhou em direção ao Chalé, depois se virou para a plataforma que pairava no céu... e acenou. O folgado filho da puta acenou para ela.

Rose não devolveu o aceno. Seu cenho estava franzido. Um tio. Por que os pais dela haviam mandado um tio em vez de eles mesmos trazerem a filha? Aliás, por que haviam permitido que ela viesse?

*Ela os convenceu de que era a única maneira. Disse a eles que, se ela não viesse atrás de mim, eu iria atrás dela. Foi esse o motivo, e faz sentido.*

Fazia, mas ainda assim ela teve uma crescente sensação de mal-estar. Permitira que a putinha estabelecesse as regras do jogo. Até ali, pelo menos, Rose havia sido manipulada. Deixara porque ali estava jogando em casa e porque se cercara de precauções, mas principalmente porque na hora estava com raiva. Muita raiva.

Olhou bem para o homem no estacionamento. Perambulava de novo, olhando aqui e ali, se certificando de que ela estivesse sozinha. Perfeitamente razoável, era o que ela teria feito também, mas ainda tinha uma intuição preocupante de que ele estava, na realidade, ganhando tempo, e o motivo de ele fazer isso estava além de sua compreensão.

Rose olhou com mais intensidade, se concentrando agora no andar do homem. Concluiu que ele não era tão jovem quanto ela, de início, acreditara. Na verdade, andava como alguém que estava longe de ser jovem. Como se tivesse mais do que um pouquinho de artrite. E por que a menina estava tão imóvel?

Rose sentiu o primeiro sinal de alerta de verdade.

Havia algo errado ali.

## 9

— Ela está olhando para o sr. Freeman — disse Abra. — A gente precisa ir.

Ele abriu as janelas, mas hesitou. Algo na voz dela.

— Qual o problema, Abra?

— Não sei. Talvez não seja nada, mas não estou gostando. Ela está olhando para ele com *muita* atenção. Precisamos ir agora mesmo.

— Preciso fazer uma coisa primeiro. Procure se preparar e não tenha medo.

Dan fechou os olhos e foi até o depósito nas profundezas de sua mente. Cofres de verdade estariam cobertos de poeira, depois de todos aqueles anos, mas os que ele havia posto ali quando criança estavam tão novos quanto sempre. Por que não? Eram frutos da mais pura imaginação. O terceiro, o novo, tinha uma ligeira aura em volta, que o fez pensar: *Não é de espantar que eu esteja doente.*

Não importava. Aquele tinha que permanecer ali, por enquanto. Abriu o mais velho dos dois, pronto para tudo, e o encontrou... vazio. Ou quase. No cofre que contivera a sra. Massey por 32 anos, havia um monte de cinzas escuras. Mas no outro...

Ele percebeu a tolice de ter dito a ela para não ter medo.

Abra gritou.

## 10

Na varanda dos fundos da casa em Anniston, Abra começou a convulsionar. Suas pernas espasmavam; seus pés batiam nos degraus; uma das mãos — se debatendo como um peixe largado na margem do rio para morrer — atirou longe o pobre e sujo Hoppy.

— *O que há de errado com ela?* — Lucy gritou.

Correu para a porta. David ficou paralisado — pasmo de horror diante da imagem da filha em convulsão —, mas John passou o braço direito em volta da cintura de Lucy e o esquerdo, em volta da parte de cima do seu peito. Ela lutou contra ele.

— Me solte! Preciso ir até ela!

— Não — gritou John. — *Não, Lucy, você não pode!*

Ela teria se libertado, não fosse David segurá-la também.

Ela cedeu, olhando primeiro para John.

— Se ela morrer lá fora, garanto que você será preso por isso. — Então seu olhar, indiferente e hostil, se voltou para o marido. — Você, eu nunca vou perdoar.

— Ela está se acalmando — disse John.

Na varanda, os tremores de Abra se abrandaram, depois pararam. Mas suas bochechas estavam molhadas, e das pálpebras fechadas escorriam lágrimas. À luz do dia que terminava, elas escorreram de seus cílios como diamantes.

## 11

No quarto da infância de Danny Torrance — agora feito só de recordações —, Abra se agarrava a Dan com o rosto apertado em seu peito. Ao falar, sua voz saiu abafada.

— O monstro... já foi?

— Sim — disse Dan.

— Jura pela sua mãe?

— Sim.

Ela ergueu a cabeça, olhando primeiro para ele para ter certeza de que o que ele dizia era verdade, depois ousando examinar o quarto.

— Aquele *sorriso*. — Ela estremeceu.

— Sim — disse Dan. — Eu acho... que ele está contente de voltar para casa. Abra, você vai ficar bem? Porque a gente tem que fazer isso neste instante. O tempo se esgotou.

— Eu estou bem. Mas se... aquilo... voltar?

Dan pensou no cofre. Estava aberto, mas podia ser trancado novamente com bastante facilidade. Especialmente com Abra ali para ajudá-lo.

— Eu não acho que ele... *aquilo*... queira nada com a gente, querida. Vamos lá. Só se lembre de uma coisa: se eu disser para voltar para New Hampshire, você *tem* que ir.

Mais uma vez ela não respondeu, mas não havia tempo para discutir isso. O tempo se esgotara. Ele passou pelas janelas. Davam para o final da trilha. Abra caminhava a seu lado, mas perdeu a solidez que tivera no quarto feito de memórias e começou a oscilar de novo.

*Aqui ela mesma é quase uma pessoa fantasmagórica*, pensou Dan. Isso o fez se dar conta do quanto ela se arriscara. Não gostava de pensar como era frágil a posse que ela teria agora do próprio corpo.

Avançando rápido — mas sem correr; isso chamaria a atenção de Rose, e eles ainda precisavam percorrer pelo menos cem metros antes que o Chalé Overlook bloqueasse a visão que se tinha deles do mirante — Dan e sua garota fantasmagórica atravessaram o gramado e pegaram o caminho de lajotas entre as quadras de tênis.

Chegaram aos fundos da cozinha, e o vulto do Chalé os protegia, ao menos de serem vistos do mirante. Ali se ouvia o zumbido constante de um exaustor e se respirava o fedor de carne estragada das latas de lixo. Ele tentou empurrar a porta de trás e descobriu que ela estava destrancada, mas parou por um instante, antes de abri-la.

(*estão todos*)

(*sim, todos exceto Rose. Ela... rápido, Dan, você precisa correr porque*)

Os olhos de Abra, tremeluzindo como os de uma criança em um filme em preto e branco antigo, se arregalaram de medo.

— Ela sabe que tem algo errado.

# 12

Rose voltou sua atenção para a putinha, que ainda estava no assento do carona da caminhonete, de cabeça baixa e o mais quieta possível. Abra não olhava para o tio — se ele *fosse* tio — e não fazia menção de sair. O alarme na cabeça de Rose passou de amarelo-perigo para alerta-vermelho.

— Ei! — A voz subiu flutuando até ela no ar rarefeito. — Ei, sua velhota! Olhe só isso!

Ela voltou o olhar rápido para o homem no estacionamento e observou, quase sem acreditar, quando ele ergueu os braços e deu uma grande cambalhota instável. Pensou que ele fosse aterrissar de bunda, mas a única coisa que caiu foi seu boné. E expostos ficaram os cabelos brancos e finos de alguém em seus 70 anos. Talvez 80.

Rose olhou de novo para a garota na caminhonete, que permanecia perfeitamente imóvel, de cabeça baixa. Não se interessou nem um pouco pelas palhaçadas do tio. De repente, a ficha caiu e Rose percebeu o que ela teria percebido logo, se o truque não tivesse sido tão infame: era um manequim.

*Mas ela está aqui! Charlie Ficha sentiu, todos no Chalé sentiram, estão todos juntos e sabem...*

Todos juntos no Chalé. Todos juntos em um só lugar. E isso tinha sido ideia de Rose? Não. Essa ideia fora de...

Rose correu para as escadas.


# 13

Os membros restantes do Verdadeiro Nó estavam amontoados nas janelas que davam para o estacionamento lá embaixo, olhando Bill Freeman dar sua primeira cambalhota em mais de quarenta anos (estava bêbado da última vez que fizera essa façanha). Petty China chegou a rir.

— Mas o que é isso...

Como estavam de costas, não viram Dan entrar no cômodo, vindo da cozinha, ou a imagem intermitente da garota a seu lado. Dan teve tempo de registrar duas trouxas de roupas no chão e perceber que o sarampo de Bradley Trevor ainda estava se espalhando. Então mergulhou em si mesmo, bem fundo, e encontrou o terceiro cofre. Abriu-o de uma vez.

(*Dan, o que está fazendo?*)

Ele se dobrou para a frente, com as mãos apoiadas na parte superior das coxas, o estômago queimando como metal ardente, e exalou o último suspiro da velha poetisa, que ela lhe dera de boa vontade em um beijo moribundo. Da boca dele saiu uma longa pluma de névoa rosada que se avermelhou ao se misturar ao ar. De início, ele não conseguiu se concentrar em mais nada a não ser no alívio que sentiu na barriga quando os restos venenosos de Concetta Reynolds o abandonaram.

— *Momo!* — berrou Abra.

14

Na plataforma do mirante, os olhos de Rose se arregalaram. A putinha estava no Chalé.

*E tinha alguém com ela.*

Ela mergulhou sem pensar naquela nova mente. Procurando. Ignorando os sinais de um vapor grande, apenas tentando detê-lo antes que pudesse fazer o que pretendia. Ignorando a possibilidade de que talvez já fosse tarde demais.

15

Os membros do Nó se viraram em direção ao grito de Abra. Alguém — Paul Alto — disse:

— Mas que porra é essa?

A névoa vermelha se condensou em uma forma de mulher. Por um momento — não mais que isso —, Dan olhou nos olhos de Concetta e percebeu que eram jovens. Ainda fraco e concentrado naquele fantasma, não notou a intrusa em sua mente.

— *Momo!* — gritou de novo Abra, estendendo os braços.

A mulher nebulosa talvez tenha olhado para ela. Talvez tenha até sorrido. Então a forma de Concetta Reynolds se foi e a névoa se moveu na direção do Verdadeiro Nó, que estava aglomerado, os membros agarrando uns aos outros de medo e espanto. Para Dan, aquela coisa vermelha parecia sangue se espalhando na água.

— É vapor — disse Dan a eles. — Seus filhos da puta, vocês viviam disso; agora inalem e morram com ele.

Ele soubera desde que formulara aquele plano que, se isso não acontecesse rápido, ele jamais viveria para ver se tinha dado certo, mas nunca imaginou que fosse funcionar tão rápido assim. O sarampo que já os havia enfraquecido talvez tivesse algo a ver com aquilo, porque alguns duraram um pouco mais do que outros. Mesmo assim, acabou em questão de segundos.

Eles uivaram em sua cabeça como lobos moribundos. O ruído assustou Dan, mas não sua acompanhante.

— *Ótimo!* — gritou Abra, sacudindo os punhos para eles. — *É gostoso? Qual o gosto de minha Momo? Tomem o quanto vocês quiserem!* TOMEM TUDO!

Eles começaram a ciclar. No meio da névoa vermelha, Dan viu dois deles se abraçando, com as testas encostadas, e a despeito de tudo que eles haviam feito — tudo que eram — essa cena o comoveu. Ele leu as palavras *eu amo você* nos lábios de Eddie Baixinho; viu Grande Mo começar a responder; então sumiram, e suas roupas caíram no chão. Foi rápido assim.

Ele se virou para Abra, querendo dizer a ela que tinham que terminar aquilo imediatamente, mas então Rose, a Cartola, começou a berrar, e por alguns instantes — até que Abra conseguisse bloqueá-la — aqueles gritos de raiva e dor desvairada cobriram todo o resto, até o abençoado alívio de ter se livrado da dor. E, esperava devotamente, do câncer. Sobre isso ele não teria certeza, até que pudesse ver o próprio rosto em um espelho.

## 16

Rose estava no topo dos degraus que desciam da plataforma do mirante quando a névoa vermelha encobriu o Verdadeiro Nó, e os restos da Momo de Abra fizeram seu rápido serviço letal.

Ela foi envolvida por agonia. Gritos explodiram em sua cabeça como fragmentos de granada. Os berros do Nó morrendo faziam com que os da expedição de Cloud Gap e os de Corvo, em Nova York, parecessem insignificantes. Rose recuou, cambaleando, como se tivesse sido golpeada por um porrete. Ela bateu na cerca, resvalou e caiu sobre as tábuas. Em algum lugar a distância, uma mulher — velha, pela voz trêmula — cantava *não, não, não, não, não.*

*Sou eu. Tem que ser eu, porque sou a única que restou.*

Não tinha sido a garota quem caíra na armadilha da presunção, e sim a própria Rose. Ela pensou em algo

(*preso em sua própria armadilha*)

que a putinha dissera. Aquilo a escaldou de raiva e tristeza. Seus velhos amigos e companheiros de viagem estavam mortos. Exceto os covardes que tinham fugido. Rose, a Cartola, era o último membro do Verdadeiro Nó.

Mas não, não era verdade. Havia Sarey.

Caída na plataforma e tremendo sob o céu do final da tarde, Rose tentou contato com ela.

(*você está*)

O pensamento que veio de lá era cheio de horror e confusão.

(*sim, mas... Rose... eles estão... será que estão*)

(*esqueça deles, apenas se lembre, Sarey, você se lembra?*)

(*"não me faça castigar você"*)

(*ótimo, Sarey, ótimo*)

Se a garota não fugisse... se cometesse o erro de querer completar seu serviço mortífero daquele dia...

Ela faria isso. Rose tinha certeza e percebera o suficiente na mente do acompanhante da putinha para saber duas coisas: como haviam conseguido realizar aquele massacre e como a própria conexão deles podia ser virada contra os dois.

O ódio era poderoso.

E também as recordações da infância.

Ela se ergueu com dificuldade, repôs a cartola no ângulo certo, em um movimento automático, e foi andando até a cerca. O homem da caminhonete a olhava fixamente, mas ela mal prestou atenção nele. Sua pequena tarefa traiçoeira estava feita. Talvez ela tratasse dele mais tarde, mas agora só tinha olhos para o Chalé Overlook. A garota estava lá, mas também estava distante. Sua presença corporal no camping do Nó era pouco mais que a de um fantasma. O único ali por inteiro — uma pessoa de verdade, um camponês — era um homem que ela nunca vira antes. E um cabeça de vapor. A voz dele na sua mente era clara e fria.

(*oi, Rose*)

Havia um lugar ali perto onde a garota pararia de oscilar. Onde ela assumiria seu corpo físico. Onde ela podia ser morta. Que Sarey liquidasse o homem cabeça de vapor, mas só depois de ele ter liquidado a putinha.

(*olá, Danny, olá garotinho*)

Cheia de vapor, ela entrou nele e o jogou com força para o eixo do disco, mal ouvindo o grito de espanto e terror de Abra quando ela se virou para segui-lo.

E quando Dan estava onde Rose queria, por um momento surpreso demais para se defender, ela despejou toda a sua fúria nele. Despejou-a como vapor.

CAPÍTULO VINTE

# EIXO DO DISCO, TETO DO MUNDO

1

Dan Torrance abriu os olhos. A luz do sol atravessou-os para chegar à sua cabeça dolorida, ameaçando incendiar seu cérebro. A ressaca para acabar com todas as ressacas. Um ronco alto ao seu lado: um ruído incômodo, terrível, que só podia ser de alguma garota bêbada dormindo para curar a ressaca. Dan virou a cabeça naquela direção e viu a mulher estatelada de costas ao seu lado. Vagamente familiar. Cabelos escuros espalhados como uma auréola. Vestindo uma camiseta grande demais do Atlanta Braves.

*Isso não é real. Não estou aqui. Estou no Colorado, estou no Teto do Mundo e preciso acabar com isso.*

A mulher virou na cama, abriu os olhos e o fitou.

— Meu Deus, minha cabeça — disse ela. — Pegue um pouco de coca para mim, papai. Está na sala de estar.

Ele olhou para ela com espanto e uma fúria crescente. A fúria parecia surgir do nada, mas não tinha sido sempre assim? Ela era um ser autônomo, uma charada embrulhada em um enigma.

— Coca? Quem comprou coca?

Ela sorriu, mostrando um único dente branco na boca. Então ele soube quem ela era.

— Foi *você*, papai. Agora vá lá. Depois que minha cabeça melhorar, vou lhe dedicar uma bela foda.

De algum jeito, ele estava de volta àquele mísero apartamento em Wilmington, nu, ao lado de Rose, a Cartola.

— O que você fez? Como vim parar aqui?

Ela jogou a cabeça para trás e deu uma gargalhada.

445

— Não gosta daqui? Pois devia; eu mobiliei com coisas de sua própria mente. Agora faça o que eu disse, seu idiota. Vá pegar a porra do pó.

— Onde está Abra? O que foi que você fez com Abra?

— Matei — disse Rose com indiferença. — Ela ficou tão preocupada com você que baixou a guarda e eu a rasguei da garganta até a barriga. Não consegui tomar seu vapor tanto quanto eu queria, mas bas...

O mundo ficou vermelho. Dan apertou a garganta dela com as mãos e começou a estrangulá-la. Um pensamento martelava sua cabeça: *sua putinha vagabunda, agora tome seu remédio, putinha vagabunda, agora tome seu remédio, putinha vagabunda, agora tome tudo.*


2


O cabeça de vapor era um homem poderoso, mas não era comparável à garota. Ele estava com as pernas separadas, cabeça baixa, ombros caídos e mãos semifechadas e erguidas — a postura de todos os homens que tinham perdido a cabeça em um ataque assassino de fúria. O ódio tornava os homens fáceis.

Era impossível acompanhar seus pensamentos, porque tinham ficado vermelhos. Mas estava tudo certo, tudo ótimo, a garota se encontrava exatamente onde Rose queria que ela ficasse. Assustada e chocada como estava, ela o seguira até o eixo do disco. Seu choque e medo não iam durar muito mais, no entanto; a putinha tinha se tornado agora a Garota Estrangulada. Faltava pouco para se tornar a Garota Morta, presa em sua própria armadilha.

(*Tio Dan, não, não, pare, não é ela*)

*É, sim*, pensava Rose, fazendo uma pressão ainda maior. Seu dente escapou da boca e feriu o lábio inferior. O sangue escorreu pelo queixo até a blusa. Não sentiu aquilo mais do que a brisa da montanha soprando seus cabelos escuros. *Sou* eu, *sim. Você era o meu papai, meu papai do boteco, fiz você raspar a carteira por uma pilha de pó vagabundo, e agora é a manhã do dia seguinte e preciso tomar meu remédio. Era o que você* queria *fazer quando acordou ao lado daquela puta de porre em Wilmington, o que* teria *feito se tivesse colhão, e ao inútil do filho de merda dela, de quebra. Seu pai sabia como lidar com uma mulher burra e rebelde, e o pai dele antes dele. Às vezes uma mulher pede para tomar um corretivo. Ela precisa...*

Ouviu-se um ronco de motor que se aproximava. Aquilo era tão pouco importante quanto a dor no lábio ou o gosto de sangue na boca. A garota sufocava, tremia. Então um pensamento tão alto quanto um trovão explodiu na cabeça dela, um rugido feroz:

*(MEU PAI NÃO SABIA DE NADA!)*

Rose ainda tentava se livrar desse grito em sua mente quando a picape de Billy Freeman bateu em uma das colunas que sustentavam o mirante. O chão lá em cima tremeu e Rose perdeu o equilíbrio. A cartola voou.

## 3

Não era o apartamento em Wilmington. Era seu quarto, havia muito desaparecido no Hotel Overlook — o eixo do disco. Não era Deenie, a mulher ao lado da qual ele acordara naquele apartamento, e não era Rose.

Era Abra. Ele estava apertando seu pescoço e tinha os olhos esbugalhados.

Por um instante, ela começou novamente a se transformar, quando Rose tentou entrar nele outra vez, alimentando-o com a raiva dela e aumentando a raiva que ele mesmo sentia. Então algo aconteceu e ela sumiu. Mas voltaria.

Abra tossia e olhava para ele. Ele esperava que ela entrasse em estado de choque, mas para uma garota que quase morreu estrangulada ela parecia estranhamente calma.

(*bem... a gente sabia que não ia ser fácil*)

— Eu não sou meu pai! — Dan gritou para ela. — *Eu não sou meu pai!*

— Provavelmente isso é bom — disse Abra. Chegou até a sorrir. — Você tem um gênio danado, tio Dan. Acho que a gente é *mesmo* parente.

— Eu quase a matei — disse Dan. — Já chega. É hora de você ir embora. Volte para New Hampshire agora mesmo.

Ela balançou a cabeça.

— Vou ter que voltar, daqui a pouco, logo, mas agora você precisa de mim.

— Abra, é uma ordem.

Ela cruzou os braços e ficou onde estava, em cima do tapete dos cactos.

— Ah, meu Deus. — Ele passou a mão pelo cabelo. — Você é impossível.

Ela estendeu o braço e pegou a mão dele.

— Vamos terminar isso juntos. Agora vamos lá. Vamos sair desse quarto. Acho que não gosto daqui, afinal de contas.

Os dedos deles se entrelaçaram e o quarto onde ele morara durante uma época, quando criança, se dissolveu.

# 4

Dan teve tempo de registrar o capô da picape de Billy amassado contra uma das grossas colunas que sustentavam a torre do mirante Teto do Mundo, deixando escapar vapor do radiador. Viu metade da versão manequim de Abra para fora da janela do carona, com um braço de plástico dobrado para trás. Viu o próprio Billy tentando abrir a porta amassada do motorista. O sangue escorria por um lado do rosto do velho.

Algo agarrou sua cabeça. Mãos potentes que torciam, tentando quebrar seu pescoço. Então as mãos de Abra estavam ali, afastando as de Rose. Ela ergueu a cabeça.

— Vai ter que fazer melhor que isso, sua puta velha e covarde.

Rose estava perto da cerca, olhando para baixo e ajeitando novamente a feia cartola no ângulo certo.

— Você gostou das mãos de seu tio apertando sua garganta? O que sente por ele agora?

— Aquilo foi você, não ele.

Rose sorriu, dando um bocejo ensanguentado.

— De jeito nenhum, querida. Eu só usei o que ele tem dentro dele. Você devia saber, é tão parecida com ele.

*Ela está tentando nos distrair*, pensou Dan. *Mas de quê? Daquilo?*

Era uma pequena construção verde — talvez um banheiro externo, talvez um depósito.

(*você pode*)

Ele não precisou completar o pensamento. Abra se virou para o depósito e o olhou fixamente. O cadeado rangeu, estalou e caiu no gramado. A porta se abriu. O depósito estava vazio a não ser por algumas ferramentas e um velho cortador de grama. Dan pensou ter sentido algo ali, mas devia ter sido apenas seu nervosismo. Quando olharam novamente para cima, Rose não estava mais lá. Tinha se afastado da cerca.

Billy conseguiu finalmente abrir a porta da caminhonete. Saiu, cambaleou, mas se firmou.

— Danny, você está bem? — E depois: — Essa é Abra? Meu Deus, ela mal está aqui.

— Ouça, Billy, consegue andar até o Chalé?

— Acho que sim. E o pessoal que está lá?

— Sumiu. Acho que seria muito bom se você fosse *agora*.

Billy não discutiu. Começou a descer a ladeira, andando torto como um bêbado. Dan apontou para a escada que levava à plataforma do mirante e ergueu as sobrancelhas em uma indagação. Abra balançou a cabeça

(*é o que ela quer*)

e começou a guiar Dan ao redor do Teto do Mundo, para um local de onde podiam ver a ponta da cartola de Rose. Isso os deixou de costas para o pequeno depósito de ferramentas, mas Dan não se preocupou com isso, agora que haviam visto que ele estava vazio.

(*Dan, preciso voltar agora. Só por um minuto, preciso cuidar do meu*)

Uma imagem em sua cabeça: um campo cheio de girassóis, todos se abrindo ao mesmo tempo. Ela precisava cuidar de seu corpo físico, o que era bom. Era certo.

(*vá*)

(*vou voltar logo que...*)

(*vá, Abra, vou ficar bem*)

E, se tivesse sorte, aquilo já estaria terminado quando ela voltasse.


# 5

Em Anniston, John Dalton e os Stone viram Abra inspirar fundo e abrir os olhos.

— Abra — gritou Lucy. — Acabou?

— Logo.

— O que é isso no seu pescoço? São hematomas?

— Mãe, fique aí! Preciso voltar. Dan precisa de mim.

Ela estendeu a mão para Hoppy, mas, antes de alcançar seu velho coelho de pano, seus olhos se fecharam e seu corpo se imobilizou.


# 6

Espiando com cuidado por cima da cerca, Rose viu Abra sumir. A putinha só podia ficar ali por um tempo, então precisava voltar para se recuperar. A presença dela no Camping Bluebell não era muito diferente da presença dela naquele dia no supermercado, só que aquela manifestação era muito mais poderosa. E por quê? Porque o homem a ajudava. Agindo como um reforço. Se ele estivesse morto quando a garota voltasse...

Olhando para ele, lá embaixo, Rose gritou:

— Se eu fosse você, ia embora enquanto pode, Danny. Não me faça castigar você.

## 7

Sarey Shhh estava tão focada no que acontecia no Teto do Mundo — escutando com todos os pontos confessadamente limitados de seu QI, além dos ouvidos — que não percebeu logo que não estava mais sozinha no depósito. Foi o cheiro que acabou a alertando: de algo podre. Não era lixo. Ela não ousou se virar, porque a porta estava aberta e o homem lá fora poderia vê-la. Ficou imóvel, com a foice na mão.

Sarey ouviu Rose dizer para o homem ir embora enquanto tinha chance, e foi então que a porta do depósito começou a se fechar de novo, sozinha.

— Não me faça castigar você — gritou Rose. Essa era a deixa para que ela saísse e afundasse a foice no pescoço da garotinha metida e bisbilhoteira, mas, como a garota tinha ido embora, teria que ser no homem. Porém antes que ela pudesse se mover, uma mão fria tocou seu pulso que segurava a foice. Agarrou e apertou com força.

Ela se virou — não havia motivo agora para não se mover, com a porta fechada — e o que viu, à luz fraca que passava pelas rachaduras das velhas tábuas, fez um grito relampejar por sua garganta normalmente calada. Em algum momento, quando ela estava concentrada, um cadáver passara a lhe fazer companhia no depósito. Sua cara sorridente e predatória era úmida, verde-esbranquiçada, como um abacate estragado. Os olhos pareciam quase pender das órbitas. Seu terno estava manchado de mofo antigo... mas o confete multicolorido espalhado em seus ombros era recente.

— Que grande festa, não é? — disse, e quando sorriu os lábios se abriram.

Ela gritou de novo e enfiou a foice em sua têmpora esquerda. A lâmina curva penetrou profundamente e ali ficou, mas não havia sangue.

— Me dê um beijo, querida — prosseguiu Horace Derwent. Por entre os lábios surgiu o vestígio branco de uma língua. — Faz muito tempo que não fico com uma mulher.

Enquanto seus lábios descompostos e luzidios pousavam nos de Sarey, suas mãos apertavam a garganta dela.

# 8

Rose viu a porta do galpão se fechar, ouviu o grito e compreendeu que agora estava mesmo sozinha. Em breve, provavelmente dentro de segundos, a garota estaria de volta e seriam dois contra um. Ela não podia permitir isso.

Ela olhou para o homem e reuniu toda a sua força amplificada pelo vapor.

(*se estrangule, faça isso AGORA*)

As mãos dele subiram até a garganta, mas lentas demais. Ele resistia a ela e com um grau de êxito enfurecedor. Ela esperaria uma batalha da parte da putinha, mas aquele camponês lá embaixo era um adulto. Ela deveria ser capaz de desconsiderar qualquer vapor que lhe restasse, como uma névoa.

Mesmo assim, ela estava vencendo.

As mãos dele subiram até o peito... até os ombros... finalmente até a garganta. Ali vacilaram — ela podia ouvi-lo ofegando com o esforço. Ela fez pressão e as mãos apertaram, bloqueando a traqueia.

(*isso mesmo, seu filho da puta intrometido. Aperte, aperte e APERT*)

Algo a atingiu. Não um punho: a sensação foi de um jato forte de ar comprimido. Ela olhou em volta e não viu nada, a não ser um brilho trêmulo, que estava ali por um instante e depois sumiu. Por menos de três segundos, mas o bastante para atrapalhar sua concentração, e quando ela tornou a se virar para a cerca, a garota havia voltado.

Não foi uma rajada de vento desta vez, e sim mãos que davam a sensação de serem, simultaneamente, grandes e pequenas. Estavam no meio de suas costas. Empurravam. A putinha e o amigo, trabalhando em conjunto — exatamente aquilo que Rose queria evitar. Um fio de terror começou a se desenrolar no seu estômago. Tentou se afastar da balaustrada, mas não conseguiu. Ela precisava usar toda a sua força apenas para ficar firme de pé, e sem o auxílio da força do Nó, achava que não ia conseguir fazer isso por muito mais tempo. Por quase tempo nenhum

*Se não fosse por aquela rajada de vento... e aquilo não foi ele, e ela estava ausente...*

Uma das mãos deixou suas costas e com um tapa derrubou a cartola de sua cabeça. Rose soltou um uivo pela humilhação — ninguém tocava na sua cartola, *ninguém!* — e por um momento ela reuniu força o bastante para recuar, cambaleando da cerca em direção ao meio da plataforma. Mas então aquelas mãos voltaram ao meio de suas costas e começaram a empurrá-la novamente para a frente.

Ela olhou para eles. O homem estava de olhos fechados, se concentrando tanto que as veias se destacavam, como cordas, no pescoço, e o suor escorria como lágrimas por seu rosto. Os olhos da garota, no entanto, estavam bem abertos e impiedosos. Estavam erguidos para Rose. E ela sorria.

Rose empurrou de volta com toda força, mas poderia estar empurrando um muro de pedra. Um muro que a empurrou para a frente, sem hesitação, até que sua barriga pressionasse a cerca. Ela a ouviu ranger.

Pensou só por um instante em tentar barganhar. Em dizer à garota que elas poderiam trabalhar juntas, começar um novo Nó. Que, em vez de morrer em 2070 ou 2080, Abra Stone podia viver mil anos. *Dois* mil. Mas de que adiantaria?

Haveria alguma adolescente que já não se sentisse imortal?

Então, em vez de barganhar, suplicar, ela gritou em desafio:

— *Fodam-se! Fodam-se vocês dois!*

O sorriso terrível da garota aumentou.

— Ah, não — disse ela. — Quem vai se foder é *você.*

Dessa vez não houve rangido, e sim um grande estalo, como um tiro de rifle, e Rose, a Cartola, estava caindo.

# 9

Ela bateu com a cabeça no chão e começou a ciclar imediatamente. Sua cabeça estava torta (*como sua cartola,* pensou Dan) sob seu pescoço quebrado, em um ângulo quase despreocupado. Dan segurou a mão de Abra — que ia e voltava da forma física, à medida que ela também ciclava entre a varanda dos fundos de sua casa e o Teto do Mundo — enquanto olhavam juntos para Rose.

— Dói? — perguntou Abra à moribunda. — Espero que sim. Espero que doa terrivelmente.

Os lábios de Rose se retraíram em um sorriso de escárnio. Seus dentes humanos haviam sumido; só restava a única presa desbotada. Acima, os olhos boiavam como pedras azuis vivas. Então ela sumiu.

Abra se virou para Dan. Ela ainda sorria, mas agora sem nenhuma raiva ou maldade.

(*tive medo por você, tive medo de que ela fosse...*)

(*por pouco, mas apareceu alguém*)

Ele apontou para onde os pedaços quebrados da cerca se destacavam contra o céu. Abra olhou e depois voltou os olhos para Dan, perplexa. Ele apenas balançou a cabeça.

Foi a vez dela de apontar, não para cima, mas para baixo.

(*havia um mágico que tinha um chapéu assim e se chamava Mysterio*)

(*e você pendurava colheres no teto*)

Ela fez que sim, mas não levantou a cabeça. Ainda examinava a cartola.

(*você precisa se livrar dela*)

(*como?*)

(*queime o sr. Freeman disse que parou de fumar, mas ainda fuma. Eu senti o cheiro na caminhonete ele deve ter fósforos*)

— Você *tem* que fazer isso — disse. — Promete?

— Sim.

(*eu te amo, tio Dan*)

(*também te amo*)

Ela o abraçou com força. Ele a envolveu com os braços e apertou de volta. Ao fazê-lo, o corpo dela se transformou em chuva. Depois em neblina. Depois sumiu.


## 10

Na varanda dos fundos de uma casa em Anniston, New Hampshire, no crepúsculo que não tardaria a se transformar em noite, uma garota se pôs de pé, depois cambaleou, à beira de um desmaio. Não corria risco de cair; seus pais socorreram imediatamente. Carregaram-na para dentro.

— Estou bem — disse Abra. — Podem me soltar.

Fizeram isso com cuidado. David Stone ficou por perto, pronto para pegá-la ao menor sinal de as pernas dela fraquejarem, mas Abra ficou firme no chão da cozinha.

— E Dan? — perguntou John.

— Está ótimo. O sr. Freeman bateu com a caminhonete. Foi necessário. E se cortou — ela pôs a mão do lado do rosto —, mas acho que está bem.

— E eles? O Verdadeiro Nó?

Abra levou a mão ao rosto e soprou na palma.

— Sumiram — E então: — O que tem para comer? Estou morrendo de fome.

## 11

*Ótimo* talvez fosse um exagero para definir o estado de Dan. Ele andou até a caminhonete, onde se acomodou no assento do motorista, cuja porta estava aberta, para recuperar o fôlego. E a lucidez.

*A gente estava de férias*, decidiu ele. *Eu queria visitar uns parentes em Boulder. Aí a gente subiu até aqui para olhar a vista do Teto do Mundo, mas o camping estava deserto. Eu estava me sentindo alegre e apostei com Billy que conseguia dirigir sua caminhonete morro acima, até o mirante. Peguei velocidade demais e perdi o controle. Bati em uma das pilastras de sustentação. Sinto muito mesmo. Foi um acidente idiota.*

Ele receberia uma multa dos diabos, mas havia um lado positivo: passaria tranquilamente pelo teste do bafômetro.

Dan olhou no porta-luvas e encontrou um frasco de fluido de isqueiro. Não encontrou o isqueiro — devia estar no bolso de Billy —, mas havia de fato duas caixas pela metade de fósforos. Ele foi até a cartola, que molhou de fluido de isqueiro até que ficasse encharcada. Então se agachou e jogou um fósforo aceso na cartola. Não durou muito, mas ele a colocou na direção do vento, até que não restasse nada, a não ser cinzas.

O cheiro foi terrível.

Ao levantar os olhos, viu que Billy se aproximava penosamente, limpando com a manga o rosto ensanguentado. Ao pisotearem as cinzas, para ter certeza de que não restava nenhuma brasa capaz de começar um incêndio, Dan comunicou a ele a história que contariam para a polícia do Colorado quando ela chegasse.

— Vou ter que pagar o conserto desse negócio e aposto que vai custar uma nota. Ainda bem que tenho umas economias.

Billy deu um ronco de desdém.

— Quem vai persegui-lo para pagar os danos? Não restou nada desse pessoal do Verdadeiro Nó, a não ser as roupas. Eu vi.

— Infelizmente — disse Dan —, o Teto do Mundo pertence ao grande estado do Colorado.

— Puxa — disse Billy. — Não parece muito justo, já que você fez um favor ao Colorado e ao resto do mundo. Onde está Abra?

— Em casa.

— Que bom. E a coisa acabou? Acabou mesmo?

Dan fez que sim com a cabeça.

Billy fitava as cinzas da cartola de Rose.

— Subi a toda mesmo. Quase como um desses efeitos especiais do cinema.

— Imagino que tenha sido do tipo muito antigo. — *Como um truque de mágica*, ele deixou de acrescentar. *Do tipo magia negra.*

Dan foi até a caminhonete e se sentou ao volante, de modo que pudesse examinar seu rosto no espelho retrovisor.

— Viu algo que não devia estar aí? — perguntou Billy. — Era o que minha mãe sempre dizia quando me pegava distraído olhando meu reflexo no espelho.

— Nadinha — disse Dan. Um sorriso começou a aflorar no seu rosto. Cansado, mas autêntico. — Nada mesmo.

— Então vamos chamar a polícia para relatar nosso acidente — disse Billy. — Em geral nem penso em policiais, mas agora eu bem gostaria de um pouco de companhia. Este lugar me dá calafrios. — Ele lançou um olhar sagaz para Dan. — Está cheio de fantasmas, não é mesmo? Por isso é que eles escolheram este lugar.

Tinha sido por isso, não havia dúvida. Mas você não precisava ser Ebenezer Scrooge para saber que existiam fantasmas bons e maus. Ao descerem caminhando até o Chalé Overlook, Dan parou a fim de olhar para o Teto do Mundo. Não chegou a ficar totalmente surpreso de ver um homem em pé ao lado da cerca quebrada. O homem ergueu a mão, através da qual se via o cume da montanha Pawnee, e esboçou um beijo soprado que Dan lembrava de sua infância. Lembrava bem. Era a rotina especial deles, no final de cada dia.

*Hora de dormir, velhinho. Durma bem. Sonhe com um dragão e me conte de manhã.*

Dan sabia que ia chorar, mas não naquele momento. Não era hora. Ele ergueu a própria mão à boca e devolveu o beijo.

Olhou mais um pouco o que restara de seu pai. Depois se dirigiu ao estacionamento com Billy. Quando chegaram lá, olhou para trás mais uma vez.

O Teto do Mundo estava vazio.

# ATÉ QUE VOCÊ DURMA

MEDO quer dizer: enfrente tudo e se recupere.
— Velho ditado do AA

# ANIVERSÁRIO

## 1

A reunião do AA, ao meio-dia de sábado, era uma das mais antigas de New Hampshire, existindo desde 1946, e fora criada por Fat Bob D., que conhecera pessoalmente o criador do programa, Bill Wilson. Fat Bob já estava morto e enterrado havia muito tempo, vítima de câncer de pulmão — antigamente, a maioria dos bêbados em recuperação fumava como uma chaminé, e aos novatos se dizia, como rotina, para manter as bocas fechadas e os cinzeiros vazios —, mas a reunião ainda era bastante frequentada. Naquele dia estava cheia, porque no final haveria pizza e bolo. Era assim na maioria das reuniões de aniversário, e naquele dia um dos membros comemorava 15 anos sem beber. Nos primeiros anos ele era conhecido como Dan ou Dan T., mas a fama de seu trabalho no asilo local havia se espalhado (não era à toa que o jornalzinho do AA era conhecido como *Telefone sem Fio*), e agora ele trabalhava cuidando de velhinhos. Já que seus pais o chamavam assim, de "velhinho", Dan achava a vida irônica... mas no bom sentido. A vida era um disco, cuja única tarefa era girar, e que sempre voltava ao início.

Um médico de verdade, chamado John, presidiu a reunião a pedido de Dan, e ela correu normalmente. Houve risos quando Randy M. contou como vomitara em cima do policial que o prendera no seu último teste do bafômetro, e ainda mais quando ele prosseguiu dizendo que descobrira, um ano depois, que o próprio policial era membro do Programa. Maggie M. chorou ao contar ("compartilhar", no linguajar do AA) como lhe tinha sido negada a custódia conjunta dos dois filhos. Os clichês de sempre foram ditos — tempo leva tempo, funciona se você funcionar, não pare até que aconteça o milagre — e finalmente Maggie se acalmou. Houve o grito de sempre de *O Poder*

*Maior diz para desligar!* quando o celular de alguém tocou. Uma mulher de mãos trêmulas derramou uma xícara de café; uma reunião sem ao menos uma xícara de café derramada era mesmo uma raridade.

Às 12h50, John D. passou a bandeja de contribuições ("Somos autossuficientes graças às nossas próprias contribuições") e declarou aberta a hora das notificações. Trevor K., que abrira a reunião, se levantou e pediu — como sempre — ajuda para limpar a cozinha e guardar as cadeiras. Yolanda V. completou o Clube da Ficha, dando duas brancas (24 horas) e uma roxa (cinco meses — geralmente chamado de Ficha do Barney). Como sempre, ela terminou com: "Se você não tomou um gole hoje, bata palmas para o Poder Superior e para você."

Bateram.

Ao terminar os aplausos, John disse:

— Hoje temos um aniversário de 15 anos. Casey K. e Dan T. queiram por favor vir aqui?

A turma aplaudiu quando Dan avançou — lentamente para acompanhar Casey que agora andava de bengala. John entregou a Casey a medalha com XV inscritos na frente, e Casey a levantou para que a turma visse.

— Nunca pensei que esse cara fosse conseguir — disse ele —, porque foi um AA desde o início. Quero dizer, um Asno com Atitude.

Riram obedientemente daquela velha piada. Dan sorriu, mas seu coração batia depressa. Seu único pensamento era sobre passar pelo que viria agora sem desmaiar. A última vez em que sentira tanto medo havia sido quando estava olhando para Rose, a Cartola, no mirante do Teto do Mundo, tentando se impedir de se estrangular com as próprias mãos.

*Rápido, por favor, Casey, senão perco a coragem ou o café da manhã.*

Casey poderia ser o iluminado... ou talvez tenha percebido algo no olhar de Dan. De qualquer maneira, abreviou a coisa.

— Mas ele contrariou minhas expectativas e se recuperou. Para cada sete alcoólatras que entram pelas nossas portas, seis saem e se embebedam de novo. O sétimo é o milagre que todos nós esperamos com fé. Um desses milagres está bem aqui em pé, real como a vida e duas vezes mais feio do que ela. Vai lá, doutor, você merece.

Ele entregou a medalha ao doutor. Por um instante, Dan pensou que ela escorregaria por entre seus dedos frios e cairia no chão. Casey fechou sua mão em volta dela antes que aquilo acontecesse e então amassou o restante de Dan em um enorme abraço apertado. Sussurrou no seu ouvido:

— Mais um ano, seu filho da mãe. Parabéns.

Casey saiu mancando e foi para os fundos da sala, onde se sentou por direito de antiguidade com os outros idosos. Dan foi deixado sozinho lá na frente, apertando sua medalha de 15 anos com tanta força que os tendões do pulso saltavam. Os bêbados reunidos ali o olhavam, à espera do que a longa sobriedade tinha para oferecer: experiência, força e esperança.

— Poucos anos antes... — começou a dizer, e então teve que parar para limpar a garganta. — Poucos anos, eu estava tomando café com esse senhor manco que acabou de sentar, quando ele me perguntou se eu tinha dado o sétimo passo: "Admitir a Deus, a nós mesmos e a outro ser humano a verdadeira natureza do nosso problema." Eu disse a ele que tinha admitido a maior parte. Para as pessoas que não têm nosso problema específico, isso provavelmente bastaria... e esse é um dos motivos de nós as chamarmos de Terráqueos.

Eles riram. Dan tomou fôlego, dizendo a si mesmo que, se ele tinha sido capaz de enfrentar Rose e seu Verdadeiro Nó, era capaz de enfrentar aquilo. Só que era diferente. Ali não se tratava de Dan, o Herói, e sim de Dan, o Lixo. Ele já vivera bastante para saber que todo mundo tinha um pouco de lixo, mas isso não ajudava muito quando era você quem tinha que se expor.

— Ele me disse que achava que havia uma coisa que eu não conseguia superar inteiramente, porque tinha vergonha demais de falar a respeito. Ele me disse para falar. Me lembrou de algo que a gente ouve em quase toda reunião: nossos segredos são a medida da nossa doença. E me disse que, se eu não contasse o meu, algum dia me pegaria com uma bebida na mão. Foi mais ou menos isso, Case?

Do fundo da sala, Casey fez que sim com a cabeça, com as mãos envolvendo o castão da bengala.

Dan sentiu a ardência atrás dos olhos, sinal de que as lágrimas estavam chegando, e pensou: *que Deus me ajude a passar por isso sem chororô. Por favor.*

— Eu não contei. Passei anos dizendo a mim mesmo que aquilo era uma coisa que eu nunca iria contar a ninguém. Mas acho que ele tinha razão, e se eu voltar a beber será a minha morte. Não quero isso. Tenho muito pelo que viver, hoje em dia. Por isso...

As lágrimas haviam brotado, a porra das lágrimas, mas agora ele mergulhara fundo demais para voltar atrás. Secou-as com a mão que não estava segurando a medalha com força.

— Você sabe o que dizem as Promessas? Como a gente aprende a não se arrepender do passado ou a não querer fechar sua porta? Perdoem-me por dizer isso, mas acho que essa parte é uma besteira em um programa cheio de verdades. Eu me arrependo muito, mas é hora de abrir a porta, por menos que eu queira.

Eles ficaram à espera. Até as duas senhoras que tinham começado a distribuir fatias de pizza em pratos de papelão estavam agora na porta da cozinha, olhando para ele.

— Pouco tempo antes de eu deixar de beber, acordei ao lado de uma mulher que conheci em um bar. Estávamos no apartamento dela. O lugar era um lixo, porque ela não tinha quase nada. Eu me identificava com isso, porque *eu* não tinha quase nada, e nós dois provavelmente estávamos duros pelo mesmo motivo. Vocês sabem qual. — Ele deu de ombros. — Se você é um de nós, a garrafa acaba com sua grana, só isso. Primeiro um pouquinho, depois muito, depois tudo.

"O nome dessa mulher era Deenie. Não lembro muito mais coisas dela, mas me lembro disso. Eu me vesti e fui embora, mas primeiro peguei o dinheiro dela. Acabou que ela tinha pelo menos uma coisa que eu não tinha, porque enquanto eu revistava sua carteira, olhei em volta e vi o filho dela. Um garotinho ainda de fralda. Essa mulher e eu tínhamos comprado pó na noite anterior, que ainda estava em cima da mesa. Ele viu e esticou o braço para pegar. Pensou que fosse doce.

Dan enxugou os olhos novamente.

— Eu tirei o pó dali e botei em um lugar que ele não podia alcançar. Pelo menos isso eu fiz. Não foi o bastante, mas pelo menos isso eu fiz. Depois embolsei o dinheiro dela e fui embora. Eu daria qualquer coisa para poder mudar isso. Mas não posso.

As mulheres na porta tinham voltado para a cozinha. Algumas pessoas consultavam seus relógios. Uma barriga roncou. Ao olhar aquela reunião de 108 bêbados, Dan percebeu uma coisa espantosa: o que ele fizera não os revoltava. Nem sequer surpreendia. Já tinham ouvido coisas piores. Alguns tinham *feito* coisas piores.

— Tudo bem — disse ele. — É isso. Obrigado por me ouvir.

Antes dos aplausos, um dos velhos na fileira dos fundos gritou a pergunta tradicional:

— Como é que você conseguiu, doutor?

Dan sorriu e deu a resposta tradicional:

— Um dia de cada vez.


2


Depois do Pai-Nosso e da pizza, e do bolo de chocolate com o grande número XV escrito nele, Dan ajudou Casey a voltar para o seu Tundra. Uma chuva misturada com granizo começou a cair.

— Eis a primavera em New Hampshire — disse Casey com amargura. — Não é uma maravilha?

— Cai a chuva e torna a lama a sujar — disse Dan em um tom de voz declamatório — e como soa o vento a soprar! Derrapa o ônibus e nos enlameia a capa, diabo, vá se danar.

Casey o encarou.

— Você acabou de inventar isso?

— Não. Ezra Pound. Quando é que você vai parar de ficar de bobeira e consertar esse quadril?

Casey sorriu.

— No mês que vem. Resolvi que, se você foi capaz de contar seu maior segredo, eu posso consertar o quadril. — Fez uma pausa. — Não que o seu segredo fosse assim tão grande, porra, Danno.

— Pois é, descobri que não. Achei que eles fossem fugir de mim berrando. Em vez disso ficaram ali comendo pizza e falando sobre o tempo.

— Se você tivesse contado a eles que matou uma avozinha cega, eles teriam ficado para comer a pizza e o bolo. O que é de graça é de graça. — Ele abriu a porta do motorista. — Me dê um empurrão, Danno.

Dan o empurrou.

Casey rebolou pesadamente, para poder se sentar direito, depois deu a partida e ligou o para-brisa para limpar o granizo.

— Tudo fica menor depois de confessado — disse. — Espero que você transmita isso para os seus pupilos.

— Sim, oh, Sábio.

Casey olhou para ele com tristeza.

— Vá se foder, querido.

— Na verdade — disse Danny —, acho que vou voltar para ajudar a guardar as cadeiras.

E foi o que fez.

# ATÉ QUE VOCÊ DURMA

## 1

Nada de balões ou mágicos na festa de aniversário de Abra naquele ano. Ela estava fazendo 15 anos.

*Havia* um rock de tirar o sossego dos vizinhos saindo dos alto-falantes externos que Dave Stone — habilmente auxiliado por Billy Freeman — havia montado. Os adultos comiam bolo, tomavam sorvete e café na cozinha dos Stone. A garotada ocupou a sala de estar no térreo e o gramado dos fundos, e pelo barulho que faziam, estavam se divertindo bastante. Começaram a ir embora por volta das 5, mas Emma Deane, a melhor amiga de Abra, ficou para o jantar. Abra, resplandecente em uma saia vermelha e uma bata que deixava o ombro de fora, estava borbulhante de alegria. Ela adorou o bracelete que Dan lhe deu, abraçou-o e beijou-o no rosto. Ele cheirava a perfume. *Isso* era uma novidade.

Quando Abra saiu para acompanhar Emma até a casa dela, com as duas conversando alegremente pela calçada, Lucy se inclinou para Dan. Sua boca estava um pouco curvada, com novas rugas ao redor, e os cabelos revelavam os primeiros sinais grisalhos. Abra parecia ter esquecido o Verdadeiro Nó; Dan pensou que Lucy jamais esqueceria.

— Você fala com ela? Sobre os pratos?

— Vou lá fora assistir ao pôr do sol sobre o rio. Você podia mandar ela ir me fazer companhia depois que voltar da casa dos Deane.

Lucy pareceu aliviada, e Dan achou que David também. Para eles, ela sempre seria um mistério. Será que lhes seria útil saber que para ele também? Era provável que não.

— Boa sorte, chefe — disse Billy.

Na varanda dos fundos, onde Abra já estivera em um estado que não era bem de inconsciência, John Dalton se juntou a ele.

— Eu queria lhe oferecer apoio moral, mas acho que você precisa fazer isso sozinho.

— Você já tentou falar com ela?

— Sim. A pedido de Lucy.

— Não adiantou?

John deu de ombros.

— Ela é muito fechada quanto a isso.

— Eu também era — disse Dan. — Na idade dela.

— Mas você nunca quebrou todos os pratos na prateleira do móvel antigo da sua mãe, quebrou?

— Minha mãe não tinha nenhum móvel antigo — disse Dan.

Ele foi andando até o fundo do quintal dos Stone e olhou o rio Saco, que, graças à cortesia do sol poente, se tornara uma cobra escarlate e brilhante. Em breve as montanhas iam engolir o que restava da luz do sol e o rio ficaria cinzento. Onde antes havia uma cerca de correntes de ferro para barrar as explorações potencialmente desastrosas das crianças, havia agora uma fileira de arbustos decorativos. David derrubara a cerca no outubro passado, dizendo que Abra e as amigas não precisavam mais de sua proteção; todos nadavam como peixes.

Mas é claro que existiam outros perigos.

## 2

A cor da água se reduzira ao mais leve tom rosado — cinzas de rosas — quando Abra se juntou a ele. Ele não precisou olhar em volta para saber que ela estava ali, ou que pusera um suéter para cobrir os ombros desnudos. O ar esfriava depressa nas noites de primavera em New Hampshire, mesmo depois de ter passado o perigo de nevar.

(*adoro meu bracelete, Dan*)

Ela praticamente deixara de chamá-lo de tio.

(*fico feliz*)

— Eles querem que você converse comigo sobre os pratos — disse ela. As palavras ditas em voz alta não tinham nada do calor de seus pensamentos, e estes já tinham desaparecido. Depois do belo e sincero agradecimento, ela bloqueara sua mente para ele. Agora era perita nisso e melhorava a cada dia. — Não querem?

— *Você* quer falar sobre eles?

— Eu pedi desculpas a ela. Falei que não foi minha intenção. Acho que ela não acreditou em mim.

(*eu acredito*)

— Porque você *sabe*. Eles não.

Dan não disse nada e transmitiu apenas um pensamento.

(*?*)

— Eles não acreditam em *nada* que eu digo — ela explodiu. — É tão injusto! Eu não sabia que ia ter bebida naquela festa idiota da Jennifer, e eu não tomei nada! Mesmo assim ela me colocou de castigo por *duas semanas, porra*!

(*???*)

Nada. O rio agora estava quase inteiramente cinzento. Ele arriscou um olhar para ela e viu que ela observava os próprios sapatos — vermelhos, combinando com a saia. Suas bochechas agora também combinavam com a saia.

— Está bem — disse ela, por fim, e embora ainda não olhasse para ele, os cantos de sua boca viraram para cima em um pequeno sorriso a contragosto. — Não dá para enganar você, não é? Eu tomei um gole, só para ver que gosto tinha. Qual era a onda. Acho que ela sentiu o cheiro no meu hálito quando cheguei em casa. E adivinhe só? Não *tem* onda nenhuma. O gosto era *horrível*.

Dan não respondeu. Se lhe dissesse que achara o gosto de seu primeiro gole horrível, que também acreditara que não havia nenhuma grande onda, nenhuma grande surpresa, ela teria feito pouco caso, como conversa fiada de adultos. Não se podia impedir com prescrições morais que as crianças crescessem, nem ensiná-las como crescer.

— Realmente não tive intenção de quebrar os pratos — disse baixinho. — Foi sem querer, como disse a ela. Eu só estava tão *puta*.

— Você fica assim naturalmente. — Ele estava se lembrando de Abra pairando sobre Rose, a Cartola, enquanto ciclava. *Dói?*, perguntara Abra àquela coisa moribunda que parecia uma mulher (com exceção, é claro, daquele único dente terrível). *Espero que sim. Espero que doa muito.*

— Você vai me dar uma lição de moral? — E com uma entonação de desprezo: — Eu sei que é isso que *ela* quer.

— Eu estou fora desse negócio de dar lições, mas posso lhe contar um caso que minha mãe me contou. É sobre seu bisavô do lado Jack Torrance. Quer ouvir?

Abra deu de ombros. *Vamos acabar logo com isso*, dizia aquele gesto.

— Don Torrance não era um auxiliar como eu, mas quase. Era enfermeiro. Andava de bengala, no fim da vida, porque sofreu um acidente de carro que quebrou sua perna. Uma noite, à mesa de jantar, ele usou essa bengala na mulher. Sem motivo; apenas começou a bater nela. Quebrou o nariz dela e cortou o couro cabeludo. Quando ela caiu da cadeira no chão, ele se levantou e *realmente* se entregou àquilo. De acordo com o que meu pai contou à minha mãe, ele teria batido até ela morrer se meus tios Brett e Mike não o tivessem afastado dela. Quando o médico chegou, seu bisavô já estava ajoelhado, com seu próprio estojo de primeiros socorros, fazendo o possível. Ele disse que ela havia caído da escada. A bisa, a Momo que você não conheceu, Abra, sustentou essa história. E as crianças também.

— *Por quê?* — disse ela em um sussurro.

— Porque estavam com medo. Mais tarde, muito tempo depois de Don ter morrido, seu avô quebrou meu braço. Então, no Overlook, que ficava onde é hoje o Teto do Mundo, seu avô bateu na minha mãe até quase matá-la. Usou um taco de croquet em vez de uma bengala, mas no fundo era a mesma coisa.

— Entendi.

— Anos depois, em um bar em St. Petersburg...

— Pare! Já *disse* que entendi! — ela tremia.

— ... eu bati em um homem com um taco de sinuca até ele desmaiar, porque ele riu quando joguei uma bola para fora da mesa. Depois disso, o filho de Jack e neto de Don passou trinta dias vestindo um macacão laranja, juntando lixo ao longo da Rodovia 41.

Ela virou o rosto e começou a chorar.

— Obrigado, tio Dan. Obrigado por estragar...

Uma imagem preencheu a cabeça dele, apagando por um momento a visão do rio; um bolo de aniversário queimado, fumegante. Em algumas circunstâncias, a imagem teria sido engraçada. Mas naquela, não.

Ele pegou-a delicadamente pelos ombros e virou-a de volta para si.

— Não tem o que entender. Nenhuma moral da história. Nada mais do que história de família. Nas palavras do imortal Elvis Presley, o filho é seu, você que o embale.

— Não entendi.

— Um dia você talvez escreva poesia, como Concetta. Ou empurre mais alguém mentalmente de um lugar muito alto.

— Eu nunca faria isso... mas *Rose* merecia. — Abra virou o rosto molhado para ele.

— Ninguém disse que não.

— Então por que sonho com isso? Por que gostaria que não tivesse acontecido? Ela teria matado *nós dois*, então por que eu queria que não tivesse acontecido?

— É matar que você queria que não tivesse acontecido ou a alegria de ter matado?

Abra baixou a cabeça. Dan queria abraçá-la, mas não o fez.

— Não é lição, nem moral. Apenas herança de sangue. Os impulsos idiotas de gente acordada. E você já atingiu uma época na vida em que está totalmente acordada. É difícil para você. Eu sei disso. É difícil para todo mundo, mas a maioria dos adolescentes não tem suas habilidades. Suas armas.

— Mas o que eu faço? O que eu posso fazer? Às vezes fico com tanta raiva... não só *dela,* mas dos professores... de gente no colégio que se acha tão foda... aqueles que te zoam se você não é boa atleta ou está usando roupas e acessórios errados...

Dan pensou no conselho que Casey Kingsley lhe dera uma vez.

— Vá para o lixão.

— Há? — Ela arregalou os olhos para ele.

Ele lhe transmitiu uma imagem: Abra usando seu talento extraordinário — que ainda não chegara ao auge, o que era incrível, mas verdade — para virar geladeiras descartadas, explodir televisores quebrados, arremessar lavadoras de roupas. As gaivotas voavam em bandos assustados.

Ela agora não arregalou os olhos; riu.

— Isso ajuda?

— Melhor lixo do que os pratos da sua mãe.

Ela entortou a cabeça e lançou um olhar divertido. Eram amigos de novo, que bom.

— Mas aqueles pratos eram *feios.*

— Você vai tentar?

— Sim. — E pela expressão dela, mal podia esperar.

— Mais uma coisa.

Ela esperou, séria.

— Você não precisa ser capacho de ninguém.

— Isso é bom, não é?

— Sim. Só se lembre do quanto a sua raiva pode ser perigosa. Fique cal...

O celular dele tocou.

— Você devia atender.

Ele arqueou as sobrancelhas.

— Você sabe quem é?

— Não. Mas acho que é importante.

Ele tirou o telefone do bolso e olhou a tela. RIVINGTON HOUSE.

— Alô.

— Aqui é Claudette Albertson, Danny. Você pode vir aqui?

Ele fez um inventário mental dos doentes do asilo que estavam atualmente no seu quadro-negro.

— Amanda Ricker? Ou Jeff Kellog?

Acabou não sendo nenhum dos dois.

— Se puder vir, é melhor que venha neste minuto — disse Claudette. — Enquanto ele está consciente. — Ela hesitou. — Ele quer ver você.

— Eu vou. — *No entanto, se a coisa estiver tão ruim quanto você diz, ele provavelmente já terá passado quando eu chegar.* Dan desligou. — Preciso ir, querida.

— Mesmo que ele não seja seu amigo. Mesmo que você nem goste dele. — Abra pareceu pensativa.

— Mesmo assim.

— Como é o nome dele? Eu não entendi.

(*Fred Carling*)

Ele mandou esta mensagem depois abraçou-a, muito, muito apertado. Abra fez o mesmo.

— Vou tentar — disse ela. — Vou tentar de verdade.

— Eu sei que vai — disse ele. — Sei que vai. Olha, Abra, eu te amo muito.

— Que bom — respondeu ela.


3


Claudette estava no posto de enfermagem quando ele chegou, 45 minutos depois. Ele fez a pergunta que já tinha feito dezenas de vezes antes.

— Ele ainda está com a gente? — Como se fosse uma viagem de ônibus.

— Por pouco.

— Consciente?

Ela balançou a mão.

— Vai e volta.

— Azzie?

— Ficou lá por um tempo, mas deu o fora quando o dr. Emerson entrou. Emerson já foi agora, ele está vendo Amanda Ricker. Azzie voltou logo que ele foi embora.

— Não tem como levá-lo ao hospital?

— Não podemos. Ainda não. Houve um engavetamento de quatro carros na Rota 119, logo depois da fronteira, em Castle Rock. Um monte de feridos. Há quatro ambulâncias a caminho, e também um helicóptero. Chegar ao hospital vai fazer diferença para muitos deles. Mas para Fred... — Ela deu de ombros.

— O que houve?

— Você conhece o nosso Fred. Viciado em comidinhas industrializadas. As lanchonetes são seu segundo lar. Às vezes ele olha antes de atravessar a Cranmore Avenue, às vezes, não. Simplesmente espera que parem para ele. — Ela franziu o nariz e botou a língua de fora, parecendo uma garotinha que acabou de comer algo horrível. Couve-de-bruxelas, talvez. — Essa *atitude*.

Dan conhecia os hábitos de Fred, conhecia a atitude.

— Ele ia comprar seu cheeseburger do jantar — disse Claudette. — A polícia prendeu a mulher que o tinha atropelado. A mocinha estava tão bêbada que mal conseguia ficar em pé, foi o que ouvi. Trouxeram Fred para cá. O rosto dele parece uma porção de ovos mexidos, seu peito e sua pélvis foram esmagados, uma perna foi quase arrancada. Se Emerson não estivesse aqui fazendo as visitas aos doentes, Fred teria morrido imediatamente. A gente fez uma triagem, estancou a hemorragia, mas mesmo se ele estivesse em ótima forma... e sabemos que Freddy definitivamente não está... — Ela deu de ombros. — Emerson diz que vão mandar uma ambulância depois de resolverem o desastre em Castle Rock, mas a essa altura ele já terá passado desta para uma melhor. O dr. Emerson não foi definitivo, mas acredito em Azreel. É melhor você ir lá embaixo se é que vai. Sei que nunca gostou dele...

Dan pensou nas marcas de dedos que o auxiliar deixara no braço do pobre Charlie Hayes. *Que pena* — foi o que Carling disse quando Dan lhe contou que o velho se fora. Fred, todo confortável, empinando sua cadeira predileta e comendo doce. *Mas é para isso que eles estão aqui, não é?*

E agora Fred estava no mesmo quarto em que Charlie morrera. A vida era uma roda que sempre voltava ao mesmo lugar.


4


A porta da suíte Alan Shepard estava entreaberta, mas Dan bateu assim mesmo, por cortesia. Podia ouvir até do corredor o áspero chiado e o gorgolejo da respiração de Fred Carling, mas isso não parecia incomodar Azzie, que jazia enrodilhado no pé da cama. Carling estava deitado em cima de um lençol de borracha, vestindo apenas shorts ensanguentados e exibindo muitos metros quadrados de curativos, muitos já vazando sangue. Seu rosto estava deformado, o corpo torcido em pelo menos três direções diferentes.

— Fred? É Dan Torrance. Consegue me ouvir?

O olho que restava se abriu. A respiração arfou. Houve um breve ruído em sua garganta que poderia ser um *sim.*

Dan foi ao banheiro, molhou uma toalha com água quente, torceu-a. Eram coisas que ele já fizera muitas vezes antes. Ao voltar para o lado da cama de Carling, Azzie se levantou, se esticou daquela maneira preguiçosa, arqueando as costas, como fazem os gatos, e pulou no chão. Um momento depois, já tinha desaparecido, para recomeçar sua ronda noturna. Mancava um pouco agora. Era um gato muito velho.

Dan se sentou na beira da cama e esfregou o pano delicadamente sobre aquela parte do rosto de Fred que ainda estava relativamente preservada.

— Como está a dor?

Ouviu-se novamente o ruído na garganta. A mão esquerda de Carling era um emaranhado torto de dedos quebrados, por isso Dan pegou a direita.

— Não precisa falar, apenas me diga.

(*não está tão ruim agora*)

Dan acenou com a cabeça.

— Ótimo. Isso é ótimo.

(*mas estou com medo*)

— Não há nada a temer.

Ele viu Fred aos 6 anos, nadando no rio Saco com seu irmão, Fred sempre segurando a parte de trás do calção para evitar que caísse, porque era grande demais, de segunda mão, como praticamente tudo que tinha. Viu-o com 15 anos, beijando uma garota no Bridgton Drive-In, sentindo seu perfume ao tocar nos seios dela, desejando que aquela noite jamais acabasse. Viu-o aos 25 anos, indo para a praia de Hampton, com os Road Saints, montando uma Harley FXB, o modelo Sturgis, tão bonita, tonto de benzedrine e vinho tinto, e o dia era como um martelo, com todo mundo olhando enquanto os Saints passavam velozes em uma longa e reluzente caravana, em uma baderna sonora; a vida explodia como fogos de artifício. E viu o apartamento onde Carling morava — morara — com seu cachorrinho, que se chama Brownie. Brownie não era grande coisa, apenas um vira-lata, mas inteligente. Às vezes ele pulava no colo do auxiliar de enfermagem e os dois assistiam à TV juntos. Fred estava preocupado com Brownie, porque ele devia estar esperando que Fred voltasse

*471*

para casa, o levasse para um pequeno passeio, depois enchesse sua tigela de ração.

— Não se preocupe com Brownie — disse Dan. — Conheço uma garota que gostará muito de cuidar dele. É minha sobrinha e hoje é aniversário dela.

Carling olhou para ele com seu único olho são. Sua respiração ruidosa estava muito alta agora, parecendo um motor com terra dentro.

(*você pode me ajudar? Por favor, doutor, pode me ajudar?*)

Sim. Ele podia ajudar. Era seu sacramento, tinha sido criado para aquilo. Estava tudo quieto agora em Rivington House, muito quieto mesmo. Em algum lugar ali perto, uma porta se abria. Haviam chegado à fronteira. Fred Carling levantou os olhos para ele, perguntando *o quê*. Perguntando *como*. Mas era tão simples.

— Basta você dormir.

(*não me deixe*)

— Não — disse Dan. — Estou aqui. Vou ficar aqui até que você durma.

Ele pegou a mão de Carling nas suas. E sorriu.

— Até que você durma — disse.

*1º de maio de 2011 — 17 julho de 2012*

# NOTA DO AUTOR

Meu primeiro livro pela Scribner foi *Saco de ossos*, de 1998. Como eu estava ansioso para agradar meus novos parceiros, embarquei em um tour para promover esse romance. Em uma das sessões de autógrafo, um cara qualquer me perguntou:

— Ei, você faz ideia do que aconteceu àquele garoto de *O iluminado*?

Essa era uma pergunta que eu já tinha me feito muitas vezes sobre esse velho livro — assim como outra: o que teria acontecido com o pai perturbado de Danny se ele tivesse descoberto o Alcoólatras Anônimos, em vez de tentar se virar com aquilo que a turma do AA chama "sobriedade de alta tensão"?

Assim como com *Sob a redoma* e *Novembro de 63*, essa era uma ideia que nunca chegou a sair da minha cabeça. De vez em quando — ao tomar banho, assistir a um programa de TV, ou fazer uma longa viagem de carro — eu me via calculando a idade de Danny Torrance e imaginando onde ele estaria. Sem falar em sua mãe, mais um ser humano basicamente bom, que sobrevivera ao rastro de destruição de Jack Torrance. Wendy e Danny eram, no linguajar atual, codependentes, pessoas presas a um membro viciado da família por laços de amor e responsabilidade. Em algum momento de 2009, um de meus amigos, um alcoólatra em recuperação, me disse uma piadinha sucinta: "Quando um codependente está se afogando, a vida de outra pessoa passa diante de seus olhos." Isso me pareceu verdade demais para ter graça, e acho que foi neste ponto que *Doutor Sono* se tornou inevitável. Eu precisava saber.

Será que escrevi o livro com insegurança? Podem acreditar que sim. *O iluminado* é um desses romances que as pessoas sempre mencionam (com *Salem, O cemitério* e *It — A Coisa*) quando discutem sobre qual de meus livros realmente as deixou apavoradas. Além disso, é claro, há o filme de Stanley Kubrick, que muita gente parece recordar — por motivos que nunca cheguei a compreender — como um dos filmes mais aterrorizantes que já viram. (Se você viu o filme, mas não leu o livro, repare só que *Doutor Sono* segue este último, que é, na minha opinião, a verdadeira história da família Torrance.)

Gosto de pensar que ainda sou bom naquilo que faço, mas nada pode se igualar à memória de um bom susto, e quero dizer *nada mesmo*, especialmente se for dado em alguém jovem e impressionável. Já houve pelo menos uma continuação brilhante de *Psicose* de Alfred Hitchcock (*Psicose IV*, de Mick Garris, com Anthony Perkins reprisando seu papel de Norman Bates), mas as pessoas que assistiram — ou qualquer uma das outras — apenas balançam a cabeça e dizem *não, não, não é tão bom*. Elas se lembram da primeira vez que viram Janet Leigh, e não há remake ou continuação que possam superar aquele momento em que alguém puxa a cortina e a faca começa seu trabalho.

E as pessoas mudam. O homem que escreveu *Doutor Sono* é muito diferente do alcoólatra bem-intencionado que escreveu *O iluminado*, mas ambos continuam interessados na mesma coisa: contar uma história fantástica. Gostei de encontrar Danny Torrance de novo e seguir suas aventuras. Espero que você também. Se este for o caso, leitor fiel, estamos bem.

Antes de deixá-lo ir embora, deixe-me agradecer às pessoas que preciso agradecer, certo?

Nan Graham editou o livro. *Com a maior seriedade.* Obrigado, Nan.

Chuck Verrill, meu agente, vendeu o livro. Isso é importante, mas ele também atendeu a todos os meus telefonemas e me deu colheradas de xarope tranquilizador. Essas são coisas indispensáveis.

Russ Dorr fez a pesquisa, mas eu assumo a culpa pelos possíveis erros. Ele é um grande auxiliar médico e um monstro nórdico de inspiração e alto astral.

Chris Lotts forneceu o italiano quando foi necessário. Valeu, Chris.

Rocky Wood me ajudou em todos os assuntos relativos a *O iluminado*, fornecendo nomes e datas que eu tinha esquecido ou simplesmente lembrado errado. Forneceu também um monte de informações sobre todos os veículos recreativos e de camping existentes (o mais bacana foi o EarthCruiser de Rose). Esse Rocky conhece minha obra melhor do que eu mesmo. Procure-o na internet qualquer hora dessas. Ele é bom mesmo.

Meu filho Owen leu o livro e sugeriu mudanças valiosas. A principal delas foi sua insistência de que deveríamos acompanhar o mergulho de Dan no que os membros do AA chamam de "fundo do poço".

Minha mulher também leu *Doutor Sono* e me ajudou a aperfeiçoá-lo. Eu te amo, Tabitha.

Obrigado também a vocês que leram meu trabalho. Que tenham dias longos e noites agradáveis.

Deixe-me encerrar com uma palavra de aviso: quando vocês estiverem nas estradas e rodovias da América, fiquem de olhos nesses trailers.

Nunca se sabe quem eles levam. Ou o *quê*.

Bangor, Maine

1ª EDIÇÃO [2014] 21 reimpressões

ESTA OBRA FOI COMPOSTA PELA ABREU'S SYSTEM EM ADOBE GARAMOND
E IMPRESSA EM OFSETE PELA LIS GRÁFICA SOBRE PAPEL PÓLEN DA
SUZANO S.A. PARA A EDITORA SCHWARCZ EM JUNHO DE 2024.

A marca FSC® é a garantia de que a madeira utilizada na fabricação do papel deste livro provém de florestas que foram gerenciadas de maneira ambientalmente correta, socialmente justa e economicamente viável, além de outras fontes de origem controlada.